U0140470

中文社会科学引文索引
（CSSCI）来源集刊

JOURNAL
OF
MODERN
CHINESE HISTORY

第29辑

华中师范大学中国近代史研究所 主办

近代史学刊

马 敏 主编

社会科学文献出版社
SOCIAL SCIENCES ACADEMIC PRESS (CHINA)

本刊编委会

目　录

·经济史研究·

·文化史研究·

·教育史研究·

编者按

  2022 年 5 月 27 日下午，在华中师范大学中国近代史研究所，以线上线下相结合的方式，举行了辛亥革命共同研究班第一次例会。在这次带有开班式意味的例会上，彭剑、安东强、王文隆、左松涛四人分享了他们关于如何推进辛亥革命史研究的心得，引发与会学者热烈讨论。我们在此推出他们的发言稿，至于自由发言阶段与会学者的精彩发言，限于篇幅，只能忍痛割爱了。

制度与人伦：从章开沅先生的"上下延伸和横向会通"论说开去

彭　剑

　　我们今天在此举行辛亥革命共同研究班的第一次活动，真是令人感慨万千。今天是 2022 年 5 月 27 日，而在去年 5 月 28 日，辛亥革命史研究的泰山北斗、华中师范大学中国近代史研究所的创办者章开沅先生与世长辞，驾鹤西去。

　　章先生在辛亥革命史领域取得的成就是有目共睹的。他和林增平先生一起主编的三卷本《辛亥革命史》，是这一领域的里程碑式的著作；他在"大跃进"期间"放"的一颗"卫星"，开创了每十年举行一次大型纪念辛亥革命学术研讨会的传统；他在改革开放之初，筚路蓝缕，将国外的辛亥革命史研究引入国内，同时，将中国的辛亥革命史研究推向世界；他培养了一大批优秀的学人，使辛亥革命史研究后继有人。另外，只要我们稍微翻阅一下 2015 年出版的《章开沅文集》，就可发现，为了推进辛亥革命研究，从 20 世纪 70 年代末开始，章先生撰写了多篇如何推进辛亥革命史研究的文章，发表了多次关于如何推进辛亥革命史研究的讲演。① 重温先生的这些文章和讲演，既可寄托我们对先生的怀念，也可作为我辈思考如何从事辛亥革命史研究的起点。

---

　　①　这里列出章先生在这方面的著述，供有心人按图索骥，展开阅读：《辛亥革命史研究的几个问题》，《华中师院学报》1979 年第 1 期；《辛亥革命史研究中的一个问题》，《历史研究》1981 年第 4 期；《要加强对辛亥革命期间社会环境的研究》，《光明日报》1981 年 10 月 18 日；《辛亥革命史研究如何深入》，《近代史研究》1984 年第 5 期；《中国大陆对于孙学之研究与定位：回顾与前瞻》，《中山社会科学季刊》（台北）1990 年 12 月；《关于孙中山研究的思考》，《孙文研究》（日本）第 16 辑，1994 年 3 月；《50 年来的辛亥革命史研究》，《近代史研究》1999 年第 5 期；《新世纪之初的辛亥革命史研究（2000—2009）》（与田彤合撰），《浙江社会科学》2010 年第 9 期；《辛亥百年遐思》，《近代史研究》2011 年第 4 期。

　　章先生关于如何推进辛亥革命史研究的论述，早已成为中国近代史领域非常重要的精神养料，哺育一代又一代学人成长。于我而言，最有启发的一点，乃是他于1983年底在辛亥革命史研究会郑州年会上所提出的"上下延伸和横向会通"说。这是章先生在如何研究辛亥革命方面提出的最重要的命题，并且，对中国的辛亥革命史研究产生了非常积极的影响，今天及后世的学者，若能在"上下延伸""横向会通"这八个字上多下功夫参究，一定也能窥见治学的门径。以下介绍我在参究过程中想到的两个问题，抛砖引玉。第一个是从制度变迁的层面思考辛亥革命的本质，这是我多年来萦绕于心的一个问题；第二个是从人伦变迁的层面思考辛亥革命的影响，这是我近来的一点不成熟的想法。

　　章先生在1983年列举值得关注的纵向课题时，曾经点到制度问题——"清代官制与前代官制的异同，清末新政官制改革与政府体制近代化的关系"，[①] 那时清末新政尚未引起学界太多关注，而章先生就已经意识到新政中的官制改革在体制近代化中的意义，实在难能可贵。实际上，如果从立国制度的角度给辛亥革命定位，可以说，辛亥革命乃是一场君主制与共和制的较量。这场较量，既受到"中国几千年文明史"的影响，[②] 也受到"国际结构"的影响，[③] 上下延伸、横向会通的色彩非常浓厚。

　　按照典籍记载，中国在远古时期曾经推行"公天下"的共和政治；大禹将君位传给儿子，则开启了"家天下"的君主政治时期。虽然那个古老的传说不时勾起人们思古之幽情，而在数千年君主政治时期中，也不时有人提出对君主制的否定，但是，这些思想的幽光忽明忽暗，无法引导中国人摆脱君主制。

　　晚清以降跟外界的交往提供了一个特殊的机缘，使中国有机会重新思考立国制度。尤其是1878年，少年孙中山踏上檀香山，在那里接受了系统的美式教育，当他走上革命的道路，便提出模仿美国，将中国改造成共和国的主张。于是，中国的革命在这里被赋予了新的意涵，其目的不再是建立一个新的王朝，而是废弃君主、建立共和。因此，这场革命便成为一场

---

① 章开沅：《辛亥革命史研究如何深入》，《近代史研究》1984年第5期。后收入《章开沅文集》第9卷，华中师范大学出版社，2015，第54页。

② 章开沅：《辛亥革命史研究如何深入》，《近代史研究》1984年第5期。后收入《章开沅文集》第9卷，第53页。

③ 章开沅：《50年来的辛亥革命史研究》，《近代史研究》1999年第5期。后收入《章开沅文集》第3卷，第296页。

君主制与共和制之间的较量。

不过，较量是复杂的。

首先，在君主制阵营的内部，存在君主专制与君主立宪制之间的长期较量。大致从19世纪70年代开始，就有人提出，要学习西方国家的议会制度，实现"君民不隔"，进而达到自强的目的。到了19世纪90年代，学习西方政治制度的呼声，发展成一股维新变法的思潮。戊戌年的变法虽然未能实现制度的变革，但数年之后，清廷正式宣布预备立宪国策，决心按照三权分立的原则，将传统的君主专制的"秦政"，改革成君主立宪的"宪政"。预备立宪国策的颁布，是长期以来君主专制制度与君主立宪制度较量的结果。

其次，在主张君主制的人当中，也还存在君主制与共和制的较量。比如，较早提出君主立宪制主张并推动戊戌维新运动的康梁党人，在戊戌政变之后一度出现严重分化：康有为坚持君主立宪道路；而以梁启超为首的一批康门弟子，则一度变得非常激越，且有与孙中山一派联合、推进共和革命的打算。经康有为当头棒喝，梁启超等人才停止与孙中山一派的联合，走上保皇之路。

再次，革命派内部，也存在共和制与君主制的较量。同盟会革命方略中的"敢有帝制自为者，天下共击之"一语，不仅是写给敌人看的，也是写给同志看的，因为在一些革命者看来，革命后建立一个新的王朝，也未尝不能接受。

在较量的过程中，竞争的各方都拿中国的传统说事：反对宪政改革者宣称"礼"是中国的宪法；主张君主立宪改革者宣称立宪制度与三代之治吻合；主张民主立宪者祭出顾炎武的《原君》等篇章，在推动清廷退位的时候则宣称此举类似尧舜禹"公天下"的表现。可以说，在这场共和制与君主制的较量中，既有中国历史传统的因素，也有来自西方的因素，各种因素相互叠加，相互影响，推动时局往前发展。

2011年7月16日，章先生在国家图书馆所做的讲座中有言，辛亥革命"并非起始于辛亥这一年，更并非结束于这一年"。[①] 从以上的简单论述，可知君主制与共和制在中国的较量，确实并非起于辛亥这一年；而顺着章先生所论述的"上下延伸"的原则，也不难看到，这场较量也并非结束于这

---

① 章开沅：《百年锐于千载——辛亥革命百年反思》，《章开沅文集》第9卷，第397页。

一年。

当然，并非起始于辛亥这一年，也并非结束于这一年的，远远不止君主制与共和制的较量这一件事。比如说，由君主制与共和制之间的较量所牵引的人伦关系的变化，其广度与深度，都颇可观。

众所周知，君主制时代的中国，在人伦方面，有"五伦"，有"三纲"。五伦指父子、兄弟、夫妇、君臣、朋友五种人与人之间的关系；三纲则是在人伦方面必须坚持的三条基本原则，即"君为臣纲，父为子纲，夫为妻纲"。

人伦看起来是在讲人与人之间的关系，但实质上是在讲国家、社会的构成：有夫妇而后有家庭，有家庭而后有父子、兄弟；先有家庭内的人伦关系，家庭成员走上社会、服务国家，才有朋友、君臣的人伦关系。由个体而组成家庭，由家庭而构成国家。因此，在中国先贤的设计里，修身齐家与治国平天下是相通的。三纲之中，也是一头规定家庭内的人伦原则，一头规定国家层面的人伦原则，体现了家国一体的思想。

家国既是一体，则家庭层面人伦的变动，一定会引起国家层面人伦的变动；反过来也一样，国家层面人伦的变动，也一定会引起家庭层面人伦的变动。国家层面的人伦，君臣是关键；家庭层面的人伦，夫妻是关键。因为没有夫妇，何来人类繁衍？没有人类繁衍，何来社会、国家？这里就简单谈一下夫妇一伦受君臣一伦影响的情况。

辛亥革命推翻君主制度，从制度的层面来讲，是一个延续数千年的旧制度的终结；而从人伦的角度来讲，则是君臣一伦的坍塌。也就是说，随着辛亥革命的成功，三纲之中的"君为臣纲"被连根拔起。三纲本为一体，三纲中居于最上位的君臣一纲既被革命，则居于下位的两纲自然也会随之动摇。

换句话说，辛亥革命的烈火，有一个从国家层面向家庭层面延烧的过程。以往我们只关注国家层面的革命烈火如何将君主制度烧成了焦炭，并以为这场革命只停留在这一层面，而没有注意到摧毁君主制，其实只是革命的开始。在革命的烈火摧毁君臣之纲后，又很快向下延烧，在社会的无数个家庭中引发革命，将父子之纲、夫妇之纲也摧毁了。家庭这一层面的革命，虽然不像国家层面的革命那样轰轰烈烈，而近乎静悄悄的，却可能是观察辛亥革命广度与深度的一个很好的视角。

夫权遭遇革命的表现之一，便是民国时期出现了惧内现象大增的局面。借用时人的说法则是，惧内一事，虽"自古已然"，却"于今为烈"。

当然，惧内一事，也不能只取民国这一小段，而需要"上下延伸"。以这样的眼光来看待惧内问题，便会发现，就像章先生所论辛亥革命一样，民国惧内现象井喷的局面，乃是中国数千年文明史发展的一个结果。

在中国，惧内的丈夫确实古已有之。但由于古代"圣贤"们奉行"扶阳抑阴"，加上南唐以后，女性因受变态审美观的驱使而裹足，自残躯体，女权长期处于被压制状态，惧内绝对是偏离常轨的个别现象。

到了近代，走出国门看世界的国人看到了西方"女尊男卑"的现象。但是，在相当长时间里，国人并不觉得这值得我"天朝上国"学习。清季实行预备立宪，决心将专制君主制改造成立宪君主制。此举若成，则君主的权力不再是无限的。在这种情况下，君臣之间的关系，必然也会有所改变。君臣一伦变了，则父子、夫妇的人伦关系，也会朝着带有"宪政"色彩的方向发展。尤其是夫妇一伦，借着君主立宪的时代风潮，并从古来惧内的典故中汲取思想的养料，较快地朝着有利于女权的方向发展。正是在这个意义上，民国惧内现象大增的局面，并非起于辛亥那一年。

然而，此事虽非起于辛亥年，但辛亥年的革命对它的影响还是非同一般的。由于君臣一伦被直接革命，夫妇一伦的改变也就脱离了此前的渐进模式，而以一种革命的方式推进，此前的夫为妻纲，或变为夫妻平等，或变为妻为夫纲。当后一种情形出现，人们便称之为惧内（有些人抱持旧标准，则将前一种情形也称为惧内）。

制度与人伦，是我参究"上下延伸与横向会通"时思考得比较多的两个方面。个人未来的努力方向，大致是先研究惧内问题，再研究制度问题。处理惧内问题的思路，大致如下：在展示民国惧内现象、惧内言说的基础上，探析其背后的意涵。背后意涵或有两个方面：民国时期惧内现象大增，乃是辛亥革命的一个结果，同时也是革命深化的表现；各种有趣的惧内言说，看似只是时人表达幽默的方式，却传达出他们对辛亥革命所创建的共和国既珍爱又不满的复杂情感。制度问题如何处理，目前尚未考虑好。是以"共和制与君主制的较量"为视角写一部辛亥革命史好呢，还是只关注这场较量中的关键问题好，尚需慢慢斟酌。

今日所谈的制度与人伦，其实都甚狭窄，远非此二题的全部。君主制与共和制的竞争只是制度变迁中的一个。并非开启于辛亥这一年，更并非结束于辛亥这一年的制度，可以说比比皆是，从议会制度、内阁制度、司法制度，到教育制度、军事制度、官员选拔制度、监督制度，无不如此。

惧内现象或许能呈现辛亥革命对夫妇一伦的影响，但夫妇关系只是人伦之一种，辛亥革命引发的人伦变迁，一定不只夫妇一伦，这些变迁均有研究价值。其中长幼、朋友两伦因男女同校带来的师生、同学关系的演化，其精彩程度，一定远超惧内。进一步讲，制度与人伦，也只是观察辛亥革命的两个小小的切口，在这之外，尚有层出不穷的观察角度。

1999 年，章先生撰文总结 50 年来的辛亥革命史研究时，曾经提出一个尖锐的问题："辛亥革命作为一个历史事件还能研究多久？"在探讨这一问题的过程中，他的如下这句话，堪称直击当下，拷问我们的灵魂："研究100 年大概毫无问题，但下个世纪 20 年代以后呢？"从字里行间，我们能读出章先生淡淡的忧伤，但总体上，他对未来是乐观的。

我们也不必悲观。虽然先生已驾鹤西去，但他为我们留下了很多闪烁着智慧光芒的指引，重温先辈学人的真知灼见，努力上下延伸、横向会通，辛亥革命史研究一定能薪火相传，更上层楼。

[作者单位：华中师范大学中国近代史研究所]

革命的对手方：辛亥革命史新探的一个学术理路

安东强

"革命"是 18 世纪以后一个全球性的问题，也是把握 20 世纪中国历史的枢纽。关于 20 世纪中国革命历史的研究可谓方兴未艾，新视角、新理论与新史料等的推动与支撑，不断引领中国近现代史研究的前沿和趋势。其中成绩最为显著的无疑是辛亥革命史研究，已经成为中国近现代史领域公认的"学术高原"。

20 世纪末，章开沅先生在《50 年来的辛亥革命史研究》（《近代史研究》1999 年第 5 期）一文中系统回顾了辛亥革命史研究从小到大、从低到高、从弱到强的学术历程，也对新世纪继续保持历久不衰的盛景进行了前瞻性展望。现如今辛亥革命已过去 110 年，新中国成立以来研治辛亥革命史的学人也已传承数代，如何实现辛亥革命史研究两百年经久不衰的"奢望"，无疑是老辈、新进应共同思考的重要问题。

作为一个学术老问题，辛亥革命史研究在新世纪以来也不断呈现新气象，反映出辛亥革命在中国数千年文明史和世界革命史中丰富的历史内涵。概括而言，大体有以下方面。

其一，辛亥革命史的资料整理与出版。章先生在《辛亥革命史研究如何深入》中曾指出："辛亥革命时期的资料之多，如果说是浩如烟海，决非夸大之词。譬如矿产采掘之于金属冶炼，资料工作对于史学研究也是先行官。资料的发掘、整理、编辑、出版，需要许许多多有心人甘愿做默默的基础工作。同时，对于辛亥革命史料的鉴别、校勘、考订也需要投入相当的人力。"（《近代史研究》1984 年第 5 期）后来章先生组织编纂完成《辛亥革命史资料新编》（8 卷，湖北人民出版社，2006）。随着数字化文献的新趋势，海内外公私机构所藏的辛亥革命相关书籍、报纸、杂志、档案各类文献陆续公布，相较于 20 世纪所能寓目的文献数量可谓几何级的激增。

其二，大型编年史著作的出版。代表性成果就是严昌洪先生主编的《辛亥革命史事长编》（10 册，武汉出版社，2011）和中山大学孙中山研究团队编纂的《孙中山史事编年》（12 卷，中华书局，2017）。在各类史学思潮的冲击下，编年史可能是史学的最后堡垒，其重要性在于能够按照历史演进的本来时间、空间来安置各方言行，能够为见仁见智、众说纷纭的各类历史认识提供一个检验是非曲直的平台与尺度。

其三，整体史研究的引入与认识的提升。章先生在辛亥百年之际反思："历史是一个整体，所以我提出，应该将辛亥革命研究扩充到'上下三百年'，除了回望辛亥之前一百年，辛亥以来一百年，下一个一百年也要纳入视野。辛亥革命是人类历史长河中的一个部分——如果没有从大历史里观望辛亥的气度和境界，写出的历史是有局限的，也必然不能完整地认识辛亥的意义和价值。"（《反思与纪念：辛亥要谈三个一百年》，《同舟共济》2011 年第 10 期）这既是章先生"上下延伸"之说的具体表达，或也参照了年鉴学派之于法国大革命史的重要推进。以整体史研究重审辛亥革命史的学术取向，"不是仅仅以辛亥革命为中心的延伸，或是作为一种断代之断代史的划定，而是将辛亥革命放到历史发展的时空整体联系的脉络之中，将辛亥革命作为全部历史的一部分"（桑兵：《辛亥革命研究的整体性》，《中山大学学报》2011 年第 5 期）。辛亥革命是中国数千年知识与制度全面转型的启动时期，置于整体之下方能把握具体史事所涉古、今、中、外的丰富历史意涵。

其四，原作为辛亥革命叙述背景的各方研究的极大推进。通过视野扩展与视角转换，在新资料大幅度扩张的基础上，学界普遍认识到应同时从清政府、保皇党及立宪派等朝野上下各方视角审视清末的历史，提纲挈领地抓住枢纽性的问题，才能从整体上将清末历史研究提升到新的高度，并且大范围覆盖清末历史的具体领域。其中，清末新政与立宪运动的研究虽起步稍晚，但后来居上，无论是大规模的文献整理出版，还是学科意识与问题意识，都已取得长足的进步，揭示了清末朝野及各界在制度变革层面的主张、举措及其成败得失，已成为引领晚清史研究的主导力量。

众所周知，清政府、保皇会与革命党在清末历史上是政治对手，在后来政治观念的影响之下，这种"对手"关系被阐释得愈发激烈。既然强调历史研究的整体性，就不能只关注他们在政治立场层面的对立和对抗，还应注意他们的政治主张与推动历史进程的努力的相合之处，也就是要全面把握革命党与各方之间公开、暗中的史事联系。

因此，"革命的对手方"① 的提法，就是希望能够超越政治"对手"的狭窄视野，观照清末各方面（包括革命党）对外来输入"革命"话语及制度体系的各种因应，包括对抗、接受、演绎、融合等多个历史层面。

具体而言，以"革命的对手方"审视辛亥革命史，理应包括且不限于以下几个方面：首先，应梳理"革命"概念的新生，以及围绕新生"革命"概念而形成的一系列相关的"革命某某"类概念与实体，诸如组织、思想、制度、行动等多方面的革命话语体系。此前学界多注意"革命"历史内涵的古今之变，而与此相关的如"革命党"（革党）、"革命军"、"民党"、"国民党"观念在清末中国的传播，以及组织的实践等问题也要避免先入为主的认知，尤其要注意区分各政治团体围绕"政党"观念的自称、他者指称与后来的追称，从而展现清末中国"政党"的观念传播、载体、组织实践几个不同层面事实之间的互动与纠葛。

其次，应关注对手与革命党的互动关系。辛亥武昌起义爆发后，由于政治形势的变化，清政府不得不与革命党正式、公开地谈判，并最终完成从清朝到民国的政权鼎革，以及从帝制到共和的制度大变革。学界对在此之前清政府与革命党之间的互动及影响，似乎仍缺乏必要的关注和研究，尤其欠缺对相关史事固有联系的细致梳理，如清政府各层面（朝廷、枢臣、疆吏、驻外公使等）如何认知革命、革命党及革命活动与事件，以及相关的因应措施。应注重观念与措施对原有政治体制的冲击与影响，从而呈现辛亥革命对皇权体制的系列冲击及影响。

再次，从革命的对手书写革命的影响。在革命的历史叙述范式下，作为革命的对手，清政府的新政举措往往只是叙述革命进程的背景，历史评价多以政治成败为标准，相关史实之间的联系也隐而不彰。革命对手的虚化，固然有利于突出辛亥革命的主体地位，实际上也容易弱化革命活动在清政府内部及清末各方政治阵营中产生的冲击与反响。

最后，打破政治立场的取舍，从整体上深化辛亥革命研究。如果以政治立场为标准，人为地割裂以清政府与革命党为首，以及立宪派、保皇党

---

① 傅斯年先生讲学术作品的"对手方"，罗志田老师将其称为学术的"对手方"，意即"接受者"。见罗志田《关于学术"对手方"的联想——傅斯年先生的启示》，"傅斯年与中国文化"国际学术研讨会论文，2004 年 8 月。

人、趋新知识界等各方之间的史事联系，必然导致以某一方政治立场审视清末历史，从而呈现出各说各话的局面。例如，清政府和革命党之外的第三方（乃至多方）政治团体和势力，对清政府与革命党不同政治主张、实践的认识与呼应，以及其在政治立场、政治主张方面与清政府、革命党之间的异同及各个层面的事实联系。因此，深化清末历史的研究，亟须在理解与超越清政府、革命党等各方政治立场的基础上，梳理与呈现各方言行、观念、史事之间的无限联系，从而把握清末历史时期的政治、制度、思想与观念等多重历史层面的变迁与纠葛。

总而言之，正是得力于前辈学者在辛亥革命、清末新政及预备立宪、康梁与保皇会等领域形成的学术积淀，以及近年来新出各类图书、期刊、报纸、档案等资料，上述研究视野的转换成为可能。近年来笔者的一系列辛亥革命史论述，正是从"革命的对手方"的视角细致而深入地检讨了同盟会成立前后革命党人的革命活动、言论、制度设计，如何对清政府统治下的中国政治、制度、文化等层面发生影响，尤其关注清政府因应革命的制度变革与政局变化。

尽管清末十余年的历史包含新政、立宪、革政、保皇、革命等多个历史主题，但受后来革命两条政治路线影响，在研究论述时常常将其归纳为"改良"与"革命"两大主题或两条路线。辛亥革命史研究乃至20世纪中国革命史研究，都亟须走出以政治路线理解政治革命历史的局限，既不抹杀政治宗旨的差异，又能从历史中理解其政治宗旨的张力。即如康梁组织保皇会而言，初言"保皇"，却非一味排斥暴力及革命；后言立宪，又与国内主张立宪的群体与组织的诸多政见未必吻合；在辛亥革命后又率先组织"国民党"，与中国同盟会改组的党名相同。

从"革命的对手方"视角重新考察辛亥革命史，不可避免的问题就是如何恰如其分地呈现清末新政、立宪的主题"改革"，与辛亥革命的主题"革命"之间的史事联系，而不是人为地、主观地将时序前后的"革命""改革"史事强行联系和阐释，尤其不能过分强调清政府的改革措施与革命党的革命活动之间的必然的、直接的联系，而应区分清末新政措施的多源推动力与多重因缘。

其实"改良"与"革命"的宏大主题无非是固有制度与观念的结构性变革。按照章先生的自我评述，《辛亥革命史》三卷本"对社会环境，特别是对资本主义经济发展与资产阶级状况着力较多，对保路运动等群众斗争论述之详尽亦为旧时著作所不及，对辛亥前后各个阶级、阶层、政派的状况及相互关系，亦能再现当时广阔而复杂的社会图景"。(《50 年来辛亥革命史研究》,《近代史研究》1999 年第 5 期) 这无疑是围绕毛泽东论述辛亥革命在人类历史上的功绩与性质而展开的。不过，既然辛亥革命的伟大功绩在于推翻中国两千多年的皇权帝制和肇建共和国，那么清末十余年的皇权体制崩溃、民权观念及制度的新生，同样也是革命史的重要叙述对象。

然而所谓清廷是被各方所放弃的说法，似乎意味着抛弃清朝廷的各方出于主动意愿，而忽略了辛亥革命之前十多年的革命宣传、行动、制度构建为各方提供的新的政治选项。清廷自然不愿甘做自己的掘墓人，冀望朝廷实行新政与立宪的立宪党人最初亦并非以皇权和帝制的掘墓人自许，那么他们如何接受了革命者提出的民主立宪（共和）的政治选项，是一个值得细致梳理的问题。《旭日残阳：清帝退位与接收清朝》一书解决了武昌起义后清朝廷、民军政府、孙中山、袁世凯及立宪党人如何实现最大政治公约数的历史谜题。至于此前的历史，仍是值得探究的学术问题。

这个学术问题同样可以借鉴法国大革命史研究的方法与经验。在一些党政领导提到法国学者托克维尔的《旧制度与大革命》之后，许多讨论清末新政、立宪与革命的研究者纷纷引证其中一些经典论断，以之分析清朝体制改革与辛亥革命的关系。不过，法国大革命史研究可借鉴者甚多。王汎森先生提到一个有名的研究："去基督化过程，到底法国是在法国大革命以后基督教信仰才逐渐流失，还是大革命是长期去基督教信仰之高峰?"年鉴学派的学者指出应将一些日常人们不注重的材料系列化，以呈现历史的某种趋势，因为"老百姓没有声音，必须靠迂回方式去了解老百姓心态的变化，建构系列，而得出历史发展"(《天才为何成群地来》，社会科学文献出版社，2019，第 29 页)。只是帝制被各方放弃未必是普通老百姓心态的变化，但若能建构清末民初数十年官绅及知识界心态变化的系列史，或许能清晰地呈现出这一历史趋势。

所以，清政府与革命党关系的梳理，不应只停留在事件研究的层面，而应由事件研究深化到制度结构、概念变迁、系列史的层面。以"革命的对手方"为切入点，从各方的视角，重新梳理革命党的言论与行动对清朝固有制度与文化的冲击与影响，以古今中外数千年文明的碰撞与相互影响为中心重新梳理辛亥革命之于中国历史的深远影响。

总之，我们应在在继承学界有关辛亥革命、清末新政、康梁与保皇会等研究成果的基础上，打通彼此，以"革命的对手方"视角重新审视清末革命对政治、制度、观念、社会、文化等层面的冲击与影响。与此前"革命史"的叙述模式不同，不虚化革命的对手，反而着重呈现政治立场与革命党不同的其他政治势力如何认识、因应、排斥或联合革命的言论与措施，多视野、多层面揭示辛亥革命对清末各界变革的贡献与影响。

回望 1905 年孙中山在《〈民报〉发刊词》中称述近代欧美进化发展之速，"世界开化，人智益蒸，物质发舒，百年锐于千载"，主要得力于民族、民权、民生三大主义的萌生及兴盛，因此他希望以民族主义、民权主义和民生主义三管齐下，举政治革命、社会革命毕其功于一役，彻底改变中国落后的局面。然而，孙中山又非一味迷信欧洲文明、贬斥中华文明的政治家，他在辛亥革命时期提出的三大主义就旨在兼取欧洲文明与中华文明的优长。从中外文明史的长河来看，辛亥革命既是欧洲近现代文明向世界辐射的全球化典型性事件，又是中国数千年制度结构与知识观念形成古今巨变的分水岭。揭示辛亥革命史在中外文明史上丰富而多元的文化内涵，为人类文明的未来提供一种新的政治文化选项，无疑是一条漫长的学术征程。

［作者单位：中山大学历史学系］

辛亥革命在东亚的外溢

王文隆

　　辛亥革命改变了数千年来的帝制中国，在中国历史上是件大事，诸多学者已经围绕着辛亥革命，做出了许多观察，也提出相当有意思的问题，诸如革命为何在清末改革中迸发？响应革命的有哪些阶层？革命冲击的范围有多大？也有针对革命成败的评析，以及对其历史定位与作用的探讨。百余年来，这些讨论不断丰富，在深度与广度上皆有拓展，前人的肩膀已经太高。当此辛亥革命爆发百余年后，吾人又能将这个研究往哪里推展？笔者认为或许还有一个方向有空间，就是辛亥革命的外溢。

　　学界谈的多的是辛亥革命在境内的蔓延，以及各国对辛亥革命的观察与因应，但如认为辛亥革命是件大事，且不仅是中国之大事，更是东亚之大事，那么这样重大的事件有没有仿效的效应？是否引发周边区域的浮动？如果有，其影响多大？如果没有，原因如何？亦即这样一个历史事件，如果以世界史的角度观察，在周边形成了怎样的波澜？

　　20 世纪初期的东亚政治格局，由于西力东渐之故，到了 19 世纪末，除了暹罗之外，东南亚尽为欧美控制下的殖民地，东北亚的日本帝国持续扩张，于 1895 年以《马关条约》取得清帝国治下的台湾，于 1910 年以《日韩合并条约》吞并了大韩帝国，这使得东亚在辛亥革命爆发前夕，仅存中国、暹罗与日本三个独立帝国。

　　辛亥革命爆发后，中国改制共和，东亚三大帝国仅存其二。虽说孙中山领导的革命党，受诸多日本民间友人之助，革命活动也颇为日本民间同情，但日本官方实际上并不乐见共和的中国出现，认为这可能撼动天皇体制，威胁日本皇室的正统性，也可能动摇方才吞并未久之朝鲜。[①] 西园寺内

---

　　① 黄自进：《日本人的辛亥革命观："趁火打劫"与"同舟共济"之间的论争》，《思与言》（台北）第 50 卷第 2 期，2012 年 6 月，第 1—32 页。

阁在辛亥革命爆发伊始，便决定支持清廷，待响应革命之省份越来越多，方改采中立，与各列强同一阵线，静观其变，图巩固日本在华之最大政治经济利益。[1] 日本民间虽同情革命党，但也仅止于对其理念的支持，并未转化为在国内推动革命的行动，而日本帝国在明治天皇治下采君主立宪的维新，其国力日上，虽国家财政因不断扩张显得左支右绌，然没有更变国体的需求。

与日本不同的是暹罗。暹罗约有216万华侨，以潮汕人为主，占暹罗人口的12%。[2] 孙中山于1908年11月间造访曼谷时，于此设有同盟会支部，由萧佛成负责，并办有《华暹日报》，在侨界散播共和思想与革命主张。[3] 辛亥革命爆发时，暹罗仍采绝对君主制，暹王为前一年即位的瓦栖拉兀（Vajiravudh），又称为拉玛六世。他是首位出国留学的暹罗君主，在父亲朱拉隆功（Chulalongkorn）的安排下，负笈英国学习军事，回国之后着手推动暹军改革。他的革新方式并非改造暹军，而是另立一个准军事团体野虎团（Wild Tiger Corps）为亲信，排挤了原本的暹军，致使暹军内部出现不满。[4] 再则，西力东渐下的暹罗也致力于富强求存，日本成功地推动君主立宪，中国爆发辛亥革命之后走向共和，在暹罗的知识分子与军人眼中，仅有暹罗维持着落伍的君主专政，这令暹罗内部有着一改政体的渴求，要挑战绝对君权。[5] 在暹军军官坤图汉批塔（Khun Thuayhanpitak）的规划下，部分暹军与皇家亲卫队酝酿于1912年4月1日泰国新年起义，图刺杀瓦栖拉兀，改建共和。这场政变有华裔泰籍军官参与，但不料事泄而败，被拘捕的军官获处最高无期徒刑的刑责。[6] 失败的政变断了暹罗走上共和的选择，但辛亥革命外溢的效应在此相当显明。

---

① 〔日〕信夫清三郎：《日本近代政治史》第4卷，周启干译，台北，桂冠图书公司，1990，第75—76页。

② Office of Public Affairs, Department of State, United States, *Thailand: Its People and Economy*, Washington D. C.: Division of Publication, 1950, p. 2.

③ 蒋永敬：《孙中山与辛亥革命》，台北，台湾商务印书馆，2011，第290—291页。

④ Walter F. Vella, *Chaiyo! King Vajiravudh and the Development of Thai Nationalism*, Honolulu: The University Press of Hawaii, 2019, pp. 37 – 49.

⑤ Kullada Kesboonchoo Mead, *The Rise and Decline of Thai Absolutism*, New York: Routledge Curzon, 2004, pp. 167 – 168.

⑥ Patrick Joey, "Republicanism in Thai History," in Maurizio Peleggi, ed., *A Sarong for Clio: Essays on the Intellectual and Cultural History of Thailand*, Ithaca: Cornell University Press, 2015, pp. 104 – 106.

除了独立国家外，辛亥革命影响较巨的，大抵是既存的汉字文化圈，主要是日法两国在东亚的殖民地。

首先受其鼓舞的是台湾。台湾总督府顾虑到日本占领台湾仅 16 年，仍有为数不少的民众对大陆怀有感情，为了抹杀辛亥革命的积极意义，通过与总督府关系密切的《台湾日日新报》，密集地报道革命在中国大陆带来的动荡，以凸显日本对台的"善治"。① 然而，民气炙热，爆发了林杞埔事件（1912 年 3 月）、土库事件（1912 年 5 月）两起反日抗争，不过这些仅是带有宗教性质的民乱，不见政治主张。与辛亥革命有关的，要属尔后由革命党人罗福星参与的几起事件。

罗福星，广东嘉应州（后称梅州）客家人，本是印尼华侨，1886 年生于荷印巴达维亚，是中荷混血，幼时曾随经商的父亲居于台湾苗栗。身为同盟会员的他曾参与 1911 年黄花岗起义，失败后出逃海外期间与黄兴等人持续联系，并于巴达维亚碰过面。武昌起义时，黄兴发电荷印华侨书报社要求响应，他便招募民军北上，虽至半途便因南北议和、革命告成而解散，不过实际参与革命起事的成功，也激起了他返台推倒日人统治的念头。② 罗福星提出"驱逐日人、收复台湾"的口号，这是他的核心理念，背后仰赖的是他参与革命运动的人脉与经验。

南投事件（1912 年 12 月）、新竹事件（1913 年 4 月）、关帝庙事件（1913 年 4 月）、东势角事件（1913 年 12 月）、苗栗事件（1913 年 12 月）等抗日武装活动的爆发，后面都有罗福星推动的影子，尤其是爆发于客家庄的东势角事件与苗栗事件，更是和罗福星直接关联。

密集的袭击让台湾总督府急于抓捕背后的推手，却苦无所得。恰于 1913 年 9 月，大湖支厅遗失一把枪，循线追查找到了罗福星这个关键人物。罗福星闻讯，于同年 12 月北潜淡水，准备乘船返回大陆，却不幸遭捕，日警从罗福星身上搜出名册，将相关人等一律抓捕问讯，共得 900 余人。③ 台湾总督府为了就便审讯，在苗栗设置临时法院，次年 3 月 3 日临时法院宣判，其中 578 人获得不起诉处分，另有 4 人受到行政机关处分，实际遭起诉者，包括罗福星在内被判死刑者 20 人，有期徒刑 285 人，34 人无罪。

---

① 林郁宸：《日本殖民统治时期台湾报纸中的辛亥革命：兼谈当前两岸关系》，硕士学位论文，台北政治大学，2022 年。
② 台湾省文献会编《罗福星抗日革命案全档》，南投，台湾省文献会，1977，第 43—44 页。
③ 台湾总督府法务部编《台湾匪乱小史》，台南，台南新报支局印刷部，1920，第 82 页。

罗福星就义之前，曾撰写自白书一份，除了陈述民族大义、历数日人对台湾的压迫之外，也交代了如何在台发展组织。或许为了虚张声势、吓唬日人，他在自白书中不仅提及与胡汉民、黄兴的交往，也谈到在台发展党员近十万，并宣称入会人之比例，则巡查捕者有 4/10，铁路员工 3/10，隘勇蔡清麟（琳）部下及邮政局员有十分之三四、区长、保正、里长有 4/10 以上。然而，通篇自白书都没提及孙中山，仅在另外赋诗的《祝我民国词》中，以"中华民国孙逸仙救"作了首藏头诗。① 罗福星就义，标志着辛亥革命在台的外溢告终。②

朝鲜自《乙巳条约》被迫成为日本帝国之保护国后，其国内爱国志士纷起抗争，投入爱国启蒙运动，在思想上创设崇拜檀君的民族独立宗教大倧教，在行动上发起武装游击以及秘密刺杀，最著名的要属 1909 年安重根在哈尔滨刺杀伊藤博文，以及李在明刺杀总理大臣李完用两事，然而却都无法阻挡日本吞并朝鲜的野心，秘密组织新民会的活动也不得不向海外拓展，其中在北京的联络处由曹成焕负责。朝鲜于 1910 年遭日本帝国吞并后，爱国志士顿失所依，开始探索新的方向，而 1911 年辛亥革命的爆发，给了他们一线希望。包括申圭植、金奎植在内的诸多朝鲜人，怀抱期待，纷至中国，除了亲见中国在革命后走上共和的盛况，也冀望朝鲜能迸发相似的革命起事。在华朝鲜人除了是观察者外，也是辛亥革命的参与者；在上海与南京的留学生参加了学生军；而申圭植、曹成焕南下与中华民国临时政府接触，除与黄兴往来之外，也慷慨解囊，捐资数百银元赞助革命军饷。③ 曹成焕致信友人赞扬辛亥革命为大希望，谈及中国革命军处事方正、外交灵活，为结束中国内乱之希望。申圭植写了一首汉诗《赠孙中山》："共和新日月，重开旧乾坤；四海群生乐，中山万岁存。"或可见在华朝鲜人对辛亥革命成功之寄盼。④

朝鲜的复国运动，初始算不上有一统的组织，在华志士以参与革命党活动为主。甚至当孙中山发起二次革命时，亦有诸多朝鲜籍志士参加。⑤ 1912 年 7 月 4 日，申圭植在上海创立同济社，开启海外朝鲜独立志士对朝

---

① 罗福星：《祝我民国词》，《台湾匪乱小史》，第 71—76、77 页。
② 《台湾日日新报》大正二年 11 月 27 日。
③ 〔韩〕裴京汉：《从韩国看的中华民国史》，社会科学文献出版社，2004，第 6—10 页。
④ 〔韩〕金凤珍：《辛亥革命与韩国独立运动——走向民主共和之路》，李廷江、〔日〕大里浩秋主编《辛亥革命与亚洲》，社会科学文献出版社，2015，第 51、54 页。
⑤ 〔韩〕裴京汉：《从韩国看的中华民国史》，第 13 页。

鲜前途的摸索。① 与台湾不同的是，或因朝鲜总督府的有效压制，不仅取缔新民会和大倧教，也压抑原朝鲜皇室的地位，在朝鲜境内没能爆发因辛亥革命而激起的武装起义。三一运动爆发之前，朝鲜独立运动的主要场域在海外，尔后也只能在海外。

辛亥革命的爆发，给越南革命运动的领导者潘佩珠带来相当大的冲击。潘佩珠在东游日本时，于 1905 年通过犬养毅引荐见了孙中山，然而谈得并不投机，孙中山要推动的是共和，而此时潘佩珠一心想推动的是君主立宪，毕竟阮朝还在。② 然而潘佩珠滞日越久，对于革命运动的认识越深，加以孙中山自 1907 年至 1908 年间以河内为革命活动中心，在滇桂粤边境发起数次起义，鼓舞了越南的革命团体，潘佩珠等越南志士的思路产生了变化。待 1911 年辛亥革命成功，潘佩珠看到了新的希望，于次年 1 月前往广州，在 1912 年 3 月假广州沙河刘氏祠堂，与百余名越南志士改组原本以推动君主立宪为目标的维新会，另立推动共和的光复会。会众推越南宗室强柢为会长，图创建越南民国，派人入越宣传，希望激起抗争，然而越南境内的反抗活动，并未符合光复会众的期待。③

与朝鲜独立运动不同的是，越南光复会不仅通过潘佩珠和孙中山领导的革命党联系，也通过强柢与袁世凯的北洋系联系。为求扩大光复会规模，除了越人之外，也同意华人加入。如此灵活的操作，使得二次革命期间，光复会在华的机构没有被铲除，日后潘佩珠被囚，实际上是越督对督粤的龙继光提出的要求使然。④

至于辛亥革命在其他东亚区域的散播，此前也有学者留意到其对荷印、美属菲律宾等地的影响。如生于 1901 年的苏卡诺（Sukarno）便是经常被举出来的例子，用以佐证孙中山对印尼独立运动的思想指导。此外，还有美属菲律宾议员、曾与孙中山在日交游且于 1912 年出版《孙中山传》的彭

---

① 〔韩〕金凤珍：《辛亥革命与韩国独立运动——走向民主共和之路》，李廷江、〔日〕大里浩秋主编《辛亥革命与亚洲》，第 54 页。

② 蒋永敬：《孙中山与胡志明：剖析中越在革命运动上的相互影响和交流成果》，台北，台湾商务印书馆，2011，第 9 页。

③ 〔日〕小仓贞男：《半岛之龙：越南脱离中国，追求自由与认同的原动力》，林巍翰译，台北，八旗文化，2020，第 251—252 页。

④ 蒋永敬：《孙中山与胡志明：剖析中越在革命运动上的相互影响和交流成果》，第 20—21 页。

斯（Mariano Ponce）。[①] 然若细究各地在辛亥革命爆发后推展反殖独立的作为，或许能推测这些记述仅记录此一世界大事，对其行动影响的深浅或许还可商榷。

中国在辛亥革命之后并非一帆风顺，这场不得不和旧势力妥协的革命，引发了更剧烈的动荡。帝国主义的势力仍盘旋在中国之上，反袁的冲突以及袁死后中国的分裂，皆令中国的情况更劣于以往。这不仅使得国人对国家的前景感到迷茫，曾受辛亥革命鼓舞的外国人也迷茫了，其外溢与影响迅即滑落，除参照中国国民党于1920年成立的越南国民党公开信仰三民主义外，再无其他辛亥革命示范效应的显著例证。随着苏联的成立、战后美国总统威尔逊（Thomas Woodrow Wilson）提出民族自决，众人开始追索新的方法以解决民族独立与去殖民化两大问题，这阵风也吹进了东亚，盖过了辛亥革命的影响。[②]

要讨论辛亥革命在东亚的外溢，不仅要对东亚各区域之历史背景有基本认识，外文也必须过关，这都增添了讨论的门槛。而吾人在思索时，也应抛却主观预设，恢复历史本来面目，勿过度夸大辛亥革命对世界史的影响。

[作者单位：南开大学历史学院]

---

① Thomas Perry Thorton, *Third World in Soviet Perspective*, Princeton：Princeton University Press, 1964, pp. 74 - 75；Mariano Ponce, *Sun Yat Sen：el Fundador de la República de China*, Manila：lmp. de la Vanguardiay Taliba, 1912；梁志明：《辛亥革命与东南亚：密切关系与巨大影响》，《东南亚南亚研究》2011年第4期。
② 〔美〕埃雷斯·马内拉：《1919：中国、印度、埃及、韩国，威尔逊主义及民族自决的起点》，吴润璇译，台北，八旗文化，2018。

由北美藏新见史料再思武昌首义研究[*]

左松涛

一　重拾前人初心

有关武昌首义的历史书写，已汗牛充栋，且学界对重要研究成果早有综述。[①] 故谨以个人阅读为范围，报告些许心得，敬希高明指正。

史学研究深受时代风气影响。新中国成立后，学界首篇研究武昌首义的论文《武昌起义与湖北革命运动》（作者章开沅、陈祚津、陈辉）属于命题作文。此文专为 1961 年纪念辛亥革命五十周年学术讨论会而写，被大会安排第一个进行报告。李达（时任湖北省社科联主任、武大校长）致开幕词称："就以湖北来说，曾是全国首义地区，湖北人也曾以此自豪。但是湖北的史学工作者却很少研究湖北的历史。最近有人给我们出了个题目：为什么武昌起义会成为辛亥革命的爆发点？我们感到难以答复，看来这样的问题，我们也应很好的研究。"[②] "有人"是谁？据章开沅先生回忆，刘桂五（时为中国科学院历史所第三所学术秘书）多次提出，会议既在武昌召开，本地学者应解答革命为何首先爆发于武昌这一疑问。[③] 这一安排还关系到当时史学界领军人物有意借此整顿学风。吴玉章、范文澜在开幕式上均发言强调对任何一个事实疑点都不放过，倡议踏实做研究。

一段时间以来，中国近现代史研究特别注重理论指导与发挥，在处理

---

[*] 本文为国家社会科学基金项目"北美藏辛亥革命新史料的整理与研究"（项目号：17BZS072）阶段性成果。

[①] 罗福惠、朱英主编《辛亥革命的百年记忆与诠释》第 3 卷（华中师范大学出版社，2011）回顾了自民国初年至 21 世纪初对武昌首义的重要记述与研究，执笔者有李宝红、彭剑。

[②] 《辛亥革命五十周年学术讨论会》，《历史研究》1961 年第 6 期。

[③] 彭剑整理《章开沅口述自传》，北京师范大学出版社，2015，第 184 页。

史与论关系上偏重后者，文风崇尚空灵，喜欢微言大义。学者在论说首义史事时多少有些粗疏，撰写的普及读物更是如此。有鉴于此，第三所研究员荣孟源在 1957 年第 7 期《新建设》发表《建议编撰辛亥革命以来历史资料》，主张继承传统史学的取径与做法，不明真相就无从发现规律。他认为革命前的史料大体有过整理，"辛亥革命以后的资料比清代多，但是直到今天并没有用大力来整理"。对辛亥革命后的历史写作"多是（知情者说原稿为'只有'——引者注）夹叙夹议的论文……妨害了历史科学的研究"。荣氏学问颇受同所老辈好评。金毓黻在日记中写道："荣君不惟深究马克思列宁主义之书，更能温理故书，究其义蕴，因而极重视之。每与倾谈，辄有相得益彰之雅。"① 不过，荣氏此文稍后引起极大争议，被批判为反动言论，金对荣的印象也开始变得恶劣。

将史学视为"武器"的简单做法，仍受到质疑。范文澜在 1961 年第 3 期《历史研究》上发表《反对放空炮》（第三所副所长黎澍起草），指出："真正打得倒敌人的历史学大炮是切切实实的历史著作（论文或书籍）。要造出这种大炮，必须对所要研究的历史事件做认真的调查工作，阅读有关的各种书籍，系统地从头到底读下去，详细了解这件事情的经过始末，然后用马克思列宁主义、毛泽东思想的观点方法来分析事情的原因和发展过程中好的因素和坏的因素，判断这件事情的趋向是什么。"章开沅回忆，在准备撰写大会论文时，到中宣部面见过黎澍。黎说，中央现在倡导实事求是，开辛亥革命学术讨论会正好借此改变学风。又说，研究资产阶级性格，要从历史实际出发，占有大量史料，不要参与辛亥革命时期主要社会矛盾这一问题的争论。②

积习并非轻易可改变。《武昌起义与湖北革命运动》发表后，所产生的影响并不太大，章开沅同时所撰《从辛亥革命看资产阶级性格》更受欢迎与重视。章先生说，他因此注意研究张謇与江浙资产阶级，"成为武汉研究的落伍者了"。③

从 20 世纪 70 年代末开始，学风焕然一新，辛亥革命史研究进入活跃期。对武昌首义的研究亦是如此，具有总结性质的著述陆续刊行。每当辛亥革命逢五、逢十的周年纪念，总能在大会论文集中看到相关内容的文章。

---

① 金毓黻：《静晤室日记》第 10 册，辽沈书社，1993，第 7506 页。
② 彭剑整理《章开沅口述自传》，第 182 页。
③ 章开沅：《武汉呼唤研究》，《章开沅文集》第 8 卷，第 429 页。

不过，笔者赞成学者提出"我们的辛亥革命史研究尚处在初始阶段""只是万里长征走完了第一步"这样的学术判断。有关武昌首义史事，尚有不少重要的课题需要探索。例如，阳夏之战中民军、清军鏖战四十多日，惨烈程度在晚清民初罕见。如何在战场内外救护伤者、处置亡者？人数几何？效果怎样？这种生死大事，长期未见有专题论文论及，基本是一笔糊涂账。再如，不少学者呼吁展开革命对手方的研究，然而负责缉拿革命党人的巡警道冯启钧（江湖人称"冯矮子"）虽在史料与论著中屡见其名，却缺乏专门研究。此人出生于官僚世家，籍贯广东南海，父亲为赫赫有名的上海道台、洋务老手冯焌光。父子两代与张之洞、梁鼎芬等关系极其亲密。冯还假手他人在汉经营轮船公司、宾馆饭店、戏院货栈，炒卖地皮等，俨然是一个商业帝国的老板。冯与末任鄂督瑞澂过节甚深，其中秘辛甚至被时人写成戏本、小说进行演绎。1910 年冯被瑞澂奏参革职，警务系统发生地震、陷入混乱，有利于革命形势发展。前述种种，多不为一般研究者所知，实是学界对于除督抚以外的晚清湖北官场研究严重不足的表征。

因此，新时代所要开展的辛亥革命史研究仍需要找回前贤初心，以章先生所教导的"虚""静"态度，系统整理新见、稀见史料，使研究朝精细化方向发展。

二　由北美所藏入手

1930 年陈寅恪为陈垣《敦煌劫余录》作序，写有影响深远的一段话："一时代之学术，必有其新材料与新问题。取用此材料，以研求问题，则为此时代学术之新潮流。治学之士，得预于此潮流者，谓之预流。"当下学者在方法取径、视野范围方面与前贤既要"合"又应"离"。

1956 年底，受中国史学会委托，柴德赓、荣孟源及单士魁等人编成《中国近代史资料丛刊·辛亥革命》，收录重要文献凡 320 万字之多，迄今仍是基本必读史料。该书八册，分四个部分。第三部分为"武昌起义及各省起义的经过"，第五册为武昌起义相关史料，另在第一部分第一册收录唐才常汉口起义相关史料。编者均是名家，又采取集众分进方式，前后花费六年时间，搜集当时新见、罕见史料（两者合计占全书篇幅的十之八九），解决了学者的燃眉之急。但不可讳言，以今天标准来看，该书缺陷也较明显。例如，编者在序言中说："辛亥革命前后（实指武昌首义——引者注）

革命党人的活动，共经十七八年，牵涉到的地区，是有全国规模的。"这多少有些仅以中国为范围的意思，而全然未能从"全球史""世界史"的意义上来进行考察，故所录基本为中文文献，几乎全出自国人之手。编者注意到外国、外文史料的重要性，不过因立足于批，视野受限，又由于语言能力不足，没有广泛搜集外交资料，"最后得陈国权译的英国蓝皮书，虽非足本，译文也难免有错，但只此一本，了解帝国主义对辛亥革命的操纵与干涉，是很重要的资料"，遗憾与尴尬之情，溢于言表。

改革开放后，研究条件改善，"辛亥革命资料续编"工作提上了日程。虽有所行动，也得到国内外相关方鼎力支持，出版方面却不够得力。2006年由章开沅、罗福惠及严昌洪主编的《辛亥革命史资料新编》问世后，情况才得以改观。这是辛亥革命研究史上系统利用海外文献的一大里程碑，来自新加坡、日本、法国及英国的相关报刊、档案资料占全书八卷篇幅的一半左右。该书没有以历史事件先后顺序来梳理、裁剪史料，而按文献类别结集，保存了历史文献的原生态，但也意味着要考察武昌首义史事，非融会贯通全书不可。另外，武汉大学李少军编译《武昌起义前后在华日本人见闻集》《晚清日本驻华领事报告编译》于2011年、2013年出版。读者可从中了解东亚同文会在1908年至1910年间选译过哪些有关中国时事，体察日本的"中国通"如何看待武昌首义前中国政治、经济及社会变化，了解日本在华势力扩张的具体情况。起义发生后，日本驻华使领馆、海军军令部编纂了不少相关报告与情报。重审这些内容，能了解首义经过、阳夏战争及长江中游地区当时的社情民意。首义后长江水师的动向、列强军事调动等鲜为人知的内幕消息也有披露。

比较而言，调查发掘现收藏于北美地区的有关武昌首义史料文献的工作就要逊色得多。虽有一些学者注意利用美国国务院档案文件研究武昌首义前后美国的对华观察、反应，也有人编译过一些《纽约时报》对于清末民初中国政治、社会的报道与评论，有的内容涉及武昌首义，但就笔者所知，尚未见到有学科意识、有一定系统及成相当规模的史料整理成果出现。或许有人会问，辛亥革命史一度是美国近代中国研究中的显学，北美地区的学者就没有进行过相关的工作吗？其实由于问题意识的差异、资源投入的偏重与学术评价体系的导向等诸多因素，在此种研究环境成长起来的学者很少从事这一工作。目力所及，一些对于国内学者有重要参考价值的文献目录工具书，大多还是出于华裔、华人与华侨之手。又因为"辛亥革命历史文献综目"之类工具书的缺失，究竟北美地区保存有多少相关文献？分别收藏在什么地方？是否有研究价值？这是更大的一笔糊涂账，亟待盘点厘清。从近些年的研究现状来看，专注武昌首义史探讨的，基本上还是湖北本地的历史学专业师生与文化工作者，偶有少数当事人后裔投注心力进行著述。如果采取等、靠、要的态度，新史料发掘工作滞后的状况将很难改变。

对推进武昌首义史研究来说，整理与研究北美地区所藏新史料，至少有以下收益可以期待：其一，补充、补正目前史著中知识不足的部分，重建一些关键史实；其二，有助于更全面、多元及理性评价相关史事与人物，改变目前仍然存在的重史论、文学化与趋时论倾向；其三，有利于学科整合，推动相关研究深入进行，使"首义精神"在以国际为视野的考察中落到实处。

笔者发愿为此课题做一点添砖加瓦的工作，将努力从事：其一，史料的类型、轻重衡量，重点搜集整理晚清民初北美发行的中文报刊与历史形成的公私档案与武昌首义史相关内容，注意在美撰著或流入北美的个人著作、日记、信函等文献。其二，搜集整理与晚清民初湖北有关的外国人档案文献。目前发现至少以下档案有史料价值：（1）安立德档案（Julean Herbert Arnold，1875 – 1946）。此人系外交官，曾任驻汉口总领事，档案中有日记、书信、文稿、电文等。（2）孟良佐（Alfred A. Gilman，1878 – 1964）夫妇档案。两人是圣公会在汉口传教士，孟良佐当过文华书院（大学）、华中大学校长。众所周知，圣公会与日知会有关。其三，搜集整理英文报刊对武汉首义史事的报道、评论等。既应包括美国的全国性大报 *New York Times*、*The Washington Post*、*Chicago Daily Tribune*、*Los Angeles Times* 等，也应当有如 *Austin American Statesman*、*Dallas Morning News* 这样的地方性报纸，甚至可注意其时黑人报刊对中国社会情况的报道。借助北美地区当时报刊的分层分类，观察辛亥革命在不同地域与人群中的反应异同。

最后报告近期两个发现。其一，国内学界对于 *Hankow Daily News*（《汉口日报》）的相关史实了解极少。戈公振《中国报学史》在介绍晚清汉口知名外文报纸时，完全没有提及此报。刘望龄亦说："英文《汉口日报》的发刊时日、主办人等具体情况，目前尚无资料可资判断，但该报在武昌首义最初三周所刊新闻消息，已于 1911 年 11 月或 12 月辑录成《革命日记》一书正式出版，原书现藏美国国会图书馆。1980 年章开沅教授得其复印件，始知有英文《汉口日报》的出版。"① 直到最近，新闻史家还是以为："我现经多方查考，基本可以认定，英文《汉口日报》，实即 1906 年由德商在汉口创办的英文《汉口每日新闻》（*Hankow Daily News*）接办，至于何时接办，尚不知情。因此在辛亥革命期间，该报是德商报纸还是英商报纸，尚不能断定。须继续考证。"② 经过查找，笔者得知美国纽约州的一家名为 Antipodean 的旧书店出售过 *Hankow Daily News* 的创刊号。从实物明确可见，该报创刊于 1906 年 3 月 15 日。循此线索，可有不少新发现。其二，美国密歇根大学图书馆藏有黄伯耀所著《武汉风云》（又名《中华民国·卷之一》）一书。黄氏是清末民初著名小说家、宣传家黄世仲（黄小配、禺山世次郎）的哥哥。此书于 1912 年初由香港世界公益报馆发行，"革命功成隐者"为之作序。大概是当年印行数量稀少，后来存世无几，长期不为学界所知（即使专门的小说史家也不例外）。该书从武昌首义筹划、爆发写到孙中山在南京就任中华民国临时大总统，号称"最新民族小说"，书中黄兴、孙中山、宋教仁及黎元洪等人有各自一套脸谱。例如，言孙中山（书中有时写为"孙汶"，有时又作"孙文"）为"中国革命元祖"。黄兴留学日本时"热心谒见"，回国后"官至浙江标统，迄广东廉钦、云南河口之役，黄遂弃官为革命之实行家矣"。黄兴来武汉运动新军，他早与黎元洪"通声气"，而且知道"黎固以推翻专制，建立民主自任者也"。黄、黎合力发动了起义。通读全书一过，可见时人以小说宣传革命的得失，可见真实与戏说之间变形走样、歪曲反映，可见"中、下等社会"人士观念之光怪陆离，体察出历史的生动多彩。至于前述两个发现的详细情况，笔者还将另文说明。

[作者单位：武汉大学历史学院]

---

① 刘望龄：《黑血·金鼓：辛亥革命湖北报刊史事长编》，湖北教育出版社，1991，第 249 页。
② 宁树藩主编《中国地区比较新闻史》，复旦大学出版社，2018，第 904 页。

章开沅对辛亥革命研究做出的
开创性重大贡献

饶怀民

以武昌首义为标志的辛亥革命一举推翻了清王朝，也结束了统治中国两千多年的封建君主专制制度，建立了资产阶级民主共和国，使中国民族资本主义有了进一步发展，也使中国人民在思想上获得了空前大解放，有力地推动了中国近代化进程，产生了重大而深远的影响。中国近代史上发生的这一重大历史事件曾经吸引了众多的史学研究者。辛亥革命刚结束，就有学者对辛亥革命进行过或多或少的研究；新中国成立后，辛亥革命研究有了长足的发展；特别是改革开放后，将辛亥革命作为中国近代史的一个分支进行系统的研究，取得了辉煌的成就。在推动辛亥革命研究发展的进程中，章开沅先生做了许多具有开创意义的工作，他强调解放思想、实事求是、增强理论素养、改进研究方法，提出诸如"参与史学""走进历史原生态""社会历史土壤学"等新的构想，将辛亥革命研究不断引向深入，对辛亥革命研究做出了具有开创性意义的重大贡献。

一 强烈的爱国情怀和时代的使命担当，使章开沅先生
毅然选择研究辛亥革命史

章开沅先生与辛亥革命史结缘具有一定的偶然性。青年时代，他原本想成为一名文学家或战地记者，从来就没有想过成为历史学家，更没有想过研究辛亥革命史。据其回忆："中学时期，我酷爱的是文学，喜读杂书，苦练文笔，语多冷峭。成为文学家，是我这时的梦想。大学时代，在金陵大学历史系就读，但并未树立专业思想，除听课与应付作业考试之外，仍

痴迷于文学作品之中，对于社会科学书籍也兴趣有加。参加风起云涌的学生运动以后，写时评又成了课余爱好，虽不无'少年孟浪'之处，但却颇得好评。年青时豪气干云，在激情如火的革命岁月，觉得当文学家已经过于平淡，新的理想是当一名战地记者，在枪林弹雨之中采访报道，那才显得出热血男儿的本色。"① 1948年冬，章先生从金陵大学历史系肄业投奔中原解放区，到邓小平、陈毅等人创办的中原大学学习和工作，通过短期培训，被分配在中原大学政治研究室中国革命史组任教。嗣后，中原大学随军南下，由开封迁往武汉，他所在的单位隶属于该校新创办的教育学院历史系。1951年秋，中原大学与华中大学合并，两年以后正式改名为华中师范学院（今华中师范大学）。于是，章先生便在这所学校的历史系教了一辈子中国近现代史。

革命改变了中国的面貌，也改变了章先生的人生。他从一个热爱文学的"孟浪"少年转变为一个从事中国近现代史教学与研究的教师完全是服从革命需要。他曾将这种转变形象地比喻为"包办婚姻"。他常自我解嘲说："我的职业像包办婚姻，通常应该是先恋爱后结婚，我却是先结婚后恋爱。我是在担任历史教师以后，才逐渐增长了对于史学研究的兴趣。"② 他早期对于中国近现代史的研究并没有一个固定的方向和专门的领域，可以说完全是为教学服务。那时，华师历史系教师人数较少，因而他的教学任务很繁重，除教本系学生基础课外，还得承担外系某些公共课，因此只有在深夜和节假日才能做点初步研究。要说研究兴趣的话，相对来说对研究太平天国的兴趣可能更浓一些，发表的论文也往往是为了赶潮流，侧重于中国近代史的分期问题和太平天国的性质以及天朝田亩制度等问题。之所以后来转向研究辛亥革命史是受到外来的刺激，带有一定的偶然性。据其回忆：1954年秋冬之交，"民主德国（即东德）历史学家贝喜发博士专程前来武汉搜集辛亥革命史料，外事部门邀请武汉大学历史系姚薇元、汪贻荪两位教授和我出面接待。在贝喜发短暂的逗留期间，除学者之间的交流以及参观历史遗址之外，还特别为他举行了辛亥老人座谈会"。"贝喜发来汉使我受到刺激，一个外国人不远万里前来搜集辛亥革命史料，而就在首义之地从事历史教学工作的我为什么对辛亥革命史漠不关心？"③ 从此，章先

---

① 章开沅：《我的史学之路》，《章开沅文集》第11卷，华中师范大学出版社，2015，第341页。
② 章开沅：《我的学术生涯》，《章开沅文集》第8卷，第10页。
③ 章开沅：《我与辛亥革命史研究》，《湖北文史资料》1996年第1辑。

生便下定决心研究辛亥革命史。从表面看来，贝喜发来汉搜集辛亥革命史料这件事促使他决心研究辛亥革命带有一定的偶然性，但偶然性寓于必然性之中，其必然性又是什么呢？我们认为，强烈的爱国情怀和时代的使命担当是其转变的根本原因，具体来说，与下列一些主、客观因素有关。

一是与家庭背景有关。章先生于 1926 年 7 月 8 日出生在安徽芜湖一个绅商世家，章氏十二世祖实庵公在晋、陕两省做过知府、道台之类的官员，与中国近代著名的爱国主义者林则徐交往甚深，实庵公家中"曾长期保存着林则徐书赠给他的条幅和对联"。① 其十三世祖怡棠公曾一度入左宗棠幕府。正是由于怡棠公的渊源，十四世祖干臣公少年从戎，于 1876 年以监生报捐州同身份投效左宗棠西征大营，转战于新疆南北两路；1880 年以军功补知州，并在左营经办哈密屯防，支持左宗棠收复和保卫新疆领土。西征结束后，历任安徽抚署文案、牙厘局提调、无为州知州、怀宁县（安徽首县）知县等职。章氏十四世祖干臣公是章先生的曾祖父，他一直认为，"干臣公是我们家人心目中的英雄"。② 后来，干臣公目睹官场腐败，愤而辞职。中日甲午战争后转而投身实业。1896 年在芜湖创办益新面粉公司，并开设面粉厂，这是中国第一家机器面粉厂。嗣后他又在安徽当涂以新法开采凹山铁矿，并在上海设立宝兴铁矿公司。宝兴铁矿有自己的铁路和码头，矿石主要外销日本八幡制铁所，堪称今日马钢的前身。晚年还曾与开滦公司协议合办开平煤矿。干臣公不幸于 1920 年初因病早逝，其所开办的企业也因为日本侵华战争的破坏和国民党政府的巧取"劫收"而宣告破产。这样的家庭背景使章开沅先生幼年时接受了传统的爱国主义教育。其出生时，虽然家境已经中落，他并没有看到先辈昔日的辉煌，但先辈的事迹对其学术生涯产生了极其重要的影响。章先生将这种影响归纳为两个方面："一是由于干臣公的事迹，诱发我研究张謇的兴味，也有助于我对张謇的理解；二是由于这样绅商门第的背景，有利于我与自己某些研究对象之间的沟通，使我得以结识一批清末民初的知名人士和他们的后裔。"③

二是与个人早年的成长经历有关。章先生诞生于动乱的战争年代，幼年时代到处流浪，饱受颠沛流离之苦。六岁开始发蒙读书，辗转流浪于鄂、皖、川、宁等省市，先后肄业于武昌胭脂山小学、芜湖襄垣小学、芜湖萃

① 章开沅：《我的家庭历史》，《章开沅文集》第 8 卷，第 6 页。
② 章开沅：《我的家庭历史》，《章开沅文集》第 8 卷，第 7 页。
③ 章开沅：《我的家庭历史》，《章开沅文集》第 8 卷，第 7 页。

文小学、四川江津国立九中、重庆计政专修班，并在青年军二〇一师（驻地四川铜梁）服过兵役，至 1946 年 10 月考取金陵大学，被分配在历史系学习，仅学习两年后辍学，嗣后进入中原大学学习并留校任教。直到 1951 年才转入华中师院历史系任教，此时他已经 25 岁了。他的小学和中学阶段正处于全面抗战时期，在此期间，抗日战争的热浪滚滚向前，使他从小受到了生动的爱国主义教育。他清楚地记得，其在襄垣小学读六年级时，有一位北师大毕业的冉老师教他们的语文课，"他出的作文题目都结合现实，如《致华北前线抗日将士书》之类"。小学毕业典礼上，教音乐的教导主任程老师"指挥全体师生高唱当时流行的电影《桃李劫》主题歌：'同学们，大家起来！担负起天下的兴亡。我们今天是桃李芬芳，明天是社会的栋梁；我们今天欢聚一堂，明天要掀起救亡的巨浪。巨浪，巨浪，不断地增长。同学们，同学们，快拿出力量，担负起天下的兴亡。'大家热血沸腾、心潮澎湃，仿佛我们稚嫩的肩膀果真已担负起国家安危的重担"。① 在日本帝国主义侵略魔爪的蹂躏之下，中国人民处于水深火热之中，过着牛马不如的生活，他还清楚地记得，其在江津国立九中读书期间，学校领导经常带领学生参加一些课外活动，到学校附近的煤矿去参观，借以体察民情，了解下层民众的生活，这使他深受教育。据其回忆："我们这些难民学生已经够苦了，但看到那些赤身露体、瘦骨嶙峋的工人，在黑暗且积水的洞穴中匍匐着挖煤或拖煤，有的工人两眼已经失明依然勉强背煤，这才知道世界上还有比我们更苦的人，简直是人间地狱！"② 后来，他在向本科生讲解中国近现代史，特别是辛亥革命这段历史的时候，辛亥志士强烈的爱国主义情怀和时代的担当意识令他感动不已。诚如他后来所说的："每当我翻阅辛亥革命史籍，总是仿佛又听到当年爱国志士的深情呼唤：'国魂乎！盍归来乎！'对于每一个炎黄胤裔来说，在人世间还有什么比这更为感人肺腑的壮美声音呢？"③ 少年时代颠沛流离的生活、艰难求学的人生经历使他容易对当年辛亥志士所从事的革命事业产生理解和敬重。他后来在回答一些青年的询问时说："我们这一代人，是在民族灾难空前深重的岁月里长大的。当我们刚会唱歌，学的就是抗日救亡歌曲；刚会作文，写的就是如何洗雪国

① 章开沅：《中小学老师》，《章开沅文集》第 8 卷，第 34 页。
② 章开沅：《中小学老师》，《章开沅文集》第 8 卷，第 35 页。
③ 章开沅：《我为什么研究中国近代史——回答一些青年的询问》，《章开沅文集》第 8 卷，第 518 页。

耻之类题目。帝国主义的疯狂侵略和国民党反动派的残暴腐败，使我们备尝颠沛流离、失学失业之苦。而山河破碎和民族屈辱，则使我们幼稚的心灵遭受更为痛苦的煎熬。正是这样的生活经历，使我们比较容易理解中国近代史的内容，比较容易对那些爱国御侮、革新救亡的史事产生共鸣。"①这一席话道出了他研究辛亥革命的深层次原因之一。

三是与长期生活和工作的地域有关。章先生自 1951 年 7 月转入华中师范学院历史系任教以来，除因种种原因短期离开华师以外，一直居住在武汉，他热爱武汉，多次赞扬武汉为英雄城市。而辛亥革命是以武昌首义为标志的，武昌首义是武汉的一张名片，也为他研究辛亥革命创造了某些有利条件。

人们常说："天时不如地利，地利不如人和。"我们认为，章先生转向研究辛亥革命史完全具备了上述天时、地利、人和等条件。

先说"人和"。由于武昌是首义之区，因而湖北地区的各级领导都十分重视、支持辛亥革命研究。据章先生回忆，在武汉召开纪念辛亥革命五十周年学术讨论会时，"湖北省政府对此次盛会极为重视，张体学省长亲自出席预备会，表示要尽力服务把会议开好。据说，连会议伙食特供的鱼、肉都是体学同志亲自批的，还有会议期间吃饭不定量大概也得靠省里补贴"。②在此次会议召开之前，为了提高湖北省参加会议学者论文质量，时任湖北省委宣传部副部长密加凡和秘书长彭展通知武汉各高校论文作者，到洪山宾馆集中修改定稿。那时国家正处于三年困难时期，据章先生回忆：宾馆食宿条件较好，"主食虽也定量，但菜则油水较多，且有时略见荤腥，这在当年便是天大的福音"。"具体抓论文质量的是彭展，他特别邀请《理论战线》两位较有经验的编辑参加讨论，以弥补年轻教师的欠缺。我们的讨论非常认真，对每篇论文都仔细推敲，提出供作者参考的具体修改意见。用当时近代史研究所同志的话来说，就是要'改得死去活来'。""彭展在论文水准上把关甚严，但在生活上却对我们关怀备至，记得每逢在一起进餐，他都把自己那份定量供给的饭拨三分之一到二分之一给我，大概是已经注意到我的食量与消耗都大吧！其实他正患肝炎，体质很差，也非常需要营养。正是在这样紧张而又融洽的气氛中，湖北省提交会议的论文大多赢得

---

① 章开沅：《我为什么研究中国近代史——回答一些青年的询问》，《章开沅文集》第 8 卷，第 515 页。
② 章开沅：《我与辛亥革命史研究》，《湖北文史资料》1996 年第 1 辑。

了行家的好评。"① 当时，华中师院院长杨东莼也十分关心章先生对辛亥革命的研究，即使后来杨老调到北京担任全国政协文史资料委员会任副主任以后，仍然关心他的成长，将他借调到该会协助征集北洋史料，这使他学问大有长进。据其回忆："北京之行使我进入一个新的更大的学术世界，北大、北图和近代史所有丰富的图书、报刊、稿本可以借阅，在中华书局内外还有许多学有所成的师友可以请教问难，借鉴他们治学的门径与风格，这比我独自在桂子山摸索要优越得多了。同时，通过全国政协的文史资料工作，我又结识了许多健在的辛亥、北洋时期的老人，如章士钊、邓汉祥、曾毓隽、溥仪、溥杰等，增加了许多书本上所缺少的感性认识。有时我在办公室审稿，与同属北洋组的溥仪面对而坐，研究者与研究对象成为同事，这也许可以算是史坛奇遇吧！"② 正是在借调北京的将近两年时间内，他阅读了大量张謇未刊资料，对张謇进行研究，完成了《开拓者的足迹——张謇传稿》这部 30 多万字的著作。

不仅如此，武汉兄弟院校的中国近现代史专家对章先生研究辛亥革命也是大力支持的，武汉大学的姚薇元、汪贻荪教授就具有代表性。据其回忆："姚、汪两位前辈劝我加强辛亥革命史研究，他们则想在太平天国史方面多做些工作，借以显示武大、华师两校合作而又有所分工。汪贻荪先生与我的业师陈恭禄先生以前曾经在武大历史系同时任教（抗战时期），所以对我特别关切，毫无保留地把他过去手抄的许多珍贵辛亥革命资料借给我阅读与转抄。老一辈学者扶掖后进的崇高风范深刻地影响了我这一生。"③ 的确，这种和谐的人际关系大大激发了他研究辛亥革命的兴趣和热情。

再说"地利"。武昌是首义之区，其蕴藏的文献资料是相当丰富的，其中包括档案资料、报刊资料、人物传记资料、回忆录等，后来，这些资料都陆续得以出版。章先生还和华中师大历史系的同行深入湖北农村各地调查，积累了不少调查材料，另外，武昌城内外还遗存有不少实物资料。更为重要的是，在 20 世纪 50 年代，不少辛亥老人还健在，也向他提供了大量口碑资料，他以接待贝喜发博士为起点，与许多辛亥老人及其后裔建立了经常的联系，关系十分密切。据他回忆："熊秉坤、章裕昆两位都属热心快肠之人，是我经常请教的对象。李春萱文化素养甚高，曾多次给我来信说

---

① 章开沅：《我与辛亥革命史研究》，《湖北文史资料》1996 年第 1 辑。
② 章开沅：《我与辛亥革命史研究》，《湖北文史资料》1996 年第 1 辑。
③ 章开沅：《我与辛亥革命史研究》，《湖北文史资料》1996 年第 1 辑。

明某些重要辛亥史事。我还曾访问年高德劭的张难先（时任中南军政委员会副主席），他向我畅谈参加革命经过，并且以可口的家乡（沔阳）菜肴款待我。记得临别时张难老谦虚地说：'日月出而爝火熄矣'。意谓与伟大的新民主主义革命相比，辛亥革命和他本人的历史贡献算不了什么。与我交往最密的是朱峙三，他把自己终身不辍的日记借给我阅读，并且经常为我提供若干古旧书肆的相关信息。华师历史系资料室有些史料书籍，就是在他热情协助下购回的。"① 上述武昌丰富的各类史料为章先生研究辛亥革命史奠定了坚实的基础。

最后说"天时"。新中国成立后，随着社会生产力的发展，文化教育事业日益兴旺发达，学术研究也出现了新的起色。但事物的发展不是一帆风顺的。由于"左"的干扰，章先生对辛亥革命研究也是时续时停。1964 年10 月，因在《光明日报》发表《不要任意美化，也不要一笔抹杀》一文而横遭批判，被指责为以折中主义手法为叛徒李秀成辩护。挨批一直延续到1966 年，由于有此"前科"，章先生在"文革"中受到更为严重的冲击，学术研究随之长期停顿，蹉跎岁月长达十余年之久。1976 年粉碎"四人帮"不久，应人民出版社之约，主持编撰《辛亥革命史》，章先生才又重新回到辛亥革命研究的轨道上来。但那时，由于"文革"刚过，人们还心有余悸，受"资产阶级（特别是上升时期）要立足于批"的影响，写作过程也是困难重重。直到 1978 年党的十一届三中全会胜利召开以后，我国进入改革开放的新时期，提倡解放思想与实事求是的新学风。学术界和其他各行各业一样，人们备受压抑而又积蓄已久的积极性，像地下的泉水一样喷涌而出，这也是他有生以来精力最为旺盛而成果也是最多的时期。继合作主编《辛亥革命史》三卷本之后，又陆续出版了《辛亥革命与近代社会》《开拓者的足迹——张謇传稿》《离异与回归——传统文化与近代关系试析》《辛亥革命前后史事论丛》《辛亥革命前后史事论丛续编》等专著；此后，他又陆续策划、主编了《国内外辛亥革命研究综览》《辛亥革命大写真》《辛亥革命辞典》等系列工具书。这些出自章先生大手笔的学术专著和系列工具书不仅为从事辛亥革命研究的后继者树立了学习的榜样，也为广大读者提供了问难解惑的宝典，为他们阅读各种类型的辛亥革命著作提供了极大的方便。此外，他还在国内外重要学术刊物上发表了一系列学术论文。虽然由于工

---

① 章开沅：《我与辛亥革命史研究》，《湖北文史资料》1996 年第 1 辑。

作的需要,章先生一度有过"告别革命"的想法,但最终还是"无法告别革命"。诚如他自己所说的:"虽然后来研究兴趣有所转换,但是辛亥革命研究可以说一直贯穿于我的整个学术生涯之中。作为一个'老革命',虽然没能扛枪上战场,也算是研究了一辈子'革命'。"①

二 为推动辛亥革命研究,章开沅先生身体力行、率先垂范,做了许多具有开创意义的工作

章先生待人诚恳、性格直爽,处事低调,反对说大话、空话,主张说实话、真话。提倡"老老实实做人,踏踏实实做事"。他认为,"实"是做人治学的根本,应奉为一生言行的准则。他之所以将自己的书房取名为"实斋",就是时时提醒自己不要忘记这一准则。他一生为推动辛亥革命研究做了许多具有开创意义的实事、大事,概括起来主要有如下五个方面。

第一,建议并推动召开纪念辛亥革命五十周年学术讨论会,使后来每十年一次在武汉举办纪念辛亥革命的学术讨论会成为惯例。

1959年,"教育革命"(包括"史学革命")过后,华中师院恢复了正常的教学秩序,章先生从下放的草埠湖农场返校,在教学之余常为《理论战线》(《江汉论坛》前身)撰稿,于是,心中又重燃搁置已久的对辛亥革命研究的兴趣。他认为,作为首义之地的武昌,应该为辛亥革命做较大的贡献,并且初步形成举办全国性纪念辛亥革命50周年学术讨论会的构想。华师院、系两级领导都非常赞成,并且立即报请省委宣传部和省社科联,两部门领导也很支持这一构想。为推动这项工作,从1960年开始,章先生从两个方面进行准备:一是抓紧论文写作进程;二是按照省委有关领导的安排,抓紧随同省社科联秘书长李德仁等人前往北京争取中宣部的支持与指导。华师历史系所报论文题目是《从辛亥革命看民族资产阶级的性格》,在论文撰写期间,章先生还带领部分师生深入鄂东一些城乡进行社会历史调查,那时正值严重经济困难时期,大家常常因为口粮供给不足而忍饥挨饿,但还是克服重重困难,完成了各项调查任务。为了写好论文,从1960年春天开始,他认真阅读了柴德赓主编的八册《辛亥革命》资料,在北京图书馆、近代史研究所查阅了相关书刊,在南京史料整理处(中国第二历

---

① 章开沅:《我的史学之路》,《章开沅文集》第11卷,第342页。

史档案馆前身）抄录了不少资料，结合原在武汉积累的资料，经过认真研究后才开始撰写论文。在生活条件极为艰苦的情况下，要从宏观上探索并阐述清楚"民族资产阶级性格"这样大的课题谈何容易！个中艰辛自然是常人难以想象的，章先生夜以继日、艰苦求索，经过长时间的努力，终于在"寒冷的宿舍"完成了论文初稿的写作。第一篇论文初稿完成后，章先生奉命配合省社科联的主管领导一同前往北京，与首都学术界同人取得联系，征求一些前辈学者的意见，并寻求中宣部的支持和指导。北京之行，使他有幸见到心仪已久的马克思主义历史学家黎澍，黎原任中宣部理论处处长，时任近代史研究所副所长，他对中央的精神理解较为透彻。从他那里得知中宣部领导基本上同意在汉举办此次全国性学术会议，章先生怀着喜悦的心情回到武汉。不久，省社科联通知武汉各高校论文作者到洪山宾馆集中修改定稿。章先生除将原来撰写的《从辛亥革命看民族资产阶级的性格》一文最后修改定稿外，还与陈辉等老师一道接过原由武汉师专历史系提交的《武昌起义与湖北革命运动》一文的修改任务，实际上是由章先生全部改写，工作极为繁重。

辛亥革命五十周年学术讨论会于 1961 年 10 月 16 日至 21 日由中国史学会和湖北省社科联联合举办，参加此次讨论会的有史学工作者 100 多人，共提交 40 多篇论文供大会讨论。著名的马克思主义理论家、湖北省社科联主席、武汉大学校长李达致开幕词，辛亥革命参与者、德高望重的吴玉章在开幕式上发表重要讲话，引起强烈反响。参加此次会议的有老一辈著名史学家，也有一批青年才俊，后来他们均成为活跃于辛亥革命史研究领域的骨干力量，会议开得非常成功。章先生提供的两篇论文受到吴玉章、范文澜等学术前辈的赞赏。《武昌起义与湖北革命运动》被行家推荐为大会报告的第一篇论文；会后，《新华日报》又全文刊载了《从辛亥革命看民族资产阶级的性格》，这是作为会议有代表性的论文向国内外推介的。两篇论文均收入《辛亥革命五十周年纪念论文集》，该书 1962 年由中华书局出版。这次会议是第一次以历史事件为主题的全国性学术讨论会，是一次高规格的学术会议，极大地提高了人们对辛亥革命意义的认识，促进了青年一代学者更多地投入到此项研究中来，以此为契机，每十年一次在武昌举办辛亥革命学术会议成为惯例。托章先生的福，从 1981 年纪念辛亥革命七十周年国际学术讨论会开始，我有幸连续五次在武昌参加纪念辛亥革命的学术盛会；从 1991 年开始，我又有幸连续四次在长沙参与筹备纪念辛亥革命全国青年学术会议。

第二，主持编写《辛亥革命史》这部综论性学术专著，使中国辛亥革命研究步入一个新的阶段。

"四人帮"垮台后不久，人民出版社林言椒编辑牢记 1961 年吴老在武昌会议上提出"要写大著作"的嘱托，邀约章先生组织两湖与川、黔部分学者编写大型学术专著《辛亥革命史》。并推荐了林增平先生、隗瀛涛先生、吴雁南先生等作者。章先生与林言椒相交既久，深知其为人坦诚，言必行、行必果；加之林、隗、吴等又是章先生非常熟悉的朋友，便欣然表示同意。林言椒以人民出版社的名义说服了两湖及川、黔四省宣传部部长，终于成立了跨地区的《辛亥革命史》编写组，此项工作正式启动。编写工作可谓困难重重：由于学术研究荒废时间太久，"文革"前积累的资料多已散失或被抄没而未发还，许多章节必须从搜集资料开始；由于参与撰写初稿的作者人数较多，各人都有自己独特的思路和文风，比较难以统一；此外，编写组也没有专项课题经费资助。除此而外，难度最大的还是排除"左"的干扰，清除"四人帮"散布的无耻谰言和思想流毒。为此，章先生曾多次召开编写组扩大会议，邀请组外学者参加讨论，借以集思广益，将书稿的写作过程变为学术讨论和学术研究的过程，在召开多次讨论会的基础上，章先生写成《解放思想，实事求是，努力研究辛亥革命史》一文，总结了新中国成立以来辛亥革命研究的历史与现状，并着重就指导思想、人物评价、中外关系、资料搜集、研究方法等重大问题做了系统的阐述。其中特别强调，要打破对资产阶级"立足于批"的精神枷锁，要推倒所谓"资产阶级中心论""资产阶级决定论""资产阶级高明论"等诬陷、不实之词，坚持正确地、全面地评价处于上升时期的资产阶级及其代表人物，肯定他们在中国旧民主主义革命时期的进步作用。在人物评价问题上，要打破"四人帮"所强加的路线斗争框框，反对简单、武断的"好坏分类法"，还历史人物以本来面目。在中外关系上，要把中国的历史置于世界历史的全局中来考察，在揭露外来侵略的同时，要注意把帝国主义国家的政府和人民区别开来，从而阐明世界人民对中国人民革命斗争的同情和支持。毫无疑问，上述观点不仅对于统一编写组成员的思想、保证书稿的质量起到了极其重要的指导作用，而且为今后辛亥革命研究指明了方向。这篇在编写组历次会议上讲话的综合文稿发表后，在国内外引起强烈反响，美国有家中文报刊，首先摘要介绍并称之为"代表大陆民国史研究的新动向"，稍后又被美、日几家史学杂志全文译载，东京辛亥革命研究会还专门就此文进行热烈讨论，可见其影响之深远。编写组同人经过四年多时间的艰辛努力，120 万字的三卷本《辛亥革命史》终于在 1981 年 10 月以前全部出齐，并由宋庆龄副委员长题写书名，成为对辛亥革命七十周年纪念的厚重献礼！该书出版后，曾被海外学界赞誉为"最能代表中国大陆研究水平与趋向的学术成果"。①

第三，参与筹建中南地区辛亥革命史研究会和武昌辛亥革命研究中心，并筹备出刊《辛亥革命史丛刊》《辛亥革命史研究会通讯》《国外辛亥革命史研究动态》，引领辛亥革命研究有序进行。

关于中南地区辛亥革命史研究会的缘起，章先生回忆，"1978 年春，我们编写组（指《辛亥革命史》编写组——引者注）正集中在北京讨论与修改稿件，广东省社科院的张磊突然来访并提议筹建辛亥革命研究会，林增平等与我当即表示赞同，并商定了简要的会章。那时成立学会的手续比较简便，只要征得中国社会科学院有关部门同意就可以了。会名定为中南地区辛亥革命史研究会，这是根据黎澍（本会顾问之一）的建议，他认为中国省、区太多，如挂全国性学会的牌子，理事会必然相当庞大，人事安排更加复杂，不如限于中南五省，反而便于开展活动。黎澍的建议非常中肯"，② 便采纳了他的建议。1978 年底，中南地区辛亥革命史研究会第一届理事会在中山县开幕，会议选举章先生为理事长，林增平、张磊为副理事长，并决定编辑《辛亥革命史丛刊》《辛亥革命史研究会通讯》《国外辛亥革命史研究动态》《辛亥革命史论文选（1949—1979）》，并决定 1979 年 11 月举办第一次学术年会。

1979 年 11 月，中南地区辛亥革命史研究会与中山大学、广东省历史学会等单位在广州联合举办"孙中山与辛亥革命学术讨论会暨中南地区辛亥革命史研究会年会"。收到论文 84 篇，到会代表 145 人，其中有美国、日本和中国香港地区学者 4 人，为中国内地举办辛亥革命国际学术研讨会之先声。

由于辛亥革命 70 周年临近，1980 年 11 月，中南地区辛亥革命史研究会与湖南省历史学会在长沙联合举办"辛亥革命史学术讨论会暨中南地区辛亥革命史研究会年会"。共同商讨如何开好纪念辛亥革命 70 周年学术讨

---

① 章开沅：《〈辛亥革命史〉（增订版）序言》，《章开沅文集》第 11 卷，第 312 页。
② 章开沅：《我与辛亥革命史研究》，《湖北文史资料》1996 年第 1 辑。

论会的问题，并动员本会成员为会议撰写高质量学术论文。在此次年会期间，章先生提出，1981 年即将举行的纪念辛亥革命 70 周年国际学术会议名额有限，将有很大一部分青年学者不能参加，因而建议为他们提供一个学术交流的机会，借以培植辛亥革命史研究的后备力量。1981 年春，章先生和林先生联袂进京，在不同场合与熟悉的同志谈及此事，同志们也咸表赞成，并力促中南地区辛亥革命史研究会和湖南省历史学会联合举办，共襄善举。

1981 年 10 月 12—15 日，"纪念辛亥革命 70 周年国际学术讨论会"在武昌东湖宾馆隆重举行。出席会议的学者 170 余人，其中有日、美、加、法、澳、印、泰、朝和中国香港地区学者 44 人参会，是一次名副其实的高水平、大规模的国际学术盛会。接着，在 12 月 5—9 日，"纪念辛亥革命 70 周年青年学术讨论会"在长沙召开，会议收到全国 27 个省市自治区青年学者论文 95 篇。这是首次在国内举行的全国性纪念辛亥革命 70 周年青年学术讨论会，章先生作为特邀代表出席会议、进行具体指导，并由 14 位专家组成的评议组评选出一等奖论文 4 篇，二等奖 10 篇，三等奖 15 篇。其中部分获奖论文由中华书局结集出版。以此为契机，继每隔 10 年在"首义之区"的武昌举行一次纪念辛亥革命国际学术会议之后，在"首应之区"的长沙也举行一次纪念辛亥革命青年学术会议，亦成为惯例。

《辛亥革命史丛刊》于 1980 年创刊，由中华书局出版，不定期，后改由湖北人民出版社出版，已出版 10 多期。《辛亥革命史研究会通讯》先由各理事单位轮流编印，1979 年 1 月已出第 1 期。《国外辛亥革命史研究动态》于 1983 年创刊。后经中南地区辛亥革命史研究会、辛亥革命武昌起义纪念馆、武昌辛亥革命研究中心共同商定，将原有的《通讯》《动态》合并改刊，以《辛亥革命研究动态》名义重新创刊，为季刊，一直到现在尚未停刊，从而保留了一块可以继续沟通海内外辛亥革命研究信息的园地。1981年《辛亥革命史论文选（1949—1979）》由三联书店出版。中南地区辛亥革命史研究会在其存续的 30 多年间，对组织各种学术讨论会和出版各类学术专著都起到了重要作用。同样，武昌辛亥革命研究中心的建立也有着章先生一份功劳。1984 年底，章先生征得湖北省委有关领导同意，联络省内外知名专家学者 30 余人联合发出《建立辛亥革命研究中心倡议书》，得到中外学者和辛亥革命有关人士的积极响应。中共湖北省委也于当年发文，同意成立研究中心。湖北省社科联本着一边开展学术活动，一边筹建研究中心的原则，做了大量工作。1989 年 6 月 27 日，研究中心在辛亥革命武昌起义纪念馆正式成立。推选韩宁夫担任理事长，章先生等 8 人担任副理事长。理事会下设学术委员会，章先生担任学术委员会主任委员。该中心是一个专业性的群众学术团体，旨在团结国内外有志于研究辛亥革命的人士，推动辛亥革命研究的深入发展；同时，也是党和政府联系有关研究辛亥革命的专家学者、辛亥革命老人、辛亥革命志士后裔、民主人士、港澳同胞、海外侨胞、国际友人以及有关人士的纽带和桥梁。它的成立大大推动了有关辛亥革命研究成果的出版和学术活动的开展。1991 年 7 月，武昌辛亥革命研究中心编辑出版了《辛亥革命与近代中国　1980—1989 年论文选》（湖北人民出版社，1991）。1991 年 9 月，又由武昌辛亥革命研究中心和中南地区辛亥革命史研究会合作编辑出版了《辛亥风云与近代中国论文集》（贵州人民出版社，1991）。

第四，率先招收辛亥革命研究方向的硕士生和博士生，精心培养人才。

章先生于 1979 年开始招收中国近代史的硕士生，以研究辛亥革命为重点。1983 年开始招收同一方向的博士生。他培养研究生的方法很多，仅列举三点。

一是给学生营造一个相对宽松的学术环境，把严谨治学与自由讨论结合起来。他用自己长期积累的知识和经验教育、培养学生，待学生亲如子弟。十分重视师生之间、学生相互之间平等交流。他多次强调，科学研究不设禁区、不加压力，即使有压力也要自己扛。他说：“科学无禁区，如果你选的课题有争议，但又确实有价值，政治责任由我承担，学术水平归你负责。其实我至今仍需要顶住来自很多方面的压力，包括中国基督宗教史的研究都很有压力。尽管如此，我还是愿意像鲁迅讲的那样，年长者肩负起黑暗的闸门，让年轻人走向光明的未来。”①

二是培养学生独立思考的能力和首创精神，对学术问题要有自己的独到见解。关于这一点我感受尤深。我还清楚地记得，在华师学习期间，章先生给我们出了一个“关于中国近代史分期问题”的讨论题目，经过一段时间的准备，我提出，既然以第一次鸦片战争作为中国半殖民地半封建社会开端的标志，那么应当以中日甲午战争作为中国半殖民地半封建社会加深的标志，并从革命的领导阶级、社会经济结构、阶级力量配备、外国侵

---

① 章开沅：《史学的品格与历史学家的使命——章开沅教授访谈录》，《章开沅文集》第 10 卷，第 340 页。

略者的殖民政策、清政府对内对外政策、社会主要矛盾和思想文化等七个方面的变化加以阐述。这一观点与他于 1957 年在一篇文章中提出"不赞同以中日甲午战争作为分期界标"的观点是相悖的。我在发言之前多少有点顾虑，担心会挨批评，但令我感到意外的是，章先生在听完我的发言后不仅没有批评我，反而当着大家的面大大表扬了一番，后来又帮我推荐，在学术刊物上公开发表了这篇文章。

三是帮助学生不断发掘新资料，开辟新的研究领域。章先生在多次接受媒体采访时表示，他不敢以"人梯"自居，而只是想成为铺路的石子，以填补学术道路上的坑坑洼洼，使后来者少走弯路，行稳致远，成长得更快一些。据他回忆："有一个深夜我忽发奇想，觉得自己的一生好像一只忙忙碌碌的老鸡，成天到处啄啄扒扒，如发现什么谷粒、昆虫之类，便招呼小鸡前来'会餐'。1979 年在东京大学搜集宫崎滔天和梅屋庄吉的档案文献，1980 年在苏州市档案馆勘察苏州商会档案的史料价值，1991 年在耶鲁大学神学院图书馆检阅中国教会大学史档案的收藏情况，都为本所中青年教师的学术成长起了若干引导作用。"① 即使研究生毕业之后分配到外地工作，章先生仍然与学生保持联系，十分关心他们的成长，这或许就是他所说的"跟踪关怀"吧！长期以来，无论在课内外、校内外、省内外、国内外，章先生为年轻一代历史学者的成长耗费了不少时间和精力，对自己的著述带来了或多或少的影响，但他无怨无悔。他说："因为学术的小我只有汇入学术的大我才能进入永恒。""为造就青年学者开路，为发展学术交流搭桥，这就是我的人生追求。"②

第五，走出国门，开展国际学术交流，使辛亥革命研究成为国内外学者认可的"显学"。

1979 年 9 月底，应美国华盛顿大学等 11 所大学的东亚研究中心的联合邀请，章先生与武汉大学历史系的萧致治先生联袂访美，历时一个多月；同年 11 月，又应日本东京大学东洋文化研究所与京都大学人文科学研究所联合邀请访日，主要讲演内容是有关中国近现代史和辛亥革命史的研究现状与趋势，演讲稿后由美国《亚洲研究》等学术刊物全文译载或摘要介绍。此次海外之行，使他初步了解了国外的史学理论与方法，并结交了一批美国、日本的历史学家，这是中国大陆辛亥革命研究者第一次走出国门，进

① 章开沅：《我的人生追求》，《章开沅文集》第 8 卷，第 15 页。
② 章开沅：《我的人生追求》，《章开沅文集》第 8 卷，第 16 页。

行国际学术交流。

1981 年 10 月中旬，在武汉召开的纪念辛亥革命 70 周年国际学术讨论会结束后，章先生又应日本辛亥革命研究会邀请，参加"东京纪念辛亥革命 70 周年国际学术会议"，提交的论文是《"排满"与民族运动》。会后，章先生与金冲及先生专程前往熊本县荒屋市凭吊宫崎滔天家墓。

1982 年 4 月，美国亚洲学会在芝加哥举行学术年会，邀请海峡两岸学者共同讨论辛亥革命。章先生随胡绳先生率团前往芝加哥与会，我国台湾方面则派秦孝仪先生、张玉法先生、李云汉先生等人参会。到会代表五六百人，盛况空前。章先生被指定为代表大陆学者的答辩人，张玉法先生则是代表台湾学者的答辩人。双方代表在发言中对孙中山的作用和辛亥革命的历史意义等问题观点相近；但在辛亥革命的性质判断上存在明显的分歧。一些台湾学者认为辛亥革命是"全民革命"，大陆学者则认为是资产阶级革命，由于受举办方规定各自发言时间的限制，辩论无法展开。回国后，章先生在《近代史研究》1983 年第 1 期发表长篇文章《就辛亥革命性质问题答台北学者》，理论与史实结合，阐述了辛亥革命的资产阶级性质，有理有据地驳斥了某些台湾学者提出的所谓"全民革命"的观点，在学术界引起了一定的反响。

1990 年 8 月，章先生卸下校长重任后应邀赴美，先后在普林斯顿、耶鲁、加州大学（圣地亚哥校区）三所著名大学讲学和研究，直到 1993 年 6 月。在此期间，于 1991 年 6 月由美赴韩出席汉城大学举办的"中国近现代史史料学国际研讨会"，并做有关辛亥革命史料出版工作的报告。同年 8 月，应邀参加夏威夷举办的"纪念辛亥革命 80 周年国际学术研讨会"，提交的论文是《辛亥革命与"只争朝夕"》，侧重从心态史的角度研究辛亥前后的社会心理变迁。同年 11 月，又应法国人文科学院的邀请，前往巴黎就中国大陆孙中山研究讲演，并与法国知名学者进行了广泛的学术交流。翌年 3 月，转至加州大学（圣地亚哥校区）任教，时至纽约、费城等地演讲，并获奥古斯坦纳大学赠予荣誉博士学位。在由美返国途中，应邀在日本讲学与研究 3 个月；随即又应邀作为客座研究教授在台湾政治大学历史研究所讲学半年，紧接着在台北中研院近代史研究所合作研究一个月。回校工作不久，1995 年初又应邀以"黄林秀莲学人"名义在香港中文大学崇基学院讲学与研究达半年以上。此番章先生前后在海外讲学、研究长达 4 年多。虽然因为工作需要他的研究重心已转向中国教会大学史，"但始终未能忘情于辛亥革命",除上述撰文参加汉城大学和夏威夷召开的国际学术会议之外,还在日本和我国台湾地区发表多篇与辛亥革命有关的论文,如《排满评议——对辛亥革命时期民族主义的再认识》《1949 年后中国大陆辛亥革命资料出版历程与展望》等。上述活动在辛亥革命学术交流中发挥了桥梁和纽带作用。章先生说过:"回顾半个世纪走过的人生道路,如果用一句话来概括我这漫长岁月的学术痴迷,那就是:努力把中国的辛亥革命研究引向世界,同时又把世界的辛亥革命研究引进中国。"①

三 粉碎"四人帮"以后,章开沅先生强调解放思想、实事求是、增强理论素养、改进研究方法,将辛亥革命研究不断引向深入

章开沅先生在其著作和讲演中经常提醒我们,"进一步提高理论素养,仍然是当务之急"。"一个研究者,如果没有马克思主义的立场、观点、方法作为武器,就会堕入史料的海洋而不能自拔,面对着宛如乱麻的众多史事而困惑难解。"② 他不仅自己认真学习马列主义、毛泽东思想;同时还带领我们一道逐篇学习经典作家论述中国近代史的文章,这已成为他培养的研究生的必修课。关于这一点,我已在《师恩如山,永世难忘——回忆华师那两年章老师对我们的谆谆教诲》一文中做了阐释,③ 此处不再赘述。我这里需要着重指出的是,在辛亥革命研究领域,对于排除"左"的干扰、肃清封建史学的流毒和驳斥某些中外学者散布的所谓辛亥革命是"绅士运动""全民革命"的说法以及如何改进研究方法等问题,他都是运用马列主义、毛泽东思想这一锐利武器的。他认为,"'左'的思想对于辛亥革命史研究的干扰,主要表现在所谓'为现实政治服务'的口号下,对资产阶级只有'批判',没有分析",上升时期的资产阶级的进步作用被完全否定。研究的范围被限制在指定的框框里,"于是经济、文化以至整个社会状况几乎被排除在研究范围之外"。"最流行的论著大多是关于人物的评述;而且历史人物每每被视为现实人物的影子",不能做出客观、公正的评价,"一部辛亥革命史就被歪曲为所谓的路线斗争史","整整一代的资产阶级革

---

① 章开沅:《我与辛亥革命史研究》,《湖北文史资料》1996 年第 1 辑。
② 章开沅:《〈辛亥革命与近代社会〉序言》,《章开沅文集》第 11 卷,第 364 页。
③ 《章开沅先生追思集》,华中师范大学出版社,2022。

家几乎就剩下了一个被'四人帮'钦定为'法家'的章太炎，就连伟大的革命先行者、中国革命民主派的旗帜孙中山先生，也被江青咒骂为'牛鬼蛇神'。"① 因此，他强调辛亥革命史的研究和整个史学一样，也要在马克思主义指导下继续解放思想、拨乱反正，首先要与陈腐的史学糟粕彻底决裂，同时要大力肃清"左"的影响，使史学真正走上历史唯物主义科学的轨道。

与此同时，他针对某些西方学者及某些台湾学者在论述辛亥革命的性质问题时提出的所谓"绅士运动"说或"全民革命"说，进行了有力的驳斥。他认为这"一是对当时中国资产阶级的发展程度估计不同，二是用于探究辛亥革命性质问题的方法论有异"。他列举大量数据和史实说明，随着中国民族资本主义的初步发展，民族资产阶级已经形成。他根据马克思主义社会发展原理充分肯定了处于上升时期的资产阶级的革命性及其对历史发展所起的进步作用。他又根据马克思主义唯物史观的一条基本原理，那就是在分析一个社会问题时，马克思主义理论的绝对要求，就是要把问题提到一定的历史范围之内，具体问题具体分析。而不能将此攻击为一种"模式"或者"条条框框"。恰恰相反，马克思主义的唯物史观"反对一切先验的、主观臆造的模式"，"最为反对以抽象的、僵死的'框框'硬套历史"。②

在治学方法上，他根据辩证唯物主义和历史唯物主义原理就辛亥革命史研究如何深入这一问题提出了许多独到的见解，诸如"参与史学""走进历史原生态""社会历史土壤学"等的构想，扩展了学者的学术视野，丰富了研究内容。

早在 1983 年底，在中南地区辛亥革命史研究会郑州年会上，章先生做了"辛亥革命史研究如何深入"的专题发言，着重从理论探讨方面进行阐述，说明提高理论素养的极端重要性；同时，对于"新课题的选择、新资料的发掘、新见解的形成"以及研究方法的改进③等问题也均有涉及，但由于受篇幅的限制未能充分展开。后来他在一系列讲演和访谈中都有比较详细的阐释，今分三个问题略做论述。

一是关于新课题的选择问题。辛亥革命研究的课题可谓俯拾皆是，但要选择有意义的课题进行研究。史学工作者不能为学术而学术，脱离现实

---

① 章开沅：《辛亥革命史研究中的一个问题》，《章开沅文集》第 2 卷，第 247 页。
② 章开沅：《就辛亥革命性质问题答台北学者》，《章开沅文集》第 2 卷，第 399 页。
③ 章开沅：《辛亥革命史研究如何深入》，《章开沅文集》第 9 卷，第 51 页。

生活。他认为："史学工作者研究史学的态度应当是关心社会，参与历史。所谓关心社会，是指历史研究者必须根据社会的发展和现实的需要来设计史学研究的内容与方向，并在此基础上积极投身于社会实践中去，把学术研究融入社会实践中去，而不是为研究而研究，钻进故纸堆出不来。"① 当然，"关心社会"不等于干预社会，也不是完全顺应社会。而史学参与可以从两个方面加以实现："一是要以历史学家的责任感，关注现实生活，发挥历史研究的功效。从这个角度看，我当初关于南京大屠杀的研究或可称之为一种参与，目的是反击日本右翼势力篡改历史的言论。在研究主题的选择方面，可以选择与现时代紧密相关的课题，在尊重事实、注重历史差异性的同时，发挥以史为鉴的传统。"② 他认为，讲"史学的参与"，必须要理清史学与政治的关系。以往社会上流行的"所谓史学为政治服务，就是意在把史学变成宣传，变成为某一时期政治中心任务的舆论造势，或者是为某一政策的出台作'学术'注解"，③ 这是对史学品格和学者人格的肆意践踏。他提出，"史学应该保持独立的科学品格，而且史学家应该保持独立的学者人格"。楚图南前辈为戴震纪念馆题诗云："治学不为媚时语，独寻真知启后人。"④ 20 世纪 80 年代以来，他常以此语自勉并勉励自己的学生。

二是关于新资料的发掘问题。如前所述，章先生历来十分重视史料的搜集和整理工作。他认为，"每个学科都有自己独立的品格，史学的可贵品格首推诚实，也就是人们常说的'求实存真'，离开了实与真，史学就失去了存在的价值。实证是历史学的基础，也是我国史学的优良传统，不管历史哲学、史学观念、研究方法如何更新，实证总归是史学研究的根本"。⑤因此，当研究课题确定之后，首要的工作是搜集尽可能多的原始资料，甚至不惜"竭泽而渔"，史料不仅数量要多，而且质量要好。为此，他提出了"原生态"史学的概念。"原生态"本来是用来指事物的原始生存状态或生活状态，是事物最纯真的一面。他将这个流行词借用到历史研究中来，"首先是想强调历史资料的原始性、完整性对历史研究的重要作用。史论须由

---

① 章开沅：《关心社会　参与历史》，《章开沅文集》第 10 卷，第 296 页。
② 章开沅：《章开沅先生访谈录》，《章开沅文集》第 10 卷，第 283 页。
③ 章开沅：《史学与政治》，《章开沅文集》第 8 卷，第 329 页。
④ 章开沅：《史学的品格与历史学家的使命——章开沅教授访谈录》，《章开沅文集》第 10 卷，第 331 页。
⑤ 章开沅：《我的史学之路》，《章开沅文集》第 11 卷，第 346 页。

史料中来，一些重要的史料必须读原文、读原本，必须知道这些材料是从何而来，背景如何。即便是最原始的材料，也是当时的人对于已经发生过的历史事实经过整理及文字加工后的记载，而这一过程掺杂了较多的主观成分，不同的人因价值观的不同、立场的不同对同一事件可能就会有不同的记载与评价，因而历史研究工作者们在运用史料时，必须要经过反复的比对与考证，才能使重构起来的历史更加接近历史的真实面目"。① 因此，"走进历史的原生态"，按照章先生的解释，应当包括史料的原生态和研究对象的原生态两个层次。他认为，走进历史的原生态，"首先表现为重视史料，充分利用第一手的原始材料"。"其次体现在重视解释，追寻研究对象的原生态。"他说："我一向主张对重要的史料必须读原文、读原本，尤其要考虑文本的完整性。任何史料的选集、汇编都在不同程度上破坏了其原生态。只有充分运用原生态的史料，史学著作才能经得起时间的检验，保持它的生命力。"因为史料的重要不仅在于量，更在于质，即其可靠性（真实性）。这就要"去粗取精，去伪存真"，即所谓考订精详的筛选辨析，使史料真实可靠，保持史料的原生态。然而，史料的考订与排比毕竟只是史学研究的第一步；更重要的一步还在于通过对历史的审视、思考、探索，最终形成真正属于自己的史识。因为"任何史学研究都涉及对历史对象的解释、判断与评价问题，研究者的最理想境界是尽量减少个人的主观因素，保持价值的中立。历史研究的最终诉求是求真、求实，而历史的真实就是历史对象的原生态"。② 长期以来，他非常重视史料的搜集、整理、编辑、校勘、出版工作。从 20 世纪 80 年代以来，先后主编出版了《辛亥人物文集丛书》10 余种、《苏州商会档案丛编》第 1 辑以及《辛亥革命史资料新编》8 卷本，总字数多达 1000 余万字。这些资料都是他经过千辛万苦的努力、探寻史料原生态的结晶，也是他探索历史对象原生态的基础。他说："过去我常想，历史究竟应该研究什么？简单地讲，就是要探索历史的原生态。历史事件、历史人物的原生态，就是其本来面貌，就是他们的真实面相。"③关于这一点，我们深有体会，在辛亥革命时期，湖南是重大历史事件和重要历史人物较多的省份之一，在进行区域研究时，在探索辛亥革命时期湖

① 章开沅：《我的史学之路》，《章开沅文集》第 11 卷，第 346 页。
② 章开沅：《史学的品格与历史学家的使命——章开沅教授访谈录》，《章开沅文集》第 10 卷，第 338 页。
③ 章开沅：《走进历史原生态》，《章开沅文集》第 8 卷，第 370 页。

南重大历史事件和重要历史人物的过程中，我们基本上都是按照章先生提出的"两步走"的方法，即第一步搜寻有关原始资料，撰写考订文章，出版辛亥革命时期湖南有关重大历史事件的资料汇编或有关重要历史人物的文集，探寻史料的原生态；第二步根据资料进行研究，撰写系列研究文章，在系列研究文章达到相当数量和一定质量的基础上，再出版有关辛亥革命时期湖南重大历史事件或重要历史人物的学术专著，探索历史对象的原生态。事实证明，这样的研究成果是经得住时间检验的。

三是关于新见解的形成问题。要有新见解，必须有新思路，要改进研究方法。针对以往对辛亥革命研究简单化、单一化的倾向，章先生提出了"社会历史土壤学"的构想。他在谈到这一构想产生的原因时说："要认识近代中国历史发展的复杂性，加强对社会环境、社会心理、社会群体及社会阶层的研究，将'阶级''革命'等分析概念具体化，在综合和专题研究中努力上下延伸和横向贯通。人物和事件都是社会运动的产物，复杂的社会运行并非按单一规则而进行，也并非相互孤立。所以不仅要注意人们历史活动背后的政治、经济动因，也要注意到其他社会诸因素以至某些自然条件对于历史发展的影响，即历史传统、文化因素、民众心理等多方面的影响，在这个基础上，我提出了'社会历史土壤学'的构想。"[1] 按照这一构想，他所指的"社会环境"内容是极为丰富的，既包括省情、国情、世情；也包括社会经济结构和阶级结构、文化传统、民众心理等。至于研究方法可以是多种多样的。章先生历来倡导改进研究方法，提倡多视域、多维度研究。他说："任何学术研究都需要多视阈、多维度、多元化，因为只有这样才能推动学术的健康发展。"[2] 他在谈到中国近代史的研究方法时指出："只有把中国近代史置于更为绵长的多层次多向度的时间里和更为广阔的多层次多维度的空间里，我们的研究才有可能进入一个更高的境界。"[3] 同样，在辛亥革命研究中，他特别重视拓宽研究视野，加强宏观研究。他说："史学贵在通识。""然而通识不是空论，它不仅需要丰富的历史知识和文化素养，更需要善于对历史作通盘考察或所谓宏观研究。人们常说的会

---

① 章开沅：《我的史学之路》，《章开沅文集》第 11 卷，第 342 页。
② 章开沅：《史学的品格与历史学家的使命——章开沅教授访谈录》，《章开沅文集》第 10 卷，第 339 页。
③ 章开沅：《境界——追求圆融》，《章开沅文集》第 8 卷，第 353 页。

通、纵通、横通、中外古今法、东西南北法，都无非是这个意思。"① 就横通而言，辛亥革命不是孤立进行的，它本来就发生在一个已经逐步全球化的世界背景之中，属于世界各国资产阶级革命总范畴的一部分，"如果不与西欧、北美、拉美、亚洲其他相类似的革命或民族运动相比较，我们又怎能厘清辛亥革命在世界历史上的共性与个性？"② 就纵通而言，不仅要把辛亥革命放在中国几千年文明史长河中进行考察，也可以将其与中国历史上的民族运动进行比较研究，还可以与中国近代史上发生的重大历史事件联系起来进行纵向考察，"比如戊戌、辛亥、'五四'之间的纵向联系，前后之间的批判继承；中国资本主义与资产阶级发展的全过程及其与 20 世纪初年的阶级特征，中国资本主义与前资本主义生产诸关系之间的联系与矛盾；'排满'的历史渊源，'排满'对于夷夏之辨传统观念的改造制作，'排满'与资产阶级民族主义的关系；清代官制与前代官制的异同，清末新政官制改革与政府体制近代化的关系；清代学制与前代学制之异同，清末学制改革与教育体制近代化的关系；经学发展的脉络，清末经学的衰微，中学与西学、新学与旧学之间的冲突与依存关系，等等"。③ 这些纵向方面的课题都是可以研究的。另外，由于中国地域广大，各地区的政治、经济发展不平衡，东西南北各地区的状况也往往因此差异悬殊，这就需要进行区域研究。他指出，区域研究的范围可大可小，"除了作分省或分城市的研究之外，还可以进一步作范围较大的区域研究，如东南沿海、西北边疆、长江中下游等等"。④ 就会通而言，仍需要继续加强专题研究，因为专题研究是会通的基础，两者之间又具有相互依存与相互促进的关系，诚如他所指出的，"专题研究对于会通来说，仿佛是局部与整体的关系而又不尽然如此。决不能说专题研究之中就不需要会通，也不能不承认，有许多会通综论的研究本身就具有专题研究的性质，或者是一系列专题研究的综合。从总体布局来看，与政治史相比较，当前经济史与文化史更加需要专题研究"。⑤ 章先生还特别重视集团研究，他认为，因为阶级、阶层绝不是个人简单的相加，正如资本主义经济体系也不是企业的简单相加一样。而集团则是个

① 章开沅：《辛亥革命史研究如何深入》，《章开沅文集》第 9 卷，第 53 页。
② 章开沅：《迎接辛亥革命一百周年》，《章开沅文集》第 11 卷，第 259 页。
③ 章开沅：《辛亥革命史研究如何深入》，《章开沅文集》第 9 卷，第 53—54 页。
④ 章开沅：《辛亥革命史研究如何深入》，《章开沅文集》第 9 卷，第 55 页。
⑤ 章开沅：《辛亥革命史研究如何深入》，《章开沅文集》第 9 卷，第 54 页。

体与整体之间的纽带，集团研究可以作为个案研究与类型研究（或个体研究与阶级、阶层研究）之间的中间层次。他说："在资本家个人和资产阶级整体（或其某一阶层的整体）之间，多做一些集团（如资本集团、行业、商会以至商团、会馆等等）的研究，然后再进行类型的归纳与区分，所得结论可能比简单的上、中、下层划分更切合实际一些。这是由于构成资本主义经济范畴的许多规定和关系，在集团中间比在个人（或个别企业）身上展示得更为完整和清晰，从而也就更加有利于对阶级、阶层做总体的理论概括。"①

辛亥革命是千千万万人共同的事业，它是由数以万计的知识分子共同发动和推进的。人物研究曾经是辛亥革命研究中的热门课题。但过去在人物研究中存在一种偏向，那就是往往把眼光局限于少数领袖人物，而且不能一分为二地进行评价，讲优秀品质多，不太想讲局限性。章先生还认为，无论是研究辛亥革命运动还是研究社会思潮都不能把目光局限于个别领导人，应该将视野扩大到更多的人群。这就需要进行群体研究。他说："群体研究和个体研究都是历史研究所不可缺少的方法。作为历史的创造者、历史主体一方面是以群体形式发挥作用的；另一方面，也会以鲜明的个体形象对历史发展进程产生影响。在某种程度上，这两种方法的运用会使历史的宏观和微观层面更明晰地凸显出来。"② 从微观研究而言，具体到某个历史人物又是纷繁复杂的、不断发展变化的。诚如章先生所说的："有些人始终与时代一起前进，从旧民主主义者转变为新民主主义者，然后又转变为共产主义者；有些人从改良派营垒中分化出来，参加到旧民主主义革命的行列，然后又在新的历史条件下成为无产阶级革命大军的朋友；有些人的道路相当曲折，时而革命，时而反动，时而先进，时而落伍，或以革命为归宿，或以堕落终其身；有些人的变化更是大起大落，或者从革命队伍中的佼佼者蜕变为反动透顶的民族败类，或者从人所不齿的帝制余孽又终于醒悟过来，在迟暮的晚年投身于新的革命潮流。"③ 每一个历史人物不同的人生道路都是自己走出来的，各人的历史也都是自己写成的。作为历史学者，只能根据客观存在的历史真实以严谨的笔触和犀利的识见，书写出各种类型的人物形象，还历史人物以本来面貌，吸取历史的经验教训，借以

① 章开沅：《集团·群体·中间层次》，《章开沅文集》第8卷，第350页。
② 章开沅：《章开沅先生访谈录》，《章开沅文集》第10卷，第277页。
③ 章开沅：《解放思想 实事求是 努力研究辛亥革命史》，《章开沅文集》第9卷，第8页。

启迪后人。章先生多次强调，辛亥革命时期各类历史人物都是可以研究的，不需要设置"禁区"，重要的问题是用什么方法、怎么样去进行研究。对于复杂的历史人物可以分阶段进行研究评价，绝不能用"一锅煮""一刀切"的办法来评说历史人物。章先生多次指出，要对辛亥革命时期历史人物做出正确评价，还必须排除"左"的干扰和肃清封建余毒的影响。他尖锐地指出："彻底解除'左'的思想的禁锢，仍须付出很大的努力。有些同志至今对'左'的思想影响还是余悸未消或者余毒未清。在人物的研究中有时不免首先考虑自己研究的对象是否可能会成为现实政治的某个疑似物。研究某些领袖人物的局限性，唯恐有损'革命英雄形象'；而对于像汪精卫、胡汉民之类人物在《民报》工作中可以肯定的地方又不敢给以明确的肯定，唯恐被怀疑'为汉奸、右派争历史地位'。"① 其实这种担心完全是不必要的。另外，在人物评价上，史学界还存在一种偏向，那就是以封建的"道德伦理为根本标准，把人物研究变成单纯地对人进行褒贬臧否"、好坏分类，"而善恶、忠奸、正邪、是非等封建道德范畴则成为史学的最常用的价值标准"。② 这表明在我们的研究工作中还存在着封建史学传统的影响。因此，肃清封建史学传统的流毒是一项长期的十分艰巨的历史任务。

　　章先生不仅有其言，而且有其行。从 20 世纪 50 年代中期因偶然的机遇与辛亥革命史结缘，他一路走来，历尽艰辛，不断增强理论素养，改进研究方法，倡导选择新课题、发掘新资料、提出新见解，在国内外重要学术刊物上发表了大量学术论文，出版了不少学术专著，这些鸿篇巨制犹如暮鼓晨钟，引领和激励着年轻一代学者驰骋在辛亥革命研究的前沿阵地，奋发有为，大展宏图。长期以来，在广大史学界同人的共同努力下，辛亥革命研究已经取得了辉煌的成就，这是可以告慰他老人家在天之灵的。章先生有言："历史是画上句号的过去，史学是永无止境的远航。"③ 成绩只能说明过去，辛亥革命研究永无止境，只有起点，没有终点，永远在路上！

[作者单位：湖南师范大学历史文化学院]

---

① 章开沅：《辛亥革命史研究中的一个问题》，《章开沅文集》第 2 卷，第 248 页。
② 章开沅：《辛亥革命史研究中的一个问题》，《章开沅文集》第 2 卷，第 245 页。
③ 章开沅：《〈辛亥革命与中国政治发展〉序言》，《章开沅文集》第 11 卷，第 209 页。

寻找海外的乌托邦：康有为、梁启超 20 世纪初年访问美国"天国" 之行述论

陈时伟

内容提要 戊戌变法失败后，康有为、梁启超流亡海外，周游列国，继续探索西方空想社会主义理想和世界大同之道。1903 年、1905 年，师徒二人先后来到美国伊利诺伊州锡安市的"理想国"。该"理想国"由澳大利亚籍天主教牧师约翰·亚历山大·陶威创建。陶威信奉《旧约圣经》中宣扬的基督教原教旨主义，在锡安市试行平等互利的"社会主义"经济制度，创办合作社，提倡财产公有；政治上鼓吹天赋人权、男女平等，反对种族歧视；生活上实行禁欲主义，严禁饮酒、吸烟、嫖妓、赌博等。这一理想生活模式迅速吸引了大批欧洲移民到来。本文主要依据笔者近期在美国伊利诺伊州锡安市发现的一批从未面世的中、英文档案文献，考察康、梁二人 20 世纪初年对美国基督教"天国"锡安市两次鲜为人知的访问活动。

关键词 康有为 梁启超 陶威 《大同书》

引 言

康有为一生著述甚丰，其代表作除《新学伪经考》《孔子改制考》之外，最著名的当属其倡言乌托邦思想、主张废除近代国家制度、建立世外桃源理想国的《大同书》。① 康氏本人自称早在中法战争期间（1883—1884）

---

① 康氏"大同三世说"的核心内容基于《礼运·大同》："大道之行也，天下为公，选贤与能，讲信修睦。故人不独亲其亲，不独子其子，使老有所终，壮有所用，幼有所长，矜、

就开始"演大同主义"。1885 年"手定大同之制，名曰《人类公理》"。书中"推太平之世"，"以勇礼义智仁五运论世宙，以三统论诸圣，以三世推将来，而务以仁为主。故奉天合地，以合国合种合教一统地球"。[1] 1898 年秋，康有为在日本时，已有稿本 20 余篇，1902 年避居印度大吉岭（Darjeeling）时最后成书。但直到康有为 1913 年从海外归国后才第一次把《大同书》的甲部和乙部发表在《不忍》杂志上，1919 年由上海长兴书局刊印成单行本，1935 年由中华书局正式出版。[2]

《大同书》在《不忍》杂志问世后，康有为又接连发表了一系列介绍欧美社会习俗、思想文化、宗教伦理的文章，用东西方制度交相论证，互为勘比，分析西方价值观念在东方效行的利弊得失。1913 年，他在《不忍》杂志第 6 期上发表《中国颠危误在全法欧美而尽弃国粹说》一文，批评"自由"尤其是"妇女自由"在中国的不可行性。[3] 为证明其所言不虚，康氏在文章中特意举出美国人陶威批评其同胞不重视家庭伦理观念的言辞为

寡、孤、独、废、疾者皆有所养；男有分，女有归；货恶其弃于地也，不必藏于己；力恶其不出于身也，不必为己。是故谋闭而不兴，盗窃乱贼而不作，故外户而不闭，是谓大同。"《大同书》全书共 30 卷，约 20 万字，分为 10 部。梁启超在《清代学术概论》一书中对《大同书》内容有如下概括："无国家，全世界置一总政府，分若干区域……无家族，男女同栖不得逾一年，届期须易人。妇女有身者入胎教院，儿童出胎者入育婴院。儿童按年入蒙养院，及各级学校。成年后由政府指派分任农工等生产事业。病则入养病院，老则入养老院。胎教、育婴、蒙养、养病、养老诸院，为各区最高之设备，入者得最高之享乐。成年男女，例须以若干年服役于此诸院，若今世之兵役然。设公共宿舍、公共食堂，有等差，各以其劳作所入自由享用……学术上有新发明者及在胎教等五院有特别劳绩者，得殊奖。死则火葬，火葬场比邻为肥料工厂。"中国史学会主编《戊戌变法》第 1 卷，上海人民出版社，第 439—440 页。

[1] 康有为：《康南海自编年谱》，中国史学会主编《戊戌变法》第 4 册，第 117 页。

[2] 史学界关于《大同书》成书年代素有歧义，主要学术论著详见李泽厚《论康有为的〈大同书〉》，《文史哲》1955 年第 2 期；汤志钧《关于康有为的〈大同书〉》，《文史哲》1957 年第 1 期；何哲《〈大同书〉的成书年代及其思想实质》，《近代史研究》1980 年第 7 期；房德邻《〈大同书〉起稿时间考》，《历史研究》1995 年第 3 期；汤志钧《康有为的大同思想与〈大同书〉》，上海人民出版社，2016，第 52—62 页。

[3] 康有为曰："夫自由二字，岂贻害止学生而已。顷闻有子以自由为说，而背其父者矣，谓欧美之俗，我二十而自立，父不能约束我也。于是有执刀胁父而取金钱者矣。于是有执事在外，父自数千里外来见之，而摈不见者矣，谓我办国事，父乃家人，吾不能以家而弃国也，其父饮泣而去，于是父子之道穷矣。又闻妇女以自由为说，而背其夫者矣，一言不合而反目闺阃，外遇有情而别抱琵琶，其夫饮泣衔恨，然熟视而无可如何也。或勒取钱财，或扬之报纸，身名既辱，家产为空。试观近者离异之案，日增月盛，情节支离，百出不穷，于是夫妇之道凶矣。"康有为：《中国颠危误在全法欧美而尽弃国粹说》，《不忍》1913 年第 6 期，第 23—24 页。

己助言，称"昔美人杜［陶］威者，创新教之大师也，蹙额伤心而告我曰：吾美有国而无家。而甚羡吾中国人"。① 1913 年，康有为在上海参加陈焕章发起组织的孔教会，积极鼓吹从儒家的意义中寻求新社会秩序的合法性，提倡立孔教为国教，并大量利用西方政治理论、法律条文和名人名言来为尊孔正名。② 为了从理论上证明孔子尊天敬祖家庭观念之重要性，康氏再次搬出美国人陶威的言论为己助言曰："嗟乎！皮之不存，毛将焉傅？今欲存中国，先救人心，善风俗，拒诐行，放淫词，存道揆法守者，舍张孔教末由已。美人杜［陶］威告吾曰：吾美之患，有国而无家。信如父不父，子不子，夫不夫，妇不妇，虽有粟，其得而食诸？凡我同人，将恐将惧！"③

　　一代国学大师康有为在讨论孔子思想的文章中一再引用一个美国人的观点为己助言，殊不多见，可见此人在其心目中的地位之重，然而遍查后人研究康氏生平著述，却丝毫不见此人雪泥鸿爪。陶威何许人也？他的思想何以引起康氏如此重视？此人与康有为是什么关系？长期以来，学术界对康有为戊戌变法后流亡海外期间思想变迁的研究相对薄弱，盖因域外档

---

① 此处康有为的全评如下："昔美人杜威者，创新教之大师也，蹙额伤心而告我曰：吾美有国而无家。而甚羡吾中国人。今吾中国人，既将弃其国，又欲弃其家乎？夫天下之至亲爱而至相关系者，岂有过于父子、夫妇者哉？抚育顾复之艰难，宜室宜家之好合，一旦逆子见背，爱妇生离，则饮恨寻仇，发狂为厉。恐将来吾国人不待战亡于外国，而忧伤杀死于家庭者，殆不止千万也。夫自由之说，生于法国君主之压制耳，不意其祸乃风靡于中华之家庭也。夫吾国之道义，以孝行为先，吾国之家人，以偕老为乐。今而后乎，吾国四万万之后生，伤心方始耳，殆无能免矣，吾无术以救之矣。谓之何哉？妄慕自由者乎，其祸乃至此也。"康有为：《中国颠危误在全法欧美而尽弃国粹说》，《不忍》1913 年第 6 期，第 24 页。康氏所称"杜威"者，其英文全名为"John Alexander Dowie"。为避免与美国著名教育家杜威名称相混淆，本文依据 Dowie 的英文发音以及 19 世纪上海"基督公同使徒在郇会"对他的称呼，将 Dowie 译为"陶威"，下同。
② 康有为在为孔教会撰写的《教说：孔教会序》一文声称："吾友英名卿勃拉士之言曰：共和国以道德物质为尚，尤过于政治也。国无道德则法律无能为。今观国者视政治过重，然政治非有巧妙，在宜其民之风气事势，养其性情，形以法律。然则今中国之所以为教，宜知所从矣。佛、回久入中国，既以信教自由之故，民久安之而相忘相混矣。然佛在蒙、藏，久明罪福，其教宜行。夫佛说虽微妙澶漫，然多出世之言，如全施于中国，未见其周于民用也。基督尊天养魂，戒恶劝善，行之欧美，成效久彰矣。然孔子之道，以人为天所生，故尊天，以明万物皆一体之仁；又以人为父母所生，故敬祖以祠墓，著传体之孝。若基督只明尊天，而敬祖阙焉。今岂能举中国四万万人之祠墓，而一旦尽废之？若今不尊孔，则何从焉？将为逸居无教之民欤？暴戾恣睢，以快嗜欲而近于禽兽乎？则非待烹灭绝种而何！"康有为：《教说：孔教会序》，《不忍》1913 年第 1 期，第 9 页。
③ 康有为：《教说：孔教会序》，《不忍》1913 年第 1 期，第 9 页。

案史料的缺失，但其重要性却不容低估。① 如马洪林先生所言："如果说戊戌变法失败以前，康有为了解和认识西方世界，是以阅读中国人翻译的西书和外国传教士办的中文报刊为主要渠道，戊戌变法失败以后，康有为流亡海外，则以直接的观察与思考为了解和认识西方世界的主要方法，并促使他在价值观上发生了巨大的变化。"②

近年来，随着康有为、梁启超在海外行踪史料的不断发现和出版，学术界对他们后戊戌时期海外行踪和思想变化的研究亦随之深入。这些文献档案包括 1997 年基于"谭良档案"写成的《康梁与保皇会》；2012 年出版的《南长街 54 号梁氏档案》；2013 年《康同璧南温莎旧藏》的意外发现；2014 年上海朵云轩拍卖有限公司拍卖的《康同璧旧藏康有为与保皇会文

---

① 自 20 世纪以来，海内外涉及康有为、保皇会，以及维新派海外活动的论著主要包括 Richard C. Howard, "K'ang Yu-wei（1858－1927）: His Intellectual Background and Early Thoughts," in Arthur Wright & Denis Twittchett eds., *Confucian Personalities*, Stanford: Stanford University Press, 1962; Hsiao Kung-chuan, "K'ang Yu-wei's Excursion into Science: Lectures on the Heavens," in Lo Jung-pang ed., *K'ang Yu-wei: A Biography and a Symposium*, Tucson: University of Arizona Press, 1967; Hsiao Kung-chuan, *A Modern China and a New World: K'ang Yu-wei, Reformer and Utopian* 1858－1927, Seattle & London: University of Washington Press, 1975; 刘伯骥《美国华侨史》，台北，黎明文化事业公司，1982；上海市文物保管委员会编《康有为与保皇会》，上海人民出版社，1982；胡平生《民国初期的复辟派》，台北，台湾学生书局，1985；Chang Hao, *Chinese Intellectuals in Crisis: Search for Order and Meaning*, Berkeley: University of California Press, 1987；萧公权《康有为思想研究》，汪荣祖译，台北，联经出版事业公司，1988；Wong Young-tsu, *Rejuvenating a Tradition: Reform and Revolution in Modern China*, New York: Peter lang, 1990; Wong Young-tsu, "Universalistic and Pluralistic Views of Human Culture: K'ang Yu-wei and Chang Ping-lin," *Papers on Far Eastern History*, 41（March 1990）, pp. 97－108；〔瑞典〕马悦然《从〈大同书〉看中西乌托邦的差异》，《二十一世纪》1991 年第 3 期；Wong Young-tsu, "Revisionism Reconsidered: Kang You-wei and the Reform Movement of 1898," *The Journal of Asian Studies*, Vol. 51, No. 3（August 1992）, pp. 513－544；〔德〕费路《康有为的德国观》，《青岛海洋大学学报》1993 年第 1 期；黄克武《一个被放弃的选择：梁启超的调适思想》，台北，中研院近代史研究所，1994；竹内弘行『后期康有为论——亡命·辛亥·复辟·五四』同朋舍、1997；萧公权《近代中国和新世界——康有为变法与大同思想研究》，江苏人民出版社，1997；方志钦主编《康梁与保皇会》，天津古籍出版社，1997；徐高阮《戊戌后的康有为——思想的研究大纲》，《学术研究》1998 第 1 期；康同璧《康南海先生年谱续编》，楼宇烈整理《康南海自编年谱（外二种）》，中华书局，1992；汪荣祖《康有为论》，中华书局，2006；高伟浓《二十世纪初康有为保皇会在美国华侨社会中的活动》，学苑出版社，2009；桑兵《庚子勤王与晚清政局》，北京大学出版社，2004；陈忠平《保皇会在加拿大的创立、发展及跨国活动（1899—1905）》，《近代史研究》2015 年第 2 期；汤志钧《康有为的大同思想与〈大同书〉》，上海人民出版社，2016。

② 马洪林：《康有为研究百年回顾与展望》，《东方论坛》2008 年第 5 期。

献》；以及 2018 年由康、梁弟子后人整理出版的《康有为在海外（美洲辑）——补南海康先生年谱（1898—1913）》等。① 上述文献大大弥补了康、梁流亡海外期间史料的不足，但是对一些重要历史事件的解析仍然有待新史料的发现。

在此背景下，笔者主要依据近期在美国伊利诺伊州锡安市发现的一批从未面世的中、英文档案文献，论述康有为、梁启超师徒二人20世纪初年对美国基督教"天国"锡安市两次鲜为人知的实地考察活动。作为近代史上举足轻重的政治人物，关于康、梁的研究成果可谓硕果累累，但是关于他们实地考察海外乌托邦的活动的研究却始终付之阙如，这些散落在海外的档案文献亦从未被前人利用，属于首次面世，它们对探究戊戌后康、梁大同思想的起承转合殊有参考价值，足以弥补一段不应被埋没的珍贵历史。

一 陶威与"天国"的起源

1. 陶威与"神性疗法"

约翰·亚历山大·陶威（John Alexander Dowie, 1847 – 1907），苏格兰爱丁堡人，早年移民澳洲，21 岁时回到爱丁堡大学攻读神学学位，毕业后再赴澳洲传教。19 世纪下半叶，苏格兰基督教新教内部兴起过一阵"灵恩运动"（Charismatic Movement）的潮流，该运动与苏格兰长老会牧师伊尔文（Edward Irving, 1792 – 1834）早年创办的"使徒公教会"（Catholic Apostolic Church）一脉相承，崇拜神秘主义，尊崇圣母玛利亚，

① 近年来关于康、梁海外活动的史料和论著主要包 Robert Leo Worden, *A Chinese Reformer in Exile*：*The North American Phase of the Travels of Kang Youwei, 1899 – 1909*, B. A. , M. A. , 1972, Revision 2. 1. （未刊）；〔加〕张启祯、〔加〕张启礽整理编辑《康同璧南温莎旧藏》（未刊）；张启礽增补《康梁与保皇会——谭良在美国所藏资料汇编》（未刊）；方志钦主编《康梁与保皇会——谭良在美国所藏资料汇编》，香港，银河出版社，2008；《康同璧旧藏康有为与保皇会文献》，上海朵云轩拍卖有限公司，2014；〔加〕张启祯、〔加〕张启礽编《康有为在海外》，商务印书馆，2018；萧公权《近代中国与新世界》，江苏人民出版社，2018；高伟浓《二十世纪初康有为保皇会在美国华侨社会中的活动》；张翔《质询革命与"跨区域知识"：康有为海外游记研究》，博士学位论文，清华大学，2011 年；Hairong Li,《〈东华新报〉与澳洲保皇会研究》（A Study of the Tung Wah News and the Australian Chapter of the Baohuanghui），博士后报告，清华大学，2015 年；齐卫红《康有为域外游记研究》，硕士学位论文，广西师范大学，2017 年。

注重仪式集会。① 在"使徒公教会"和"灵恩运动"发源地长大的陶威，深受其熏陶、影响，回澳洲后亦建立了一所名为"国际神性疗法协会"（The International Divine Healing Association）的福音派差会，在传教的同时介入各类商业、金融活动。因该会组织上不隶属于任何正统基督教派系，被正统基督教派视为神学异端，从出道之始就受到其他基督教建制派的强烈打压。②

1888 年，陶威离开澳洲前往美国旧金山传教。他像晚清太平天国起义领袖杨秀清一样，声称自己可代上帝传言，具有超自然法力，可用神奇的"神性疗法"（Divine Healing）为患者治病。所谓神性疗法，是利用《圣经·旧约》中的神学教义，通过心理咨询解决患者身体、情绪、精神等方面问题，不需要打针吃药。世界上大部分原始宗教都有其各自的"神性疗法"，比如伊斯兰教的"咒语"、藏传佛教的打坐等。③ 1891 年，陶威将其教会总部从旧金山迁到美国中西部最大的工业城市芝加哥。据美国社会历史学家阿普顿·辛克莱尔（Upton Sinclair）在《丛林》一书中描写，19 世纪末的芝加哥可称之为资本主义原始资本积累的"罪恶之都"，街头充斥着"在经济、社会、宗教等方面失去安全感的人们，童工每天在血汗工厂里工作十个小时以上，许多年轻姑娘们不得不卖身妓院以求温饱。除此之外，还有一大批被社会遗弃的老弱病残弱势群体"。④ 这些弱势群体饱受缺医少

---

① "灵恩运动"的信徒继承了原始基督教的基本理念，在五旬节接受圣灵降临时赐给属灵的恩赐，相信先知可以通过上帝的智慧预言未来，深入浅出地传达福音旨意，为穷人医病疗疾、驱魔逐妖。布道者自称"上帝代言人"，常常在大型集会上用特异功能和澎湃的宗教热情与参与者现场互动，冲击心灵。这一运动从欧洲传入美国后，其影响力一直延续到 20 世纪 60 年代。Elwell，Walter A.，*Evangelical Dictionary of Theology*，Baker Academic.，2001，p. 220；"Catholic Apostolic Church，" *The Columbia Electronic Encyclopedia*，6th ed.，2007。

② 1896 年，陶威移居芝加哥后，将"国际神性疗法协会"易名为"锡安天主教会"（The Catholic Church in Zion）。1903 年，陶威移居锡安后，再度将其改名为"天主教使徒教会"（The Christian Catholic Apostolic Church）。R. Harlan，*John Alexander Dowie and the Christian Catholic Apostolic Church in Zion*，PhD Dissertation，University of Chicago，1906，p. 117。

③ 据陶威自称，他的"神性疗法"源于《圣经·旧约》，认为上帝是"万物之神"，在创世的过程中既创造了人类也释放了恶魔撒旦。唯有上帝才能够驱除撒旦、赦免人类。Frederick J. Gaiser，*Healing in the Bible：Theological Insight for Christian Ministry*，Baker Academic，2010；Dowie，"Jesus the Healer and Satan the Defiler，" *Voice of Healing*，4（February 1900）；Dowie，"Jobs，Boils，Or Objections to Divine Healing Considered，" *Voice of Healing*，3（June，1899），pp. 1 - 21；Warren Jay Beaman，*From Sect to Cult to Sect：The Christian Catholic Church in Zion*，A Ph. D. Dissertation，Iowa State University，1990。

④ Upton Sinclair，*The Jungle：Muckraking the Meat-Packing Industry*，1906.

药之苦，尤其渴望得到上帝的眷顾，这一情形给陶威的"神性疗法"带来了特殊的发展契机。①

1893 年，适逢芝加哥获得主办世界博览会的机会，陶威不失时机地在芝加哥最繁华的密西根大道上租用了一个能容纳 6000 人的剧院和一座豪华旅馆，将其辟为医院和客栈，边传经布道边为来自世界各地参观博览会的老弱病残者免费治病。治病虽然免费，住宿却需付钱，陶威很快便赚到了第一桶金。次年，他利用在博览会期间的盈利创办了一份名为《康复之树》（*Leaves of Healing, A Weekly Paper for the Extension of the Kingdom of God, 1894 - 1909*）的杂志，专事宣扬"神性疗法"的好处。芝加哥博览会给陶威带来了巨大的商业利益，然而誉之所至，谤亦随之。自 1895 年至 1899 年，芝加哥地区专业医学公会和基督教建制派教会双双起诉陶威：前者指控他一无行医执照，二未受过专业训练，根本不具备行医资格；② 后者则干脆对他发动了一场"圣战"，攻击他自封为"先知以利亚"（Elijah the Re-storer）和"上帝末日代言人"（Prophet of the Last Days）的行为是对上帝的极大亵渎，所谓的"神性疗法"不过是彻头彻尾的"骗术"。③

2. "新耶路撒冷圣城计划"

严峻的形势迫使陶威不得不考虑迁离芝加哥，建立一所属于自己的宗教独立王国。早年在澳大利亚传教期间，他曾经酝酿过一个"新耶路撒冷圣城计划"，梦想将来时机成熟时建立一所"上帝的圣城"，专门安顿那些在大城市里因被撒旦魅惑而失去灵魂的贫苦大众。④ 移居芝加哥后，他认为"圣城计划"的条件已臻成熟。⑤ 1895 年，陶威在密西根湖畔的伊利诺伊州和威斯康星州交界处悄悄购买了一块占地约 6500 英亩的土地，开始为"圣

---

① Philip L. Cook, *Zion City, Illinois, Twentieth-Century Utopia*, pp. 3 - 4.
② 关于陶威行医资质法律诉讼的报道，见 *Leaves of Healing*, 1, January 18, 1895, pp. 273 - 286; January 25, 1895, pp. 289 - 302; February 2, 1895, pp. 305 - 309; March 8, 1895, p. 477; June 14, 1895, p. 563。
③ John Alexander Dowie, *Zoin's Holy War Against the Hosts of Hell in Chicago*, Chicago, Zion Publishing House, 1900.
④ Philip L. Cook, *Zion City, Illinois, Twentieth-Century Utopia*, p. 23.
⑤ 陶威在一次布道时说：我不久将建造一座"圣城"，帮助诸位"逃离充满朗姆酒味和烟草臭气的芝加哥。……圣城里将布满天然气和石油管道，居民可以搭乘便捷的交通工具到芝加哥通勤上班，并在周边的制造业小镇上找到工作机会"。John D Alexander Dowie, "Editorial Notes," *Leaves of Healing*, 1, February 15, 1895, p. 345.

城"设计蓝图。① 经过几年紧锣密鼓的筹备工作，一座新兴宗教城市在密西根湖畔奇迹般地拔地而起。② 该城市在伊利诺伊州湖郡县政府注册的名字为"锡安市"（City of Zion），典出《圣经》中的圣地"锡安山"，即今天犹太人心目中的天国圣城"耶路撒冷"所在地。③

"圣城计划"并非陶威一时心血来潮，而是他多年受欧洲乌托邦空想社会主义思想影响的结果。早年在爱丁堡大学读书时，陶威就是一名虔诚的基督教原教旨主义者，他深信建立人间"天国"是上帝赋予他的神圣使命。④ 这一思想与当时席卷欧洲的乌托邦思潮一脉相承。据史料记载，陶威移民美国之时，正值欧洲"乌托邦社区运动"在新大陆方兴未艾之际。据统计，整个 19 世纪期间，由欧洲移民在美国各州建立的"乌托邦"社区曾一度多达 31 个，其中包括乔治·拉普（George Rapp）建立于宾夕法尼亚州的"老经济村"（Old Economy Village，1824 – 1906）、约翰·纽伯勒（John B. Newbrough）建立于新墨西哥州的"沙兰殖民地"（Shalam Colony，1884 – 1901）和陶威建立于伊利诺伊州的锡安市等。⑤ 这些乌托邦社区虽然管理经营模式各异，但创办宗旨趋同，均信奉空想社会主义理念，提倡平等互利、

---

① 设计团队由芝加哥地区著名建筑师、银行高管和大律师组成，成员包括曾设计芝加哥艺术博物馆（Chicago Art Institute）和全美最大商品交易大楼 Merchandise Mart 的著名建筑师阿斯莱（Burton J. Ashley）、国家商业银行首席高管巴纳德（Charles J. Barnard）和著名大律师帕卡德（Samuel Ware Packard）。"Conference on Financial Institutions," *Leaves of Healing*，5，March 11，1899，p. 370；Arthur W. Newcomb, ed.，*The Coming City*（A bi-weekly newspaper），December 26，1900.

② 该城市规划带有浓厚的宗教色彩，市内几乎所有的街道都以《旧约圣经》中的人名、地名命名，从"大马士革街"（Damascus）到"伊丽莎白路"（Elizabeth），从"加百列街"（Gabriel）到"乔安娜大道"（Joanna），应有尽有。市内最著名的两条街道，一条名为"苏格兰街"（Caledonia 罗马字义），另一条名为"爱丁堡大道"（罗马字的简写 Edina Blvd.），分别代表陶威出生的国家和城市。*Zion City*，*Designed by Burton J. Ashley*. pp. 4 – 5.

③ "圣城"计划与犹太人西奥多·赫茨尔（Theodor Herzl，1860 – 1904）在 19 世纪末提倡的"锡安主义"有异曲同工之妙，其终极目标都是在地球上建立一个世界性的理想天国，带有强烈的乌托邦色彩。"锡安主义"也称"犹太圣会主义"，是犹太人发起的一种民族主义政治运动和犹太文化模式，旨在支持或认同在色列地带重建"犹太家园"的行为。Theodor Herzl，*The Jewish State*，Dover Publications, Inc.，New York，1988；Martin Buber，*Paths in Utopia*，Syracuse University Press，1996；*Zion and the Other National Concepts*，*Contemporary Jewish Thought：A Reader*. Ed. Simon Noveck. Clinton，Mass. 1963.

④ Gordon Lindsay，*John Alexander Dowie：A Life Story of Trials*，*Tragedies*，*and Triumphs*，Chris for the Nations，2016.

⑤ James M. Morris，Andrea L. Kross，*The A to Z of Utopianism*，Scarecrow Press，2009.

财富公有，践行基督教简朴生活。总之，陶威的"圣城计划"仅仅是欧洲"乌托邦社区运动"在美国拓展潮流中的一朵普通的浪花。

3. "天国"肇建

世纪之交的 1900 年元旦之夜，陶威在芝加哥正式宣布锡安圣城建成。据陶威描述，该圣城是一座集精神生活和物质生活为一体的"社会福利天堂"，那里的居民将享受"低廉的税收，便宜的物价，优质的土地和水资源"。① 人们将以参股的方式投资工厂、银行、商店、教会和学校。基督教合作社将是社区生产劳动的基本分配模式，所有居民都将像兄弟姊妹一样享有平等的权利、责任、资源和福利。② 圣城里没有种族歧视，没有资本主义的丛林法则和社会达尔文式的弱肉强食，更没有石油大亨洛克菲勒这类资本家的立足之地。③ 值得注意的是，陶威在描述圣城美好生活的同时，也制定了一系列严格的规章制度，比如圣城将"不设酿酒厂、沙龙、赌场、恶名昭彰的妓院和养猪场。没有大卖场、储运厂、药店、烟草店和医院诊所。不设剧院舞厅和秘密茶社，没有离经叛道的教堂和邪恶的书籍、图画、报纸等。总之，圣城不能容忍任何与精神污染有关的乌七八糟的东西"。与之相反，圣城将拥有"从幼儿园到大学的一系列基督教教育机构，包括手工训练学校，绘画、雕塑、建筑、音乐、声乐、器乐、合唱在内的基督教艺术培训机构，还将有图书馆、孤儿院……神性疗法诊所，老人院，为年轻人提供的住房，等等"。④

圣城的愿景如此动人，此后短短几年间，大量的欧洲移民从美国各地涌入锡安定居。⑤ 截至 1905 年，锡安市已有 6000 余名注册居民，其中 2000 多人接受了陶威的宗教洗礼。作为一座新兴城市，锡安具备了 19 世纪乌托

① *Leaves of Healing*, Vol. 1, Feb. 15, 1895, p. 345.
② Arthur W. Newcomb, ed., *The Coming City*, October 31, 1900.
③ Philip L. Cook, *Zion City, Illinois, Twentieth-Century Utopia*, p. 63.
④ "Full page advertisement of Zion's prohibitions" *Leaves of Healing*, 9, May 18, 1901, p. 120.
⑤ 陶威的"圣城计划"在社会上引起了巨大反响，甚至有房地产开发商愿出价 100 万美元购买锡安的土地。陶威谢绝了这一诱惑，他采取入股租赁的方式进行民间集资，将锡安的股价定为每股 100 美元，承诺每年 6% 的回报率，凡参股者与陶威签订立一份长达 1100 年的租赁合同后便可获取一块新居建筑用地。千年合同的理念出自陶威对《圣经·旧约》里"黄金时代"的理解，他声称耶稣基督将于公元 2000 年复活归来，而自己的神圣使命就是在耶稣荣归之前把圣城建好，一旦耶稣复归，便可带领使徒们直接进入"人间天国"。Full page letter in *Leaves of Healing*, 5 (February 25, 1899), p. 343; Philip L. Cook, *Zion City, Illinois, Twentieth-Century Utopia*, p. 55.

邦实验社区所应有的一切条件：一座天主教堂（Zion Catholic Church）、一座能够容纳 8000 名听众的布道大厅（Shiloh Tabernacle），一所涵盖从幼儿园、中学，到大学的多功能教育机构，一座两层楼的市政厅，一个消防站，全美第一所从英国诺丁汉迁来的蕾丝花边工厂，一所印刷厂（Zion Printing and Publishing House），一所投资银行（Zion Bank and Zion Land and Investment Association），一座拥有 350 个房间的旅馆（Elijah Hospice），还有糖果厂、糕点厂、洗衣店各 1 所，以及综合购物商店等。位于市中心的则是一座造价高达 90000 美元、拥有 25 个房间的超豪华巨宅，它是大主教陶威的私邸，象征着至高无上的权力和荣耀。① 就在陶威踌躇满志，谋求进一步发展之际，一个来自遥远东方的叩问不期而至。

二　梁启超访问"天国"后"大同"思想的演变

1. "天国"与中国的渊源

1898 年 1 月 27 日，一封来自中国宁波的信到达陶威手中。信中写道："亲爱的基督兄弟：我们一家，包括我和我的妻子，都对锡安深切关注，对您的事业心向往之。《康复之树》是我们的家庭刊物，我们每天都为您在全世界建立锡安圣城、传播上帝福音的宏伟计划而祈祷。"② 该信的作者是美国基督新教浸礼会在宁波的传教士惟经福（C. F. Viking）③ 夫妇，他们通过在杭州的传教士梅思恩夫妇（George L. Mason & Emma K. Mason）和在上海的传教士金牧师夫妇（E. B. Kennedy & Sarah Lehr Kennedy ）与陶威发生联系，成为《康复之树》在华的第一批读者，这是陶威的天国建立后与中国的首次接触。

19 世纪末，西方传教士已经深入中国内地，他们怀着"为基督征服世界"的理想广泛接触社会底层，创办教会、医院、孤儿院、学校等宗教福利机构，试图用教育慈善事业扩大教会影响，吸纳信徒。但当时的中国农

① Zion Historical Society, ed., *Zion City*, pp. 6 – 14.

② "Zion in China," *Leaves of Healing*, April 15, 1899, pp. 476 – 480.

③ 惟经福，美国浸礼会传教士，1893 年携妻（Betty Caroline L. Viking）来华，先驻四川叙府，后转浙江宁波。曾参加李提摩太、林乐知、慕威廉等英、美基督教传教士在上海创办的教会出版机构广学会（The Christian Literature Society for China, 1887 – 1956），该会出版物主要有《万国公报》《中西教会报》《大同报》等。其中《万国公报》是近代中国介绍西学内容最多、影响最大的刊物之一，对康有为、梁启超等人发动戊戌变法产生过深刻的影响。

村极其落后，不仅缺医少药，而且封建愚昧，无钱看病的穷人经常求助于旁门左道的民间巫术邪教。因此当惟经福等传教士了解到陶威的"神性疗法"时，立刻意识到这或许是一剂可以帮助他们在中国打开传教局面的灵丹妙药。1898 年 5 月 14 日，惟经福夫妇再次致函陶威，告诉他中国这个拥有 4 亿人口的国家对他将来的传教事业将具有巨大的潜力，请他从锡安派遣一名传教士到宁波来，帮助他们"开辟像在锡安一样的福音工作"。陶威接信后十分高兴，立即回信说：你们的工作与锡安的事业一脉相承，"但锡安目前暂不准备向中国派遣药品和医疗器械"。"欲拯救中国人的精神、灵魂、和身体，最完美持久的力量乃是福音和基督的信念。"① 陶威之所以如此回答，盖因为圣城尚处在艰难筹备阶段，暂无力向中国派遣传教士。但其后几年间，随着圣城建设的逐步完善，陶威在中国的影响力也与日俱增。1902 年，惟经福等人在上海正式成立了美国"锡安天主教使徒教会"（The Christian Catholic Apostolic Church in Zion）在华东方总部，冠名以"基督公同使徒在郇会"，其名称中的"郇"即指伊利诺伊州郇城（今译"锡安"或"宰恩"），典出《圣经》中犹太郇山，亦称"锡安山"。②

1899 年春，惟经福从中国回美国休假，途中专程前往锡安一晤陶威，正是这次见面促成了后来康有为、梁启超对美国"郇城"的访问。据相关文献记载，惟、陶两人首次见面后相谈甚欢，前者向后者详细介绍了美国传教士在华的工作情况以及去年中国发生的戊戌政变。当谈及政变时，惟经福向陶威透露了一个非常重要的信息，他说此次来美途经日本横滨时，与维新派领袖康有为本人有过接触，他写信力劝这位前"中国帝师"皈依基督教并请康把教会材料转交光绪皇帝。后者对"皈依"之议不置可否，但是给惟经福亲笔回信，表示将来如有机会，愿与他"在美国会面"。这封

① "Zion in China," *Leaves of Healing*, April 15, 1899, pp. 476 – 480.

② "基督公同使徒在郇会"位于上海宝山路，其会员大多是早年（1891 年）进入中国的美国浸礼会传教士，属五旬节派，是基督教灵派在华主要教派之一。他们称 John Alexander Dowie 为"陶威"或"陶大人"，会中主要成员包括总长老梅思及其夫人、惟经福及其夫人、克尚穆（William Henry Cossum）及其夫人（C. E. Cossum）、金克迪及其夫人，以及担任长老的原美国南浸信传道部和美国浸礼福音会教士罗安德（F. M. Royall）等人。见郭卫东主编《近代外国在华文化机构综录》，上海人民出版社，1993，第 259 页；司德敷等编《中华归主：中国基督教事业统计（1901—1920）》，蔡咏春等译，中国社会科学院世界宗教研究所，1987，第 311 页；黄光域编《基督教传行中国纪年（1807—1949）》，广西师范大学出版社，2017，第 232 页；张化《20 世纪上半叶上海基督教灵派述评》，《基督教学术》第 17 辑，2017，第 12 页。

信给陶威留下了深刻印象，1899 年 3 月 4 日，他把该信以"谈话纪要"为题发表在《康复之树》上，译文如下：

惟经福先生您好：

我已收到您的好意来信以及各种各样的宗教材料，作为一名中国人，我对这些材料深感兴趣，并已尽最大的努力将其珍藏。但我目前是一名政治犯，刚刚逃离死刑的威胁。感谢上帝的恩典使我得救，但我坚信我曾经为我祖国的正义事业而献身。目前虽然很遗憾无法将您的想法上呈皇帝陛下，但希望将来能与您在美国晤面。

您忠实的

康有为

1899 年 1 月 5 日发自日本横滨①

1899 年是戊戌政变后的第二年，此时康有为与其弟子梁启超等人正流亡日本，"作秦廷七日哭"。他们在横滨、东京、神户等地创办"大同学校"，发行《清议报》，结交日本志士，联络海外华侨，策划自立军起义，冀望将来光绪帝复辟后东山再起。康、梁此时的政治宏图主要集中在为自立军筹款购械、筹备勤王复辟等方面，对于惟经福的联系并未予以特别重视。但"谈话纪要"传达出一则重要信息：惟经福是康有为与陶威之间的唯一牵线人，此信为康氏日后访问锡安埋下了重要伏笔。

2. 梁启超对"大同学说"的理解

虽然康有为是最早与陶威间接发生联系之人，第一个直接前往"天国"访问的却是他的大弟子梁启超。梁氏早年膺服康有为的"公羊三世说"，流亡日本后因接触大量介绍西方进化论、天赋人权和资产阶级民主国家学说，思想发生突变。他以一支健笔横扫千军，在日本先后创办《清议报》《新民丛报》，"举西东文明大国国权民权之说，输入于中国，以为新民倡，以为中国光"。② 此时的梁启超虽然依旧捧着乃师康有为的衣钵，但思想上已不

---

① *Leaves of Healing*, Vol. 5, No. 19, March 4, 1899, p. 346.
② 《黄公度（遵宪）致新民师函书》，见丁文江、赵丰田编《梁启超年谱长编》，上海人民出版社，1983，第 306 页。

是昔日那个"无一字不出于南海"的学生辈。① 他自诩"自居东以来，广搜日本书而读之，若行山阴道上，应接不暇，脑质为之变易，思想言论与前者若出两人"。② 尤其在国家制度建设问题上，梁启超认真涉猎西方政治理论，深入思考中国社会问题，开始以敏锐的思维和洞察力超越康有为的旧思想框架，逐渐形成自己独立的政治见解。

梁与康在国家建设问题上的歧见之一便是对"大同一义"的解释。1902 年，保皇会内部发生过一场几乎引起保皇党组织分裂和康门师生反目的大辩论。当其时，以梁启超、欧榘甲等人为首的一批康门弟子因对庚子勤王失败后保皇会渐进改良政策的不满，开始逐渐靠拢孙中山等革命党人，服膺"破坏主义"，鼓吹"扑满革命"，甚至计划合作组党，"拟推中山为会长，而梁副之"。③ 这一倾向引起了正避居印度大吉岭撰写《大同书》的康有为的警惕，他致函欧、梁等人，警告他们的行为是对"保皇、保教、保大同"宗旨的背叛，倘若一意孤行，势将与之绝交。④ 为此，梁启超于 1902 年 4 月专门致函乃师，解释自己对"大同学说"的理解。其文如下：

前示告诫以革命保教大同等诸义，此事有甚难言者，今欲一详陈之。大同一义，前所著论，题为《国家思想》，以此义作主客，托起本论宗旨，固非得已，非敢以相攻也。弟子即狂悖，何至以攻先生自快？攻先生有何益于我？即不为先生计，而自为计，外人见此反复无状之小人，视之为何等耶？虽愚亦不至此。但见夫近日西人著述，言国家主义者，未有不借大同为衬笔，撇笔，盖欲主张其本论，使之圆到，不能不论及也。大同之说，在中国固由先生精思独辟，而在泰西实已久为陈言。（或先生所演更有精到完满者，则不敢知，若弟子所闻所受，似西人已有之。）希腊之柏拉图，英国之德麻摩里，（十五世纪人，著一小说，极瑰伟，弟子译其名曰《华严界》。）法国之仙世门，喀莫德，（皆十九世纪人）所言其宗旨条理，皆极精尽，极详密，而驳之

① 梁启超：《复颂兄书》，见丁文江、赵丰田编《梁启超年谱长编》，第 100 页。
② 梁启超：《夏威夷游记》，见《饮冰室合集·专集之二十二》，中华书局，1989，第 86 页。
③ 冯自由：《中华民国开国前革命史》上编，第 44 页；丁文江、赵丰田《梁启超年谱长编》，第 181 页。
④ 康有为：《致欧榘甲等书》，上海市文物保管委员会编《康有为与保皇会》，上海人民出版社，1981 年，第 157 页。

者，亦不下数十家，近人著书几无不引之，无不驳之。弟子言此，亦袭前人说耳。当下笔时，若几忘此论在中国之发自先生也者，其督其疏固可责，然谓其有意相攻则冤也。但此义不过对国家思想之反面一言及之，以后断不复有此等语在报中矣。①

梁启超在此信中向康有为所表达的意思主要有四层：首先，他对大同思想并无意批判，仅借此阐发本论而已；其次，之所以对"大同之说"略有微词，乃因受西书启发，"不能不论及也"；再次，大同思想在中国虽为新鲜事物，"在泰西实已久为陈言"，并非不可置疑的终极真理，西方对其进行批判者"亦不下数十家"；最后，梁向康保证今后将不再公开妄议大同之道，希冀师生间从此息争，尽释前嫌。

康、梁的这场文字纠纷表面上看起来是师生之间的意气之争，实际上背后隐含着两人政治思想上的严重分歧。此时的梁启超，由于读了大量欧洲近代文明、启蒙思想、社会达尔文主义和法国大革命的著作，尤其是阅读了卢梭的《民约论》之后，开始从理论上重新梳理何为国家，何为民权，何为最适合中国国情的当代政治体制。《民约论》鼓吹人人生而自由平等，通过订立契约来建立国家，而国家的目的就在于保护每个公民的人权与财产，② 这种天赋人权和主权在民的思想与《大同书》所宣扬的充满东方文化色彩的君权神授观、"公羊三世"说已经格格不入。因此，在后戊戌时期，梁启超开始对乃师提出的"大同之说"持审慎态度。正是秉持着这种"吾爱吾师，吾更爱真理"的立场，梁启超于 1903 年第一次踏上了被称作新大陆的美国，他将此行视为难得的"问政求学观其光"的机会，希望通过实地考察美国政治制度、经济状况、思想文化和社会风俗来重新校正自己对西方的看法，也包括对"大同世界"的看法。用梁启超自己的话说，此次访美有两大目的："一以调查我皇族在海外者之情状，二以实察新大

---

① 梁启超：《与夫子大人书》（光绪二十八年四月），丁文江、赵丰田编《梁启超年谱长编》，第 285—286 页。又见梁启超《致康有为》（1902 年 4 月），见沈鹏等主编《梁启超全集》第 10 册，北京出版社，1999，第 5936—5937 页。

② 1899 年 8 月，梁启超以《自由书》为题，在《清议报》上发表一系列文章，推崇卢梭的《民约论》，曰："欧洲近世医国之国手，不下数十家，吾视其方最适于今日之中国者，其惟卢梭先生之《民约论》乎！"梁启超：《自由书·破坏主义》，见《饮冰室合集·专集之二》，第 25 页。

陆之政俗。"① 一言以蔽之，梁氏决心一改往昔书生论政的旧习，"今后誓将去空言界，以入于实事界矣"。②

3. 梁启超访问"天国"（1903 年 8 月 5 日）

1903 年 7 月 25 日（光绪二十九年六月初二日），梁启超由圣路易斯乘火车抵达"号称今日美国第二大都会、全世界第四大都会"的芝加哥市。③在芝加哥停留期间，梁曾两次专访锡安，第一次"未记明日期"，匆匆赶到锡安后发现陶威大主教人"不在市，未见之"。第二次是陶威听说他来访未遇后，"乃大惊，飞电来芝加高〔哥〕，务请再一临，使彼尽地主谊"。④ 据英文文献记载，梁启超于 1903 年 8 月 5 日抵达锡安，当日恰逢澳洲籍大主教陶威获得美国公民资格，而梁启超又是该市建市以来到访的第一位外国名人，为了庆祝陶威入籍并欢迎到访的中国贵宾，当晚锡安市 4000 余名居民聚集在市内夏伊洛圣殿，为梁启超举行了盛大的欢迎仪式："以军乐迎于驿站，导至其家，款待殷勤，不可名状。"⑤ 据《康复之树》报道：

　　8 月 5 日早晨，当大主教成为美国公民的消息传来后，人们奔走相

---

① 梁启超：《海外殖民调查报告书》，乙巳本《文集》游记类，第 10 页，见丁文江、赵丰田编《梁启超年谱长编》，第 310 页。据《梁启超年谱长编》编者按，梁此次出游的目标有三："第一在开办美洲各地保皇分会；第二在扩大译书局股份，集股开办商务公司，以树立实业基础；第三在筹款发展会中其他各事；此外并附带为大同学校和爱国学社捐款。"丁文江、赵丰田编《梁启超年谱长编》，第 311 页。另见梁启超《二十世纪太平洋歌》，《饮冰室合集·文集之四十五》（下），第 17 页。

② 梁启超：《致蒋观云先生书》（1903 年 4 月 13 日），丁文江、赵丰田编《梁启超年谱长编》，第 312 页。

③ 梁启超：《新大陆游记》，商务印书馆，2016，第 94—96 页。

④ 关于陶威的邀请，梁启超在《新大陆游记》第 9 章第 32 节中写道，"余既奇其人，亦欲一见，初七日再往焉"。查农历癸卯年六月初七日为公历 1903 年 7 月 30 日，笔者以为，这一日期是梁启超的误记。因笔者在锡安市调查期间，曾调阅该市天主教会所藏的所有英文档案文献，均不见该日梁启超到访记载。反倒是一个多星期后的 8 月 8 日，教会英文刊物 *Leaves of Healing* 上发表过一篇关于梁启超来访的纪实报道，记明其来访日期为 1903 年 8 月 5 日，即农历癸卯年六月十三日。何以有此误记呢？笔者以为一是因为农历癸卯年有闰五月之发生，使历法换算格外复杂；二是据梁启超本人在《新大陆游记》凡例中注解："本游历时随笔所记，但丛稿盈尺，散漫无纪。……如今本一段中所记，或非在一时也。"也就是说，梁启超承认该书是他回日本后根据"散漫无纪"的访美随笔连缀而成，记忆上的误差在所难免。笔者此处取英文报道为信，也顺便纠正当年丁文江、赵丰田编著《梁启超年谱长编》时，因对梁启超本人误记不察而产生的进一步误记。见梁启超《新大陆游记》，第 96—98 页，"凡例"，第 3 页；丁文江、赵丰田编《梁启超年谱长编》，第 327 页。

⑤ 梁启超：《新大陆游记》，第 98 页。

告。当晚在夏伊洛圣殿的讲台上，大主教身边站着一位沉稳谦逊的年轻人，他出身高贵，曾经是那个拥有五亿人口庞大帝国宫廷中的核心人物。毫无疑问，在不久的将来，他将会重新回到那个国家的权力中心。他就是中国的前三品大员，曾任皇室帝师、京师大学堂教习、光绪皇帝陛下私人顾问的梁启超先生。梁先生目前是中国维新会副主席和总部设于日本横滨的《新民丛报》总编辑。陪同梁先生到访的还有他博学多才的英文秘书 Pow Chee 先生。当陶威大主教和贵宾在锡安市军乐团仪仗队的伴奏下来到聚集了约四千名听众的夏伊洛圣殿时，大厅里鼓乐齐鸣。董事会成员一一就座后，大主教和贵宾登上讲台，全体人员起立给予了最衷心和热烈的掌声欢迎。①

在当晚的欢迎大会上，梁启超"对热情洋溢的听众"发表了精彩的主题演讲。他首先盛赞了锡安这座城市给他留下的美好印象，称该市是一个世界上无与伦比的"天国"，"这里的人们脸上充满幸福，行为超凡脱俗，建设这座城市的力量一定不是来自凡间，而只能来自上帝！"接着，梁启超用幽默的语言给听众们讲了一段笑话。他说："我刚到纽约时曾赞叹过：'噢，这里就是所谓的天堂喽。'访问美国其他城市时我也说过类似的话，但是只有当我今天站在锡安的土地上时才意识到，'这里才是真正的天堂，其他的城市不过地狱而已！'"话音未落，台下已响起一片掌声。接下来，梁启超用平和的语气向听众介绍了基督教在中国的发展状况以及他对基督教教义的理解。当晚的演讲气氛轻松活泼，话题散漫无序，但梁启超字里行间透露着对"天国"的赞美之情。应该指出，梁启超对锡安的赞美主要出自宾主间的礼貌和客套，并非由衷之言，但他起码表达了他对乌托邦社区生活的美好愿望。最后，梁启超用一句西方成语结束了他的讲演："贵国有一句成语说得好：自助而后天助！……我衷心希望将来有一天上帝能够帮助我完成中国的改革事业，届时我将祈求在座的各位助我一臂之力，也在太平洋彼岸建立一座人间天国。这样，我们就可以在上帝的注视下彼此微笑，共同祈祷！"

演讲结束之后，陶威邀请几位曾经在中国工作过的福音会传教士和一

---

① *Leaves of Healing*, Vol. 8, No. 16, Saturday, August 8, 1903, pp. 511 – 513. 记载梁启超访问锡安的英文史料主要见诸锡安天主教堂所藏陶威档案、英文刊物《康复之树》，以及其他地方报章杂志等。以下有关梁启超演讲的引文，因出自同一史料，不再赘注。

名正在锡安学院就读的中国留学生走上台来与梁启超握手、拥抱。① 当晚会议期间还出现过两个动人的插曲，一是梁启超演讲结束后，一名叫作塞缪尔·尼尔森（Samuel Nelson）的黑人清洁工在陶威的鼓励下手持一面巨大的美国国旗走上讲台，当人们屏住呼吸翘首以待时，尼尔森突然上前拥抱梁启超振臂高呼："在这面国旗下，所有种族的国民一律平等！"这一切都发生得太突然，观众沉默片刻后欢声四起，这一场面使梁启超大为感动。二是当合唱团唱完结束曲《智慧之光》后，陶威向梁启超引见了当晚的乐队成员之一、管风琴手玛丽·梅森（Mary Mason）小姐。梅森小姐出生于中国杭州，其父是常年在中国工作的传教士乔治·梅森（George L. Mason）。陶威把梅森小姐介绍给梁启超后，又请她用中文朗读《约翰福音》第 3 章第 16 节，梅森小姐一口流利的浙江方言使梁启超大为开怀。会议最后在全体人员为中国皇帝的祈祷声中结束。当晚，梁启超下榻于陶威私宅，次日乘火车返回芝加哥。

4. 考察"天国"后对乌托邦社会主义的失望

如何看待锡安一日游在梁启超内心深处留下的"天国"感观呢？笔者以为欲知真相，还需从他的旅美日记中搜寻答案。② 梁启超 1903 年访美的中文史料主要见诸他本人手撰的《新大陆游记》，在该书第 9 章第 32 节中，梁启超对他访问锡安的经过有详细记载，他自称："余前在东籍中，见一段言社会主义之初祖圣西门，以欲实行此主义，故特为一队新殖民于美国。初至切市省，失败；继复至伊里女士省，成焉，然不能有所发达，但保守而已。至今犹有六十余家奉圣西门之教不变，在美国中划然为一新天地云云。余未至美，即欲访之。及至芝加高〔哥〕，闻人称西贤雪地者颇与相类，因径访焉。"③ 梁启超这里所说的"伊里女士省"和"西贤雪地"即是美国伊利诺伊州（Illinois State）和锡安市（Zion）的音译。显而易见，梁对锡安的访问是有备而来，而非率意为之。

---

① 该留学生名为 George S. Hong，于 1889 年从中国到美国，起初只想赚够钱后返回故乡，但是自从到锡安学院读书后，变成了一名虔诚的基督教徒。见 George S. Hong, "God's Goodness in Salvation, Healing and the Conversation of His Parents from Idol-worship," *Leaves of Healing*, June 16, 1900.

② 梁启超访美期间"目眩于观察，耳疲于听闻，口吃于演述，手穷于摹写"，"日拉杂有所记"，以致"积数月，碎纸片片盈尺矣"。回日本后，他将这些游记整理成篇，陆续刊载于《新民丛报》，成为《新大陆游记》一书的滥觞。

③ 梁启超：《新大陆游记》，第 96—98 页。

　　然而亲临"西贤雪地"后，他却发现此社会主义并非他想象中的彼社会主义："至则非是，乃一'宗教界之拿破仑'新创之市也。其人名杜[陶]威，本澳洲人，十三年前移住于美国。其宗教与前此诸宗派大有所异，自谓独契帝子之微言，排斥异己不遗余力。而其魔术尚有一端足以耸听者，彼窃比耶稣，以祈祷疗病，不用医药，亦往往有奇效。故教士与医生皆衔之极至。闻其至美十三年，凡被讼者千余次，下狱十四次云。初至时无一徒党，今有七十余万人，且遍地球各国无处无之（上海亦有）。其教会公款至千数百万金以上云。洵一奇才也。"① 显然，大主教陶威并非梁启超心目中圣西门一类的"社会主义者，"那么梁启超心目中的社会主义到底是什么样子呢？这可以从梁启超赴美前后的思想变化中看出一些端倪，尤其是访问纽约之后。

　　查 1902—1903 年流亡日本期间，梁启超曾以《新民丛报》为阵地发表过大量译介西方各种古典学术、政治理论、经济制度，以及哲学流派的文章："译述之业特盛，定期出版之杂志不下数十种。日本每一新书出，译者动数家。新思想之输入，如火如荼矣！"② 这些译文涉及的西方思想家从柏拉图、斯宾塞、卢梭、康德、亚当·斯密、孟德斯鸠、傅立叶、圣西门到马克思等，多达 50 多人。译介工作使梁启超对空想社会主义的了解远远超过了同时代的中国人，也促使他产生了实地考察西方乌托邦的意愿。到达美国后，梁启超最先访问的大都市是纽约，他在纽约目睹了贫富不均造成的种种社会弊端，对纽约的慈善事业、制造工场、教育制度、妇女地位等均大为失望，从而产生了"深叹社会主义之万不可以已也"的浩叹。他甚至援引杜甫诗句"朱门酒肉臭，路有冻死骨"来表达自己对美国制度的不满。③

　　更重要的是，梁启超在纽约时曾接受过一次纽约《社会主义丛报》总编辑哈利逊的专访，给他留下了深刻印象。哈氏是美国"社会主义党

---

① 梁启超：《新大陆游记》，第 97 页。
② 梁启超：《清代学术概论》，《饮冰室合集·专集之三十四》，第 71 页。
③ 梁启超在《新大陆游记》中写道："杜诗云：'朱门酒肉臭，路有冻死骨。荣枯咫尺异，惆怅难再述。'吾于纽约亲见之矣。据社会主义家所统计，美国全国之总财产，其十分之七属于彼二十万之富人所有；其十分之三属于此七千九百八十万之贫民所有。故美国之富人则诚富矣，而所谓富族阶级，不过居总人口四百分之一。……此等现象，凡各文明国罔不如是，而大都会为尤甚。纽约、伦敦，其最著者也。财产分配之不均，至于此极。吾观于纽约之贫民窟，而深叹社会主义之万不可以已也！"梁启超：《新大陆游记》，第 39—41 页。

员"，极欲"拓殖"社会主义于中国。他在采访中力劝梁启超"中国若行改革，必须从社会主义着手"。而梁启超事后却感叹："吾所见社会主义党员，其热诚苦心，真有令人起敬者。墨子所谓强聒不舍，庶乎近之矣。其于麦克士［马克思］（德国人社会主义之泰斗）之著书，崇拜之，信奉之，如耶稣教人之崇信新旧约然。其汲汲谋所以播殖其主义，亦与彼传教者相类。盖社会主义者，一种之迷信也。"① 将哈利逊等社会主义党员称为"传教者"，将马克思的著作比作"新旧约"，把社会主义学说喻为"一种之迷信"。凡此种种，均印证了他此前在日本时对"社会主义为今日全世界一最大问题"的预测。② 用他的话讲：社会主义"何其与平等之理想太相远耶！"③

应该指出的是，梁启超在这里对"社会主义"的界定是不准确的，他所诟病的种种社会弊端其实是资本主义私有制发展到一定阶段的产物，而非社会主义的特征。但梁启超对此不察，他带着对社会主义的种种疑问从纽约来到芝加哥，希望通过对"天国"的进一步考察找到心中的答案。考察的结果是：

> 西贤雪地者，仅一年半以前所成立。杜氏与聚其教徒成一地上之天国，因自相地得此，以一百万元购之，遂辟新市。仅一年半，而市民已有二万余。现来者尚接踵，但土木不能速就耳。盖彼教不许吸烟饮酒，入其市犯此者课罚二十五元，故工人就之者希云。市内惟有一商店，百物俱备；惟有一旅馆，以供寄居者。其余百端事业，皆独一无二。其断绝竞争，实行干涉，颇有类社会主义者。余初至时，甚疑其为该党人之实行。细询乃觉不类，盖其市中惟土地及两大工厂、一银行属公有财产，其余各种事业仍归各私人，惟无同业之竞争而已。

---

① 梁启超对哈利逊的回答是："进步有等级，不能一蹴而几。""大抵极端之社会主义，微特今日之中国不可行，即欧美亦不可行，行之其流弊将不可胜言。若近来所谓国家社会主义者，其思想日趋于健全，中国可采用者甚多，且行之亦有较欧美更易者。"梁启超：《新大陆游记》，第42—43页。梁启超这里所说的国家社会主义，是指 19 世纪德国宰相俾斯麦所推行的"铁血政策"。

② 在日本时，梁启超已敏锐地观察到空想社会主义学说的最大缺陷是理论与实践脱节，该学说虽然在理论上大力鼓吹"国界必当尽破，世界必为大同"，在实际生活中却"未足真称为未来主义者"。梁启超：《进化论革命者颉德之学说》（1902 年），《梁启超全集》第 2 册，第 1026—1029 页。

③ 梁启超：《新大陆游记》，第41页。

实亦非强禁之，彼辈自好尔尔也。其租税惟"有所得税"之一项，无论执何业者，以其所得什之一归教会，故教会之富，岁增不可纪极。①

"颇有类社会主义者"是梁启超考察锡安社会经济形态后得出的表面印象，而"细询乃觉不类"才是其最终结论。"天国"制度固非尽善尽美，但该市政通人和、温润和谐的社会风气确实给梁启超留下了深刻印象："其市一种亲爱、清明、肃穆之气，实有令人起敬者。据市中人言，立市以来，年余未尝有一次之讼狱，以二万余人麇居一市者，年余而讼狱不一见，亦真可谓异数矣。"② 这一形态非常符合康有为在《大同书》中描写的太平之世："当太平之世，人性既善，才明过人，惟相与鼓舞踊跃于仁智之事，新法日出，公施日多，仁心日厚，智识日莹，全世人共至于仁寿极乐善慧无边之境而已。"③ 在梁启超眼里，古今中外一切思想家创立哲学宗教都是为了普度众生，救人于苦海。而"西贤雪地"的最大亮点即在于陶威所营造的宗教氛围，其慈悲观念与儒家所倡导的仁学及大乘佛教颇相类似，与康有为所宣扬的"立法创教，能令人有乐而无苦，善之善者也"亦趋同。④ 他因此在旅美日记中点评："彼之教理亦有大可佩者。畴昔景教者流，皆言末日审判时，善者、信者永生极乐，恶者、不信者永死沉沦。杜[陶]氏谓不然，上帝无使人永死沉沦之理。今之恶者、不信者，特机缘未熟，迷而不返耳。要其善根固在，至末日审判时，虽以极恶之人，一睹上帝之灵光，亦必大彻大悟，至彼时终得与善信者同立于平等之地位。盖上帝之条，本重悔改，悔改者前恶尽消也。云云。此其义与佛教大乘法全合，所谓一切众生皆成佛，即其义也。此亦杜[陶]氏独到处，宜其有以立足也。"⑤

除此之外，陶威的"神性疗法"也给梁启超留下了深刻的印象。早年在上海时，他曾经阅读过上海某教会所译的《治心免病法》一书，对"神性疗法"有所了解，但毕竟百闻不如一见。当晚，陶威为了证明其法术的魅力，请听众中凡经他"神性疗法"治疗后康复的教徒起立为他做证。话

---

① 梁启超：《新大陆游记》，第96—99页。
② 梁启超：《新大陆游记》，第96—99页。
③ 《大同书》，姜义华、张荣华编校《康有为全集》第7集，中国人民大学出版社，2020，第179页。
④ 《大同书》，姜义华、张荣华编校《康有为全集》第7集，第7页。
⑤ 梁启超：《新大陆游记》，第96—99页。

音未落，梁启超面前竟 "起立者过半"，且其中不乏 "大学教授" "法学博士" "医学博士" "国民银行总理" 之辈。梁启超睹此大惊，自问："凡此辈者皆非易被魔惑之人，而何以竟信之若是？" 他对此的回答是："此必真事也！" "神性疗法" 本属带有宗教魔幻色彩的民间方术，陶威用其作为敛财工具，但阅人无数的梁启超又何以被其迷惑呢？笔者以为，陶威的个人魅力和领袖气质对梁启超产生了潜在影响。早年在万木草堂受业时，梁启超就对乃师康有为 "如大海潮，如狮子吼" 般的讲演气场留下过深刻的印象，到晚年依旧 "悚息感动，终历不能忘"。① 而眼前的这位大主教与乃师康有为又何其相似乃尔："其人美髯鹤立，目光闪人，一望而知为一大人物也。" "余演说后，杜〔陶〕威自演三时许。其音之雄壮，余生平所未闻也。辩才亦横绝一世，其所以起平地而成此大业，盖有由也。"② 对陶威的领袖气质，梁启超在《新大陆游记》中有如下一段描述：

> 此人野心勃勃，大有并吞宇内之概。现四处行其教，明年元旦即复起行往英国，欲开第三之西贤雪地于欧洲云。其竭诚尽敬以欢迎我也，凡欲借我为扩张势力于中国之地也。彼运动我入其教，且明言之，谓十年以内，必有一西贤雪地见于中国云。吾信其力能致是，使其致是，则洵大可畏。此君之魔力，不可思议。吾谓现今全美国，惟摩尔根与彼两英雄耳！③

作为一代社会活动家的梁启超，平生喜好结交英雄人物，他尝言："历史者，英雄之舞台也。舍英雄几无历史。"④ 又云："英雄固能造时势，时势亦能造英雄。英雄与时势二者如形影之相随，未尝少离。"⑤ 这种崇拜英雄的价值观使他对陶威的个人魅力赞赏有加，对其权术野心却深不以为然，他给陶威的终评是："此人或为第二之马丁路得亦未可知。顾吾终觉其权术

---

① 梁启超：《南海康先生转》，《饮冰室合集·文集之六》，第 64 页。
② 梁启超：《新大陆游记》，第 96—99 页。
③ 梁启超这里所说的 "摩尔根" 是 19 世纪末美国垄断资本财团摩根财团（Morgan Financial Group）的创始人摩根（John Pierpont Morgan Sr.，1837 –1913）。此次来芝加哥之前，梁在纽约时曾专程拜访摩根（1903 年 5 月 25 日）。梁启超：《新大陆游记》，第 96—99、43—45 页。
④ 梁启超：《新史学·中国之旧史》，《饮冰室合集·文集之九》，第 3 页。
⑤ 梁启超：《自由书·英雄与时势》，《饮冰室合集·专集之二》，第 10 页。

过于道力耳!"①

三　康有为亲临"天国"演绎"大同之道"

1. 康有为访问"天国"（1905 年 5 月 24 日）

与梁启超的思想嬗变不同，康有为心目中的"大同世界"可谓始终如一，绝少变化。师生二人之间，如果说前者善变趋新，常不惜以今日之我否定昨日之我，后者则更倾向于我行我素、故步自封。尤其是 1898 年流亡海外后，康有为思想被浓厚的"圣人"意识和教主情结所支配，愈发因循守旧，敝帚自珍。他对大同之道始终持之以恒，坚信"孔子之太平世，佛之莲花世界，列子之甑瓶山，达尔文之乌托邦，盖为实境而非空想焉"。②抱此信念，康有为于 1901—1902 年避居印度大吉岭期间完成了《大同书》的写作，此后开始环球"天游"，试图在考察世界过程中寻访心目中理想的桃花源。他于 1905 年抵达美国西雅图，后经波特兰、洛杉矶、华盛顿、纽约、波士顿、圣路易斯等城市，于 5 月 24 日抵达芝加哥。

20 世纪初年，芝加哥居住着大约 1500 名华人，多来自中国广东省，他们既是康有为的粤籍同乡又是保皇会的积极支持者。③戊戌变法失败后，康、梁两位变法领袖在海外华人中仍拥有大批的追随者和崇拜者，在当时的条件下，海外华侨中普遍存在着封建正统观念和皇权思想，他们不仅对康、梁"救圣主""救中国"的宣传深以为然，而且对保皇会"出力捐款之人，奏请照军功例破格优奖"的承诺寄予厚望。④ 期待着将来一朝光绪复位

---

① 梁启超：《新大陆游记》，第 99 页。马丁·路德（Martin Luther, 1483 – 1546）是 16 世纪欧洲宗教改革领袖，基督教新教路德宗创始人。他的宗教改革沉重打击了天主教会和封建势力，在客观上结束了天主教内部的统一，结束了罗马教廷至高无上的统治，使新教与天主教，东正教成为广义基督教中的三大教派。

② 《大同书》，姜义华、张荣华编校《康有为全集》第 7 集，第 128 页。

③ 芝加哥华侨主要分梅姓（Moy Dong Chow，梅宗周）、王姓（Wong Chin Foo）两大氏族，均来自广东台山。Ping Linghu, *Chinese Chicago*: *Race*, *Transnational Migration*, *and Community since 1870*, Stanford University Press, 2012。据美国人口统计局公布的信息，20 世纪初年有 1462 名华人居住在芝加哥市，另外还有一些漏网统计的人口。Chuimei Ho and Soo Lon Moy, eds. *Image of America*: *Chinese in Chicago*, *1870 – 1945*, Aecadia Publishing, 2005, p. 9; Ping Linghu, *Chinese Chicago*: *Race*, *Transnational Migration*, *and Community since 1870*.

④ 1899 年 7 月 20 日，康有为在加拿大维多利亚成立保皇会（Chinese Empire Reform Association），"专以救皇上，以变法救中国、救黄种为主"。见《保教大清皇帝公司序列》（1900 年春），上海市文物保管委员会编《康有为与保皇会》，第 256—260 页。

后，其政治投资可以变现为丰厚的利益回报，"或为尚书，或为侍郎，或为总督，或为巡抚"。① 芝加哥的保皇会由梁启超成立于1903年，至1905年，该会已拥有数百名会员及多处会馆、学校、餐馆和其他投资产业。② 康有为此行经停芝加哥，公开的使命是考察保皇会在该地投资的餐饮业"琼彩楼"，③ 但未公开的议程则是前往锡安、拜访神交已久的大主教陶威，并一睹"天国"风采。

1905年5月24日上午，康有为一行乘火车从圣路易斯市抵达芝加哥，随行人员包括秘书兼翻译周国贤（Chew Kok Hean）、扈从队长欧阳仙洲（Ben O. Young）、乔治·余（George Yu），法语、德语、英语和阿拉伯语翻译鲁珀特·胡默（Rupert Humer），以及梁启超的二弟梁启勋（Leong Kai Fun）等。芝加哥当地侨界组织了400余人参加的隆重欢迎仪式，稍后康有为乘豪华马车，在干城学校学员的护送下抵达位于唐人街的保皇会。次日发行的《芝加哥论坛报》以"西太后受贿"为题对此事进行了详尽报道，并刊发了康有为的大幅照片。④ 当天下午，席不暇暖的康有为一行乘芝加哥西北铁路公司专车前往锡安市。⑤

列车于下午3时零8分抵达锡安，康有为一行在车站受到大主教陶威及其夫人的隆重欢迎。之后他们在锡安市仪仗队、礼宾卫队、市政人员、荣誉卫队和市警察代表的伴随下来到市行政大楼，又受到锡安市教会、教育局、商会、市长和市长办公室工作人员的热烈欢迎。当晚，参观过锡安市容后，陶威在当年接待过梁启超的夏伊洛圣殿为康有为举行了盛大欢迎仪

---

① 军政府：《谕保皇会檄》，见中国史学会主编《辛亥革命》（2），第360页。
② 1903年梁启超访问芝加哥时，曾感慨此地人口增长之速度远超美国东西两海岸，并预言"十年以后，芝加高〔哥〕或凌驾纽约一跃而为全美第一之市府"。梁启超：《新大陆游记》，第95页。
③ 蔡惠尧：《康有为、谭张孝与琼彩楼》，《历史档案》2000年第2期；"KYW Arrived Chicago and Will Study Manufactures," *Alma Record*, May 26, 1905, Image 7. 转引自〔加〕张启祯、〔加〕张启礽编《康有为在海外》，第72页。
④ "Chinese Reformer Visiting Chicago," *The Chicago Daily Tribune*, Wednesday, May 24, 1905. P. 7.
⑤ 随康有为前往锡安的还包括陈博孙（Chan Pok Sun）、陈宽（Chan Foon）、陈荣（Wing C. Chan）、Chan W. Hoey、Chan Yoke、Wong Ham、Henry Sling、Hong Fan Sing等当地名流，以及来自锡安市的留学生Deacon Hong。种种迹象显示，康有为访问锡安的活动系由上海广学会传教士Elder F. M. Royall一手安排。Elder F. M. Royall是惟经福在上海广学会的同事，与康有为之女康同璧相熟。早在1899年康有为在日本向惟经福表达访美的愿望时，Elder F. M. Royall就获知此事。"Chinese Reformer Visiting Chicago," *The Chicago Daily Tribune*, May 24, 1905, p. 7.

式，与会者五千余人。据当地报纸报道，陶威对康有为的来访格外重视，称康有为为"地球上屈指可数的最伟大政治家、哲学家、改革家之一"，曾任"前中国总理、光绪皇帝陛下的贴身私人顾问、总理衙门大臣、现任中国维新会主席"。在谈及锡安与中国的渊源时，陶威追溯了自 1903 年以来梁启超、梁启勋、康同璧等"帝国高官、杰出学者和留学生"对该市的历次访问，称康有为此次来访是"锡安市历史上最重要的事件！"

2. 向美国人宣讲"大同思想"

礼节性的开场白之后，康有为对听众发表了当晚的主题演讲。他首先感谢陶威大主教的盛情接待并盛赞锡安这座城市给他留下的美好印象，他说："我之前虽无缘面晤陶博士本人，但彼此有幸函交数年，弟子梁启超和小女同璧也向我多次提起过陶博士所从事的神圣事业和宏伟规划。今日亲临贵市，果然气象非凡……贵市如同一个井然有序的微小王国，女士们和先生们在工厂里勤勉劳作，在银行里安全投资，孩子们在校园里潜心学习。我虽未能履及城市的每个角落，但这里政通人和、讲信修睦、安居乐业、老有所养的盛世景观确使我感到百闻不如一见。"开场白之后，康有为从"人类平等""妇女解放""废奴"等三个方面阐述了自己的大同思想。

康有为说："像陶博士在这里所做的一样，以前我在中国也从事过宗教和社会工作。但敝人所做非为一国一家，而是为了普天下的大众，儒教乃中华帝国之大道，大道之行也，天下为公。所有人类对爱的践行都离不开上帝，而上帝的存在与儒教的理念是相通的，均为了寻求世间完美的大同之道。在鄙人看来，全人类都是弟兄姊妹，无论是美国人还是非洲黑人。按照神的旨意，所有民族、家庭、肤色、人种、教派、男人和女人都应该像弟兄姊妹那样互相关爱，和睦相处。"①康有为这里所表述的"人类一家说"源自他在《大同书》中阐述的大同仁爱观，是孔子"泛众爱"、孟子"施仁政"和佛教慈悲观念相结合的产物。这种建立在中国传统宗法制度、家族血缘关系基础之上的"仁爱"观带有强烈世俗等差观念，本与根植于《圣经》传统、带有明显基督教文化色彩的"圣爱"观存在诸多隔阂之处，但是当晚康有为巧妙地把二者嫁接起来，将基督教的"泛众爱"与儒家的"仁者爱人"思想混为一谈。这一"援耶入儒"的表达方式迅速消除了基督

---

① O. L. S. , S. H. C. , A. C. R. , and A. W. N. , "Grand Reception in Zion City to Former Prime Minister of China," *Leaves of Healing*, June 10, 1905; Volume 17, No. 8. pp. 249 – 259. 以下关于康有为演说引文，均出自同一文献，不再赘注。

徒对中国文化的异质感，拉近了他与美国听众之间的距离。

接下来，康有为阐述了他在《大同书》中宣扬的女权问题。他说："（我相信）男人和女人应当享有平等的自由和权利，每一个人，无论是总统还是最谦卑的平民，都应享有平等自由，没有贵贱之分。中国人认为，每个人都是上帝的儿女，无论其性别如何，没有地位高下之分，人人都应该有上升进步的机会，每一个人都应该是独立的。男人更应该富有同情心地允许妇女在婚后保持自己的姓氏，而不是改随丈夫的姓氏。"主张男女平权是《大同书》的主要内容之一，康有为在"大同书第二论女"的戊部中，不仅强调妇女在从事农、工、商、贾等事务方面"未有异于男子"的能力，还专门创立了一种为女权张目的"天予人权"说："全世界人欲去家界之累乎，在明男女平等、各有独立之权始矣，此天予人之权也。全世界乎，欲去私产之害乎，在明男女平等、各自独立始矣，此天予人之权也。全世界人欲去国界之争乎，在明男女平等、各自独立始矣，此天予人之权也。全世界人欲去种界之争乎，在明男女平等、各自独立始矣，此天予人之权也。全世界人欲致大同之世、太平之境乎，在明男女平等、各自独立始矣，此天予人之权也。"① 朱维铮先生认为，晚近以来，中国倡言妇女解放的士大夫不乏其人，但是把妇女解放与人权挂钩、与大同之世相提并论者，康实为第一人。②

康有为演讲中涉及的第三个问题是对奴隶制的批判，他先给听众讲了汉光武帝刘秀废奴的故事："众所周知，贵国总统林肯因为解放黑奴而赢得了全世界的尊敬……然而早在 1800 年前，一位中国皇帝也曾遵循圣人孔夫子的教诲、成就过一件与林肯总统相类似的伟大事业——解放奴隶！"康有为说："自古以来人们就为政治、土地和金钱而奋斗不息。历史上的奴隶主虐待奴隶，男人虐待女人。人与人之间因为偏见、嫉妒、伪善而引起的个人与民族之间的冲突连绵不断。回首过去，我们应该从人类因为偏见、自私、自我扩张的行为而导致的邪恶，以及引起的冲突中接受很多教训。事实上，在取得成功的过程中，每个人都应享有平等的自由。我刚才提到的那些邪恶行为说明平等、权利和正义还未得到伸张。"

康有为对中国奴隶制渊源的考证和批判，主要见诸《大同书》第二章。他在该章中广征博引《论语》《后汉书》等古典文献，把世界历史上废除奴

① 《大同书》，姜义华、张荣华编校《康有为全集》第 7 集，第 163—164 页。
② 朱维铮：《音调未定的传统》，浙江大学出版社，2012，第 362 页。

隶制的功劳归功于中国的孔夫子。他说"自孔子创平等之义"之后，"阶级尽扫，人人皆为平民"。汉光武帝践行孔子的理论，是历史上将废奴付诸实践的第一人，美国总统林肯不过步其后尘而已。他还说："我国孔子创无奴之义，光武实施免奴之制，实于大地首行之，其于平等之道有光哉！林肯以铁血行之，风动大地，然尚为光武之后学而已。"① 近代中国传统士大夫在向西方寻求真理的过程中，经常用中国儒家思想解构西方价值体系，他们既钟情于西方制度改革进步的一面，又恋恋不舍其祖宗文化，因此极热衷于从古代典籍中找寻中国政治"进化有渐""因革有序"的合理依据。这种托古改制、移易概念、借古讽今的"西学中源论"，反映了传统士大夫在思想变革过程中的复杂心理。把林肯废奴称之为"光武之后学"即是典型的"西学中源论"在康有为身上的反映。

讲完奴隶制后，康有为又兴致勃勃地与听众分享了一些自己在中国参与社会改良活动的经历。他说："二十年前，我就试图在中国从事改良活动，但是由于我们国家悲惨的状况，鄙人不得不先从政治改良入手，以便唤起民众。我所从事的工作，其特征可以从我创立的三个社团上看出来。第一个社团是不缠足会，目标在于废除妇女的缠足陋习，使每个中国人都享有天足。第二个社团是禁鸦片会（鼓掌），该会的性质与你们的禁酒会相类似。第三个社团是劝西医会。这三个社团对中国最实用，最有益处。"听到这里，站在一旁的陶威忍不住插言："感谢上帝，康有为先生二十多年前开始的那场改良运动使得今天在中国，无论是宫廷还是其他任何地方，小姑娘们都可以用天足走路了，让我们向他鼓掌致敬！"康有为接着说：

> 二十年前我就写过几本关于大同问题的书，提倡地球上所有民族、国家、国旗合而为一。所有的民族共用一种语言，为了共同的目标工作，享受平等的自由和权利。（鼓掌）我还提倡政府公共机构应服务于大众福利，而不是为一小撮人的利益服务。在生活方式方面，我一贯认为人类的衣、食、住、行应该尽可能趋同一致。如果我们能够执行这一计划，我们就能享受上天的赐福。当我们把真理和正义付诸实践之际，就是我们进入天国之时。

---

① 《大同书》，姜义华、张荣华编校《康有为全集》第 7 集，第 40—41 页。

在这里，康有为几次向美国听众提及自己"二十年前"的经历，并非一时心血来潮。二十年前的 1885 年，恰是康有为开始萌发大同思想的年代。时年 27 岁的长素先生，已经饱览《周礼》《经世文编》《读史方舆纪要》等经国济世之书，并研读过《西国近世汇编》《环游地球新录》等介绍西方社会制度、风俗民情的著作，他心智大开，渴望变革。一年前的中法战争之败更使他倍受刺激，进一步激发出国势日蹙、时不我待的危机感。他在《自编年谱》中称："计自马江败后，国势日蹙，中国发愤，只有此数年闲暇，及时变法，犹可支持，过此不治，后欲为之，外患日逼，势无及矣。"① 受马江之败的刺激，康有为自 1885 年开始"手订大同之制，名曰《人类公理》"。② 屈指算来，如今整整二十年过去了，当年那个"布衣老大伤怀抱，忧国无端有叹声"的翩翩少年早已经成为名满天下的朝廷通缉要犯。③ 当晚站在"天国"的讲坛上，回顾二十年来追求大同之道的坎坷历程，康有为似乎又变身为当年长兴里万木草堂上那个年少气盛、汪洋恣肆的长素先生，他对听众们说："中国需要改革，否则便无法自立于世界民族之林！"在一片热烈的掌声中，康有为最后用大同五项原则结束了当晚的演说："一、视全人类为兄弟和姐妹，不分语言、肤色和国籍。二、破除种族偏见。三、允许妇女享有与男人同等的自由和独立。四、破除等级制度，取消主人和奴隶的界限。五、不嫉妒他人的劳动成果，人人都为共同的正义目标而合作奋斗。""如果我们执行这些原则，"康有为补充道，"我们就是在执行上帝的意愿，而上帝将会保佑我们！"讲到这里，康有为突然话锋一转，提出了一个台下听众未曾预料到的话题——反对美国《排华法案》。

3. 反对《排华法案》

《排华法案》系美国第 21 任总统切斯特·艾伦·阿瑟（Chester Alan Arthur）于 1882 年 5 月 6 日签署的一项法案，是美国历史上第一个也是唯一一个明确暂停特定国籍移民的主要联邦立法，作为《美国法典》的一部分，它开启了美国从几乎欢迎所有移民的国家转变为设置移民门槛国家的不良记录。法案通过监禁和驱逐的惩戒方式，禁止"被矿井雇佣的有技能或无

---

① 楼宇烈整理《康南海自编年谱》，中华书局，1992，第 16 页。
② 康有为：《康南海自编年谱》，《戊戌变法》（4），第 118—119 页。
③ 康有为：《梁星海编修免官寄赠》，陈永正编著《康有为诗文选》，第 27—28 页。

技能的华人劳工们"在此后十年之内进入美国。① 后来 1888 年通过的《斯科特法案》（Scott Act）进一步扩充了《排华法案》的内容，禁止华人在离开美国后再次入境。从《排华法案》颁布的 1882 年到康有为进入美国的 1905 年之间，已经约有 1 万名华人通过对人身保护权的请愿方式将否决移民的决定上诉到美国联邦法院。② 1905 年康有为抵达美国西海岸时，正值旅美华侨要求废除《排华法案》的运动达到高潮之际，这一运动和另外一场反对《华工条约》续约运动相互关联，成为 1905 年美国华人社区政治生活的焦点。③ 为此，时任清政府驻美公使的梁诚在《华工条约》旧约到期后拒绝与美国政府续约，并号召旅美华人团结起来共同抵制中美续约。④ 梁诚的公告引起了正在加州访问的康有为的注意，他敏锐地意识到抵制《华工条约》和反对《排华法案》不仅牵扯旅美华侨的切身利益，也关系到保皇会未来在美国的发展前途，因而"为此事连夕不寐，愈思愈忧"。⑤ 三思之后，他决定临时变更访美计划重点，把支持华侨废除《排华法案》的活动提上议事日程。

1905 年 5 月 4 日，在赴芝加哥之前，康有为从美国致电香港、广东、上海、横滨保皇会各分会，令其同时发起反对清政府与美国延续《华工条约》的活动。他在一份声明中说："此事关我华人生命，于粤人尤甚。计粤人在此岁入数千万，若能破约，岁增无量数。吾国生计已穷，若美工尽绝，势必大乱。今各咸发愤，各电争于外部。惟外部畏怯，若美使恐吓，即画押。生死之机，在此一举。望大集志士，开会鼓动，电政府及各省督抚力

---

① Mark Kanazawa, "Immigration, Exclusion, and Taxation: Anti-Chinese Legislation in Gold Rush California," *The Journal of Economic History*; Volume 65, Issue 3, September 2005, pp. 779 – 805.

② Lucy E. Salyer, *Laws Harsh as Tigers: Chinese Immigrants and the Shaping of Modern Immigration Law*, Chapel Hill: University of North Carolina Press, 1995.

③ 《华工条约》全称为《限制来美华工保护寓美华人条约》，系中美两国政府于 1894 年 12 月 7 日签订，为期 10 年。该约的本意是限制普通华工来美打工谋生，但限制的范围随着时间的推移而不断扩大，到 20 世纪初年，许多"华工"之外的华裔商人、学生、旅游者也被美国移民局限制入境。因《华工条约》中有来美华人须"遵现实之例或自后所定之例""遵守美国政府随时酌定章程"两项细则，美国移民局被赋予随时更改法案的权力。随着 20 世纪初年美国排华声浪日益高涨，越来越多的华人被拒绝进入美国。梁碧莹：《梁诚与近代中国》，中山大学出版社，2011，第 216 页。

④ 〔加〕张启祯、〔加〕张启礽编《康有为在海外》，第 69 页。

⑤ 梁启超：《致各埠列位同志义兄书》（1905 年 6 月 7 日），转引自方志钦主编《康梁与保皇会——谭良在美国所藏资料汇编》，天津古籍出版社，1997，第 113 页。

争，并以报纸激发人心，或可挽回。"① 在康有为的号召下，梁启超、荻楚青、罗普等人闻风而动，迅速开展了以上海为中心的抵制美货运动。与此同时，康本人也在美国展开了一系列游说活动，他的计划是从美国西海岸出发前往首都华盛顿，面见美国总统西奥多·罗斯福，亲自"顷力争禁约一事"。② 洞悉这一历史背景之后，对康有为在当晚演讲中突兀地插入《排华法案》议题便不难理解了。③ 当晚，他对台下的听众们说：

> 众所周知，美国是一个信仰正义、平权、平等和公平竞争的国家。毫无疑问，这都归功于共和国的创立者乔治·华盛顿。后来在林肯总统和其他人的领导下，美国解放了黑奴，成为光芒照耀世界的最伟大共和国！（鼓掌）生活在这个进步国家的人民享受着平等的权利和正义的福利。如各位所知，中国有着几千年的文明，她的人民无论如何不应被视为野蛮民族。但是，我不得不非常遗憾地说，美国正是如此看待我们的。在过去的几年里，华人伤心地看到这个国家的政府如何用《排华法案》对待我们。我今天以文明的名义、慈善的名义、宗教的名义，请求美国政府重新考虑如何平等公正地对待华人。美国人民宣称信奉基督教，在基督教的名义下，美国人民必须废除《排华法案》。唯其如此，他们才能问心无愧地宣扬平等和正义！（鼓掌）

康有为讲完后，陶威当场宣布，他将代表锡安市致信美国总统和国会，要求政府立即废除《排华法案》，尽快恢复旅美华人的权益。他并要求在场的观众以起立的方式表决："若同意我的议案，请马上站起来！"陶威话音未落，全场五千多名听众纷纷起立。康有为被眼前这一幕深深感动，再次表示感谢："今天我很高兴有机会访问美丽的锡安市，很高兴会见你们能力非凡、无比虔诚的领导人。陶威博士是一位实至名归的虔诚的基督徒。（鼓掌）他的许多造福人类的计划与我的想法不谋而合。女士们、先生们，最

---

① 《康君有为来书论美洲拒约事》，《警东新报》（墨尔本）1905 年 6 月 24 日，转引自〔加〕张启祯、〔加〕张启礽编《康有为在海外》，第 69—70 页。

② 《康有为与同璧书》（1905 年 5 月 5 日），《康同璧南温莎旧藏》，转引自〔加〕张启祯、〔加〕张启礽编《康有为在海外》，第 70 页。

③ 在《大同书》中，康有为一再强调人类社会苦难的根源"皆因九界"，而九界之三的"种界"是造成各色人间强弱不均、智愚不同、美恶不一的主要渊源。欲破除种界，自当从破除《排华法案》始。《大同书》，姜义华、张荣华编校《康有为全集》第 7 集，第 43—48 页。

后我想对你们的热情接待表示衷心的感谢！请原谅我今晚占用了你们宝贵的时间。在锡安市，我受到了在美国所受到过的最好的接待和最高的奖赏！（鼓掌）"此时乐队奏响音乐，众人高唱《我站在锡安山上》，陶威在歌声中宣布晚会到此结束。当晚，康有为一行留宿于锡安市陶威私邸，第二天与陶威合影留念后乘火车返回芝加哥。

4. 离开"天国"后的余音缭绕

离开锡安大约三周之后（1905 年 6 月 6 日），康有为在首都华盛顿拜见了美国总统西奥多·罗斯福，当面向其游说解除《排华法案》一事。据文献记载，罗斯福向康有为表示："禁限中国人，我不忍其太酷，必尽我之力，以挽救之。至于上等华人，若游历学生、商家、必当宽待。"① 与罗斯福总统会面后，康有为在给梁文卿的信中说："今午已见总统（梁诚力阻三日），总统言禁约事，不忍刻酷，必竭力挽回。"罗斯福总统与康有为见面后，立即约见美国国务卿海约翰（John Hay）商谈禁约一事。据海约翰 1905 年 6 月 19 日的日记记载："已和总统谈过有关禁例的问题，总统决定暂停移民局对华人所采取的野蛮办法。"② 是年 6 月 24 日，康有为第二次访问白宫，就《排华法案》一事再度拜见罗斯福总统。罗斯福总统在事后给副国务卿路密斯的信中，披露了他会见康有为并对国务卿海约翰就《排华法案》一事做出批示的细节："要以最广泛和最真诚的礼节对待各界商客、教师、学生和旅客，单独或妻子和未成年子女均可以来美国，包括所有中国官员或中国政府的各级代表。"③ 同日，罗斯福在致美国商业和劳工部长的信中说道："如果有华人入境，美国官员因为证书问题造成错误，中国人将不会被遣返……相反，我们会惩罚犯错误的美国官员。"④

在锡安，康有为离开之后，陶威也开展了一系列与中国有关的活动。

① "6 月 15 日，晨访美国外部署及海军部署，午见罗斯福总统，容闳、周国贤、谭良与会。时十二点三十分，延入内府。总统立待，与会长及容公、周国贤、谭张孝等行礼相见，握手甚欢，具言相思之苦。言论间以解禁之事为请。总统谓：'禁限中国人，我不忍其太酷，必尽我之力，以挽救之。至于上等华人，若游历学生、商家、必当宽待。'又说，'今日陆军卿他辅（Taft）正在芝加哥做有关宽解禁例的演讲。'"见〔加〕张启祯、〔加〕张启礽编《康有为在海外》，第 75 页。
② 〔加〕张启祯、〔加〕张启礽编《康有为在海外》，第 76 页。
③ "1905 年 6 月 24 日，罗斯福致执行副国务卿路密斯。*Roosevelt Paper*，Series 2，Vol. 156，p. 194."转引自〔加〕张启祯、〔加〕张启礽编《康有为在海外》，第 78 页。
④ "1905 年 6 月 24 日，罗斯福致商业和劳工部长。*Roosevelt Paper*，Series 2，Letter Books，Vol. 156，p. 230."转引自〔加〕张启祯、〔加〕张启礽编《康有为在海外》，第 78 页。

1905 年 5 月 28 日，他在锡安市天主教堂发表讲话，重申支持康有为反对《排华法案》的立场。1905 年 6 月 10 日，《康复之树》发表了题为《锡安进步运动在中国》的评论员文章，称康有为在"天国"的演讲在中国教徒中引起了极大的反响。① 值得注意的是，1905 年会见之后，陶威和康有为两人似乎对墨西哥投资产生了共同兴趣，他们同时进军墨西哥金融、房地产、种植园市场，但是两人后来都赔得一塌糊涂，铩羽而归。② 1905 年底，时年 58 岁的陶威突发中风，几乎瘫痪在床，不得不暂时离开锡安去美国南方疗养。当他次年返回锡安时，"天国"已经物是人非，陶威因涉嫌欺诈而被法庭传讯。从此之后，"天国"每况愈下，经济迅速崩溃，陶威在一片众叛亲离的讨债声中于 1907 年 3 月 9 日病逝于锡安，享年 60 岁。③

结　语

在摩尔的乌托邦理论中，"理想国"有一个特殊的悖论，那就是每个居民在享受自由生活的同时，必须接受政府的严格管控："政府通过迁徙来调整家庭、城市以及乌托邦和殖民地之间的人口数目，把乌托邦的人口基数控制在一个最佳水平，那些不愿意迁徙的居民也必须每隔十年交换一次自己的住房。居民不允许享受任何被政府禁止的休闲活动，比如家门上不许上锁，'没有酒吧，没有啤酒屋，没有妓院，没有腐败，没有隐蔽处，没有秘密集会场所'（见摩尔《乌托邦》原著第 59 页）。居民到国外旅行必须得到当地政府的许可，甚至国内旅行也必须得到配偶和父亲的批准。"④ 总而言之，"乌托邦"是一个二律背反的矛盾统一体，它既寄托了摩尔对平等、无私、理想生活的向往，又隐含着对 16 世纪英格兰现实生活中非理想社会

---

① O. L. S., S. H. C., A. C. R., A. W. N., "Grand Reception in Zion City to Former Prime Minister of China," *Leaves of Healing*, June 10, 1905; Volume 17, No. 8. p. 260.

② 有关康有为在墨西哥商业投资活动的资料，详见方志钦主编《康梁与保皇会》，香港，银河出版社，2008；伍宪子：《中国民主宪政党党史》，旧金山，世界日报社，1952；康同璧：《康南海先生年谱续编》，楼宇烈整理《康南海自编年谱（外二种）》，中华书局，1992。

③ 今天的锡安市，静静地伫立在密西根湖畔，早已失去了昔日的繁华，像 19 世纪涌现的大多数乌托邦社区一样，如今这里百业凋零、商业萧条、人口稀少，唯有当年康有为曾经下榻的陶威故居和天主教堂依然孤立在凛冽的寒风中。据 2023 年 1 月统计数字，该市常住人口仅 24727 人。

④ George M. Logan and Robert M. Adams, eds., "Introduction," *Thomas More's Utopia*, Cambridge University Press, 1989.

的讽刺。由此，从"乌托邦"中引申出"反乌托邦"的概念，而"乌托邦"则在实际生活中成为世人对美好虚拟社会憧憬的代名词。

访问"天国"归来的梁启超和康有为，似乎也隐约感受到了这一乌托邦交响乐中的弦外之音，他们离开美国之后，分别调整了自己探索国家社会发展模式的方向和节奏。以梁启超为例，他访美之前尚对共和制度充满信心，期望"此行目的颇达五六，大约实业界之基础可成八九，秘密界之基础亦得三四也"。① 但归来后"自悔功利之说、破坏之说之足以误国也，乃壹意反而守旧，欲以讲学为救中国不二法门"。② 他甚至"大叹：'呜呼！共和共和……吾与汝长别矣'"。③ 对于梁启超这一心态的变化，其密友黄遵宪深得其要，他对梁任公说："公之归自美利坚而作俄罗斯之梦也，何其与仆相似也。当明治十三四年初见卢骚、孟德斯鸠之书，辄心醉其说，谓太平世必在民主国无疑也。既留美三载，乃知共和政体万不可施于今日之吾国。"④ 梁启超的这些思想变化加速了他与康有为在大同思想上的分道扬镳，如其后来在《清代学术概论》里自述："启超自三十以后，已绝口不谈伪经，亦不甚谈改制。而其师康有为大倡设孔教会、定国教、祀天配孔诸议，国中附和不乏，启超不谓然，屡起而驳之。"⑤ 总之，梁启超访美后开始从思想上逐渐疏远那个虚无缥缈的乌托邦大同世界，理论上进一步趋于政治保守，行动上放弃对"共和政体"的狂热追求。放弃"共和政体"和告别"乌托邦"是梁启超近代国家观念变化表征的一体两端，符合他一贯流质善变、与时俱进的人格取向。

与梁启超相比，康有为访美归来后的反应则大不相同。他虽然也意识到大同理想在中国暂不具备践行条件，但是一意孤行，不改初衷。一如同

---

① 梁启超：《致蒋观云先生书》（1903 年 4 月 13 日），丁文江、赵丰田编《梁启超年谱长编》，第 312 页。

② 黄公度：《与饮冰主人书》（光绪三十年七月四日），丁文江、赵丰田编《梁启超年谱长编》，第 340 页。

③ 梁启超：《政治学大家伯伦知理之学说》，《新民丛报》第 38、39 号合刊，1903 年 10 月 4 日，转引自桑兵《庚子勤王与晚清政局》，北京大学出版社，2004 年，第 376 页。

④ 黄公度：《与饮冰主人书》（光绪三十年七月四日），丁文江、赵丰田编《梁启超年谱长编》，第 340 页。黄遵宪与梁启超是亦师亦友的同道中人，交往最深，责之最切。梁启超在宣统元年为黄遵宪所做的墓志铭中曾自称："某以弱龄，得侍先生，惟道惟义，以诲以教……先生卒前一岁，诒书某曰，国中知君者无若我，知我者无若君。"见梁启超《嘉应黄先生墓志铭》，《饮冰室合集·文集之四十四》（上），第 6 页；丁文江、赵丰田编《梁启超年谱长编》，第 352 页。

⑤ 梁启超：《清代学术概论》，《饮冰室合集·专集之三十四》，第 63 页。

时代其他许多乌托邦思想家，康有为是怀抱救世热忱的乐观主义者，他向往西方的平等、博爱、自由、民主等普世价值，一生坚持 "演礼运大同之义，始终其条理，折中群圣立为教说，拯厥浊世"。① 这一执念使康有为 "足列世界上伟大乌托邦思想家之林"。② 但值得注意的是，康有为还是一位具有领袖气质和非凡人格魅力的布道者。③ 他一生虽未曾皈依过任何正规宗教，但笃信浩瀚无垠的宇宙之上必有神灵主宰，乌托邦是天地间超然物外美妙无穷的人间正道。④ 这种超越自我的类宗教意识使他与大主教陶威惺惺相惜，引为同道，都具备一种天马行空、我行我素的人格特征。⑤ 这一特征使他们对乌托邦理想主义怀有崇高的使命感，抱持近乎疯狂的追求，知其不可为而为之。这也是为什么康有为访美归来后对大同之道不离不弃，直到晚年依然在上海积极创建孔教会并在孔教会成立时一再搬出陶威的言论为自己助威的原因。

汪荣祖先生认为："大凡乌托邦思想，都寄望完美的制度于未来，几莫不是针对现实痛苦的反应。"⑥ 应该承认，访美归来的康有为对乌托邦的前途亦怀有某种 "痛苦的反应"，但他的痛苦是建立在对中国民智未开的认知的基础上，认为造成中国社会风气堕落的原因是由于物质文明不发达，而物质文明不发达又由于民智未开所致，欲摆脱这一历史的宿命，中国人必须走美国 "物质救国" 的道路。唯其物质文明发达，国力才能强盛，人民才能富足，民智才能开启，世界才能大同。所谓 "美国之富强也，非其民国得之，而物质为之也"。⑦ 基于以上认知，康有为访美归来后的另一个变化是开始把目光逐渐转移到 "物质救国" 的务实行动方面，更加关心实业投资等关系中国人切身利益的实际问题。⑧

---

① 梁启超：《康南海诗集》，蒋贵麟主编《康南海先生遗著汇刊》第 20 册，台北，宏业书局，1976，第 11 页。

② 〔美〕萧公权：《康有为思想研究》，第 451 页。

③ 黄遵宪在 1904 年致梁启超的信中称康有为："见泰西景教之盛，亦欲奉孔子而尊为教主，此亦南海往日之误也。"黄公度：《与饮冰主人书》（光绪三十年七月四日），丁文江、赵丰田编《梁启超年谱长编》，第 340 页。

④ 康有为：《诸天讲》，中华书局，1990。

⑤ Gordon Lindsay, *The Life of John Alexander Dowie, A Story of Trials, Tragedies and Triumphs*, Shreveport: Voice of Healing Publishing Co., 1951.

⑥ 汪荣祖：《康有为论》，中华书局，2006，第 127 页。

⑦ 康有为：《共和平议》第 2 卷，第 43 页，见《不忍》第 9、10 册合刊，1917 年 12 月。

⑧ 康有为：《物质救国论》，蒋贵麟主编《康南海先生遗著汇刊》第 15 集。

　　总而言之，20 世纪初年康有为、梁启超踏访美国"天国"是二人流亡海外政治生涯中一次独特的人生经历，虽然他们最终"没有也不可能找到一条到达大同的路"，① 但是毕竟第一次用自己的脚步亲自丈量了梦中渴望已久的乌托邦桃花源，用自己的眼睛看到了想象中的"诸极乐之世界"，用实际行动开启了二人戊戌变法后探索人类社会发展模式的悟道之旅。从这个层面上讲，"天国"之行在康、梁向西方寻求真理的过程中具有特殊历史意义。

［作者单位：美国湖林大学历史系］

---

① 　毛泽东：《论人民民主专政》，《毛泽东选集》第 4 卷，人民出版社，1960，第 1476 页。

"安全阀"的失效与修复：耒阳
暴动中的官绅关系

许　飞

内容提要　发生于道光二十四年的耒阳暴动，可视作传统社会"安全阀"失灵后，基层社会秩序的短暂失控。段拔萃京控案是耒阳暴动的诱因，随后发生的阻考、劫狱则加剧了民众、士绅与地方政府之间的矛盾。阳大鹏等人率众攻打县城，是民众抗粮斗争的激烈表现。作为民众和地方政府矛盾的产物，耒阳暴动是一场没有赢家的惨剧。通过考察钱漕积弊，可帮助理解暴动发生的缘由。士绅在该事件中扮演了先组织领导暴动，事后又协助善后的复杂角色。

关键词　耒阳暴动　段拔萃　阳大鹏　士绅　钱漕

道光二十四年（1844）十月十七日，湖南耒阳县人阳大鹏被押至刑部受审。十天后，审讯官员奏称，阳"聚众攻城，抗拒官兵"，实为"谋反大逆"，清廷即下旨将其凌迟。① 凌迟意在使犯人"死之徐而不速也"。② 阳的罪名因领导耒阳暴动而起，而该事件的发生，便如凌迟般，由民及绅，由绅及官，瓦解着清廷统治的根基。相关研究不仅未充分挖掘史料，且视角多局限于官民矛盾，忽视了士绅在其中的重要作用。③ 费孝通将士绅比作社

---

① 中国第一历史档案馆编《道光朝上谕档》第 24 册，广西师范大学出版社，2008，第 379、400、399 页。

② 沈家本：《历代刑法考》，邓经元等校，中华书局，1985，第 111 页。

③ 张国骥：《清嘉庆道光时期政治危机研究》，岳麓书社，2012，第 49—51 页；〔美〕萧公权：《中国乡村：19 世纪的帝国控制》，张皓、张升译，九州出版社，2018，第 529—530 页；〔美〕孔飞力：《中国现代国家的起源》，陈兼等译，香港中文大学出版社，2014，第 141—176 页。

会的"安全阀",① 强调该群体在维持社会稳定方面的作用。但士绅在耒阳暴动中，扮演了前期组织领导、后期协助善后的角色，故该事件可视为安全阀的暂时失效。本文拟据档案、官方文书、地方志等多方记载，对耒阳暴动予以重新审视。

一　士绅组织领导下的矛盾激变

明万历年间任耒阳知县的朱学忠曾说："耒邑，古风难治地也。"康熙五十五年（1716），湖南承宣布政使司阿琳写道，耒阳"积陋成习，戞戞然其难治也"。② 耒阳暴动发生后，湖南巡抚陆费瑔奏"耒阳士习民风夙称刁悍"③，亦有难治之意，不同的是，陆还提及"士习"，即有科举功名的地方士绅也牵涉其中。前两位官员对耒阳民风的认知，应有所据。而陆费瑔的观感，则与一场猛烈的官民冲突有关。

暴动的直接缘由还得从一件京控案说起。道光二十三年（1843），耒阳县民段拔萃以知县李金芝浮收钱粮，先后两次京控。④ 然"大府谳之，坐不实，予杖；则再控大府，坐以军"，监禁于耒阳县监狱。⑤ 段拔萃下狱后，谢华封与胥吏勾结，不准段家人探望，欲置其于死地。⑥ 生员阳大鹏、徐达盛得知后，将此事在当地散布开来。⑦ 民众之所以能被动员起来，与段京控的结局有很大关系。段的行为是为民发声的义举，却因此被收监，民众担心将来书差借机浮收更甚。消息传开，民情激愤，提出劫狱、阻考两种方案。众人与阳大鹏商议，阳提议阻考。⑧ 至此，暴动的重要人物阳大鹏登场。阳本姓欧阳，耒阳县西乡哑子山人，有生员身份，学名欧阳鲲化。有弟阳大鸿、阳大鸠，并有二子石俫、二俫。他还有异姓养子钟绍

① 费孝通：《中国绅士》，惠海鸣译，中国社会科学出版社，2006，第 123—124 页。
② 光绪《耒阳县志》（一）卷首"朱序""阿序"，台北，成文出版社，1975，第 19、26 页。
③ 《道光朝上谕档》第 24 册，第 287 页。
④ 吴其濬：《奏为特参耒阳县知县李金芝限满要犯无获请摘顶勒缉事》（道光二十三年四月初三日），中国第一历史档案馆藏，04-01-28-0018-042。
⑤ 冯桂芬：《显志堂稿》卷 4《耒阳纪闻》，台北，文海出版社，1981，第 471 页。
⑥ 《道光朝上谕档》第 24 册，第 399 页。
⑦ 裕泰：《奏为耒阳县民犯段拔萃被抢后赴督衙投首翻控查讯大概情形事》（道光二十三年六月初七日），中国第一历史档案馆藏，03-3992-070。
⑧ 光绪《耒阳县志》（四）卷 8《丛谈》，第 1237 页。

宗，① 在当地势力非同小可。②

阳提出阻考后，人们开始刊刻传单。二月十三日，段之子段春连给其父送饭，③ 李金芝以段春连张贴阻考告示为由，将其逮捕。④ 此时西乡传言，李金芝已将处死段拔萃的文书上报，情况紧急。段大荣的姐姐对众人说，她在二月十三日晚见两女子跪在门边，称段十五日必死，宜早解救。同时，她又亲自前往水口庵鸣钟击鼓，鼓声震地。一时，西乡鱼陂州民众间杂说四起，群情激愤。十四日晚，鱼陂州人最先被动员起来，聚集者约四五百人。十五日，李金芝欲提审段，刚押至监狱门外，便遇上了前来劫狱的段大荣等人。⑤ 一片混乱中，段拔萃、段春连及刊刻阻考传单的工匠被劫走。⑥ 之后，劫狱众人又前往谢华封等家拆毁房屋，抄抢钱物。劫案发生后，李金芝被撤职留任，江华县知县叶为珪继任知县。⑦

可见，暴动初始阶段，因信息不对称致舆情四起，而散布消息者，系拥有生员身份的当地士绅阳大鹏、徐达盛二人。曾任耒阳知县的徐台英如是评价："先是京控不服，因而阻考，阻考不已，因而劫狱。"⑧ 徐此语，较为恰当地概括了暴动前期的矛盾积累过程。段出狱后，阳等人联名具呈，请求和缓处理劫案。⑨ 然事态的发展，逐渐超出组织者的预料。段被劫出后，匿于东乡。东乡冬瓜冲蒋庆云、蒋文昌兄弟皆为文生，有与庆云两兄弟关系亲近者对他们说，段京控事"乃一县钱粮所关，西乡、南乡既激于

---

① 《道光朝上谕档》第 24 册，第 400 页；《湖南巡抚骆秉章奏复遵旨密查杨秀清实非阳大鹏之子片》（咸丰四年九月十一日），中国第一历史档案馆编《清政府镇压太平天国档案史料》第 15 册，社会科学文献出版社，1994，第 591—592 页。

② 养子会扩大家庭规模，提高家庭结构的成长极限。见郑振满《明清福建家族组织与社会变迁》，中国人民大学出版社，2009，第 24—25 页。

③ 裕泰：《奏为耒阳县民犯段拔萃被抢后赴督衙投首翻控查讯大概情形事》（道光二十三年六月初七日），中国第一历史档案馆藏，03-3992-070。

④ 吴其濬：《奏为特参耒阳县知县李金芝限满要犯无获请摘顶勒缉事》（道光二十三年四月初三日）中国第一历史档案馆藏，04-01-28-0018-042。

⑤ 裕泰：《奏为耒阳县民犯段拔萃被抢后赴督衙投首翻控查讯大概情形事》（道光二十三年六月初七日），中国第一历史档案馆藏，03-3992-070。

⑥ 光绪《耒阳县志》（四）卷 8《丛谈》，第 1237—1238 页。

⑦ 吴其濬：《奏为特参耒阳县知县李金芝限满要犯无获请摘顶勒缉事》（道光二十三年四月初三日），中国第一历史档案馆藏，04-01-28-0018-042；陆费瑔：《奏为耒阳县知县李金芝缉捕无能撤任留缉并委任叶为珪接署事》（道光二十三年闰七月二十九日），中国第一历史档案馆藏，04-01-01-0813-015。

⑧ 光绪《耒阳县志》（四）卷 8《丛谈》，第 1230 页。

⑨ 《道光朝上谕档》第 24 册，第 400 页。

义愤，东乡岂得坐视晏然？"蒋庆云"以为然"。于是，东乡枫林、汤火泉、观音阁、紫道里、道子洲等处的民众被动员了起来。一时各处"皆蜂起议事，和造军器，为抗拒官兵计"。后地方官派人搜查段，得知其已逃往他处，却察得蒋姓兄弟在东乡聚众，欲捕他们二人。消息传开，冬瓜冲蒋姓鸣锣放炮，东乡各处民众响应，聚起千余人与官兵交战，[①] 矛盾进一步激化。

三月，阳大鹏等将官方所立铁碑捣毁，在衡州城外铸造新碑，上刻自议的钱粮章程，[②] 并将段姓宗祠改为福星公馆"设局敛费"。[③] 此外，段、阳两大家族还约定抗不交粮，并派人阻粮户进城。[④] 他们"倡众敛钱数累万，用益赡，日造兵械。招募乡愚，习战射。设地受词讼，塞险隘自固，官吏莫能往，势益张"，[⑤] 颇有和当地官府对峙的意味。

综上所述，段等人被劫出后，士绅几乎控制了当地的钱漕征收。刻碑敛钱、阻截粮户、设局收费、招募武装等行为，已是向地方政府的公开挑战。官员在与士绅的协调过程中，有诸多处理不善的地方，而士绅也有许多超出其本身职责范围，乃至对民众产生损害的行为。乡绅在农民诉诸暴力，并使其规模扩大方面的作用不可小觑。一般而言，乡绅与清廷利益一致，然在特殊情况下，一些乡绅会煽动或领导民众违反法纪，或向现存权威挑战。[⑥] 对地方官来说，于私，他们若不积极镇压，就有遭到处罚、被革职的危险；于公，他们作为秩序的维护者，无法置之不理。

五月十五日，阳大鸠带人去各乡收费，被地方官派人拿获。阳等商议抢犯。暴动最激烈的阶段——攻城开始了。十七日，阳等聚起民众三百多人，手拿武器冲向县城。因城门已闭，城上放枪击毙民众二人，阳大鹏等愈加气愤，决意攻城抢犯。湖南衡永郴桂道张志咏向知府高人鉴报告了耒阳的情形，高率军援助耒阳，消息走漏，阳再次动员民众，传呼各乡曰："太守带炮来杀我等矣。"阳、段两大家族又从各乡召集千余人直扑县城，声

---

① 光绪《耒阳县志》（四）卷 8《丛谈》，第 1229—1230 页。

② 谢中农：《阳大鹏传略》，中国人民政治协商会议湖南省耒阳市文史资料研究委员会编印《耒阳市文史资料》第 3 辑，1987，第 67 页。

③ 《宣宗成皇帝实录》（七）卷 406，《清实录》第 39 册，中华书局，1986，第 81 页下。

④ 《张修育张春育述〈皇清诰授中宪大夫湖南衡永郴桂兵备道署理按察使司按察使显考幼于（张志咏）府君行述〉》（以下简称《张志咏行述》），中国社会科学院近代史所编《近代史所藏清代名人稿本抄本》第 1 辑第 89 册，大象出版社，2011，第 50 页。

⑤ 冯桂芬：《显志堂稿》卷 4《耒阳纪闻》，第 471 页。

⑥ 〔美〕萧公权：《中国乡村：19 世纪的帝国控制》，第 503 页。

言要劫走囚犯。① 一场士绅领导的民众和地方政府的激烈冲突终于爆发了。

暴动发生时，城内兵力薄弱，仅有把总一人，兵卒四十名，阳等在人数上占有绝对优势。叶为珪和张志咏认为"众寡太不相敌，唯有撄城固守"，便紧闭城门，等待援兵。暴动民众向城内攻打，杀伤了很多兵卒，县令叶为珪亦受伤。此外，阳派人在城外拦截文报，② 地方官与清廷间的文书往来受阻。据载："县兵才十数人，距郡百五十里，遣使告□咸遇害，乃诈为卖浆者，内文书履中始得达。"③ 然因民众缺乏战斗经验，且城内守军有火炮加持，随着战斗的进行，民众伤亡惨重，加上官军援兵渐集，民众被迫撤至城外。④

陆费瑔得知耒阳情形后，即将详细情形上奏清廷，并带兵 300 名"分据要害，杜贼旁窜"，⑤ 同时，他还令永州镇总兵英俊率兵 300 人援助。清廷下令提督石生玉挑精兵 500 名驰援。此后，阳又组织了两次攻城，且在城外"鸣锣纠众，威胁乡民，肆行杀夺"，⑥ 然终因寡不敌众，暴动者纷纷逃散，阳亦逃走。⑦ 暴动就此惨败。论者认为，嘉、道时社会激剧动荡，清廷已不具备解决社会危机的能力。⑧ 然从耒阳暴动及应对来看，首次攻城时暴动民众在拥有绝对人数优势的情况下败北，而后清廷调动军力围剿的行动更可谓迅速。故此时清廷仍有处理社会危机的能力是不容否认的事实。

总之，由段拔萃京控案而起，进而阻考、更改钱粮章程、立碑敛费等行为，可视为阳、段两大家族公开对抗地方政府的举措，也是清廷决心进行镇压的动因。虽以阳为首的士绅凭借在地方的号召力，动员大量民众参与暴动，但终究敌不过清廷迅速进行军事调动的能力，终以惨败告终。

二 集权简约治理体系下的钱漕积弊

黄宗智所论集权简约治理的核心观点是，传统中国存在高度中央集权

---

① 《张志咏行述》，《近代史所藏清代名人稿本抄本》第 1 辑第 89 册，第 52 页。

② 《道光朝上谕档》第 24 册，第 201 页。

③ 冯桂芬：《显志堂稿》卷 4《耒阳纪闻》，第 472 页。

④ 《张志咏行述》，《近代史所藏清代名人稿本抄本》第 1 辑第 89 册，第 51—53 页。

⑤ 王钟翰点校《清史列传》卷 43《大臣传续编八·陆费瑔》，中华书局，1987，第 3413 页。

⑥ 《宣宗成皇帝实录》（七）卷 406，《清实录》第 39 册，第 83 页下—87 页上。

⑦ 咸丰皇帝敕撰《清宣宗成皇帝圣训》（三）卷 86《靖奸宄》，台北，文海出版社，2005，第 1490 页。

⑧ 张国骥：《清嘉庆道光时期政治危机研究》，第 53 页。

和低度基层渗透的实际。只有地方发生纠纷或官员需任免时，国家权力才会介入。其余时间，则高度依赖简约的治理体系。① 该论断可帮助剖析耒阳钱漕征收积弊，及暴动何以发生。据陆费瑔奏："查耒邑完纳钱粮，向系以钱折银，运至省城，易银解司，倾镕折耗，烦费滋多。收兑漕米，涉历河湖，需用亦复不少。官吏遂不免假公济私，任意朘削，致启讼端。"② 官吏任意朘削也是后人认可的观点。③ 但导致暴动的缘由并非如此简单。下面，将从张志咏推行新法、县官征收负担、半正式行政胥吏、民众生存境况几方面，陈述暴动发生的复杂缘由。

首先，张志咏为改进钱漕征收效率而推行的新法，激化了民众和地方政府间的矛盾。道光二十三年三月，张志咏任湖南衡永郴桂道。察得耒阳钱漕存在的问题后，张革除了里差。居住在本村的民众须将他们卖到外村田地应纳钱粮记录在案，并在本村征收钱粮。如此，本村约总甲长可"就近催纳，按册可稽"。张此法意在解决里差之弊。然新法推行并不顺利："举充约总甲长承催，而各乡所举约总，或有匪人诡名捏冒甲长，尚未举报，有人仍饬里差承追乡民，复怀观望。"④ 可见因钱漕征收数目并无变化，只是换了征收形式，且陋规惯性很大，难一举废除。徐台英评价道，约总甲长和里差并未有明显的区别。⑤ 须指出，张修育、张春育所撰《张志咏行述》，对其父在处理耒阳暴动中的作用多有夸大。⑥ 但从相关官方文书来看，张发挥的作用并不明显。

暴动平息后，清廷令陆费瑔详查与此案相关的高人鉴、张志咏有无操持过当之举。⑦ 陆奏："该道所定征收章程，为耒邑士民所悦服，即该府查毁铁碑及拿获人犯，亦系例应查办，均无操持过当，至酿事端之处。"然暴动平息后，一人对张说，若非高太守携炮前来，阳大鹏未必会攻城，张回：

---

① 〔美〕黄宗智：《国家与社会的二元合一：中国历史回顾与前瞻》，广西师范大学出版社，2022，第 92—98、199—200 页。
② 《宣宗成皇帝实录》（七）卷 408，《清实录》第 39 册，第 120 页上—120 页下。
③ 湖南省地方志编纂委员会编《湖南省志》第 30 卷，湖南出版社，1992，第 265 页；刘泱泱主编《湖南通史（近代史）》，湖南出版社，1992，第 71—72 页。
④ 《张志咏行述》，《近代史所藏清代名人稿本抄本》第 1 辑第 89 册，第 41、44、49—50 页。
⑤ 光绪《耒阳县志》（四）卷 8《丛谈》，第 1225—1226 页。
⑥ 有关张志咏生平，参考拙文《张志咏出身、仕途考述》，《档案》2020 年第 5 期。关于张志咏家族记忆的论述，见拙作《晚清官僚制的个体透视：张曾敭政治生涯研究》，硕士学位论文，兰州大学，2021 年，第 20—27 页。
⑦ 《宣宗成皇帝实录》（七）卷 408，《清实录》第 39 册，第 119 页下。

"非高太守来耒阳，城且不保，不以为功，反以为咎耶。"此人又言："上年公一人独办，不动声色，全漕如额兑收。今年若由公一手经理，必无攻城事。"张说："我上年少加惩创，今年无事矣。不以为咎，反以为功耶？"①这段对话透露，张确有过错。此外，暴动平息后清廷奖赏官员兵卒近70多人中，并无张志咏。②故张制定的新章程在推行过程中，应有强纳情况，此举无疑加剧了暴动的发生。

其次，历任耒阳知县皆担负着繁重的钱漕征收任务。州县官是法官、税官、行政官。③面对繁重的钱漕征收，州县官若不积极履职，定会受到惩戒。暴动发生前后，耒阳知县几度更迭，三年换了四任县官。④如此高频调换县官，表明该县政务较为繁重。叶为珪继任李金芝后，耒阳复杂的情状并未好转。时隔不久，叶遭撤职。上谕云："前因耒阳县匪徒滋事降旨，令该抚将署任知县叶为珪彻底查明，据实参办。兹据陆费瑔奏称，该员征收钱粮，尚无别项情弊，唯于各乡所举约总，既知有匪徒诡名捏冒，并不严拿究办。辄因奏销紧急，仍饬差追，以致刁民借口，实属办理不善。"⑤如前所述，征收钱漕的约总甲长制，实由张志咏推行。但叶却因践行此法受到处分，成了替罪羊。奏销将近，叶无良策征收钱漕，只好"仍饬差追"。而清廷令徐台英出任知县的缘由，系让其负责暴动善后。⑥可见，李金芝、叶为珪、徐台英三人，皆因钱漕调离、接任耒阳知县。

道光二十五年（1845），徐台英以丁忧卸任耒阳知县。⑦徐卸任政务后，在《沤水客谈祸乱本末》一文中，呈现了耒阳钱漕存在的问题。来客问徐，既然里差积弊难返，约总甲长制亦不可行，"然则为州县者，果何恃以清国课而重考成乎？"徐回道："朝廷设州县，既责以催科抚字矣，为州县者，又欲诿其劳于人，而身享其逸，此非留心民事者所忍言也。"只要官员勤于政务，不将征收任务诿于他人，问题可解。徐继续写道："天将暮，有黑云

---

① 《张志咏行述》，《近代史所藏清代名人稿本抄本》第1辑第89册，第54—55页。

② 被奖赏者详细名单见《道光朝上谕档》第24册，第408—410页。

③ 瞿同祖：《清代地方政府》（修订译本），范忠信等译，法律出版社，2011，第30页。

④ 光绪《耒阳县志》（二）卷4《职官》，第548—550页。

⑤ 《道光朝上谕档》第24册，第408页。

⑥ 蔡冠洛编著《清代七百名人传》（上），中国书店，1984，第356页；陆费瑔：《奏请以徐台英调补耒阳县知县事》（道光二十四年十二月二十九日），中国第一历史档案馆藏，04-01-12-0463-015。

⑦ 陆费瑔：《题报耒阳县知县徐台英丁忧日期事》（道光二十五年五月二十九日），中国第一历史档案馆藏，02-01-03-10724-025。

如盖，自南岳来者疾风迅雷雨电交下，徐子秉烛危坐，读《汉书·循吏传》三页，俄顷天霁，星月皎然。"[1] 循吏者，清官也。徐此文以读循吏传记为尾，应是表述一种认同。[2] 前已叙及，在徐看来，为官者勤政不塞责，方称得上循吏。故徐认为，耒阳若遇上道德无可指摘的清官，即如海瑞般抛开一切利己动机，[3] 可一举解决钱漕积弊。在传统中国的官方话语中，建构了高度道德化的"父母官"和高度不道德的胥吏，并将治理中存在的不足，皆归罪于不道德胥吏。[4] 徐台英显然认同道德化的县官对地方治理的积极效果。但在钱漕征收体系中，有太多利益裹挟其间。清廷对其依赖甚重，下面庞大的地方官及属吏赖之谋生，其间涉及的庞杂利益网，仅靠官员个体的道德自律无法改变。

复次，钱漕征收过程中，依靠胥吏等非正式基层行政人员的治理体系，加剧了民众的负担。徐台英认为，地方官"欲安坐以待钱粮之至，因循浸久"，终至无人敢更改此弊。且钱漕征收是一项繁杂且须细心处理的事务，但官员大多身居衙门，征收任务下发后，官僚系统形成了一套成熟的分解方式。官员将任务下放给柜书，柜书摊给包解，包解的银子又由里差代垫，里差的代垫银若不能及时还清，则告官追债。但里差实际并没有余钱垫付，"不过以其先所得于良民者，拖为代垫之名，以为禀官。追给之地，亦如州县之挪新解旧者，然若一年之内毫无所得。至奏销将近，而后责里差代垫，则追里差之代垫，有更难于追花户之完纳者焉"。[5] 里差作为一线执行者，只能将所有的重负都压在民众身上了。

徐进一步指出："为代垫而后，可以禀官追给，惟禀官追给而后，可以鬻人之妻，卖人之子，据人之产，而百姓将无词。"[6] 据载："耒阳钱粮皆柜书里差收解，所入倍于官。刁健之户，酌量轻收。僻远良善之家，则多方扣折，至鬻田宅完粮不足。"[7] 可见，钱漕积弊源于层层分摊的征收体制。里差等胥吏为完成任务，通过"挪新解旧"来暂时弥补空缺。待征收钱漕

---

① 光绪《耒阳县志》（四）卷 8《丛谈》，第 1226、1231—1232 页。
② 《清史稿》将徐台英收入《循吏传》，而他主要的政治履历是出任华容、耒阳知县，说明其政绩和声名确乎甚佳。赵尔巽等：《清史稿》卷 467，中华书局，1976，第 13067—13069 页。
③ 黄仁宇：《万历十五年》，生活·读书·新知三联书店，2006，第 184—187 页。
④ 〔美〕黄宗智：《国家与社会的二元合一：中国历史回顾与前瞻》，第 215 页。
⑤ 光绪《耒阳县志》（四）卷 8《丛谈》，第 1219—1221、1225 页。
⑥ 光绪《耒阳县志》（四）卷 8《丛谈》，第 1221 页。
⑦ 蔡冠洛编著《清代七百名人传》（上），第 356 页。

时，里差兼有还债和公差的双重压力，便开始强制征收。张志咏对里差和垫付之弊亦有独到见解："向设里差，仅就所管里分按地催粮，其住居别村者未能尽知，遂不能征收如额。于是粮书挪借垫纳，索取利银，刁生劣监又从中包揽把持，将畸零无着之粮任意飞洒，以致有种无粮之田者，亦有完无田之赋者。"[①] 清廷认为暴动的发生乃里差勒索浮收，于是将里差革除，代以约总甲长，[②] 而从柜书到包解的分摊体系依旧如故。前已提及，张志咏曾在耒阳实行过约总甲长制，效果甚微。清廷此时将此法视为良方，自于事无补。要言之，致民众与地方政府矛盾激化的主要原因，乃里差等在征收钱粮时用各种手段盘剥民众，而"刁生劣监"又从中牟利不少，如此层层克扣，征收的数目远超应征之额，使原本收入低微的百姓苦不堪言。

最后，生存环境恶劣，是耒阳百姓长期面临的难题。据徐台英记述："履任八月，共解新旧地丁南，折银四万余两，溢于每年额征之数者半焉，民力竭矣。"[③] 耒阳民力已竭当属实情。因"耒土近燥，厥田下中间有膏腴，不过十之二三，加以旱干，时逢民食维艰。十年五旱，五年三旱，高高下下只收一半……耒则为利甚薄，荒歉之岁，即为隔播种，卒之逢年者稀。故终岁勤动良农，亦未必尽丰"。[④] 旱灾导致耒阳百姓收入极低。故对当地百姓来说，在以往基础上续加的些许负担，都会使他们不堪重负。

道光二十四年银价攀升，[⑤] 终成压倒耒阳百姓的最后一根稻草。据张志咏考察："盖耒阳钱粮向系银钱并纳，民间钱多银少，小户皆以钱完赋，大户亦以钱折银，所收钱文须运至商贾聚集之区易银起解。银价日昂，复增倾镕折耗之费。"[⑥] 即百姓手中无银，只有铜钱，钱漕须以钱易银。然银价日涨，且兑换过程中存在勒索盘剥。此外，兑米起运价格也越发昂贵，征粮过程中又有太多陋规，百姓的负担不可谓不重。负责征收的里差上有压力，在面对百姓时，无所不用其极。他们"猎人之逐狐兔也，火以熏之，水以灌之，网罗以遮之，有逸出者，则又有韩庐以供搏噬"。[⑦] 民众就处在这样的"火熏水灌"中。

---

① 《张志咏行述》，《近代史所藏清代名人稿本抄本》第 1 辑第 89 册，第 43—44 页。
② 《宣宗成皇帝实录》（七）卷 408，《清实录》第 39 册，第 120 页上。
③ 光绪《耒阳县志》（四）卷 8《丛谈》，第 1231 页。
④ 光绪《耒阳县志》（四）卷 7《风俗》，第 1136—1137 页。
⑤ 光绪《耒阳县志》（一）卷 1《祥异》，第 213 页。
⑥ 《张志咏行述》，《近代史所藏清代名人稿本抄本》第 1 辑第 89 册，第 43—44 页。
⑦ 光绪《耒阳县志》（四）卷 8《丛谈》，第 1222 页。

综上，张志咏推行的新法、知县面临的繁重征收任务、基层治理体系对半正式行政人员的高度依赖等多重因素互相交叠，使耒阳民众长期负担繁重，亦使官民矛盾在暗中悄然滋长。普通百姓的处境"就像一个人长久地站在齐脖深的河水中，只要涌来一阵细浪，就会陷入灭顶之灾"。① 银价上涨这一并不小的浪花，让耒阳民众的生存处境愈发艰难，士绅又在其中酝酿动员，民众为发泄积怨，终揭竿而起。

三　士绅协助善后与社会秩序的重建

如前所述，段拔萃、阳大鹏、蒋庆云和蒋文昌两兄弟皆有科举功名，属于士绅，② 而这几人在暴动中的作用不可小觑。当然，士绅与地方官有诸多利益重叠，在更多的时候，他们与州县官实则达成了一种平衡。当暴动的主要首领相继落网后，地方官便开始与士绅谋求合作了。

劫狱发生时，段拔萃并未趁势逃走，看到前来劫狱之人，他屡次阻止未果。③ 攻城失败后，除官兵缉拿外，城内士绅亦协助追捕。④ 张志咏到任后"即日亲往面谕绅耆"。⑤ 在传统社会，不得罪"巨室"几乎是州县官的共识。⑥ 后张志咏多次利用他与士绅的关系。劫狱案发生后，他让士绅劝导段拔萃等人归案：

> 段拔萃家有产业，何肯远逃？其避匿不出者，畏死耳。讵知本罪止在抗粮，无死法，其被人打夺，非所意料，不过仅加逃罪。若赴案投到，即逃罪亦可免。至于蒋庆云、蒋文昌，又胁从之犯，更何惮而深匿？汝等传谕之，我将待以不死，否则统兵来，玉石俱焚矣。⑦

---

① 〔美〕詹姆斯·C. 斯科特：《农民的道义经济学：东南亚的反叛与生存》，程立显等译，译林出版社，2013，第 1 页。
② 关于士绅划分依据可参考瞿同祖《清代地方政府》（修订译本），第 271—273 页。
③ 裕泰：《奏为耒阳县民犯段拔萃被抢后赴督衙投首翻控查讯大概情形事》（道光二十三年六月初七日），中国第一历史档案馆藏，03 - 3992 - 070。
④ 裕泰：《奏为耒阳县民犯段拔萃被抢后赴督衙投首翻控查讯大概情形事》（道光二十三年六月初七日），中国第一历史档案馆藏，03 - 3992 - 070。
⑤ 《张志咏行述》，《近代史所藏清代名人稿本抄本》第 1 辑第 89 册，第 46 页。
⑥ 张仲礼：《中国绅士研究》，上海人民出版社，2019，第 25 页。
⑦ 《张志咏行述》，《近代史所藏清代名人稿本抄本》第 1 辑第 89 册，第 45 页。

　　段在劫狱现场就有阻止事态恶化的努力，加上张志咏让士绅参与劝说，段于六月初三日到衙门自首。另，段还给家中寄信，令其子段春连投案。[①] 但蒋姓兄弟仍未投案，张再次找来士绅，说蒋姓兄弟为胁从之犯，段投案尚且不死，蒋氏兄弟更不必有顾虑。张承诺，若蒋氏二人投案，"我为若辈请免株连，从此安枕而卧"。[②] 在张的动员下，士绅应有行动，蒋氏兄弟终于投首。[③]

　　道光二十四年七月初九，道光帝发上谕："此案匪徒阳大鹏等纠众滋事，不过乌合之众，果能上紧兜擒，何至迟之又久？首犯仍未就获，余匪仍未净尽，该抚等督办此事，殊属推迟。着即设法擒拿，毋令首犯乘间窜逸。其现尚观望之东乡民人，断不可被其裹胁。倘耽延日久，不能迅速藏功，朕惟陆费瑔、石生玉二人是问。恐不能当此重咎也。懔之。将此由四百里谕令知之。"[④] 从与暴动相关的上谕来看，道光帝对此事的态度一直较为和缓，这是语气较为激烈的一道谕旨，说明他对陆费瑔等人的处理进度已有所不满。

　　面对道光帝的催促，地方官加紧兜拿。查得阳藏匿地后，石生玉带兵前往。[⑤] 然当地山深林密，官军无计可施，只好寻求士绅协助。士绅再次发挥作用，绑缚阳大鹏送入官府。此时，东乡仍有人聚众未散，且复杂的地形加剧了抓捕难度。因东乡"四面依山，有隘口，非是不得入"。[⑥] 徐台英亦称，东乡"地亦最险，自龙塘铺而东，弥望皆山路，皆羊肠，误入者迷不复出"。[⑦] 清廷明令："其观望未散之东乡匪徒，着查明首先倡议者何人，迅即拿获惩究，并将胁从民人设法解散，毋令日久啸聚，别滋事端。"[⑧] 陆费瑔认为若再派军队攻打，定会伤及百姓。于是，他示意当地士绅，若将

① 裕泰：《奏为耒阳县民犯段拔萃被抢后赴督衙投首翻控查讯大概情形事》（道光二十三年六月初七日），中国第一历史档案馆藏，03-3992-070；《张志咏行述》，《近代史所藏清代名人稿本抄本》第1辑第89册，第45页。

② 《张志咏行述》，《近代史所藏清代名人稿本抄本》第1辑第89册，第47—48页。

③ 陆费瑔：《奏为耒阳县劣生蒋庆云蒋文菖弟凫依众抗粮现已赴案投首并新漕扫数征完情形等事》（道光二十年正月二十五日），中国第一历史档案馆藏，03-4071-003。按，档案题名中"菖"应为"昌"，原文如此，为方便检索，故照录。

④ 《宣宗成皇帝实录》（七）卷407，《清实录》第39册，第95页上。

⑤ 《道光朝上谕档》第24册，第251页。

⑥ 冯桂芬：《显志堂稿》卷4《耒阳纪闻》，第472页。

⑦ 光绪《耒阳县志》（四）卷8《丛谈》，第1230页。

⑧ 咸丰皇帝敕撰《清宣宗成皇帝圣训》（三）卷86《靖奸宄》，第1491页。

滋事首匪绑缚官府，可免胁从之罪。在士绅的帮助下，"遂获贼酋十余人，余并解散，地方悉平"。① 七月十九日，清廷下旨，令地方官审讯阳大鹏："务得确情，仍俟审明后，派委妥员押解来京，交刑部按律办理。"十月十七日，阳押解到京，交刑部审讯。审讯刚开始，阳翻供，称攻城时并未在场，审讯官"检查原卷，阳大鹏具有亲笔供词，认明攻城为首属实"，因何现在否认，阳终招供。刑部宣判了他的罪状："你阳大鹏合依谋反大逆……律凌迟处死，枭首示众，以昭炯戒。"② 于是，就有了本文开始时的残忍一幕。

由上可见，暴动失败后，士绅积极协助地方官缉捕参与者。换言之，当地士绅群体内部并不团结，而是存在诸多裂隙，乃至斗争。其中出力较大的士绅，事后均受到奖赏："协拿首犯之廪生谢冲霄，着以训导选用。监生欧阳喜，及向导搜捕出力之举人刘熙，廪生陈章雄，武生邓湘，均着赏给六品顶戴。"③ 奖赏名单中的举人、廪生和武生等有科举功名者，无疑为当地士绅。颇具吊诡意味的是，阳大鹏、段拔萃等也属于此群体。

待参加暴动的主要人物相继落网后，清廷颁发上谕："所有前调各营官兵，着即撤回归伍，所称酌留衡州本营及本汛兵丁，责成副将麻国庆驻弹压，并督饬将弁往来侦缉是否足资得力，不至该匪徒等再行哨聚滋事。"④ 前已叙及，暴动发生后，因当地兵力不足，暴动未能及时平息。事后，陆费瑔上奏："查耒阳县幅员辽阔，山径崎岖，东乡村落繁多，地势险要。"⑤ 清政府下令添设兵丁："惟该县仅设驻城把总一员，额兵四十名，情形单薄，应添千总一员，兵丁八十名，以资保卫。请将酃县千总一员，移驻耒阳县城，另拨外委一员，移驻酃县。所添兵八十名，以二十名驻县城，以六十名驻东乡适中之下东湖地方，归新设千总管辖。"⑥ 加强了对耒阳地方社会的控制。

还有一事值得提及。咸丰四年（1854），耒阳暴动已过去了 7 年之久，但清廷发给时任湖南巡抚骆秉章的一则上谕，让阳大鹏再次出现在官方文

① 王钟翰点校《清史列传》卷 43《大臣传续编八·陆费瑔》，第 3413—3414 页。
② 《道光朝上谕档》第 24 册，第 251—252、400—401 页。
③ 《道光朝上谕档》第 24 册，第 409—410 页。
④ 《道光朝上谕档》第 24 册，第 287 页。
⑤ 陆费瑔：《为题报湖南耒阳县移驻武弁增添兵丁召募足额及应需米石缘由事》（道光二十五年六月二十四日），中国第一历史档案馆藏，02-01-006-005003-0003。
⑥ 《宣宗成皇帝实录》（七）卷 408，《清实录》第 39 册，第 120 页上—120 页下。

书往来中。清廷得到消息，太平天国首领杨秀清或系阳大鹏之子：

> 着骆秉章迅即遴选委员，密速驰往查访，如逆首杨秀清实系耒阳县人，即将逆族亲属尽行拘拿到省，尽法惩治，并将该逆祖父坟墓查明后，发掘焚烧，以除孽种。将此由六百里谕知骆秉章、塔齐布，并传谕曾国藩知之。①

处理耒阳暴动时，清廷与地方官员的文书往来皆用四百里驿递，然清廷得知杨秀清或与阳大鹏有关后，将谕旨以六百里谕知地方大员，足见此事牵动了清廷的敏感神经。接上谕后，骆秉章派张丞实往耒阳密查，得知阳亲属早已依例律缘坐，抚养的异姓子钟绍宗，也已释回本宗，且阳并未有子侄亲属在外数年未归者。骆接到张丞实的禀复后，又派衡阳县教谕吴宏焘改装易服，详细访查，确如张丞实所禀。骆便上奏："非阳大鹏之子，即断无可疑……安可以影响形似之谈，遽行提省质问，致无辜枉受株连？"咸丰皇帝朱批："知道了。"②此事就这样草草收场。清廷如此紧张，自然和太平天国的风起云涌之势分不开。不过，此时清廷面对的治理难题，已远非耒阳暴动时尚能以武力迅速镇压所可比拟。一场燃自广西金田村的熊熊大火，即将动摇清廷统治的根基。

综上所述，暴动失败后，阳、段、蒋三姓在地方社会权势骤降，形成权力真空。其余士绅乘势与官方合作，在擒获暴动者中出力甚巨，亦借此获得了当地的威望和地位。安全阀得到修复，平衡再度形成。不同的是，耒阳地方士绅的权势发生了转移。而普通百姓既要承受繁重的钱漕，又要付出性命来争取权益。可以说，在时代洪流中被裹挟前行的他们，又被士绅送上了历史的祭坛。然平稳的相持状态并不会持久，咸丰皇帝发布的那道谕旨，竟吊诡地将原本无甚关联的杨秀清、阳大鹏二人联系在一起。道光驾崩后，咸丰所面临的巨大挑战，正是耒阳暴动时期社会矛盾积累的结果。

---

① 《湖南巡抚骆秉章奏复遵旨密查杨秀清实非阳大鹏之子片》（咸丰四年九月十一日），《清政府镇压太平天国档案史料》第15册，第591—592页。

② 《湖南巡抚骆秉章奏复遵旨密查杨秀清实非阳大鹏之子片》（咸丰四年九月十一日），《清政府镇压太平天国档案史料》第15册，第592页。

四　结语

关于耒阳暴动，有三种不同视角的陈述。清廷和地方官往来的文书，大多将责任完全归于胥吏的不道德行为，民众属于胁从、被利用者。而在时人认知中，暴动是官民冲突激变的结果。如李星沅读到冯桂芬《耒阳纪闻》后认为：“非实事也，此事罪在官，不在民。”冯桂芬写道：“近时积习，官与民相诟，而官诬民尤甚。”[①] 在后世历史学者看来，暴动属于“官逼民反”的范畴。这三种话语，皆未能阐明耒阳暴动的本质。

地方官在处理段拔萃京控、阳大鹏阻考等事件时，除未将官民冲突缓和外，反将两者间的矛盾激化。面对积重难返的钱漕积弊所造成的繁重负担，当弱者的武器[②]不再起作用时，普通民众的生活愈发艰难。阳大鹏等士绅利用在地方社会的号召力，乘势搅动情绪，一场惨剧就此上演。需注意，在京控、劫狱、攻城、善后诸环节中，皆或隐或显有士绅运作、主导、参与的痕迹。阳、段、蒋三大家族是京控、劫狱、攻城阶段的中坚力量。暴动失败后，乘机协助善后的士绅获得地方社会的威望，在权势转移中，失效的安全阀获得修复。

综合来看，集权简约治理体系在耒阳暴动发生的时期，仍可运转并发挥作用。但这种基层治理体系下的官员和民众，皆处在苦不堪言的境地中。前者需完成繁重的征收任务，否则便有受到惩戒，甚至丢失官职的风险。后者在生活已无比艰难的情形下，还要面对层层克扣盘剥的交纳任务。值得注意的是，让常规的钱漕征收变成官民双方都不满意的，是既要对县官负责，又直接面对民众的半正式胥吏。平日作为社会安全阀的士绅，企图借机与官方争利，利用民众对胥吏长年的不满和愤怒，主动打开了闸门。

[作者单位：南开大学历史学院]

---

① 冯桂芬：《显志堂稿》卷 4《耒阳纪闻》，第 473 页。
② 〔美〕詹姆斯·C. 斯科特：《弱者的武器》，郑广怀、张敏、何江穗译，译林出版社，2011，第 426 页。

南京国民政府筹设国史馆的政争与博弈

周晓博

内容提要 宁汉合流之后，南京国民政府各方基于不同的政治利益，要求中央筹设国史馆。为应对各方呼声，国民党中央塑造"党史即国史"的政治理念，并成立党史史料编纂委员会作为官方史学机构。随着时局的发展，"党史"与"国史"的分离问题，逐渐引起各方重视，筹设国史馆呼声再起。然而，直至全面抗战爆发，国史馆亦未能设立。1927 年至 1937 年间，国史馆筹设中的政争与博弈，表明国民党内部"党史即国史"的政治理念始终占据主导地位，同时展现出传统机构融入近代政治制度的艰难与曲折。

关键词 国史馆 南京国民政府 邵元冲

清代国史馆负责纂修本朝历史，属于常设机构。[①] 进入民国，虽然国家体制出现前所未有的巨大变动，但北京政府仍旧设立国史馆（国史编纂处），存续国史。[②] 然而，1927 年南京国民政府成立后，关于是否应设国史馆，朝野历经数次政争与博弈，始终纠缠不清。直至 1937 年全面抗战爆发，国史馆的组织架构仍停留于纸面。其间史事缘由，值得深入考察。

1935 年，孟森撰写《国史与国史馆》一文，有意识地评论道："民国久无史职，学者间颇以为怪，不知此迟迟不敢设史馆之意，盖惩袁政府之虚设国史馆也。"[③] 孟森的意思是，由于袁世凯主政时期，国史馆虚设无功，

---

① 崔军伟：《清代国史馆馆制考》，《历史档案》2015 年第 4 期。

② 1912 年 12 月 29 日，临时大总统袁世凯颁布《国史馆官制》，设立国史馆，以王闿运为馆长。1916 年 6 月，该馆并入北京大学，改为国史编纂处。1919 年 8 月，国史编纂处复归国务院。1927 年，国史馆编纂处重改称国史馆，直至北京政府垮台。参见逸雪《三十年来国史馆筹备始末记》，《说文月刊》第 3 卷第 8 期，1941 年 9 月 30 日。

③ 孟森：《国史与国史馆》，《独立评论》第 135 号，1935 年 1 月 13 日，第 15—21 页。

故而南京国民政府以此为鉴，不设国史馆。揆诸史实，孟说虽有一定道理，但更深层次的历史真相尚有待挖掘。对于南京国民政府而言，在"以党治国"的政治体制之下，如何将国史馆纳入其中、怎样平衡"党史"与"国史"关系、各方政治利益如何协调，成为其不得不面对的棘手难题。故而，全面抗战前，国民政府"迟迟不敢设史馆"背后的种种政治考量，有必要重新审视与思考。

由于视角各异与相关资料较为零散，既往关于民国国史馆的研究，大多集中于民初北京政府国史馆（国史编纂处）[1] 和全面抗战爆发后成立于重庆的国史馆筹备委员会[2]，对于南京国民政府时期国史馆筹设中的政争与博弈，或语焉不详，或仅作为背景简略提及，[3] 未能深入探究。本文拟在前人研究的基础上，以 1927—1937 年各方请设国史馆的讨论为主线，集中探讨南京国民政府时期国史馆筹设中的政争与博弈，以揭示国民党内部"党史"与"国史"观念之纠葛，或有助于加深对近代中国政治制度兴革的理解。

---

[1] 张至善的《张相文和北京大学附设国史编纂处》（《史学史研究》1991 年第 3 期）阐述了国史纂辑员张相文在国史编纂处的工作情况；刘龙心的《学术与制度：学科体制与现代中国史学的建立》（新星出版社，2007）揭示出国史编纂处与北京大学中国史学门之间相辅相成的特殊关系；尚小明的《北大史学系早期发展史研究》（北京大学出版社，2010）论述了国史编纂处附设于北京大学的全部过程，并讨论了国史编纂处对北大史学门的影响；黄立斌的《蔡元培与北京大学国史编纂处》（《史学史研究》2021 年第 2 期）梳理了蔡元培在国史编纂处的成立、发展与编纂队伍形成过程中所做出的尝试和努力。

[2] 李宝祥的《"治事"与"治学"——王献唐参与国史馆筹备委员会述略》（《社会科学论坛》2016 年第 9 期）阐述了王献唐参与国史馆筹备委员会的相关工作；贾红霞的《民国时期金毓黻在国史馆的修史活动述论》（《史学理论与史学史学刊》2017 年第 1 期）论述了金毓黻两度任职国史馆筹备委员会与还都南京之国史馆期间的修史活动；刘宝璋的《"国史馆"成立与民国史体例之争》（《东岳论丛》2019 年第 11 期）梳理出国史馆筹备委员会成立后，会内外学人对民国史体例的争鸣与讨论；林映汝的《旧瓶装新酒：朱希祖与国史馆筹备委员会（1939—1942）》（《国史馆馆刊》第 65 期，2020 年 9 月）细致呈现了朱希祖任职国史馆筹备委员会期间对史馆的规划与实践过程；王爱卫的《朱希祖史学研究》（中华书局，2018）阐述了朱希祖担任国史馆筹备委员会总干事始末，亦探讨了其对国史馆制度的规划与国史体例的见解。

[3] 孔庆泰：《中华民国时期民国史撰修概述》，《历史档案》1982 年第 1 期；郑善庆：《抗战时期史料文献征集编纂活动述要》，《宁波大学学报》2014 年第 2 期；夏雨：《民国国史馆研究》，华东师范大学硕士学位论文，2006 年；刘永祥：《民国时期国史馆的变迁》，《学术研究》2015 年第 2 期；谭必勇：《南京国民政府时期筹建"国家档案馆运动"的回顾与反思》，《档案学研究》2018 年第 5 期。需要指出的是，台湾学者林映汝将南京国民政府时期朝野筹设国史馆的讨论作为其文章背景简略提及，并指出"档案问题"是国史馆设置上的一大障碍。这一研究思路，给笔者很大启示（林映汝：《旧瓶装新酒：朱希祖与国史馆筹备委员会（1939—1942）》，《国史馆馆刊》第 65 期，2020 年 9 月）。

一 各方请设国史馆

宁汉合流之后，国民党各派系为谋求相应的政治利益展开政争。国史馆因承担编纂国史的职责，在某种程度上成为时人心目中合法政府的一种政治表征。这一政治表征，在政府下令将某人生平事迹"宣付国史馆立传"时，表现得尤为具体和突出。因此，各方先后以自身政治利益为出发点，呈请设立国史馆。

1928 年 7 月，南京国民政府内政部长薛笃弼提请改组北京政府国史馆。他认为："前北京政府原有国史馆之设，现该馆接收未竣，又其体制是否适用，尚待研究。当此国本初定之际，若无人专司其事，将来事过境迁，文献无征。"[①] 这个意见有几个要点：第一，国史馆"接收未竣"，说明国民政府此时尚不重视该馆；第二，国史馆能否融入"党治政府"，尚未可知；第三，"国本初定之际"，搜集和整理国史文献刻不容缓。

随后，薛笃弼提出两项建议："（一）不另设机关，责令现有之部院视其职权性质，可以兼掌国史者，添设一处，专负编纂国史之责；（二）订定国史条例，严格限制，非努力革命、有功国家、造福地方、政绩昭著者，不准滥予立传。"[②] 因其不知国史馆"体制是否适用"，故而建议"不另设机构"，在现有部院下"添设一处"，负责"编纂国史"。其意在于，即使国史馆暂时不便设立，也应速将国史编纂提上日程。关于第二项建议，有两层意思。其一，薛认为政府应通过"订定国史条例"，把控国史"立传"之权；其二，将国史"立传"的标准划定为"努力革命、有功国家、造福地方、政绩昭著"。如此一来，除"努力革命"者之外，"有功国家、造福地方、政绩昭著"者皆可立传。如若按照这样的标准，那么编纂所得之"国史"，显然有别于国民党之"党史"。作为地方实力派冯玉祥的部下，薛提出的国史"立传"标准，显然有利于地方派系。

薛笃弼由冯玉祥荐任内政部部长以后，在政治上颇为活跃。此次，他率先提请改组国史馆，就是表现之一。然而，冯对薛在政治上的活跃表示了担忧。他曾当面叮嘱薛"现在派别纷歧，是非混淆，以后会议，不参加

---

① 《改组国史馆之提议》，《申报》1928 年 7 月 17 日，第 2 张第 8 版。
② 《改组国史馆之提议》，《申报》1928 年 7 月 17 日，第 2 张第 8 版。

任何方面，免滋误会"。① 事实证明，冯的担忧不无道理，薛的提案引起各方注意。

国民党中央党部首先对此做出反应。其意见侧重于拟定国史编纂新方法，对筹设国史馆不置可否。② 结合史实来看，中央党部持此态度，应该与月余之前成立的国民党中执委秘书处档案整理处有关。③ 显然，在中央党部看来，整理本党旧档的优先级远高于"编纂国史"。由此可见，中央党部与地方实力派的视角与利益存在着显著差异。

同样，此时正忙于筹设中央研究院历史语言研究所的蔡元培等人，对国史馆设立与否，也持淡漠态度。故而，迟至几个月后，蔡元培方委托傅斯年就薛笃弼提案和中央党部意见，拟定更为详细的办法。

傅斯年认为国史馆的政治价值，在于"俾国民政府得随时'宣付国史立传'"。此为一种褒奖之法，为表彰忠烈计，"政府可存此旧典"。但史官"应保留立传与否之权"，而非全由政府决定。傅斯年认为"国家必设保存史料之机关，而国史之成，未必由于守官之人"。该机关应负责整理史料公之于众，编史则应以私人为主，官方为次。存史与编史，截然两分，傅的意见符合近代史学发展的方向。

最后傅斯年列出具体办法：第一，以内政部、教育部，或将来设立之国家图书馆、中央研究院为史料保存机关；第二，"可由国府组织一中华革命史委员会，先从事材料之征集"；第三，如设国史馆，则应由国史委员会统率之，此委员会以"在党之关系至深者三人、学者六人组织之"。④ 由此可见，傅关注的重点在征集和保存"中国革命之史"的材料，对于是否设立国史馆，持模棱两可的态度。

孙中山逝世后，国民党一直致力于孙中山政治形象的塑造，以此强化政权和统治的合法性。此时南京国民政府如能设立国史馆，既符合传统，又可以利用其进行更有效的意识形态宣传。

---

① 中国第二历史档案馆编《冯玉祥日记》第2册，1928年8月23日，江苏古籍出版社，1992，第502页。
② 《代蔡元培拟国史办法》（暂系年于1928年11月），王汎森等主编《傅斯年遗札》第1卷，社会科学文献出版社，2014，第117页。
③ 档案整理处主要负责整理上海环龙路旧档及武汉迁来的文件。参见《中央秘书处档案整理处整理民三至民十三档案暨前中央五部——农工商妇青——档案经过报告》，《中央党务月刊》第22期，1930年4月12日，第236—240页。
④ 《代蔡元培拟国史办法》（暂系年于1928年11月），王汎森等主编《傅斯年遗札》第1卷，第117—120页。

在江苏省政府主席钮永建首肯下，省政府秘书处朱文鑫呈请中央设立国史馆。他说："我政府百务革新，对于不断的国史，度亦未能恝置。且先总理四十年革命精神，为民请命！……今总理奉安有期，中山实录宜有以宣示中外者。"他指出国史不可断，国史馆亦应保留。他主张由国史馆编纂"中山实录"，将总理领导革命的精神，为民请命的大义"宣示中外"。朱文鑫认为"抑非独总理应有传记，相随总理之患难交友，如郑士良、陆皓东、陈少白、史坚如、邓德彰，及日本山田良政等，或倾家相助，或殉难不屈，凡诸先烈，岂仅设一位，奠一俎，足以相酬？"其确信"总理之学说政策，既足以革以往之文物，又足以致世界于大同，亟宜从事编纂，以资考鉴"。①

总的来看，朱文鑫要求设立国史馆的理由有以下几点：其一，该馆可编纂"中山实录"，以"宣示中外"；其二，该馆可为追随总理的革命党人立传；其三，该馆可编纂"总理之学说政策"。在朱看来，国史馆的政治价值，必须通过以上三种编修本党历史的方式来实现。

晋籍老同盟会员景定成建议国民政府"设立国史馆于首都，并请速派专员接收北平原有国史馆之稿件，此与民元北平稽勋局所收集各省革命史实亦有关系，似宜一并清理"。② 景认为如设国史馆，可将北京政府国史馆所存稿件与稽勋局所收史实材料一并接收。这反映出，以景定成为代表的老同盟会员，潜意识里有着"国史"与"党史"混沌不分的主观倾向。

景定成称："吾党建立民国，扫除五千年专制历史，理合修造新史于总理提倡之民生史观上，以端正人心之趋向。……中央派员北往，接收北平所有政治机关，而独遗国史馆无人过问，大惧中华民国光荣史实湮没弗彰，陷于共产党徒抹杀历史之谬误，其何以息邪说距僻行而正人心。"③ 在他看来，惟有设立国史馆，并在总理"民生史观"的统系下，编纂以民生主义为核心的三民主义新史，方可息共产党之联俄、联共、扶助农工三大政策的"邪说"，才能"距僻行而正人心"。由是观之，景定成心中之"国史"应与"共产党徒抹杀"之"吾党"建国史相去不远。

景定成的建议，引起了内政部代理部长赵戴文的注意。④ 赵将景之建议转呈国民政府行政院。在按语中，赵言："民元设立国史馆于北京，意在搜

---

① 《建议请设国史馆》，《江苏省政府公报》第63期，1928年11月27日，第11页。
② 《国民政府内政部呈》，《内政公报》第1卷第8期，1928年11月29日，第161页。
③ 《国民政府内政部呈》，《内政公报》第1卷第8期，1928年11月29日，第162页。
④ 此时，内政部长一职由阎锡山担任，阎未到任，故该职由其利益代表赵戴文代理。

集史料以赓绍廿四史之伟大工作，惜丧乱频仍，未观厥成。今北伐告终全国统一，正宜着手编纂光荣史迹，以彰我民族奋斗之精神，用志人类生存之演进。该景定成意见书所陈各节极有见地，其变更史观创造新例，尤足表现革命精神。"赵极力强调国史之重要地位，应与其代表阎锡山利益有直接关系。另外，赵称赞景定成"极有见地"，"其变更史观创造新例，尤足表现革命精神"，可能与阎锡山拉拢晋籍老同盟会员、增强派系实力的企图有关。

二 国民党中央的应对

各方呈请设立国史馆，使得此事一度引起朝野广泛关注。为应对各方呼声，协调各方利益起见，国民党中央亟须设立相应的官方史学机构，负责相关职能性和事务性的工作。同时，基于意识形态宣传的需要，国民党"党史"的编修，亦需提上议事日程。然而，因民国"国史"与国民党"党史"存在事实联系，故而如何平衡二者关系，成为国民党中央需要解决的问题。

其实，早在 1919 年，孙中山蛰居沪上之时，就曾审视"党史"与"国史"的关系问题。他在给国史编辑处正副主任蔡元培、张相文的回信中写道："'国史征集，文已允为间日讲演。'此乃方君之意，以为当然，文实未之知也。然述革命之概略，为信史之资，此固文所乐为者。"显然，在信件行文之中，孙述及"国史"与"革命之概略"时，对于二者并无明显区分。接下来，孙中山进一步阐述其对二者的看法。他说："（孙文学说）其中一章所述者'为革命缘起'，至民国建元之日止，已略述此数十年来共和革命之概略，足为尊处编纂国史之干骼。"[1] 孙中山认为"革命之概略"足为"国史之干骼"，这反映出他将"革命之概略"即"党史"，视为"国史"最重要的部分。随后，孙中山在信中写道，他目前所著"革命之概略"过于简单，"若更求其详，当从海外各地征集材料，乃可汇备采择。此事现尚可办，文当通告海外各机关征集材料；然事颇繁重，欲汇集其稿，恐亦需一载之时"。[2] 这应该是后来成立的党史史料编纂委员会之滥觞。

---

[1] 《复蔡元培张相文函》（1919 年 1 月 14 日），广东省社会科学院民国史研究室等编《孙中山全集》第 5 卷，中华书局，2011，第 7 页。

[2] 《复蔡元培张相文函》（1919 年 1 月 14 日），《孙中山全集》第 5 卷，第 7～8 页。

另外，国民党对建立相应的官方史学机构也早有计划。1925 年 10 月，广州国民政府成立后不久，国民党中央执行委员、监察委员和各部部长第 114 次联席会议就决定组织国民党党史编纂委员会，并指定毛泽东、甘乃光、詹菊似起草编纂党史章程，提请中执委审定。① 不过，此时国民党正致力于解决军事与财政等问题，无暇他顾。故而，此事未见后续进展。

东北易帜之后，旧事重提成为可能。1929 年初，邵元冲撰写《致国民政府请表彰先烈文》，历数自 1895 年发动广州起义起之革命先烈，呈请国民政府予以表彰。邵称"自总理创导革命，垂三十年，始有民国之建立。建国至今又十八年。其间由败而成，由危而安，百折不挠，再仆再起者，何莫非吾党先烈"，点明"吾党先烈"建立民国之卓著功勋。邵又言："国家崇德报功，要有常典"，意思是说国家要有固定的制度，表彰有功之人。邵文结尾尤为重要，他说："尚望光昭大烈，树立新模，易民观听，党国前途实式赖之。"② 表彰先烈，意在民众心中建构革命"正统"的合法形象，树立新的国家典范，进而奠定国民党党国体制的坚实基础。

为增加影响力，十几天后，邵元冲主编的《建国周刊》全文刊载《致国民政府请表彰先烈文》，并发表时评。评论称："先烈之血就是本党之魂，本党之魂也就是国家之魂，只有唤起党魂，方能唤起国魂，唤起国魂方能振兴国运，而表彰先烈就是唤起党魂唯一的办法。我们很危惧的就是我们这样一个救国建国的党，至今还没有一部完善的信史，而许多先烈的历史又渐渐湮没下去，许多青年同志几乎不晓得从前的革命是什么样一回事，实在是一个很可虑的事。"③ 该评论亦着眼于表彰先烈，不过其侧重于将"先烈之血""党魂""国魂""国运"用简洁明快的逻辑推论联系在一起，并重点强调编修国民党"信史"与表彰先烈的关系，更加浅显直接地阐述出编修"党史"以振国运的政治理念。

3 月 19 日，邵元冲开始准备纂修党史的相关提案，④ 名为《请速设立党史编纂委员会，以发扬本党历史之精神》。⑤ 一望可知，邵意在成立党史会，

---

① 逄先知主编《毛泽东年谱（1893—1949）》上卷，人民出版社、中央文献出版社，1993，第 149 页。

② 王仰清等标注《邵元冲日记》，1929 年 1 月 8 日，上海人民出版社，1990，第 495—496 页。

③ 《时事评论：表章先烈与纂修党史》，《建国周刊》第 35 期，1929 年 1 月 19 日，第 1 页。

④ 王仰清等标注《邵元冲日记》，1929 年 3 月 19 日，第 516 页。

⑤ 荣孟源编《中国国民党历次代表大会及中央全会资料》（上），光明日报出版社，1985，第 723 页。

并将其作为官方修史机构。

限于史料，该提案内容无从得知。不过，从后来整理出版的《中国国民党党务发展史料》一书，可以管窥时人意见。书中提到"本党努力革命，历有年所，其间经过事实，莫不如火如荼，可歌可泣，非特为本党历史精神所寄托，足供吾人策励之资"，① 从纪念先烈和策励后进的角度，阐明了"党史"的价值与意义。

关于"党史"和"国史"关系，国民党强调"民国之创立，以迄于兹，无时不为本党努力之对象"，故而"本党活动之过程，亦即民国演进之过程，党事国事，盖有密不可分离之关系在焉"。② 既然"党事国事"密不可分，那么"本党努力革命之史迹"即党史，和"民国演进"之历史即国史，亦密不可分。进一步来讲，也就是"党史即国史"。这样，设立党史会而非国史馆的举措，就有了理论层面的支撑。

4 月 4 日，中国国民党三届一中全会，通过中执委组织方法，其中有设置党史编纂委员会之规定。12 月 26 日，由中央秘书处拟具关于党史编纂之意见暨党史编纂委员会组织方案，提请即予成立。第六十次中常会决议，推叶楚伧、邵元冲、陈立夫、胡汉民、戴季陶五委员会同审查。③

1930 年 1 月 6 日，第六十二次中常会根据审查意见，决议将名称改为党史史料编纂委员会，并推定蒋介石、吴稚晖、王宠惠、胡汉民、邓泽如、古应芬、戴季陶、邵元冲、叶楚伧、林森、张继等十一人为委员。其后，该会制定工作计划，逐渐推进会务。④ 概言之，党史会负责接管和整理各类档案，征集和审查党史史料，编修各种党史著作，如《总理年谱长编》《先烈传记》等。

有学者认为"党史会不是一般意义上的历史编纂工作委员会，而是国民党最高领袖直接领导、编纂正史的权威机构"。⑤ 换句话说，国民党中央设立党史会，将其作为官方史学机构，并且塑造党史即国史的政治理念，这就是国民党中央应对各方请设国史馆的策略。

---

① 中国国民党中央委员会党史委员会编《中国国民党党务发展史料·党史史料编纂工作》（上），台北，近代中国出版社，1999，第 2 页。
② 《中国国民党党务发展史料·党史史料编纂工作》（上），第 2 页。
③ 《中国国民党党务发展史料·党史史料编纂工作》（上），第 3 页。
④ 《中国国民党党务发展史料·党史史料编纂工作》（上），第 3 页。
⑤ 陈蕴茜：《国民党中央党史史料陈列馆与辛亥革命史叙述》，《江海学刊》2013 年第 5 期。

三　筹设国史馆呼声再起

党史会的成立，使得筹设国史馆问题得以暂时解决。然而，正如学者所说，"国府成立以前为党史，国府成立以后属国史，则今之国史亦绝不宜从缓"。① 中原大战后，南京国民政府的统治日趋稳固，"党史"与"国史"的分离，愈发成为一个无法回避的问题。此时，筹设国史馆再度成为朝野积极探讨的话题。

1931年4月，南京特别市执委会呈请国民政府，令内政部速设国史馆。其理由如下：一是国史馆可以延续民族生命；二是国史馆能发扬本党精神；三是国史馆各国均有，我国不能付诸阙如；四是国史馆可免除档案的散佚，亦可搜集史实，发扬文化。② 总体来看，上述四项理由中，一、二两项，与党史会职能有重合之处；第三项则纯属一厢情愿；只有第四项属国史馆分内之事。

5月，国民会议在南京开幕。③ 刘宗向在国民会议上提议成立国史馆。④

刘宗向呈文核心有两点：其一，"史学之真义不明，则凡附于史乘之学术思潮，将失其维系，而人心之向背善恶亦受极大之影响，而无所归宿"；其二，今日民国之乱象，如"军阀之专横，共党之荼毒，盗匪之蹂躏，日行危害党国"，只有通过编修国史，使国民"信而是之，讽而读之"，方可"拯救今世陷溺之人心"。⑤ 刘认为只有设立国史馆，编修国史，才能"正人心，息邪说，清乱源，扬民气，齐意志"，使"思想入于正轨"。

关于党史与国史问题，刘这样认识："今日党史已修，而国史自应赓续进行。"这一点与国民党中央后来以整理"党史"为编修"国史"之准绳，用党史指导国史的思想不谋而合。⑥ 刘回溯历代修史传统，认为"国史不修，则国本不立"，应以三民主义为指导，编纂"适合民生，适合世界之一

---

① 朱希祖：《朱希祖书信集·郦亭诗稿》，中华书局，2011，第302页。

② 《中国国民党中央执行委员会秘书长陈立夫函国民政府文官处为请迅设立国史馆案》，台北"国史馆"藏国民政府档案，入藏登录号：001000002172A，数位典藏号：001 - 016222 - 00001 - 010。

③ 《国民会议今晨行开会礼　下午预备会首都大庆祝　昨中常会通过议事细则等》，《大公报》1931年5月5日，第3版。

④ 《成立国史馆案》，《益世报》1931年5月11日，第1张第3版。

⑤ 《成立国史馆案》，《益世报》1931年5月11日，第1张第3版。

⑥ 《中国国民党党务发展史料·党史史料编纂工作》（上），第2页。

代新史"，以定立国本、昌盛国运。

最后，刘提出办法，即"由国民政府成立国史馆，分为国史与通史两部，依据民生史观为原则，以矫史乘之讳饰诬枉传误疏漏之弊，一以收集近时史料，一以整理旧史"。在此基础上，"革去旧史例，而创一新史例，使国史通史贯注衔接，而成一家之言"。① 所谓"成一家之言"，就是将我国数千年之历史，用民生史观重新调理编纂，其志不小。

南京特别市执委会和刘宗向的呈请，使得筹设国史馆事重入国民政府视野。1931 年 6 月，内政、教育两部开会讨论，是否应当筹设国史馆。② 几天后，行政院国务会议议决，由内政、教育两部负责筹备。③ 两部订立《国史馆筹备处组织规程》。④ 然而九一八事变的爆发，使得国民政府陷于内外交困之中。在此时局之下，国史馆筹备事不了了之。

随着民族危机的不断加深，为激励民族精神，国民党内又有人将目光聚焦在国史馆上。

1934 年初，邵元冲向国民党中执会提交重设国史馆案。他指出南京国民政府成立后，国史馆停顿多年。"夫吾国之历史，不中断于千年来君主之时代，而乃中断于民国时期"，将来民国史迹"渐就泯没，实可深恫"。他认为民族精神"即在民族有悠久之历史，为国民兴盛之资"。国史馆与民族精神"关系至切"，应从速重设。⑤ 邵将重设国史馆事与民族自强的时代主题相联系，期望获得重视。

此外，为获取支持，邵元冲专电蒋介石，询问意见。邵电称："本届全会决议设国史馆案，已由政会交国府研究，倘尊意以该馆筹备创立可由弟负责，请电精卫、楚伧诸兄提政治会议决定，以便开始筹备。"秘书请示蒋介石"应否照电汪、叶？"蒋第二天批示"缓复"。⑥ 蒋之批复，至少可说明两点：其一，蒋对重设国史馆无甚兴趣；其二，蒋不愿为邵事，与汪、叶沟通。

---

① 《成立国史馆案》，《益世报》1931 年 5 月 11 日，第 1 张第 3 版。
② 《设立国史馆由内政教育两部筹备昨日国务会议通过之案件》，《大公报》1931 年 6 月 3 日，第 3 版。
③ 《设立国史馆国务会令内教两部筹备》，《益世报》1931 年 6 月 3 日，第 1 张第 3 版。
④ 《国史馆筹备处组织规程》，《教育部公报》第 3 卷第 30 期，1931 年 8 月 9 日，第 20—21 页。
⑤ 逸雪：《三十年来国史馆筹备始末记》，《说文月刊》第 3 卷第 8 期，1941 年 9 月 30 日。
⑥ 《邵元冲电蒋中正本届全会决议设国史馆案已交国府研究请电汪兆铭等提政治会议决定以便筹备》，台北"国史馆"藏"蒋中正总统文物"，入藏登录号：002000001536A，数位典藏号：002-080200-00147-036。

国府会议讨论重设国史馆案。议决"先交行政院转饬内、教、财三部拟订办法，呈备参考"。[①] 其后，内政部、教育部和财政部合订国史馆组织法草案及经费概算书，并附带建议。[②] 该建议要点是：重设国史馆"究其性质与事实，尚多困难问题"。其一，"在现代潮流上，旧式国史馆之意义，已甚微薄。盖在学术发达言论公开之今日，含有保守性之国史馆，工作必难期完善"；其二，"有关国史史料之档案"，难以汇集一处，国史馆工作碍难开展；其三，缺乏专门人才，整理专门性质之档案；其四，"以现在国家之财力与人材而论，言撰新式国史，尚非其时"。故而，三部认为"今日在国史整理上之需要从事者，不在国史馆，而在下列二事"：其一委托学术机关"钞索史料"和整理档案；其二设立国立档案库。[③] 邵元冲获知三部建议后，气愤难平，牢骚满腹，在日记中写道："中枢对文化建设之不足与谋也。"[④]

后来行政院召集内政部、教育部和中央研究院，审查重设国史馆案。[⑤] 审查人员根据三部建议，拟定四条办法：一是由中央图书馆搜集民国以来官书私书，分类储藏；二是组织国立档案库筹备处；三是厘定各级政府机关档案卷宗处理方法；四是由各大学及学术机关派员，参加国立档案库筹备处整理工作。[⑥] 这四条办法的要旨，意在以中央图书馆、国立档案库与各大学及学术机关，替代国史馆的相关职能。

9 月，行政院设立档案整理处。[⑦] 这样一来，筹设国史馆的呼声，再次被化解于无形。

后来，孟森曾就国民政府拒设国史馆而设档案整理处的举措，撰文批评。他讲道："今闻人言政府不主张即设国史馆，而谋设保管档案之所，是即悟史有原材矣。然档案何以能受保管？何以信其所保管之档案必无缺漏作伪之弊？"[⑧] 以今人视角来看，孟氏之言似难理解。为何档案不能"保管"？所"保管之档案"因何无法杜绝"缺漏作伪之弊"？欲知其意，唯有

---

① 《重设国史馆 先由内教财三部拟订办法》，《大公报》1934 年 2 月 18 日，第 3 版。
② 《设立国史馆案三部审查完竣》，《申报》1934 年 4 月 1 日，第 2 张第 8 版。
③ 逸雪：《三十年来国史馆筹备始末记》，《说文月刊》第 3 卷第 8 期，1941 年 9 月 30 日。
④ 王仰清等标注《邵元冲日记》，1934 年 4 月 5 日，第 1101 页。
⑤ 《奉令以关于整理国史及档案拟具办法令仰遵照一案仰转饬所属一体遵照》，《湖北省政府公报》第 47 期，1934 年 6 月 15 日，第 79 页。
⑥ 《奉令以关于整理国史及档案拟具办法令仰遵照一案仰转饬所属一体遵照》，《湖北省政府公报》第 47 期，1934 年 6 月 15 日，第 79—81 页。
⑦ 《行政院筹设档案整理处》，《华北日报》1934 年 9 月 20 日，第 4 版。
⑧ 孟森：《国史与国史馆》，《独立评论》第 135 号，1935 年 1 月 13 日，第 15 页。

凭借文本回溯历史现场。

孟森言："清之有史，出于两官署，一为六科，二为起居注。""六科为专署，承其左史记事之职。""红本到阁，先由科领，抄发各部施行"，"六科又有封还执奏之责，受任綦重，断无一疏能越过此关，而其发抄之红本，又别录二通，一通存科曰录书，一通送史馆曰史书，此则史馆所受左史记事之原材矣"。[①] 意思是说，六科审阅所有"臣工之奏章"，送史馆之"红本"亦其原样抄发，故而必无"缺漏作伪之弊"。

另外，"起居注为王言之记录"，行其"右史记言之职"。起居注"每月二册，每年二十四册，正本贮内阁大库，以供史料，犹六科之史书；副本仍藏本署，则犹六科之录书，此则史馆所资右史记言之原材矣"。[②] 由此可见，"六科"和"起居注"两官署乃"国史原材"亦即"档案"之生处，故而档案非能受保管，仅能"从生处供给成处"。

孟又言：史馆有此两大来源，编修国史乃"机械之事矣"。"今日官制之下，尚无集中史材之法，则国史无由生，即国史馆何由设乎？"[③] 孟森的意思是，民国政治体制之下，因为国史史料无可靠搜集之法，所以国史馆亦无可设之由。如若设立国史馆，必当恢复六科和起居注两官署，使"左史记事之原材"和"右史记言之原材"具备相应的制度保障。从现实政治的角度来讲，为设立国史馆而增设辅助官署，基本没有可行性。

1936 年 2 月 17 日，邵元冲出席内政、教育联组会议，审查修订《清史稿》案，提出两项意见。第二项意见称："中央应设国史馆，负责整理编辑国史，并以编订清史事隶属之。"[④] 这大概是邵不幸殒命前，关于筹设国史馆的最后一次建言。遗憾的是，此次建言依然未能引起重视。

四　结语

南京国民政府各方势力不约而同地要求筹设国史馆，表明该馆有其特有的政治价值。在冯玉祥和阎锡山等地方实力派看来，设立国史馆、编修国史、为本派系争取国史"立传"的资格，有利于提高本派系的政治地位。

---

① 孟森：《国史与国史馆》，《独立评论》第 135 号，1935 年 1 月 13 日，第 16 页。
② 孟森：《国史与国史馆》，《独立评论》第 135 号，1935 年 1 月 13 日，第 16—19 页。
③ 孟森：《国史与国史馆》，《独立评论》第 135 号，1935 年 1 月 13 日，第 19、21 页。
④ 王仰清等标注《邵元冲日记》，1936 年 2 月 17 日，第 1366 页。

与之相对，国民党元老蔡元培与中央党部对国史馆的政治价值并不十分看重。对于钮永建和景定成等老同盟会员来说，国史馆的价值在于编修本党历史，以此强化政权合法性，有利于意识形态宣传。为应对各方请设国史馆的要求，国民党中央塑造"党史即国史"的政治理念，并成立党史史料编纂委员会作为官方史学机构，负责相关职能性和事务性的工作。随着国内外局势的发展，"党史"与"国史"的分离问题，逐渐引起各方重视，筹设国史馆呼声再起。但是，直到全面抗战爆发，国史馆的组织架构仍旧停留于纸面，未见进一步动作。

南京国民政府时期，国史馆筹设中的政争和博弈，至少说明在1927年至1937年间，国民党内部"党史即国史"的政治理念始终占据主导地位。这种政治理念虽不断为党内外人士所诟病，但在"以党治国"的政治体制之下，在国内政治秩序大体保持稳定的局面之下，愈发显得坚不可摧。同时，这些政争和博弈也表明，国史馆作为具备独特政治价值的传统机构，其企图融入近代政治制度的过程是十分艰难与曲折的。

[作者单位：中山大学历史学系]

皇姑屯事件后奉系的老辈辅政与代际交替

——以杨宇霆、张学良为中心

王春林

内容提要 皇姑屯事件后，奉系出现老辈辅政的局面，张学良成为弱势领袖。其间，杨宇霆在整理军政和易帜谈判中出力甚多。但杨宇霆的"勇于任事"却使张学良的猜疑日渐加重，在劝导无效后，张学良发动了杨常事件。事件善后中，张学良努力营造事件的"合法性"，奉系内部与国内外舆论却并不认同。杨常事件后老辈辅政无形瓦解，张学良也在东北上层确立了权威，这深刻影响着东北政局的走势。

关键词 皇姑屯事件 奉系 杨宇霆 张学良 杨常事件

1929 年 1 月的杨常事件是张学良主政东北后的一个异常举措。事件主角杨宇霆和张学良的角色在皇姑屯事件前后发生了根本变化。[①] 既有研究虽然多能从权力斗争的视角切入，但多属就事论事的因果论证模式，并且因为涉及相关人物的评价问题，难免会夸大杨宇霆的"咎由自取"以及张学良处置的合理性。[②] 从皇姑屯事件到杨常事件期间是奉系首领张作霖、张学

---

① 既往研究多关注张学良和杨宇霆之争，对常荫槐关注较少。事实上，张学良在发动事件的决策过程中对常荫槐确实顾虑较少，杨宇霆的地位、资历都远在常荫槐之上，张与杨的纠葛也更多。参见卢广绩《枪杀杨常的动机和经过》，《辽宁文史资料》第 15 辑，辽宁人民出版社，1986，第 103 页。

② 参见常城《略论东北"易帜"与"枪毙杨常"》，《社会科学战线》1982 年第 3 期；陈崇桥《试论"杨常事件"》，《近代史研究》1986 年第 2 期；司马桑敦《张学良评传》，香港，星辉图书公司，1986；常城《再论"枪毙杨常"》，《社会科学辑刊》1986 年第 3 期；陈崇桥《应该怎样评价杨宇霆》，《辽宁大学学报》1988 年第 5 期；张魁堂《张学良传》，东方出版社，1991；戴国富、魏庆富、王水《杨宇霆传》，辽宁大学出版社，1992；〔日〕西村成雄《张学良》，史桂芳、李保华、李炳青译，中国社会科学出版社，1999。其中，陈崇桥与戴国富等人对杨宇霆的评价相对客观持平。

良父子代际交替的过渡时期，这期间奉系对外面临着同国民政府与日本关于东北易帜的交涉，对内酝酿着新旧势力间人事与权力的重新分配。但既有研究大多集中于奉系与国内外势力间的矛盾纠葛，奉系内部政治生态的演变则被简化为"张杨"之争，而东北易帜中张学良的功劳不免被夸大，杨宇霆的作用则被弱化或丑化。[①] 杨常事件的发生与皇姑屯事件后奉系的老辈辅政[②]体制关联甚大，而这种政治生态的演变又深刻影响着其后东北局势的演变。因而笔者尝试对皇姑屯事件、东北易帜与杨常事件之间的内在关联进行梳理，分析张学良与杨宇霆在皇姑屯事件后老辈辅政期间的角色与分歧，探讨两人对奉系发展方略以及彼此间认识的差异，体察张学良营造杨常事件合法性的意图，进而透视杨常事件对东北政局的深刻影响。

一 老辈与总司令：张学良主政后的弱势

1928 年 5 月，奉军在同北伐军对抗中受挫，张作霖决定撤往关外，张学良、杨宇霆受命收束京津一带的军队。6 月 4 日，张作霖在返奉途中被炸于皇姑屯，当日去世。皇姑屯事件后，奉系主持无人，奉天一面隐瞒张作霖的死讯，一面"催张杨速回"。此时张学良、杨宇霆接任之势已隐然可见。[③] 但一般舆论多倾向于张作相和杨宇霆。[④] 也有"拟推举张汉卿接任"之说。[⑤]

此时奉系的政治重心已悄然移至前方。张学良、杨宇霆、张作相等 10

---

① 参见王正华《蒋中正与东北易帜》，中华民国史专题第五届讨论会秘书处编《中华民国史专题论文集》第 2 册，台北，"国史馆"，2000；曾业英《论一九二八年的东北易帜》，《历史研究》2003 年第 2 期；陈太勇《东北易帜与田中内阁对华政策的衍变》，《世界历史》2020 年第 5 期。其中，王正华认为蒋介石主导了国民政府方面的对奉谈判，蒋以宽容和耐心扶植张学良最终易帜，王还注意到了奉系内部的反对"亲南"的势力。曾业英认为张学良利用外交作为易帜谈判的筹码，当国民政府完全满足奉方的要求后方决然易帜，但对奉系内部"反对易帜"的势力未做探究。

② 老辈主要指以张作相、杨宇霆为首的长期追随张作霖的奉系旧派官员。在"讲感情"的奉系，他们同时又是张学良的长辈。因而"老辈"一词较之"旧派"更能体现彼时奉系的政治生态。参见张学良口述，唐德刚撰写《张学良口述历史》，中国档案出版社，2007，第 116—117 页。

③ 参见《沈阳立盼张杨归》，《大公报》1928 年 6 月 7 日，第 2 版；《张杨行踪传闻异词》，《盛京时报》1928 年 6 月 8 日，第 4 版。

④ 《东报所传之张作霖继任者》，《大公报》1928 年 6 月 11 日，第 2 版。

⑤ 《军政首领有改选说》，《盛京时报》1928 年 6 月 13 日，第 4 版。

日在滦州举行会议，决定"东三省内部问题维持现状至奉军全体退回为止"。① 东三省议会议长及代表亦先后前往榆关。② 张学良等三人在滦州对军政事务做了分工：张学良"将军团长指挥权交杨宇霆负责，回沈奔丧"；③ 其后杨宇霆留在前方主持军务；张作相亦返回奉天。从分工看，张学良接任的态势较为明显，而杨宇霆似乎无意于此。蒋作宾就向蒋介石报告称："奉方来此与宾接洽者，意欲以张学良主席政治分会，杨宇霆主席奉天，张作相主席吉。"④ 而日本政要后藤新平也判断"大约由张学良、杨宇霆维持之"。陆相白川义则亦认为"或即由三省推学良为盟主，以杨宇霆辅之"。⑤

张学良于 6 月 19 日就任奉天军务督办，但此时众望所归的奉系首领仍是张作相。6 月 21 日，东三省议会联合会一致选定张作相任东三省保安总司令，但张作相"坚辞不就"。⑥ 在张作相屡次拒绝后，"乃复公推学良"。⑦ 7 月 4 日，张学良就任奉天保安总司令与东三省保安总司令。

张学良实因张作霖的余荫而继任，因而其施政自始便有老辈"监护"色彩。张作相曾当众向张学良表示，"我怎么样服从大元帅，我就怎样服从你"，但"你要不好好干，我到屋子里我拎着你耳朵我打你耳光子"。⑧ 于凤至亦坦承张学良继任系"由于上下对大帅的爱戴和部将都怀有报大帅知遇之恩的想法"。⑨ 彼时任职奉系的金毓黻对老辈"稳定局势"的作用颇为肯定："张辅忱之力辞之三省保安总司令；钟辑五之拒签吉敦路延长合同；袁洁珊、王维宙之以静持变，皆卓卓可称者。"⑩ 社会舆论对老辈亦抱有好感："都是和和气气，与平民一个样。"⑪

---

① 《滦州会议善后方针》，《盛京时报》1928 年 6 月 13 日，第 2 版。
② 《三省议会代表赴榆》，《盛京时报》1928 年 6 月 19 日，第 4 版。
③ 崔成义：《张学良奔丧见闻》，《文史资料选辑》第 52 辑，中国文史出版社，1986，第 105 页。
④ 《蒋作宾致蒋介石电》（1928 年 6 月 16 日），台北"国史馆"藏，002 - 020100 - 00024 - 006。
⑤ 《日本各要人之对华时局谈》，《大公报》1928 年 6 月 22 日，第 6 版。
⑥ 《吉张坚辞三省总司令》，《盛京时报》1928 年 6 月 27 日，第 4 版。
⑦ 《关外之新政局》，《大公报》1928 年 7 月 8 日，第 2 版。
⑧ 张学良口述，唐德刚撰写《张学良口述历史》，第 116 页。大元帅指张作霖，张曾任安国军大元帅。
⑨ 江苏省政协文史委员会整理《我与汉卿的一生——张学良结发夫人张于凤至回忆录》，团结出版社，2007，第 63—64 页。
⑩ 金毓黻：《静晤室日记》第 3 册，1928 年 6 月 26 日，辽沈书社，1993，第 2121 页。张辅臣、钟辑五、袁洁珊、王维宙分别指张作相、钟毓、袁金铠、王树翰。
⑪ 冷佛：《再续奉天怪现象》，《盛京时报》1928 年 8 月 16 日，第 7 版。

此时奉系老辈重拾辛亥年间的"保安委员会"形式，张遂成为弱势领袖。张学良"地位与乃父时代，当然不同，故一面设一保安委员会"，① 彼时重要政务都要经过保安委员会讨论。7月16日，林久治郎劝张学良不必急于与国民党妥协，保安委员会"议决，先观国民政府之落着，然后考虑妥协问题为适当"。② 10月9日，"此间接到张学良被任为国府委员电，与蒋贺张及催入京就职电"，保安委员会"决议张就任国府委员与易帜同时举行"。③ 因此，张学良在处理政事时多有老辈掣肘。尽管张学良曾表示"对内已有办法"，④ 但也承认对张作相等人"有点为难"。"我有事情更是不能如意地做呀。"⑤ 这种情绪甚至蔓延到中下级官兵中。汤玉麟部"无论官长士兵，见着三四方面的军队人员，都以老前辈自居"。⑥

而彼时质疑张学良能力的声音亦不少。奉方谈判代表徐祖贻私下表示："奉天既恐惧国民革命军，又害怕日本人，并担心领袖人物无维持和平的能力。"⑦ 蒋介石也担心张学良"恐不能当大任，持危局耳"。⑧《盛京时报》更公开嘲讽道："张总司令以孩子之气，统领三省时开会议，常言刷新。""更换各机关首领而已。"⑨ 张学良有时又确实表现出"孩子气"，⑩ 且其身体状况亦很糟。"他当时打吗啡，身体瘦弱，面色苍白，精神紧张。"⑪

张学良对老辈也有意无意地表现出倚重之意。张作相7月初回乡为母亲办理丧事，原定9月上旬返回吉林。但"因总司令挽留殷切，已定暂（缓）回吉垣"。⑫ 张学良还曾同袁金铠谋划政务。因袁"未执政权"，"以致外间

① 《关外问题可望顺利解决》，《大公报》1928年7月11日，第2版。
② 《日本与东三省》，《大公报》1928年7月30日，第2版。
③ 《东省议决受命》，《大公报》1928年10月10日，第2版。
④ 《宋渊源致蒋介石电》（1928年7月16日），台北"国史馆"藏，002-020100-00024-018。
⑤ 张学良口述，唐德刚撰写《张学良口述历史》，第117页。
⑥ 卓立言：《一个军官的自述》，《盛京时报》1928年8月15日，第7版。
⑦ 上海市档案馆译《颜惠庆日记》第2册，1928年6月21日，中国档案出版社，1996，第432页。颜日记中写作"赵祖贻"，应为笔误。
⑧ 《民国十七年之蒋介石先生（七月）》，转引自王正华《蒋中正与东北易帜》，《中华民国史专题论文集》第2册，第1423页。
⑨ 卓立言：《换汤不换药》，《盛京时报》1928年8月14日，第1版。
⑩ 《总司令拒见褚玉璞》，《盛京时报》1928年8月26日，第4版。褚玉璞为直鲁联军将领，隶属奉系。
⑪ 《蒋廷黻回忆录》，岳麓书社，2003，第118页。
⑫ 《张辅帅暂缓旋吉》，《盛京时报》1928年9月11日，第5版。

多有烦言"。① 当张作相等人有"去职"之意时，张学良则诚恳慰留。② 此外，张学良还多有屈尊老辈府邸之应酬。③

皇姑屯事件后，奉系上层形如"一国三公"的局面：张学良是总司令，张作相是老辈的领袖，杨宇霆总揽奉系事务。但奉系老辈与张学良颇能团结合作，局势渐趋平稳。

二 "周公辅成王"：杨宇霆的勇于任事

杨宇霆确实有意辅佐张学良，他曾对张表白道："你放心干吧，我忠心保你们父子！"他还对妻子表示，"我是卖给张家一样"，"但有一样，就是他们张家作错了事也不成"。④ 这与张作相的表态如出一辙。杨宇霆初返奉时确有一副辅政大臣的架势。杨 7 月 13 日抵奉，吊祭张作霖后，"晤张学良，报告收束军队情形"，"张杨讨论之事甚多"。⑤ 19 日，张学良召集张作相、杨宇霆等奉系要员开会，讨论事项为"解决时局问题""揭扬青天白日旗问题""东三省防务问题""裁兵问题""重整金融办法"。⑥ 但杨宇霆似乎也有明哲保身的打算，他无意担任实职，而更愿意担任"总参议"的虚职。7 月 23 日，东北临时保安委员会通电成立，因"杨宇霆坚辞不就"，故未列名。⑦ 但杨宇霆对张学良授予的"差使"并不推辞。

然而杨宇霆与张学良的分歧很快凸显出来。8 月 23 日的时局大会上，张学良"曾一度与杨宇霆磋商"，杨对"易旗问题稍有意见"。⑧ 在直鲁联军问题上，两人分歧更明显。张学良因张宗昌部的军纪问题，不同意该部进入东北。杨宇霆却认为张"现在穷途末路，我们不能不管"。⑨ 而调和张学良与杨宇霆的则是张作相，他表示："我看他们一直没有个办法，我便请

① 《袁金铠任总参赞》，《盛京时报》1928 年 8 月 22 日，第 4 版。
② 参见《王省长态度消极》，《盛京时报》1928 年 8 月 2 日，第 4 版；《张辅忧倦勤续讯》，《盛京时报》1928 年 8 月 26 日，第 4 版。
③ 参见《张总司令流连忘返》，《盛京时报》1928 年 9 月 6 日，第 4 版；《总司令躬亲拜寿》，《盛京时报》1928 年 11 月 2 日，第 4 版。
④ 杨茂元：《回忆先父杨宇霆将军》，《辽宁文史资料》第 25 辑，第 43 页。
⑤ 《抵奉后之杨宇霆吊丧甚忙碌》，《大公报》1928 年 7 月 19 日，第 3 版。
⑥ 《司令部会议志闻》，《盛京时报》1928 年 7 月 20 日，第 4 版。
⑦ 《东北保安会委员题名》，《盛京时报》1928 年 7 月 24 日，第 4 版。
⑧ 《督署会议志闻》，《盛京时报》1928 年 8 月 26 日，第 4 版。
⑨ 何千里：《1928 年我代表白崇禧到东北商谈纪要》，《文史资料选辑》第 52 辑，第 74 页。

汉卿和杨邻葛等开会研究，决定张、褚两督办先行下野，直鲁军改编两师；可是，效坤又不愿意。"[1] 最后奉方不得不诉诸武力。杨宇霆9月14日前往榆关。[2] 19日，奉军"向石门一带张褚残军猛攻"，[3] 与白崇禧指挥的国民党军合力解决了直鲁联军。[4]

解决直鲁联军后，杨宇霆与白崇禧两度会晤，杨宇霆的言论颇能反映其对南京方面的态度。9月25日，两人在滦州首次会面。"结果甚圆满，双方感情尤极融洽。"[5] 但杨宇霆返回山海关后，奉军并未按协议撤退。[6] 10月7日再度会晤时，杨宇霆完全以奉方利益为依归，"一、易帜固已不成问题，惟因为对日方面不便确定时机耳。二、还车问题为东三省安全计，希以榆滦地盘交付奉方为条件。三、平奉铁路亟愿早日开通，惟因一时遽难实现"。[7] 白崇禧对杨的表态有些不满，而杨宇霆凡事皆以张学良为尊，似仅为其"另有主张"之托词。[8]

10月11日，杨宇霆回到奉天。此时杨宇霆明确表达了愿退居幕后之意："不任东省职务，对大局愿参加意见，对东省事则愿助当局建设，备咨询，言无不尽，南京拟不去，出洋亦难遽成行。"[9] 但杨宇霆不久又埋头各种事务，"隐退"之说再未提起。杨宇霆仅在公务繁忙的间隙回乡省亲。[10] 11月，杨宇霆开始主持奉军裁军。"共裁官兵约二十余万"，"撤销军团部及军部师部"[11] 12月中旬"改编完竣"。[12]

这期间，国民政府要求奉方尽快出让热河、交还关内车辆和撤军关外。但奉方内部分歧很大，张学良倾向于完全倒向国民政府，"东三省军事以及外交一切均可纯任国民政府统辖"。[13] 然而张的意见并未得到奉系上层的普

① 林宪祖、李振唐、王镜璇：《直鲁军滦东覆灭》，全国政协文史资料委员会编《中华文史资料文库》第2卷，中国文史出版社，1996，第841页。
② 《杨宇霆出动》，《盛京时报》1928年9月15日，第4版。
③ 《见杨后又连夜受猛攻》，《大公报》1928年9月22日，第2版。
④ 《滦东残军完全结束》，《大公报》1928年9月23日，第2版。
⑤ 《白杨会见之内容》，《大公报》1928年9月30日，第2版。
⑥ 参见《滦榆地盘问题白杨协议尚未成立》，《盛京时报》1928年10月12日，第1版。
⑦ 《杨白二次会见：杨提易帜还车通车意见》，《盛京时报》1928年10月9日，第4版。
⑧ 《白杨再会》，《大公报》1928年10月8日，第2版。
⑨ 《杨宇霆回奉后谈话》，《大公报》1928年10月14日，第2版。
⑩ 参见《杨军长回里省亲》，《盛京时报》1928年11月4日，第4版。
⑪ 《张韩杨通电报告东北缩编经过》，《大公报》1928年11月21日，第3版。
⑫ 《奉军裁兵改编完竣》，《大公报》1928年12月12日，第2版。
⑬ 《军事外交均听诸中央》，《盛京时报》1928年10月21日，第4版。

遍认同。10 月 16 日，张学良谓车辆"全行拨还恐难办及，先行准拨一百五十辆"。① 这时老辈的意见逐渐占据上风。张学良原本已准备让出热河，并撤去滦东防务，② 但奉方突然向国府提出汤玉麟的替代人选。③ 至 22 日，奉方关于热河和车辆问题的决议已带有苛刻的附加条件。④

这时奉方的要求较之张学良最初的表态已大为后退。张学良无奈地解释道："我初次当上家，一班新人遇事容易见谅，而有些老辈俱是我父亲的兄弟行，要是先来换掉汤玉麟，大家发生意见，我就无法解说。"⑤ 其后，热河成为国府与奉方的"共管"之地。热河改省，省政府委员 5 人，奉方 2 人。⑥ 而张学良亦开始为奉方开脱："军兴以来占用车辆者非止敝军，即车辆缺乏故，敝处亦未便单独负责。"⑦ 11 月 13 日，杨宇霆又向白崇禧许诺："滦东防务，日内即可让出。"⑧ 但其后并无下文。奉系老辈显然意图向国府方面讨价还价，而张学良的立场在老辈的压迫下一退再退。⑨

此时舆论对奉方的拖延做法颇为不满。白崇禧认为奉方对车辆问题"无诚意"。⑩《大公报》社论与白的表态如出一辙。⑪ 10 月 30 日，奉方代表米春霖仍着意展现奉方的合作姿态。⑫ 而邢士廉的态度却悄然改变，车辆已成为奉方的谈判筹码。"只要大家商量，当然照中央命令遵办。"⑬

而国府方面或已洞悉杨宇霆为奉方主谋，遂邀其南来相商。蒋介石

① 《还车问题顿行进行》，《盛京时报》1928 年 10 月 17 日，第 4 版。

② 参见《设立热河善后办事处》，《盛京时报》1928 年 10 月 20 日，第 4 版；《饬各军退出关外讯》，《盛京时报》1928 年 10 月 22 日，第 2 版。

③ 参见《奉方对热仍难割爱》，《盛京时报》1928 年 10 月 22 日，第 2 版。

④ 参见《总司令部连日会议讨论应付时局方针》，《盛京时报》1928 年 10 月 25 日，第 4 版。

⑤ 何千里：《1928 年我代表白崇禧到东北商谈纪要》，《文史资料选辑》第 52 辑，第 73 页。

⑥ 《热河将改省》，《大公报》1928 年 11 月 1 日，第 2 版。

⑦ 《张总司令电答宁府关于交通极谋恢复》，《盛京时报》1928 年 11 月 2 日，第 4 版。

⑧ 《滦东防务问题邻葛日内入关之传说》，《盛京时报》1928 年 11 月 18 日，第 4 版。

⑨ 曾业英曾细致梳理了张学良与蒋介石在东北易帜过程中的博弈，并认为张延迟易帜的主要原因是"巩固个人地盘与权力"。但曾文的预设前提是彼时张学良对奉方有绝对的掌控能力，而事实上此时张学良是在张作相、杨宇霆等老辈帮衬下应对国府与日方的。此时奉系上层类似一种集体领导，杨宇霆等老辈有条件易帜的主张成为主流意见，张与老辈的分歧一定程度上具有"双簧"效果。参见曾业英《论一九二八年的东北易帜》，《历史研究》2003 年第 2 期。

⑩ 《返还车辆尚未解决白崇禧对奉强硬督促》，《盛京时报》1928 年 10 月 26 日，第 2 版。

⑪ 《东征善后之紧急问题》，《大公报》1928 年 10 月 24 日，第 1 版。

⑫ 参见《米春霖在平谈热河问题》，《盛京时报》1928 年 11 月 6 日，第 1 版。

⑬ 《邢士廉谈话》，《大公报》1928 年 11 月 2 日，第 2 版。

"惟盼杨宇霆能来京一行，热事当更易决"。① 南满铁路公司社长山本条太郎访问奉方要人的顺序也很微妙。11月5日，山本先访问杨宇霆，而后他与张学良会晤达5小时，杨6日回访山本后，他才会见其他要人。② 其间杨宇霆等老辈又否决了张学良急于易帜的想法。杨宇霆认为"此种形式上之问题，似不必特别注重"。袁金铠更主张"东省无易旗之必要"。③

在这种背景下，奉、国两方的交涉自然难有结果。11月11日，邢士廉等人发表奉方意见："奉方所扣车共五千余辆，其中四千余系平奉路产"，"前已交还之车系汉平旧车，原本损坏"。④ 其中多有不实之词。而后奉方再度交还少量车辆，但仍属杯水车薪。⑤ 铁道部次长王征11月28日到奉，张学良、杨宇霆等"甚虑各军仍有扣车情事"。⑥ 王征在北平获得白崇禧"不扣车"的允诺后再度出关，张学良却表示："手续上须俟政治问题解决之后，在目下情形，尚难谈及。"⑦ 至此，张学良方将奉方态度和盘托出。而关内撤防之事亦毫无进展。⑧

12月初，邢士廉等自南京返奉，国府完全满足了奉方要求，奉方态度有所转变。张学良12月13日"晨召杨宇霆、邢士廉、王树翰、翟文选等会议奉宁事，午后开保安委员会"。⑨ 会上"对易帜已决定办法，但内容尚不宣布"。⑩ 但直至易帜前夕，内部仍有不同意见："有主张缓办者"，有反对者，"惟学良坚执非办不可"，"争论甚久，卒乃定议"。⑪

杨宇霆在公开场合对张学良较尊重，在内部会议或处理政务时却难免有些"长辈"言行。但张学良与杨宇霆的分歧多为政见之争。杨宇霆曾阐述过他的内外方略，"东北的既定政策是避免和日本公开冲突"。所以杨"不愿表示忠于南京政府，因恐此举触怒日本"。杨宇霆还表白了他的忠心：

① 《对热河主宽大处理》，《大公报》1928年11月4日，第2版。
② 参见《山本突赴沈阳与张谈五小时》，《大公报》1928年11月11日，第2版。
③ 《东省易帜问题》，《大公报》1928年11月7日，第3版。
④ 《东北外交候中央处理》，《大公报》1928年11月13日，第2版。
⑤ 参见《第二次拨还车辆讯》，《盛京时报》1928年11月23日，第4版。
⑥ 《王征赴奉之收获》，《大公报》1928年12月8日，第2版。
⑦ 《关外放车事不得要领》，《大公报》1928年12月18日，第2版。
⑧ 《榆防内容》，《盛京时报》1928年12月12日，第4版。
⑨ 《奉天昨开重要会议》，《大公报》1928年12月14日，第2版。
⑩ 《东北易帜已定办法》，《大公报》1928年12月15日，第2版。
⑪ 《东北易帜前两日》，《大公报》1928年12月30日，第2版。

"我要效法周公辅佐成王的先例。我要和周公一样将来交出权力。"① 日本驻奉官员森岛守人亦指出，"学良的对日以及对国民党的态度，老一辈的显要人物都表示百分之百的不赞成"，"其中尤以杨宇霆表现得最为突出"。②

三 "直是汉献帝无异"：张学良的感受

皇姑屯事件后不久，张学良与杨宇霆即得知张作霖逝世的消息。但驻军滦东时，"从未闻张、杨在谈话中涉及此事，而张在杨的面前，依然谈笑自若，故示镇定"。张学良返奉时，军队交由杨宇霆负责，但张对杨并不放心。张指示下属"要严密注意杨军团长的行动，并且谆谆嘱咐一定要把他看住"。③

张学良当政后，老辈之中使其"最费心思，最感难于措置的是杨宇霆"。尽管张"亟思摒弃前嫌，团结合作"，④ 但张学良对杨宇霆仍采取了"尊而不亲"的策略，"未安排他任何职务。一则感到他是老将的'老臣'地位很高，一时无恰当的位置。二则是我对他确有戒心"。⑤ 可见，杨宇霆的"无位之身"也是张学良有意为之的结果。

彼时杨宇霆仅担任"兵工厂督办"一职。杨宇霆的"军团长"职务在奉系缩编后已经取消。⑥ 此时奉方亦无所谓"总参议"职务，但他在奉系与国民党方面仍被视为重要人物。9 月 21 日，蒋介石对邢士廉表示："拟新委政府委员三人至六人，张学良、杨宇霆两氏如允充任并由杨氏莅宁，事殊为至幸。"⑦ 报纸也仍以旧时职务相称。⑧ 此时已经有些名实不副了。

此外，杨宇霆的言行亦确有不检点，甚至凌驾于张学良之上者。张学良抱怨道："他们对我总是抱着藐视态度，对我有什么请示和要求都带有强制性和威胁性；尤其是常荫槐倨傲无礼，飞扬跋扈，并没有把我看成是他

---

① 《蒋廷黻回忆录》，第 121—122 页。

② 森岛守人：《杨宇霆被暗杀的真相》，《辽宁文史资料》第 15 辑，第 166 页。

③ 刘鸣九：《我所知道的杨常事件（一）》，《辽宁文史资料》第 15 辑，第 62—63 页。

④ 刘鸣九：《我所知道的杨常事件（二）》，《辽宁文史资料》第 15 辑，第 72—73 页。

⑤ 卢广绩：《枪杀杨常的动机和经过》，《辽宁文史资料》第 15 辑，第 102 页。

⑥ 参见《奉军收束：取消方面军团名义》，《大公报》1928 年 8 月 6 日，第 2 版。

⑦ 《蒋请张杨充任委员》，《盛京时报》1928 年 9 月 25 日，第 4 版。

⑧ 参见《杨参议宴请班禅》，《盛京时报》1928 年 9 月 8 日，第 4 版；《杨宇霆宴请叶琪代表》，《盛京时报》1928 年 10 月 22 日，第 2 版。

的长官，若以旧时代的话来说，真是'怏怏非少主臣'。"① 戢翼翘亦记道："那时杨邻葛还是像他替张老将做事的时候一样，对许多事不肯放手，开会时对汉卿也许不太客气。"② 在张学良身边的新派眼中，杨宇霆更加不可一世。③

这些言行不免使时人认为杨宇霆有僭越之心。何千里曾目睹杨宇霆在张学良面前居高临下的姿态："不难看出他是以监辅少主的元老重臣自况的，也不能就说杨绝无一点取张而代之的野心。"④ 国民党人齐世英判断杨宇霆终将取代张学良，"但绝非要拿掉张，而是等待终有一天张汉卿身体没法支持的时候，瓜熟蒂落，水到渠成"。⑤ 林久治郎也有类似的判断。⑥ 但事实上杨宇霆并无野心。"主少国疑"的情势杨宇霆也意识到了，但他问心无愧，仍然我行我素。⑦

尽管杨宇霆在私下里表白过忠心，却无法抵消他的跋扈言行带来的危害。其间，常荫槐在黑龙江组织军队、林权助关于东北形势的谈话等都加深了张学良的猜疑："他是一个在野的人物，傲然同我分庭抗礼。"⑧ 于凤至的言说虽有些夸大，亦反映了张学良对杨宇霆的猜疑："他对汉卿主政，一开始即反对，未能得逞。汉卿就职后"，"杨宇霆心怀不服，阴谋夺权"。⑨张学良逐渐产生"去杨"的念头，在他周围亦有"去杨""留杨"的争论。⑩

其间张学良曾试图通过劝说杨宇霆"外任"予以保全。⑪ 但杨宇霆对奉系要务放心不下，张学良的劝导都归于无效。杨也不同意出洋："语言不通

---

① 卢广绩：《枪杀杨常的动机和经过》，《辽宁文史资料》第 15 辑，第 102 页。
② 郭廷以校阅，李毓澍访问，陈存恭纪录《戢翼翘先生访问纪录》，第 68 页。
③ 参见高纪毅《杨常事件的前因后果》，《辽宁文史资料》第 15 辑，第 80 页；王家桢《一块银元和一张收据——张学良枪毙杨宇霆、常荫槐和收买日本政友本党的内幕》，《辽宁文史资料》第 15 辑，第 93 页。
④ 何千里：《1928 年我代表白崇禧到东北商谈纪要》，《文史资料选辑》第 52 辑，第 75 页。
⑤ 沈云龙等访问，林忠胜纪录《齐世英先生访问纪录》，台北，中研院近代史研究所，1990，第 112 页。
⑥ 《林久治郎遗稿》，《北洋军阀（1912—1928）》第 5 卷，第 876 页。
⑦ 何柱国：《记杨常事件》，《辽宁文史资料》第 15 辑，第 109 页；杨茂元《回忆先父杨宇霆将军》，《辽宁文史资料》第 25 辑，第 41 页。
⑧ 卢广绩：《枪杀杨常的动机和经过》，《辽宁文史资料》第 15 辑，第 102 页。
⑨ 《我与汉卿的一生——张学良结发夫人张于凤至回忆录》，第 65 页。
⑩ 参见《林久治郎遗稿》，《北洋军阀（1912—1928）》第 5 卷，第 870 页。
⑪ 参见《杨邻葛筹备往平》，《盛京时报》1928 年 11 月 25 日，第 4 版；《杨宇霆将守备滦榆》，《盛京时报》1928 年 12 月 17 日，第 2 版。

很不方便。"① 而杨宇霆为其父庆寿的场面彰显了其"位高权重"的地位，遂成为促使张学良解决杨宇霆的最后一根稻草。参与祝寿的张学良"不断在想，假如杨、常取我而代之，可以兵不血刃地掌握东北政权，莫非林权助说的就是这种情况吗！"②

这期间，张作相、王树常等人都曾劝张学良忍耐。③ 但经过半年的忍耐，张学良对杨常两人的痛恨已达到极点，"我精神上感到极大威胁"，④ 外人亦认为，"张司令之种种屈辱，已直是汉献帝无异"。⑤ 张学良事后谈起时，仍然愤慨杨的跋扈专权："我不杀他，我这个司令无法干了，都听他的，我算什么司令呢？"⑥

时人对于杨常事件的发生，多归咎于杨宇霆的跋扈侵权，自取死路。⑦ 这些论断看似不错，但忽略了杨宇霆与张学良两人的发展方略以及代际交替因素，杨常事件事实上是两人的旧怨、性格、政见与代际交替等因素合力的结果："张、杨关系就在这样复杂情况下不断发展变化，而每一发展变化，都增加了矛盾的尖锐程度，也促进了张解决矛盾的决心。"⑧ 而张学良应对杨宇霆的过程也反映了其政治智慧的匮乏。

四　成王败寇：杨常事件的善后及论定

张学良发动杨常事件的计划是颇为周详的。1929 年 1 月 10 日上午，张学良向王家桢了解了"人事变动"的外交影响。⑨ 当日午后，张学良找来高纪毅、王以哲、刘多荃和谭海 4 人计议如何实施。他们皆为张的亲信，有的

---

① 杨茂元：《回忆先父杨宇霆将军》，《辽宁文史资料》第 25 辑，第 41 页。
② 卢广绩：《枪杀杨常的动机和经过》，《辽宁文史资料》第 15 辑，第 102 页。学界普遍注意到日方的挑拨对于张学良决定"杀杨"的影响，但不宜过于夸大这种因素，因为日方的影响仅是强化张学良的决心。参见戴国富、魏庆富、王水《杨宇霆传》，第 223—225 页；张劲松《"东北易帜"与日本的对应》，《日本研究》2001 年第 2 期。
③ 参见《孙传芳在大连之谈话》，《大公报》1929 年 1 月 18 日，第 2 版。
④ 卢广绩：《枪杀杨常的动机和经过》，《辽宁文史资料》第 15 辑，第 103 页。
⑤ 《联络冯玉祥阴谋苦的打》，《盛京时报》1929 年 1 月 15 日，第 4 版。
⑥ 何柱国：《记杨常事件》，《辽宁文史资料》第 15 辑，第 107 页。
⑦ 参见《论奉天事件》，《大公报》1929 年 1 月 13 日，第 2 版；丁中江《张学良杀杨宇霆、常荫槐》，《辽宁文史资料选辑》第 15 辑，第 123 页。
⑧ 刘鸣九：《我所知道的杨常事件（一）》，《辽宁文史资料》第 15 辑，第 64 页。
⑨ 参见王家桢《一块银元和一张收据——张学良枪毙杨宇霆、常荫槐和收买日本政友本党的内幕》，《辽宁文史资料》第 15 辑，第 88 页。

还与杨、常二人有矛盾。当晚，杨、常到后，由高纪毅宣布罪状，谭海等负责执行。①

杨常事件后，张学良又进行了有计划的善后，以安抚各方。首先，赶制审判材料与通电。② 张学良一面指示驻天津代表胡若愚向蒋介石报告事件经过，一面补办军法会审形式，高纪毅"率人彻夜工作，通宵未眠"。③ 其次，铲除杨宇霆的势力。张学良"荐万福麟兼黑龙江主席，臧式毅继任兵工厂督办"。④ 最后，抚恤遗族。张学良致函杨宇霆夫人以示慰问。⑤ 但事件对两个家庭打击甚大，常荫槐葬礼时，"居哀者极少"，杨宇霆家亦"甚为冷落萧条"。⑥ 杨宇霆夫人从15日起"连日入司令长官署，拟谒见张汉卿长官，有所要求，惟张长官均避而未见，闻杨妻惊惧之余现已神经错乱哭笑无常，遂便谩骂"。⑦

此时张学良大权在握，自然也掌握了杨常事件的话语权。他通过对各方的说明来营造事件的"合法性"。杨常的罪行，其一为阻挠统一，⑧ 其二为跋扈专权。⑨ 两人做法之危害多以东北大局为辞，但也提及了对张学良权威的损害。⑩ 此外，通电还着意展现张学良的"劝导"努力。⑪ 同时，张学良又表白了其对事件的痛心，⑫ 并宣称程序"合法"。⑬ 张学良的说辞中，"跋扈专权"、"劝导"与"痛心"多半属实，但"跋扈"部分不免有夸大

---

① 参见刘鸣九《我所知道的杨常事件（二）》，《辽宁文史资料》第15辑，第76页。
② 参见戴国富、魏庆富、王水《杨宇霆传》，第242—246页；王海晨、郭俊胜《张学良"枪杀杨常事件"评析》，《东北大学学报》2008年第5期。
③ 高纪毅：《杨常事件的前因后果》，《辽宁文史资料》第15辑，第84页。
④ 《杨常伏法后之东北》，《申报》1929年1月14日，第4版。
⑤ 参见《张学良致杨宇霆妻书》，《大公报》1929年1月14日，第4版。
⑥ 《现虽发丧情形冷落》，《盛京时报》1929年1月16日，第4版。
⑦ 《杨夫人入署要求》，《盛京时报》1929年1月19日，第4版。
⑧ 参见《张已发通电谓杨常阻挠统一》，《大公报》1929年1月12日，第3版；《张学良等通电宣布杨宇霆常荫槐罪状》，《申报》1929年1月13日，第4版。
⑨ 参见《张学良致危道丰电》，《申报》1929年1月13日，第4版；《张学良等通电宣布杨宇霆常荫槐罪状》，《申报》1929年1月13日，第4版。
⑩ 《张已发通电谓杨常阻挠统一》，《大公报》1929年1月12日，第3版；《张学良续电到京》，《申报》1929年1月15日，第4版。
⑪ 参见《张学良等通电宣布杨宇霆常荫槐罪状》，《申报》1929年1月13日，第4版；《张学良致杨宇霆妻书》，《大公报》1929年1月14日，第4版。
⑫ 参见《奉事善后》，《大公报》1929年1月14日，第3版；《张学良致杨宇霆妻书》，《大公报》1929年1月14日，第4版。
⑬ 《张学良等通电宣布杨宇霆常荫槐罪状》，《申报》1929年1月13日，第4版。

之嫌。而"阻挠统一"与"程序合法"则完全是不实之词。而张学良在说明时还总会追溯两人在张作霖时期的"罪恶"。[①] 尽管张学良并未肆意抹黑杨宇霆，但这一系列说辞极易使舆论形成否定杨宇霆的倾向，舆论随之出现美化张、丑化杨的言论。[②]

奉方甚至宣扬国民政府亦认可张学良的措置，"蒋对杨宇霆案，认张学良处置得当"。[③] 胡若愚谓"政府要人，对于杨常一案，对张学良极为谅解，李石曾、张静江、吴稚晖等且极赞许张氏之果决，谓此事于大局甚有裨益"。[④] 但事实上南京方面对该事件颇有分歧，"意见未一致，未决定对应之策"。[⑤] 12 日，有求于奉方的铁道部长孙科表态攻击杨常二人，其言辞与奉方完全一致。[⑥] 桂系的黄绍竑则抱怨"中央对奉天枪决杨宇霆、常荫槐，不加何等处分"。[⑦]

但张学良的做法以及说辞并未获得奉系内部的普遍认同。杨常事件令老辈惊愕万分。张作相谓张学良"此举未免过甚"。[⑧] 郑谦亦"责张'事情办得鲁莽'"。[⑨] 袁金铠则沉痛地书写了挽联："顿使精神增痛剧，欲申哀挽措辞难。"[⑩] 一般官员也对公开的说辞持怀疑态度。惠德安认为说辞欠说服力，"通电所列杨常罪状，远及以前各次战端"，"但这些早已成为过去"。"最重要的能构成处死的罪状，莫过于第三项，但在通电中，对此项却没举出图危国家的具体事实。"[⑪] 何柱国亦质疑道："说他阻挠统一，破坏新政，这不是杀杨的主要原因，杀杨已经在东北换旗之后，杨虽曾不同意易帜，但并没有阻止易帜之实现，说他破坏新政，张学良继承父业以后，并没有

---

① 参见《张学良续电到京》，《申报》1929 年 1 月 15 日，第 4 版。
② 参见《杨宇霆致死之由来》，《申报》1929 年 1 月 14 日，第 8 版；王家桢《一块银元和一张收据——张学良枪毙杨宇霆、常荫槐和收买日本政友本党的内幕》，《辽宁文史资料》第 15 辑，第 94 页。
③ 《中央对张学良谅解》，《大公报》1929 年 1 月 14 日，第 3 版。
④ 《胡若愚回津》，《大公报》1929 年 2 月 1 日，第 3 版。
⑤ 《国府对奉杨常案之会议》，《申报》1929 年 1 月 13 日，第 9 版。
⑥ 参见《孙科之重要谈话》，《申报》1929 年 1 月 13 日，第 13 版。
⑦ 《刘械致阎锡山电》（1929 年 3 月 15 日），台北"国史馆"藏，116 - 010101 - 0070 - 131。
⑧ 《孙传芳在大连之谈话》，《大公报》1929 年 1 月 18 日，第 2 版。
⑨ 刘鸣九：《我所知道的杨常事件（一）》，《辽宁文史资料》第 15 辑，第 65 页。
⑩ 荆有岩：《杨宇霆轶事》，《辽宁文史资料》第 15 辑，第 44 页。
⑪ 惠德安：《张学良将军戎幕见闻》，辽宁人民出版社，1993，第 65 页。

什么重大的兴革受到杨的破坏。"①

国内外舆论亦多有质疑张学良做法的声音:"杨反对易帜为被杀主因之说,此间中外人士皆不信之。""许多人意见,以为杨为东三省主要人物,张学良虑其势力过炽,不可制服,故决定除去。"②舆论甚至公开质疑杨常事件的合法性:"杨虽未受国府何等任命,究系中华民国国民,而曾经任高级军职人员……即令情真罪当,亦应请命政府,交付审判,予以法办。不应由地方长官遽处极刑,类于私人残杀。"③更有报纸完全无视奉方说辞,但言观其后效。④熟悉奉方的人士甚至直言事件出于争权。北洋前辈曹汝霖批评道:"学良以杨得军心,疑将不利于己,下此毒手,何乃太忍!"⑤山本条太郎与田中首相亦一致认为该事件"似起自以东三省为中心之政治的内讧"。⑥

张学良在向日本记者介绍时"咬定"两人作乱。⑦而国民政府方面则默认了奉方的处置及说辞。杨常事件此后成为东北的政治禁忌,直至九一八事变后为杨常二人鸣冤的声音方公开出现。⑧事件善后中,张学良个人的身心亦备受煎熬。"张司令长官精神似极不适,十一日静息榻上,不愿谈话。"⑨善后事宜大体完竣后,张学良对王家桢表示:"我实在有点支持(撑)不住了。唉!""咱们可得真正好好地干啦!若不然,那太对不起凌阁(杨号——引者注)、翰襄(常号——引者注)在地下了。"⑩可见,此时张学良的内心是很复杂的。

结　语

皇姑屯事件后,奉系的老辈辅政消除了张作霖逝世给东北政局与民众

① 何柱国:《记杨常事件》,《辽宁文史资料》第15辑,第107页。陈崇桥早已注意到张学良公布的杨常罪行的勉强,参见陈崇桥《试论"杨常事件"》,《近代史研究》1986年第2期。
② 《杨常被张学良枪决原因复杂》,《申报》1929年1月13日,第9版。
③ 《论奉天事件》,《大公报》1929年1月13日,第2版。
④ 《愿张学良实践所言》,《大公报》1929年1月14日,第2版。
⑤ 曹汝霖:《一生之回忆》,台北,传记文学出版社,1980,第276页。
⑥ 《山本谈日本不受何影响》,《大公报》1929年1月13日,第3版。
⑦ 参见《张学良答日本记者》,《大公报》1929年1月31日,第3版。
⑧ 参见《各界发起追悼杨常冤魂》,《盛京时报》1932年1月6日,第4版。
⑨ 《杨常为鬼之经过汇闻》,《盛京时报》1929年1月13日,第4版。
⑩ 王家桢:《一块银元和一张收据——张学良枪毙杨宇霆、常荫槐和收买日本政友本党的内幕》,《辽宁文史资料》第15辑,第91页。

心理带来的冲击，实现了从张作霖到张学良的奉系首领的平稳交替。而老辈辅政的最大贡献是他们以集体才智妥善应对了同国民政府以及日本关于东北易帜交涉的复杂局面。其间张学良更多地扮演着归顺国民政府的爱国者角色，而杨宇霆则是捍卫奉方利益的老辈的代表。在杨宇霆主导下，奉系在与国民政府以及日本的交涉中实现了利益最大化。张学良与杨宇霆的分歧实质上是同老辈们关于东北发展方略的分歧。其后东北以及国内外局势的发展并未超出杨宇霆的预料。例如，国民党新军阀之间不久即爆发了混战；张学良与国民政府的合作导致东北与日本的矛盾激化。但老辈辅政体制对张学良的权威无疑是一种制约，而杨宇霆则充当了老辈辅政主要台面人物的角色。老辈辅政体制与杨宇霆个人的负面效应的叠加促使张学良发动了杨常事件，杨宇霆的死既是其个人的悲剧，也是张学良破除老辈辅政体制的结果。

杨常事件使张学良在奉系内确立起相当权威，但负面影响也非常深远。[1] 老辈们颇为寒心，老辈辅政无形瓦解："以后老人们不替他出主意了，在他身边的尽是年青人，老成的一辈都不和他来往，无论什么事不来问询，是不会自动找他的，以后东北便多事了。"[2] 其后张作相、张景惠等人更多扮演着参谋，而非监护人的角色。而随着政权的巩固，张学良逐渐形成了乾纲独断的风格。在东北大学学生应德田眼中，张学良通常都是"浮躁冷漠加上骄傲的作风"。[3] 张学良自己亦承认："我年轻时候，做事完全凭我自己，我也没有跟人商量，有时候很大很大的事，有一两次我是跟王树翰商量。"[4] 张学良的这种作风使其个人与东北的前途都充满了不确定性。

[作者单位：辽宁大学历史学院]

---

① 参见陈崇桥《试论"杨常事件"》，《近代史研究》1986 年第 2 期。

② 郭廷以校阅，李毓澍访问，陈存恭纪录《戢翼翘先生访问纪录》，第 71—72 页。

③ 应德田：《张学良与西安事变》，中华书局，1980，第 18 页。

④ 张学良口述，唐德刚撰写《张学良口述历史》，第 120 页。

陈则民与民初上海律师公会改选[*]

银　品

内容提要　上海律师公会是在江苏三个律师公会团体基础上建立起来的。陈则民是该会创始成员，他利用私人关系逐步主导公会领导层。第二次担任会长期间，陈则民在其兄陈福民特权庇护之下公然触法，激化江苏审检机关内部矛盾，进而引起司法部整顿律师业。基于律师回避条例，陈则民被改派到江宁执业，匆促推定与其关系密切的杨景斌继任会长。1917年底，陈则民回到上海后试图重新夺取公会领导权，却遭到有意蝉联的新任会长蔡倪培抵制。双方权争导致公会组织走向松散。此后几年，公会经常因"投票权方式"和"参会人数"等问题出现流会现象。面对公会的混乱，负责监督的司法行政机关也不主动调解。最后，离任的司法次长张一鹏成为各方均可接受的会长人选，公会纠纷暂时停息。但这并未从根本上解决公会离心倾向，对公会从会长制转向委员制产生了重要影响。

关键词　陈则民　上海律师公会　蔡倪培　张一鹏

作为民国时期重要的职业团体，上海律师公会在全国同业组织中占据重要地位，备受学界关注且相关研究取得了较为厚实的研究成果。张丽艳、陈同和孙慧敏等侧重考察上海律师公会的形成及演变，并关注律师群体构成、收入水平和业务活动等。[①] 徐小群、李严成等在律师公会性质和职责的

---

*　本文为国家社会科学基金青年项目"民国北京政府时期地方司法行政'双轨制'研究（1912—1927）"（项目号：18CZS044）、湖南省社会科学基金基地项目"民国北京政府时期湖南司法行政'双轨制'研究（1912—1927）"（项目号：18JD45）阶段性成果。

① 张丽艳：《通往职业化之路：民国时期上海律师研究（1912—1937）》，博士学位论文，华东师范大学，2003 年；陈同：《近代社会变迁中的上海律师》，上海辞书出版社，2008；孙慧敏：《制度移植：民初上海的中国律师（1912—1937）》，台北，中研院近代史研究所，2012；江文君：《团体政治、民族主义实践与公共参与——以近代上海律师公会为中心的考察》，《史林》2021 年第 4 期。

相关研究中涉及上海律师公会。① 既有研究对于了解上海律师公会有所裨益，但其主要侧重从"外部"聚焦律师公会制度及参与社会事务等方面，从"内部"视角分析律师公会领导层权力格局略显薄弱。尤其是诸如陈则民②等较有实力的律师对公会职员换届选举的重要影响及民初上海律师公会组织分散背后之隐情等关键问题模糊不清。③ 有鉴于此，本文依据江苏省档案馆馆藏"江苏上海律师公会档案"，④ 兼及期刊等史料，侧重探究上海律师公会最初数年以陈则民为核心的公会领导层组织演变脉络以及由其引发的 1918 年会长选举风波，俾资深化对上海律师公会领导权更迭原委之认识。

一　陈则民参与公会创建和两任会长

在司法部颁布《律师暂行章程》后，上海律师公会于 1912 年底由江苏律师总会、江宁律师总会和中华民国律师公会合并而成。早在辛亥年间，以曾任浙江都督府司法科科长陈则民为会长的江苏律师总会于苏州成立，"首创律师制度"。⑤ 江苏都督府颁布首个地方性律师法规《江苏律师暂行章

---

① 徐小群：《民国时期的国家与社会：自由职业团体在上海的兴起（1912—1937）》，新星出版社，2007；李严成：《民国律师公会研究（1912—1936）》，博士学位论文，华中师范大学，2006 年。

② 陈则民，吴县人，留日法科毕业生，1912 年南京临时政府司法部注册律师，在上海律师公会创建中发挥重要作用。1912—1915 年多次担任上海律师公会会长。1916 年因司法部颁布律师回避条例离开上海律师公会，改至江宁律师公会执业。1917 年底重回上海律师公会并引发会长选举风潮。会长选举失利后，逐渐淡出上海律师公会领导圈。1919 年创办苏州电气厂，当选苏州旅沪同乡会评议部正议长。1920 年当选上海马路商界联合会会长。1921 年当选上海公共租界纳税华人会筹备处副委员长。1923 年任北京政府政治善后讨论委员会副委员长。南京国民政府成立后，上海律师公会会长制改为委员制，他名义上兼任执行委员。20 世纪 30 年代，他试图恢复会长制，但未获通过。全面抗战爆发后，历任伪苏州地方自治委员会会长、伪维新政府教育部部长、伪江苏省省长。抗战胜利后，陈则民以汉奸罪被判处无期徒刑，个人所有财产均由政府接管。

③ 有关民初上海律师公会组织松散问题，李卫东、袁哲在讨论 1927 年上海律师公会从会长制改成委员制时有所涉及，但仍具较大空间。参见李卫东《从会长负责到委员主持：1927 年上海律师公会改组述论》，《江苏社会科学》2007 年第 3 期；袁哲：《1927 年改组后的上海律师公会》，《近代中国》2009 年第 19 辑。李严成认为上海律师公会在实行会长制期间"没有出现律师公会内部纷争或领导机构内部矛盾"，这一说法不符合历史事实。参见李严成《民国律师公会研究（1912—1936）》，第 37 页。

④ 北京政府时期上海隶属江苏省行政管辖区域，江苏省档案馆保留大量有关上海与江苏乃至中央政府往来司法文书档案，包含了较多上海律师公会档案。

⑤ 《程都督不准律师联合会人出庭辩护》，《申报》1912 年 9 月 3 日，第 2 张第 6 版。

程》，认定江苏律师总会为全省律师组织之"总会"地位，省内各律师公会作为隶属于该会的分会组织。①

与此同时，得益于行政首善之地独特优势，一批法科人才聚集江宁并成立江宁律师总会。与江宁律师总会认同江苏律师总会的省总会地位的态度相异，上海方面坚决抵制。1912年1月6日，上海都督府司法科科长蔡寅等人筹议中华民国律师总公会。② 蔡寅在致上海都督陈其美的呈文中强调，"上海毗连租界，观瞻所系"，成立律师公会"更为刻不容缓之举"，规定"入会者但限资格，不拘籍贯"，"暂设总会于上海，一俟满清破灭，当以民国中央政府所在地为本会总会所，并由本会推行各处，期于普及"。③ 蔡寅非但不承认江苏律师总会的省总会地位，反而以中华民国律师公会充当全国性律师组织为目标。上海都督陈其美极力赞同此议，"查核章程，尚属周妥，揆诸时势，亟予批准"。他咨请江苏都督府批准中华民国律师公会的律师拥有在全省范围内各级审判厅代理案件权限。④ 江苏都督府鉴于中华民国律师公会并未明确与江苏律师总会隶属关系，诘问中华民国律师公会章程条款"有无抵触"，又根据《江苏律师总会章程》规定"非入总会或分会者不得至各审判厅辩护案件"条文婉拒。⑤ 上海方面随即采取反制手段，拒绝江苏律师总会会员在沪出庭执业请求。⑥

是时，在南京临时政府三权分立主张下，各地法政毕业人才自发组建律师团体为一时潮流。新生政权着力于关乎政权命脉的军政领域，无暇顾及包含律师制度在内的"细枝"问题。所以，苏、宁、沪等地律师团体各本其章，漫无系统。对此，南京临时政府内务部警务局局长孙润宇颇多抱怨，称律师公会组织"往往依都督之意可以存废"，"各处已设之律师机关，非但信用不昭，且复危如巢幕"。⑦ 北京政府时期，司法部有意管控各地自发组织的律师公会，规定"律师章程未颁布以前，会员资格亦难认为适

① 《江苏律师暂行章程》，《江苏司法汇报》1912年第2期，第1—2页。
② 《律师公会将次成立》，《申报》1912年1月22日，第2张第7版。
③ 《上海都督府咨江苏都督府》，江苏省档案馆藏，1047-1912-066-0001-0004。
④ 《上海都督府咨江苏都督府》，江苏省档案馆藏，1047-1912-066-0001-0004。
⑤ 《江苏都督府训令江苏高等检察厅》（1912年1月13日），江苏省档案馆藏，1047-1912-066-0001-0004。
⑥ 《上海地方审判厅复巢堃大律师函》，《申报》1912年2月4日，第2张第7版。
⑦ 《内务部警务局长孙润宇建议施行律师制度呈孙大总统文》，《临时政府公报》1912年第54期，第15页。

当"，各地呈请组织律师公会之处，"碍难照准"。①

1912 年 9 月，司法部颁布《律师暂行章程》，不仅有利于拨正各省独自组织律师公会的乱局，而且在中央层面确认律师制度合法性。该章程规定律师执业资格必备三项条件，除需取得司法部颁发的律师证书并向高等审判厅登录备案之外，尚须加入执业区域内之律师公会。② 这促使律师公会从一般自由职业团体转向具有强制律师入会方能享有执业权的特殊法定组织。律师公会拥有制定会则、征收会费等权限，亦需接受地方检察厅监督。律师公会实行会长负责制，日常事务受会长、副会长和常任评议员等领导层掌控。这种制度设计易诱各方势力争夺律师公会的主导权。譬如，最先得司法部认可的北京律师公会在成立过程中龃龉重重。1912 年 10 月，北京律师公会在一群拥有京师法政学堂教育背景的律师倡议下获得司法部批准成立。③ 该会主张禁止未加入公会的律师出庭执业。④ 对此，以曹汝霖为代表的拥有留日经历的律师群体坚决反对。他们以手续不合为由函请司法部取消，"由伊另行组织"。⑤ 这反映出北京地区律师群体不同势力对公会领导权的公开较量。此外，1913 年春，吴县律师公会在创设时的争夺亦如出一辙。⑥

与北京和吴县律师公会成立之初争夺领导权不同，上海律师公会并未爆发明争暗夺。《律师暂行章程》明确规定各地自发成立的律师公会"凡非依新章得有律师证书，自难继续有效"。这意味着司法部否定了江苏律师总会、中华民国律师公会和江宁律师总会会员律师资格，也拒绝他们申请凭原照换发新证，"自未便因一省故，遽予变更"，要求各律师公会"照章改组"。⑦

---

① 《司法部批张允同等组织律师公会呈文》（1912 年 5 月 16 日），《政府公报》1912 年第 16 期，第 2 页。

② 《律师暂行章程》（1912 年 9 月 19 日），蔡鸿源主编《民国法规集成》第 31 册，黄山书社，1999，第 187 页；《司法部公布律师暂行章程》，《大公报》1912 年 9 月 20 日，第 5 版。

③ 《律师公会》，《顺天时报》1912 年 10 月 10 日，第 5 版。

④ 《司法部批北京律师公会请通行院厅凡未领有本会证书之律师不得出庭呈》，《法曹杂志》1913 年第 11 期，第 23 页。

⑤ 啸：《律师公会之冲突》，《顺天时报》1912 年 10 月 17 日，第 7 版；杞：《时评：律师》，《顺天时报》1912 年 10 月 19 日，第 7 版。

⑥ 江苏省档案馆藏有一份 180 余页的"吴县律师公会"卷宗档案，详细记载 1913 年吴县律师公会成立初，由曾任大理院推事恽福鸿和江苏律师总会会长陆家蕭争夺公会成立领导权的曲折过程。该案牵涉面广，案情复杂，笔者拟专文详探。

⑦ 《复上海陈其美律师公会应照章改组电》（1912 年 11 月 25 日），《司法公报》1913 年第 4 期，第 21 页；《司法部复上海陈其美电》（1912 年 11 月 25 日），《政府公报》1912 年第 218 期，第 16 页。

据此，江苏高等检察厅要求苏、沪、宁律师公会统限于 11 月 20 日停止律师职务。①

在此背景下，苏、沪、宁三方律师公会重新整合形成新的上海律师公会。1912 年 12 月 8 日，上海律师公会在江苏教育总会召开成立大会，推举江苏律师总会发起人陈则民担任首任会长，而以活跃于中华民国律师公会的狄梁孙为副会长，与陈则民关系密切的卢尚同、秦联奎等人为评议员。②这种人事格局，反映出江苏律师总会和中华民国律师公会融合组建之际的利益平衡。③ 上海律师公会在重组未逾月余便易换领导层。1913 年初，由在上海租界执业多年的留英律师丁榕担任会长，曾任宁波地方审判厅厅长金泯澜担任副会长。2 月底，丁榕连续多日发布定期召集总会消息，希望会员"如期降临"。④ 3 月 2 日，上海律师公会召开临时总会，规定收取入会费的标准和方式，"凡曾入中华民国律师总公会、江苏律师总会会员，纳费五元；新加入者，纳费十元"。⑤ 不久，丁榕对金泯澜私自牵头召开会议强烈不满，大为诧异地谴责，"会中种种紧要之事，理应知照，如正会长别有事故他往，得由副会长代理之，无论各社会各团体均循此例"并愤愤然辞职而去。⑥ 众人公议暂由金泯澜代理会长，陈则民接任副会长。金泯澜和陈则民鉴于上海律师公会组织初具雏形，存在较多问题，如"其时资格不齐，以致办理诸多欠缺，房租积欠颇巨，内容甚形腐败"，所以两人联袂按照部定章程加以整顿，对不符合资格会员"一并淘汰"。⑦ 两个月后，金泯澜声称返回浙江杭县执行律师职务声请退会，陈则民以无记名投票方式再度顺理成章当选为上海律师公会会长。⑧

由此可见，上海律师公会并不同于在司法部颁定律师法规后所成立的

---

① 《江苏高等检察厅为律师暂行办法照会江苏律师总会、中华民国律师公会、江宁律师总会》（1912 年 11 月 7 日），江苏省档案馆藏，1047－1912－066－0001－0128。

② 《上海律师公会通告》，《申报》1912 年 12 月 9 日，第 1 张第 1 版。

③ 孙慧敏认为上海律师公会的前身为中华民国律师公会。其依据报刊史料注意到江苏律师总会和中华民国律师公会围绕执业权益之争及背后的苏、沪都督博弈，但仅从地缘角度认为中华民国律师公会为适应司法部《律师暂行章程》摇身一变改为上海律师公会，忽略了苏、宁律师组织同时解散及其律师整体加入上海律师公会的历史事实。

④ 《上海律师公会召集总会》，《申报》1913 年 2 月 26 日，第 1 张第 3 版。

⑤ 《上海律师公会广告》，《申报》1913 年 3 月 11 日，第 1 张第 4 版。

⑥ 《律师公会正会长大怒》，《时报》1913 年 4 月 3 日，第 4 张第 7 版。

⑦ 《律师公会大会记》，《时报》1913 年 5 月 27 日，第 4 张第 7 版。

⑧ 《律师公会开会纪》，《申报》1913 年 6 月 30 日，第 3 张第 10 版；《律师公会开会纪》，《时事新报》1913 年 6 月 30 日，第 3 张第 2 版。

律师公会那般因内部"均势"力量而出现领导层权力之争。上海律师公会如一尊熔炉，是苏、沪、宁律师的集合体。基于力量平衡需要，各方律师最初共享公会领导层权力。陈则民作为江苏提法司认定的头号"公家律师"，① 在上海律师公会创建之际发挥了重要作用。他却在丁榕、金泯澜等有影响力律师脱离公会之后，开始有意识培植私人网络。

二 "江都案"后的会长改选

陈则民第二次当选会长，离不开特殊的家族力量。1913 年 2 月，江苏省级司法机关进行人事调整，署理江苏高等审判厅厅长江绍杰和高等检察厅检察长钱崇固被免职，遗缺分别由杨荫杭和陈福民接替。② 受胞兄陈福民荫庇，陈则民在上海律师界拥有无可抗衡的强势地位。

然而，陈则民并不关心公会组织的正常运作，却倾力于牟取私利，甚至公然插手审检机关办案，致使江苏司法系统内部关系紧张。例如，陈则民并不重视公会会则的制定和完善。《律师暂行章程》规定会则经司法部认可后，律师公会才具有合法性。司法部在答复山东司法筹备处询问中说道："会则未经部认可以前，律师既无从加入公会，当然不能出庭。"③ 合法的会则系律师正常执业的必要条件。司法部认为上海律师公会初制的会则不够妥帖，饬令上海律师公会修缮。然陈则民会长并未理睬，反而请求赋予公会律师出庭执业权。司法部极为不满，批称尚未收到该会修订会则，所以"上海公会之成立，尚未经部认可，则律师无从加入，照章即不得执务"。④ 之后，上海律师公会被迫修改会则，但仍存诸多不足，除会员名单、资格和人数等基本信息缺乏外，连公会名称亦不规范。司法部不厌其烦地指出，"公会名称应冠以江苏二字"，并减低会员入会费和经常费。⑤ 由于会则未经

---

① 《金阊新纪事·发表公家律师》，《申报》1912 年 1 月 8 日，第 1 张后幅第 3 版。
② 《署江苏高等检察厅检察长陈福民呈大总统报明就职日期文并批》（1913 年 3 月 9 日），《政府公报》第 330 期，1913 年，第 14 页；《署江苏高等审判厅厅长杨荫杭呈大总统报明就职日期文并批》（1913 年 3 月 9 日），《政府公报》第 330 期，1913 年，第 14 页。
③ 《复山东司法筹备处律师公会会长未经部认可不能出庭电》（1913 年 2 月 27 日），《司法公报》第 1 卷第 7 期，1913 年，第 40 页。
④ 《批上海律师公会所请兼任各节应毋庸议由（第 484 号）》（1913 年 9 月 26 日），《司法公报》第 2 卷第 2 期，1913 年，第 23 页。
⑤ 《令江苏高检厅上海律师公会会员若干及曾否领有证书须呈明再办至遵令修改会则尚有可议处另单开示（第 1555 号）》（1913 年 10 月 23 日），《司法公报》第 2 卷第 3 期，1913 年，第 18—19 页。

司法部核准，上海律师公会领导层"选举亦无标准"，"不仅干事缺额，即评议员、副会长亦均悬额已久"。① 从全国来看，截至1913年底，司法部陆续认可27个律师公会会则，唯独上海成为例外。② 事实上，此时期上海律师公会任随陈则民摆布，遑论形成固定有序的日常会务处理机制。

与轻视团体整体利益相比，陈则民颇为关注培植私人关系。"宋教仁案"爆发后，与陈则民素有交谊的杨景斌担任被告应桂馨辩护律师。杨景斌在公审中涉嫌"侮辱"上海地方审判厅厅长张清樾，遭到江苏高等审判厅惩戒。③ 斯时，陈则民竭力声援，动员公会同行抵制。陈则民紧急召集公会会议，表示杨景斌"并未违背律师法，不发生惩戒问题"，宣称杨氏遭受惩戒"显系高等审厅以个人私意"，决定以公会集体名义致电司法部，"请求训令高等厅取消惩戒"。④

更有甚者，陈则民为拓展个人业务不惜知法违法。在江苏律师总会时期，陈则民多次在代理案件中因不遵守法规遭逢官宪制裁。如1912年5月，陈则民在代理商民俞锡圭追款案中违法越诉被惩戒警告，⑤ 1912年10月，陈则民代理陆孚太账本藏匿案时违背原告诉求遭到撤销律师资格儆戒。⑥ 当胞兄陈福民执掌江苏高等检察厅后，陈则民越发肆无忌惮，最终因"江都案"激化了江苏审判机关和检察机关矛盾。

1913年7月23日，江都地方审判厅审理一宗欠债赔偿案，判处被告尹王氏履行偿还欠款义务，但被告方不仅延不执行判决，反而当众撕毁传票和殴打法警。对此，江都地方检察厅检察长沈秉诚"预审"后竟然开释被告。8月25日，江都地方审判厅厅长杨年认定被告刑罪证据确凿，但同级

① 《上海地方检察厅呈江苏高等检察厅（第128号）》（1914年4月18日），江苏省档案馆藏，1047-1914-066-0022-0035。
② 《附表一：京外律师公会表》，《司法公报》第96期，1918年，第29—30页。1914年1月10日，司法部批准上海律师公会新修订的会则，同意增设四名干事员。参见《司法部指令（第102号）》（1914年1月10日），江苏省档案馆藏，1047-1914-066-0022-0007；《令江苏高检厅转饬上海律师公会按章补选职员另呈备案文》（1913年12月29日），《司法公报》1914年1月14日，第19页。
③ 参见《杨景斌惩戒处分决定》，《新闻报》1913年6月24日，第3张第1版；《杨景斌不服惩戒》，《新闻报》1913年6月26日，第3张第1版。
④ 《律师公会开会纪》，《时事新报》1913年6月30日，第3张第2版。
⑤ 《江苏都督府为查明陈则民律师越诉违法一案由训令》（1912年5月1日），江苏省档案馆藏，1047-1915-066-0029-0040。
⑥ 《第一初级审判厅牌示》，《申报》1912年10月21日，第2张第7版。

检察厅"任意宽纵"。① 被告嚣张妄为，实系代理律师陈则民幕后勾串弄法。原来陈则民私下致函沈秉诚"照法补救"后，允诺被告可获江都地方检察厅出面调停。②

无奈之下，杨年呈请江苏高等审判厅"核夺示遵"。江苏高等审判厅厅长杨荫杭将文卷转送江苏高等检察厅侦审。对此，陈福民并不配合，称欠债赔偿案"属于普通民诉程序，不在本厅监督范围之内"；对于被告当众撕票殴人行为，"尚在本厅监督权限内者"，但"无论本案真相若何，就案情论之，不予羁押，表面上亦无违法之处"；至于陈则民致函沈秉诚所言"照法补救者"，"系法律上讨论或无他种隐语"。陈福民在复函中强调，"如贵厅以此信件为律师、法官勾串之嫌疑者，则律师陈则民系敝检察长胞弟，理当引嫌不便据行调查，应由贵厅长派员调查，以示公允"。③

江苏高等审判厅碰壁后并未退缩，训令全省审判机关禁止陈则民出庭执业："查律师陈则民以本省高等检察长之介弟出入各地方检察厅，或擅求保释，或强情拘传，本属流弊百出。若不严防，势必把持全省刑事案件，其贻害何堪设想？即如此案，如地方检厅人员既均受陈则民胞兄之指挥黜涉，无论刑事处分、惩戒处分，均无从进行。本厅斟酌情形，惟有由行政处分，先将陈则民律师职务暂行停止，静候总检察厅核办。为此，令知该厅即日将该律师停止职务，无论新案旧案一律不准出庭。"④ 与此同时，江苏高等审判厅致函北京总检察厅，希望最高检察机关秉公介入，"查陈则民系本省高检长陈福民之胞弟，此案如系刑事处分，则各地检察官皆由高检长指挥黜涉，对于高检长介弟安敢提起公诉；如系惩戒处分，则陈则民系律师会长，既无由本人自请惩戒之理，更难由胞兄执法起诉"。⑤

---

① 《江都地方审判厅为判决尹王氏案延不履行诸多困难依据何法办理呈请示遵由呈江苏高等审判厅》（1913 年 8 月 25 日），江苏省档案馆藏，1047 - 1914 - 0065 - 00080 - 0002。
② 《陈则民函江都地方检察厅检察长沈秉诚》，江苏省档案馆藏，1047 - 1914 - 0065 - 00080 - 0012；《陈则民函诉讼人尹允章》，江苏省档案馆藏，1047 - 1914 - 0065 - 00080 - 0012。
③ 《江苏高等检察厅为停止律师陈则民职务由复江苏高等审判厅函》（1913 年 9 月 5 日），江苏省档案馆藏，1047 - 1914 - 0065 - 00080 - 0026。
④ 《江苏高等审判厅训令各地方审判厅》（1913 年 10 月 25 日），江苏省档案馆藏，1047 - 1914 - 0065 - 00080 - 0051；《江苏高等审判厅为停止律师陈则民职务请查照办理由函江苏第一、第二高等审判分厅》（1913 年 10 月 28 日），江苏省档案馆藏，1047 - 1914 - 0065 - 00080 - 0051；《陈则民暂停职务原因》，《新闻报》1913 年 11 月 3 日，第 3 张第 1 版。
⑤ 《江苏高等审判厅函北京总检察厅》（1913 年 10 月 22 日），江苏省档案馆藏，1047 - 1914 - 0065 - 00080 - 0051。

面对同级审判厅强硬态势，江苏高等检察厅不甘示弱。1913 年 12 月 1 日，陈福民致函杨荫杭，认为各级审判厅停止陈则民律师职务，"显与部令抵触"，"应请贵厅函知各该厅迅即撤销前项处分，以重部令而保公权"。① 杨荫杭据理力争答复道："按第 49 号部令但言未便以行政处分遽夺其律师资格，并未言不能以行政处分停止职务。夫停止职务为一事，剥夺资格又为另一事，两者截然不同，未便并为一谈。"杨荫杭表示陈则民等人的行径"未便姑容"。②

江苏高等审判厅和高等检察厅对"陈则民案"的处断意见势如水火，难以调解。为避免牵一发而动全身，司法部于 1913 年 12 月 29 日撤销处分，称"律师惩戒应以法令为根据，不得以行政处分遽夺其资格"。③ 司法部一纸训令，平息了"陈则民案"事件本身。但此案导致杨荫杭和陈福民矛盾白热化，引发司法部出台法官回避条例，分别将杨荫杭、陈福民调任京师高等检察厅长和湖北高等检察厅检察长。《申报》以"专电"形式报道"主因以本地律师与法官勾结之弊甚重"。④ 时人感叹称法官回避本省是司法部"最近又出一奇例"，"近日江苏陈检察长已调湖北，即以此改革之结果"。⑤ 1914 年 1 月 14 日，江苏高等审判厅训令上海地方审判厅，称江苏高等检察厅长陈福民调往湖北，"所有陈则民停止处分应即准其撤销"。⑥ 陈则民虽然免遭惩戒，但胞兄调离后显然往昔权势弱化。

1914 年 3 月 29 日，上海律师公会召开总会进行改选，全体到会者重新选举正、副会长等领导层职员。⑦ 为避风头，陈则民退而求其次当选评议员。此次改选的八名评议员中，至少有狄梁孙、杨景斌、秦联奎、金鸿翔

---

① 《江苏高等检察厅公函（第 663 号）》（1913 年 12 月 1 日），江苏省档案馆藏，1047 – 1914 – 066 – 0007 – 0108。
② 《江苏高等审判厅复江苏高等检察厅函》，江苏省档案馆藏，1047 – 1914 – 066 – 0007 – 0108。
③ 《司法部训令（第 590 号）》（1913 年 12 月 29 日），江苏省档案馆藏，1047 – 1914 – 066 – 0007 – 0072；《撤销停止律师职务之命令》，《申报》1914 年 2 月 2 日，第 3 张第 10 版。
④ 《专电·北京电》，《申报》1914 年 1 月 1 日，第 1 张第 3 版。
⑤ 远生：《要闻一·岁暮余闻》，《申报》1914 年 1 月 5 日，第 1 张第 2 版。
⑥ 《江苏高等审判厅公函》（1914 年 1 月 14 日），江苏省档案馆藏民国江苏高等法院（审判厅）档案，1047 – 1914 – 0066 – 00029 – 0256。
⑦ 《上海地方检察厅呈江苏高等检察厅（第 128 号）》（1914 年 4 月 18 日），江苏省档案馆藏民国江苏高等法院（审判厅）档案，1047 – 1914 – 066 – 0022 – 0035。

四人与陈则民私谊密切。① 这次改选是司法部认可会则后首次选举，肩负监督职责的上海地方检察厅难断选举程序的合法性。上海地方检察厅鉴于改选并不完全符合会则中"职员任职一年"规定，"核计现在亦尚未届满"，咨询江苏高等检察厅，"此次一律改选，究竟是否合法？"江苏高等检察厅并未答复，而是将卷宗材料送呈司法部批阅。1914 年 5 月 6 日，司法部指示："查该公会此次改选职员，既系按照会则完全组织，尚无不合，除准予备案外，仰即遵照。"② 从领导层改选情况来看，司法机关并未过多干涉律师公会内部组织人事，给予较高的自治权限。这届领导层平稳维持公会运转，如实向江苏高等检察厅汇报公会组织规模和实况。③ 一年之后，上海律师公会在地方检察厅检察长林炳勋监督下进行新一轮改选，到会者达 30 余人，超过法定人数。④ 陈则民重新担任会长，徐谦担任副会长。八名评议员中，拥护支持陈则民的人员占半，不仅杨景斌、秦联奎、金鸿翔三人连任，而且与其素有交往的同乡潘承锷亦补选评议员。其余四人，除有主持会务经历的黄镇磐外，另外三人分别为崇明籍蔡倪培、青浦籍张家镇和太仓籍陆炳章。⑤ 结果表明，陈则民仍然主导上海律师公会领导层，但是上海本土的律师阵营力量崭露头角。

然好景不长，陈则民第三次当选会长未满一月，上海律师公会受司法部颁布律师回避制度影响，被迫再次改选。1915 年 4 月 17 日，司法部通饬律师与法官有家族姻亲关系，应回避受理诉讼事件，"律师如有与审检厅长或厅员有家族（祖孙父子及胞伯叔胞兄弟之属）姻亲（母之父及兄弟妻之父及兄弟嫡亲姑舅之子己之女婿嫡甥及儿女姻亲之属）之关系者，即行声请回避，移转登录，不得更在该厅管辖区域内执行职务……各该厅长官或

---

① 《附件：上海律师公会选举职员录清折》，江苏省档案馆藏民国江苏高等法院（审判厅）档案，1047 - 1914 - 066 - 0022 - 0047；《上海律师公会改选职员一览表》，《申报》1914 年 5 月 19 日，第 3 张第 10 版；《上海律师公会改选职员表》，《时报》1914 年 5 月 19 日，第 4 张第 7 版。

② 《司法部指令（第 1075 号）》（1914 年 5 月 6 日），江苏省档案馆藏民国江苏高等法院（审判厅）档案，1047 - 1914 - 066 - 0022 - 0056。

③ 《上海律师公会谨将现时加入本会各律师姓氏缮折呈江苏高等检察厅》（1914 年 5 月 19 日），江苏省档案馆藏民国江苏高等法院（审判厅）档案，1047 - 1914 - 066 - 0022 - 0064。

④ 当时上海律师公会人数增至 50 人。参见《上海律师公会会员录》（1915 年 3 月），上海市档案馆藏，Q183 - 1 - 28Y。转引自陈同《近代社会变迁中的上海律师》，第 176—178 页。

⑤ 《律师公会更选职员》，《申报》1915 年 3 月 30 日，第 3 张第 10 版；《律师公会之选举》，《时报》1915 年 3 月 30 日，第 4 张第 8 版。

厅员等与管辖区域内某律师有上开各项关系者，亦应一并自行声明详部备案，并仰随时查察，其有隐匿不报及所报不实，未经回避或迁居者，一经发觉，各该长官等应负其责，幸注意及之"。①

司法部的回避指令致使上海律师公会领导层产生较大变动。1915年5月13日，上海地方审判厅厅长袁钟祥呈文江苏高等审判厅称，"律师陈则民之前妻为钟祥之故妹，曾有姻亲关系"。② 江苏高等审判厅和司法部先后批示，"律师陈则民既与该厅长有姻亲关系，应遵照部饬办法即行声请回避，移转登录"。③ 这等于说陈则民不能继续在上海执业。5月23日，上海律师公会以征收会费、稽核开支以及整饬风纪事项"不可无人暂替"，召开临时总会重选会长。为了将会长交接信任之人，经陈则民纵横捭阖，"投票举定杨景斌律师为会长"。翌日，陈则民交卸会务后，向江苏高等审判厅申请改换江宁执行律师职务，"现则民声请改指江宁并设事务所于江宁城内四象桥邀贵井，为此禀请伏祈贵厅俯赐准予改指，行知江宁地方审判厅查照"。④ 这次改选受律师回避政策影响进行，并非公会职员到期的正常人事换届。陈则民安排密友杨景斌接任会长，打破了非常时期由副会长继任会长惯例。各级司法行政机关聚焦点在落实陈则民回避执业，并不关心会长易人问题。⑤

陈则民利用会长身份牟取私利，使上海律师公会蒙上脱序阴影，亦破坏了江苏司法界的政治生态。虽然司法部一时对其有所纵容，但其不良行为促使司法部出台诸如律师回避条例等整顿政策。尽管陈则民将会长职务顺利移交给信任者，但其无法继续在沪立足执业的事实，极大削弱了其影

① 《通饬律师与法官有家族姻亲关系应行回避其同居者应行迁徙文（第498号）》（1915年4月17日），《司法公报》1915年第23期，第4—5页。
② 《上海地方审判厅厅长袁钟祥为与律师陈则民有姻亲关系详江苏高等审判厅》（1915年5月13日），江苏省档案馆藏，1047-1918-066-0025-0064。
③ 《江苏高等审判厅批上海地方审判厅》（1915年5月20日），江苏省档案馆藏，1047-1918-066-0025-0071；《司法部批（第517号）》（1915年5月25日），江苏省档案馆藏，1047-1918-066-0025-0078。
④ 《律师陈则民禀请改指区域事呈江苏高等审判厅》（1915年5月24日），江苏省档案馆藏，1047-1918-066-0025-0089。
⑤ 《江苏高等审判厅批律师陈则民禀请改指江宁区域由》（1915年5月），江苏省档案馆藏，1047-1918-066-0025-0086；《江苏高等审判厅饬江宁地方审判厅》（1915年5月28日），江苏省档案馆藏，1047-1918-066-0025-0095；《司法部批上海律师陈则民回避姻亲改指区域事由（第5549号）》（1915年6月4日），江苏省档案馆藏，1047-1918-066-0025-0111。

响力。

三 陈则民重返上海后的会长选举风波

杨景斌担任会长期间公会运行较平稳。1916 年 9 月 10 日，上海律师公会召开大会，"到者甚众"，选举新会长。副会长徐谦当选会长，"众望之孚，得未曾有"。① 当时，因张耀曾接替章宗祥司法总长职务波动，以江庸为首的部员纷纷请辞。张耀曾致电徐谦邀其北上，重新调整司法高层人事。② 徐谦立即赴京并担任年底召开的全国司法会议主席。由此引发上海律师公会会长职位空悬，亟待次年春季大会补选。

需要注意的是，张耀曾主政司法部后不加解释地废除律师回避制度。1916 年 10 月 14 日，司法部通令废止律师回避办法条例。③ 这给受回避限制被迫离开上海执业的实力律师提供了重返机会。有人指出，"今司法部有撤回回避之令，大律师之行道，将益广矣"。④ 在此背景之下，陈则民申请返沪执业，称"本律师此时即可在上海地方审判厅执行职务"，希望上海律师公会转报地方检察厅备案。⑤ 江苏高等检察厅和江苏高等审判厅同意照办。⑥ 其后，陈则民连续数日在《申报》首页广告栏刊发返沪执业消息。⑦

陈则民重返后渴望见缝插针，东山再起，然其无法短时间内整合力量在即将召开的改选大会上重夺领导权。1917 年 1 月 28 日，上海律师公会召开春季大会，到会 28 人，"适足三分之二"，符合法定人数顺利开会。经投票补选会长，"以蔡倪培律师得票最多数，当选为本会正会长"。⑧ 蔡倪培和陈则民曾同时入选民元江苏提法司注册的"公家律师"，经过多年蕴蓄能

---

① 《律师公会选举会长》，《民国日报》1916 年 9 月 11 日，第 3 张第 10 版。

② 《张耀曾就职后之法部人员》，《申报》1916 年 9 月 10 日，第 2 张第 6 版。

③ 《司法部训令（第 220 号）》（1916 年 10 月 14 日），江苏省档案馆藏，1047 - 1916 - 066 - 0039 - 0006；《专电·北京电》，《申报》1916 年 10 月 18 日，第 1 张第 2 版。

④ 讷：《杂评二·律师》，《申报》1916 年 10 月 18 日，第 3 张第 11 版。

⑤ 《上海地方检察厅为律师陈则民声请恢复上海区域仰祈鉴核事呈江苏高等检察厅》（1916 年 11 月 4 日），江苏省档案馆藏，1047 - 1916 - 066 - 0039 - 0018。

⑥ 《江苏高等检察厅为陈则民回复登录上海区域事由函江苏高等审判厅》（1916 年 11 月 14 日），江苏省档案馆藏，1047 - 1916 - 066 - 0039 - 0026。

⑦ 《陈则民大律师启事》，《申报》1916 年 11 月 27 日，第 1 张第 1 版。

⑧ 《上海地方检察厅公函（第 81 号）》（1917 年 2 月 17 日），江苏省档案馆藏，1047 - 1916 - 066 - 0043 - 0140。

量，脱颖而出。此次选举后，陈则民并未公开流露不满，而是暗中酝酿，蓄谋于后。

1918年3月，上海律师公会发布定期召开换届选举大会消息，提醒会员"届时莅会投票选举矣"。① 4月1日，上海律师公会召开春季大会，到会律师颇众。是次会议"最有关系者为选举正副会长及建筑律师公会问题"。果不其然，陈则民的支持者利用各种事由向蔡倪培发难，以吴县为主的苏州籍"拥陈派"律师率先从经济层面做文章。他们以蔡倪培并未将公会收支款项逐项详报为突破口，激起多人不满，"必欲另选他员接替"，会场随即出现"预举陈则民承乏"声音。然而"拥陈派"的造势并未达到预期效果。会中唱票仍"以蔡为最多"。"拥陈派"大失所望，继续寻找噱头，或"主张须令蔡倪培报告去年出入各项账目者"，或"主张将历年会款存庄息折交阅者"。②

此外，杨景斌鉴于会长选举中较多会员并未出席投票而仅以信函方式投票，质疑投票方式的合法性。他主张选举"须得律师亲到投票始生效力，其以信函代表等概不生效力"。杨景斌在选票不明朗之前并没有反对信函投票方法，却在选票结果公布后提出异议，此举实属无奈，无异于饮鸩止渴。民初以来的律师公会选举请托拉票现象昭然皆知，许多律师往往不惜重金四处活动。③ 这种不亲自出席投票的方式或许更有利于诸如陈则民一类有实力者幕后操纵。杨氏面对意料之外的检票结果，提出代表投票方式问题的无效性，虽符合"拥陈派"眼前利益，解一时燃眉之急。可是，一旦大会满足不了到会法定人数恐将陷入流会风险，那么新会长选举揭晓之前，蔡倪培仍可在事实上占据会长位置。难怪时人称杨景斌的主张"表面赞成苏派，实则维护倪培"。④

"拥陈派"在换届大会上并未如意得逞，从侧面展现出蔡倪培释放的能量。蔡倪培当选会长之后，利用地缘拉拢上海籍评议员张家镇和陆炳章，

① 《律师公会定期开会》，《民国日报》1918年3月10日，第3张第10版。
② 《律师公会开会补记》，《民国日报》1918年4月3日，第3张第10版；《律师公会开会之详情》，《时报》1918年4月3日，第3张第5版；《律师公会会长之竞争》，《申报》1918年6月1日，第2张第7版。
③ 浮云：《旧上海律师界概况》，上海市政协文史资料委员会编《上海文史资料存稿汇编（社会法制卷）》，上海古籍出版社，2001，第57—58页。此文主要揭露上海律师公会实行委员制的内幕，其实该现象在北京政府时期已司空见惯。
④ 《律师公会开会之详情》，《时报》1918年4月3日，第3张第5版。

厚植自身班底网络。此外，他积极争取"神州派"会员支持。当时，以上海神州法政专门学校毕业生为核心的"神州派"会员群体希望上海籍律师主导公会，极力反对吴县籍的陈则民。这在讨论建筑公会公所选址问题上展现得淋漓尽致，"神州派主张建设于上海，而苏派坚持主张设苏省"。在双方争论过程中，许多中间派会员纷纷支持蔡倪培。中间派主张设在上海，"现在会员骤多，入会费亦随增数倍，极宜趁此时机建设，且沪埠为华洋巨埠，中外观瞻所系，似以在沪建设为宜"。① 众人附和公会会所落户上海，"拥陈派"势单力薄，起而声辩，"几至用武"。最后，"因人众口杂，各具意见，会场秩序陡见紊乱，以致会议无甚结果"。②

此次换届会议不欢而散后，公会开始出现分化，原拟重新召开春季大会"因不足法定人数未有结果"。以王开疆为代表的 28 名律师担心公会矛盾升级和分裂发酵，影响团体形象。他们从法理上指责蔡倪培的做法，称"职员任期、开会期间召集方法、到会人数，均有法定，不容或涉，彰彰明甚。乃上届会期不足法定人数，临时主席（指蔡倪培——引者注）必欲开会，隐情固甚叵测，其为反违会则也，毫无可疑。查会则并无容许代表选举之规定，藉曰先例，试问无论何种机关选举，均可代表？苟可代表，则有三数人到场，能携带代表信件满法定人数即可开会选举。岂非怪现象乎？借使当时本会员等不出力争，则此不合法之职员又将产出于我璀璨庄严之公会矣。事近一周，更未见本会有若何之动作，意者殆以消极行为，冀终身会长耶？抑别有作用？使此三分之二永永办不到作开会之不能耶？二者必居其一"。③ 应该说，王开疆等对事不对人的言论一针见血地揭露了蔡倪培有意蝉联会长的动机。为了避免会务久荒，他们从维持公会大局角度呼吁召集临时总会，以免召开定期总会时"相顾茫然，再无结果"。④

此后，上海律师公会再次召开大会时到会者仅 10 余人，"核与三分之二以上会员出席之数大相悬殊，未能开会"。⑤ 由于选举会长"事关重大，未便日久虚悬"，上海律师公会通告 4 月 28 日开会讨论"代表投票权"问

---

① 《律师公会开会补记》，《民国日报》1918 年 4 月 3 日，第 3 张第 10 版；《律师公会开会之详情》，《时报》1918 年 4 月 3 日，第 3 张第 5 版。

② 《律师公会开会之详情》，《时报》1918 年 4 月 3 日，第 3 张第 5 版。

③ 《律师请开临时会》，《民国日报》1918 年 4 月 8 日，第 3 张第 10 版。

④ 《律师请开临时会》，《民国日报》1918 年 4 月 8 日，第 3 张第 10 版。

⑤ 《律师公会会长之竞争》，《申报》1918 年 6 月 1 日，第 3 张第 7 版。

题，希望化解该分歧之后，"另订日期开会选举，以免争执"。① 可会议当日，"到会会员较前更少"，"以仍不足法定人数，未有结果"。② 蔡倪培主导的以召开会员大会方式而非召集评议员会议讨论"代表投票权"问题，其本质是增加解决选举纠纷的难度。

与此同时，为减轻公会内不满情绪的压力，蔡倪培致电司法部，"拟改为信件投票"。③ 他请求变通，尝试将4月初以信件选举方式获票最多的事实变成制度，但并未得部回音。此后半年内未有资料显示上海律师公会召开会员大会，这致使公会面临分崩离析的危险。有鉴于此，司法部复函上海律师公会，并未同意改成"信件投票"方式，而是降低召开大会的人数限定，规定该公会选举新任会长"只须以到会者之多数取决，不必限定全体三分之二"。上海律师公会得批示后拟定12月15日召开大会投票选举。媒体充满信心认为"此次会议，其会长必当产出"。④

当天，上海律师公会在上海地方检察厅检察官贺德深到会监视下召开秋季选举职员大会，到会者102人。出席大会的律师阵营针尖对麦芒，"综计在会，计分两派"。首先，蔡倪培说明因到会会员未足法定人数不能进行改选，遂将会议改为谈话会。接着，王开疆表示假如公会召开总会始终不足法定人数，恐将出现"永无选举职员之日"局面，所以提议仿照江宁律师公会成例，改为通信选举。会上针对该提议产生不同意见。有人主张电请司法部裁决，有人则反对称"既规定会则，区区选举职员，无庸请示法部"。两派主张不一，"彼说此抗，秩序颇紊"。⑤ 改选会长事宜仍不了了之。上海律师公会又发出通告，准订十天后续开大会投票选举职员。⑥ 但是并未有任何会议消息。

---

① 《律师公会又将开会》，《民国日报》1918年4月18日，第3张第10版。
② 《律师公会怪象 仍不足法定人数》，《民国日报》1918年4月29日，第3张第10版。
③ 《律师公会会长之竞争》，《申报》1918年6月1日，第3张第7版。
④ 《律师公会将选举会长》，《申报》1918年12月10日，第3张第10版；《律师公会又将选举》，《时事新报》1918年12月10日，第3张第2版；《选举律师公会会长之通融》，《时报》1918年12月10日，第3张第5版；《律师公会订期选举会长》，《新闻报》1918年12月10日，第3张第1版。
⑤ 《律师公会谈话会纪事》，《申报》1918年12月16日，第3张第10版；《律师公会选举又未决》，《时事新报》1918年12月16日，第3张第2版；《律师公会开会纪略》，《时报》1918年12月16日，第3张第5版；《律师公会开会，不足法定人数不能选举，指派建议案起草员九人》，《民国日报》1918年12月16日，第3张第10版。
⑥ 《律师公会续开选举会》，《时报》1918年12月18日，第3张第5版；《律师公会再要开会》，《民国日报》1918年12月18日，第3张第10版。

四个月后，上海律师公会致函全体会员定于 1919 年 4 月 27 日召开春季大会，号召会员踊跃参会，"共策进行"。① 当日，到会者 68 人，而会员总数高达 276 人，所以会议照旧因法定人数不够而不能选举。有会员再次提议参照江宁律师公会采用的通信选举办法，遭到"拥陈派"骨干代表杨景斌和秦联奎等人反对。蔡倪培提议当日会议改为谈话会，但是秦联奎和沙祖训强烈抗议。秦说："谈话会无拘束力，且本会屡次呈请监督长官莅会监视，卒无结果，已属抱歉。若改为谈话会，更轻渎长官之莅视。"沙谓："人数不足即无须开谈话会，以敷衍公会门面。"众人针对"补救人数不足一层"，互相辩论，会议在争吵中解散。② 其后，上海律师公会拟定 9 月 15 日召开秋季选举大会，明确投票方式，"投票者规定以本人为限，不得委托他人代表，以免再有争执"，③ 此设想如沉海之石，再无消息。上海律师公会召集评议会商议达成共识，"决定大会开会时以各会员亲到为原则，如会员中万一有事不能亲到者，得委托会员代表到会，一会员至多代表二人"。④ 1919 年 11 月 30 日，上海律师公会召开选举大会，到会者仅 51 人，"仍不足法定人数"，又改为谈话会。《民国日报》以诙谐口吻评论称："查该公会迭次开会，皆呈此现象，殊可怪也。"⑤

当年底，上海律师公会致函会员订于 12 月 28 日"重新开会"，"届时请一律到会，共商进行"。⑥ 是日，蔡倪培报告称"今日到会人数已有 152 人，已过法定人数，故今日之会即为定期大会云"。次乃投票选举职员，蔡倪培得票最多连任会长。陆炳章次之，任副会长。相反，"拥陈派"大败，陈则民获票无几，仅杨景斌获一个排名最后的候补评议员席位。⑦ 选举结果引发"拥陈派"律师强烈不满。有人以选举"违法无效"为由向上海地方检察厅检举。蔡倪培为首的新一届领导班子"旋即开职员联席紧急会议"，惺惺作态摆出向上海地方检察厅"总辞职"姿势，谓"律师公会职员纯属

---

① 《律师公会定期开会》，《申报》1919 年 4 月 25 日，第 3 张第 11 版。
② 《律师公会大会开不成》，《民国日报》，1919 年 4 月 28 日，第 3 张第 10 版；《律师公会开会未成》，《时报》1919 年 4 月 28 日，第 3 张第 5 版；《律师公会之年会纪事》，《时事新报》1919 年 4 月 28 日，第 3 张第 1 版。
③ 《律师公会选举之办法》，《时报》1920 年 7 月 27 日，第 3 张第 5 版。
④ 《律师公会定期开会》，《申报》1919 年 11 月 26 日，第 3 张第 11 版。
⑤ 《律师公会又不足法数》，《民国日报》1919 年 12 月 1 日，第 3 张第 10 版。
⑥ 《律师公会重行开会》，《民国日报》1919 年 12 月 27 日，第 3 张第 10 版。
⑦ 《律师公会大会纪事》，《时报》1919 年 12 月 29 日，第 3 张第 5 版；《律师公会选举会记》，《民国日报》1919 年 12 月 29 日，第 3 张第 11 版。

义务性质，以让贤能云云，实行总辞职手续，拟在春季大会开会时履行"。他们集体商议后，做出两项决定，一是仍旧"维持会员"，并主持召集次年春季大会；二是致函司法部，请求解答"律师公会开会能否委托代表"疑问。① 1920 年 7 月 26 日，司法部复文，"谓鄂湘律师公会曾经发生此项问题来部请示，经部复以代表投票不能适用。该会事同一律，未便两歧"。这意味上海律师公会 1919 年底的选举结果无效。

1920 年 10 月 17 日，上海律师公会在检察官许步云监督下召开选举大会。蔡倪培首先登台报告，"本会本届选举大会已有多次因不足法定人数致不能开会，后经评议部议决电部变通办法，即先期将开会日期通知各会员，请其到会选举，设到期仍是不置闻问，则惟有将尚未报到诸君不算在入会会员总数之内。此项办法已呈准司法部即各官厅备案在案。查今日到会人数已有 129 人，照总数 251 人已逾过半数之法定人数，应请照章选举"。话音刚落，陈则民起立质问："何以谓之法？何以谓之定？请主席将该法定二字一为解释。因本会会员共有 272 人，若以 129 人为法定数，不知何用法以定之也。"蔡倪培答称："各会员来函知照到会者仅有 251 人，其除不置闻问之，方才已报告不算在会员总数之内矣。"陈则民又谓："尚未报到之人是否已取销其会员资格？"蔡倪培答称："并非正式取销其会员资格。"陈则民又说："既未取销会员资格，当然应算在总数之内。"正当两人激烈交锋之际，王开疆质问陈则民："本会已屡开未成，今日好容易到有此数，君殊不应若是吹毛求疵，再事破坏。"陈、王两人又展开辩论，"出言颇为激烈"。其间，又有律师相继报到，参会人数达 148 人，即以总数 272 人为标准，亦足法定人数，双方"乃始寝争，投票选举"。选举结果是：蔡倪培得 132 票继续担任会长；张家镇得 96 票当选副会长；陈则民仅作为 4 位干事员最后一名。②

选举结果造成公会内部实际上的分裂。不仅陈则民基本没有到会履行干事员职责，而且"拥陈派"基本没有参加大会，越来越多会员长期拖欠会费。上海律师公会此后数年只能召开由蔡倪培及其支持者组成的评议员

① 《律师公会有总辞职说》，《时报》1920 年 1 月 26 日，第 3 张第 5 版；《律师公会职员辞职消息》，《时报》1920 年 2 月 4 日，第 3 张第 5 版。
② 《上海律师公会呈报开会情形由》（1920 年 10 月 29 日），江苏省档案馆藏，1047-1920-066-0059-0028；《律师公会选举会纪事》，《申报》1920 年 10 月 18 日，第 3 张第 11 版；《律师公会之新职员》，《时事新报》1920 年 10 月 18 日，第 3 张第 2 版。

会议。然而类似"独角戏"的评议会决议难以推行，实际效果大打折扣。新一届公会领导层召开第一次评议会，力图整顿公会缴纳会费不良局面，决议自 1920 年 10 月 1 日落实《修正律师公会会则》第九条第七项"会员不纳经常费满四个月者，得令其退会之规定办理"之规定。1921 年 1 月 12日，上海律师公会召开评议会着重讨论会费问题，无奈表示"现自十月至今已过三个月之限，即在目前而缴纳会费之会员，殊甚寥寥"，经评议员再四磋商，议决"再行登报通告，如逾限不交，依据议决案开除，令其退会"。①

新一届公会领导层并不能够提升公会组织凝聚力，或许只有在司法界有较高资历并且和上海律师界有关系者才能充当角色。时任司法部次长张一鹏从 1920 年底因司法高层人事关系问题心灰意冷，时常请假，法界内部和报刊有关司法次长易人传闻不断。② 1921 年 3 月 5 日，张一鹏"因病恳请辞职"，遗缺由余绍宋接任。③ 1921 年 5 月，张一鹏"弃官归里"，返回上海从事律师职业并和蔡倪培合作。④ 张一鹏作为典型的"官僚派律师"，深耕司法系统，声望和资历无出其右。张一鹏成为一时各方接受的理想人选，他当选会长似为定局。

1921 年 11 月 27 日，上海律师公会召开秋季大会，因出席人数未达半数，会议不得不改期。⑤ 二十天后，上海律师公会重开大会，参会人数仍未足法定人数，只能改为谈话会。⑥ 1922 年 3 月 19 日，上海律师公会召开春季大会，与会者 83 人。会场中杨春绿质问蔡倪培："上海律师公会会员有200 名，照法定人数须到 101 名方可开成大会。"蔡答称："上届评议会议决本会会员欠缴经常费满四个月者不作会员论，除去欠费会员只有 153 名。今日所到者已足法定人数。"杨春绿以公会对欠费会员令其退会却并未呈报官厅备案的做法缺乏合法性，极力反对。但多数会员不赞成杨春绿意见。最

---

① 《律师公会评议会纪事》，《申报》1921 年 1 月 13 日，第 3 张第 11 版。
② 余绍宋在 1920 年 11 月多次记录代理司法次长职务经历。12 月初，司法部流传司法次长人事调整议论。参见龙游县地方志编纂委员会办公室整理《余绍宋日记》第 1 册，中华书局，2012，第 153—158 页。
③ 《大总统令》（1921 年 3 月 5 日），《政府公报》1921 年第 1808 期，第 1 页；《余绍宋日记》第 1 册，第 168 页。
④ 《律师张一鹏启事》，《申报》1921 年 5 月 29 日，第 3 张第 10 版；《张一鹏律师营业通告》，《申报》1921 年 5 月 29 日，第 3 张第 10 版。张一鹏此条营业通告连续半月刊登《申报》广告栏。
⑤ 《律师公会改期开会》，《申报》1921 年 11 月 28 日，第 4 张第 15 版。
⑥ 《律师公会谈话会纪》，《申报》1921 年 12 月 19 日，第 4 张第 14 版。

后当场发选举票，张一鹏获 39 票当选会长，张家镇为副会长，蔡倪培为评议员。① 1922 年 3 月 23 日，新旧会长实行交接。三天后，新任律师公会职员召开联席会，"欢迎新会长就职"。② 在张一鹏会长的带领下，上海律师公会进行卓有成效的整顿革新。比如，明确干事员可以列席评议会，定期编辑《上海律师公会报告书》《上海律师公会评议员干事员细则》等。此后，上海律师公会一直在全国律师界发挥着重要作用。不过，律师公会内部对立性表面平息，实际芥蒂犹存，貌合神离。张一鹏并不能从根本上解决律师公会组织分散痼疾，会员滞纳会费情况依然严重，会员照旧不参加大会。1922 年 7 月，吴县地方审检厅重新成立，上海律师公会评议员潘承锷等筹设吴县律师公会，70 余名吴县籍会员转而加入吴县律师公会。③ 陈则民无法力挽狂澜，脱离上海律师公会转而活跃于北京政坛。④

结　语

在 20 世纪 10 年代的风云交汇的时局中，上海律师公会社会影响力远逊于上海工商团体同业组织。同业组织团体的发展离不开会员的积极参与，更受同业中实力派人物的巨大影响。倘若同业组织之中权势人物未将整体利益视为首位，积极促进组织良性发展，那么同业组织作用力势必大打折扣。

上海律师公会前身较为复杂，属于苏、沪、宁三方自发律师组织混合体。上海律师公会成立之初，形成各方共享领导层权力的局面。这显然有别于在《律师暂行章程》颁发后产生的律师公会竞相整顿领导权现象。受江苏司法界权力生态演变的影响，陈则民逐步在江苏律师界内具备一尊独大地位，其他律师难以抗衡。陈则民有意构建私人关系网络并结成利益共同体，以期加强对公会组织的控制力度。再度当选会长之后，他行事全凭威势的越轨行为，给上海律师公会带来诸多负能量效应。他庶几将上海律

---

① 《律师公会春季大会纪》，《申报》1922 年 3 月 20 日，第 4 张第 14 版；《律师公会之呈报文件》，《申报》1922 年 3 月 22 日，第 4 张第 15 版。

② 《律师公会新旧职员交替》，《申报》1922 年 3 月 23 日，第 4 张第 16 版；《律师公会改选后之评干联会》，《申报》1922 年 3 月 27 日，第 4 张第 14 版。

③ 《律师赴苏筹设吴县律师会》，《申报》1922 年 7 月 18 日，第 4 张第 15 版。

④ 1923 年初，陈则民就职担任北京政府政治善后讨论委员会副委员长。《大总统指令（第 232 号）》，《政府公报》1923 年第 2476 期，第 5 页。南京国民政府成立后，陈则民再次重回上海律师公会执业。

师公会玩弄于股掌之间，导致公会领导层选举渠道不明确、改选程序模糊化。在其势焰之下，无人敢持异议。这反映出上海律师公会早期缺乏民主色彩的非正常化运行状态。这种模式在强势的陈则民和其他律师会员不对等的关系下运转，具有相当的不稳定性。

陈则民飞扬跋扈甚至罔顾法理的做法，最终因案引火烧身。虽然他得最高司法行政当局训令免陷囹圄，但是司法部先将其靠山调离，而后出台律师回避条例，使其在沪从业顿生障碍。当陈则民受到约束并且势力被削弱后，上海律师公会逐渐产生可与其抗衡的新兴力量，双方互争长短，冲击公会领导层既有的权力秩序。从 1918 年春季会员大会改选会长开始，上海律师公会爆发了以拥护陈则民为会长和以拥护蔡倪培为会长的激烈角逐，引发上海律师公会持续数年的混乱。陈则民一方先从经济层面质问，再从法律层面围绕投票权方式和参会代表人数屡屡发难，但都无果而终。一贯强势的陈则民及其拥护者的不妥协，引发公会内部组织的分裂。双方争议的焦点问题无法解决，成为会员大会屡次变成谈话会的死结。

可以说，上海律师公会改选纠纷，表面上以显性的法理问题讨论，实际是隐形的权力之争，其背后折射出上海律师公会领导层权力格局由一元独大向多元均势的演变，并无一方有压倒性优势。在纠葛无法调和之下，律师公会屡次电请司法机关介入调解，但官方基本采取不干涉团体组织事务的"无为"政策。尽管双方矛盾不断升级，但始终没有失控，没有转为武斗或引入其他外力介入。这种微妙的"均势"状态，无疑需要找寻各方均可接受的法律界名宿破局。最终，由从司法中枢退职的张一鹏当选会长而暂时终结会长人选纠纷。不可否认，张一鹏整合上海律师公会内部关系的努力有一定成效，但并不能从根本上解决争权夺利的顽疾。上海律师公会历经多年内耗，于南京国民政府成立后由其行政干预，改会长制为委员会制。

［作者单位：湖南师范大学历史文化学院］

社会主义青年团第一次全国代表会议在穗召开原因新说

——基于"历史土壤"视角的一种考察

王志伟

内容提要 "团一大"之所以能够在广州召开，原因是复杂多样的，需要从"历史土壤"的视角进行重新解读。南北对立和孙中山及粤籍政要对早期共产主义者持联合态度的广东特殊政情为"团一大"在广州召开提供了可能；文化启蒙落后，对新文化的渴求及对红色革命缺少认知，"赤祸"思潮仍未成形的形新实旧的在地社情为"团一大"召开提供了必要活动空间；青年工人与学生联合的学情为"团一大"召开夯实了基础。

关键词 "团一大" 广州 历史土壤

章开沅先生在著述及平时讲学中曾特别提示要对历史发生地的历史土壤进行关注、考察和分析，[①] 从该基点出发，不仅能对历史本相知其然，还可以对事件发生的缘由和影响知其所以然。就"团一大"在广州召开的原因而言，目前学界研究主要有两条理路：其一，认为当时广州具备了召开团一大的各项条件；[②] 其二，突出知名党员如陈独秀、谭平山、谭植棠或共

---

① 章开沅先生 1990 年的《辛亥革命前后史事论丛》把孙中山的"三种陈土"说加以发展，又赋予其新的涵义，首倡"社会历史土壤学"。见宋木文、刘杲编：《中国图书大辞典：1949－1992》（第 10 册），湖北人民出版社 1997 年，第 227 页。历史研究要注重对"历史土壤"的关注，这也是我从学广东省社会科学院王杰研究员时他对我耳提面命最多的教导，时至今日，仍记忆犹新，于此特别鸣谢！

② 张棣：《"团一大"为何选择在广州召开》，《广州日报》2007 年 5 月 7 日，第 8 版；《中国社会主义青年团"一大"在广州召开的原因探析》，《党史研究与教学》2010 年第 2 期。前文为后文提供了论证思路和框架，后文比前文多了一些论证和史料证明。

产国际代表等在决定团一大于何处召开时所发挥的作用或影响。① 第一种理路虽较为全面地概括和总结了其时广州的特有条件，但其部分论点多是出于推断，缺少必要的佐证。第二种理路肯定了历史人物在历史事件中的作用，但是，往往因为夸大个人作用而忽略时代潮流或其他因素所独具的潜在影响。由是，本文拟从政情、社情和学情三个维度来具体解读"团一大"之所以在广州召开的原因。研究该命题，既有助于解释共青团第一次全国代表大会为何在广州召开及其所能召开的充要条件是什么；又有助于了解 20 世纪 20 年代共产主义党团的活动环境、空间及民众态度；同时，还有利于了解民国时期马克思主义在粤传播情况及描摹广东共产主义党团活动史迹。

一　政情：南北对立、精英配合

20 世纪 20 年代，广东政情特殊，概言之，包括两个层面：其一，当时南北处在对立态势，孙中山及其支持者在广东频频树立起"护法"大旗，组建新政府，与北京政府分庭抗礼。与以往地方割据政权不同，南方政府虽被北京政府反对，却得到了部分外国势力的承认和尊重，这一点从历次南北和谈和华盛顿会议召开时南北双方均有代表出席等案例中可以佐证。② 其二，孙中山与广东政要对早期共产主义者多持联合态度。孙中山与苏联代表会谈，发表宣言，两者会晤的画面也时常见诸报端；陈炯明与陈独秀取得联系，意图倚重后者对广东教育进行革新，促成了陈氏南下。粤籍政要与共产主义者的频繁互动，为共产主义早期党、团组织在广东活动提供了良机。

自 1917 年始，南方历次成立的政府，均不是草台班子，更不是地方割据政权，其产生与运作是有法理来源的。具体而言，它的合法性主要来自国会，而且是旧国会。部分会员南下护法，组织国会非常会议，然后由其组织政府，是历届南方政府组建的法理基础。当时中国属于宪政国家，国会是最高权力机关，亦是政府产生的法理来源。南方国会非常会议的存在，既是孙中山和南方军政要人敢于抗衡北方的底气所在，也是南方民众认同南方政府的认识基点。从 1917 年段祺瑞毁法擅权，孙中山联合西南军政力

① 邵明众：《从上海到广州："团一大"会址变更原因》，《百年潮》2021 年第 6 期。《潮流》编辑部：《99 年前，团一大在广州召开》，《源流》2021 年第 4 期。
② 参见张金超《孙中山、南方政府与华盛顿会议——以代表问题为中心》，《广东社会科学》2017 年第 5 期。

量举起"护法"大旗开始，中国南北就出现了对立的政治局面，特别是孙中山在广州三组政权，①广东政要、教育界，甚至是普通民众在心理上有了"独立王国"的特殊情愫，这种状况最早可以追溯到1919年广州五四运动时期。广州较早响应和声援北京五四运动，参与运动的各界代表虽义愤填膺，却大多有置身事外和作壁上观的心态。之所以如此，与各界代表自我身份认同有很大关系。他们自认为是南方政府治下民众，虽然同处中国，但北京政府犹如外邦一般，对其可谴责或呼吁南方政府施压，至于行动方面则多保持克制，害怕逾越了"界限"就混淆和模糊了南北政府对立的时况。譬如，五四运动时期，广州学校校长们在劝导学生不要罢课时说："京沪罢课目的，系要求排除曹章，我粤系自主省份，已脱离京政府关系，曹章二贼，非我西南护法政府之外交部长及日公使，与我护法省份无关，吾粤学生毋庸罢学向京政府要求，只需声讨即可。"②南北对立造成的结果是各区域基本上是按照本地既定政治规则运转，北方政府无法涉足或干涉南方政局及社会事务，南北方信息不对称，在很多问题上往往采取对立或反着干的态度。这种南北对立格局，实际上给了共产主义党、团一定的活动空间，当租界和北洋政府视共产主义和马克思为洪水猛兽时，南方政府或部分政要却将其视作可以联合的对象，"敌人的敌人是朋友"，双方联合将有助于对北洋政府进行精准打击。

就第二个层面而言，无论是孙中山、陈炯明，还是粤籍旧国会议员，他们在对待早期共产主义者时，大多采取了联合的策略。"联合"的前提是彼此有共同利益，以及在国民党看来，早期共产主义者有利用价值，这种"价值"既体现在共产主义党团可以充当国民党与苏联联络的中间环节，还表现在早期共产主义者特别是陈独秀是意见领袖，在鼓动新文化、影响青年及推动广东教育文化革新等多方面具有重要价值。当时国民党人也热衷于传播社会主义，在他们眼里，该理论只是一种社会经济思想，与政治并不相关。1924年，孙中山在重新解释"三民主义"时曾直接将其与"民生主义"相对等。

孙中山频繁与共产国际代表会谈。驱离桂系后担任广东省长的陈炯明对共产主义者更是极尽拉拢之态，具体表现：（1）主动资助粤籍谭平山等人创办的《广东群报》，该报一度成为广东区共产党的机关报，至于资助金

① 笔者认为孙中山在广州应该是四组政权。见王志伟《孙中山晚年筹组建国政府问题研究》，硕士学位论文，广东省社会科学院，2018年。
② 《学生决议不罢课之特识》，《广东中华新报》1919年6月9日，第3版。

额有两种说法，其一，张国焘曾回忆说："陈炯明每月津贴四百元。"[1] 其二，梁冰弦则记忆为"公博愿以《群报》作为华南同盟准机关报，条件为冰弦向竞存取得每月津贴二千元"。[2]（2）主动邀约陈独秀来粤主持教育改革事宜且允诺给予活动经费，[3] 为保障陈独秀安全，陈炯明曾亲自致电北京政府，要求"切实保护陈君赴沪，以便借重筹议"。[4] 因陈炯明之举，驻华苏联代表一度认为他是开明人士。[5] 广东在地政要们频繁与早期共产主义者或苏联人士会谈或互动的信息频见报端，在一定程度上打消了广东各界对共产主义党、团的敌对情绪，早期共产主义者得以相对轻松地获得在粤"活动权"，[6]"没有障碍，故团员颇多"。[7] 1922 年谭平山在和方国昌的通信中也提到"因为广东宣传较为自由，我们不得不要极力宣传一下"。[8]

虽然合作是主流，也要看到合作背后其实蕴藏别样的考量，这种考量的出发点和落脚地，直接规定了南方政府及广东当地政要对共产主义党、团宽容的限度和程度。南方政府及部分政要如陈炯明等对共产主义党、团虽然一时采取了容忍政策，允许其在南方政府辖区内活动，但是，还要看到他们坚持的基本原则还是"为我所用"，"底线"在于不能威胁南方政府的统治根基。

二 社情：新旧一体、民众懵懂

这里所说的"社情"主要包括两个层次，具体而言，是指地方社会的"文化"和"风气"。地方社会的文化水平决定着该地的开放层级及其对新知识的渴求状况；社会风气会在某种程度上成为地方安定与否的重要影响因素，特别是

---

[1] 《张国焘关于中共成立前后的情况讲稿》，《百年潮》2002 年第 2 期。

[2] 海隅孤客：《解放别录》，沈云龙编《近代中国史料丛刊》（第 19 辑 188—190），台北，文海出版社，1951，第 31 页。

[3] 要特别注意共产主义革命重心南下问题，在共产党成立初期，革命重心主要是受革命形势发展及革命领袖的活动影响。党的总负责人陈独秀及支持中国革命的苏联代表纷纷南下，使得共产主义的革命重心也在无形之中随之南移。

[4] 《五四运动时期陈独秀被捕资料汇编》，《北京档案史料》1986 年第 1 期。

[5] 《刘江给俄共（布）阿穆尔州委的报告》，中共中央党史研究室第一研究部译《联共（布）、共产国际与中国国民革命运动（1920—1925）》，北京图书馆出版社，1997，第 44—46 页。

[6] 〔苏〕C. A. 达林：《中国回忆录（1921—1927）》，中国社会科学出版社，1981，第 58—68 页。

[7] 《平山致国昌信》（1922 年 4 月 2 日），广东省档案馆、广东青运史研究委员会编《广东青年运动历史资料》，广东省档案馆，1986，第 2 页。

[8] 广东省档案馆、中共广东省委党史研究委员会办公室编《广东区党、团研究史料（1921—1926）》，广东人民出版社，1983，第 13 页。

"恐慌"心理可能会直接摧毁社会稳定的根基。言及 20 世纪 20 年代初期的广州，似乎可用"新旧一体"和"形新实旧"来概括，具体表现在：（1）文化启蒙落后、对新文化渴求，是马克思主义在粤传播的客观因素;① （2）对红色革命缺少认知，"赤祸"思潮仍未产生，民众中间还没有出现恐慌情绪。

当新文化运动在北方开展得如火如荼时，南方教育界及文化界却出现了相对的"冷静"和"冷漠"，所以如此，除与上文提到的时政不无关系外，更重要的是跟南北距离较远，南方文化及教育界缺少陈独秀、李大钊、鲁迅及胡适等领袖人物，以及近代以降粤省多受来自港澳的英美文化风潮影响有很大关系。1920 年《广东群报》在广州创刊，在其发刊词中曾有如此论述："广东地方，与外人通商最早，和西洋文明接触的机会亦最多。照道理而论，广东的文化，应该发达到了不得。何以近年以来，事事反落人后？而新文化运动那桩事，更加赶别省不上，这是什么缘故？都因为广东素来是工商实业的地域，人人多有重视金钱，看轻文化毛病。"② 谭夏声也说："吾粤地濒海滨，舟车辐辏，人文荟萃，凡百事业，均能先人看鞭，非自夸大也，其由来远矣，顾于新文化事业，瞠乎他人之后，考其宣传之机关，几如凤毛麟角，偶然有之，亦已具体而微矣。此岂粤人之思想，今不逮于昔乎？抑粤人之能力，今不逮于昔也?"③ 广东新文化运动缺失，其影响甚至延续至 1927 年。广州五四运动末期，陈独秀南下并在《广东群报》上发表敬告广州青年，虽鼓噪一时，但是，其效果并没有持久下去，④ 因此，迟至 1927 年，自厦门南来广州中山大学任教的鲁迅下车伊始便发现广州虽然革命浪潮日益高涨，但是，新文化运动是缺失的。为传播新文化运动成果，鲁迅先生才决定于原广州惠爱东路（今越秀区中山四路）芳草街 44 号二楼创办北新书屋。⑤

---

① 参见王奇生《新文化是如何"运动"起来的——以〈新青年〉为视角》，《近代史研究》2007 年第 1 期。

② 中共广东省党史研究委员会办公室选印《广东群报选辑》（油印本），广东省党史研究委员会，1964，第 2 页。

③ 谭夏声：《广东新文化事业之前途》，中共广东省委党史研究室编《谭天度纪念文集》，中共党史出版社，2002，第 176 页。

④ 中共广东省委党史研究委员会办公室、广东省档案馆编印《"一大"前后的广东党组织》，1981，第 20—21 页。

⑤ 复旦大学、上海师范大学等《鲁迅年谱》编写组编《鲁迅年谱》，安徽人民出版社，1979，第 330—337 页。北新书屋地址临近农讲所（当时我党在该所活动活跃，培养了一批农运骨干分子），创办经费由陈延年拨付，因此，该书屋与我党到底是何种关系似乎仍是一个值得关注的问题。

新文化乏力及当时先进广东人对文化进步的渴求，加之广州社会容忍度相对较高，因此，各种社会主义思潮包括马克思主义均能在穗获得传播契机。① 思想是实践的先导，马克思主义在广州传播，特别是在青年学生中间产生影响，为广东社会主义青年组织的建立打下基础。由于马克思主义当时在中国仅处于初期传播阶段，共产国际代表在广州活动有限，故而，广州当地社会并未产生"赤祸"危机（这种恐共、恐苏情绪迟至 1924 年才在广州出现），普罗大众并未出现明显恐慌情绪。推究 20 世纪 20 年代广州民众未出现恐慌情绪（"赤祸"思潮仍未萌芽）的原因，大致有：（1）当地民众虽然参与政治，但是，大多数情况下是被潮流裹挟；（2）在民众看来，马克思主义或社会主义只是时髦词语，对其缺乏深刻认知，很多人或许还处在"看客"阶段。

广州作为近代民主革命的策源地，特别是"护法战争"爆发后，更成为孙中山及其追随者活动的主要基地，造成的重要影响之一便是在地民众的政治关注度及参与度都比较高，这是 20 世纪 20 年代广州民众较为鲜明的特征。② 不过，从另一个角度说，由于经济文化发展限制，普通民众知识水平有限及其他主客观因素的影响，使得民众参与政治活动时往往"被迫接受"和"被动参与"的情况为多，普罗大众对他们所参与的大多数政治活动缺乏透彻了解，换句话说，20 世纪 20 年代前后，广州普通民众对什么是马克思主义，什么是共产主义党、团活动缺乏最基本的"知识"认知，或许在他们看来，衣食住行和防治疫病才是更重要的事情。③

1920 年代，社会主义思潮虽然在广东风行一时，但是，地方上的普通民众对马克思主义的精蕴大多缺乏基本认知。学校作为传播近代知识的窗口和阵地，在校学生对于西方科学社会主义的认知却呈现出新旧共存的特征。这里所说"新旧共存"，主要从两个角度而言：其一，与社会普通民众比较而言，少数学生不仅了解马克思主义的真谛，而且开始将其列作自己的人生信仰，红色甲工里的阮啸仙，周其鉴，张善铭，刘尔崧等是突出代表；其二，就学生群体而言，同是生活在红色甲工中，仍有较大部分的在校生并不谙熟科学社会主义理论，他们对身边同学的共产主义信仰缺乏了

① 张国焘：《我的回忆》第 1 册，东方出版社，1998，第 104—127 页。
② 王志伟、夏泉：《广州五四运动特征及其原因探讨》，《青年探索》2020 年第 3 期。
③ 《申报》广东资料选辑编辑组编《〈申报〉广东资料选辑》，广东省档案馆，1995，第 329 页。

解。这里仅举刘尔崧例，以做说明：

> 入团的那天，他很兴奋，亲手做了一批三角形的小红旗，装饰在校舍的里外，并举行了一个小型的招待会，邀请十多位同学参加，客人问为何这般喜庆，他愉快地解释道："今天是社会主义青年团组织诞生的日子，是一件大喜事，大家都应为此而欣欣鼓舞！"接着他向同学们介绍了关于社青团的知识，并且解释了什么叫共产主义。此后他不断以多种多样方法，吸收同学参加各种革命活动，介绍了一些进步的书刊给他们阅读，以逐步提高他们的思想觉悟，积极为扩大团的组织，建立两广社青团区委打下基础。[①]

刘尔崧是广东省立甲种工业学校的学生，该校当时被称作"红色甲工"，据时人说，学校内马克思主义传播较广，有不少书籍可供传阅，"当时在广州市以省立第一甲种工业学校的学生们学习马克思主义的劲头最大，这些同学中尤其以周其鉴和他的伙伴阮啸仙、刘尔崧、张善铭等四人最为出众，他们不单各科的学习成绩一贯优秀名列前茅，而且阅读了不少进步书刊，懂得不少马克思主义的革命理论，他们怀着一股追求真理的热忱，积极学习钻研马克思主义……讨论社会与国家前途问题，倾吐对黑暗社会现实的不满，共同抱负着一个宏大的革命理想，结交成为知心朋友"，[②]不过，根据上段材料，我们似乎可以得到如下认知：（1）广东省立甲种工业学校有部分学生的确走在了时代前列，接受了马克思主义，并担任了共产主义党、团早期领导职务。（2）不过，也要看到，在刘尔崧入团之际，他身边的部分同学对什么是共青团、什么是马克思主义，并不是很了解，或者属于"一无所知"，这是材料所以会记载刘尔崧还需要向身边同学做相关解释的原因。（3）社会主义青年团在早期阶段一直是保密状态，很多行动是在秘密中进行的，"处于秘密活动状态，所以那时同志们都以英文缩写 S. Y 来作为团的代号"，[③] 刘尔崧邀请同学之前似乎应该做过相

① 广州市民政局收集整理《广州工人运动史上的一颗巨星——纪刘尔崧同志革命史实片段（初稿）》，中共广东省党史研究委员会办公室编印，1964，第4页。
② 广州市民政局收集整理《广东农民运动杰出的领袖周其鉴（初稿）》（影印本），中共广东省党史研究委员会编印，1964，第4—5页。
③ 广州市民政局收集整理《中国人民伟大的战士阮啸仙（初稿）》（影印本），中共广东省党史研究委员会办公室编印，1964，第5页。

应考察。（4）广东社会主义青年团的领导组织建构是党和共青团中央机构委托在校学生负责的，年轻的刘尔崧、阮啸仙做了大量工作，并担负了重要责任。[1]

生活在"红色甲工"、校图书室里有不少马克思主义书籍的学生，对什么是社会主义共青团和什么是马克思主义尚缺少认知，当时忙碌于基本生活的不识字或少读书报的众多普通民众（此处所说的"普通民众"是排除了早期共产主义党团分子积极联络的工作或生活于厂矿里的无产阶级而言的）就更可想而知了。这里似乎可做如是推断，即普通社会民众对马克思主义深度认知，似乎不应早于国民大革命时期。[2]

三 学情：学工联合、工运蓬勃

在学工联合方面，广东明显走在了全国前列，[3] "联合"的起点可以上溯到广州五四运动时期。[4] 在促使广东学生和无产阶级联合的因素中，思想启蒙（广州新文化运动是缺失的）不是问题核心，广州五四运动时期共同反对桂系军阀和应付部分商团"临场倒戈"才是两者联合的关键。学工走向联合，实际上也与早期共产主义党、团领导人对共青团人员构成的基本认知是契合的，[5] 因为在 20 世纪 20 年代的苏联代表、陈独秀及从事共青团创建工作的领导者看来，社会主义青年团应该是青年学生和工人结合的共同体。[6] 20 世纪 20 年代，广州产业经济及无产阶级力量均有所

---

① 包惠僧：《关于广东党组织历史情况的回忆》，中共广东省委党史研究委员会办公室、广东省档案馆编印《"一大"前后的广东党组织》，第 132 页。

② 即普通社会民众或普罗大众，甚至可用"群氓"一词来代称。

③ 陈公博：《我与共产党》，《寒风集》（甲），地方行政出版社，1945，第 225—227 页。

④ 1920 年代，学生开始走到无产阶级中间，寻求与后者的联合，这种现象既是新文化运动推动的结果，同时，也跟五四运动有着比较直接的联系。学运期间，官学对立，无产阶级在关键时刻勇敢站在学生一边，以罢工方式向政府施压且表达诉求，在展示工人力量的同时，也赢得了学生群体的信任，这是五四运动时期及之后时段学生和工人逐步走向联合的重要原因。

⑤ 自共青团创立起，学生和工人一直是其吸纳对象，该传统传承至今。学工联合，共同致力于马克思主义的宣传及践行，既是推动共青团成立的重要因素，也是成立青年组织机构（共青团）的重要旨归。

⑥ 按：由于苏联代表、陈独秀和共青团早期领导人大多持有青年学生和工人是共青团组成人员的认知，所以，在考察"团一大"召开原因时，一定要注意工人和工运因素（只突出青年学生的作用是一种偏颇认知）。

发展，劳动组合书记部第一次全国会议和社会主义青年团第一次全国代表会议几乎同时在穗召开，两大事件之间似乎应该存有某种内在关联。^①这一点，从以下材料中可见一斑：（1）在上海成立的第三国际东亚书记处曾把"通过在学生组织中以及在中国沿海工业地区的工人组织中成立共产主义基层组织，在中国进行党的建设工作"作为其工作纲要之一；^②（2）马林曾对广州共产主义团体"不和罢工工人联系，也不支持罢工"的行为提出批评；^③（3）共青团中央临时书记方国昌认为"希望此后的学生常和工人、农人接近"的意见是正确的且是值得反思的；^④（4）"团一大"通过的共青团纲领中曾专章探讨"中国青年工人之经济状况及改良之奋斗"问题。^⑤

在共青团第一次全国代表会议筹备之前的很长一段时间内，在广州活动的苏联代表和早期共产主义者已经将吸纳青年学生和工人列入议事日程，并且有筹划和有组织地选派地方领袖类人才开展该项工作，落实到具体措施，主要有：（1）组织学生社，在学生中间开展马克思主义宣传。"在一九二四年国共合作以前，是团在广东的萌芽时期。那时期，团在广州主要的学校和若干地区已建立了支部，运用团的外围新学生社公开组织，在青年运动和革命运动中已发生了显著的影响。"^⑥（2）将省立甲种工业学校等改造成学生和工人联合的活动基地。通过创办工人学校或工人夜校的方式，加强共产主义党、团和无产阶级的联系，陈公博在《广东共产党的报告》一文中曾提到了相关情况。^⑦

---

① 按：团一大代表在会上曾有"今天是中国社会主义青年团第一次大会，和马克思诞生纪念日，又是欢迎全国劳动代表的大会"的发言。《中国社会主义青年团一大及其筹备会议和第一届团中央执委会会议记录》，《党的文献》2012年第1期。

② 《维连斯基·西比利亚科夫就国外东亚人民工作给共产国际执委会的报告》，中共中央党史研究室第一研究部译《联共（布）、共产国际与中国国民革命（1920—1925）》，第39页。

③ 《马林给共产国际执委会的报告》，中国社会科学院现代史研究室编《马林在中国的有关资料（中国现代革命史资料丛刊）》，人民出版社，1980，第20页。

④ 参见樵子《对青年团对意见》，《先驱》第6期第2版，1922年4月15日。

⑤ 《中国社会主义青年团一大及其筹备会议和第一届团中央执委会会议记录》，《党的文献》2012年第1期。

⑥ 赖先声：《在广东革命洪流中的一段回忆（1922—1927）》（手写本），1964，现藏于暨南大学图书馆特藏部，第4—5页。

⑦ 陈公博：《广东共产党的报告》，广东省档案馆、中共广东省委党史研究委员会办公室编《广东区党、团研究史料（1921—1926）》，广东人民出版社，1983，第8—9页。

学生社一直被定位为共青团的外围组织，[①] 在"团一大"召开之前实际上已经有不少学生社团存在，"那时期团的学生运动外围公开组织，是学生社，社址在司后街内锦茶街一间两进木楼小房子……阮啸仙、刘尔崧、冯菊坡、张善铭等同志经常都住在那里。这就是团在广东最初的发祥地"。[②] 后人在回忆阮啸仙时也曾提到过阮氏曾创立过学生社，"一九二一年冬天在广州光荣参加中国共产党，一九二二年于工业学校毕业后与阮啸仙、刘尔崧等同志开办'爱群通讯社'，始创两广区社会主义青年团和'新学生社'。又与刘尔崧同志一起领导油业工人运动，和资本家展开激烈斗争。与此同时，经常深入广东各地广大农村中去宣传革命开展农民运动"。[③] 以后见之明看，"团一大"召开前既存的学生社作为一种社团实际上并不具备完整的组织结构，它只是共产主义党、团领导人联络青年学生的一种工具，这种"功效"持续时段较长且在"团一大"召开之后得以发扬光大，"那时他（阮啸仙）不分昼夜，不是埋头干总社的工作部署、规划、总结，就是深入到社属的各个支部去参加会议，检查和指导工作。找社员们谈心，了解社员们的思想情况和对社组织的意见。总社属下还开设有新学生剧社，专门以文艺形式进行革命宣传活动，常在中央公园、西瓜园、中山大学礼堂等地公开为群众演出"。[④]

前资本主义时代，广州是一口通商之地，1842 年以还，广州又成为五口通商之一，故而，颇受西方欧美文化影响且近代工业发展水平相对较高，产业工人的数量也较为可观。另据《广东早期工人运动历史资料选编》统计，近代以降，穗地产业工人历年均有罢工斗争的出现，[⑤] 种种这些均吸引着共产主义党、团将目光聚焦广州。广州五四运动时期，因为需要反对桂系军阀和应对商团"倒戈"，学生群体能够联系的社会力量似乎只有无产阶级。学工走向联合，广东省立第一甲种工业学校成为学生和工人联合活动

---

① 广州市内的学生社在 1923 年及之后逐步被改造为"新学生社"，成为共青团在穗城联络学生的主要媒介。它与之前作为共青团外围组织的学生社略有差异，前者与李大钊创立的马克思主义研究会性质相似，见广州市民政局收集整理《中国人民伟大的战士阮啸仙（初稿）》，第 5 页。

② 赖先声：《在广东革命洪流中的一段回忆（1922—1927）》（手写本），第 5 页。

③ 《广东农民运动杰出的领袖周其鉴（初稿）》（影印本），第 1 页。

④ 《中国人民伟大的战士阮啸仙（初稿）》，第 5 页。

⑤ 卢权等编《广东早期工人运动历史资料选编》，广东人民出版社，2015，第 187—213 页。

的据点,① 部分学生或工人更是在身份上实现了学工"两位一体"的愿望。② 检视甲种工业学校所以能够成为学生与工人联合基地的原因,其情况大致有:(1)甲种工业学校实际上是以实业和就业为双指向而创办的学校,属于职业教育的一种,学生入学后基本上是"半工半读"性质。学校招生除了初中毕业生外,社会青年也是对象之一。学生来源多元化,造成的结果主要有两种:其一,学工混合局面出现;其二,学生对工人身份的期待感和认同感。虽然"出身"略有不同,但这并不阻碍他们在学校内彼此交流。(2)在校学生积极学习马克思主义;五四运动时期又与工人在运动中交汇、交流,直至走向联合。广州"五四运动"结束后,学生进一步走进工人群众中间,"其鉴和刘尔崧两人便常常到油业工会里去,给侯胡及工友们宣传革命道理。不久,'广东油业工会工人十人团'便诞生了。在其鉴和刘尔崧两同志的指导下,积极在油业工人中进行着马克思主义的传播工作,这时党和团的组织亦以这个十人团为基础,在油业工人中开展建立起来。从此广东近万名的油业工人,便在党的领导下,向资本家展开了激烈的斗争"。③

结　语

1922 年之前,共产主义青年组织并没有组建全国统一的领导机构,各地青年机构在本区域内自主发展、独自活动,"还是无系统,而各部分立,乱七八糟的"。④ 随着革命形势进展、共产党和共产国际做出指示,⑤ 以及在共产主义青年组织迫切需要领导机构及走向联合等多种因素综合推动下,才有了中国共产主义青年团第一次全国代表会议的召开。据学者考察,1922年 5 月之前建立团组织的城市主要有上海、北京、武昌、长沙、广州等,共计 17 个之多,⑥ 由于共产主义青年团中央机构处于待建状态,故而,当时

① 《中国人民伟大的战士阮啸仙(初稿)》,第 5 页。
② 中共广东省党史研究委员会编印《忠肝铁胆——周文雍烈士革命斗争史实片段》(影印本),1964,第 1—2 页。
③ 《广东农民运动杰出的领袖周其鉴(初稿)》(影印本),第 10 页。
④ 《维仁致忠夫、启汉、子由信》,广东省档案馆、广东青运史研究委员会编印《广东青年运动历史资料》,1986,第 3 页。
⑤ 《维经斯基给俄共(布)中央西伯利亚局东方民族处的信》,《联共(布)、共产国际与中国国民革命运动(1920—1925)》,第 31 页。
⑥ 李玉琦:《中国共青团史稿》,中国青年出版社,2010,第 38 页。参见《中国人民伟大的战士阮啸仙(初稿)》,第 4 页。

"团一大"在哪里召开都是题中之义，并不存在什么大惊小怪之处；因为共产党中央在上海活动，就将"团一大"召开的地方默认为上海的做法是不妥当的。讨论"团一大"在广州召开原因，探讨的重点应该在于广州能够给共青团组织提供怎样的社会环境、活动空间及其他条件（主要是指"天时""地利""人和"），而不是将关注焦点放在"伟大"或"重要"等带有衍生性质的"意义"层面上。社会主义青年团第一次全国代表会议在广州召开，它的开幕是多种因素共同推动的结果。其中，南方在政治、社会及学工联合方面提供的种种空间，是会议能够在穗顺利召开的重要缘由。人是历史事件重要的推动者和参与者，故而，对历史的关注和探究，最终也将落脚到对人的考察上。既要肯定人在历史事件中的作用，同时，也需要将人放到时势的背景下予以考察，在大的时代潮流中，人往往被裹挟前进。"团一大"在广州召开，少不了广东籍革命先烈的不懈努力，但是，即便如此也不能将功绩完全归功于个人，还要看到时势及"历史土壤"对历史事件的培育和促发作用，过于突出个人作用，某种程度上是"英雄主义"思维在作祟。

[作者单位：广东技术师范大学马克思主义学院]

从"共治"走向"共谋":全面抗战时期 国民政府地方治理研究[*]

——以四川省为例

黄雪垠

内容提要 全面抗战时期,南京国民政府一方面强化基层行政网络,加大对基层社会的控制;另一方面构建地方自治系统与各级民意机关。二者共同构成了地方治理制度。作为抗战大后方,四川省的地方治理情况表明,行政机构的繁复与行政人员的良莠不齐、民意表达的有限性以及哥老会的侵蚀和扭曲,严重消解了地方治理的有效性与合法性。这个治理体系在实际运行中,呈现出政府主导、地方协助、哥老会渗透三者"共存"局面。南京国民政府的地方治理模式,在一定程度上顺应了现代国家构建导向,但是其治理实效背离了"民主国家"的主流政治追求。

关键词 南京国民政府 地方治理 官治与自治

在国家治理体系中,地方治理处于基础性地位,很大程度上决定着国家治理体系的实际效能。南京国民政府建立后,在面临现代国家建设和中共农村革命的双重挑战下,逐步形成一套在理论上具有双向维度的、官治与自治相结合的地方治理模式。对于这一模式的研究,既有整体性的全貌考察,[①] 也

---

* 本文系教育部人文社会科学研究青年基金项目"近代中国地方行政治理研究(1912—1949)"(项目号:17YJCZH068)、国家社会科学基金西部项目"从朝廷到政府:近代中国行政制度变迁的内生性力量研究"(项目号:18XZZ010)阶段性成果。

① 如魏光奇《官治与自治:20 世纪上半期的中国县治》,商务印书馆,2004;曹成建《地方自治与县政改革(1920—1949)》,四川人民出版社,2005;王兆刚:《民国时期乡村治理的变革模式及启示》,《江西社会科学》2016 年第 1 期;等等。

有区域性的实例分析。① 本文的出发点有二：第一，在整体性的考察上，补足非正式社会力量对地方治理效果异化的相关内容。在南京国民政府地方治理模式中，除了官治与自治之外，还有一种游离于政府与民意机关之外但又对地方社会有实质影响力的"第三种力量"——帮会组织，这种力量在四川省的地方治理中作用尤为突出，不能视而不见。第二，注重地方治理的实效考察，本文从地方主官施政时不同的路径选择入手，考察应然（制度政策）与实然（实际运行）之间的差距，并试图分析其原因。本文从"治理是如何被组织起来的，又是如何异化的"这一目标出发，梳理政府、民意机关（正式的社会力量）、哥老会（非正式社会力量）三者在基层治理权力角逐中的关系，探寻国民政府治下四川省的地方治理实态，一斑窥豹，为国家治理现代化提供历史镜鉴。

一 以官治求自治："积极政府"
构建与行政权力下探

南京国民政府对中国形式上的统一，缓解了晚清以来上层政治的失控和下层政治的失序状态。"中央层面，尽管国家统一建立在多方力量妥协的基础之上，仍然相当程度上遏止了社会政治的失序状态，使得国人期盼的强大政府似乎有了实现的可能；同时，在政府主导下，权力向基层社会下探的趋势进一步强化，政府控制能力趋于严密。"② 中国传统的"简约国家"理念有意控制政府规模，在王朝统治时期，这种消极治理虽然遭遇多种挑战，但由于帝国的根本制度没有变，仍能勉力维持上千年。近代国门洞开之后，面临西方国家挑战，这种消极治理的统治方式在组织民众、汲取资源、社会动员等方面的滞后性和脆弱性一览无余。国民党在南京建政之后，"不但不要限制政府权力，反要塑造积极、有为的'万能政府'"。③ 九一八事变后，危机理论被留学欧美的学者带回中国，"现实中国的实际政治，既非

① 肖如平：《民国时期的保甲与乡村社会治理——以浙江龙泉县为中心的分析》，社会科学文献出版社，2017；王先明：《从自治到保甲：乡制重构中的历史回归问题——以 20 世纪三四十年代两湖乡村社会为范围》，《史学月刊》2008 年第 2 期；王奇生：《战前中国的区乡行政：以江苏省为中心》，《民国档案》2006 年第 1 期。
② 黄道炫：《抗战时期中共的权力下探与社会形塑》，《抗日战争研究》2018 年第 4 期。
③ 王向民：《民国政治与民国政治学：以 1930 年代为中心》，上海人民出版社，2008，第 210—211 页。

民治，也非独裁……中国及中国人民现时所需要的是安定繁荣……现在需要的是集中政府力量"。① 积极有为成为国家治理的功能取向，对地方社会的有效管理和高效动员成为地方治理的价值取向，这就需要在基层构建系统的行政组织和培养与之相适应的行政管理人才。

1. 基层行政组织系统化和空心化的矛盾

强化国家权力对地方社会的控制，首先是增设行政层级，把权力网络铺设到基层。以四川省为例，到1945年时该省已建成了一套全面覆盖的地方治理组织系统。

从图1可以看出，省政府、县政府、乡镇政府为"块"的管理，省的各厅处局会、县政府的各科室会、乡镇各股、保甲各具体负责人在业务上又直接关联，为"条"的管理。行政督察专员公署和区署同为弥补政区过大、政令不畅的转承机关。县以下的区署、乡镇、保甲为基层行政机关，负责执行具体政务。在各区署、乡镇中有专办民政、财政、教育、建设等的职员，保甲长则是所有民、财、教、建、兵役等各项政务的具体办理者。以县政府为行政中心，县府各科室、乡镇各股、保甲各具体承办人形成上下一体的基层行政体系。各级民兵队与学校相继建立，实现"教""卫"的职能，"管、教、养、卫"的地方治理系统逐步形成。

这个组织系统中，省政府机构最繁、配备的员额也最多，县政府次之，而到执行具体政务的区、乡、保甲，机构最简、人员最少，呈典型的倒金字塔结构。1945年"全省各县府共辖区署151所，乡镇公所4501所，保办公处63095所，甲长办公处662943所"。② 机构数量比1937年翻了一番，但是基层行政系统中，往往是一人承办若干项事务。据统计，县长兼职通常多达20个，1941年经过精简之后，县长的兼职仍有12个之多。③ 县长、区长、乡镇长、保甲长常常在文山会海中终日惶惶，因循塞责。地方政务变成了"填报表册""呈转公文""出席会议"之类繁杂事务。④ 某个征收局的职员曾这样抱怨："近来事情麻烦极了，除了日常工作外，填各方所要

① 张忠绂：《政治理论与行政效率》，《独立评论》第135号，1935年1月13日。
② 四川省民政厅编《民国二十九年至三十四年四川省各类情况》，1945，第130页。
③ 四川省政府民政厅主编《四川省政府机构人事法规辑要（1940年11月—1941年5月)》，西南印书局，1941，第41—42页。
④ 参见王奇生《国民党执政时期县长的人事嬗递与群体角色——以1927年至1949年长江流域省份为中心》，章开沅等主编《中国近代史上的官绅商学》，湖北人民出版社，2000，第207页。

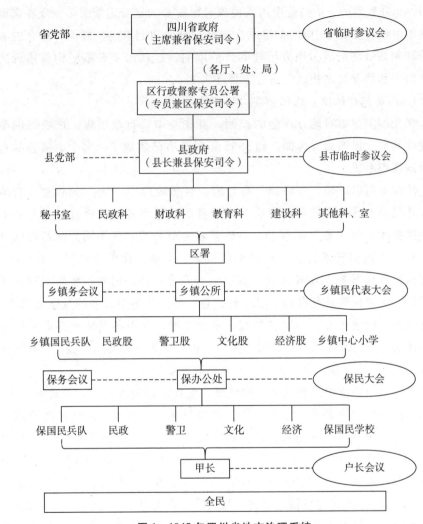

图 1　1945 年四川省地方治理系统

的各种调查表，在某一月内就一共有十三次，我们还不是依样画葫芦，随便填写进去。因为好些事我们根本就不明白。"① 时人评价基层行政的状态是"有形式而无实质，有机构而无机能，有意识而无事业"。②

　　同时期的共产党人对国民政府这种本末倒置的行政结构的观察是有典

---

① 黄鹏基：《关于目前县政的三个实际问题》，《四川省行政研究会会刊》第 1 卷第 1 期，1937 年 9 月。

② 《新县制实施成绩总检讨》，《县政》第 2 卷第 1 期，1943 年 1 月。

型意义的："旧政府的组织机构，是头大脚小的，国民政府有极复杂完备和庞大的分工与组织机构，而村级却只有一个村长，区则只有区长和少数助理员，因此国民政府一切政令一到县级或区级即往往'寿终正寝'变成了废纸。"①

2. 基层行政人员的"现代化"与"官僚化"矛盾

基层行政网络广泛铺开，要保证其运行效果，就需要大量具有行政技能的人才充实。"以四川来说，全川约计有 8000 乡镇，乡镇长及佐治人员至少四五万人，短时间内实难有好的办法产生这么多合适的人才。"② 不单四川如此，"以新县制全部实施为前提，则应用之新干部，为数甚多，各省恐均有才荒之叹"。③ 各种短期速成训练成为实现行政人员"现代化"的主要办法。1940 年 5 月，四川省训练团开设地方行政干部训练班，到 1942 年 4 月，四川省共计 3613 个乡镇公所的 11918 名职员参加了甄训，正副乡镇长的受训率高达 79.41% 和 69.3%，股主任有近一半的人受训，普通的办事人员也有五分之一受训。受训学员除了要完成"三民主义"的基础课程学习外，还分为民政、财政、教育、建设分班进行专门学习，使来自基层的行政人员既能全面提升政治素质，又能使其行政技能专门化，即达到行政人员的"现代化"标准。

速成班的训练时间一般不超过半年，参训人员多缺乏实际行政经验，虽然解决了行政人员缺乏的困境，但他们的"现代化"程度是极其有限的，更多的是政治上的热情。"由于这股子傻劲，对于上峰的政令，总认真忠实去执行，有了这些生力军，四川的行政在这段时期可说是很有效率的了。"④ 胡次威就任四川省民政厅长后虽然对县训人员大有微词，但也不得不承认"目前可用的行政人才很难找，县训出身的可说是成熟的人才"。⑤ 这些"人才"初出茅庐，缺乏经验，不免有些幼稚，虽然"在资源榨取和乡村共同体管理方面对国家所起的作用是无法估量的"，⑥ 但对于参训人选并无严格把关，其品质的良莠不齐也就在所难免。一些"失业青年，皆以受训为其

---

① 彭真：《关于晋察冀边区党的工作和具体政策报告》，中共中央党校出版社，1981，第 25 页。

② 曹钟瑜：《新县制的干部线训练问题》，《现代读物》第 5 卷第 1 期，1940 年。

③ 《社论：新县制实施诸问题》，《中央日报》1940 年 2 月 13 日，第 2 版。

④ 潘光晟：《四川县训所纪要》，《四川文献》第 179 期，1981 年 4 月 1 日，第 33 页。

⑤ 潘光晟：《四川县训所纪要》，《四川文献》第 179 期，1981 年 4 月 1 日，第 33 页。

⑥ 〔美〕杜赞奇：《文化、权力与国家——1900—1942 年的华北农村》，王福明等译，江苏人民出版社 2003，第 42—57 页。

出路，但贤与不肖者难分，平日不齿于乡里的市井无赖多混入其中"。① 自耕农、佃农、小手工业者等为了保障或改善生活，通过党、政、军的各种关系，进入基层行政系统。"据调查，一般县市乡镇的基层自治机构的人员，由当地的地主豪绅担任的情况很少，多数是以'新贵族'的身份自居的半新半旧的知识分子。他们期待改善生活，但乡镇人员的工资低。因此出现了各种腐败行为。"②

与此同时，自治组织人员也迅速"官僚化"。杜赞奇认为国家政权在华北社会的深入"如同侵蚀水土一样，是温和但却持久的"，③ 但四川省基层自治人员的官僚化却是迅速的。受教育较多或社会威望较高的基层精英，一方面随着各种考试与训练进入不断膨胀的行政机构，成了"长官"；另一方面进入基层民意机关，当起了"参议员"；还有的进入城市，从事其他职业。最基层的保甲组织往往只有地痞流氓或者热心地方事务但能力不够者，勉强充实。这些人由于自身力量弱小，又承担繁重政务，不得不依附于行政官僚或者地方望族，不能成为地方利益的真正代言者。官僚化之后的基层自治人员，常借行政权力之便勒索和榨取民众，基层民意机关也常常与之发生矛盾，地方治理的失控进一步加剧。

二　以自治助官治：基层民意的
有限表达与选择性执行

设立县各级民意机关，是国民政府地方治理改革的重要工作之一。作为战时大后方，四川省基层民意机关的建设和运行是比较有典型意义的。1942 年，广西、四川最早出现了基层民意机关——县临时参议会，当年全国成立县临时参议会 323 个，四川省独占 138 个。到 1944 年 6 月，已举行乡镇民代表会的乡镇数全国有 15703 个，四川省占 4462 个；已成立保民大会的保数 322689 个，四川省有 74947 个。④ 地处大后方的四川省在地方自治的政治实验中独占鳌头。1943 年，全省 143 个县市都成立了临时参议会，加上新县制建设中，在乡镇、保甲成立的民意代表会议，基层社会的民意

---

① 《基层政治管窥》，《新新新闻》1941 年 10 月 14 日，第 3 版。
② 李纪生：《农民问题与乡村社会》，《乡建院刊》第 2 卷第 9 期，1948 年 6 月。
③ 〔美〕杜赞奇：《文化、权力与国家——1900—1942 年的华北农村》，第 236 页。
④ 《地方自治》，国民政府行政院新闻局，1947，第 24—25 页。

机关初成系统。在法理上，在国家行政权力透过行政组织直到保甲的同时，民意诉愿也可以通过民意机关层层上达。在实际运行中，凡是有助于政府汲取地方资源和推行政务的，"民意"表达就比较顺畅，涉及地方民生的，则多是自说自话。地方治理的真实状态仍旧是以从上至下的单向度管控为主，自下而上的"自治"——无论是"民意"本身的真实性还是表达渠道的畅通，都大打折扣。

1. 基层民意的代表性与有限表达

以四川省南溪县的民意机构组成情况为例，可以一窥当时基层民意机构的人员构成情况。南溪县共有 33 个乡镇，452 保，4642 甲，52275 户。[①] 按照每保选出两名乡镇民代表的要求，南溪县 452 保应选出 1004 名乡镇民代表，但实际只选出 237 名乡镇民代表。这 237 名代表中，按照其资历统计，小学毕业者 42 人，占 17.7%；中学毕业者 146 人，占 61.6%；大学毕业者 26 人，占 11%；其他学历者 23 人，占 9.7%。[②] 可见，乡民代表中学毕业者占半数以上。

南溪县 13 名县临时参议员、7 名候补参议员中，仅有 4 人不是大学、专门学校或者师范学校毕业的。议长张福阶毕业于北平中国大学政治系，副议长包亦文则是直隶公立农业专门学校本科毕业的。[③] 他们大多接受了新式教育，文化素质普遍较高，不失为地方精英的组织。

表1　四川省县（市、局）临时参议会议长、副议长、
议员、秘书学历（1942 年 12 月）

学历	人数	占比
国内外大学及专门学校	930	38.56%
中学校	770	31.92%
其他	149	6.18%
不详	563	23.34%
总计	2412	100%

资料来源：《四川省县市局临时参议会议长副议长议员秘书履历》，《县政》第 2 卷第 4 期，第 16 页。

---

① 南溪县政府编《四川省南溪县县政统计提要》，1944，第 12 页。
② 南溪县政府编《四川省南溪县县政统计提要》，第 54 页，"乡民代表资历统计"。
③ 《南溪县临时参议会第二次大会会议录》，四川省档案馆，全宗号 54，案卷号 508。

表 2　四川省县（市、局）临时参议会议长、副议长、议员、秘书履历

履历	人数	占比
党务工作人员	158	6.55%
文官	551	22.84%
武官	351	14.56%
民众团体、教职员	1135	47.06%
其他	49	2.03%
不详	168	6.96%
总计	2412	100%

资料来源：《四川省县市局临时参议会议长副议长议员秘书履历》，《县政》第 2 卷第 4 期，第 16 页。

从表 1 来看，大学毕业及专门学校毕业的人数占总数的 38.56%；中学毕业的占 31.92%。两项相加，受过新式教育的约占总人数的 70%。表 2 显示，来自民众团体和教职员的多达 1135 人，占 47.06%；政界（文官、武官）合计占 37.4%；国民党的党务工作者只占 6.55%。结合 1941 年四川省对温江、成都、华阳、灌县、新津、崇庆、新都、郫县、双流、彭县、新繁、崇宁 12 县 "公正士绅" 调查，125 位 "公正士绅" 中，有 101 位担任或曾经担任过各种县级或乡镇级行政职务及民意代表。[①] 这些 "公正士绅"，来自政界的人数占总人数的 46.4%，来自军队的占 13.1%，来自教育界的占 18.2%，他们都有着广泛的人际网络，在地方上拥有强大的势力，对保甲长乃至于乡镇长、县长都有很大的影响力。[②] 由此可见，基层民意代表可以理解为地方精英（传统精英与现代精英）代表，而大多数的农民仍处于失声状态，基层民意机关的代表性确实有限。同时还要注意，那些受过新式教育的地方精英，并不意味着他们就理所当然的充满现代精神。

2. 基层民意机关议案执行情况

再看看南溪县保民会议与乡镇民代表会议的议案内容分布情况。

---

① 《温江、成都、华阳、灌县、新津、崇庆、新都、郫县、双流、彭县、新繁、崇宁县公正士绅调查表》，四川省档案馆，全宗号 54，案卷号 3396。

② 《成都自贡市公正士绅调查表》，四川省档案馆，全宗号 186，案卷号 2195；《办理救济素富经验其有资望之士绅姓名年岁籍贯资历》，四川省档案馆，全宗号 186，案卷号 3005。

表 3　南溪县第一次保民大会与乡镇民代表大会提案情况一览

	项目	保民大会		乡镇民代表大会	
	总计	提案数 667	占比（%）	提案数 1123	占比（%）
自治事项	**管** 户口编查	69	10.34	59	5.25
	管 机构健全	73	10.94 21.28	58	5.16 10.41
	教 学校设立	112	16.79	390	34.73
	教 民众组织训练	26	3.90 27.29	27	2.40 41.4
	教 厉行新生活	44	6.60	48	4.27
	养 决定地价	2	0.30	20	1.78
	养 荒地开垦	13	1.95	24	2.14
	养 财政整理	36	5.40	58	5.16
	养 交通开设	42	6.30 22.05	112	9.97 38.46
	养 合作社推进	10	1.50	49	4.36
	养 救济实施	13	1.95	45	4.01
	养 造产实行	31	4.65	124	11.04
	卫 警备实施	162	24.29 29.39	58	5.16 10.59
	卫 卫生推进	34	5.10	61	5.43
委托事项	总计	187	100%	622	100%
	兵役	54	28.90	137	22.02
	禁政	26	13.90	80	12.86
	粮政	51	27.27	167	26.85
	国债募集	17	9.09		
	出征者优待	23	12.30		
	节约储蓄	8	4.28	61	9.80
	部队供给	8	4.28	21	3.38
	军民纠纷解决			33	5.31
	治水			69	11.09
	水利			54	8.68

注：乡镇民代表大会提案数应为 1133 件，原表误为 1123 件，为保持全表数据统一未做改动。

资料来源：《县政》第 4 卷第 2 期，1945 年 3 月 31 日，第 45—46 页。

　　从表 3 可以知道，"管教养卫"四项自治事项中，保民大会的提案较多关注地方治安与学校教育，乡镇民代表大会提案的热点则集中在 "教" "养" 两项上。政府委事事项中，保民大会和乡镇民代表大会提案的热点都集中在兵役和粮政上，此二者是当时基层政府最主要的政治任务，且与民众利益密切相关。根据提案内容的分布情况，可以看出这些提案比较真实地反映了民众的诉求。同时，民意机构的层级不同，对自治建立、社会发展、学校教育、政务施行等方面关注的侧重点也不同。

政府对议案的执行情况是检视民意机关是否真正发挥作用的标准。基层民意机关议案的具体执行情况，可以概括为：与行政任务关系大的议案，执行情况较好；与民生关系大的议案，则多找借口搪塞。阆中县的一位乡镇民代表非常不满意议案执行情况："现如今，动辄开会，解决各种国家大事，其实只是充当镇长和区长的帮办而已，征粮征兵的时候，我们的作用就大，办教育、修水库的时候，我们就没有作用了。"[①] 大邑县临参会对政府执行议案的情况也大为不满，"征粮之数虽巨，我们已尽力宣传动员。但现今米价飞涨，百姓怨声载道，城关乡民代表向我诉愿，希望政府能够出面，要求商会平抑米价，但是政府置若罔闻，一味以支援前线，抗战时艰为借口。若此以往，我们参议会岂非只有征粮征兵之责，而非民众之真正代表"。[②] 这种情况与地方民意机关成立的初衷不谋而合，"县市参议会应立刻成立，以便协助政府，推行粮政"。[③] 各级临参会只是政府的咨询机构，并没有被赋予真正的议会权力，对于议案的执行，全靠政府的自觉态度，临参会是毫无强制手段的。因此，临参会通过的决议"虽或已见实施，而大部则尚积滞"，[④] 也就不为奇怪了。

最基层的甲民会议更多的只是政务安排。《兴隆场》记载了一次甲民会议讨论派夫修建白市驿军用机场的情况，会议决定根据各家情况摊派费用从 3 块到 9 块不等；前几天的一次会议也"开的很顺利"，摊派的是军服钱45 元。[⑤] 大邑县的甲民保民会议和甲民会议也多是各种费用的摊派和丁役的分配，村民感叹"这（会议）只是取了好名声，其实就是喊我们缴钱"。[⑥]

自下而上的各级民意机关，既是传统乡绅自治思想的延续，又是现代民

---

① 《四川省政府、阆中县政府关于公职人员选举、地方自治工作考核》，阆中市档案馆，"民政科"，案卷号 4。

② 《粮商管理办理及平抑米价的训令》，大邑县档案馆，"大邑县商会"，案卷号 97。

③ 《四川省临时参议会第四次会议记录》，四川省档案馆，全宗号 49，案卷号 47。

④ 《大会宣言》，《四川省临时参议会第三次大会暨第一次临时大会决议案》，四川省档案馆，全宗号 49，案卷号 46。

⑤ 〔加〕伊莎白、俞锡玑：《兴隆场：抗战时期四川农民生活调查（1940—1942）》，邵达译，中华书局，2013，第 206—207 页。

⑥ 《黄唯乐往来文书》，大邑县档案馆，档案号 5，案卷号 121。

主制度的尝试。基层各级民意机构无论是在法理上，还是在实际运作中，对政府的监督和民意的真正表达方面都是有限的，其不但受限于行政权力，还要受到传统社会力量（哥老会）的制约。虽然有一些县临时参议会对县长的控告表明县临时参议会的职能有从"表达民意"到"问责政府"的倾向，但距离真正的基层民主还有很长的距离。同时，地方贤达与土豪劣绅在各级民意机关中都表现出高涨的政治热情，但占绝大多数人口的农民始终处于"被代表"的地位，无法真正发声。县临时参议会在法理上只是协助行政的机构，并没有被赋予现代议会的立法权与监督权，因此，各种议案的执行也往往是拈轻怕重、挑简去繁。地方各级民意机关并未真正成为地方治理的主体。

三　第三种力量：哥老会对地方治理体系的侵蚀与扭曲

无论是国民党，还是国民政府，在权力下沉到四川省基层社会的过程中，遇到的最大障碍就是遍布全川的哥老会（袍哥）。关于四川哥老会的起源及其在社会中发挥的作用，已有众多可信的研究成果。[①] 哥老会在成都平原、商贸重镇、交通要道广泛盛行，无论在时人的论述，还是在今日学者的研究中都是有据可查的。作为一支缺乏政治追求，但有强大民众基础的社会势力，哥老会组成人员复杂多样，在调解民间纠纷、联络地方势力方面影响广泛，善于充当政府与社会之间的"第三方力量"，和基层政府、民意机关一道，俨然成为地方治理的主体之一。

1. 哥老会对基层治理体系的渗透，严重消解了地方治理制度的合法性

游走在官治与自治之间的哥老会，严重消解了基层社会治理的合法性。"哥老会对地方政治有很大影响。具有类似政党的势力，有操纵地方一切的能力。"[②] 由于官员回避制度，县长新到一县任职，势必先拜谒地方实力派，

---

①　比较全面考察哥老会在四川基层社会运行的著作主要是王笛《街头文化：成都公共空间、下层民众与地方政治，1870—1930》，中国人民大学出版社，2006；《袍哥：1940年代川西乡村的暴力与秩序》，北京大学出版社，2018。以哥老会的性质、行为方式以及在地方社会的作用为主题的研究成果有孙江《抗战时期国民政府的社会统合与哥老会》，《四川大学学报》2021年第1期；山本真「一九四〇年代の四川省における地方民意機構——秘密結社哥老会との関係をめぐって」『近きに在りて』第54号、2008年11月。

②　易甲瀛：《犍为农村经济之研究》，萧铮编《民国二十年代中国大陆土地问题资料》，台北：成文出版社有限公司，1977，第27238—27239页。

才能顺利推行政务。"如（县长）杨晴舫之初到灌县，即拜访刁成芳（即刁云卿）；龙润泽之做灌县第二区区长，每日照例陪舵把子搓一圈牌，准备将来便于利用。"① 即便是联保工作"多数都离不开哥老会的支持。没有他们的支持，动辄就会遭到不满，命令难以实施"。② 因此，土劣得有置身政途之机会，政府威信式微，哥老会地位不降反升。

哥老会操纵地方行政官员仕途与性命的事件，也时有发生。新都县县长陈开泗回忆："农村治安差，强盗杀人天天有，人们为了贸易运输，不得不交给哥老会保护费，请求护送。结果，县内治安都被哥老会的头目握在手里。"③ 当他准备以官方力量一扫弊政时，遭到了袍哥组织的强烈反弹，组织周边八县之民众数千人围攻新都县政府，迫使他辞职。广安县哥老会首领谌克纯逼迫当地乡长购买自己所造枪弹，护安乡刘乡长不加入，谌克纯派人将其枪杀，而县政府对此"均置诸不问"。④

地方行政人员故意把部分权力"让渡"给哥老会，使哥老会成为部分地区事实上的治理主体。阆中县天宫乡相邻两家因琐事发生口角和肢体冲突，相约去茶馆讲理。由于双方火气太大，当地的堂口大爷也镇不住场面，其中一方跑到乡上告状。乡长故意不露面，而是把双方当事人押送到乡公所，关押了一整天，直到晚上才放出来，要求他们重新回茶馆讲理。⑤ 此类处理办法在璧山县也有发生。⑥ 可见，基层政府官员不太愿意卷入此类琐碎的民事纠纷中，故意把权力"让渡"给更具有民间威望的哥老会组织。

无论是哥老会对地方行政事务的主动介入，还是地方行政官员主动"让渡"权力，其根本原因都在于哥老会并非单纯的社会组织，其骨干成员身份具有亦官亦匪亦绅的多重性特征，而国民政府对哥老会的查禁也投鼠忌器，最终导致黑社会性质的帮会组织成为地方治理中的实际主体之一。

2. 成员身份的多重性促成哥老会成为无序社会中的有机结合体

四川省在长期的军阀混战中，地方社会处于无序状态，哥老会发挥了

---

① 《川西各县民众代表密呈》，四川省政府秘书处档案，全宗号 41，案卷号 1869。
② 杨予英：《宜宾农村之研究》，萧铮编《民国二十年代中国大陆土地问题资料》，第 21184 页。
③ 陈开泗：《回首八十年》，自印本，1986，第 89 页。
④ 《军委会电查广安哥老会首领谌克纯等非法组织》，四川省政府秘书处档案，全宗号 41，案卷号 1891。
⑤ 《柏亚、兴农、河西等关于查禁惩处哥老会首领的呈文》，阆中市档案馆，"社会科"，案卷号 3。
⑥ 〔加〕伊莎白、俞锡玑：《兴隆场：抗战时期四川农民生活调查（1940—1942）》，第 54 页。

将合法武装组织的民团与非法武装组织的土匪联系起来的作用，其成员的身份游离于官、绅、匪之间。从《查禁哥老会》卷宗中可以看到，苍溪县商会主席罗甫臣、广汉县连山镇联保主任刘晖、绵竹县县政府科员王伯显和联保主任张仁安、金堂县人赵镇联保副队长林里仁等都被控告为哥老会成员。① 此外，铜梁县土地呈报处队长钱济民"以哥老会大爷资格四处招摇"；② 龙泉哥老会舵把子卿云与小学校长陈英俊"动辄可召集二千人集会"；③ 彭县哥老会总舵把子刘治平、二十四军一三七师师长陈鸿文、哥老会绵竹县总通讯员古耀廷召开"县哥老会首领联合大会，决议购买枪支对付乡公所和县政府"；④ 重庆征收局局长胡尚武与成都警备部谍查主任徐子昌"组织熙成社，通过演剧筹措组织基金"；⑤ 这些都充分表明了哥老会成员身份亦官亦匪的复杂性。

"有钱"和"有声望"是哥老会骨干成员的共同身份标签。王笛认为"'茶馆讲理'这个实践显示了乡民的相对自治状态，他们试图在没有官方介入的情况下解决冲突，说明一种国家之外的社会力量的存在，这种力量是基于调解人的社会声望"。⑥ "调解人的声望"是百姓愿意去茶馆讲理的重要原因，这些调解人除了具有"袍哥大爷"身份，往往在政府、民意机关、军警系统里也身居要职，这才是哥老会组织长期在四川基层治理中占据一席之地的重要原因。虽然哥老会标榜的道德标准是"忠诚""仁义""勇敢"等，时人对其的观察却认为"哥老会的招人标准就是一是有钱，二是有声望，再就是运气好"。⑦ 在官方看来，哥老会可以有效调解民间纠纷和控制社会力量，部分官员甚至不得不借重袍哥身份，才能组织地方士绅完成行政任务（本文第四部分），哥老会的存在具有"工具性"作用。在百姓看来，哥老会中诸多人物是"吃官饭"的，找"袍哥大爷"调解纠纷、反映民意，本身就具有官方效力。

3. 政府查禁政策的进退失据强化了哥老会的第三方治理主体地位

国民政府对哥老会"法律明文禁止，私下变通执行"的处理模式，

① 《查禁哥老会》，四川省政府秘书处档案，全宗号41，案卷号1867、1869。
② 《铜梁哥老李（钱）济民》，四川省政府秘书处档案，全宗号41，案卷号1871。
③ 《简阳哥老会及有关简阳视察报告》，四川省政府秘书处档案，全宗号41，案卷号1880。
④ 《调查彭县哥老秘密开会》，四川省政府秘书处档案，全宗号41，案卷号1889。
⑤ 《成都春熙路东南西北四路哥老组织西城（熙成）社》，四川省政府秘书处档案，全宗号41，案卷号1879。
⑥ 王笛：《袍哥：1940年代川西乡村的暴力与秩序》，第121页。
⑦ 〔加〕伊莎白、俞锡玑：《兴隆场：抗战时期四川农民生活调查（1940—1942）》，第284页。

造成了在地方治理中，无论行政官员，还是老百姓，都不得不默认，甚至依赖哥老会的组织力量。1936 年 10 月，四川省政府颁布了《四川省惩治哥老会缔盟结社暂行治罪条例》，11 月又颁布了《修正惩治哥老会实施规程》，但政府对哥老会的查禁力度有限。究其原因，主要在于：第一，政府官员与哥老会关系密切，二者有着利益联系。越是基层的行政组织，对中央和省府及专员公署的向心力越弱，他们薪资微薄，升迁空间狭小，基层行政事务繁多，无论是出于经济需求还是政治需求，他们都需要和哥老会紧密联系。第二，政府无法消除哥老会赖以存在的社会经济基础。任何一个社会，只要烟、赌、毒和其他暴力勾当盛行，黑社会性质的犯罪组织就会应运而生。民国时期的四川省，经济落后、兵匪横行、社会治安恶化，政府疲于应付，对地方社会的控制与管理程度十分有限，哥老会存在的社会经济条件没有消失，政府对哥老会的查禁自然也无法收到实效。

20 世纪 40 年代的哥老会已经"不是名副其实的'秘密社会'组织了"，[1] 其不单是"下层民众的一种无形的组织……甚至中等阶层的各色人等，为了适应环境也乐于参加，中上等人为增高自己在社会上的声望，也有人不惜与'袍哥'相周旋"。[2] 与此同时，将哥老会合法化改造的呼声不断出现。有的建议将哥老会国民党化，使其在抗战建国时期协助政府推行地方自治、肃清土匪汉奸、宣传兵役、办理社会慈善事业和学校、组织义务警察维持治安、仲裁普通人事纠纷、开垦荒地、创办合作社发展经济等；[3] 有的建议利用哥老会力量招安土匪抗击日本；[4] 有的尝试利用哥老会对付中共；[5] 有的地方官员秘密联络哥老会成立乡村自治联合会；[6] 等等。立法院院长孙科称："袍哥是一个有力的民众团体。……是民间的中间份子，有领袖的威信与领导作用，只要好好利用，不让他沦入普通帮会之路，

---

① 王笛：《袍哥：1940 年代川西乡村的暴力与秩序》，第 36 页。

② 冠群：《成都的"袍哥"》《周末观察》第 3 卷第 7 期，1948 年，第 14 页。

③ 傅况麟主编《四川哥老会改善之商榷》，四川地方实际问题研究会，1940，第 23—24 页。

④ 《关于四川各地哥老秘密联络之事实》，四川省政府秘书处档案，全宗号 41，案卷号 1869。

⑤ 国民党中央组织部长谷正鼎认为"务使帮会不为中共及民盟利用，并透过帮会中之党团作用，随时予以反动派以打击"。见《谷正鼎呈建立本党领导力量与防止帮会组织办法以防各党派利用其为政争工具等文电日报表》，台北"国史馆"藏"蒋中正总统文物"：《一般资料——呈表汇集（114）》，典藏号 002 - 080200 - 00541 - 049。

⑥ 简阳警察局长李懋久联络哥老会组织"资简乡村自治联合会"。见档案《附抄情报一份》。四川省政府秘书处档案，全宗号 41，案卷号 1892。

是非常有力量的群众组织。"①

由于国民政府基层控制力薄弱，地方治理仍然很大程度上要依赖于地方力量，包括蒋介石在内的国民政府高层对地方势力的态度常常首鼠两端，"既不想失去士绅的支持，又想讨好民众"。② 终国民党在四川统治的结束，政府既无法彻底消灭它，也无法"好好利用"它，哥老会成了地方治理合法化与规范化进程中最大的扭曲力量。尽管政府已经通过保甲制将权力网络延伸到基层社会，但是袍哥组织依旧在权力运用、社会控制、纠纷调解以及文化生活方面等诸多方面，比正式的权力组织——政府以及传统的家族、宗教团体更有效，甚至可以成功地抵抗国家某些计划的渗入。③ 究其根本原因，还是在于国民政府地方治理政策自身的缺陷。尤其是哥老会的主要活动常与反抗征兵与征粮有关，"对于苦于战争的民众来说，加入哥老会或许是摆脱窘状的一个手段"。④ 某种意义上，哥老会成为地方治理中"第三种力量"，也反映了穷苦百姓对政府的失望。

四 从"共治"走向"共谋"：三个县级 地方治理的实例

全面抗战时期国民政府的地方治理，力求"官治"与"自治"并举，"成为世界上最优良的地方政制"。⑤ "上传下达，令行禁止"往往只是基层工作的理想状态，基层政府为完成繁重政治任务，不得不依靠地方各种势力"合作参与"，从"共治"走向"共谋"。

1. 陈县长的失败

1937 年 4 月 11 日，新都实验县正式成立。陈开泗因为"曾在兰溪实验县等地工作，对于县政改革、推行土地陈报等具有经验"，⑥ 并且在浙江和湖北的县政实验中均有出色表现，被晏阳初推荐为新都实验县县长。然而，

---

① 张三：《重庆的参议员》，《星光》1946 年第 3 期，第 3 页。

② 黄道炫：《张力与限界：中央苏区的革命（1933—1934）》，社会科学文献出版社，2011，第 214 页。

③ Isabel Brown Crook, Christina Kelley Gilmartin, Yu Xiji, *Prosperity's Predicament*, Maryland: Rowan & Little field Publishers, 2013, pp. 121 – 122.

④ 孙江：《抗战时期国民政府的社会统合与哥老会》，《四川大学学报》2021 年第 1 期。

⑤ 黄伦：《地方行政论》，《民国史料丛刊》第 77 册，大象出版社，2009，第 144 页。

⑥ 吴相湘：《晏阳初传——为全球乡村改造奋斗六十年》，岳麓社，2001，第 302 页。

1938 年 11 月 10 日，川西各县哥老、团丁千余人突然包围新都，要求停止征兵，撤换县长陈开泗，取消实验县，造成有名的新都围城事件。在关于"新都事件"成因的分析中，有两种意见：一是政治派系斗争；二是陈开泗的地方改革影响了哥老会及地方特权团体的利益。[1]

毕业于中央政治学校，曾经在兰溪、金华、黄冈等地县政建设中颇有经验的陈开泗，到任新都后很快就发现该县的县政是由"特权团体"把持的。县内大小事务兴革，必须与其协商，各种机构主管，必须由其推荐，这个团体"只知保持其既得权益，不论是非，不知改革为何事"。[2] 他初到任职时，县内有大小委员会 18 个，这些委员会职权无划分，任期无限制。他假定每个委员会人员为 10 人，全县有 180 名社会人士参与政务，似乎表明政府广纳民意，具备一定的民主性。但事实是，经过精确核算后，只有 35 人担任这些委员会的委员。这些委员中 32 人居住在县城，只有 3 人常住农村，没有一个从事农业。新都县的大小事务皆由这 35 人垄断，类似乡村寡头政治，对外名曰"自治团体"。这个地方权贵团体中，有些人既是国民党党员、民意代表，又是袍哥大爷，还是家族族长，他们利用多重身份，牢牢地掌控了地方事务。陈开泗精简行政经费的改革，被冠以"措施不恰民意，或乱民众视听"之名遭到抵制。[3] 当他试图整顿地方武装系统"袍哥军"——特权团体的最大靠山时，以荀荣山（全汉公总舵把子，1942 年新都县临时参议会参议员，1946 年县参议会参议员）为首的地方权贵对陈开泗发动了最后的反攻，集结了周边八县数千名民众围攻县政府。事后川康建设视察团到新都考察，得到的答案是"前任县长不肯接见地方人士"，以至于"县府与人民隔绝"。[4] 在这里，"人民"显然只是那些能接触到视察团的地方权贵，真正的人民实质上是发不出声音的。陈开泗的县政改革在新都折戟沉沙，除了因为刘湘去世导致新都县政改革失去政治靠山的因素外，陈的改革措施严重损害了地方势力的利益，也是主要原因。

---

① 张艺英、李军：《外来主体与近代乡土社会：以中华平民促进会的"新都实验"为例》，《上海大学学报》2018 年第 1 期。

② 陈开泗：《回首八十年》，第 92—93、101—102 页。

③ 王化云：《新都事变始末》，《新都文史资料》第 1 辑，政协四川省新都县文史资料研究委员会，1984，第 116 页。

④ 国民参政会川康建设视察团编《国民参政会川康建设视察团报告书》，《近代中国史料丛刊》第 61 辑，台北，文海出版社，1971，第 273—275 页。

2. 康大哥的无奈

1938 年 12 月，与新都县相邻的新繁县①迎来了新一任县长。新县长是"有汉循吏之风"美誉的出自黄埔军校的康冻。康县长作风清廉，摈弃官场繁文缛节，要求大家以"康大哥"相称，事事亲力亲为，常着一双草鞋下乡视察民情，颇得民众爱戴，有"草鞋县长"之美誉。②

康县长对待地方权贵没有像陈开泗那样集中打压，而是采取了"团结一批，打压一批"的办法。他依靠四川省会疏散警备司令部谍查队长何建之（亦为"袍哥大爷"）的力量，在剿匪、禁赌、禁烟等方面成效斐然，社会日益安定，却得罪了鄢叙五、李树骅等地方实力人物。其实，康冻到任之初，新繁县府的老员工郭某曾向康进言说："鄢叙五工心计，会办事，有魄力，且在地方势力大，若能联系团结他，公私皆利，庶政即易推行，否则阻碍重重，诸多不便。"③ 但是，康冻决意整肃地方政治，试图以国家大义为号召，获得鄢、李等人的支持，新繁文化名人吴虞就曾记录"土劣同盟与康县长为难"，但县长还是要请土劣吃饭，以图缓解冲突。④ 康冻拉拢外人、厉行新政的行为遭到了地方权贵集团的嫉恨，省府在收到地方士绅的申诉后，决定调离康冻。与上文新都围城事件有异曲同工之妙的是，何建之利用袍哥组织召集了近 2 万民众集会要求康留任，甚至组成"苦留团"步行至成都请愿。由于受到民众广泛支持，康县长暂时得以留任。但不久之后，由于四川省省长人事变动，再加上鄢叙五等人的持续申诉，康县长被调离到边地汶川任职。1940 年 4 月，康大哥的县政改革就此止步。比陈开泗离开新都时的黯然失色，康冻的生命安全亦受到威胁，集军阀、袍哥大爷、地方士绅多重身份于一身的李树骅架着机枪"恭送"康大哥离开。吴虞对此愤懑地讥讽更甚的是"此共和国之政也"。⑤

3. 冉大爷的最优选择

冉崇亮于 1940 年就任新都县县长后，有陈开泗、康冻的前车之鉴，立即加入全汉社成为"袍哥大爷"。其实，冉崇亮在就任新都县长前，已在江安、三台等地任县长多年，是四川军阀邓锡侯的部下。冉县长的选择是正

---

① 新繁县于 1965 年并入新都县。
② 王应常：《草鞋县长康冻》，《文史杂志》1992 年第 6 期。
③ 《新都文史》第 1 辑，第 153 页。
④ 《吴虞日记》（下），四川人民出版社，1986，第 803、804 页。
⑤ 《吴虞日记》（下），第 828 页。

确的，相较于只干了一年就被赶走的陈开泗与康冻，冉大爷在地方势力的协助下，在治安方面全凭袍哥和地方军头维持，禁烟禁赌也只做做样子，一直干到 1946 年 7 月方才离任。当时新都县的歌谣这样描写："新都县城两个怪，一个瞎来一个跛，跛子见钱跑得快，瞎子见钱眼睛开。"[①] 冉崇亮有点脚跛，其弟冉崇暄任县税捐处长，有眼病。兄弟二人联手搜刮民财，故又有"冉糍粑"之绰号，谓其掉在地上灰都要粘一饼。冉崇亮的政治名声可见一斑。

冉崇亮深知地方势力的根深蒂固，他利用多方力量互相钳制，在官场上游刃有余。县志资料记载："民国 30 年，川康绥靖公署副主任潘文华派军需主任来新都调拨军粮。新都县长冉崇亮不予支付，两人大闹一场，后由全汉社舵把子陶荣山从中斡旋。冉承认调拨，方才平息波澜。"[②] 冉崇亮自己是国民党党员，但是国民党在新都始终没有能够"一统天下"。"原因在于新都县曾经有个是官场老手的冉崇亮当县长，他深深懂得地方势力如果形成了一面倒的局面，掌握在一个派系的手中，当县官的就会受到掣肘，难于应付。于是他在新都扶植起一个青年党来与国民党抗衡，以收鹬蚌相争之利，结果冉崇亮在新都是饱载而去。"[③] 冉崇亮在多方力量中搞政治平衡，在其任内，每年的征粮、征丁任务都顺利甚至超额完成，同时还支援兴建新津、三水两大机场，虽然也偶有民众控告，但他的仕途丝毫不受影响。[④]

陈县长举着实验县的尚方宝剑，试图一举革新新都县政，遭到地方士绅和袍哥的全力反对；康大哥自身清正廉洁，无懈可击，对地方特权贵拉拢一批，打压一批，广受基层民众支持，但缺乏可靠的上层支持，其改革也折戟沉沙；冉大爷本着"打不赢就加入"的原则，彻底和地方特权阶层打成一片，既没有民众闹事，也没有引起士绅控诉，平安连任数年，他才是上级眼中"新县制"成功的典范。从他们三人的经历中可以看出，缺乏组织支持的地方治理改革是不可能成功的。陈开泗与康冻都是能吏，也充满政治理想，但是在基层政治中，地方士绅所结成的庞大社会网络，不允

---

① 成都市新都区地方志编纂委员会办公室、成都市新都区文学艺术界联合会编《成都市新都区民俗志》，方志出版社，2018，第 260 页。
② 四川省新都县志编纂委员会编《新都县志》，四川人民出版社，1994，第 901 页。
③ 《新都文史》第 8 辑，政协四川省新都县委员会文史资料委员会，1992，第 95 页。
④ 《新都县公民具控县长陈开泗、冉崇亮办理兵役不善、激成民变、贪污粮款的控案；第一区专署、四川省民政厅视察员查报情况与监院、行营、四川省府的训令》，四川省档案馆，全宗号 54，案卷号 5610。

许任何破坏其利益的改革存在。这些特权集团既可以假借民众之口向政府"申诉"，也可以利用私人关系在上层政治人物中游说，甚至利用非正式组织（哥老会）动员民众给政府施压。无论是国民政府，还是国民党，在基层都没有能够真正扎根，[①] 不能凝聚民心，所以冉崇亮的选择才是最适合的，披着国民政府县长和国民党党员的外衣是不够的，必须与地方势力（士绅、袍哥、宗族、军头等）打成一片，国民政府的县长才能完成政府交办的政务。

新都、新繁两地三位县长的任职经历表明：第一，国民政府的基层组织，只是地方众多势力中的一部分，根本无法整合地方其他力量，无法形成"中心"，国民政府没有解决基层社会的结构性问题，只是单方面加强行政体系，县长"面对实际情况缺乏强有力奥援，就只能'迷忽忽'过日子"；[②] 第二，国家权力与地方社会的合作，并非如国民政府所期望的那样，是"官治"与"自治"的有效结合，而是行政权力与地方势力的共谋；第三，凡是基于任何破除既有利益分配的前提才能达成的地方改革，几乎不可能顺利完成，只有彻底破除这些权贵集团的势力网络，基层社会治理的现代性转型才能真正实现。而这一任务，则是由中国共产党领导完成的。只有当中共通过大规模的社会动员和基层民主选举改变了传统社会的权力结构，其地方治理制度才真正促进了地方社会的现代性转变。

结　语

"当今中国国家治理体系是在历史传承、文化传统、经济社会发展的基础上长期发展、渐进改进、内生性演化的结果。"[③] 对全面抗战时期南京国民政府地方治理失败原因的分析，以"集权化手段推行地方自治"、[④] 以"官治求自治"、[⑤] 以党治为根本的"双规共治"、[⑥] "管理社会"与"社会管

---

① 王奇生：《党员、党权与党争：1924—1949 年中国国民党的组织形态》，华文出版社，2010。
② 王超然：《国共治理四川基层之比较（1935—1952）》，博士学位论文，台湾大学，2012 年，第 85 页。
③ 罗祎楠：《中国国家治理"内生性演化"的学理探索 ——以宋元明历史为例》，《中国社会科学》2019 年第 1 期。
④ 武乾：《南京国民政府的保甲制与地方自治》，《法史研究》2001 年第 6 期。
⑤ 魏光奇：《官治与自治：中国近代的县乡行政体制》，《中国改革》2002 年第 11 期。
⑥ 张嘉友、叶宁认为国民党的地方治理其本质是一种党治模式，参见《近代中国地方治理的演变历程》，《西南民族大学学报》2016 年第 12 期。

理"之间的逻辑矛盾①等分析都揭示出，国民党政权在追求现代国家建设中的选择困境。

南京国民政府所面临的情况：一方面是内部中共农村革命的威胁和外部民族侵略的政治现实，另一方面是"三民主义"的总理遗教和"政治现代化"的革命理想。前者要求国家权力的大力延展以方便汲取各种资源，完成国家统一（对政治资源的垄断）和抵御外辱的任务，后者要求国民党不能放弃革命政党的旗帜去放手榨取社会资源。因此，在治理理念上，加强行政网络构建与推进民意机关建设要并行不悖，对地方精英和黑社会组织也要兼收并蓄。治理主体可以是政府、民意机构或者哥老会，选择的标准在于谁能真正解决政府的问题。治理的手段，可以是行政命令、民意机关的提案和诉愿，或者是在哥老会成员的主持下"吃讲茶"。在治理的效果上，从"共治"的政治理想，逐渐异化为政府主导、地方精英协助、非正式组织（哥老会）渗透的政治妥协。全面抗战时期四川省的地方治理经验表明，南京国民政府的地方治理模式，在一定程度上顺应了现代国家构建导向，但是其治理的工具性明显地背离了"民主国家"的主流政治追求。

在建设一个什么样的国家尚未成定论之时，对善治的追求，只能是沙上之塔。南京国民政府地方治理模式，试图达成政党革命性与政府现代性的双重构建目标。但国民党这个初期具有革命性的政党，在执政后寻求秩序稳定和对政治资源的垄断，彻底放弃了革命政党的初衷和理想。在地方治理中，不再否定旧伦理秩序，而是寻求与传统力量（进步的与落后的）的和解或者共谋，政府与社会这种"颇为意味深长的关系"，② 使地方治理制度出现严重异化，"未能在基层塑造出有效的治理体制。可以说，无论在治理的正当性还是有效性上，国民政府都是失败了"。③

[作者单位：四川师范大学马克思主义学院]

---

① 王云骏认为编练保甲与地方自治之间是一种"管理社会"与"社会管理"之间的逻辑矛盾，参见《从自治到保甲：民国时期社会管理的政治学分析——基于南京推行地方自治的历史考察（1927—1937）》，《暨南学报》2013 年第 8 期。
② 黄道炫：《战时中国的抵抗与生存》，《抗日战争研究》2016 年第 1 期。
③ 何艳玲、汪广龙：《"政府"在中国：一个比较与反思》，《开放时代》2012 年第 6 期。

区域视角下地方自治税捐的形成与发展

——以民国晚期江苏为例

曹瑞冬

内容提要　地方自治税捐计有房捐、屠宰税、筵席及娱乐税、使用牌照税、营业牌照税五项。1941 年 11 月，国民政府正式确定其为县市财政的主要税源。到抗战胜利，自治税捐得以在江苏各县市全面或部分开征。地方政府采取"因地制宜"征收"特产税"的税政措施，以致税目繁多，税率参差，征收随意，加剧了区域间的发展差距及政府与纳税人之间的矛盾。纳税人以重复课征为由抵制异地征税，以区域间的税负差异为据表达减免税收的诉求。面对征收争议，国民政府强调维护税法权威，统一征收制度，取缔苛杂摊派，督促江苏省政府强化对县市税政的监管，要求县市政府在税务沟通中保持政策的统一。纵观自治税捐的形成与发展过程，可知税制统一是近代税收的发展趋势，区域均衡发展是近代地方自治的重要内涵。

关键词　自治税捐　民国晚期　江苏　税制统一

晚清民初，中国地方税收制度逐渐形成，后经南京国民政府不断推进，最终在县市地方确立了自治税捐制度，极大地促进了地方自治工作的开展。自治税捐计有房捐、屠宰税、筵席及娱乐税、使用牌照税、营业牌照税五项。全面抗战时期，国民政府为集中财力应对战时需求，决定统筹全国财政，于 1941 年 4 月中央五届八中全会决议通过《改进财政收支系统案》，将全国财政分为国家财政与自治财政两大系统，自治财政系统以县市为单位，先培税源，并"予以伸缩之弹性，俾应将来需要，而得因地制宜之便"。① 1941 年 11 月 8 日，国民政府公布《改订财政收支系统实施纲要》，明确将这五项税捐列为县市自治财政的主要税源。② 根据 1942 年度各省县（市）地方预算岁入部分税课收入统计，自治税捐占税课总收入平均为 52.04%。若将省（市）比较，自治税捐收入占税课总收入百分比最大者为贵州 79.3%，次为山西 74.92%；最少为陕西 10.25%，次则为宁夏 11.7%。③

由此可知，地方自治税捐在区域之间的发展极不平衡。江苏自抗战胜利后开征自治税捐，据江苏省档案馆所收藏的税捐资料显示，各县市在征管效率、税收制度等方面存在明显的差异，从而加大了地方财政的不平衡。完善财政建设固然是政府推进自治税捐的主要目标，但更值得注意的是，我们可由此观察区域之间的税收差异及其统一路径。目前，学界研究地方税收缺乏区域比较的视野，④ 故笔者拟以民国晚期江苏自治税捐的形成与发展过程为例，对税制统一与区域发展之关系进行深入解析。

一 自治税捐的区域差异及产生原因

1941 年以前，各省县市多有开征自治税捐，只是名目不同，课征对象、征收手续、课征税率、免税标准、处罚规则等税收要素更不一致。譬如房捐是土地改良物税之一种，全面抗战以前在地方财政中占有重要地位，不过征收区域仅限于重要城市，各县城镇未能普遍实施，致使税款流失。

---

① 《财政部公债司关于国库统一处理各省收支办法及自治财政实施方案与秘书处、地方财政司等往来文书》（1941 年 12 月—1946 年 9 月），中国第二历史档案馆藏财政部档案，三（6）-9826。

② 《改订财政收支系统实施纲要》（1941 年 11 月 8 日），江苏省中华民国工商税收史编写组、中国第二历史档案馆编《中华民国工商税收史料选编》第 1 辑上册，南京大学出版社，1996，第 799 页。

③ 《1946 年度地方财政司对主管业务之检讨及其改进（摘录）》（1947 年），江苏省中华民国工商税收史编写组、中国第二历史档案馆编《中华民国工商税收史料选编》第 5 辑上册，南京大学出版社，1999，第 41 页。

④ 民国地方税研究成果参见王燕《晚清杂税杂捐征收名目统计与厘析》，《史学月刊》2021 年第 4 期；柯伟明：《民国时期财政分权体制下田赋归属的变动》，《近代史研究》2021 年第 3 期；张侃、刘伟彦：《略论近代中国花捐的开征与演化及其财政 - 社会形态》，《近代史学刊》2018 年第 2 期；蒋匣正：《清末民国苏州的杂捐（1901—1937）》，硕士学位论文，苏州大学，2018 年；胡荣明：《地权与税制：抗日根据地农业税的结构性分析》，《中国经济史研究》2017 年第 1 期；汤太兵：《清末民初浙江县税考释》，《中国社会经济史研究》2014 年第 4 期。

1930 年 2 月，政府颁布《土地法》，第三百二十条明确"房捐应由房主负担"，而浙江、上海等地规定由房主、房客各半负担，且其所订捐率，"铺房捐有高至租价 15% 者，住房捐有高至租价 10% 者"，也与《土地法》第三百一十条"土地改良物税最高税率以不超过其估价 5‰为限"之规定相差甚大。① 再者，浙江房客所负担的半数房捐系属警捐性质。警捐原是县市收入的一部分，专门拨作警察经费。1940 年，警政部以中央负担各地警费甚巨，为减轻国库负担，将警察经费列为地方支出，彼时浙江各县财政已采统收统支政策，为弥补经费不足，乃恢复警捐，并择容易举办的房捐，与之合并征收。② 1942 年，警捐及房捐被浙江省政府规定为自治税捐，交由各县市政府经征机关统一征收，由于缺失统一章则，各县征收制度及税率大相径庭。③

　　全面抗战一经胜利，江苏省各县市便开始举办自治税捐，不过它们之间的开征情况存在差异：苏南吴县、无锡等县于 1945 年 9 月普遍开征，苏北各县大都未能及时开征，泰县、仪征等县即便于 1945 年底开征，又以开征时间短暂，未能征足本年度预算。④ 至 1949 年初，宿迁、连云港等县从未举办自治税捐，盐城、淮安等县开征部分税捐，溧阳、高淳、南通等县虽全面开征自治税捐，但未曾努力整顿，以致税收不旺。⑤ 这种区域差异在税捐收入上表现得更为直观。据江苏省财政厅统计，无锡、武进、常熟各县 1946 年度每月自治税捐收入均达十亿元左右，而南汇县每月收入仅一亿元左右。⑥ 1946 年江苏各县市自治税捐收入在县预算中所占比例平均为40%，1947 年只占 36%，其中各县最少者不及 10%，最高者达 50% 以上，详见表 1。

① 《各地方征收房捐暂行办法草案　房捐征收通则及有关文书》（1940 年 2 月—1940 年 11月），中国第二历史档案馆藏，财政部档案，一二（6）-17641。
② 《各省市县征收捐税及田赋附加捐限制办法》（1943 年 9 月—1945 年 2 月），中国第二历史档案馆藏，财政部档案，2003-3182。
③ 《黄岩县政年鉴》，黄岩县政府 1944 年编印，第 52 页。
④ 《令转省令免征三十四年度未经征起之五项自治税捐仰遵办的训令》（1946 年 5 月 3 日），苏州市档案馆藏，吴县县捐稽征处档案，I04-005-1044-044。
⑤ 《奉行政院令各县财政困难应力求合法税捐之整顿抄同原件》（1949 年 3 月 19 日），苏州市档案馆藏，吴县商会档案，I14-003-0553-111。
⑥ 徐泉：《县财政问题》，《南汇县政》第 1 卷第 5、6 期，1947 年 1 月 16 日，第 3—4 页。

表 1　江苏省 1947 年度各县市税捐收入占预算收入总额比例

百分比	县市数	县市名称
10% 以内	15	高邮、宝应、淮阴、淮安、涟水、泗阳、阜宁、沭阳、铜山、丰县、沛县、萧县、邳县、连云市、启东
10% 至 20%	13	丹阳、武进、江阴、太仓、泰兴、扬中、仪征、东台、宿迁、砀山、睢宁、如皋、海门
20% 至 30%	21	句容、金坛、溧水、溧阳、宜兴、常熟、吴江、昆山、松江、南汇、上海、青浦、金山、奉贤、川沙、嘉定、崇明、六合、赣榆、南通、江浦
30% 至 40%	6	江宁、镇江、泰县、兴化、灌云、靖江
40% 至 50%	4	高淳、吴县、宝山、江都
50% 以上	3	东海（50.7%）、无锡（61.3%）、徐州市（80%）

资料来源：孙鼎《地方财政中的税捐问题（附表）》，《苏财通讯》第 15 期，1947 年 8 月 1 日，第 11—15 页。

　　如表 1 所见，自治税捐在江苏各县市的征收情况差距明显。在税制方面，1945 年下半年，江苏省政府尚未颁布征收细则，各县举办自治税捐无所依循，但财政需款迫在眉睫，纷纷根据自身实际，或结合过去征收旧例，或参考邻县征收成例，制订征税办法，[1] 因此征税办法纷歧，各县税制亦难统一。到 1945 年底，江苏省政府对于各县所订征税办法"统筹整理，化繁为简"，依据中央颁布自治税法拟订征收细则，提请省府第三次委员会议通过，自 1946 年 1 月 1 日起施行。[2] 细则规定，各县市设自治税捐征收处，统一征收五项税捐，"各县市在接奉征收细则后，立即组织开征，已经开征者，亦按细则所定税目、税率切实办理"。[3] 虽然如此，苏北各县大都未能如期开征，亦未设立征收处，至 1946 年底，尚未完全复员者有南通、江都、砀山、泰县、靖江、泰兴、海门等县，未设置征收机构，而由县政府派员兼办征收事务。[4]

---

[1]　《为电请迅赐颁发自治财政各项税捐征处细则以利开征由》（1945 年 12 月 27 日），江苏省档案馆藏，江苏省政府财政厅档案，1003 – 002 – 2205 – 0017。

[2]　王懋功、董辙：《令各县市政府：为颁各县市自治税捐征收处组织规程及使用牌照等五项税收征收细则由》，《江苏省政府公报》第 1 卷第 2 期，1946 年 1 月 11 日，第 6—7 页。

[3]　《为提示整顿自治税捐应注意各点令仰遵照具报由，令征收处遵办具报》（1946 年 2 月 26 日），无锡市档案馆藏，无锡县政府档案，ML01 – 1945 – 004 – 0670。

[4]　王懋功、董辙：《令南通等三十二县市政府及南通等十三县税捐稽征处为订颁苏北各县市整理税捐应注意事项由》，《江苏省政府公报》第 1 卷第 36 期，1946 年 12 月 21 日，第 6—7 页。

在此期间，财政部一再督促地方积极举办五项税捐，作为自治财政的主要财源，但又于 1946 年 2 月向江苏省做出指示：各县如确因财政困难，收支不敷，在不与中央或地方法定税课抵触或重复之原则下，得因地制宜，开辟特别税课。① 此项特别税课，在江苏多被称为"特产税"。4 月，江苏省政府制订"举办因地制宜税捐办法"，通令各县市政府，以境内特产为课税对象，选择三种税目，经县参议会通过后，报省政府审核后开征。② 至 1946 年 7 月，吴县已开征茶花及制箔特产税，吴江、南通等县亦先后征收绸类、土布等特产税，江阴、常熟等县均已开征水产税，宜兴、溧阳、句容等县均举办山地特产税。③ 所以，各县市在五项税捐之外，又开征特产税，甚至有在中央法律之外，擅自向人民摊派苛杂者，如当时苏北各县乡镇经费短绌，常由当地驻军直接捐募借稻献金，及乡镇公所摊派月捐、门牌费、清乡军费、自卫团捐等项，④ "巧立名目，额外征敛"，⑤ 以致自治税捐的税目无法统一。

在税收征管中，纳税人最看重税率问题。1948 年 6 月，上海米高梅影片公司发行的电影在附近城市电影院上映，其中泰县电影院对于米高梅影片公司应得之收入款扣除营业税 1.5%、娱乐税 40%。后来米高梅公司致电财政部，从法律方面予以批驳，"娱乐税依法应由顾客负担，其税率最高不得超过票面金额 30%，此为票价以外之税课，并非对电影院所课征者，至营业税系对票价总收入所课征，应由电影院负担"，并指出上海附近城市的电影院娱乐、印花、营业等税税率不同，乃抄送各地税率表，请求财政部详细解释。⑥ 各地税率表如表 2 所示。

---

① 《马寅初全集》第 13 卷，浙江人民出版社，1999，第 583 页。
② 《内政部与行政院秘书处关于江苏省各县市举办因地制宜税捐办法的来往文书》（1946 年 4 月—1946 年 5 月），中国第二历史档案馆藏，财政部档案，一二（6）-10613。
③ 王懋功：《江苏省政府政情述要·财政会计编》（1945—1947 年），江苏省财政志编辑办公室编《江苏财政史料丛书》第 2 辑第 2 分册，方志出版社，1999，第 468 页。
④ 《为该县文村镇周前镇长摊派各项捐物令仰查明议处嗣后乡镇经费不得再行摊派由》（1946 年 6 月 11 日），江苏省档案馆藏，江苏省政府财政厅档案，1003-002-2784-0143。
⑤ 《为奉令严禁革除五项自治税捐外之苛杂不得额外征敛转仰遵照的训令》（1946 年 1 月 31 日），苏州市档案馆藏，吴县民捐稽征处档案，I04-005-1043-001。
⑥ 《奉财政部以据米高梅影片公司呈报上海附近各城市影戏院娱乐营业等税税率不同饬查明报核等电仰遵照由》（1948 年 6 月 10 日），江苏省档案馆藏，江苏省政府财政厅档案，1003-002-2659-0508。

表2　上海附近各城市影戏院娱乐印花等税率

城市	娱乐税	票券印花税	营业税
南京	营业总收入 3/13 或净收入 30%	净收入 5%	减除娱乐税后净额之 3%
苏州	营业总收入 4/14 或净收入 40%	包括印花税	净收入 3%
无锡	营业总收入 4/14 或净收入 40%	包括印花税	净收入 1.5%
常熟	营业总收入 4/14 或净收入 40%	包括印花税	净收入 1.5%
镇江	营业总收入 23% 或净收入 30%	总收入 5%	净收入 3%
杭州	营业总收入 3/13 或净收入 30%	净收入 5%	净收入 3%
温州	营业总收入 1/5 或净收入 25%	净收入 5%	净收入 3%
宁波	营业总收入 4/14 或净收入 40%	包括印花税	净收入 3%
常州	营业总收入 1/5 或净收入 25%	净收入 5%	净收入 3%
蚌埠	营业总收入 1/5 或净收入 25%	总收入 5%	净收入 3%

资料来源：《据呈上海附近各城市影戏院娱乐印花等税率不同令仰查明纠正由》（1948 年 5 月 15 日），江苏省档案馆藏，江苏省政府财政厅档案，1003 - 002 - 2659 - 0502。

表2可见，江苏各地娱乐税税率互不一致。1947 年 12 月 1 日，国民政府对《筵席及娱乐税法》进行第二次修订，对这一现象做出解释："凡以营利为目的之娱乐场所均征娱乐税，得由县市政府按娱乐性质，分别划分等级，经县市参议会议决课税，其税率不得超过票价 30%。"[1] 1946 年 12 月，国民政府颁布《筵席及娱乐税法》，将娱乐税税率规定为"最高不得超过票价 25%"，与之同时公布的《屠宰税法》等其他四种税法均作类似规定，并明确宣告："各项自治税法规定弹性税率授予地方民意机关以决定实征税率之权，系重视地方自治权能，俾能伸缩自如以适合当地政府量出为入之财政需要。"[2] 这一点深得经济学家马寅初的支持，"不仅税源有适当之弹性，税率有机动性能，即地方税收可以充分增加，避免苛杂之再起、摊派之叠出，而民众亦无复再有诛求无厌之痛苦"。[3]

可见，政府主张增加自治税捐的伸缩性，以收因地制宜之效，也直接导致各县市在税制及征收方面产生差异。《苏财通讯》在 1947 年 4 月发表

[1] 《筵席及娱乐税法》（1947 年 12 月 1 日），《中华民国工商税收史料选编》第 5 辑上册，第 594 页。
[2] 《行政院关于法定地方税捐延不开征者不予补助并不得开征特别税课的训令》（1949 年 2 月 20 日），《中华民国工商税收史料选编》第 5 辑上册，第 56 页。
[3] 《马寅初全集》第 13 卷，第 574—575 页。

顾俊升撰写的《县（市）财政应有之改进》对此有系统论述。文章认为，中国尚处于农业社会，田赋比较普遍，其余五项税捐，"工商业发达县市收数极旺，工商业没落县市收数则微，因此各县市以地理环境及经济条件的差异，致税收相差悬远，造成偏颇不均情势"。[1] 据统计，1947 年度吴县、无锡税捐收入预算达 120 亿至 130 亿，与苏北同年收入不满 20 亿的盐城、淮安比较，超过六倍以上，时任江苏省财政厅主任秘书孙善甫对此表示担忧，"贫瘠县份面积反大，教育落后，治安不靖，所需文化保安建设支出，有时反较富庶县份多，但以制度限制，省政府只有听其富者自富，贫者自贫，以致毗连之县，待遇相差悬殊"，[2] 进而提出纠正各县财政虚收实支之弊，对于搏节支出，"其中何者可省，何者可缓，应赋县长之权力，俾能斟酌地方财力，权衡轻重缓急，择要举办，发挥经济最大效果"，[3] 对于开发财源，"苏北各县政府应在纳税人税负公平合理原则下举办特产税，苏南各县则应努力整顿五项税捐，不得再有摊募情事，加重人民负担"。[4]

从统筹全省财政来看，"自治税捐"本就是中央赋予地方税权的表现，各县税率更不能统一规定。1943 年 9 月，行政院将 1941 年 8 月公布的《屠宰税征收通则》修订为《屠宰税法》，明确屠宰税按照实际重量及实售单价课征，"改过去从量课征为从价课征"。随后，除使用牌照税采定额税率外，其余三种税捐均经税法规定，采从价课征制。[5] 行政院之所以如此主张，是因为从量课征"不仅于商民负担殊欠公允，于政府损失亦非浅鲜"。[6] 假定1942 年 1 月份起，从量课征所订之税率为猪每头四元，1 月份猪每头在市场上的价格为二百元，至 2 月份，猪每头已涨价至四百元，"在肉商收益上已

① 顾俊升：《县（市）财政应有之改进》，《苏财通讯》第 12 期，1947 年 4 月 1 日，第 5—7 页。
② 孙善甫：《当前地方财政的几个问题》，《苏财通讯》第 9 期，1947 年 1 月 1 日，第 5—8 页。
③ 江苏省政府秘书处编《江苏省三十六年第一次行政会议特辑》，孙燕京、张研主编《民国史料丛刊》第 103 册，大象出版社，2009，第 92 页。
④ 王懋功、董辙：《令各专员公署、各县（市）政府：为提示卅六年度各县市执行预算及筹集乡镇自治经费注意要点仰遵照由》，《江苏省政府公报》第 2 卷第 8 期，1947 年 3 月 21 日，第 5 页。
⑤ 《呈报使用牌照税及筵席娱乐税税源太少难达比额请核备由》（1948 年 11 月 27 日），江苏省档案馆藏，江苏省政府财政厅档案，1003 - 002 - 1974 - 0117。
⑥ 《汪伪浙东行政公署呈请将浙东行政区屠宰营业税改从普通营业税征课标准办理案由》（1943 年 3 月—1943 年 11 月），中国第二历史档案馆藏，汪伪政府行政院档案，二○○三 - 3296。

增加一倍，但在政府税收上毫无增长，因此社会利益只为私人所占有"，但若以从价课征，屠宰税税率假定为值百抽二，则 1 月份猪每头应纳税四元，二月份因肉价上涨，则每头应纳税八元，"此即税收随物价而增加者，在负税公平及政府方面均为合理之要求"。① 尤其 1946 年 6 月全国内战爆发后，通货膨胀引起物价暴涨，各县屠宰税额不断提高，由此产生收入差异。1948年 5 月，东海县政府响应中央号召，对于本县肉价严加控制，导致肉价不及徐州、青岛之半数，外地屠商裹足不前，转向徐州等地销售，税收因此清淡。② 10 月，句容县城区市面猪只来源缺乏，是由于邻县高淳猪肉售价超过句容县，导致屠宰数量减少，屠宰税收备受影响。③

彼时，经济学家钱健夫在《大公报》上发表社评《财政的一统与均权》，表明支持地方财政的独立性和地方税源的伸缩性，不过是站在纳税人立场上。在筵席及娱乐税方面，1947 年 12 月中央税法统一规定全国最高税率，"但在内地省县，正当娱乐几等于零，偶有一电影院尚须课以娱乐税，不但收数甚微，且无异剥夺人民的娱乐权利。但在通都大邑，'一席之费千万，一舞之费数千万者时有所闻'，从价课以百分之百或百分之数百的娱乐税亦不为过"；在使用牌照税方面，私人小汽车之税额依照 1947 年 12 月修订税法，由原来的五万元增高至百万元，"衡以内地物价，税负未免过巨，而在京沪大邑，则每一私人汽车年纳税捐不过百万，亦复过少"，税负尤不公平。④ 在屠宰税方面，江苏各地猪肉价格非仅县市之间，城乡之间也高低悬殊，"若将乡区肉价降落，则税额短少，若将城区价格提高，则病商扰民"，于是 1946 年 5 月，江苏省政府命令各县市政府按照城乡肉价分别计算税额，并于税票上加盖"城区"及"乡区"戳记，以资识别而便稽核。⑤同年 9 月，江苏省政府修改规定，"课征屠宰税一律以城区肉价为标准"，江都县政府为免税负失平，决定统一按照城区肉价计算税额，但乡区税额

---

① 谭鹤洲：《论从价税与自治财政》，《新潮》（曲江）第 4 期，1942 年 3 月 22 日，第 21—22 页。
② 《呈报奉到规定调整屠宰课税单价办法令文暨税收清淡情形祈核备由》（1948 年 5 月 15日），江苏省档案馆藏，江苏省政府财政厅档案，1003-002-1336-0258。
③ 《为呈报本县最近屠宰猪只锐减原因仰祈鉴核》（1948 年 10 月 6 日），江苏省档案馆藏，江苏省政府财政厅档案，1003-002-1973-0029。
④ 钱健夫：《财政的一统与均权（下）》，《大公报》（上海）1948 年 2 月 5 日，第 3 版。
⑤ 《为据呈明屠宰牲畜课税价格城乡不能一致实在情形并规定五月份屠宰牲畜单价转陈鉴核示遵由》（1946 年 5 月 11 日），江苏省档案馆藏，江苏省政府财政厅档案，1003-002-2079-0182。

应比照城区延缓一句调整。① 因此，中央政府支持地方举办自治税捐，各县市政府更能充分发挥税收治理效能，促进区域之间的税收差异，以实现"裕收与便民"之目标。

二 自治税捐的区域差异与征收争议

1947 年 2 月，江苏省江北行政会议在淮阴县举行，各县税捐稽征处处长就自治税捐整顿实况做报告。其中徐州市税捐处处长封宗越提议"地方税率划一调整，由省统一收支"，理由在于：现行税率多系弹性规定，各县市实征率多参差不齐。因工商业荣枯不同及政治需要各异，吴县税率较轻，征收仅达限度，仍有余税，淮阴县税率较重，征收已及顶点，政费犹感不足。民众视前者为当然，对后者则叫嚣繁苛，影响税收甚大。② 3 月，江苏省政府依据 1946 年 12 月国民政府颁布的各项税法修订征收细则时，也关注到各县市税率的参差不齐，指出各县市财政情形不同，如任其自行拟订税率，会有如下情况发生：

> 拟订税率过低，影响收入；各县市税率参差，易滋纷争，考核尤为困难；屠宰税及使用牌照税各县市税率高低不同，易于发生避重就轻、取巧逃税情事；经济愈佳县份税负愈轻，贫瘠县市税负愈重，殊欠公平；各县市税率在提经县市参议会议决前，不得施行，往往贻误时机，影响库收。③

省政府的担忧确实发生了。房捐、营业牌照税、筵席及娱乐税的课税对象或为不动产房屋，或为固定商号或场所，不易转移，但屠宰税的课税对象要么是乡间肉贩化整为零，进城廉价兜售的猪肉，"未曾缴纳税款"；④

---

① 《为转呈县属乡区屠宰税单价比照城区延缓一句调整请示祗遵由》（1947 年 10 月 30 日），江苏省档案馆藏，江苏省政府财政厅档案，1003 - 002 - 2145 - 0369。
② 《为呈送 36 年度省行政会议工作报告书暨会议提案祈鉴赐核转由》（1947 年 4 月），江苏省档案馆藏，江苏省政府财政厅档案，1003 - 002 - 2780 - 0035。
③ 《关于呈省政府为修订五项税捐征收细则草案请核示由》（1948 年 1 月 23 日），江苏省档案馆藏，江苏省政府财政厅档案，1003 - 002 - 2822 - 0239。
④ 《为呈复城区屠宰税征收情形由》（1948 年 1 月 19 日），江苏省档案馆藏，江苏省政府财政厅档案，1003 - 002 - 2139 - 0202。

要么是擅长避重就轻的屠商。譬如丹阳与金坛两县毗连，1948 年 4 月金坛猪只每头课征屠宰税三十八万元，丹阳猪只每头课征六十六万元，丹阳县屠商请求减税未果，纷纷迁往金坛营业，向金坛县税捐处缴税销售。① 使用牌照税的课税对象则是懂得取巧逃税的上海市人力车夫，他们先向使用牌照税税率较轻的川沙、青浦等县税捐处纳税领照，再将车照上的"地名"字样毁去，置于人力车车端，继续在上海市区内载客行驶。②

显然，五项税捐的课税对象，无论人还是物，均应向所在地县市税捐稽征处缴税，领取票照收据，作为纳税凭证。1945 年 6 月 11 日，国民政府公布《使用牌照税法》，规定："凡使用公共道路、河流之车船、肩舆、驮兽须向所在县市请领牌照，缴纳使用牌照税。"1946 年 4 月，上海市政府不承认这项规定，对来自江苏各地的车辆一律扣留，要求使用人重新向上海市财政局缴纳税款，方可在市区行驶。③ 对于已在江苏县市纳税领照，后在上海市停留或经过的船只，上海市财政局派员调查使用牌照上所填载重量与应纳税款是否相符，及有否借用牌照之事，对于漏税船只进行补税处罚。④ 1947 年 10 月 29 日，六合县汽车业同业公会呈请江苏省政府维护中央税法，命令所属的江浦、金坛等县政府，与南京市政府及安徽省的盱眙、天长等县政府协调，对于已向六合县税捐处领有牌照的汽车免征使用牌照税，以后不得任意留难，否则"不仅手续繁难，捐税重重，负担过重，且有悖政府税不重征之旨，影响本县税收及政府威信至巨"。⑤

中央税法对屠宰税的异地征收问题未有明白规定，江苏省政府在执行税法时产生疑虑：屠宰牲畜已在甲县缴纳税款，运至乙县销售者，乙县应否征税？或由甲县运至乙县境内屠宰，而无纳税证明者，应否补征税款？⑥

---

① 《为电呈延陵俾城两处屠宰税减少情形请核备由》（1948 年 4 月 30 日），江苏省档案馆藏，江苏省政府财政厅档案，1003 - 002 - 2012 - 0156。

② 《行驶浦东的人力车牌照竟系川沙所发，是否合理，一市民盼当局解答》，《大公报》（上海）1947 年 11 月 2 日，第 8 版。

③ 《为上海市对本县之使用牌照常予扣留报请鉴核并乞转咨上海市政府查照法令办理由》（1946 年 4 月 6 日），江苏省档案馆藏，江苏省政府财政厅档案，1003 - 002 - 2083 - 0058。

④ 《为据本县税捐处呈以邻县所给使用牌照载重量与牌照上所征税款不符一节转请核示饬遵由》（1946 年 4 月 20 日），江苏省档案馆藏，江苏省政府财政厅档案，1003 - 002 - 2081 - 0139。

⑤ 《为据情转呈本县汽车公会请求豁免使用牌照税等情仰祈鉴核示遵由》（1947 年 10 月 29 日），江苏省档案馆藏，江苏省政府财政厅档案，1003 - 002 - 2144 - 0110。

⑥ 《为税捐处呈以征收屠宰税疑点祈核示由》（1946 年 3 月 25 日），江苏省档案馆藏，江苏省政府财政厅档案，1003 - 001 - 0223 - 0243。

无锡县政府则为了防止外地廉价猪肉来锡售卖，致屠宰税收短少，命令无锡县税捐处对外地猪肉补征屠宰税差额。[①] 面对政府的留难与苛索，纳税人及其团体迅速展开抗议活动。1946 年 4 月 5 日，苏北各地屠商联名致函无锡县政府，声称其运锡销售的咸猪肉已在江阴等地遵章纳税，"不仅持有税票，猪肉亦加盖验讫戳记"，无锡县税捐处不应再征屠宰税。[②]

与使用牌照税、屠宰税相比，营业牌照税的课税对象多系固定商号，其若有迁地营业者，依据 1946 年 12 月国民政府公布《营业牌照税法》规定，"应将旧照缴销，另行纳税领照"。并且，营业牌照税系按资本额划分等级课税，"凡须请领照之各类营业，先由纳税义务人将账据及资本额呈报"。[③] 这种呈报方式在公司商号间引起了不少争议，自 1947 年 9 月至 1948 年 7 月，中央银行、江苏省农民银行、上海世界书局、镇江汽车公司等先后致电江苏省财政厅，请求豁免其分支机构的营业牌照税。首先，分支机构设于江苏各大城市，"所有年度决算归总公司合并办理，分支机构资本并不划分"，[④] 或则"分支机构之增裁未能配合总公司变动，其资本额难以划分"，面对各地税收机关向分支机构催报营业牌照税，表示无所适从。[⑤] 其次，总公司已向其所在地税捐处请领营业牌照，"所报资本额系包括各分支机构在内，事属重复课征"。[⑥]

在纳税人看来，异地征税是一种重复课征，反映了其对税收公平合理的认知。另一方面，纳税人也通过区域之间的税收差异来衡量税负轻重。综合江苏自治税捐的征收情况来看，在县市收入中，除屠宰税占据重要地

---

① 《外来猪肉补征差额》，《人报》（无锡）1949 年 1 月 20 日，第 3 版。
② 《为呈请指示卤咸猪肉补缴屠宰税办法仰祈鉴核令遵，令征收处：据呈请指示咸卤猪肉补缴屠宰税办法一案指饬遵照》（1946 年 4 月 5 日），无锡市档案馆藏，无锡县政府档案，ML01 - 1945 - 004 - 0781。
③ 《营业牌照税税制概述（摘录）》，《中华民国工商税收史料选编》第 5 辑上册，第 560—561 页。
④ 《据上海世界书局呈为该公司资本并不划分对于各地分公司营业牌照税如何办理祈核示等情函请查照由》（1947 年 10 月 9 日），江苏省档案馆藏，江苏省政府财政厅档案，1003 - 002 - 2657 - 0307。
⑤ 《为课征 1948 年度营业牌照税案内关于钱业资本额未照税法规定抄呈原表仰祈鉴核示遵由》（1948 年 7 月 24 日），江苏省档案馆藏，江苏省政府财政厅档案，1003 - 002 - 1976 - 0060。
⑥ 《为准镇丹金溧汽车公司函复已向丹阳县税捐稽征处申请具领营业牌照本处应否课征仰祈鉴核示遵由》（1947 年 9 月 22 日），江苏省档案馆藏，江苏省政府财政厅档案，1003 - 002 - 2033 - 0176。

位外，其余四种税捐，仅在城市中收入较多，而在一般市镇中，为数甚少，不能视为县市地方的可靠税源。[①] 相比之下，全国内战期间的上海市财政长期以娱乐捐、筵席捐为主要税源。1946 年上半年度，此二种收入占税收总额 70% 以上。[②] 不过开征筵席及娱乐税无益于调节贫富差距及平衡税收负担，"更有季节性之淡旺，借以应付长期计划的市政建设不相适宜"，上海市政府故于 1946 年 3 月将筵席税的免税标准扩大至茶点米面等日常饮食店上，后至 1947 年 9 月，将筵席税起征点提高至 3 万元。[③] 与筵席及娱乐税相反，"房捐直接向纳税人征收，不能转嫁，税源广大，普及多数人而负担不重，对象固定，调查简易，不致苛扰，稳定可靠，无季节性，颇为合理"，上海市政府遂决定，自 1946 年下半年开始整顿房捐，以增加房捐收入，调整税制结构。[④]

江苏县市与上海市由此在税制结构上产生分歧。1947 年 9 月，江苏省临时参议会第三次大会在镇江召开，参议员陈雪鏖提议将原订筵席税起征点一万元，仿照上海市提高为三万元，"以免加重果腹贫民负担"，不过大会鉴于江苏各县市面均不及上海繁荣，物价应较沪地为低，最后经第七次会议通过，筵席税起征点改订为 2 万元。[⑤] 同样作为人民团体，参议会有权参与官方决策，商会及同业公会只能呈请政府修改标准。1948 年 1 月，镇江县税捐稽征处召开座谈会，镇江县餐馆业同业公会派员出席会议，提出"其属人民果腹之面点，非系奢侈饮食，并不在征税之列"，请仿照上海市成例免征面点筵席税。税捐处同意缓征。[⑥] 3 月，江都县茶社业同业公会致函江苏省财政厅，呈请援照镇江县成例，免征茶社带售点面筵席税，认为镇江是江苏省会，各县执行省颁法令以其为楷模，而镇江既未要求茶社代征筵席税，若责令江都茶社代征筵席税，"殊失法理之平，一省政令纷歧，

---

① 高阳春：《短论：现行地方税制》，《苏财通讯》第 2 期，1946 年 6 月 1 日，第 10—11 页。

② 周钰宏：《上海年鉴》，华东通讯社，1947，第 76 页。

③ 《市财政局长谷春帆报告，要把上海办好，每月须增加经费六十亿元》，《申报》1946 年 9 月 12 日，第 4 版。

④ 上海市文献委员会编印《上海市年鉴》，1947，第 285 页。

⑤ 《本会第三次大会决议案"拟请财政厅将本省筵席税改订以三万元为起征点"函请查照办理由》（1947 年 10 月 11 日），江苏省档案馆藏，江苏省政府财政厅档案，1003 - 002 - 2658 - 0011。

⑥ 《为电请转呈准予豁免面点筵席税以符法令而维营业由》（1948 年 1 月 22 日），江苏省档案馆藏，江苏省政府财政厅档案，1003 - 002 - 2008 - 0075。

亦非宪法所许"。①

在减免税收上，纳税人希望区域政府之间消弭分歧。1946 年 3 月，吴县绸缎业同业公会致函吴县商会，请求免征绸缎业营业牌照税，"上海市开征营业牌照税并不将绸缎业列入一点，堪资证明"，并为维护民生、复兴国产计，请转函吴县税捐征收处"参照上海市启征营业牌照税办法，准将营业牌照税免予列入"。② 5 月，上海市政府严格执行中央社会部法令，逐步取缔人力车，不再核发牌照，不以牌照税为财政主要收入，是以南通县人力车商业同业公会向南通县税捐处提出效仿上海市免征人力车夫行驶牌照税，"上海市对牌照税并未实行，欲奖励车夫转业，必使车夫从轻负担，而使社会部颁禁止人力车办法易于推行"。③ 8 月，靖江县参议会第一届大会召开，议决住户房捐暂缓征收，理由是抗战胜利后本县疮痍满目，民生凋敝，住户无力负担房捐，更据本会议员考察，"江南各县经济远较我县优裕，但住户房捐并未启征"。④ 与此同时，靖江县的民众团体、慈善团体及寺院联袂呈请靖江县政府减轻商铺房捐捐率，或将按法币计算改为按米价征收，指出靖江县税捐处以超过各大都市商铺标准征收房捐，而"苏锡常镇各县水陆发达，市面繁华，对商铺房捐改用定额税率，分为甲、乙、丙、丁四等征收，免致加重人民负担"。⑤

彼时，上海市财政局已开征住户房捐，并依照税法规定，根据自用房屋现值及出租房屋租金确定房捐捐额，"如在繁盛地点者，捐额较重，如在偏僻地点者，捐额极微"。1946 年 8 月 16 日，松江县政府召开房产评价委员会第二次会议讨论，以松江市面繁荣不及上海，房捐收入对财政不甚重要，决定征收住户房捐改用定额税率：根据城区各地经济情况及房屋租赁情形，划分房屋等级，"甲等（房屋）每月征收一千五百元，乙等一千

---

① 《为据情转呈本县茶社业公会请予仿照镇江茶坊免征筵席税呈请鉴核示遵由》（1948 年 3 月 30 日），江苏省档案馆藏，江苏省政府财政厅档案，1003 - 002 - 2139 - 0279。
② 《吴县绸缎业同业公会为请援照上海市例免征绸缎业营业牌照税致吴县商整会函》（1946 年 3 月 30 日），马敏、肖芃主编《苏州商会档案丛编》第 6 辑下册，华中师范大学出版社，2011，第 1029—1030 页。
③ 《为城区豁免行驶牌照税仰祈鉴准由》（1947 年 7 月 26 日），江苏省档案馆藏，江苏省政府财政厅档案，1003 - 002 - 2162 - 0043。
④ 《为准临参会函请免征住户房捐一案转请核示祗遵由》（1946 年 8 月 31 日），江苏省档案馆藏，江苏省政府财政厅档案，1003 - 002 - 2196 - 0176。
⑤ 《为准临参会函请免征住户房捐一案转请核示祗遵由》（1946 年 8 月 31 日），江苏省档案馆藏，江苏省政府财政厅档案，1003 - 002 - 2196 - 0176。

元，丙等七百元，丁等五百元，戊等三百元"，乡镇住户比照城区降低一节征收。① 税率并非税额，1947 年 11 月 14 日，国民政府修订公布《屠宰税法》，将原订屠宰税税率"从价最高不得超过 5%"改为"从价最高不得超过 10%"，导致屠宰税额骤然加征一倍。1948 年初，奉贤、宝山、松江、青浦、上海等县鲜肉业同业公会致电江苏省财政厅，表示肉商营业清淡，不胜负担，"且邻近各县均未按新税率调整，本县自难独异"，② 即就上海县而论，按新税率调整，则猪每头课征税二十二万元，而上海市猪每头不过征收八万五千元，"上海县毗邻上海市，何以税额相距如此之大，未免有失公允"，恳请暂缓实施或降低新税率，否则以停业表示抗议。③

税额并非税率，而须根据税率计算，尤其对于从价征收的屠宰税而言，全国内战期间的市场肉价波动不定，以致"各县屠宰税额参差不一，同一乡镇两县毗界，往往两种税额"，④ 各县调整屠宰税额既受邻县牵制，又使本地屠商以此为借口，拒缴税款。⑤ 1946 年 6 月，无锡县税捐处将猪只每头税额从 3200 元提高为 4800 元，辄遭无锡屠商反对，纷纷向无锡县政府请求降低税额："沪地之屠宰税额已增为每头四千元，肉业尚未承认，假使实征，上海为通商大埠，生活较高，锡地生活指数较沪地以八折为标准，本业屠宰税额应为 3200 元。"⑥ 由于未得县政府同意降低，7 月，无锡县商会代表屠商表达减税诉求，其理由是当前南京市屠宰税税率系从价征收 4%，猪每头平均以七十市斤估计，每斤肉价 1440 元，并按肉价减去二分利润计算，应纳税额为 3200 元，"惟我锡地猪只素以中小为宜，每头重量不足七十市斤，而屠宰税系从价征收 5%，肉价已减低至 744 元，税额反增加至 4800 元"，强烈要求无锡县税捐处比照南京市课税标准，将猪只每头重量统

---

① 《为呈请免征住户房捐恩准由》（1946 年 8 月 27 日），江苏省档案馆藏，江苏省政府财政厅档案，1003－002－2085－0052。

② 《为据鲜肉业公会呈请暂缓调整屠宰税税率转请鉴核电示祗遵由》（1948 年 1 月 6 日），江苏省档案馆藏，江苏省政府财政厅档案，1003－002－2822－0178。

③ 《为电请转报财政部维持屠宰税原税率以纾商艰由》（1948 年 1 月 10 日），江苏省档案馆藏，江苏省政府财政厅档案，1003－002－2007－0046。

④ 《为屠宰税额由省分区规定通饬各县遵办以资一律案》（1948 年），江苏省档案馆藏，江苏省政府财政厅档案，1003－002－0615－0052。

⑤ 《为奉令调整屠宰牲畜市斤单价谨将办理情形具报仰祈鉴核备查由》（1947 年 1 月 17 日），江苏省档案馆藏，江苏省政府财政厅档案，1003－002－2067－0040。

⑥ 《为据鲜肉业公会请免增加屠宰税以维生计》（1946 年 6 月 19 日），无锡市档案馆藏，无锡县政府档案，ML01－1946－004－0782。

一规定为 60 市斤，按 3% 或 4% 的屠宰税税率计算税额。[①] 可见，区域之间的税收差异为纳税人提供了新的话语平台与参政空间，本质上是为了维护税收的公平原则，但纳税人减免税收的诉求鲜少得到政府的肯定答复。

三 自治税捐的区域差异与统一路径

综上可见，税收的区域差异首先可能会带来税制混乱问题，譬如自治税捐名目繁多，"或内容相同，而名称互异，或甲地已征，而乙地重征"。面对这些弊端，财政部自 1942 年至 1945 年，先后拟订《筵席及娱乐税法》《营业牌照税法》《房捐条例》《屠宰税法》《使用牌照税法》，呈奉国民政府公布，由各省政府依照税法制订征收细则，"一扫过去办法纷歧现象"，税收日益增加。[②]

其次，整理自治税捐须有独立统一之机构。1941 年改订财政收支系统以前，各县市征收五项税捐，多采包征制或代征制，弊窦丛生，"民众须额外负担，政府蒙巨大损失"。[③] 于是 1946 年初，江苏省各县市征收处依据江苏省政府颁布"自治税捐征收处组织规程"成立，直接征收五项税捐，不过多未能遵照税法办理，原因在于县政经费短绌，各县必须遵照省府规定紧缩编制。[④] 10 月，为了统一经征省县税捐，自治税捐征收处改组为税捐稽征处，体制发生改革。苏南各县进一步加强税捐处内部组织，增设人事管理员和秘书，以期健全人事制度及统筹税务工作，并推进税捐处分支机构在各乡镇设立。[⑤] 苏北县份随着地方局势廓清，逐渐成立税捐处，但由于税务人才缺乏，征收工作难以顺利开展。[⑥] 1948 年 3 月，江苏省财政厅决定扩

---

① 南京市屠宰税额计算公式 = 屠宰税税率 4% × 每市斤肉价 1440 元 × 猪只每头重量 70 市斤 × 剩余利润 0.8 = 3225 元，约为 3200 元。《为鲜肉业同业公会请求调整屠宰税额转请鉴核准予减低税额，附原件一件，令征收处鲜肉业同业公会县商会呈请征收屠宰税额可否比照南京市征收数字核减一节定期举行谈话会令仰推派代表出席》（1946 年 7 月 11 日），无锡市档案馆藏，无锡县政府档案，ML01 - 1946 - 004 - 0782。
② 《民国地方财政概况》，《中华民国工商税收史料选编》第 1 辑上册，第 65 页。
③ 第三次全国财政会议秘书处编《第三次全国财政会议汇编》，财政部总税务司，1941，第 51 页。
④ 徐崇爵：《江苏省各县市财政概况及整理情形》，《苏财通讯》第 3 期，1946 年 7 月 1 日，第 8—11 页。
⑤ 卫成章：《整理税捐刍议》，《苏财通讯》第 9 期，1947 年 1 月 1 日，第 11—15 页。
⑥ 《苏北局势渐廓清，卫成部无锡挥所严防》，《申报》1947 年 1 月 16 日，第 3 版。

大无锡、苏州、常州、镇江等县税捐处组织，原设四科者增为五科，将不必要地区，如盐城、阜宁、泗阳、宿迁、砀山、如皋等 17 县的税捐处一律自 4 月 1 日起裁撤，稽征业务交各县政府兼办。[①]

对于统一征收制度，江苏省财政厅科长卫成章主张设置税捐处，其意义有四：一是改革紊乱的税收制度；二是税捐处征收一切省县赋税，应填发税票收据，禁止一切委托代征或包征，杜绝侵蚀中饱之弊；三是税捐处经征省县税款应按日解送公库，不得积压；四是节省征收费用，便利人民缴纳。[②] 不过统一征收制度不能一蹴而就，他认为在不能直接查征的偏僻乡镇，有必要实行税额认缴，如课征屠宰税，由征收机关派员调查登记各地屠商单位，及每月可能宰杀牲畜种类数量，然后通知屠宰商自行认定屠宰税额，按月派员征收，每三个月调整认额一次，"既可便利商民，亦可培养税源"。[③] 对于偏僻乡镇的房捐，他主张由税捐处呈请县市政府核准，委托乡镇公所负责代征，将房捐捐款按旬解库，并在税捐处临时经费项下提支 10% 经征费，补助乡镇公所办公费用。[④] 而对于营业牌照税，马寅初建议政府将其与营业税合并为一种税目，由省统一征课，归省所有，"不仅可以简化手续，减少征收费用，抑且可以避免复税之嫌（因营业牌照税为营业税之复税），还可以予纳税人以不少便利"。[⑤]

概言之，统一征收制度体现了税收的公平与效率原则，但在民国晚期，各县财政普遍困难，举办特产税事属必需，摊派征借在所难免，必致自治税目繁多，征收办法纷歧。是故统一自治税捐名目必以限制举办特产税为始。1946 年 6 月，地瘠民贫的丹阳县无可供课税的特产，仅对牛只一项于屠宰时征收检验规费，在呈请举办时，江苏省政府以检验规费不符合"举办因地制宜税捐办法"规定，一再令丹阳县停征。[⑥] 此时，苏北各县大半属于绥靖区，抗战复员后没有完全恢复县财政，对于地方财源的攫夺却日甚一日，最终在税源缺乏时，纷纷以牲畜为特产，仿照屠宰税抽税办法，向

---

① 《苏锡常稽征处机构将扩大，盐城等稽征处决裁撤》，《申报》1948 年 3 月 5 日，第 5 版。

② 卫成章：《现行地方捐征收制度的商榷》，《苏财通讯》第 10、11 期，1947 年 3 月 1 日，第 13—15 页。

③ 卫成章：《整理税税捐刍议》，《苏财通讯》第 9 期，1947 年 1 月 1 日，第 11—15 页。

④ 《为规定房捐应行整顿事项令仰督饬办理由》（1947 年 8 月 29 日），江苏省档案馆藏，江苏省政府财政厅档案，1003 - 002 - 265 - 0132。

⑤ 《马寅初全集》第 13 卷，第 576—577 页。

⑥ 《为根据举办因地制宜税捐原则拟定牛只检验规费办法借资弥补财政附件呈祈核示祗遵由》（1946 年 6 月 24 日），江苏省档案馆藏，江苏省政府财政厅档案，1003 - 002 - 2672 - 0103。

运销商人征收牲畜税。虽然一再声称运销税"于各县经费既多裨益，于买卖双方亦无损害"，但始终未获政府肯定答复，因该税与《屠宰税法》抵触，且迹近通过税，"未便照准"。[①] 1946 年 7 月 1 日，国民政府修正公布《财政收支系统法》，重新确立中央、省、县三级财政体制，田赋、契税、营业税划归地方，各县收入渐增，财政得以好转。特产税本为临时性财源，"为免加重人民负担"，江苏省政府一再命令各县即日停征，并要求各县努力整顿五项税捐。[②]

不过，苏北各县财政仍多依赖特产税以维持平衡。财政厅秘书孙善甫为此建言苏省政府："特产税多向本县出品的特产课税，为免甲县征税，乙县重征，流为通过税之弊，应由省统一征收。"[③] 使用牌照税和屠宰税也不具有通过税或货物税性质，为了防止税制紊乱、重复课税，1946 年 5 月，江苏省政府向各县征收处明确指示屠宰税的异地征收问题：牲畜已在甲县于屠宰时缴纳税款，运至乙县销售者，乙县不得再行征税；甲县牲畜运至乙县屠宰销售者，应向乙县申请纳税，其私宰或查无纳税证明者，应由乙县按照《屠宰税法》第六条规定，责令补税并科处罚款。[④] 6 月，财政部就"上海市政府对川沙县之车船常予扣留，要求补缴税款"一案做出解释：《使用牌照税法》第六条甲款规定，"凡已在其他县市领照纳税，其经过或停留本县之时间不超过二月者，免予征收"，川沙县隶属于江苏省，江苏省与上海特别市之间应共同遵循这一规定，不得留难苛索。[⑤]

可见，维护税法权威即是在追求税制统一。1946 年 5 月，财政部对吴县商会请求援照上海市例免征绸缎业批示"应毋庸议"，理由是依照《营业牌照税法》第二条"凡经营娱乐业、奢侈、化妆、装饰、古玩品业均征收营业牌照税"之规定，绸缎业应征营业牌照税。[⑥] 8 月，松江县房产评价委

① 《为举办牲畜运销税祈核示由》（1946 年 5 月 30 日），江苏省档案馆藏，江苏省政府财政厅档案，1003 - 002 - 2671 - 0287。
② 《报告江都江阴常熟溧阳吴县等县特产税停征情形由》（1946 年 10 月 3 日），江苏省档案馆藏，江苏省政府财政厅档案，1003 - 002 - 2473 - 0256。
③ 孙善甫：《当前地方财政的几个问题》，《苏财通讯》第 9 期，1947 年 1 月 1 日，第 5—8 页。
④ 王懋功、董辙：《令各县（市）政府：为提示征收屠宰税事项令仰知照由》，《苏财通讯》第 1 期，1946 年 5 月 1 日，第 16 页。
⑤ 《准财政部解释使用牌照税法第二条第六条甲款所称并不以管辖为限令仰知照由》（1946 年 6 月 15 日），江苏省档案馆藏，江苏省政府财政厅档案，1003 - 002 - 2652 - 0136。
⑥ 《财政部为援照上海市例豁免绸缎业营业牌照税应毋庸议批复吴县商整会》（1946 年 5 月 9 日），马敏、肖芃主编《苏州商会档案丛编》第 6 辑下册，第 1030 页。

员会提出住户房捐分等课征办法，江苏省财政厅称其违反税法，强调"出租房屋应征房捐以租约所载租金及押租利息合并计算，自用房屋房捐依房主自报房屋现值核算"，而且房产评价委员会评定的房屋价格仅供参考，仍应由征收机关计算捐额。① 1947 年 10 月，江苏省财政厅对苏北各县参议会联袂呈请缓征住户房捐一事发布指令：房捐为中央规定合法税收之一，业经列入地方预算，无论商铺或住户房屋，均应依法课征，且苏南各县均已开征住户房捐，苏北各县房屋更应依法课征。② 1948 年 1 月，针对镇江、江都等县茶社业同业公会援照上海市免税条例，请求免征茶点面食筵席税一案，江苏省政府命令当地征收机关依法课征，"如有奢侈情形，其筵席价格达起征点以上者，应照章征税"。③ 2 月，国家银行请求免征其各地分行的营业牌照税，财政部乃严令国家银行通知各地分行向当地征收机关纳税领照，对于分行资本额未划分者，"应由总行按其营业状况妥为配定，分报当地征收机关核定之，并以其原报资本加公积准备、盈余滚存等项合并计算"。④

再论自治税捐的税率。在被国民政府确定为自治税捐以前，屠宰税系按只课征，各省税率多不一致。1941 年 8 月，中央行政院为统一征收办法、避免各省分歧起见，公布《屠宰税征收通则》十二条，并授权各省政府拟订各县市征收章程。"通则"规定按屠宰牲畜之时值价格征收 2% 至 6%，然后委托各省政府于此范围内确定税率，而各省征收章程多以最高税率 6% 征收，湖南省政府甚至将屠宰税率增至 8%。1943 年 9 月，国民政府公布《屠宰税法》，明确规定屠宰税系从价征收，税率改定为最高不得超过 5%，牲畜价格，以其重量按市斤单价计算，"税额可随牲畜价格之涨落而增减"。1946 年 12 月《屠宰税法》经局部修正，关于屠宰税率，"应由各县市政府依法分别拟订，提经县市参议会决议，层转财政部备案"。1947 年 11 月《屠宰税法》又经修正，屠宰税率由"从价最高不得超过 5%"改为"从价

---

① 《为拟订本县城乡各区征收房捐之房屋租金及现值标准计算表祈核备由》（1948 年 8 月 12 日），江苏省档案馆藏，江苏省政府财政厅档案，1003 - 002 - 1989 - 0219。

② 《据呈以准县参议会函请免征城区房捐一案指饬遵照由》（1947 年 10 月 23 日），江苏省档案馆藏，江苏省政府财政厅档案，1003 - 001 - 0214 - 0093。

③ 《据电请豁免早点筵席税批示知照由》（1948 年 1 月 29 日），江苏省档案馆藏，江苏省政府财政厅档案，1003 - 002 - 2008 - 0077。

④ 王懋功、董辙：《令各县市政府县（市）税捐稽征处：为准财政部函以国家银行各地分支行应分别向当地征收机关纳税请领营业牌照等由转仰遵照由》，《江苏省政府公报》第 3 卷第 5 期，1948 年 2 月 21 日，第 3 页。

最高不得超过 10%"。①

抗战复员后，北京、天津、青岛等特别市按牲畜重量及市场价格分别征收 4%、3%、5% 的屠宰税。1947 年 11 月以后，山东、江苏、云南等省政府命令各县市一律按 10% 税率从价征收屠宰税。② 之所以如此规定，江苏省政府考虑到如由各县自行拟订税率，会产生前文所述弊端，遂决定就税法所定最高税率，于征收细则内统一订定，并规定，"如地方财政情形良好，收入确能超过预算时，得经县市参议会决议，由县市呈请省政府核减，转请财政部备案"。③ 于是在江苏各地鲜肉业公会以邻县未实行新税率为由，呈请江苏省财政厅暂缓实施时，财政厅这样回应：各县征收屠宰税应自奉省令之次日起照新税率课征，各县均已遵照实行，该县未便独异，④ 理由则是当前省县财政困难，需靠整顿税收以弥补财政差额，"所有自治税捐均应按法定最高税率征收"。⑤

总体来看，中央政府支持地方税率参差不齐，省政府则希望税率在一定程度上实现统一。比较而言，中央和省政府均不赞同各地税额相差过大。使用牌照税系采定额税率，直接对车船课征固定的税额。由于物价快速上涨，1947 年 11 月 4 日，国民政府修正公布《使用牌照税法》，将上年 12 月所订税额平均增加 30 余倍，并由地方政府察酌实际，在最高税额范围内自行决定征收率。⑥ 1948 年 7 月，国民政府推行币制改革，废除法币，改用金圆券，使用牌照税额须加以改订，以适应现实需要。由于交通工具流动不定，易发生避重就轻、取巧逃税之弊，江苏省政府为免各县使用牌照税额过分参差，增加人民负担及影响税收起见，命令各县 9 月底前改订税额，"暂行比照原税额六十倍为最低原则，一律以金圆为单位"，并要求各县政

① 朱馥生：《改进现行屠宰税制之我见》，《财政评论》第 17 卷第 6 期，1947 年 12 月，第 35—39 页。
② 金鑫主编《中华民国工商税收史·地方税卷》，中国财政经济出版社，1999，第 255—256 页。
③ 《关于呈省政府为修订五项税捐征收细则草案请核示由》（1948 年 1 月 23 日），江苏省档案馆藏，江苏省政府财政厅档案，1003-002-2822-0239。
④ 《据请转部仍维屠宰税原税率核饬知照由》（1948 年 1 月 22 日），江苏省档案馆藏，江苏省政府财政厅档案，1003-002-2007-0048。
⑤ 营业牌照税、使用牌照税、屠宰税、房捐等税率，依照中央修正税法规定，较原税率有增加，房捐、屠宰税均增加 1 倍，营业牌照税增加 9 倍，使用牌照税平均增加 30 余倍。王懋功、董辙：《令各区专署、合各县（市）政府局、税捐处：为营业税及房捐两项税捐新税率改自本年一月一日起实施令仰遵照由》，《江苏省政府公报》第 3 卷第 7 期，1948 年 3 月 11 日，第 6 页。
⑥ 立法院编印《第一届立法院第二会期第十五次会议议事日程》，1948，第 10 页。

府将拟改订税额送县参议会审核通过后，即刻征收。① 12 月，江苏省政府又以"物价上涨，原订税额太低"为由，参酌本省物价情形，订定使用牌照最低税额表，命令各县政府改订税额，"以不低于表列最低税额为原则，提请县参议会议决通过"，以期各县于 1949 年 1 月 4 日一律开征使用牌照税。②

较之使用牌照税额，各县市屠宰税额的高低参差更为显见。1948 年 3 月，随着肉价持续上涨，江苏省财政厅一再督促各县市税捐稽征处依照市价随时调整屠宰税额，同时根据全省肉价情形，统一规定各县市屠宰税额的最低标准，将所订表格分发各县市，以便推行税务。③ 附核定各县市屠宰牲畜最低课征标准表一份，如表 3 所示：

表 3 　江苏省政府核定各县市局屠宰最低课征标准

每头课税最低单价（元）			所属县市设治局
猪	牛	羊	
360000	700000	70000	镇江、丹阳、武进、无锡、吴县、昆山、江阴、常熟、太仓、海门、启东、崇明、吴江、南通
320000	600000	60000	南汇、奉贤、金山、宝山、嘉定、川沙、上海、松江、青浦、如皋、泰兴、泰县、靖江、扬中、江都、金坛、溧阳、高淳、宜兴、嵊泗
280000	500000	50000	江宁、句容、溧水、江浦、六合、仪征、高邮、徐州市、铜山、东海、连云市
240000	400000	40000	宝应、淮安、淮阴、宿迁、涟水、睢宁、兴化、东台、盐城、阜宁、沭阳、泗阳、丰县、沛县、萧县、砀山、邳县、灌云、赣榆

资料来源：《为核定屠宰牲畜课征标准令仰遵照调整课征具报由》（1948 年 3 月 12 日），江苏省档案馆藏，江苏省政府财政厅档案，1003 - 002 - 2822 - 0402。

财政厅又声称，"江苏省政府核定各县市屠宰最低课征标准"系最低限度，并非硬性规定，主要为了防止各县市擅自抑低税额，"屠宰税额仍应按照市价核实调整"，且省府规定这一标准有助于防止各县市税额差距过大。④

---

① 《县府函催参会核议牌照税率》，《锡报》1948 年 10 月 2 日，第 2 版。
② 《为转发修正使用牌照税法第五条条文并改订三十八年度上半年度最低税额表令仰遵照改订具报》（1949 年 1 月 27 日），无锡市档案馆藏，无锡县政府档案，ML01 - 1948 - 004 - 0062。
③ 《为核定屠宰牲畜课征标准令仰遵照调整课征具报由》（1948 年 3 月 12 日），江苏省档案馆藏，江苏省政府财政厅档案，1003 - 002 - 2822 - 0402。
④ 《拟报调整屠宰单价核伤遵照由》（1948 年 4 月 10 日），江苏省档案馆藏，江苏省政府财政厅档案，1003 - 002 - 1362 - 0169。

不过在奉贤县税捐处处长谢鹏霄看来，各县屠宰税额参差不齐，弊窦甚大，如果由省政府统一调整，将会因公文转递费时而耽误征收，所以向江苏省第三区行政督察专员公署提议，"由本区九县（松江、南汇、上海、青浦、奉贤、金山、宝山、川沙、崇明）互相联络，统一调整税额"。① 1948 年 2 月 18 日，江苏省第三区九县在松江召开屠宰税会议，各县税捐处处长及各县肉业公会理事长出席会议，决定自 2 月 21 日起调整税额，每猪以 24 万元（甲种）或 22 万元（乙种）征收，并自 3 月 1 日起，各县一律从价征收 10%，税额调整为每猪 28 万元，此后按照九县平均肉价调整税额。② 4 月 5 日，应第三区行政公署召集，九县在南汇举行第二次调整屠宰税会议，决定自 4 月 11 日起，分甲、乙两级分别调整，甲级南汇等县，猪每头以 40 万元征收，乙级金山等县，猪每头以 32 万元征收，牛羊税额均比照增加，通知各县税捐处依照调整税额征收屠税。③

九县联络调整税额办法是为了便利税务执行，如果邻县屠宰税额与本县的相差过大，则本县有必要函询邻县税捐处的征收实况，再行比照市价，调整屠宰税额。④ 例如江阴县屠宰税额常参照邻县靖江、无锡两县而定。1948 年 4 月 1 日，无锡调整税额为猪每只 41 万元，江阴县税捐处以本县肉价较无锡为低，决定于 4 月 11 日照无锡肉价调整为猪每只 41 万元。靖江与江阴一江之隔，靖江于 4 月 11 日调整为猪每只 26 万元。江阴县税捐处认为继续提高税额，将致靖江屠商来江阴销售的猪只数量减少，故与靖江县税捐处联络，暂缓至 4 月 21 日再行调整税额为猪每只 41 万元。⑤ 苏锡常三县也在调整屠宰税额上保持一致步调。1948 年 7 月 16 日，无锡县税捐处鉴于肉价上涨剧烈，邀请苏、常两县屠宰税主管科长莅锡举行联席会议，决定自 7 月 21 日起，三县同时实施新税额，并且以后每十天调整税额一次，每月开会一次，每五天将各县肉价通知无锡县税捐处，再由无锡按照平均肉

① 《为规定屠宰课税价格联络调整办法令仰遵照由》（1948 年 8 月 21 日），江苏省档案馆藏，江苏省政府财政厅档案，1003 - 002 - 2647 - 0382。

② 《为呈报三区专署召开屠宰税会议及本县遵办情形祈鉴核备查由》（1948 年 2 月 24 日），江苏省档案馆藏，江苏省政府财政厅档案，1003 - 002 - 1288 - 0058。

③ 《为呈报本县调整屠宰牲畜课征税率仰祈鉴核备查由》（1948 年 4 月 15 日），江苏省档案馆藏，江苏省政府财政厅档案，1003 - 002 - 1996 - 0048。

④ 《为据情转呈屠宰税额自四月一日起定为一千七百元仰祈鉴核示遵由》（1947 年 4 月 4 日），江苏省档案馆藏，江苏省政府财政厅档案，1003 - 002 - 2096 - 0222。

⑤ 《为呈报屠宰税缓期调整情形仰祈鉴赐核备由》（1948 年 4 月 16 日），江苏省档案馆藏，江苏省政府财政厅档案，1003 - 002 - 1989 - 0057。

价调整税额，通知各县施行。① 不仅如此，各县税捐处及县政府经常在省政府的召集下举行征收税捐座谈会议，在会议上，"县与县之间互相观摩，交换彼此重要经验"，② 促进了地方自治税制走向统一。

结　语

地方税是民国政府在深入推进财政体制改革中逐渐形成并不断发展的，反映了中央与地方政府间财政分权的趋势。长期以来，地方税种之繁杂、税目之繁多、征收之随意、税率之参差不齐、计税标准之复杂多变、苛杂摊派之屡禁不绝，既破坏了中央的财政统一原则，又加重了纳税人负担。因此从 1941 年开始，南京国民政府将财政改革的重心从省级转移至县市，创造性地将县市税捐名目统一为房捐、屠宰税、筵席及娱乐税、使用牌照税、营业牌照税五项，而后中央进行税收立法，地方设置征收机构，以实现地方自治税制的统一。民国经济学者周玉津肯定了自治税捐对于地方财政的重要意义，指出自治税捐"简明划一，征收便利，体系分明"，是对传统地方税制的革新，反映了地方税趋于统一的发展历程，但地方税制积弊深重，阻碍着自治税捐发挥其效能。③

1945—1949 年，自治税捐在江苏的实施总体上符合中央的税制统一原则，然而由于各地经济发展的不平衡、纳税人税收负担能力的不均衡，其收入产生巨大差距，由此带来区域的不平衡发展：富庶县市税收较多，事业易于推进；贫瘠市财力短绌，事业自然落后。④ 所以地方政府采取因地制宜的税政措施，在把握税收的弹性机制的同时培育地方税源，解决财政困境，调控社会公平，促进区域均衡发展。中央税法对于地方政府的税权赋予主要体现在调整税率上。为了扩大税权，在 1948 年 6 月嘉定县参议会第六次大会上，嘉定县商会理事长潘指行提议改进五项税捐："由县参议会规定五项税捐的征收范围、起征点、征收时期、税额计算办法、稽征程序等，

---

① 《为苏锡常三县联席会议决定自七月二十一日起调整屠宰税仰祈鉴核由》（1948 年 7 月 22 日），江苏省档案馆藏，江苏省政府财政厅档案，1003 - 002 - 2236 - 0166。

② 《浙江省整理自治财政分期实施计划草案及有关文书》（1943 年 3 月—1948 年 1 月），中国第二历史档案馆藏，财政部档案，一二（6）- 11353。

③ 周玉津：《自治财政问题：现行自治税捐之透视》，《福建省银行季刊》第 1 卷第 3、4 期，1946 年 1 月 31 日，第 229—236 页。

④ 《论地方财政的特殊性与统一性》，《前线日报》1940 年 7 月 27 日，第 2 版。

请县政府公布，切实执行。"① 而无论中央赋权与否，作为执行主体的县市政府常会根据地区实际选择有效的税收政策，从而与其他县市在税收上产生差异。

在纳税人看来，税收的区域差异是一种税制混乱的表现。为了寻求与政府之间的利益平衡，纳税人及其团体或明确反对异地征税，称其违背"税不重征"原则；或以不同区域的纳税人在同一税制下应承担均衡的义务为理由，表达豁免税收、降低税率及改善计税标准等诉求。在解决争议的过程之中，政府采取措施，努力寻求统一地方自治税制的路径。其一是完善税收立法，维护税法权威，化解征纳双方在税收合法性方面的分歧；其二是设置征收机构，统一征收制度，提高税收征管效能；其三是禁绝摊派，取缔苛杂，对于自治税捐的税率设置最高标准，对于自治税捐的税额规定最低标准，以实现纳税人的公平合理负担。同时，因政府之间存在错综复杂的层级关系，中央和省政府方面通过上级监管来统一自治税制，县政府等平行机关之间则依靠税务沟通来化解区域分歧。

20 世纪 40 年代，中央鉴于对地方财政的统筹作用有限，授权县市政府开征自治税捐，但自治税捐并未解决地方财政的困境，反而加剧了区域间的发展差距及政府与纳税人之间的矛盾。所以国民政府力求统一地方自治税制，在协调政府关系与征纳关系中实现区域均衡发展，这是近代税收治理的重要实践。

[作者单位：苏州大学社会学院]

---

① 《县参议会六次大会议案之一：整顿税捐》，《嘉定导报》第 9 期，1948 年 6 月 26 日，第 2 页。

抗战胜利后国民政府对日本在华航运业资产的接收与处置

——以东亚海运株式会社汉口支店为例

方 巍

内容提要 东亚海运株式会社是日本全面侵华战争期间垄断中国江海航运的最大航业集团。战后，国民政府对其汉口支店的船舶、器材制造工厂、房屋等资产进行了接收和处置。交通部、长江区航政局、中央信托局在其中发挥了主导作用，推动了航运业资产接收与处置的进程。其中，重点和难点是对各类资产所有权的处置。整体而言，国民政府对包括东亚海运株式会社汉口支店在内的日本在华航运业资产的接收和处置推动了战后中国航运业以及社会经济的复兴与发展。

关键词 东亚海运株式会社 湖北省 航运业 敌产接收 敌产处置

中日甲午战争后，日本对华海运业的地位得到巩固，经日俄战争和第一次世界大战，日本趁欧洲列强收缩对华航运业的机会急起直追，意图取得中国海运界的统治地位。20 世纪 30 年代初，日本政府即制定了"以大连为中心，建筑大船会社以执东亚海运交通之大动脉，与南满铁道海陆相呼应，称霸于太平洋"的海运政策。① 日本发动全面侵华战争后，为支持长期作战，统制强化日本对华海运，1939 年 8 月 5 日，在日本政府指令下，由日清汽船、日本邮船、大阪商船、国际汽船、三井物产、川崎汽船、冈崎汽船、阿波国共同汽船、原田汽船、山下汽船及大同海运等 11 家轮船公司以所有对华航路船舶等出资统合组成东亚海运株式会社（以下简称"东亚会社"）。其中，日清汽船会社在 20 世纪 30 年代同英国的太古、怡和以及

---

① 钟悌之注释《日本田中侵略满蒙积极政策奏稿与注释》，日本研究社印赠，1931 年 12 月 5 日，第 65 页。

中国的招商局并称为长江航运的四大航运公司。当时日清轮船公司以汉口为中心的航线几乎是日清轮船公司经营的上海到天津、大连到上海航线的总和。由此可知，汉口在日本对华航运业中的地位显得尤其重要。东亚会社完全继承了日清轮船公司在长江流域的侵略扩张事业，发展成为日本侵华战争时期垄断我国江海航运的最大航业集团，设于特三区（英租界内）的东亚会社汉口支店在日本以长江流域为中心的航运业机构中也有着突出的地位。抗战胜利后，国民政府对包括东亚会社汉口支店在内的日本在华航运业资产进行了接收和处置。

此前国内学界多关注日本对近代中国的航运侵略以及国民政府对战后全国范围内敌伪航运业的接收，[1] 论及湖北省或武汉区的接收也仅是对该区域日伪航运业财产总和的统计数据。比如，关于东亚会社在我国各地的资产总值，《长江航运史》中记载，招商局在全国各地接收东亚会社的船岸资产总值估价为国币 542426839 元（依 1937 年时价），其中属于沿江各地的资产总值为 470766020 元。接收东亚会社船舶 98 艘，接收其他单位和沉失者28 艘，合计 126 艘。[2]《中国海事史》中也记载，战后截至 1947 年，武汉区接收日伪船只 751 艘[3]等，总数统计都很明确，但是都较少专门论述对东亚会社汉口支店的接收与处置。接收与处置东亚会社汉口支店的机构有哪些？东亚会社汉口支店不同类型的财产是如何被接收的？接收后，其所有权是如何处置的？接收中有哪些得失？本文拟在广泛梳理湖北省档案馆和武汉市档案馆文献的基础上对上述问题进行回答，以期助于我们认识战后敌产接收的一些具体状况。

---

① 相关学术研究有朱荫贵《抗战胜利后的轮船招商局与民生公司》，《国家航海》第 12 辑，2015 年；杨蕾《近代日本东亚海运扩张与大连青岛航路的开通》，《西南交通大学学报》2019 年第 3 期；朱荫贵《朱荫贵论招商局》，社会科学文献出版社，2012；胡政主编《招商局与中国港航业》，社会科学文献出版社，2011；江天凤主编《长江航运史（近代部分）》，人民交通出版社，1992；交通运输部海事局主编《中国海事史（古、近代部分）》，人民交通出版社，2017；湖北省交通史志编审委员会主编《湖北航运史》，人民交通出版社，1995；湖北省地方编纂委员会主编《湖北省志·交通邮电》，湖北人民出版社，1995；张后铨主编《招商局史（近代部分）》，人民交通出版社，1988；郑少斌主编《武汉港史》，人民交通出版社，1994；苏明强《近代湖北航政研究（1928—1949）》，博士学位论文，华中师范大学中国近代史研究所，2015 年。
② 江天凤主编《长江航运史（近代部分）》，第 528 页。
③ 《中国海事史（古、近代部分）》，第 296 页。

一 接收与处置的机构及其职能划分

全面抗战期间，沦陷区各省原有的航政机关被破坏，日本投降后，交通部为顺利接收交通运输业，将全国分为京沪、武汉、平津、广东、东北、台湾六区，分设特派员办公处，派交通通讯特派员和接收委员赶到第一线，负责接收。9 月，交通部详细部署了战后对收复区交通运输业的接收和处理，其中在对接收日本在华航运业的部署上，明确规定在航政方面，恢复上海、广州、天津等处的航政局，将长江航政局移设汉口。在航业机构方面，由招商局派员往广州、上海、香港、温州、天津、烟台、汉口、宜昌、沙市、长沙、芜湖、九江、安庆等地，恢复局处，分别接收航产，筹备航行。在船舶方面，要求对各项敌伪船舶逐步接收，如东亚会社船舶以及其他伪组织经营的船舶、产权未明的敌伪船舶，由各区接收委员详细查明，上报交通部。码头仓库方面，收复区独立的交通器材仓库，也由交通部派员接收，各交通器材制造工厂，由交通部会同有关机关接收经营。[①] 该方案出台后不久，国民政府又对航运业接收工作有针对性地提出了若干办法和建议。如 9 月 12 日，交通部颁布《接管敌伪船只办法》，规定："所有敌伪现在我国内河及沿海之商船，一律由交通部派员，商请各地区接收军事长官派员协助，接收管理。凡经敌伪军事征用尚未发还之商船，其接收事宜，应洽商各地区军事接收机关办理。交通部接收之敌伪船只，暂交国营招商局负责营运。"[②] 10 月 6 日，交通部又公布了《收复区敌伪交通机关财产接收办法草案》，规定："凡收复区内敌伪交通机关财产由交通部各区特派员接收之，收复区已设置交通机关者，关于各该机关主管部门之敌伪机构财产由交通特派员指挥并监督各该机关接收之。"[③] 从上述方案和办法可知，收复区的日本航运业资产，均由交通部指派专员负责接收，招商局驻各地的局处负有接收航业资产的重任。

1945 年 9 月 14 日，何应钦派交通特派员夏光宇率领接收人员赴武汉指

---

① 交通部编《目前交通措施方案》，中国第二历史档案馆编《中华民国史档案资料汇编》第 5 辑第 3 编 "财政经济"（7），江苏古籍出版社，2000，第 98—110 页。

② 《中华民国史档案资料汇编》第 5 辑第 3 编 "财政经济"（7），第 8 页。

③ 俞飞鹏：《抄发收复区敌伪交通机关财产接收办法》，《交通公报》第 8 卷第 17 期，1945 年，第 15 页。

挥接收武汉区的铁路、航政、公路、电信、邮政等交通事业及机构设备，并命令这些机构仍继续维持业务。19 日，夏光宇成立交通部武汉区特派员办公处，主持武汉区交通接收事宜，刘开坤被委任为航政方面的接收委员。由于抗战刚结束，湖北省航政机构尚未恢复，由交通部武汉区特派员办公处承担起接收日本在鄂航运业资产之责。同时，为统一接收和处理的事权，几经改组和调整后的长江区航政局在战后接收和处理日本在鄂航运业资产中发挥了重要作用。1945 年 10 月 1 日，由重庆迁回汉口恢复设立的长江区航政局开始工作。10 月，长江区航政局成立武汉区航运整理委员会统一指挥武汉区航政，又设立武汉区航业整理委员会（以下简称"航整会"）处理码头仓库及水运房地财产，由交通部委派洪瑞涛为两委员会的主任委员以推进工作。航整会负责整理接收到的敌伪船舶，并由航整会拟定分配办法，分配给急需船舶使用的机关或部门代管使用。随着长江区航政局在武汉的复员，航整会遂于 12 月 7 日将处置敌伪船舶的任务移交于长江区航政局。行政院处理接收武汉区敌伪产业特派员办公处（以下简称"行政院武汉区特派员办公处"）授权长江区航政局继续处置敌伪船舶。长江区航政局拟定处理办法并标售敌伪船舶，最后由新成立的中央信托局武汉区敌伪产业清理处（以下简称"中信局清理处"）负责清理敌伪船舶，长江区航政局不再经办标售敌伪船舶的事宜。长江区航政局虽对敌伪船舶不负具体的清理之责，但有关船舶之标售、吨位之丈量、马力之测算以及价格之评估等工作，仍有长江区航政局的协助。同时，1946 年 1 月 1 日恢复设立的湖北省航业局是战后湖北省航政制度重建的表现，推动了战后湖北省接收和处理日本航运业资产的进程。

由上述接收和处置日本在鄂航运业的机构可知，交通部武汉区特派员办公处和行政院武汉区特派员办公处负有指导接收的主要任务，在船舶资产接收方面，长江区航政局负有具体接收之责，航整会为临时设立的机构，负责将接收到敌伪船舶分配给相关代管机关使用，最后由长江区航政局和中信局清理处先后负责标售和清理的任务。在上述各机构的部署和运作下，武汉区先后接收日本第二船舶运输司令部汉口支部军用船舶计 390 艘，共20805.27 吨；接收 13 家日本在华商业航运公司，即东亚会社汉口支店、华中航运汉口支部、中华轮船股份有限公司汉口支店、上海内河轮船股份有限公司汉口支店、华中运输股份有限公司汉口支店、双龙洋行汉口支店、国际运输汉口出张所、汉口武汉联运社汉口支店、武汉交通株式会社汉口支店、汉口北岛商会汉口支店、昭和通商汉口支店、汉口黑谷洋行汉口支店、山九运输株式会社汉口支店。从交通部武汉区特派员办公处填报的敌伪航运业资产清册来看，上海内河轮船股份有限公司汉口支店的船舶虽然数量多于东亚会社汉口支店，但是总吨数远少于东亚会社汉口支店。东亚会社汉口支店是国民政府接收到的日本在湖北省的最主要的航运业资产。到 1946 年 2 月底，接收工作大体告竣，交通部武汉区特派员办公处即行撤销，3 月 1 日，平汉铁路管理局成立，所有交通接收未了事项由平汉区铁路管理局赓续办理。截至 1946 年 3 月，武汉区接收船舶 590 艘，计 37190 吨。①

二　对不同类型资产的接收

1945 年 8 月 15 日，在日本宣布投降的当天清晨，东亚会社汉口支店"中西嘉吉召集日人社员、雇员在店长办公室传达了日本领事密闻，翌日支店长召集中国职员宣布他们即日下旗，准备回国。随即给每个职工发 3 个月工资的解散费，宣布解散"。② 9 月 15 日，招商局派往汉口接收敌伪航业机构的代表张庆枬抵汉后，即会同交通部武汉区特派员办公处人员前往接收东亚会社汉口支店及其他敌伪航运公司。与此同时，第六战区接管日方物资委员会（以下简称"接委会"）也进驻武汉办公。11 月 10 日，第六战区副司令长官兼参谋长郭忏向武汉地区日军官兵善后联络部部长冈部直三郎通报，拟派湖北省交通事业管理处副处长郭寿衡率员接收东亚会社汉口支店及其全部资产。接管日期定于 11 月 11 日上午 8 时，并要求日方呈出东亚会社的相关文件。东亚会社汉口支店的资产主要由船舶、附属船舶修理厂、房产（含仓库、码头）、办公用具以及金融（债券、存款、现金）等几部分构成。以上财产均被国民政府接收，登记在册。

船舶是东亚会社汉口支店最主要的资产。按照交通部部署，"当敌人投降时，武汉区敌伪船舶属于军事性质者，由第六战区兵站总监部等机关接收，属于行驶鄂省内河之船舶由湖北省政府接收，其余船舶由交通部武汉区特派员办公处接收"。③ 东亚会社船舶是日商客、货轮，非军事用途，也

① 《俞部长交通报告志要》，《武汉日报》1946 年 3 月 10 日，第 2 版。
② 江永升、陈鸣皋：《日清汽船株式会社概况》，政协武汉市委员会文史学习委员会编《武汉文史资料文库》第 5 卷《租界洋行》，武汉出版社，1999，第 180 页。
③ 《王洸撰复员期间之长江区航运与航政》（1947 年 2 月），《中华民国史档案资料汇编》第 5 辑第 3 编"财政经济"（7），第 457 页。

非行驶于湖北省内河。1945 年 11 月，湖北省政府主席王东原致电第六战区司令长官司令部称，奉军政部指示接收日伪船舶，其载重量在 200 吨以上者由交通部接管，200 吨以下者由湖北省政府接收。依照上述部署，东亚会社船舶由交通部武汉区特派员办公处接收，接收过程较为顺利。战后接收东亚会社汉口支店等 13 家公司船舶计 172 艘，共 33101.18 总吨。其中，从 1945 年 9 月底到 10 月底，接收到的东亚会社汉口支店的船舶资产如表 1。

表 1　东亚会社汉口支店船舶资产

船种	数量	船名
大江轮	4	同盟（兴泰）*、兴平、兴亚、国军（宁波）
中江轮	1	扬江**
曳船（即拖轮）	3	竹丸、椿丸、柿丸
小蒸汽艇	6	蜀山丸、奉天丸、英山丸、江南、白山丸、宝山丸
铁艀（即铁驳）	4	东亚第 40 号、东亚第 41 号、东亚第 42 号、东亚第 29 号
木艀（即木驳）	5	东亚第 10 号、东亚第 11 号、东亚第 13 号、东亚第 14 号、东亚 2 号
趸船	3	汉安、元安、夏安
跳船	14	六号、七号、八号、九号、十号、十五号、117 号、118 号、119 号、120 号、121 号、122 号、124 号、125 号
起重船	1	

注：* 在招档（汉）《国营招商局留用敌伪船舶概况表》中，招商局留用的"江泰"是上海局处接收的，而在《交通部武汉区特派员办公职员名册》（湖北省档案藏，LS043 - 002 - 2474 - 0001）以及《长江航运史（近代部分）》[江天凤主编《长江航运史（近代部分）》，第 574 页] 中，"同盟（兴泰）"（后改称"江泰"）是由武汉区接收的。又据《招商局汉口分公司、湖北航务处、武汉轮渡处在汉船舶内容表》（湖北省档案馆藏，GM005 - 001 - 0076 - 0020），"同盟（兴泰）"（后改称"江泰"）也属于招商局汉口分局留用的在汉船舶。因此，笔者制表时，将"同盟（兴泰）"编入。

** 经调查，"扬江"系英国太古公司"沙市号"，后作为盟产发还给英商。

资料来源：《交通部武汉区特派员办公职员名册》，湖北省档案馆藏，LS043 - 002 - 2474 - 0001；《湖北省交通事业管理处关于报告接收东亚海运株式会社经过情形并请转告各机关照案移交的呈》，1945 年 11 月 21 日，湖北省档案馆藏，LS039 - 2 - 0844 - 0001；招档（汉）：《国营招商局留用敌伪船舶概况表》（1947 年 12 月），转引自张后铨主编《招商局史（近代部分）》，第 513 页。

接收后，14 艘跳船中有 4 艘沉没，截至 1945 年 12 月 10 日，交通部在武汉区接收的东亚会社船舶数量为 37 艘，载重量为 2114985826.35 吨，总吨数为 31976.20 吨。① 其中，4 艘大江轮均为日本发动全面侵华战争期间在

---

① 《交通部武汉区特派员办公职员名册》，湖北省档案馆藏，LS043 - 002 - 2474 - 0001。

其本国内制造完成的铁壳客货两用轮。1945 年 12 月 19 日，"行政院武汉区特派员办公处"交通小组会议上，招商局汉口分局经理姚鹏做报告称："接收之船舶，决定主权在招商局，可有三点：（一）在大处未到汉前，本局即奉交通部命令接收敌伪船舶；（二）关于东亚海运……经奉何总司令第六战区长官部令，由本局接收；（三）大处到汉后复指示不分东亚海运与敌伪船只，均归本局接收。根据以上三点之接收之船只主权，当归本局，如有需要部分，可由本局再予拨借使用，但主权则不能移转，希望各方面所接收之船只，务请将其数字告知本局，以便酌量进行调度。"① 这表明，招商局在接收东亚会社船舶中占有绝对主导的地位。其他船舶如小蒸汽艇、铁舻、趸船、跳船由交通部与湖北省交通事业管理处（1946 年改称湖北省航业局）、海军总司令部驻汉办事处或后方勤务部总司令部长江区船舶管理处汉口分处（1946 年改称水路军运指挥部）共同接收。截至 1946 年 1 月，交通部在全国范围内共接收 1000 吨以上敌伪船舶 22 只，东亚会社汉口支店所属的 4 艘大江轮均在 3000 吨以上，占全国千吨以上敌伪船舶的 1/4，总吨数为 1355400 吨。在接收的行驶于长江线上的 3000 吨以上的大江轮中，上海局处接收了 1 艘，南京局处接收了 1 艘，青岛局处接收了 1 艘，而汉口局处接收的就有 4 艘，足见东亚会社汉口支店在日本以汉口为中心的长江流域的航运业经营中的重要地位。

接收东亚会社汉口支店的器材制造经营工厂——汉口铁工部。汉口铁工部位于汉口大智路，战后按国民政府部署，其全部资产由招商局汉口分局接收。1945 年 11 月 10 日，招商局汉口分局拟派员前去湖北省交通事业管理处接洽接管事宜。但是湖北省交通事业管理处声称，并未接收到汉口铁工部的资产，查其原因，湖北省政府在此前的 10 月 11 日已安排湖北省机械厂接收了铁工部。10 月 15 日湖北省机械厂厂长郭寿衡派员会同日方联络员田畑溥及该铁工部负责看管人和田前往接管。汉口铁工部部长满口秀雄、长谷川喜一郎办理移交。汉口铁工部的固定资产和流动资产两部分总计8734300 元。经湖北省政府和经济部湘鄂赣区特派员办公处双方同意，按原估价提高 40%，合计国币 12228020 元。②

---

① 《行政院处理接收武汉区敌伪产业特派员办公处关于检送交通小组会议记录的代电》，1945 年 12 月 26 日，湖北省档案馆藏，LS031 - 011 - 0830 - 0032。
② 《湖北省政府承办东亚海运株式会社清册》，湖北省档案馆藏，LS031 - 006 - 0172（1）- 0016。

接收东亚会社汉口支店房产。东亚会社汉口支店的房产包括事务室 1 栋、住宅 8 栋、仓库 4 栋、旷地 4 处和码头 4 处等，在接收东亚会社房产时，日侨暂住住宅 6 栋和旷地 2 处，兵站、海军第二舰队司令部等国民政府驻湖北省的军事机关接收东亚会社房产后占用，国营招商局在 1947 年的产业总录中说，"因是时交通尚未恢复，致应由本局接管之产多被当地驻军先行占用，故接收时，窒碍丛生。嗣后叠经交涉，始有一部分陆续移交"。①

由此，东亚会社汉口支店的全部资产由中方接收，接收过程较为顺利。1946 年，交通部武汉区特派员办公处在工作汇报中将上述财产以文字和表格的形式详细记录在册，财产总计也明确登记，以备中央和地方政府查询。

三　所有权的处置问题

中国政府接收了日本在华航运业资产后，在这些资产的所有权处置上经历了一番周折，船舶资产的所有权处置历时两年多才基本结束，在对东亚会社汉口铁工部所有权及东亚会社汉口支店仓库的处置过程中也产生了较长时间的所有权纠纷。

船舶所有权的处置经历了以下阶段。

第一，整理和估价。整理环节即将接收到的敌伪船舶分配给相关机构代管使用。1945 年 8 月 25 日，中国陆军总司令部何应钦训令各项交通通信事业之业务在接收前应一律照常运转。9 月，交通部部长俞飞鹏也强调："惟交通事业，不可一日中断，凡被敌伪或其他原因破坏之铁路、公路、邮电及阻塞之水道，亦应力谋整修，限期恢复。"② 可见，敌伪船舶由中方接收后分配给代管机关使用，首要目的是使交通航运业务不至于中断，以利于战后中国经济的恢复。报刊舆论乐观地估计："武汉区接收日伪船舶，均已有代管使用机关，此后武汉轮渡内河交通以及铁路轮渡，当可畅通矣。"③ 船舶如果接收后久置不用，无人保养维护，船上铁质机件锈蚀，木质船体也将腐烂，如 1945 年 12 月底，招商局汉口分局称："接收之敌伪产业中有

---

① 国营招商局编印《国营招商局产业总录》，1947，第 231 页。
② 交通部编《目前交通措施方案》（1945 年 9 月），《中华民国史档案资料汇编》第 5 辑第 3 编"财政经济"（7），第 98 页。
③ 《接收敌伪公商船舶已分配各机关管用》，《大刚报》1945 年 11 月 9 日，第 3 版。

第十号及第十一号两木驳破烂不堪，现停六七码头坡上。"① 再者，接收到的敌伪船舶乏人看管，船上机件材料会被盗去而导致财产损失。因此，对接收到的船舶分配给相关机构代管并利用实属必要。王洸在总结报告中说："查武汉区接收之敌伪船舶……当水运复员工具缺乏之时，自宜加以利用，既可减除运输之困难，又可免虚置损坏之消耗。"② 基于以上各因素，交通部武汉区特派员办公处在完成船舶接收之后，即考虑统筹分配各相关航业机构代管使用。截至 1946 年 2 月，船舶分配情况如表 2 所示。

表 2　武汉接收日伪商用船舶分配情况

单位：艘

使用机关	大江轮	中江轮	小蒸汽艇	铁驳	木驳	绞锚船	跳船	趸船	机帆船	共计
招商局	4	2	4	13	5	1	5	1		35
湖北省交通事业管理处*			53	6	28		1	1	7	96
铁路局			6		11					17
民生公司			1		3					4
海事职业学校			1				1			2
战时运输管理局			2	1						3
三北公司			1		4					5
长江区航政局			2							2
川湘公路局			3							3
后勤部		1					2	1		4
黄石港商会							1			1
合计	4	3	73	20	51	1	10	3	7	172

注：*1946 年 1 月 1 日，湖北省政府撤销湖北省交通事业管理处，恢复成立湖北省航业局。

资料来源：《武汉接收日伪商用船舶分配报告表》，《交通部武汉区特派员办公职员名册》，湖北省档案馆藏，LS043 - 002 - 2474 - 0001。

从表 2 可知，虽然在数量上招商局不如湖北省航业局接管的船舶多，但是招商局接管的是东亚会社的大江轮，船舶性能优良，船质上乘，而其他

① 《国营招商局汉口分局关于标价出售所接收敌伪物资资产中易坏物资的公函》（1945 年 12 月 10 日），湖北省档案馆藏，LS025 - 001 - 0411 - 0060。

② 《中华民国档案资料汇编》第 5 辑第 3 编"财政经济"（7），第 451 页。

船质一般的船舶则交由"航整会"分配给其他湖北省省营航业机构和民营航业公司。招商局在接收日本在华航运业资产中的重要地位显而易见。招商局在全面抗战期间，共损失小轮船、趸船、驳船 73 艘，因此，战后接收的船只首先满足招商局的需求，以利于招商局的战后恢复与重建。依循战时招商局船舶命名的方法，战后招商局留用的敌伪船舶，凡江轮一律冠以"江"字。招商局汉口分局代管的 4 艘东亚会社汉口支店的大江轮同盟（兴泰）、兴平、兴亚、国军（宁波）分别为改名为江泰、江平、江亚、江静。被湖北省航业局代管使用的东亚会社船舶有拖轮 1 艘，即楚春（原名春丸）；小蒸汽艇 3 艘，即楚英（原名英山）、楚平（原名江南）、楚山（原名白山）；趸船 1 艘，即鄂趸 1 号钢趸（原名元安）。代管时，上述船舶或年久失修，或船身腐烂，经湖北省航业局修理添新，或者由湖北省航业局以将这些船舶转租于其他轮船公司的方式，让其投入运营。如湖北省航业局将楚春轮租于汉大轮船局，汉大轮船局对搁浅于鄂城樊口镇损坏极大的楚春轮进行打捞修理后即投入运营，以半年为租期，期满后，汉大轮船局又继续申请续租楚春轮半年。

按照 1946 年 1 月 9 日"行政院武汉区特派员办公处"核定武汉区船舶处理原则①要求，代管期间，所有权仍属于中央所有。各接收船舶机构将接管之船舶估值报送长江区航政局。1946 年 2 月，"东亚会社汉口支店"船舶按 1937 年物价，估值如下：大江轮 4 艘，8132400.00 美元；拖轮 3 艘，62665.00 美元；小蒸汽艇 6 艘，58560.00 美元；铁驳 4 艘，81952.00 美元；木驳 5 艘，13900.00 美元；趸船 3 艘，300000.00 美元；跳船 14 艘，255200.00 美元；起重船 1 艘，28800.00 美元。②

第二，标售和清理。1946 年 8 月 31 日，长江区航政局根据国民政府处理接收敌伪产业原则，拟定了《武汉区接收敌伪船舶标售方法》，规定：对于接收之敌伪船舶仍以标售为原则，原有代管使用部分有优先承购

---

① 该处理原则内容如下：现时各机关接管之船只，除原属自有者外，均属代管性质，主权应属中央；各接收船舶机关应于文到二周内将接管之船舶估值报送长江区航政局汇报至行政院武汉区特派员办公处备查；所属代管船舶之交接均凭原始清册办理，其有短少者由第一次接收机关负责，其有未列入原始清册者应行补列。《交通部武汉区特派员办公处关于武汉区船舶之处理规定 3 项的代电》（1946 年 1 月 17 日），湖北省档案馆藏，LS043 - 002 - 1997（3）- 0040。

② 《武汉接收日伪商轮公司航业资产报告表》，《交通部武汉区特派员办公职员名册》，湖北省档案馆藏，LS043 - 002 - 2474 - 0001

权。标售方式，先期登报公告，并由审计机关派员监视开标，同时，长江
区航政局又商请国民政府武汉行辕、汉口市党部、湖北省审计处、江汉关
组织标售敌伪船舶委员会协同办理。对于标售价格评议、缴款程序均给予
细致规定。经行政院特派员办公处分别邀集湖北省建设厅、驻汉各军事机
关部队、招商局汉口分局、海军第二舰队司令部、一般国营机关及民营公
司、华中钢铁公司等会商，各代管部分船舶价购细则均记录有案。如招商
局汉口分局在湘鄂赣三省接管的船舶，包括东亚会社汉口支店船舶在内，
由招商局先备价承购，由招商局标售的船只，"所得价款由招商局总局缴
存中央银行，转解国库，入武汉区变卖敌伪物资价款专户，并通知长江区
航政局"。①

1947 年 2 月，新成立的中信局清理处开始标售敌伪船舶，长江区航政
局不再经办标售敌伪船舶工作。7 月，中信局清理处颁布了《标卖敌伪船舶
投标须知》。9 月，在经中信局清理处修改的《敌伪船舶标售办法》里，船
舶价格底价提高。虽然长江区航政局不再负责标售事宜，但仍然参加对敌
伪船舶估价的评价会议等工作，同时计算船价，开具缴款通知单，通知各
代管使用机关或公司依照限期向中信局清理处缴款。承购单位凭缴款书，
在长江区航政局办理所有权登记，以确定产权。有自愿放弃或逾限不缴款
者，即由中信局清理处举行标售。中信局清理处制定了翔实的标卖敌伪船
舶的目录，要求填写编号、船名、船质、吨位、机器（包括种类及数目、
制造年月、厂名、汽缸数目及直径、马力、转数等项）、推进器种类及数
目、船只停泊地点、附属用具（包括名称、单位、数量、使用程度）、保证
金额、底价等项，并且由湖北省审计处派员监标开标，并填写了详细的
《审计部湖北省审计处稽查工作报告表》，注明案由、接洽机关、派赴地点、
参加人员、案情说明、处理经过、稽查结果、经办人等。到 1948 年 7 月，
中信局清理处举行了 78 次的敌伪船舶产业估价评审会，到当年 4 月，湖北
省审计处监督清理处敌伪船舶开标已有 13 次。从中信局清理处留存的各类
档案可知，中信局清理处会同长江区航政局在标售与清理敌伪船舶的工作
中，按照法规或办法，循章处理，均有案可稽，表现出细致认真负责的态
度，明确了各敌伪船舶的所有权归属，推进了战后敌伪船舶处置的进程。

经过一系列处置程序，东亚会社汉口支店船舶以招商局承购的江泰、

① 《王洸撰复员期间之长江区航运与航政》（1947 年 2 月），《中华民国史档案资料汇编》第 5
辑第 3 编 "财政经济"（7），第 475 页。

江平、江亚、江静等四轮为最优、最适宜在长江上行驶的轮船。湖北省航业局承购的轮船数量虽属不少，但吨位较小，船质亦较为逊色。从代管、估价、认购缴款到1948年10月湖北省航业局撤销前夕，以湖北省航业局认购的东亚会社汉口支店的船舶为例，其船舶资产的处置情形如表3。

表3　湖北省航业局接收"东亚会社汉口支店"船舶估价、认购缴款及最终流向

单位：元

船别	船名	代管后估价	认购时缴款（截至1947年11月）	湖北省航业局撤销后的去向（截至1948年6月）
拖轮	楚春	11328000	45671000	租出（以给宜沙航务处为原则）
小蒸汽艇	楚英	15511200	439170800	复利轮船局承购
	楚平	20375000	34999800	仓汉轮船局承购
	楚山	14448000	45117800	湖北省航业局留用
趸船	鄂趸1号钢趸	103512500	1983012500	由湖北省航业局清理处管理，奉武汉行辕令备军用

资料来源：《湖北省航业局接收敌伪轮驳趸船只估价表》，湖北省档案馆藏，LS039 - 005 - 1191 - 0021；《交通部长江区航政局奉令标售鄂建等敌伪船舶缴款书》，湖北省档案馆藏，LS039 - 005 - 0351 - 0016；《湖北省航业局清理处关于检送船舶情况统计表各机构船员人数比较表等的呈及湖北省建设厅的训令》，1948年6月26日，湖北省档案馆藏，LS039 - 005 - 0981 - 0005。

结合表3，再对照湖北省航业局撤销后所有船舶分配表，由湖北省航业局认购的东亚会社船舶，到1948年后小部分应形势需要留用或以备军用外，大部分最终租给湖北省长江沿线各航务处或出售给民营轮船公司。如宜沙航务处租得楚春轮后，又将楚春轮（易名"浠水"）转租于汉口海济轮船局，并订立合约，租期为6个月，满租后海济轮船局不得要求续租。1948年7月，经湖北省委员会第630次委员会议核准，湖北省航业局用楚平与楚德两轮与仓汉轮船局交换铁趸船一艘，双方订有交换合约。[1] 1948年3月，湖北省政府致函交通部称湖北省航业局"代管船只，前经中央信托局武汉区敌伪产业清理处估定价格，共计价款九十六亿二千四百五十七万九千二百五十元。本应照缴，惟本省财力极端困难，对于是项巨额价款，一时实难筹现解缴"。为了早日明确船舶产权，经与中央政府一再洽商，湖北省政府决定由武汉轮渡管理处及汉口宜沙两航务处拨派款项，分四次缴清全部

---

[1]　《湖北省建设厅关于湖北省航业局清理处检送楚平、楚德两轮与仓汉轮船局交换铁趸船合约清册的指令》（1948年7月20日），湖北省档案馆藏，LS031 - 011 - 0131 - 0007。

价款。对此，中信局清理处称，"该案船舶价款分期付款日期确如所拟办理，至产权应俟全部价款缴清后办理移转手续"。[1] 湖北省航业局迫于各种因素而撤销，无力经营接收到的敌伪船舶，东亚会社汉口支店船舶的所有权也必然再次转移。同时，湖北省航业局售卖船舶所得的价款，"均经令饬拨作修理船只，及改善码头设备之用"。[2]

日本在华航运业资产的接收阶段在 1946 年前后即告结束，随之而来的处置阶段虽然到 1948 年仍未能完全结束，但是围绕船舶资产的处理，从代管、估价、分配，到标售、清理，处置的各环节是有条不紊、依次展开的，船舶的所有权通过各机关的实力与竞争实现其归属。从东亚会社船舶接收后的使用情况来看，东亚会社部分船舶因船质上乘、性能优良，虽历经波折，仍长期游弋在长江航线。招商局承购的东亚会社汉口支店大江轮，多数用来参与军事运输，如江泰号在接收之后即投入长江军运。同时，部分大江轮如江亚号、江静号调离汉口，承担沪甬线（上海至宁波）的客货运输，包括运输遣返日侨。东亚会社汉口支店船舶的命运也随时代沉浮：江亚轮在 1948 年 12 月沪甬线客货运载途中失事沉没，其船体在 1957 年打捞出水时，内部主体机件仍能使用，经过修缮，易名"东方红 8 号"，持续 20多年服务于长江航运业务，直到 1983 年退役。[3] 江泰轮于 1949 年被炸沉于芜湖港江边，1951 年被打捞起并修缮，1952 年，华东区海运管理局调派江泰号（后改称"民主三号"）客货轮正式恢复沪甬线客班航运，隔日往返。至当年底，江泰轮共运送旅客 38 万余人次，促进了上海、宁波等东部沿海航运业的繁荣。江平号于 1949 年 3 月也参与到沪甬线的客货运输中来，后来留在了大陆，"文革"时易名"东方红 7 号"，退役后改设为武汉市的水上饭店。江静轮在 1949 年随国民党军队迁往台湾，1959 年拆解出售。从上述可知，东亚会社汉口支店船舶虽然首先服务于军事运输，但也承担了大量客货运输的任务，促进了中国近代航运业的发展和战后中国江海航运业的复员与复兴。"为战后中国经济的恢复发展做出了贡献"，[4] 在中华人民共和国成立后也长期发挥了重要作用。

---

[1] 《湖北省建设厅关于价格接收敌伪船舶一案的训令及中央信托局武汉区敌伪产业清理处的代电》（1948 年 10 月 28 日），湖北省档案馆藏，LS031 - 001 - 1253 - 0028。

[2] 湖北省政府秘书处编印《湖北省政府施政报告》（1948 年 5 月 16 日至 12 月），湖北省档案馆藏，LS001 - 002 - 0660 - 0001。

[3] 关于江亚轮的失事沉没与其历史变迁，学界多有研究，本文不再赘述。

[4] 胡政主编《招商局与中国港航业》，第 147 页。

虽然在所有权的归属上，敌伪船舶的处置结果非常明确，但是也引起了船舶所有权的"国营"与"民营"之争。东亚会社汉口支店的船舶绝大多数成为国民政府的国家垄断资本，而民营航业机构难以问津。对于此种现象，舆论多有指摘。在 1946 年 3 月 20 日召开的湖北省参政会第一次会议上，各参政员向交通部部长俞飞鹏提出书面质询，认为"交通部今后对交通事业究国营民营并重，抑有所偏，招商局纯属官僚机关，舞弊丛生，战前既对国家交通无重大贡献，战时复不及民营航业对军运之卓著成绩，此次交部为何竟将接收之敌伪船舶及购自国外者，拨交招商局，而不予民营者以补助，并询招商局及中航公司理监督事何人，及公营盈利如何分配"。[①] 湖北省营航业也面临与民营航业相似的困境。1947 年 7 月 30 日《华中日报》刊发了数千言的社论《省营航业的危机》，引起了湖北省政府主席万耀煌的重视。该文章直言"湖北省航业局是主办公有轮船业务的机构，但是它不能做主，在性质上和一个民营的一个轮船公司并无区别"。[②] 所有权处置中的"国营"与"民营"之争是当时历史条件的产物，这与国民政府的治国理念与内外政策密切相关，这一现象广泛存在于战后敌伪产业接收和处置的过程中。

在接收汉口铁工部财产时，依照法规，按其工厂属性，应由经济部接收，但是又因其服务于东亚会社汉口支店，交通部依照《目前交通措施方案》也有理由对其接收，因此产生了所有权纠纷的问题。战后交通部计划贷款大量修造船舶，湖北省交通事业管理处应将汉口铁工部速拨还交通部武汉区特派员办公处接用以利交通。前文已述，招商局指派湖北交通事业管理处接收东亚铁工部财产，但是湖北省机械厂"捷足先登"。而此时，经商民胡仪亭举证，他于 1931 年在汉口大智路开设的善昌翻砂厂在日人侵占武汉期间被强占，易名为东亚会社汉口铁工部。抗战结束后，湖北省敌伪侵占人民财产清理委员会查实汉口铁工部属于民产，应予以发还。湖北省机械厂厂长郭寿衡随后呈文湖北省建设厅谭岳泉称，汉口铁工部确是民营善昌翻砂厂，但是，湖北省机械厂正承造汉口市街道阴沟铁盖板工程，已与汉口市政府签订合约，如果将汉口铁工部发还商民，将对其工厂业务不利，"俟本厂此项工程蒇事后再予发还"。同时，郭寿衡希望胡仪亭将善昌

---

① 《交通报告后参政员询问极多　对招商局批评一针见血》，《武汉日报》1946 年 3 月 21 日，第 2 版。

② 《省营航业的危机》，《华中日报》1947 年 7 月 30 日，第 2 版。

翻砂石厂租于湖北省机械厂。经查，"厂内生财械器废铁等系由本厂接收敌产，应另案处理"。[①] 1946 年 4 月，湖北省建设厅致函湖北省机械厂称，汉口铁工部即善昌翻砂厂，属于民产，"自应发还，除以该厂器材系日人遗留，未便发还，至厂房已饬迁让……将房屋迁让以重民产，如有敌置财产无法迁移者，应依照发还民营工厂办法第六条第一项之规定[②]办理"。[③] 不久，交通部部长俞飞鹏称汉口铁工部应由交通部接收利用，拟请招商局汉口分局咨请经济部移交以利交通建设。1946 年 8 月 21 日，行政院院长宋子文也敦促湖北省政府将铁工部物资移交招商局。9 月 9 日，万耀煌致电宋子文称，汉口铁工部前经行政院武汉区特派员办公处规定委托湖北省经营，且并入湖北机械厂复工，而经调查，铁工部大部分设备系战前民产，湖北省府依法发还，并已向招商局汉口分局代电备案。这表明，汉口铁工部最终按照湖北省政府此前批示处理，也即房屋属于民产应发还胡仪亭；内中器材属敌产则依法接收，并作为地方事业归入湖北省机械厂所有。至此，关于汉口铁工部的处置基本完成，其财产最终并未移交给国营招商局汉口分局。[④]

从对汉口铁工部处置过程中的所有权纠纷的梳理可知：第一，湖北省政府起初在接收时并未明确汉口铁工部属于交通器材制造工厂还是一般性质的日营工厂，而直接将汉口铁工部的财产运用于武汉市市政建设。从战后湖北省经济复兴而言，虽在情理之中，却并不符合国民政府《收复区敌伪产业处理办法》。这种情况说明湖北省政府对敌产的接收并未一味按中央饬令行事，而是有所保留。类似于这种将民产混为敌产接收的现象，在战后湖北省的敌伪产业接收中较为常见。第二，按照国民政府的部署，本应

---

① 《湖北省机械厂关于接管东亚海运株式会社汉口铁工部并发还大智路机械厂迁让房屋等相关问题的代电及相关材料》（1946 年 1 月 22 日），湖北省档案馆藏，LS62 - 1 - 0750 - 001。
② 第六条规定：凡民营工厂内之房屋机器或其他设备为敌伪添置者应为政府所有，此项财产依下列方法处理之：（一）由原民营工厂照时值收购；（二）按时值计价作为政府资本由政府与原民营工厂共同经营之；（三）由民营工厂租用。《湖北省政府发还民营工厂办法》，湖北省档案馆藏，LS24 - 3 - 00002470 - 018。
③ 《湖北省机械厂关于接管东亚海运株式会社汉口铁工部并发还大智路机械厂迁让房屋等相关问题的代电及相关材料》（1946 年 1 月 22 日），湖北省档案馆藏，LS62 - 1 - 0750 - 001。
④ 《长江航运史（近代部分）》中根据《招商局档案》（《招商局接收敌伪船厂备忘录》，1946）得出"招商局汉口分局接收了东亚海运社汉口铁工部"的结论（江天凤主编《长江航运史》，第 593 页），经笔者本文考证，汉口铁工部最终并入了湖北省省营的湖北省机械厂所有。

将日本在华航业财产移交给交通部接管，但是湖北省政府接收在先，迟迟未能将铁工部器材移交于交通部。其间长达近一年，行政院似乎疏漏了对汉口铁工部的处理，以至于时至 1946 年 8 月，宋子文还在询问该铁工部的接收权属。这表明在中央层面的接收工作中，国民政府关注的重点接收区域在东北、上海与平津地区，而较少关注大型工矿业并不集中的湖北省。第三，在国民政府 1945 年 11 月 23 日颁行《收复区敌伪产业处理办法》前，各地对敌伪资产的接收早已开始，该办法明确了交通部、招商局、经济部、省市府的接收职权范围，正是希图纠正各地"接收"中的混乱局面，1946 年 2 月 5 日翁文灏坦言："上年日本投降后，本地敌伪资产间有损失紊乱情形。自上年十月份起，行政院注意整顿，先行规定《收复区敌伪产业处理办法》，明文订定各部分接收职权之范围。"① 但中央层面的细致规定仍晚于各地接收政策的颁行。湖北省政府依据湖北省相关法规对汉口铁工部中的敌产和民产部分分别予以处理，也并非没有道理。

在东亚会社汉口支店的房产方面，根据《收复区敌伪产业处理办法》，东亚会社汉口支店的仓库由海关接收，即海关总税务司署指定江汉关接收。江汉关希望收回东亚会社仓库后，"作为存储接收物资之用，以利集中保管而省租赁费用，将来该仓库可作为海关保税仓库以便存储保税货物，使便管制而利商务"。② 但江汉关迟迟不能完全收回东亚会社汉口支店仓库的所有权。就仓库的所有权问题，江汉关与海军第二舰队司令部及长江区航政局多次交涉未果。到 1947 年 8 月，翁文灏致函中央信托局汉口分局，声称资源委员会"鉴于东北、华北局势混乱，拟于华中建立工矿据点"，③ 因大量器材运汉，需租用仓库，而"所有仓库仅敌产东亚海运仓库最为适宜，以其临近江边，容量亦大，储卸均称便利"。④ 中央信托局汉口分局也希望承购东亚会社仓库，以推进中央信托局在武汉的信托、易货、购料、储运等业务以及国家事业的发展。直到 1948 年 12 月，经行政院最后决定，仓库

---

① 《翁文灏呈报接收处理日伪产业概略》（1946 年 2 月 5 日），陈谦平主编《翁文灏与抗战档案史料汇编》，社会科学文献出版社，2017，第 797—798 页。

② 《江汉关税务司公署关于请将东亚海运株式会社仓库于日俘腾空时拨交本关的代电》（1946 年 2 月 14 日），湖北省档案馆藏，LS025 - 001 - 0957 - 0028。

③ 《中央信托局汉口分局关于东亚海运等仓库移交接管等相关事宜的代电》（1947 年 6 月 27 日），湖北省档案馆藏，LS029 - 002 - 0676 - 0010。

④ 《中央信托局汉口分局关于东亚海运等仓库移交接管等相关事宜的代电》（1947 年 6 月 27 日），湖北省档案馆藏，LS029 - 002 - 0676 - 0010。

码头的使用暂维原状而不需拨交于海关。至此，江汉关最终未能掌握仓库的完全使用权，因此也无法实现建立"保税关栈"的目的。这也说明，国民政府关于敌产处理的法规在实践中并不能被完全执行。

通过梳理上述所有权的处置问题可知，东亚会社汉口支店的财产尽管收归中方所有，但是如何发挥这些财产的作用，中央和地方不同的接收部门都有各自的考虑。整体而言，作为日本在华航运业资产主体的船舶发挥的作用最大，收到的效益也最明显，因为船舶资产处置后服务的范围更为宽广，牵动湖北省乃至全国整体上社会经济的发展，这一部分资产的处置基本上达到了对日本在华航运业资产接收的最初目的。而围绕房屋、仓库和器材制造工厂产生的所有权纠纷，基本上围绕着如何更有利于恢复和发展各接收部门的业务而展开。比如，虽然仓库归海军和长江区航政局占用，江汉关利益受损，但是海军和航业管理机构满足了办公需要；交通部虽然没有接收到汉口铁工部，但汉口铁工部最终也服务于战后湖北省工业的恢复和发展。这些财产并没有因为不同接收部门所有权的纠纷而流失，而依然在社会经济的不同领域中发挥着作用。

不能否认的是，对东亚会社船舶的接收和处置充实了国民党军事后勤实力。在接收和处置东亚会社汉口支店财产的过程中，围绕着船舶、船舶器材制造厂、仓库等所有权的争夺，又集中反映了战后国民政府内部各种利益的纠葛。接收和处置敌伪船舶中的贪污腐败现象也时有揭露。1948 年 2 月，湖北省航业局的几名普通职员向湖北省政府联名举报该局科长卢光宗贪污渎职的诸多罪状，如转卖或盗卖船舶及船舶附属资产、不积极修缮受损船舶、不积极保养船舶等。① 夏光宇在交通部接收与处理的工作汇报说："整个接收计划，亦缺乏精确资料，又以工作艰巨，人手不敷，而当时环境极为复杂，遂使工作进行困难重重。"② 王洸指出航运业中存在的隐忧："内河航业传统思想尚未驱除净尽，缺乏自动改进精神"，"多数内河轮船船员水准低落，风纪不振"，"业务管理甚少改良，不足适应现代潮流"。③ 以上诸端，可视为国民政府接收与处置日本在华航运业中的问题。

---

① 《湖北省航业局职员关于卢光宗贪污渎职的呈》（1948 年 2 月 1 日），湖北省档案馆藏，LS031 - 011 - 1068 - 0002。
② 《交通部武汉区特派员办公职员名册》，湖北省档案馆藏，LS043 - 002 - 2474 - 0001。
③ 《王洸关于 1947 年长江区航政局的工作报告》（1947 年），湖北省档案馆藏，LS025 - 004 - 0723 - 0001。

结　语

　　日人投降后，日方在华经营的轮船株式会社、船舶、船厂及占用和增设的码头均悉数被中国政府收回。从本文以东亚会社汉口支店及其相关财产的接收与处置为中心的探讨中可知，无论这些日本在华航运业资产的所有权和使用权归于中方哪个部门，至少这批资产基本上转化为中国政府所有，基本符合了国民政府战后对日本在华财产接收的目的，在结果上也推动了战后湖北省及长江线的复员运输。战后，国民政府出台了多个接收和处置日本在华航运业的法规，交通部武汉区特派员办公处、行政院武汉区特派员办公处、长江区航政局、中信局清理处等机构都发挥了重要作用，同时，还有航整会、湖北省航业局、湖北省水上警察局等机构的协同推进。驻汉的军事机关和部队，如后勤部、海军总司令部驻汉办事处、第六战区兵站总监部等，在湖北省航运机构尚完全恢复重建前，也参与到接收行列中来。这些部门的相继或同时登场，保障了东亚会社汉口支店资产接收和处置工作的有序展开，推进了国民政府战后重建的进程。

　　从国民政府对接收到的东亚会社汉口支店的船舶的使用来看，这些船舶并非全部服务于内战军事运输，大多数仍参与到长江中下游的港航客货运输中来，改善了招商局的客运业务，对于促进战后交通运输业的发展起到了重要作用。1949 年，国民党在军事上连连败绩，招商局总公司从 4 月开始撤往台湾，大部分的东亚会社汉口支店船舶留在大陆，为中华人民共和国接管，从长远来看，留在大陆的东亚会社汉口支店船舶在中华人民共和国成立后经修缮投入运营，其功能与价值都得到了充分利用。这些船舶历经时代变迁，对中国社会经济发展起到了一定的促进作用。虽然处置后的财产对于整体推进战后湖北省社会经济的发展和弥补日本因发动侵华战争导致的中国财产损失的作用有限，部分东亚会社船舶也服务于内战军事运输，同时，接收和处置过程中因权属不明产生了一些纠纷，但是日本大部分的在华航运业资产并未流失海外。从长远来看，这些资产大部分最终转化为中华人民共和国国营经济的组成部分。

[作者单位：武汉大学历史学院]

文化的冲突与调适：清末民初的
学堂星期日[*]

王　康

内容提要　清末民初，星期日休息引入国内学堂，并非是一个单纯的现代化进程，当时教育界人士敏感地察觉到，此一假期背后蕴含着西方宗教文化与传统儒家文化之间的强烈冲突。星期日的文化合法性问题，随之成为时人关注的重点。此外，当星期日休息体制化后，国内教育界人士也纷纷产生了焦虑感。他们为了应对学生假期闲暇的道德风险，对此一假期进行了大规模改造。在学堂师生的假期生活方式的选择上，儒家文化理念成为一个重要的意义支撑。这反映出，儒家文化传统与"现代性"假期制度之间存在相互调适的一面。

关键词　星期日　学堂假期　儒家文化　"退息居学"

清末民初，随着新式教育的大规模推展，星期日作为闲暇假期①，逐渐推广。此一现象已受到部分学者的关注。② 不过，由于讨论者立足于肯定新式假期的合理性，因此，尽管其注意到当时教育界"在星期日休假问题上

---

* 本文系笔者博士学位论文《近代中国课堂的诞生》的部分修改稿，承蒙王东杰教授批评指正，在答辩过程中，又得到诸位老师的指点。谨此一并致谢！

① 在目前的研究中，部分学者倾向于认为闲暇是一种近代产物。参见〔法〕亨利·列斐伏尔《日常生活批判》第 1 卷，叶齐茂、倪晓晖译，社会科学文献出版社，2017，第 30 页；〔美〕约翰·凯利《走向自由——休闲社会学新论》，赵冉译，季斌校译，云南人民出版社，2000，第 222 页。汤普森则注意到，在近代工业社会早期，英国工人仍然存在休闲与工作混合的情况。参见 E. P. Thompson, "Time, work-Discipline, and Industrial Capitalism," *Past & Present*, No. 38（Dec. 1967），pp. 56–97。

② 参见李长莉《清末民初城市的"公共休闲"与"公共时间"》，《史学月刊》2007 年第 11 期；湛晓白《从礼拜到星期：城市日常休闲、民族主义与现代性》，《史林》2017 年第 2 期。

的保守舆论与行动"，但认为这"不过是传统教育观和道德观在过渡时代的顽强延续"，是为一种"顽固的保守道德立场"。① 换言之，在秉持现代标准的研究框架中，当时教育界人士对于星期日的认知已被预先做了价值判定。由此，其认知方式背后的文化脉络也被忽视，仅作为现代社会的批判对象而存在。需要指出的是，本文并不是想为当时教育工作者的观点"正名"，而是试图表明，如果我们暂且放下现代化框架，或许可以增进对这一段复杂历史变化的了解。

在今天的学校中，星期日闲暇似乎是一种天经地义之事，"放之四海而皆准"。不过，如果我们回溯近代西方闲暇观念产生的历程，不难发现其与自身文化脉络的纠缠。② 与之相对，星期日假期出现在中国近代教育场域时，与传统儒家文化之间亦有强烈的碰撞与融合。正是在这一互动的过程中，近代中国的学堂星期日得以塑造成型。

一 怪力乱神的嫌疑：抵制学堂星期日

清末民初，新式学堂中星期日休息这一规则的建立具有两重意味。一则是其带来了规律性、制度性的日常休息；再则是其背后的宗教含义。实际上，正是后者的存在，为国人接受此一规则带来了不小的困扰。1897 年，梁启超在《湖南时务学堂公启》中说：

> 记曰："张而不弛，文武不能也；一张一弛，文武之道也。"故君子之于学也，藏焉修焉，息焉游焉。西人学堂，咸有安息日，得其意矣。"七日来复"，"先王以至日闭关，商旅不行"，此古义之见于经者，殆中西同俗也。③

可见，梁氏试图将"安息日"引入学堂时，首先需要为其赋予文化合

---

① 湛晓白：《从礼拜到星期：城市日常休闲、民族主义与现代性》，《史林》2017 年第 2 期。
② 被西方休闲学者奉为开山之作的《有闲阶级论——关于制度的经济研究》，即是一部充满清教徒道德意识的著作。作者凡勃伦在书中明确将有闲定义为"非生产性地消耗时间"，并对"刻苦耐劳的中产阶级"赞赏有加。参见〔美〕凡勃伦《有闲阶级论——关于制度的经济研究》，蔡受百译，商务印书馆，2019，第 36、248 页。
③ 梁启超：《湖南时务学堂公启》，舒新城编《近代中国教育史料》第 1 册，上海科学技术出版社，2015，第 46 页。

法性。此时，梁氏所调动的传统的思想资源，除了《周易》中"七日来复"一语，还包括《礼记·学记》中的相关论述，即"故君子之于学也，藏焉修焉，息焉游焉"。① 值得注意的是，在《礼记·学记》原文中，此句是与上文"大学之教也，时教必有正业，退息必有居学"联系在一处。其论述的重心在于学生休息时也不能忘记"居学"。由此看来，《礼记》的原文意旨与梁氏的论述意图之间存在一定的偏差。

同一时期，与维新人士多有接触的孙宝瑄，也尝试将星期日休息纳入自身的日常生活。② 光绪三十三年二月十一日（1907 年 3 月 24 日），孙氏写道："迩来新机大启，官府学校，无弗有休沐期，七日为常。"好学深思的孙氏，试图探寻此一假期的历史渊源。他说：礼拜日"肇端于景教"。"推稽其故，曰元始神人，合宇宙，铸万物，六日而毕，七日乃告厥成功之期也。以故教家徒党，循是日次，周杂复始，瞻拜造物，顺是为常。"孙氏发现，此种神话解释尽管让"智者笑之"。西人却"多谨守弗失"。他不禁反问道：西人"不以理之既昧，而违其则者，抑何故欤？"③

为了获得合理解释，孙氏诉诸本土经典。他说："吾国《大易》有之矣，七日来复。而丧家子弟，其于既殇之父兄也，更七日辄有所礼敬。彼茫茫万里，山川遥阻，越千余年不相交通，乃于是习，无端吻合如响，果遵何道哉？意者，阴阳之精，造化之权，运乎自然，发乎不自觉欤？不能，何远迩之无间若斯也？"④ 可见，孙宝瑄之所以对星期日持有疑虑，很大程度上，即源于其"怪力乱神"嫌疑。只有将星期日放入儒家经典脉络中进行解释，才能使其重获文化合法性。

1908 年，一位署名为"先天客"的作者在《星期说》一文中说道：

> 先师二千四百五十八年，先天客避暑乎龙泉山麓，阳明讲舍，晨兴倚楼，喟然而叹。时则声浪遥传，铿铉不绝，盖耶稣教礼拜之钟也。门人问曰："夫子何叹，岂有感于彼教乎？"先天客曰："然，非也。吾因彼教，而有慨乎学堂也。今日为星期，二三子亦知星期安取义乎？

---

① 王文锦译解《礼记译解》下册，中华书局，2001，第 516 页。
② 中华书局编辑部编《孙宝瑄日记》上册，童杨校订，中华书局，2015，第 104—105 页。
③ 《孙宝瑄日记》下册，第 1069 页。
④ 《孙宝瑄日记》下册，第 1069 页。

夫星期固法之至善者也。"①

在先天客的论述中，他先是采用孔子纪年，之后又使用"夫子"与"门人"的问答方式，并强调自己处于阳明讲舍。这些充满儒家色彩的字眼，与礼拜日的教堂钟声形成鲜明对比。作者的上述行文方式或许仅仅是为了增加文章的戏剧效果，但这已经不免让人怀疑星期日出现的背后，是否蕴含着西方宗教文化与传统儒家文化的冲突。

清末民初，在星期日假期引入国内学堂的过程中，教育界人士对其抵制的一个重要原因即在于其宗教文化含义。1902 年 8 月，张百熙在《钦定学堂章程》中，首次将"房虚星昴日"列为中学堂及其以上层级学堂的假期。② 正在湖北兴学的张之洞获悉此一章程后，他于次年 3 月向张百熙去信称：

> 尊章各学堂于每月房、虚、星、昴四日停课，谅因洋教习必于是日休息，故循西例，以示从同。湖北学堂则另于每旬之末停课一日，谓之旬假，仿古人十日休沐之法，以别于西俗教规。而于此星期日，如并不间废，令学生专习中国文学，课以文辞、书牍之属，并不放假，不致旷功。③

可见，张之洞尽管认可规律性、日常性的学堂假期，但是他不赞同采用星期日。其中的关键，在于此一假期是"西俗教规"的产物。与之相对，张氏转而诉诸"古人十日休沐之法"。换言之，他通过引入传统休假方式，借此消除西式假期背后的文化威胁。④

实际上，清末教育界人士对于星期日的文化疑虑，与他们所面临的教育环境息息相关。1906 年，西方教会刊物《通问报》上刊载了一则学堂消

---

① 先天客：《星期说》，《竞业旬报》第 14 期，1908 年 5 月 11 日。
② 《钦定京师大学堂章程》《钦定高等学堂章程》《钦定中学堂章程》，璩鑫圭、唐良炎编《中国近代教育史资料汇编·学制演变》，上海教育出版社，1991，第 250、261、266 页。
③ 张之洞：《致京管理大学堂张尚书》，璩鑫圭、唐良炎编《中国近代教育史资料汇编·学制演变》，第 138 页。
④ 其实，张百熙对于星期日假期也并非没有保留。他在小学堂与蒙学堂的章程中规定："每十二日学课一周后，各停课一日。"（《钦定蒙学堂章程》《钦定小学堂章程》，璩鑫圭、唐良炎编《中国近代教育史资料汇编·学制演变》，第 274、286 页）张百熙之所以区分不同层级学堂的休假方式，其背后或同样存在对"西俗教规"浸染民众的担心。

息。其云：湖南“各处官立大小中学堂，大抵皆以星期之第七日为休息，惟辰郡学堂，以月之初七、十四、廿一、廿八为休息之期。自沅陵高等小学堂，去年聘有信教之人，充当英文教习，特商改星期之七日为假期”，以便学生于是日“到堂听讲”。① 可见，部分来华传教士将学堂星期日的设立，视作一条重要的传教途径。②

清末时期，随着壬寅学制、癸卯学制的相继颁布，星期日休息成为学堂制度。③ 相应的，新式学校师生对于此一假期也逐渐熟悉。光绪二十九年九月六日（1903 年 10 月 25 日），王闿运在湖南衡州时说：“看师范学堂，值礼拜已空矣。”④ 可见，此时王闿运对于学堂礼拜日还比较陌生。1914 年，黄炎培观察到“今若倡一议，礼拜日不放假，非特学生所大不愿，即教职员亦恐大不谓然，习惯之势力已成，改之非易”。⑤ 由此看来，经过十余年的推展，星期日休息已成为民初师生的一种习惯。

不过，星期日背后的西方宗教文化含义，并没有随着此一假期的普及而消失。1916 年，陈成仁在《废止星期之商榷》一文中，开篇就强调星期日的宗教属性。对此，杂志编辑不得不在文前加按语说：“星期休息，几成世界惯例，善休乃所以善动，非仅为宗教关系也。”⑥ 可见，此时的星期日仍是一个颇有争议的话题。

20 世纪 20 年代前后，教育界关于废止星期日的声音仍然时有所闻。1919 年，经亨颐说：“我要问问（学生）星期日（外出）为什么不要请假？难道星期日有上帝代我们管理，学生一定不会做不好的事吗？”经氏并称：“我从前对于星期日放假，怀疑得多年。”⑦ 1924 年，舒新城也说：“我国无宗教，本无所谓星期，而教育部规定一切学校均须有星期，此事在都会虽

---

① 陈慧生：《学堂之假期（湖南）》，《通问报：耶稣教家庭新闻》第 226 期，1906 年 11 月 28 日。

② 在星期日讲道的受众方面，陈鹤琴是一个很好的例子。他于 1906 年至 1910 年间在杭州教会学校蕙兰中学读书。校长甘惠德通常在礼拜天讲道。据陈氏自述，这对于他“人格”的形塑影响颇深。陈鹤琴：《我的半生》，上海三联书店，2014，第 105 页。

③ 在癸卯学制中，星期日休息制度被扩展至大中小各级学堂。《奏定各学堂管理通则》，璩鑫圭、唐良炎编《中国近代教育史资料汇编·学制演变》，第 480 页。

④ 王闿运：《湘绮楼日记》第 4 卷，岳麓书社，1997，第 2573 页。

⑤ 黄炎培：《考察皖、赣、浙教育状况之报告》，田正平、李笑贤编《黄炎培教育论著选》，人民教育出版社，2018，第 46 页。

⑥ 陈成仁：《废止星期之商榷》，《教育周报》（杭州）第 134 期，1916 年 9 月 11 日。

⑦ 经亨颐：《对教育厅查办员的谈话》，张彬、经晖、林建平编《经亨颐集》，浙江大学出版社，2011，第 125 页。

不足奇，在乡村则莫名其妙。此种无关重要的模仿，究有何种意义——浙江四中与春晖中学现已废星期——何尝不可改革。"① 可见，对于星期日背后的宗教含义，上述两位教育界人士均心存芥蒂。附带一提的是，春晖中学正是由经亨颐创办的。由此看来，经氏已在实践其废止星期日的主张。

1924 年，在第十届全国教育会联合大会上（以下简称第十届教育联合大会），学校是否应设置星期日，亦是会场辩题之一。大会上一份名为《小学校应切实设施休闲教育案》的决议案提出，"星期放假"源于欧美国家的宗教传统，而我国本无设"星期之必要"。提案者尽管承认，在我国"中级以上学校，因诸种关系，星期日或可存在"，但是，"在小学校以兴味教学为主"，"何必多此骈指之星期日乎？"② 值得注意的是，此份议案将中小学区分对待的方式，与清末张百熙的做法十分类似。由此看来，清末民初教育界人士在面对星期日问题时，处理思路也颇为相近。

不过，学堂星期日一经制度化，再想将其从根本上推翻，显然是十分困难的。与之相对，在原有基础上进行改造，或更切实可行。民初，黄炎培即试图由此入手。他注意到：

> 耶教徒之于日曜日，诚欲留此一日光阴，为道德之修省，与身心之休养，故虽辍业，而其所获效益大于一日之勤动。今之学校生徒，有尽此一日间，为游荡放佚之行者，甚至一日不足，益以土曜半日者，是徒贻损害于学业，而绝未尝予丝毫利益于身心。不惟无益，或且害之。按之礼拜休息之名义，毋乃舛驰。③

在黄氏看来，耶教徒礼拜休息的正当性，建立在"道德之修省"以及"身心之修养"的基础上。此与《礼记》上讲的"退息居学"，其实不无神似之处。黄氏尽管同样意识到礼拜日的宗教文化含义，但他不再一味否定，而是积极认可其中的道德价值。由此一来，星期日也具有进入中国传统文化脉络之可能。

---

① 舒新城：《小学教育问题杂谈》，吕达、刘立德主编《舒新城教育论著选》上册，人民教育出版社，2000，第 438 页。
② 《第十届全国教育会联合大会有关议决案》，李桂林、戚名琇、钱曼倩编《中国近代教育史资料汇编·普通教育》，上海教育出版社，1995，第 510 页。
③ 黄炎培：《考察本国教育笔记》，田正平、李笑贤编《黄炎培教育论著选》，第 32 页。

二　文化的延续：学堂星期日的改造与实践

（一）"闲居不善"：教育界人士对于星期日假期的焦虑

清末民初，星期日休息引入国内学堂后，教育界人士不仅对其宗教含义颇感介怀，与此同时，此一假期的闲暇属性，也使教育界人士心生焦虑。他们从休假的学生身上，嗅到了巨大的道德风险。1913 年，林传甲作为黑龙江省学务官员，即对包括星期日在内的新式假期提出了整体性批评。林氏说：

> 自学校兴而学生之假期日以多……遵教育部令，本省通令，以放假或与例假相连，遂致积累之功不免疏于一旦，闲居不善而社会恶习寝假而染及之，中学生之毁门为薪、在寝室聚赌皆在假期内，女校学生结合排挤教员亦在假期内。……吁！假期假期，天下古今多少罪恶假汝以行，今欲救此弊惟有就假期日一律讲演社会教育，使假期内心所思、耳所闻、目所见弗纳于邪，斯则慎微之意也夫。①

在林氏看来，学生假期是师长视线难以企及的黑暗区域，是可能滋生"罪恶"的渊薮，其中饱含危险气息。学生由于"闲居"，不仅可能荒废学业、染上恶习，甚至可能借机反抗学校。在此种情况下，教育界人士迫切需要将学生从闲暇的危险中拯救出来，通过"社会教育"的方式，重新占有学生的假期。由此，才能使学生由内到外、从耳到心，全然免受"邪"的污染。

1909 年，陆费逵注意到，"自学部以孔子生日放假，勒为法令，各地学堂，奉行勿违"。在他看来，"在教者与学者之心理，非必有崇拜孔子之诚，特借此以遂其嬉游计耳"。不过，当假期闲暇走向制度化后，上课已然不能"餍学生之望"。因此，他建议通过"演说谈话"等手段来填充学生假期。②可见，在对待新式假期的态度方面，陆费氏与林传甲颇为一致。③

---

① 况正兵、解旬灵整理《林传甲日记》下册，中华书局，2014，第 446—447 页。
② 陆费逵：《近日学风之堕落》，《陆费逵文选》，中华书局，2011，第 76 页。
③ 1918 年，蔡元培对于北大学生的假期也曾发表过类似的看法。蔡元培：《对北大学生全体参与庆祝协商（国）战胜提灯会之说明》，高平叔编《蔡元培教育论著选》，人民教育出版社，2017，第 187 页。

如果说，孔子诞辰假还有一定的教育内涵，那么，星期日休息则是纯粹的闲暇时光。后者的到来，更让教育界人士忧心忡忡。1924年，在第十届教育联合大会上，与会者提出，星期日令"儿童终日休闲"，不仅"减少学校教养之能率"，而且"儿童一出校门"，其"身体之发育"与"德性之陶冶"两方面，均不免受到外界社会的不良影响。①

清末民初，学生的星期日出游，也在社会舆论层面遭到了猛烈抨击。1908年，先天客就批评说，"今日广设学堂，参究西学"，"至竟定星期为假例，听学生自便出入，则误之甚者矣"。② 1909年，时人观察到，学生星期日的出游，使北京城中洋车加价、戏园加橙、饭馆加座。③ 同年，另一位时人亦劝告学生说，在假期之中，"游戏热闹处宜少往，赌博场中更不可踏入"。④ 1910年，《吉林省教育官报》也刊文指出："学生之在学校，有星期焉，与古人藏游休息之意如一辙。""独惜今日之学生，苟值休沐之日，大抵踯躅乎通衢，往来乎歧途。"⑤ 民国建立之后，此种批评的声音时见报端。1926年，广州中学学生甘焯庭仍然说："我常见许多学生——尤其是中等学生，他们星期日所干的事，真是糊涂得很！不是看戏，便是赌博；不是逛游艺场，便是上酒楼吃大菜。"⑥ 值得注意的是，学生的星期日外出，除赌博外，诸如游览、看戏以及用餐等，也被视为一种有损道德的行为方式。此种认知态度的形成，与宋明理学的修养观念有关。

清代陆世仪在谈到书院选址问题时说："大凡书院建立，多在郭外名胜之处，不独远绝尘嚣，而山水之胜亦足以荡涤俗情，开发道妙。"⑦ 可见，宋代理学在塑造学生时，主静不主动，强调其应该远离外物的诱惑。故此，诸如征逐于戏园、饭馆的行为，便不具有道德合理性。1892年，唐才常在四川学署任阅卷总校时，在给父亲的信中就说："男在署中，未尝入街市游览，课读之暇，看书静坐而已。"⑧ 唐氏的这一做法，正是其理学修养的一

---

① 《第十届全国教育会联合大会有关议决案》，李桂林、戚名琇、钱曼倩编《中国近代教育史资料汇编·普通教育》，第509—510页。

② 先天客：《星期说》，《竞业旬报》第14期，1908年5月11日。

③ 黄：《星期之学生谈》，《北京正俗画报》第73期，1909年6月3日。

④ 尚：《假期赠言》，《义务》（冬季报告）1909年，第1版。

⑤ 《学生宜利用星期诣图书馆观览论》，《吉林教育官报》第54期，1910年5月。

⑥ 甘焯庭：《星期日我们该做些什么事？》，《学生文艺丛刊》第3卷第6期，1926年8月。

⑦ 李国钧主编《清代前期教育论著选》上册，人民教育出版社，1990，第158页。

⑧ 唐才常：《上父书》（十二），中华书局编辑部编《唐才常集》（增订本），刘泱泱审订，中华书局，2013，第496页。

种反映。

晚清时期，刘光蕡在《陕甘味经书院志》中明确规定：

> 坊肆流品杂沓，士人岂可侧足？然少年狂妄，每好嬉游，往往三
> 五成群，往来街市，不恤人言，不畏物议，且自以为名士风流，实属
> 荡检逾闲，败坏士习。诸生中有不经禀明，擅自出入观戏、饮酒者，
> 查出掌责。门夫不即禀明，送县杖答。[①]

刘氏此论，相较上述时人对于学生星期日出游的批评，二者何其相似。
可见，在近代教育剧烈变革中，传统士子的"修身之道"，仍在无形中制约
着新式学生的假期生活方式。[②]

综上，清末民初星期日假期的出现，使新式学生骤然拥有了大量闲暇
时间。对此，国内教育界人士并未感到欣喜，恰恰相反，他们却产生了强
烈的焦虑情绪。对于他们来说，如何在假期让学生保持"道德之修省"以
及"身心之修养"，是一个亟待解决的问题。由此，大规模的假期改造被提
上日程。在此一过程中，儒家文化理念发挥了重要的影响力。

（二）如何度假：学堂师生的假期生活方式

清末民初，当星期日来临之际，部分学堂仍在进行教学活动。1907 年，
直隶省视学焦焕桐在视察雄县高等小学堂时发现，该学堂"于每星期午前
考问一小时，作文二小时，考问则教员监督之，作文则学董监督之……作
文每星期一艺，亦能进步甚速"。[③] 可见，此校学生的半日假期，已被挪作
教学之用。在当时的小学堂中，此种安排方式应具有一定的普遍性。1909
年，学部在《奏请变通初等小学堂章程折》中提到"星期以半日温习旧课，
半日休息"。[④] 学部此番表态，显然是对既有状况的追加认可。

---

① 刘光蕡：《陕甘味经书院志（节选）》，陈景磐、陈学恂主编《清代后期教育论著选》上
册，人民教育出版社，1997，第 549 页。
② 1920 年 10 月 10 日，教师吕思勉利用学校假期在安东（今属辽宁丹东）游览，他对戏院观
剧以及旅馆喧哗，也表示出一种刻意的淡漠。吕思勉：《义州游记》，文明国编《吕思勉自
述》，安徽文艺出版社，2013，第 68—69 页。
③ 焦焕桐：《查视雄县学务情形报告》，《直隶教育杂志》第 15 期，1907 年 11 月 6 日。
④ 《奏请变通初等小学堂章程折》，璩鑫圭、唐良炎编《中国近代教育史资料汇编·学制演
变》，第 545 页。

1914 年，黄炎培在考察时也发现："此行所见于江西之彭泽、安徽之婺源，适值日曜日，见小学教师，于上半日仍集其通学生徒课以作文或温读，其所温读之书，听其自由，有温读其在私塾所受之四子书或其他课本者，虽法未尽善，吾以为犹贤乎已也。"① 由此看来，对于星期日的教学活动，黄氏也持肯定态度。

其实，在中国传统儒家的教学理念中就有学习不应该间断的主张。清初时期，陆陇其说："工夫只在绵密不间断，不在速也。能不间断，则一日所读虽不多，日积月累，自然充足。若刻刻欲速，则刻刻做潦草工夫。"② 可见，在陆氏看来，读书的功夫应该是绵密不断的。

1911 年，一位署名为"佩馨"的学生就说："今学校中修学六日，例得休息一日，非以间断也，借以温习旧课，而自启新知也。"③ 这位同学认为，星期日休息并不意味着学习状态的中断。而"自启"一词，更凸显出学生假期学习的主动性。1915 年，广西兴业私立宜家女子初等小学三年生何宝玑也向上海《少年》杂志投稿。她说自己于礼拜日"上午温习修身、国文各四十分钟。饭后又温国文、算数各四十分钟。温毕，即练习唱歌及体操，以纾余温习之苦，以活泼余之精神"。④ 由此看来，有学生已将星期日学习付诸实践。

不过，星期日毕竟是制度性假期，若仅将其用作正规教学的补充，显然于理欠妥。1916 年，时人就提出星期日应该"在予学生以多大之兴味，于愉快之中，得真正之益"。⑤ 1911 年，江苏金坛民立初等小学堂规定："休沐日上午，仍令生徒来校，为讲有益之故事及小说。（如《教育杂志》所载教育小说等）"⑥ 可见，此校虽让学生在星期日上午到校，但其活动方式更具休闲性。1904 年，一位 12 岁的女学生刘瑞陶提到，自己所在的学堂就于星期日宣讲花木兰的故事。⑦

光绪三十二年四月初八日（1906 年 5 月 1 日），胡适在上海澄衷学堂就

① 黄炎培：《考察本国教育笔记》，田正平、李笑贤编《黄炎培教育论著选》，第 33 页。
② 陆陇其：《陆清献公示子弟帖》，（清）陈弘谋：《五种遗规》，苏丽娟点校，凤凰出版社，2016，第 91 页。
③ 佩馨：《星期日不可闲游说》，《课余丛刊》（绍兴）第 2 期，1911 年。
④ 何宝玑：《我之礼拜日》，《少年》（上海）第 5 卷第 4 期，1915 年 4 月 20 日。
⑤ 吴希厂：《星期日之处置法》，《教育周报》（杭州）138 期，1916 年 10 月 9 日。
⑥ 《学堂经营实况》，《教育杂志》第 3 卷第 8 期，1911 年 10 月 1 日。
⑦ 刘瑞陶：《记星期日听讲古事》，《女子世界》（上海）第 1 卷第 7 期，1904 年。

读。他在日记中，先对自己以往热衷于读"中国旧小说"进行了一番悔悟，之后"立誓"说："以后除星期日及假期外，不得看小说，惟此等日，亦有限制：看小说之时限，不得逾三小时；而所看除新智识之小说，亦不看也。"① 由此看来，阅读小说正是他星期日消遣的一种重要方式。此外，他所强调的"新智识小说"，与上述金坛学堂的规定也相一致。实际上，此类小说的重要益处之一，即在于对学生人格修养方面的启示。②

清末民初，星期日假期的盛行使不少私塾也一改故辙。1915 年，张棡在家乡（浙江温州瑞安）设立的聚英楼书塾规定："星期休息，或体操、图画、弹琴、唱歌，将随意演习之。惟不许赌钱、摸牌，致坏馆规。"③ 需要指出的是，张棡在私塾课程表中，并未设置体操、图画等科目。④ 可见，他将此类具有消遣性质的科目放在星期日，主要是为了确保学生的学习状态不致中断。

清末时期，学部在音乐课程说明中提到"乐歌乃古人弦诵之遗，各国皆有此科，应列为随意科目，择五七言古诗歌词旨雅正、音节谐和，足以发舒志气、涵养性情、篇幅不甚长者，于一星期内酌加一二小时教之"。⑤ 学部此语，显然源于王阳明的训蒙理念。⑥ 由此看来，音乐课程的主要效用，是让学生在读书余暇，继续维系自身的修养之道。

光绪三十年（1904），蒋维乔正在上海爱国女学校中担任教职。此年四月初一日（5 月 15 日）正值星期天。蒋氏说："九下钟至音乐会习歌。午后偕慎冰至张园观美国人演技，其术皆出于科学，故变幻生动，不可思议。"⑦ 可见，学习音乐正是他假日消遣的一种重要方式。此一时期，蒋氏每逢星期日便会进行音乐活动。⑧ 同年六月初，暑假来临之际，蒋氏又试图利用返

① 张立茂编注《胡适澄衷学堂日记》，文汇出版社，2017，第 95 页。
② 1919 年 1 月 17 日，正值江苏丹徒第一高小学生杨金莱的寒假第一天。他说自己起床洗漱完毕之后，"取《鲁滨孙漂流记》阅之"。"想鲁滨孙独居荒岛，能以忍耐刻苦坚守之，历十余年之久，而卒归其国，可谓有志者事竟成矣"。杨金莱：《寒假期内一周之日记》，《少年》（上海）第 9 卷第 5 期，1919 年 5 月 15 日。
③ 俞雄选编《张棡日记》，上海社会科学院出版社，2003，第 192 页。
④ 俞雄选编《张棡日记》，第 192 页。
⑤ 《奏变通中学堂课程分为文科、实科折（并单）》，《学部官报》第 87 期，1909 年 5 月 19 日。
⑥ （明）王守仁：《训蒙大意示教读刘伯颂等》，吴光等编校《王阳明全集》上册，上海古籍出版社，2011，第 99 页。
⑦ 《蒋维乔日记（1896—1914）》，汪家熔校注，商务印书馆，2019，第 147 页。
⑧ 《蒋维乔日记（1896—1914）》，第 144—164 页。

乡之机，在本地育志学堂创办音乐研究会，借此为学生"谋所以不负此暑假者"。① 可见，蒋氏不仅自己利用星期日学习音乐，还试图将其引入学生的长假。

另外，学生于星期日返家省亲，也是受认可的做法。1914 年，学生王嘉梁就在一首名为《星期日归家奉母》的诗中写道："别颜增我愁，旷学亲复忧。七日一定省，驹光恨不留。"② 1916 年，江苏省立第四中学校的学生张儒荣也说：学生应该充分利用每星期一次的回家，重温与父母以及兄弟相聚的乐趣。③ 由此看来，学生利用星期日返家，虽然意味着学校教学活动的中断，但其也符合传统儒家的伦理要求。

清末民初，相较其他激烈的体育运动，游散活动颇受学堂师生的青睐。20 世纪 10 年代初，邹韬奋在南洋公学读书时说："每当夕阳西下，绿草成茵，学子游散，三四成群，互畅胸臆，偕手谈心。"④ 1912 年，在苏州读中学的叶圣陶也说：苏州城郊土废基乃"恢复精神之佳处，我诸同学视以为胜地者也"。"每当夕阳欲下，箫声微动，则见负手而盘桓者，必余同学中人。……课余之时，诸同学多绕廊散步，或携手并语，睹此情景，羡杀做学生矣。"⑤ 可见，在课外余暇时，新式学生常常喜好散步。

故此，在星期日进行游散活动，也不失为一种良好的假期选择。1918 年，欧阳桢就建议说："是日也为学生者，可行吟于旷场，徘徊于郊野，吸新鲜之空气，觇草木之荣华，或在校补习功课。……庶爱惜光阴，无负星期日之余暇也。"⑥ 清末时期，身在上海的蒋维乔，也对游散活动有着格外的偏好。此时，他一边在爱国女学教书，一边在商务印书馆任职。光绪三十四年二月二十七日（1908 年 3 月 19 日）星期天，苏路公司在愚园召开股东大会。蒋氏与会之后发现："股东中有为沪杭甬借款纯挟意气与公司为难者，言论庞杂，毫无价值"，加之"天气颇热"，自己遂"出场外至园中游览"。五月十六日（6 月 14 日）星期日，他"是日未出门，因心痛未愈也"。三天之后，蒋氏虽然身体抱恙，但是趁着"午后送志毅之小女还家"

① 《蒋维乔日记（1896—1914）》，第 157 页。
② 王嘉梁：《星期日归家奉母》，《学生》第 1 卷第 3 期，1914 年 9 月 20 日。
③ 张儒荣：《星期间家庭之乐趣》，《江苏省立第四中学校校友会杂志》第 2 期，1916 年 9 月。
④ 邹韬奋：《我师录》，韬奋基金会、上海韬奋纪念馆编《韬奋全集》（增补本）第 1 册，上海人民出版社，2015，第 48 页。
⑤ 叶至善整理《叶圣陶日记》上册，商务印书馆，2018，第 91 页。
⑥ 欧阳桢：《星期日放假之原因》，《少年》（上海）第 8 卷第 9 期，1918 年 9 月 15 日。

之机，"至愚园吸新鲜空气"。同月二十日（18 日）、二十一日（19 日），他又前往中国花园、张园等地。[①] 可见，星期日游散已成为蒋氏的日常习惯，一旦被迫中断，他即会进行补偿。

另外，在星期日到来之际，不少学堂师生乐于观察动植物。1914 年，学生都乃功说："吾侪假期中乐之所在，如温习旧书，可知昔时之学识；浏览诸子百家以及日报小说，则增今日之新知；或研究动植物标本，可以悉万物之形态功用。"[②] 此一"悉万物之形态功用"的说法，不免让我们联想到宋代朱熹的格物穷理之说。实际上，宋明理学家对于观察世间的草木昆虫，抱有相当之热忱。近人周予同就此评论说："朱熹之格物说，穷理说，其含有科学之精神，原不可诬。"[③]

清末民初，不少教育界人士主张，学生应利用假期对草木昆虫进行科学观察，并且制作标本。[④] 有的学生也展示了自己制作标本的详细做法。[⑤] 清末时期，蒋维乔也一度将星期日大量消耗于与动植物相关的活动中。光绪三十二年三月廿三日（1906 年 4 月 16 日），他在日记中说："上午阅《植物学》。""下午往辛园观植物。"[⑥] 此后，蒋氏或利用显微镜观察昆虫，或进行解剖实验。他的星期日假期也显得颇为忙碌。[⑦] 不过，需要指出的是，学堂师生的动植物活动，大致属于西方"博物学"范畴。[⑧] 其与更为专业化的生物学、地质学以及动物学，还是有重要区别的。

综上所述，对于学堂师生来说，在星期日度假方式的选择上，如何使自身保持"退息居学"状态是一个关键。传统"学"字的含义，不仅包括正规的教学活动，同时也涵盖了道德修身行为。实际上，后一含义似乎更

---

① 《蒋维乔日记（1896—1914）》，第 308、317、318 页。

② 都乃功：《说假期中之乐趣》，《少年》（上海）第 4 卷第 4 期，1914 年 4 月。

③ 周予同：《朱熹》，朱维铮编校《周予同经学史论》，上海人民出版社，2010，第 97 页。

④ 刘德昭：《暑假期中小学学生之修养法》，《教育周报》（杭州）第 130 期，1916 年 8 月 14 日；曹显曾：《敬告教育界者关于暑假期间生活之注意》，《教育周报》（杭州）第 166 期，1917 年 6 月 10 日；《暑假期中之修养》，《安徽省立第二师范杂志》第 4 期，1917 年 9 月。

⑤ 徐曼英：《暑假期内采集昆虫记》，《江苏省立第二女子师范学校校友会汇刊》第 7 期，1918 年 11 月。

⑥ 《蒋维乔日记（1896—1914）》，第 226 页。

⑦ 《蒋维乔日记（1896—1914）》，第 243—247 页。

⑧ 范发迪认为，18、19 世纪，"英国博物学是社会大众积极参与的科学和文化活动，这种风气表现在科学演讲、植物采集以及昆虫和化石收藏等流行与嗜好之中"。参见〔美〕范发迪《知识帝国——清代在华的英国博物学家》，袁剑译，中国人民大学出版社，2018，"导言"，第 3 页。

重要。上述假期活动，诸如阅读新小说、返家省亲、学习音乐、郊野游散、观察动植物等，均被注入了道德修养意涵。由此一来，学堂师生的假期生活方式，也与传统儒家文化之间产生了千丝万缕的联系。

结　语

星期日作为闲暇假期的出现，是中国近代教育走向现代化的一个重要标志。不过，此一教育变革过程，同时蕴含着丰富的文化史面相。星期日休息引入国内学堂时，其背后的西方宗教文化含义，时刻挑动着国内教育界人士敏感的神经。梁启超、孙宝瑄、张之洞以及经亨颐等人，尽管在其他教育见解上差异甚大，但在对于星期日的态度上，彼此却分享了共通的儒家文化信念。清末民初，教育界关于抵制此一假期的声音，也时有所闻。

清末新学制的颁布，使学堂星期日走向制度化。新式学生所拥有的大量闲暇时间，也让国内教育界人士产生了焦虑感。他们迫切想将学生从闲暇的道德风险中拯救出来。大规模的假期改造随之提上日程。此时，各种假期活动尽管形式不一，传统儒家的"退息居学"观念，却是贯穿其中的一条重要线索。换言之，新式师生的假期生活方式，在某种程度上，正是由儒家文化理念来构筑"意义"的。

由此看来，如果我们暂且放下现代化框架，即不再区分何者为"先进"，何者为"落后"，那么，我们可以发现，儒家文化传统与"现代性"假期制度并非截然对立，而是存在相互调适的一面。这提示我们，在中国近代教育的激烈变革中，儒家文化传统并未全然断裂，其仍在悄然影响新式教育面貌的形塑。

[作者单位：四川大学历史文化学院]

政治意义建构与文化消费：1923 年钟耐成自杀案考察

刘长林　谈　群

内容提要　1923 年 10 月 8 日，湘籍学者钟耐成偕新婚夫人陈妙贞在杭州蹈江自杀，引发社会广泛关注。钟氏遗书首先被公开，自杀原因直指曹锟贿选，使得该自杀事件被赋予强烈的政治符号意义。媒体跟踪报道，一方面塑造钟氏爱国为民的正面形象；一方面有计划地引导大众关注和批判贿选事件，完成对钟案的社会意义建构。文艺界将该事件推入消费环节，以钟陈二人为原型，编制戏剧、小说等文化产品，激发了大众情绪，产生轰动效应。各革命团体、亲友为钟氏夫妇举办追悼活动，使其为国事而死的形象获得仪式肯定。知识分子则对自杀行为是否具有社会价值展开论争，为我们了解民初社会和思想提供了契机。

关键词　钟耐成　陈妙贞　自杀　文化消费

　　1923 年 10 月 8 日，湘籍学者钟耐成偕新婚夫人陈妙贞在杭州蹈钱塘江而死，遗书中将自杀原因直指曹锟贿选，引发了社会各界的强烈关注。钟耐成作为知识分子中的一员，为何会因曹锟贿选而自杀？这一自杀案是如何成为具有政治符号意义的社会事件的？这是值得探讨的问题。然而，目前尚未发现有学者对钟耐成自杀案进行翔实的个案研究，仅在新闻传播史领域有简要介绍。[①] 鉴于此，本文主要从钟耐成遗书入手，结合钟耐成自杀后的媒体报道、社会舆论、追悼会的准备以及由此自杀案改编的戏剧小说等内容，分析钟耐成自杀的原因与当时社会政治因素的关联，以及成为轰动一时的公共事件的复杂社会原因。

---

① 见宋军《申报的兴衰》，上海社会科学院出版社，1996，第 102 页；刘海贵主编《中国现当代新闻业务史导论》，复旦大学出版社，2002，第 11 页。

一 "钟耐成投江"：具有政治符号
意义的自杀事件

　　钟耐成，湖南平江县人，曾求学于日本弘文学院，回国后任职于长沙七所高校，因不满张敬尧督湘后的所作所为，后离开长沙到北京任中国大学教授，同时供职于顺天时报馆，自杀时仅 36 岁。夫人陈妙贞为湖南长沙人，父亲陈锦春曾在晚清政府为官，自杀时仅 20 岁。① 由此可知，钟耐成属于社会名士，却为何自杀？又为何偕新婚夫人一同自杀？钟耐成自杀与曹锟贿选存在怎样的关系？我们先看他的遗书。一般情况下，遗书往往留有自杀者真实的想法，包括自杀动机。正如美国学者施耐德曼所言："自杀者的留言刚好是在自杀行为背景下写的，而且常常是在实施自杀行为前的几分钟内，所以它能够为探究这一行为的想法和感受提供一扇窗户。在其他人类行为中则看不到文献与行为之间存在着如此紧密之联系。"② 因此，遗书为我们探究钟氏自杀动机和死前的心理状态提供了帮助。

　　钟耐成的遗书分别以信件的方式寄给浙江省警察厅及其友人余叔奎和李午云二人。③ 在致余叔奎的遗书中，钟耐成写道："妙贞一生不幸，目殆成盲，早持不嫁主义，弟亦徉狂自恣，孑然一身，夙持不娶主义。"说明钟陈二人早年均无成婚意愿。但是，陈妙贞"不嫁"的原因在于"不幸"，钟耐成的"不娶"却非"徉狂自恣"。余叔奎曾言"有为（钟耐成）议婚者，必谢之曰：此身将为国用，不愿娶以累人也"，说明其以身献国的宏大志愿。然而，颇为吊诡的是，相差 16 岁且无嫁娶之意的二人，却在自杀前突然结婚，令人费解。在遗书里，钟氏也许料想到世人的疑问，指出"徒以主义相同，可以共生死耳"。④ 通过对遗书的解读，可知引起二人"共生死"的"主义"即是殉国。

---

① 李澄宇：《钟耐成陈妙贞合传》，《南社湘集》1924 年第 1 期，第 62—65 页。
② 〔美〕伊琳娜·帕佩尔诺：《陀思妥耶夫斯基作为文化机制的俄国自杀问题》，杜文娟、彭卫红译，吉林人民出版社，2011，第 110 页。
③ 三封遗书均被媒体公开，其中致浙省警察厅遗书为匿名函，原因是"不愿报章登载，使家中人见之因而怨伤"，同时希望警厅可以帮其料理后事，典卖旅馆物品，剩余捐入慈善事业。见《钟耐成夫妇愤世投江续志》，《大公报》（长沙）1923 年 11 月 11 日，第 7 版。
④ 《钟耐成夫妇之事略与遗书》，《申报》1923 年 11 月 8 日，第 13 版。

1923 年 10 月 5 日，曹锟以贿选得任中华民国总统，引起全国哗然。①
这一轰动性政治事件对立志"身将为国用"的钟耐成影响很大。钟氏在遗
书中悲愤地写道："逆知议员甘心猪仔，大选必以贿成，国已不国，生何以
为？"表达了自己对贿选后国家未来的担忧和无法救国的矛盾心理。在这样
的情境下，钟氏认为"但逆知讨贼兴师，海内不乏强者，前仆后继，用敢
敬勉同人，海天有望，不死何待"，希望通过自己的死来呼吁世人反对贿
选。在致李午云的遗书中，钟氏表示"此次自杀，非为金钱、非为债务、
非为情恋、实不愿迁延复迁延，永居此贪污恶浊世界，而目击贿选成功，
战祸弥漫耳"，② 可见贿选事件是其自杀的直接诱因。

这一点在寄给警察局的信函中得到更具体的呈现。钟耐成自陈："少小
读书，留学海外，志气蓬勃，满拟出其所学，以为国家社会尽力。"钟氏与
许多有志之士一样，面对破乱不堪的社会现状，曾希望通过个人努力予以
改变。然而，他们努力奋斗的结局却是"死者死，贫而屈者亦不计其数"，
钟耐成由此"大生愤世厌世之念"。但即便心怀死意，"犹不敢自弃"，"罄
所有以致力于社会事业"。这或许是其远赴北京继续任教、从事新闻事业的
初衷，希望尽自己所学为社会奉献。但是贿选事件的出现，让其深感无力。
钟氏认为自己无论如何努力，仍"事与愿违，百无一成"，"反为恶劣的环
境所束缚，岁月蹉跎，彷徨歧途，清夜静思，愤抑填胸"，自感"俯仰人
世，毫无乐趣"，只能"徒学屈子故事"，③ 因而，效法屈原发挥生命最后的
余热，应是钟耐成"清夜静思"后的决定。于是，个人消极的自杀行为被
赋予了"殉国"的政治符号意义。

总而言之，揆诸钟耐成所留遗书，可以看出他们所面对的复杂历史背
景主要是辛亥以来的政治黑暗、国事日衰的社会环境。个人因无法改变社
会局面而陷入难以自救的精神状态中。钟耐成长久以来形成了偏执的认知，
即认为自己对国家有不可推卸的责任，但自己不断努力，仍然无法救国。
他放大了个人的作用，在改变社会、国家现状的强烈愿望与个人能力不够
的矛盾心理中走上了绝路。曹锟贿选则强化了其认知偏执，并借助自杀表
达了个人反对曹锟贿选和社会黑暗，以及救国愿望的诉求。

---

① 《反对曹锟贿选者络绎不绝》，《时报》1923 年 10 月 5 日，第 1 版。
② 《平江钟耐成夫妇愤贿选自杀》，《大公报》（长沙）1923 年 11 月 8 日，第 6 版。
③ 《钟耐成夫妇愤世投江续志》，《大公报》（长沙）1923 年 11 月 11 日，第 7 版。

二　媒体对钟耐成自杀意义的建构

尽管钟耐成通过遗书对自杀行为进行了自我建构，作为现代建制重要组成部分的媒体并不满足于此。对于钟案而言，鉴于钟耐成知识分子的社会身份、夫妻同死的悲惨结局，以及遗书中透露出的爱国情感，使得钟案发生后很快便引起媒体关注。

（一）　突出人品，塑造爱国形象

关于钟耐成的人物形象，既有极佳的新闻价值，也是大众急欲了解的部分。于是，《申报》编辑部全文刊载了钟氏友人余叔奎撰写的《钟君夫妇事略》。在余叔奎看来，钟耐成年少聪颖，后赴日本求学。因家道中落，"不忍重以相累，遂辍学归"。回国后，因学识渊博，在长沙小有名气，"应长沙群治法校之聘，教授有声，一时争聘者，至七校之多"。这里，一方面体现了钟氏的人品高尚，不愿累及家人；另一方面也展示了其才华横溢，以至七校争聘。当然，钟氏亦未懈怠工作，余叔奎感其"终日驰驱无倦容"，而且为人乐观诙谐，"见有不乐者，必出笑语以悦之"。通过对其日常工作、生活的细节描述，体现了钟耐成勤恳工作、乐于助人的高尚品格。

另外，余叔奎强调了钟氏参加革命运动的种种表现，塑造了爱国忧民的形象。如汤芗铭祸湘时，钟耐成毅然放弃安稳生活，参加革命，与熊阜青烈士及友人唐炳初组织革命机关，预备倒汤，余氏指出"一切部署，多出其手"。当袁氏称帝时，远在沪地的钟耐成又冒险回乡，"复与午云炳初，从龙公研仙，经营湘事"，反对袁氏称帝。友人知道返乡实属冒险行为，厉行劝阻，钟氏怒道："革命事业岂可坐而致耶，间道至湘潭，联络同志。"其间，钟耐成曾率众攻破一邑公署，将"捕党人以取媚汤氏"的知事查某"捕而杀之，邑人称快，有欲危其家属者，君止之曰：罪不及孥，悉资遣之"。[①] 这一细节说明钟氏参加革命旨在为国为民，而不滥杀无辜，体现了革命党人与旧军阀的不同之处。

文中对其工作认真、乐于助人的优秀品质，以及一心为国、不畏牺牲的精神进行着力的赞扬，这正是革命运动所弘扬的精神。余叔奎的文章在

---

① 余叔奎：《钟耐成夫妇之事略与遗书》，《申报》1923 年 11 月 8 日，第 13 版。

某种程度上既是对友人的追思，亦是对钟氏遗书的呼应。纵观全文，一位富有社会责任感、聪明博学的学者与智勇双全的革命者、爱国者形象跃然纸上，传扬了爱国主义精神，引发社会的广泛赞誉和共鸣。该文在《申报》全文发表后，相继被其他报刊转载，① 其影响力可见一斑。

（二）报道与评论：凸显自杀行为的政治意义

在报道钟案的众多媒体中，国民党人创办的《民国日报》，由于有着革命政党的政治立场，尤为注重挖掘自杀中的政治价值。在总统选举之前，《民国日报》已对曹锟贿选进行爆料，制造反贿选的社会舆论。② 而钟案无论从自杀者的社会身份还是从自杀动机，均有极大的政治运作价值。《民国日报》编辑部显然意识到这一点，不仅最先报道该案，在标题拟定和内容选择上亦下足功夫。

首先，在 11 月 2 日的首次报道中，《民国日报》在同一版面刊登两篇以"钟耐成夫妇"为主题的文章，一为新闻报道，一为事件评论，足见《民国日报》对此事件的重视。第一篇文章以"钟耐成夫妇愤贿选自尽，慷慨悲歌之二遗书"③ 为新闻标题，不仅直接陈述了钟耐成夫妇自杀的原因，"遗书"二字，更能立即吸引读者的阅读欲望。该文以较大篇幅刊登钟耐成寄给两位友人的遗书，有选择性地摘录遗书中批判时局和反对贿选的内容，意在借自杀事件突出曹锟贿选的不得人心。

其次，在上述新闻报道的下面，即刊载"君素"的评论性文章，直言"贿选这回事，堕全国的纲纪，丧人类的正义"。钟氏夫妇自杀虽是悲观选择，却为人类留存正气，号召世人继承钟君遗志，"与恶浊世界宣战"，否则，"将来欲得葬身清流亦不可得了"。④ 一般而言，具有重大意义的新闻报道，均会伴有新闻评论。因为新闻报道在于传达事实，新闻评论则是发表对事实的意见，二者共同构成了报纸的"使命"。⑤《民国日报》有意同时刊载此二篇文章，旨在进一步批判曹锟贿选。

最后，《民国日报》连续多日刊载关于钟案的报道，既跟踪钟案的最新

---

① 《纪事：钟耐成夫妇之事略与遗书（节录申报）》，《少年新膑》1923 年第 4 期，第 1—2 页。
② 如《贿选运动中之北方归客谈》，《民国日报》1923 年 9 月 16 日，第 11 版；《南下议员揭发贿选阴谋》，《民国日报》1923 年 9 月 21 日，第 10 版；等等。
③ 见《民国日报》1923 年 11 月 2 日，第 11 版。
④ 君素：《悼钟耐成君夫妇》，《民国日报》1923 年 11 月 2 日，第 11 版。
⑤ 黄天鹏：《新闻学名论集》，上海联合书店，1929，第 160 页。

消息，也在不断制造舆论话题。如 11 月 3 日，报道杭州各团体预备订期追悼钟陈二人。[①] 11 月 6 日，报道了平江旅沪同乡会和湖南国会议员关于钟氏的身后安排。[②] 11 月 7 日，报道旅沪湘籍议员和同乡拟为其开追悼会，制作纪念专册，"邀名人为之题跋，闻已由章太炎氏题面"。[③]

国民党人借助《民国日报》对钟案接连不断地跟踪报道，使得钟案获得极大关注，顺利营造起批判"贿选"的社会舆论。如刘瑀发文认为钟氏自杀是"恶世杀贤良！"[④]《社会日报》将钟耐成比作战国时期的鲁仲连，暗讽政治的黑暗。[⑤]

面对国民党人发动的舆论攻势及产生的政治效应，北洋集团控制的媒体亦曾发出不同的声音，认为钟陈二人幼为同学，钟耐成自杀是其个人意志消极，早存死意。陈妙贞则因母亲去世，继母严苛，以致忧郁寻死。[⑥] 显然，这则标题为《钟耐成夫妇蹈江真因》的新闻报道试图将钟陈二人自杀的责任归于家庭问题，封闭自杀事件社会面相的讨论空间。但是，该报道明显与事实不符，尤其是钟陈二人相差 16 岁，不可能幼为同学。从后续的媒体报道亦可看出，所谓自杀"真因"不过是有心的谣传之言，并未获得其他媒体的认同和跟踪报道，同样无法获得社会各界的认同，也无法消解舆论对贿选事件的持续"讨伐"。

三　商业运作：对自杀事件的文化消费

在民国初期这样一个轰动性新闻成为常态的时代，钟氏夫妇自杀案能够成功地凸显出来，除了媒体的大力报道外，亦离不开对钟案的商业运作。对于媒体而言，这种与性有关的新闻且结局是悲剧的话，那就有极大的新闻价值。[⑦] 钟陈二人自杀事件即在这样的背景下，受到了其他各方的关注。当记者们竞相报道和审视这起政治意味浓厚的自杀案时，戏剧领域将钟案进行戏剧改编，通过表演的形式将钟案更为广泛地传播出去。

① 《钟耐成夫妇自杀续志》，《民国日报》1923 年 11 月 3 日，第 10 版。
② 《钟耐成夫妇自杀三志，公决在杭修墓竖碑》，《民国日报》1923 年 11 月 6 日，第 10 版。
③ 《钟耐成夫妇自杀四志》，《民国日报》1923 年 11 月 7 日，第 10 版。
④ 刘瑀：《钟耐成先生自杀问题》，《批评》1923 年第 14 期，第 2 页。
⑤ 《千载下之鲁仲连，以身殉选》，《社会日报》1923 年 11 月 5 日，第 3 版。
⑥ 《钟耐成夫妇蹈江真因》，《时事新报》1923 年 11 月 7 日，第 9 版。
⑦ 徐宝璜：《新闻学》，中国人民大学出版社，1994，第 18 页。

在钟耐成夫妇蹈江自杀的一个月后，上海笑舞台即拟将其自杀故事排演成新剧上演，[1] 而上海大世界导社文明新剧场似乎排练得更早一些。据《申报》报道，早在 11 月 14 日晚，该剧场主任顾无为已将此事排演，剧名《愤贿选夫妇投江》。从剧名来看，"贿选"一词直接勾起普通民众对政治丑恶的反感情绪，"夫妇投江"则呈现出一幅夫妻二人投江自杀的悲惨画面。该夫妇是何人？他们为何要投江自杀？这与贿选又有何关系？可以说这一剧名直接引发了民众的无限联想和好奇心理。当然，在参演人员的安排上，大世界导社文明新剧场也安排了有经验的名角排演，记者观后表示"演员表情颇能动人"。[2]

今天，我们已很难对该剧演出后产生的反响进行评估，因为原始剧本难以看到，致使研究者无法知晓编剧进行剧本创作时所涉及的具体情节，对于前去观看该剧的观众数量亦难以确知可靠数量。然而，报纸上刊登的节目单和广告依然十分翔实地为我们提供了关于该剧演出的大致信息，可以借此辨识出该剧传播的广度。大世界导社文明新剧场在排演《愤贿选夫妇投江》一剧前后，已将节目单和广告刊登在《申报》上。其中，11 月 14—17 日，连续刊登四天，可见剧院对该剧的推广力度之大。在广告中，剧名用粗大的字体写在中间，十分醒目，旁边写有"新编爱国大悲剧"字样，并附有背景资料介绍：

> 日前各报登载，钟陈二烈士，痛国事之不可为，目击贿成，国已不国，生何以为，新婚夫妇双投钱塘江而死，呜呼！当此昏沉时有钟陈之死，足为人间留正气。本社爰向国会通讯处采访事实，编排新剧，警觉群众，乃承李君示以钟陈遗书及浙江警厅暨诸暨县公文，按其内容，详慎排演。凡关心时局的，热心国事的，讲究男女真爱情的，请来观此可以正人心，讽当世之爱国时事大悲剧。[3]

这篇介绍短文，精炼地介绍了该剧来源于当下的时事热点，肯定了钟氏夫妇自杀"为人间留正气"的社会价值。值得关注的是，文中强调了新剧的信息来源，而"按其内容，详慎排演"一句更像是剧院为观众做某种

---

[1] 《钟耐成夫妇投江将成剧本，排演于笑舞台》，《申报》1923 年 11 月 8 日，第 18 版。

[2] 《钟耐成夫妇投江已成新剧》，《申报》1923 年 11 月 15 日，第 18 版。

[3] 《大世界导社文明新剧场〈愤贿选夫妇投江〉广告》，《申报》1923 年 11 月 14 日，第 12 版。

承诺。由此，大世界导社文明新剧场的广告语浮现出一种有意思的、承诺的真实性和改编演绎之间的紧张关系。有学者认为，在 20 世纪初期的中国，新形式的戏剧开始发展起来，特别是五四以来，"时事新剧"和"时装戏""更流行更富观赏性"，这"两种形式的戏剧特别具有同时传递真实性和奇观性的特点"。[1] 显然，该剧属于"时事新剧"，"真实性"与"奇观性"是该剧的两大特征，也是其最佳卖点。

纵观 11 月 14—17 日的《申报》的广告版面，《愤贿选夫妇投江》是唯一的时事新剧，在一堆历史剧和武侠剧中显得格外突出。另外，对比同期上演的戏剧，该剧定了较低的价格，以便吸引更多观众。如同期另一戏剧《马永贞》最佳位置的票价为七角，最便宜的是二角，[2] 而《愤贿选夫妇投江》最高售票五角，最低一角，[3] 参照 20 世纪二三十年代的沪市职工工资水平，[4] 此价格非常低廉。从剧院方的呼吁来看，他们相信，凭借广告的宣传和低廉的价格，此剧也会如真实生活中的公共事件吸引广泛大众一样，引发观众的观看兴趣和共鸣。

此外，考察现有的戏剧史料，发现民国时期将现实社会中的自杀事件改编成戏剧演绎者，钟耐成自杀案应为首例。[5] 有学者认为影视戏剧的功能在于"推动了一种独特的公共空间的形成"。[6] 戏院作为公共演出的地方，面向的是社会所有阶层，成为大众文化传播与消费的重要场所。同时，戏剧的可复制性和生动的演绎性，加速了文化休闲的大众化和流行，发挥着文化传播的功能。因此，戏剧通过特定的观众群，形成了一种有别于官方和知识分子认知的新型公共空间，通过戏剧演出这一商业运作，既扩大了钟案的社会影响，也使得自杀的社会意义更多元化，为后来者所借鉴模仿。如 1928 年马振华因婚姻问题自杀后，很快有戏院将其编成戏剧《马振华女

---

① 〔美〕林郁沁：《施剑翘复仇案：民国时期公众同情的兴起与影响》，陈湘静译，江苏人民出版社，2011，第 74 页。

② 《〈马永贞〉广告》，《申报》1923 年 11 月 14 日，第 12 版。

③ 《〈愤贿选夫妇投江〉广告》，《申报》1923 年 11 月 15 日，第 12 版。

④ 《上海解放前后工资问题史料（上）》，《档案与史学》2003 年第 3 期。

⑤ 笔者主要检索了《中国现代戏剧总目提要》中 1912—1925 年部分的内容，发现以自杀事件为基础进行改编的戏剧，钟耐成自杀案是第一个。见董健主编《中国现代戏剧总目提要》，南京大学出版社，2003，第 240 页。

⑥ 〔美〕张真：《银幕艳史：都市文化与上海电影（1896—1937）》，上海书店出版社，2012，第 134 页。

士投江》上演。①

将钟案进行戏剧改编的成功是显而易见的，或许受此启发，从 1924 年 1 月开始，《商业日报》开始连载李醒非编著的以《钟耐成》为名的长篇纪实小说。在小说中，钟耐成化身为一名革命斗士，陈妙贞则被塑造为支持丈夫革命事业的完美女性。小说以艺术的浪漫手法，展现了钟陈二人的"主义相同"。

综上所述，无论是戏剧或小说改编，均与真实的新闻一起把钟案变成了道德情感的有力叙事。钟氏自杀案中所暗含的现代感情，诸如爱国、志同道合的浪漫爱情，则是备受五四知识分子推崇的新形式"情例"，"在 20 世纪早期中国的市民消费文化中大行其道"，② 由此引发国人广泛同情。这种同情反过来又配合商业性的运作，钟氏夫妇自杀案成为极具新闻价值的社会公共事件，为身处日益压抑的政治环境中的社会公众创造了一个公开讨论政治话题的机会。

四　追悼表彰：肯定钟陈二人的高尚节操

一般而言，追悼会作为一种仪式象征，基本功能是对死者的悼念和生平进行总结、肯定，即"盖棺定论"。从文化人类学视角看，仪式通常被定义为"象征性的、表演性的、由文化传统所规定的一整套行为方式"，透过仪式所包含的符号，个人、社会与国家之间的关系即可清晰地被呈现出来。③ 因此，为钟耐成夫妇举行追悼会，不仅是对钟耐成进行悼念，亦是通过这一仪式，向各界传达个人在社会与国家发展中的价值，宣扬其高尚节操。

（一）发布追悼启事与征求唁文

最先发起追悼的地方在自杀发生地杭州。1923 年 11 月 3 日，杭城救国大会及各团体发布通知，表示因贿选成功，致使全国共愤，钟氏夫妇更以身殉政治，因此决定发起大会，"订期追悼"钟氏夫妇，"借慰幽魂，而励国人"。④ 上海平江旅沪同乡会则于 11 月 5 日成立钟耐成夫妇治丧事务委员

---

① 《马振华女士投江》，《申报》1928 年 3 月 25 日，本埠增刊第 5 版。
② 〔美〕林郁沁：《施剑翘复仇案：民国时期公众同情的兴起与影响》，第 17 页。
③ 郭于华主编《仪式与社会变迁》，社会科学文献出版社，2000，第 1、300 页。
④ 《钟耐成夫妇自杀续志，杭州发起追悼会》，《时事新报》1923 年 11 月 3 日，第 9 版。

会，公推湖南省议会议长林特生为钟耐成夫妇治丧事务主任，并函请卢子嘉督办，定期追悼，费用由湖南同乡各界捐助。① 11 月 9 日，湖南国会议员俱乐部章士钊，"以同乡关系"致书军阀卢永祥，请予表彰。② 随着旅沪同乡和湘省议员的介入，为钟氏夫妇召开追悼会的举措得到更多人的认可，钟氏友人魏柘严等 30 余人亦准备在上海邀集各界同志，发起追悼会，"助死者之哀荣"。③

另外，钟耐成在北京的友人和工作过的北京中国大学闻讯后，决定于 12 月 3 日上午 10 时在中国大学举行公祭典礼，同时召开追悼会，征求挽章唁文，并发布启事，这则启事在北京的报刊上连载三天，④ 文中虽未过多追溯钟氏自杀的经过，却称"先生之自杀，于世道人心关系颇巨，已引起全国人士之注意"，⑤ 将该自杀事件提升到了全国关注的高度。由此可以确定，在自杀事件发生后，至少有杭州、上海、北京三地准备为其举行追悼会，进行表彰。

但是追悼会最终是否如期举行，目前不得而知。笔者曾梳理这一时期（11—12 月）的主流报纸，特别是发布过追悼会启事的报刊，如《申报》《顺天时报》《晨报》等，均未发现有关于该追悼会举办的报道。也许钟案的发生涉及当时的曹锟总统，受到一定的阻力亦有可能。但是媒体不间断的报道和追悼会启事在三地报刊广泛的发布，使得该自杀事件的社会影响并未因追悼会的举办与否而受到削弱，舆论的力量引导着社会公众继续关注钟氏自杀事件，为反对政治黑暗充当喉舌。

虽然不能确定追悼会是否举办，但是追悼会信息的发布后，各界人士纷纷撰写挽联，纪念纪念钟氏夫妇，也涉及对其自杀行为的评价。据报道，哀挽者非常踊跃，"如浙江卢督办，龙华何护车使，本部林海军领袖，奉天警务处长，浙江军务处范处长，警厅夏厅长，缉私统领永康县知事，及本埠淞沪警察厅陆厅长，上海县沈知事，均赠有挽联"。⑥ 政界要人赠送挽联，足见影响之大。另有相当数量的学界挽文被媒体刊载，如湘籍书法家巢功

① 《钟耐成夫妇荣哀录》，《时报》1923 年 11 月 6 日，第 9 版。
② 《湘人请浙卢为之表彰》，《社会日报》1923 年 11 月 9 日，第 3 版。
③ 《钟陈追悼会之发起》，《申报》1923 年 12 月 7 日，第 13 版。
④ 见《钟耐成追悼会日期》，《晨报》1923 年 11 月 29 日，第 6 版；《为钟耐成开追悼会》，《京报》1923 年 11 月 30 日，第 5 版。
⑤ 《中大追悼钟耐成》，《顺天时报》1923 年 11 月 28 日，第 7 版。
⑥ 《追悼钟耐成夫妇消息》，《民国日报》1923 年 12 月 21 日，第 10 版。

赞（1876—1955）致挽文三则，摘录其一：

> 生来鸿案本齐眉，乃一则才高贾傅，一则义企湘妃，侠气愤沧桑，倘思潮射钱塘，临流欲假吴王弩，死后鸾侪不分手，又岂必神伴灵胥，岂必盟联精卫，英风付江海，为祝魂归泪水，祔祀同依屈子祠。（泪水发源平江，钟平江人）①

应当说，该则挽文对钟氏夫妇给予了极高的评价，并赋予了"侠气"的内涵，在歌颂二人真挚爱情的同时，一句"祔祀同依屈子祠"暗含了自杀的政治意义。类似挽文极多，② 不再一一罗列。

（二）立传与制作纪念专册

立传是追悼仪式中最为重要的一环，在中国传统文化中，立传是对传主生平主要事迹的记载，并内含了褒扬性的价值评价。但是，并非所有人均享有死后立传的待遇，一般只有重要人物死后才会有立传的环节。以笔者查阅的资料来看，民初为自杀者立传，且刊登在报刊上能够查到的十分罕见。而钟耐成夫妇的传则被刊登在《大公报》上，由陆军少将、《岳阳日报》创始人，著名文学团体南社社员李澄宇（1882—1955）执笔，这也符合名士执笔的传统。

李澄宇所作《钟耐成陈妙贞合传》一文，对钟陈二人的主要生平事迹做了简要叙述，刻画了钟耐成学者与革命者的双重形象。对于钟氏夫妇自杀一事，他评论道："自杀之举，论者非之，顾范文有速死之祈，鲁连有蹈海之语，屈原独醒，自投汨罗，由是观之，自杀岂尽可非耶。"通过列举古代乱世激愤者自杀的案例，认为钟氏自杀的意义不能完全被非议和否定。接着他追溯到民国社会："夫曹氏窃位，已究何加，而吾友邵瑞彭一讼贿券，名动海内，耐成夫妇更不与戴天，自甘同尽，是曹氏贿选，若助三人显誉而然也，悲夫。"③ 进一步揭示了贿选与钟氏夫妇自杀之间的关系，借此对曹锟贿选予以批判。值得一提的是，李澄宇在前一年被任命为总统府

---

① 巢功赞：《挽钟耐成陈妙贞夫妇投江死》，《顺天时报》1923 年 12 月 20 日，第 5 版。
② 如《登楼杂感并吊钟耐成先生夫妇》，北京《益世报》1924 年 1 月 9 日，第 8 版；春声：《挽钟耐成先生李妙贞女士投西湖联三首》，《恒丰周刊》1924 年第 3 期，第 1 页。
③ 李澄宇：《钟耐成陈妙贞合传》，《大公报》（长沙）1923 年 12 月 16 日，第 8 版

江西行营秘书，授少将军衔。作为北洋军阀的内部人员，李澄宇为钟耐成作传并批判曹锟贿选，也说明了北洋军阀内部存在相互矛盾的紧张关系。

另一方面，制作纪念专册也是对死者褒扬的一种方式。旅沪湘籍议员及同乡在决定为钟氏夫妇举办追悼会时，便着手制定纪念册，并邀名人为之题跋。

章太炎即在受邀之列，并亲为封面题签，跋云："清末至今，湘人以国事赴水者独多，此他省所未有也。余观钟陈夫妇，固非不得已者，愤于乱世，毅然趣务光申徒之后，盖事尤恢奇，虽湘中亦未尝遇之，廉顽立懦，终恃若人耳，毋以宗教腐谈相责可矣。"[1] 章太炎并未像其友人那般一味赞扬或提升钟氏夫妇自杀的社会价值，而是直接揭示了其"愤于乱世"的自杀动机，"毋以宗教腐谈相责可矣"不仅对钟陈二人自杀行为给予了肯定的评价，亦借此对新文化运动进行反思和批判。这一立场与他对易白沙自杀[2]一事的看法基本相同，认为他们的自杀与新文化运动倡导的思想观念有关，表达了他对新文化运动反思与批判的一贯立场。

五　学界论争：自杀行为的社会价值

钟耐成夫妇蹈江自杀于贿选这一特殊时期，曾一度引发学界论争。钟耐成在中国大学的同事过西先生也认为，这是社会上的"重大事件"，需要社会各界"郑重地来讨论一番"。[3] 学界对钟案的讨论，主要围绕自杀有无社会价值展开，进而分析自杀原因和社会影响。

有学者从钟耐成遗书入手，通过对遗书内容的解读，看出钟耐成人品高尚，以此批评社会的不良。从这一视角出发，沄浦认为任何事物皆有正反两面。因此，若以"功利主义"衡量钟耐成自杀，应综合钟氏以前事迹，认为"钟先生之功，以及钟先生赋予社会之利即在其消极的牺牲上"。最后提及"观钟先生之将临江而就死，尚致书警厅，殷殷恳嘱代为料理旅馆中之遗物，以偿馆主食宿各费"。[4] 可见钟氏为人严谨，取予有道，其高尚品

① 李祥鹤：《章太炎题钟耐成遗书》，《团结报》1999 年 11 月 20 日，第 3 版。
② 易白沙（1886—1921），湘籍学者，在 1921 年端午节当天投海自杀身死。参见刘长林《易白沙之死的社会意义建构》，《学术月刊》2009 年第 6 期。
③ 刘琦：《钟耐成先生自杀问题》，《批评》1923 年第 14 期，第 2 页。
④ 沄浦：《评钟耐成先生自杀事》，《批评》1923 年第 15 期，第 3—5 页。

格令人咏叹。一位名为"吉"的读者也参与讨论，写信给恽代英说道，"像这种绝无仅有的'非为金钱，非为债务，非为情恋'；而仅为住不惯这'贪污恶浊世界'，看不惯'贿选成功，战祸弥漫'而自杀的一对新婚夫妇，倒也总算不可多得的"。① 恽代英对吉的看法表示赞同，并回信道，在挫折面前，许多人不敢自杀，却常生一些自杀的幻想。这类时常生有消极萎靡思想而不敢自杀的人，比真正自杀的人危害更大、更容易拖累社会。②

也有人通过钟耐成高级知识分子的社会身份，察觉到知识与自杀的关系问题。名为"秋帆"的评论家便指出，钟氏自杀主要是受到学说信仰的负面影响，认为自己被环境压迫，因而在不知不觉中走向了厌世主义，自身意志也在这一过程中愈加薄弱。"中国的腐败，也不止一天了，为什么先前不自杀，直到了现在呢？当湘军独立的时候，他在湖南干的一切事情，是何等勇敢呢！所以他今天的自杀，我敢说一句武断的话，是出于自己偏见的自杀。"③ 因此，在秋帆看来，钟氏自杀不过是一时的个人偏见，而这个偏见是受学说信仰的影响。秋帆敏锐察觉到新文化运动以来的一些西方消极学说对知识分子的影响。

此外，有学者从批判恶浊社会的角度，对钟氏自杀行为予以赞扬。如映禅认为自杀行为是真志士行为，不可视为懦弱的举动，他说，"全国之纲纪，是全国人民之事也，他人不死，而令钟君夫妇独死乎……然而钟君夫妇不死，死者乃搜括民脂民膏以行贿选之首领也，乃徒知献媚导谀敲诈欺骗之猪仔议员也，乃专事争权夺利、寡人妻、孤人子之军人也"，并将其夫妇二人比喻为"皆为我人之续命汤，养生法，勿视为常谈，则中国何尝不可为哉"。④ 表达了他对钟氏自杀行为、意义和价值的理解。不过，也有学者认为活着比自杀可以创造更大的社会价值。评论家达成即认为钟氏夫妇"倘能生存于世，其造福于社会者必多，吾人深憾其死之太速矣"，⑤ 意在强调生的意义大于死亡。

不过，并非所有人都对钟氏的自杀行为予以理解和肯定。有学者基于现实国情，对钟耐成自杀行为进行了激烈批判。如召棠发出质问："自杀是

---

① 《恽代英全集》第 5 卷，人民出版社，2004，第 237 页。
② 《恽代英全集》第 5 卷，第 238 页。
③ 秋帆：《我对于自杀的感想》，《华风报》1923 年 12 月 1 日，第 2 版。
④ 映禅：《钟耐成夫妇死事有感》，《大世界》1923 年 11 月 19 日，第 2 版。
⑤ 达成：《对于为社会自杀的讨论》，《华风报》1924 年 1 月 11 日，第 2 版。

一切事件的救济方法吗？"20世纪初的中国，正是民族多难之际，像钟耐成这样拥有学识、能力和正义感且年富力强的人士自杀，于国于民皆是重大损失；引诱无辜女子同死，实属犯罪行为。因此，"对于钟耐成先生的死，自然是十分的哀悼，但是对于钟先生和他新夫人的自杀，都是十二分的不满！"[①] 召棠的言论中，从对社会无益、自杀"有罪"、"引诱无辜女子"三个层面否定钟氏自杀的价值，可谓非常严厉。洪家秀也认为在国运多舛之际，钟耐成可以凭借自己学识"铁肩担道义，辣手著文章"，"今钟耐成夫妇投江而死，为公为私，我不得而知，其意志之薄弱，及不明人生之价值，无可讳言，不死于战场，不死于奋斗，而死于无知之江流中，葬身鱼腹，可为愚矣"，并认为自杀与杀人等同，都是戕害生命，甚至"较杀人为尤甚"，最后呼吁国人努力前进，"努留此有用之躯，为国家而争光"。[②]

众多知识分子关于钟案的评判虽不一致，但共同之处在于均认可现实社会污浊黑暗，亟须改造。因此，无论对钟氏的自杀行为予以赞扬或否定，本质上都是希望发挥生命的最大价值，可谓殊途同归。对钟氏自杀行为的不同言说，实则是知识分子借此舆论机会，呼吁大众审慎对待生命，尽自己所能地发挥生命应有的价值，改造污浊社会。

结　语

民国年间，自杀事件层出不穷。钟耐成自杀案能够成为社会关注的热点事件，除了三封遗书赋予了自杀行为"殉国"的政治内涵外，国民党人、地方军阀和知识分子亦是推动该自杀案政治意义建构的重要社会力量。

当然，个体的自杀事件能够演变成社会公共事件，离不开社会大众的广泛参与。同易白沙自杀案相比，尽管二者在自杀前均留有遗书，目的亦是"抗议污浊社会"，但两案的区别在于钟案不仅受到国民党人的关注，还被文艺界推入文化消费环节，编制了有关钟陈二人自杀的戏剧、小说等文化产品，使得钟案成为社会热点事件。之所以如此，应与自杀案本身的特征有关。相较于易白沙纯粹的政治动机，钟案发生在敏感的时局背景下，其中既包括新婚夫妻一起投江所蕴含的爱国、爱情等情感表达，又含有死亡的悲情结局，这些均是诱发大众关注的看点。因此，正是前者具有政治

---

① 棠：《"自杀"——评钟耐成先生蹈江事件》，《批评》1923年第14期，第2—4页。
② 洪家秀：《读钟耐成夫妇投江事》，《华风报》1924年1月1日，第2版。

意义的自杀动机与文化消费在钟案上形成了"共振"，使得该自杀案在民初众多的热点事件中脱颖而出。

不过，围绕钟案的大众参与，又推动了中国近代民主革命的向前发展。此时，北京政府已因腐败而声名狼藉，曹锟贿选事件的发生，成为政治腐败的典型。在这样的时局下，反对贿选者众多，但以自杀这种极端且富有悲情色彩的反抗者不多见。钟耐成夫妇愤贿选而蹈江自杀，一石激起千层浪，引发社会各界的关注和热议。在这过程中，报纸和戏剧在将钟案推向更广泛受众的同时，亦提供了探讨政治事件的空间。民众对政治人物和公共事件的参与，意味着政治领域不再只是精英群体和政府机关的专属领地。正如史谦德所言，当普通民众获得了这种参与政治的权利后，"就算是军阀和空想家也不可能轻易将其收回"。①

最后，围绕钟案，社会各界关注的焦点问题也在不断深入。心理学认为，自杀的发生机制，在表面看是个人的冲动行为，"但这种冲动是社会直接间接所做的"。② 因此，从钟耐成的遗书公布之初，各界关注的焦点首先即在自杀行为与社会环境的关系上面。但是，从人性发展的一般过程来看，面对内涵如此丰富的自杀案，人们不满足于报纸上的猎奇新闻带来的感官刺激，而是开始探寻钟案背后深层次的社会问题。于是，呈现在普通大众面前的关于钟案的诸多报道、戏剧表演或学者论争，大多从标题即可看出，它们的矛头实际指向的是污浊的政治现实。围绕钟案所产生的一系列舆情论争，"触及到了深层的社会问题，较之那些仅作茶余饭后谈资的奇闻逸事，已是质的进步"。③

[作者单位：上海大学文学院历史系]

---

① 〔美〕史谦德：《北京的人力车夫：1920 年代的市民与政治》，周书垚、袁剑译，周育民校，江苏人民出版社，2021，第 226 页。
② 梁振贤：《自杀统计之研究》，《统计月报》第 1 卷第 9 期，1929 年 11 月，第 20 页。
③ 刘海贵主编《中国现当代新闻业务史导论》，第 11 页。

新旧之间：卫西琴在民初思想界的浮沉

邱念洪

内容提要 1914 年德国人卫西琴因《中国教育议》在中国发表，借助译者严复的名声，一时瞩目于中国思想界。他的"新教育"理念既包含了欧洲最新的教育学和心理学成果，又包含了各种尊孔的言论。数年间，卫西琴受邀到各处演讲，受到了思想界持续的关注。事实上，卫西琴的"新教育"自成一派，并不能回应时人所热衷的"教育救国"理想，他的尊孔言论与中国传统知识分子所理解的儒学也不一致。随着新文化的崛起，卫西琴的尊孔言论又被当作守旧余孽受到了新派的批判。民初思想界中无论是主张恢复传统以挽救人心的人士，抑或是主张学习西方进行教育改革的人士都能在卫西琴的言论中找到可资利用的内容，原因在于时人对于何谓新文化、何谓旧文化并没有一个明确的标准，所谓的新旧之争有时并不取决于观点的不同，而是取决于立场的不同。

关键词 卫西琴 新教育 严复 尊孔 新旧之争

"有一个什么卫西琴，从前在袁皇帝时代，就揣摩中国人复古的心理，做了一本什么教育学；说中国以前的教育，是世界上最好的教育；孔子的道理，是'传诸百世而不惑，放诸四海而准'的道理……做好之后，请了一位'君子'把他翻译出来。于是一班'夸大狂'的中国人眉飞色舞，以为中国的学问真好，外国人都佩服。"① 1919 年，罗家伦于其发表在《新潮》中的一篇文章里毫不掩饰地讥讽了一位名叫卫西琴的人。罗家伦是新文化运动时期激进的学生刊物《新潮》的创始人之一，他在该刊上讽刺卫西琴究竟有何缘由？最直接的原因在于卫西琴在民初数年间发表的言论中

---

① 志希：《学术界的骗局：骗中国人和骗外国人》，《新潮》第 2 卷第 2 期，1919 年 2 月，第 343 页。

多表现出对孔子学说的尊崇，随着"新文化""新思潮"逐渐成为民初社会的主流思潮，他的尊孔言论自然被主张新文化的新派人士当作攻击的对象。尊孔的人士在民初并不在少数，卫西琴被罗家伦注意到，还有一个原因是其身份的特殊性。卫西琴本为德国人，他不仅在华多年，积极为中国教育改革建言献策，与民国政、学两界的知名人物多有来往，包括严复、阎锡山、梁漱溟等人，甚至后期还加入了中国国籍。

卫西琴，原名 Victor Egon Frensdorf，1882 年出生于德国柏林，1907 年在慕尼黑大学获得博士学位，主修音乐学和心理学。[①] 获得博士学位后，卫氏前往法国，旅法期间接触到《中庸》《论语》等儒家经典，发现当中的内容与其在音乐中感悟到的"心理见解"相一致。离法赴英后，卫氏又于英国遇到了意大利教育家蒙台梭利（Maria Montessori），蒙台梭利以其独特的幼儿教育法于 20 世纪初蜚声西方世界。卫西琴认为蒙台梭利的教育学中强调发展儿童天性的观点与其不谋而合，卫氏还进一步认为蒙氏教育与其在阅读儒家经典中所得到的感悟有相似之处，不过后者比蒙氏教育更加自然。出于对儒家文化的向往，以及对近代西方文明过度重视理性的不满，卫西琴决定前往中国。

1913 年卫西琴来华，初到中国的一年间，卫氏积极发表演讲，演讲内容不仅有他的教育理念，还包含了对儒家文化的尊崇，因而引起了当时支持"孔教"的人士注意，不过彼时尚未获得广泛的关注。卫氏的中文名卫中，意为保卫中庸文化，[②] 字西琴，其最为时人和后人熟知的名字即是卫西琴。卫氏最初为国人所熟知，乃是由于 1914 年大翻译家严复翻译了其作品《中国教育议》，因而罗家伦在文章中嘲讽卫氏的同时，也讥讽了后来列名筹安会"六君子"的严复。《中国教育议》发表之后，原本名不见经传的外国青年卫西琴一时瞩目于士林，并受邀到不同地方演讲其教育理念。随着他的"走红"，越来越多人注意到他的言论，特别是他尊崇孔子的言论成为主张新文化的新派人士所批判的对象之一。

---

① 黄冬的《卫西琴研究状况及研究新探》（《教育史研究》2019 年第 1 期）一文解决了笔者对卫西琴身世的多个困惑。此文在卫西琴研究中具有先导性的作用，但此文并未对卫西琴的思想、行动做任何分析，仅止于阐述卫氏研究状况和资料状况。

② 吉范五：《记山西外国文言学校》，山西文史资料编辑部：《山西文史资料全编》第 2 卷第 14—25 辑，1999，第 734 页。

1914—1919 年卫西琴声名鹊起，其间中国思想界[1]内部的"新文化"与"旧文化"之争，以及当中新旧杂陈的状况，许多学者都已有过详细论证。王奇生对于"新文化运动"的研究指出当时所谓的"新旧之争"是通过大众媒体的渲染、炒作出现的，趋新和守旧之间本非一成不变，新、旧文化之间也并非泾渭分明。[2]章清在对"后五四时期"中国思想界状况的研究中曾提到 1920 年时瞿秋白指出到如今旧的势力已经宣告无战争力，[3]民初"新旧之争"遂以新派的胜利暂时落下帷幕。关于民初中国思想界的"新旧之争"，当中有一个重要的问题未被厘清，即"新文化"的定义究竟是什么。这个问题对于新旧两派同样重要。不知道何谓"新文化"，就不能确定什么是"旧文化"，崇新与守旧都无从谈起。卫西琴作为一名在欧洲接受训练的学者，他的教育改革方案实际上奠基于欧洲最新的教育学、心理学，然而他又热衷于表达对孔子学说的尊崇，这样一来，就难以确定他属于趋新或是守旧的一端。近来，有越来越多的学者开始通过研究原本不受关注的人物或群体来展现这段历史，这并不是要碎片化地研究历史细节，而是从更多的角度来展现历史复杂的面相。

一　卫西琴的"新教育"

近代中国的教育转型经历了清末的以日为师到 20 世纪 20 年代的以美国教育模式为主导的过程。民国初建的数年间，来自外部的各种教育思想在中国呈现出一种多元发展的态势。卫西琴正是在这一时期来到中国，并积极在华宣传他的"新教育"。卫西琴的"新教育"不同于 1919 年后以《新教育》杂志为中心展开的"新教育运动"中所主张的新教育，卫氏在教育心理和教学法上是自成一派的，下文提及卫氏的"新教育"乃是对其在华期间所发表的教育改革观念与方法的一个总称。虽然卫西琴力倡改革中国

---

[1]　本文对"思想界"的定义来自章清，思想界是思想人物活动的舞台，包括不同"界"的人士，主要是知识分子（读书人），而出版物与大学即是思想界人士的舞台，展现了他们不同的生活形态和思想内容。章清：《由"学战"到"思想战"：民国时期的思想与学术》，王建朗、黄克武主编《两岸新编中国近代史·民国卷》下册，社会科学文献出版社，2016，第 920—953 页。

[2]　王奇生：《新文化是如何"运动"起来的——以〈新青年〉为视点》，《近代史研究》2007年第 1 期。

[3]　章清：《1920 年代：思想界的分裂与中国社会的重组——对〈新青年〉同人"后五四时期"思想分化的追踪》，《近代史研究》2004 年第 6 期。

当时的教育状况，但是并不是要以西方的教育为模板改造中国教育，相反，他的"新教育"中既有西方最新的教育学知识，又十分重视孔子学说在教育领域的应用。

20 世纪初，世界范围内兴起了新教育改革运动，该运动的普遍特征是注重发展的自然本性，蒙台梭利于 1907 年在意大利创立"儿童之家"，正是从感觉训练出发，重视儿童本性的发展，随后她的教育理念和教学法传播至全世界。① 蒙台梭利教育思想传入中国的时间大约在 1913 年，民国时期影响力颇大的教育专业刊物《教育杂志》《中华教育界》等在此后十余年间刊载了多篇介绍蒙氏及其教育学的文章；② 1914 年，江苏省教育会还成立了"蒙台梭利教育法研究会"。③ 在具有全国影响力的教育刊物和教育会以及教育家们的宣传下，蒙台梭利的方法在民初中国形成了不小的影响力。

与蒙氏教育法类似，卫西琴的"新教育"同样注重发展人的感官能力，强调教育的过程是培养能力的过程，而不仅仅是知识的传递。卫氏的教育观点最初广泛为国人所知乃是由于 1914 年春，由严复为其翻译的《中国教育议》在《庸言》上发表。彼时严复已经是鼎鼎大名的思想家、翻译家，借助译者的名声，卫氏在中国思想界很快获得关注。得益于《中国教育议》的"走红"，卫西琴的教育理念受到各个教育会的关注，成为各教育会邀请演讲的中外名人之一。在这些有全国性影响力的教育会上的演讲，又使其更加受到关注。卫西琴的演讲经由他人翻译，发表在各大刊物上，借助大众媒体传播到更多的人群中。与此同时，民国初年蒙台梭利教育学在各大教育杂志及教育家们的推广下得以迅速传播，卫西琴的文章和演讲中，对蒙台梭利的教育学十分推崇，这也有助于卫西琴获得教育界主流人士的关注。

实际上，卫西琴早在来华之前就已经与蒙台梭利相识，"在英国因为研究东方音乐中包括的东方的精神往外的表示法，让我遇着蒙台梭利所倡的教育心理学说。蒙台梭利的眼光同我一样，也看外面活动不算下等的，是应与精神生关系的。……惟有东方文化的道理当找变化音以外物质的办法，

① 钟启泉：《20 世纪初的新教育运动》，《基础教育课程》2016 年第 15 期。
② 时松：《蒙台梭利教育思想与方法在近代中国》，《教育科学》2015 年第 2 期。
③ 田正平：《蒙台梭利教育思想在近代中国——纪念蒙台梭利"儿童之家"创办一百周年》，《河北师范大学学报》2007 年第 4 期。

而蒙台梭利的教育心理，则助我用此方法以谋进行。"① 蒙台梭利的教育心理学和教学法是在生物学和实验心理学等理论的基础上提出的，并且她还是一位基督徒，受基督教观念的影响。卫西琴虽然赞同蒙台梭利以培养儿童感觉为主的教学法，但同时他也主张教育应与基督教脱离关系，在他看来，蒙台梭利的教育思想还未完全脱离宗教的桎梏。② 因此卫西琴在推崇蒙台梭利教育学时，特别提醒"吾曩所言之蒙特苏里 Dr. Montessori 法亦宜取其偏而不用其全。……蒙特苏里医也，而非专门于心理学，坐此其术往往多歧。……所幸中国有至大之心理学家，所谓生民未有者可以利用，则孔子是已"。③ 卫西琴认为他所理解的"孔子之道"不受宗教约束，更加自然，配合蒙台梭利的教育学，以及卫氏自己由音乐中领悟、总结出的心理学观点，共同形成了卫西琴的"新教育"。

1915 年，卫西琴受邀到全国教育会联合会上演讲，是次演讲题为《中国须采用之教育论说》，该演讲后由陈家麟翻译并发表在杭州的《教育周报》上。演讲的核心内容是推介蒙台梭利的教学法，"今中国须得一种新教育，为泰西新发明者，合中人之心理与西人之心理折中而得其中，则我所提倡孟提索雷之教育是矣"，④ 卫氏在此次演讲中仍是宣传此前在《中国教育议》里提出的结合孔子"心理学"与蒙台梭利的教育思想，不过与此前的"崇孔"言论有了微妙的分别。此次演讲中，卫氏开始更倾向于介绍蒙台梭利的教学法，并认为"孔圣人不免空言，孟提索雷专讲实施"。⑤ 卫西琴这种微妙的变化，或许是应因当时蒙台梭利教育学在中国教育界的影响逐渐扩大的风气。

1916 年，卫西琴完成了新作《新教育议》，由于其时严复正在病中，于是推荐王云五为卫西琴翻译，并发表于《教育公报》上。⑥ 书出版后，再度引发全国教育界的瞩目，并且更胜于两年前。吴稚晖曾说："我国近时受美

---

① 卫中先生口述，张俶知笔记，梁漱溟笺释《卫中先生的自述（续）》，1926 年 3 月 6 日，第 14 页。

② 卫中博士演讲，杜太为笔记《教育名教与教育》，《广东省教育会杂志》第 1 卷第 2 期，1929 年 2 月，第 98—99 页。

③ 卫西琴著，严几道译《中国教育议》，《庸言》第 2 卷第 3 期，1914 年 3 月，第 13 页。

④ 《卫西琴先生全国教育会联合会之演说：中国必须采用之教育论说》，陈家麟译，《教育周报》第 84 期，1915 年，第 28 页。

⑤ 《卫西琴先生全国教育会联合会之演说：中国必须采用之教育论说》，《教育国报》，第 84 期，1915 年，第 28 页。

⑥ 王云五著，王学哲编《岫庐八十自述》（节录本），上海人民出版社，2007，第 65 页。

人卫西琴氏《新教育论》之影响，致年来教育部派遣学生，取限制主义。"①
1916 年至 1917 年，全国教育会联合会、南通师范等教育社团、学校纷纷邀
请卫氏前去讲座。在南通女师范演讲后，卫西琴还召开谈话会，积极与学
生们互动。1917 年初，其受江苏省教育会邀请，进行连续三日的演讲，并
由该会介绍到上海总商会演讲。《新教育议》并没有提出什么新的教育理
念，该书的观点在卫氏此前的文章、书籍、讲演中大都能找到。民初的社
会环境为各种各样的教育理论传入中国提供了良好的条件，卫西琴的"新
教育"被视作西方的"舶来品"而获得关注。虽然作者受到中国教育界的
关注，但是《新教育议》的内容不见有人讨论或引用，在教育界探讨教育
改革时，也几乎未见有人提及卫西琴。吴稚晖认为卫西琴影响了教育部的
政策制定，并没有其他佐证。

除了与蒙台梭利的教育学相应和，卫西琴的教育理念中还有一部分内
容回应了"早期实用主义教育思潮"。已有研究指出教育史学界总结的"早
期实用主义教育思潮"不同于后来由杜威掀起的实用主义教育潮流，"早期
实用主义教育思潮"是在振兴实业的大背景下提出的、以实利主义教育和
实用教育为核心的教育改革思潮。② 实利主义教育将教育与社会经济的发展
相挂钩，以区别于中国传统重德不重利的教育。1913 年黄炎培发表的《学
校教育采用实用主义之商榷》中提出教育应当注重实用，与实际生活产生
联系，③ 将实利主义教育进一步推进到实用主义教育的阶段。实用主义教育
更侧重于将教育与学生的日常生活、职业发展联系起来。实用主义教育在
民初教育界引起了热烈的讨论，1915 年，全国教育会联合会通过了《实业
教育进行计划案》，④ 此时的中国教育界中，实用主义正蔚然成风。卫西琴
在《中国教育议》中就曾提出教育应与日常生活实践相结合，注重培养学
生的应用能力，还讨论过实业教育，"中国可由家庭教育而得工艺之教育，
工艺教育即是实业教育"，而实业教育为中国所不容刻缓者。⑤ 可以说，《中
国教育议》中所提倡的教育与实践相结合，正回应了 1913—1914 年间全国

---

① 吴敬恒：《论旅欧俭学之情形及移家就学之生活》，《新青年》第 4 卷第 2 期，1918 年 2 月，
第 169 页。
② 吴洪成、许晓明：《民初早期实用主义教育思潮述论》，《河北大学学报》2015 年第 3 期。
③ 黄炎培：《学校教育采用实用主义之商榷》，《时报》1913 年 10 月 21 日，第 6 张。
④ 《文牍：致各省省教育会分送联合会议案书：提议实业教育进行计划案》，《教育研究》第
20 期，1915 年 2 月，第 4—7 页。
⑤ 卫西琴著，严几道译《中国教育议》，《庸言》第 2 卷第 4 期，1914 年 3 月，第 13 页。

蔚为流行的实用主义教育思潮，这也是卫西琴的教育理念受到中国教育界注意的一个原因。

1915 年赴美考察归来后，黄炎培发表了数篇文章，介绍美国的职业教育。① 1917 年黄炎培发表《实用主义产出之第三年》，文中说道："从前注入时代，实用主义风行中土，鄙人亦为其中绝对赞成者之一。由今思之，已觉不甚切合。所谓实用者，不过智识上之实用，于直接谋生之能力，尚未能发展一二。……吾侪所主张，一方提倡职业教育，俾于生活上速立补救之计划；一方犹当尽力改良普通教科，使归实用，庶其有济。"② 黄炎培所提倡的职业教育是为了使平民获得可以谋生的一技之长。1917 年，蔡元培、黄炎培等人发起成立的中华职业教育社也多将重点放在解决就业问题上。从"早期实用主义教育思潮"中的实利主义教育和实用主义教育再到后来的职业教育，或以发展工商业，或以发展职业技能为目的，都有很强的功利取向。虽然卫西琴提倡的教育与实践相结合等观点与实用主义教育有很多相似之处，并曾到上海总商会等处演讲教育与工商业发展的关系，但是在卫西琴看来，民初中国教育界所谓的实用主义教育仅是一种悬浮的理论。"新教育者应用自然之法，须授以发展其能力……其有所谓职业教育者，实无发展能力之效果，而末流多归于失败。"③ 虽然卫西琴的"新教育"也强调培养学生的日用知识和动手能力，而不仅仅是传授理论知识，易使人联想到黄炎培的实用主义教育。然而，他所说的实用"并非注意实际效用之谓，而是注意人有本领，尤其注意本领之根本，即力量"，④ 当中不仅缺少"早期实用主义教育思潮"中明显的功利倾向，也并非出于振兴实业以救国的目的而提出。

1919 年《新教育》杂志创刊后，陶行知、蒋梦麟、胡适等人积极安排美国教育家杜威访华，并在该杂志上集中宣传杜威的教育思想，为其造势。该杂志之后还陆续介绍了美国其他的教育思想和教学法，并陆续安排了孟禄等多位美国教育家访华，其中当属杜威的实验主义在中国教育界的影响力最大。美国教育模式在中国的影响不断扩大，最终在 20 世纪 20 年代结束

---

① 王建朗、黄克武主编《两岸新编中国近代史·民国卷》下册，第 897 页。

② 黄炎培：《实用主义产出之第三年》，《教育杂志》第 9 卷第 1 号，1917 年 1 月，第 17 页。

③ 素：《卫西琴博士之教育谈（四）：教育为农工商之基础》，《时报》1917 年 2 月 9 日，第 3 张。

④ 梁漱溟：《介绍卫中先生的学说》，中国文化书院学术委员会编《梁漱溟全集》第 4 卷，山东人民出版社，1992，第 816 页。

了民初中国教育改革思想多元发展的态势。卫西琴的"新教育"与陶行知、蒋梦麟等杜威高足所主张的新教育相去甚远，在后者的强劲势头下，前者很快在中国教育界的主流中失去踪迹。

民初中国教育界中，各种教育改革思想纷至沓来，卫西琴因严复为其翻译的《中国教育议》受到关注，后又因其教育思想回应了当时流行的某些教育思潮，得到了中国教育界的持续关注。然而，当时虽有不少教育会、学校邀请卫氏演说其教育观念，但是真正了解卫氏教育理念的人士几乎没有。具体表现在教育界邀请卫氏演讲的人不少，报刊上刊登卫氏讨论教育改革的文章也不少，但是讨论他提出的各种教育理念和教学法的人几乎没有，亦未见有人反驳他的教育理念。时人只是将卫西琴言论的表面意思附会到当时流行的教育学说上，并未深究其"新教育"与蒙台梭利的教育学，又或是"早期实用主义教育思潮"中的教育思想有何关系。卫西琴的"新教育"在民初教育改革中扮演的不过是一个"舶来品"的角色，它满足的是教育界需要新思想来促成中国教育现代转型的迫切愿望。

二 《中国教育议》受到青睐

"国人之知先生者，大抵以侯官严先生所为译《中国教育议》一文"，[1] 梁漱溟在 1926 年回忆卫西琴时如是说，此书在卫氏的中国生涯中的地位不必赘言。1914 年初，卫西琴带着几份文稿拜见严复，[2] "谓其怀来，将以救一国之亡，顾以所论投人，落落然徒见姗笑，而莫有合……仆闻其语，适然惊疑"，[3] 一位外国青年如此关心中国教育又热爱中国传统文化，严复不由对此感到惊异，最终决定替他翻译《中国教育议》。自晚清时期设立洋务

---

① 梁漱溟：《〈卫中先生自述〉题序》，《晨报副刊》1926 年 3 月 3 日，第 5 页。
② 1971 年，梁漱溟在一篇文章中披露卫西琴于欧战爆发后失去来自德国家中的经济支援，多次投书严复请求为其翻译，并说自己将要自杀，严复遂复信答应为其翻译。梁漱溟：《卫西琴先生传略》，《梁漱溟全集》第 7 卷，第 235 页。艾恺在其研究梁漱溟的专著中，提及梁与卫西琴的交往时也转述了同样的内容。〔美〕艾恺：《最后的儒家：梁漱溟与中国现代化的两难》，江苏人民出版社，2011，第 245—246 页。但是，《中国教育议》最初于 1914 年 3 月开始在《庸言》上连载，而一战的爆发乃是由于 6 月底斐迪南大公夫妇被枪杀引起的。因而，梁漱溟所说的卫西琴因一战爆发得不到家中资助，困顿失意下要自杀，严复才同意为他翻译，在时间上就是不成立的。
③ 严几道：《卫西琴 Dr. Alfred Westharp 中国教育议（译者案）》，汪征鲁、方宝川、马勇主编《严复全集》卷五，福建教育出版社，2014，第 568 页。

学堂起，中国开始了由上而下进行教育变革的探索。及至民国建立，教育总长蔡元培继续改革教育，不同立场的知识分子也都认可教育变革的意义，民初出现了一股讨论不同教育流派、教学法等教育变革内容的潮流。这种自上而下并且不同的知识精英都认可的教育改革潮流，是出于相信培养人才是救亡图存的根本出路。将教育与救国联系在一起也是严复早在晚清时期就已经形成的想法。作为斯宾塞"社会有机体论"的信奉者，严复相信个体的提升对于群体的发展至关重要，而教育正是个体提升的重要途径。清末民初教育救国的思潮更多是以学习西方的现代文明作为救国的途径，然而也有支持中国传统文化的知识人认为儒家道德与人文传统在现代国家中依然具有维持社会秩序、整合社会认同、延续中国文明的价值。[1] 晚年的严复，不仅延续了教育是救国的出路这一想法，还主张以儒家传统伦理作为挽救世俗人心的办法。卫西琴的《中国教育议》不仅介绍了西方的现代教育理念，还提倡从孔子学说中汲取资源，这无疑正符合严复当时的需要。

《中国教育议》的核心观点就是极力反对中国教育模仿日本或欧洲现行的"死法教育"，主张中国建立独立的教育系统，并将教育独立视为国命之所系。欧洲现行主流教育的问题在于"多识事实而已……致少年人有物质功利之思想而无灵魂感情赏会全不发生而乏甚高之韵"，[2] 至于日本教育模仿德国教育体系则流弊更甚。按照卫氏的说法，"中国于神明之学至足而所短者在物质之新知。欧美于物质之学过多而所少者在神明之要道"，[3] 所以东西文化的会合点即是将中国固有的"心理学"[4] 与西方的物质文明结合成一个新的世界文化。卫氏认为应该以蒙台梭利的教学法加上中国固有的"心理学"："仆察中国之民性，固不必借径于欧洲之旧法教育，凡学必由心识而后为躬行但用蒙氏之教育术自可立致知行合一之妙。"[5] 书中首先介绍了蒙台梭利的教育学。蒙氏的教育学强调儿童天性的充分发挥；重视家庭教育；注重由培养个人的身体能力入手到个人的精神、道德

① 段炼：《文化认同与国家忠诚：民初道德观念的思想分途》，《危机与转机：清末民初的道德、政治与知识人》，九州出版社，2022，第122—164页。

② 卫西琴著，严几道译《中国教育议》，《庸言》第2卷第3期，1914年3月，第2—3页。

③ 卫西琴著，严几道译《中国教育议》，《庸言》第2卷第3期，1914年3月，第10页。

④ 卫西琴曾将孔子、老子、释迦牟尼看作是心理学上敢于突破成见的改革家，"孔子老聃释迦牟尼者心理学之刻百尔加理辽与奈端也"。卫西琴著，严几道译《中国教育议》，《庸言》第2卷第3期，1914年3月，第6页。

⑤ 卫西琴著，严几道译《中国教育议》，《庸言》第2卷第4期，1914年3月，第7页。

层面的提升；重视个体与环境的互动——在卫氏看来皆与"孔子之道"相符。蒙台梭利的教学心理学是当时欧洲教育学最新的成果之一，卫氏证明蒙氏与孔子的相似，是为了说明欧洲最先进的文化其实在中国传统文化中就可以找到，"今所敬告者，使公等而真知实行孔氏之教育则古今欧洲最良之法已为公等所熟知"。① 卫西琴在该书中对中国教育改良的建议可以总结为：以孔子的"心理学"为中国人"中国固有的心理学"，再通过"蒙台梭利之方法"发展中国人的身体能力，最终达到精神与物质大通的自然境界。

严复对中西两方文化资源的取舍取决于其是否有利于维护和加强民族国家，而严复对于教育的重视也不是在晚年才出现的倾向。早在晚清时期，严复从斯宾塞的"社会有机体"概念中就已经体悟到了个体发展对于全体的重要性，因而严复早已提出提高民智、民力和民德的重要性。② 1895 年及 1896 年发表的《原强》与《原强修订稿》中，严复已经说明"盖欲救当前之弊，其事存于人心风俗之间。……是故国之强弱贫富治乱者，其民力、民智、民德三者之征验也，必三者既立而后其政法从之"，③ 而教育的三个层面：体育、智育和德育，正是对应了严复所说的民力、民智和民德。至于教育与国家的关系则在于教育决定了一国种群的素质，而一国种群的素质又决定了该国在当今世界的存亡。"考五洲之历史，凡国种之灭绝，或为他种所羁縻者，不出三事：必其种之寡弱，而不能强立者也；必其种之暗昧，不明物理者也；终之必其种之恶劣，而四维不张者也。"④ 教育决定个体的素质，个体的素质又关系到国家、种群的兴亡，这一因果关系在严复那里早已确立。无论卫西琴的"新教育"是否是为了挽救中国国家危亡而作，严复都愿意将其作为教育救国的一条出路加以推阐。

崔运武是国内较早专门研究严复教育思想的学者，他指出晚年的严复看到卫西琴的《中国教育议》后，发现当中有"赞美孔子，宣扬中国传统道德的思想"，于是严复"就引为同道，将全书翻译出来"。⑤ 教育与尊孔的联系，1906 年严复于寰球中国学生会上的演说中也已经阐明。"凡国之亡，

---

① 卫西琴著，严几道译《中国教育议》，《庸言》第 2 卷第 3 期，1914 年 3 月，第 14 页。
② 〔美〕本杰明·史华兹：《寻求富强：严复与西方》，叶凤美译，江苏人民出版社，2010，第三章。
③ 严复：《原强修订稿》，王栻主编《严复集》第 1 册，中华书局，1986，第 25 页。
④ 严复：《论教育与国家之关系》，汪征鲁、方宝川、马勇主编《严复全集》卷七，第 179 页。
⑤ 崔运武：《严复教育思想研究》，辽宁教育出版社，1993，第 25 页。

必其人心先坏……不佞目睹今日之人心风俗，窃谓此乃社会最为危岌之时"，"骤闻新奇可喜之谈，今日所以为极是者，取而行之，情见弊生，往往悔之无及……不如一切守其旧者，以为行己与人之大法，五伦之中，孔孟所言，无一可背"。① 在民国成立以前，严复已经察觉社会上崇拜西学、鄙薄中学的风气，并认为"人心不古"是造成当今社会危亡的原因。因此，严复提出教育的三个层面中，德育最为重要，因为德育是用来教化风俗的，而德育的基础就在于孔孟学说中的伦理道德。

1912 年，教育总长蔡元培颁布了《普通教育暂行办法》，决定废止祀孔读经，儒学失去了最后的政治凭借，社会上反对传统文化的声音亦越来越强烈。崔运武认为民国建立之后，民初乱象使严复愈发渴望稳定，于是转向强人政治，在需要强调威权的情况下，自然不会再倡导西方的自由观念，但是社会道德价值观不能够处于真空状态，于是他转而到中国传统文化中的"忠"与"孝"当中去寻找"新民德"的来源。② 其实，严复在民国初年强调中国传统文化资源中的道德伦理，并不是一种"转向"，因为严复从来都不是一个"教条主义的'反传统主义者'"。③ 民初中国社会失去道德权威后陷入一种彷徨，儒家伦理作为中国自古以来的道德基础，在急需凝聚人心的时代具有不可替代的价值。因此，严复在民初崇儒不是一种倒退，而是在新的时代背景下做出的选择。卫西琴在《中国教育议》中不仅强调孔子学说对于维持中国特性的意义，还提出孔子学说与西方的最新思想成果并不抵触，且有助于西方现代思想深入发展。严复借卫西琴之口正是要向国民传递儒家思想对于挽救人心风俗的意义、对于凝聚国民的意义，以及儒家思想作为一个抽象的理论与现代性是可以兼容的。如果连一个西方人都能理解到儒家思想之于现代中国的重大意义，中国人更加没有理由理解不了这一点。

严复在《中国教育议》"译者案"的最后一段写道："孟德斯鸠不云乎，立宪之民不必其能决事也，但使于国事一一向心脑中作一旋转便已至佳。惟卫君愿宏，若仆之所求则不过如是而已。"④ 严复言其所求"不过如是而

---

① 严复：《论教育与国家之关系》，《严复全集》卷七，第 180 页。
② 崔运武：《严复教育思想研究》，第 25—26 页。
③ 〔美〕本杰明·史华兹：《寻求富强：严复与西方》，第 34 页。
④ 严几道：《卫西琴 Dr. Alfred Westharp 中国教育议（译者案）》，汪征鲁、方宝川、马勇主编《严复全集》卷五，第 569 页。

已"指的是他认为目前国民教育目标不必追求过高，民众仅需略具知识水平能够思考国情即可，"鄙见此时学务，所亟求者，宜在普及。欲普及，其程度不得不取其极低"。[①] 卫西琴的"宏愿"则是要培养身体、精神皆佳，且能够身心互通并创造新的物质文化、精神文化的人。根据蒙台梭利的方法，一切教育需要顺应儿童的天性，那么卫氏的教育理念中首先要培养的是天资优异的那批儿童而非全体民众，"须先栽植优等生，劣者则须别设补助学校而不能不有所待也"。[②] 严复是在国家处于危急存亡之秋提出教育的重要性，因而教育的目的自然指向了救亡图存；卫西琴没有这样的心理，使人人得到全面发展才是他提倡教育的目的。严复在《中国教育议》的"译者案"中明言："其所言，虽不必尽合吾意，顾极推尊孔氏。以异种殊化，居数千载之后，若得其用心，中间如倡成己之说，以破仿效与自由。"[③] 可以看出，严复乃是从实用的视角来看待卫西琴的《中国教育议》，他借着卫西琴之口来申明教育与儒家思想资源是救国与挽救人心的关键所在。

卫西琴的教育理念羼杂了东西方文化中不同的内容，既有欧洲最新的心理学和教育学的内容，又有他对孔子学说的独特理解。虽然本文以"新教育"概括卫氏的教育理念与方法，但实际他并没有一个类似其他教育家那样完整的教育观。卫西琴的"新教育"中虽然有不少尊孔的言论，但他对孔子和儒家文化的理解本质上也不同于当时维护旧教育、旧传统的中国知识分子。尽管他提出孔子的"心理学"很符合他的想法，但是他的教育心理和教学法实际上主要还是受益于他在欧洲接受的心理学的训练，以及他对当时最新的蒙台梭利教学法的理解。卫氏的这段经历最吊诡的地方在于，主张"新文化"和主张"旧文化"的人士都能在他那里找到资源，更显出民初思想界中"新""旧"之间竞争激烈又交缠不清的景象。

三　卫西琴的"尊孔"言行受批判

王奇生在对"新文化运动"的研究中曾指出，1918 年初至 1919 年初，

---

① 严复：《论教育与国家之关系》，汪征鲁、方宝川、马勇主编《严复全集》卷七，第 180 页。
② 《卫西琴先生关于教育之言论》，《南通师范学校校友会杂志》第 7 期，1917 年 9 月，第 2 页。
③ 严几道：《卫西琴 Dr. Alfred Westharp 中国教育议（译者案）》，汪征鲁、方宝川、马勇主编《严复全集》卷五，第 568 页。

经过陈独秀一番"炒作"，"新旧之争"逐渐成为社会话题，"新派"、"新文化"与《新青年》三者也声势渐隆。①"新旧之争"既然是被大众媒体炒作出来的，就能解释为何卫西琴的尊孔言论会在 1918 年又重新被注意到。卫西琴的尊孔言论早于 1914 年已经受到易白沙的批判，但并没有影响其到各大教育会演讲，就笔者所见，此后数年似乎也无人再抨击卫氏的尊孔言论。直至 1918 年第 5 卷第 4 期的《新青年》中，有一篇傅斯年撰写的文章讽刺卫西琴尊孔是为了取悦国人，再到第二年十月出版的《新潮》中罗家伦更加直接地批评了卫西琴的尊孔言行。卫西琴的尊孔言论时隔数年后被再次批判，与王奇生提到的《新青年》及其同人因炒作新旧之争而声名大震的时间段一致，恰反映出民初的"新旧之争"更多地取决于立场的不同而非观点的不同。

卫西琴与"孔教"的渊源可以追溯到 1913 年春，彼时卫氏初到上海，最早接触的华人群体乃是寰球中国学生会与孔教会的人士。1913 年 3 月至 4 月，卫氏曾两度受邀到寰球中国学生会上演讲，题目均为"Regeneration Through Education"（通过教育再生）。之后，寰球中国学生会的会长李登辉请陈焕章将该演讲翻译"以推阐之"，陈氏后以《教育当以孔子为主》为题名，将卫氏的演讲翻译后发表在了 5 月份的《孔教会杂志》上。卫氏演讲的原题目并没有特别突出孔子，陈氏的译文标题却将孔子当成了中心，这当中的转换并非仅是翻译策略上的选择这么简单，背后反映的是孔教会的骨干陈焕章借西人之口崇儒，以便推进"孔教运动"的目的。虽然在寰球中国学生会演讲过程中，卫西琴的确对孔子之道称赞不已，但无论是其演讲的英文题目，抑或是演讲内容，他的重心都是在教育而非孔子身上。卫氏在演讲中称赞中国教育的原因是中国固有的教育体系符合他的"新教育"，换言之，卫氏乃是首先形成了一种以心理学为基础的"新教育"理念，然后才在"孔子之道"中找到对应的内容。② 陈焕章的译文正文其实并没有刻意删改卫氏原文为其他目的服务，但是译文的标题以孔子为中心，开头译者还介绍了作者"威士赫君"，说他"言必称孔子凡论中国文明皆以

① 1918 年 3 月，钱玄同与刘半农在《新青年》上唱"双簧"，使孔子与文学革命成为话题，引起各方讨论，到第二年初，林琴南与蔡元培的"新旧之争"更是引起了极大的社会反响，在新闻媒体的渲染下，"新旧之争"和《新青年》及其同人都声名大噪。王奇生：《"新文化运动"是如何运动起来的——以〈新青年〉为视点》，《近代史研究》2007 年第 1 期。

② Dr. Westharp, "Tribute Is Paid To Chinese Education", *The China Press*, April 26, 1913, p. 5.

近代史学刊（第 29 辑）

孔子为代表",① 这些已经造成了卫西琴是孔子拥趸的印象。实际上，卫西琴对儒学的理解与一般的中国知识分子不同，比如就其所言孔子是一位心理学家一说，在中国人听来恐怕不可思议。然而即便如此，卫氏依旧卷进了民初思想界的新旧之争的旋涡中。

《中国教育议》发表后，当中"尊孔"的言论引起了时人的注意，最先出面反驳卫西琴的是易白沙。《中国教育议》于 1914 年 4 月连载完毕，易白沙在 6 月出版的《甲寅》上即发表了一篇驳论文章——《教育与卫西琴》。易白沙认为卫氏此文之所以能够受到广泛的关注，严复之所以为其翻译，原因皆在于二人想要迎合全国上下之心理，"虽然卫氏之言，因全国上下之心理之趋向而言者也，严译亦因全国上下心理之趋向而译者也。言者译者，既合于全国心理之趋向，其影响所及，可以推知"。② 易白沙文章开头先肯定卫西琴"反复推尊中国孔子，心存千载之上，眼光百世之后，发为谠言，足以招黄魂……"，接着笔锋一转，又认为"卫氏倡议不自我先，不自我后……挟尊孔之道，以干当世。……此仅如群蛙喧夜之中，增一蚯蚓之吟暗而已矣。愚读其文，深惜此西山之凤鸣非其时耳"。③ 可以看出，他并不反对卫西琴尊孔，只不过他认为在共和时代主张尊孔实在不合时宜，至于卫西琴主张用在教育改革中采用孔子的思想，不仅不现实，还有碍于中国教育实行欧化。易氏对于卫氏"举儒家以抹杀诸子"更深感不忿，并列举了中国历史上各家各派的教育主张，以证明卫氏"非真知中国之教育也"。④

1916 年 2 月和 9 月，易白沙在《青年杂志》和《新青年》上分别发表了《孔子平议》的上篇和下篇。此文更加明显地表达了易白沙对孔子的态度。该文上篇的主要观点是孔子的学说长久以来被"野心家"所利用，成为控制人民的傀儡，孔学不仅不能挽救人心，甚至"人心风俗即崩离于

---

① 威士赫：《教育当以孔子为主》，陈焕章译，《孔教会杂志》第 1 卷第 4 期，1913 年 5 月，第 1 页。"威士赫"即 Westharp 的音译，在卫西琴拥有中文名之前，各大报章杂志对其英文名的音译并不统一，出现威士赫、韦斯哈、魏沙泼等多种译法。

② 白沙：《教育与卫西琴》，《甲寅》（东京）第 1 卷第 2 号，1914 年 5 月，第 12—13 页。李岩曾指出易白沙是从"战时暂时文化策略"的角度，指出卫西琴那种重视心理的教育会妨碍物质教育在中国的发展，从而使中国在竞争中失败，但易白沙又强调中国自己的教育体系，相当于否定了物质教育，所以二人最后殊途同归。李岩：《音教争执——以辛亥前后"音乐教育"为例》，《黄钟》2011 年第 4 期。

③ 白沙：《教育与卫西琴》，《甲寅》（东京）第 1 卷第 2 号，1914 年 5 月，第 12 页。

④ 白沙：《教育与卫西琴》，《甲寅》（东京）第 1 卷第 2 号，1914 年 5 月，第 13—14 页。

260

此"。① 下篇的主要观点是表达孔子一家学术不能代表中国过去未来之文明，"孔子与国学绝然不同"。② 两年前易白沙反驳卫西琴尊孔的重点之一就是反对卫氏将孔子学说当成中国传统文化的集大成者和代表，并由此进一步以尊孔为挽救时弊的方法这一言论。易白沙要反驳的不仅仅是卫西琴，还有其他相信"欲正人心端风俗励学问非人人崇拜孔子无以收拾末流"③ 的群体。易白沙这类主张以新思想取代旧思想的人士，他们的论据之一就是孔子学说无论曾经有多辉煌，在当今共和时代已经不合时宜，"保守主义终不能战胜进化主义"。易白沙对卫西琴尊孔的态度，就如同他对孔子和儒学的态度一样带着一丝矛盾。他并不否定孔子和儒学之于中国的意义，但他出于某种"救亡"的急迫感，又急于摆脱这些"旧文化"，然而他并没有说明能取代"旧文化"的"新文化"是什么。

《每周评论》和《新潮》创刊后，两刊与《新青年》一起产生了群体效应，新文化运动也在五四运动后逐渐形成全国性的规模。④ 新文化的地位逐渐上升，新旧之争也就更加激烈。当时所谓的"新旧思潮冲突""最大者为孔教与文学问题"⑤ 最能引起社会强烈关注，因而也是新派杂志同人乐意探讨的话题。在这样的情况下，卫西琴的尊孔言论在时隔四年后被重新拿出来批判，而批判者正是《新青年》同人群体。1918 年 10 月，傅斯年在《新青年》上发表的一篇讨论戏剧改良的文章末尾，讥讽卫西琴是迎合了一群想要听到"西洋人恭维中国事情"的"善会人意的乖觉儿"。⑥ 《新潮》作为在陈独秀和胡适的指导下创办的学生杂志，不仅继承了《新青年》的批孔和文学革命，而且言辞更加激烈。1919 年 10 月，罗家伦在《新潮》上刊发的《学术界的骗局：骗中国人和骗外国人》一文更为直接地批判了支持中国传统文化的外国人和中国人，并统称他们为"骗子"。罗文中，卫西琴首当其冲。罗家伦认为卫西琴是"揣摩中国人复古的心理，做了一本什么教育学"的阿谀之辈。接着他还指出卫氏认为"君主是好的，宰相也是好的，中国的什么东西都是好的"，又说"袁皇帝见了，果然'龙颜大悦'

---

① 易白沙：《孔子平议（上）》，《青年杂志》第 1 卷第 6 期，1916 年 2 月，第 14—19 页。
② 易白沙：《孔子平议（下）》，《新青年》第 2 卷第 1 期，1916 年 9 月，第 27—36 页。
③ 易白沙：《孔子平议（上）》，《青年杂志》第 1 卷第 6 期，1916 年 2 月，第 14 页。
④ 王奇生：《"新文化运动"是如何运动起来的——以〈新青年〉为视点》，《近代史研究》2007 年第 1 期。
⑤ 隐庐：《新旧思想冲突平议（一）》，《每周评论》1919 年 4 月 13 日，第 2 版。
⑥ 傅斯年：《再论戏剧改良》，《新青年》第 5 卷第 4 期，1918 年 10 月，第 358 页。

送他一个顾问"。卫氏此前的言论中从未称赞过中国的君主制和宰相制度，相反他十分反对君主时代的专制，亦未曾担任过袁世凯的顾问，罗家伦恐怕是将卫西琴与袁世凯真正的外国顾问古德诺混为一谈。罗家伦后文中批判的对象还包括翟理思、陈焕章、辜鸿铭，并认为除了最近到中国讲学的杜威博士和以政治学著名的芮恩施公使外，在华的外国人没有一位称得上是学者。[1] 傅斯年与罗家伦二人恐怕并未读过卫西琴的文字，至少可以说他们没有认真读过，但此时他们已不需要如四年前的易白沙那般详细地反驳卫氏。因为到此时，新文化和新派在"新旧之争"中已经占据上风，作为新派的新生代力量，傅斯年和罗家伦抨击卫西琴尊孔自是不遗余力，至于卫西琴的"新教育"是否属于新文化，并不纳入他们的考虑当中。

结　语

十几年后，卫西琴回忆民初的这段经历时，说道："故有谓卫中其人，乃故作惊奇语，以实施真欺骗中国之惯技者，实则彼时贩贩西洋学者势盛；西人亦多炫口其物质文明，来投所好，以欺华人。愚为斯言，自应遭热中功利者之物议。"[2] 当年傅斯年、罗家伦批评卫氏谄媚国人，可在他看来，那些盲目追求"新文化""新思想"的人士才是别有用心。卫西琴在民初的几年间，经历了中国思想界新旧杂陈、新旧之争到新派逐渐占据上风的转变，然而何为"新思想""新文化"却没有一个确定的答案，如果"旧文化"指的是中国固有的、传统的文化，那么"新文化"是否就是指所有来自中国以外的文化？那么卫西琴的教育理念里包含着欧洲最新教育学和心理学的成果，又何尝不是"新文化"，又何以为新派人士所抨击？

民初数年间卫西琴虽受邀四处演讲其教育理念，但在表面风光的背后，无人真正地讨论过他的教育改革思想。作者本人一度受到追捧而作者的思想却无人问津——卫西琴的遭遇反映的是在民初教育转型的过程里，时人渴望汲取更多的新观念、新想法，但对何谓"新"、"新"在哪儿，没有一个清晰的标准。追求新思想、新文化的潮流指向的其实都是"救国"这一

---

[1]　志希：《学术界的骗局：骗中国人和骗外国人》，《新潮》第 2 卷第 2 期，1919 年 2 月，第 343—345 页。

[2]　卫中博士讲，史寅生、杜太为合记《政治与教育》，《晨报副刊》1926 年 3 月 24 日，第 54 页。

更大的时代主题。严复看中了卫西琴提出的孔子学说可以为中国新教育奠基的想法，这一想法证明儒家思想不仅与现代性不相抵触反而有助于现代化的进行。这可以说正中当时主张挽救儒家传统以挽救世俗人心、恢复社会秩序的保守人士下怀。对于严复来说，无论是重视教育，抑或是强调儒家传统的价值，其出发点和目的都在于救国。可是，卫西琴要回应的并不是"救国"这个时代主题，他希望以他的方法和理念来改革中国教育，所谓"尊孔"的言论也是基于他相信儒家思想中有与他的教育思想相应和的地方。

尽管如此，不同立场的人士却都可以在他的言论中找到可资利用的内容。崇新的人士可以在他那里获得西方学界最新的教育思想，复古的人士也可以从他的尊孔言论中获得满足——儒家文化与现代思想不仅不相抵触，而且能够在塑造人格、规范社会秩序上发挥重要的作用。1919 年前后，随着"新文化派"声势渐隆，"新旧之争"也在大众媒体的渲染下成为焦点。由于此前卫西琴的名气及其外国人身份的特殊性，使得他数年前尊孔的言论重新进入新派人士的视野，成为新派人士用以抨击保守人士的标靶之一。主张"新教育"的卫西琴就这样被归类为食古不化的守旧一派，而他外国人的身份则更令人怀疑他尊孔的动机不纯。1920 年之后，中国思想界的"新旧之争"胜负已分，既然新文化的势力已经占据上风，新派人士也就不必再以卫西琴的尊孔为"靶"来攻击旧派人士，而后者欲翻身，卫西琴这个"外援"显然不够有力。因此 1920 年之后，中国主流思想界，无论是新派还是旧派，都不再关注卫西琴。①

卫西琴作为一名外国学者，虽然他积极地对当时重大的时代议题发表意见，但由于其缺少主导舆论、确立典范的能力，他的各种言论何时为思想界主流所注意、哪些内容将会引起讨论，几乎不在他的掌控和预测中。卫西琴在民初中国思想界的浮沉向我们展示了当时各方人士对于何谓新文化实际上莫衷一是，如何界定新文化与旧文化不仅在于观点的不同，更多地取决于立场的不同，而他这样一个在新旧之间的人物也为我们界定新、旧文化提供了一个新的坐标。

[作者单位：香港岭南大学历史系]

———————————

① 梁漱溟是一个例外，他与卫西琴的交往一直持续到抗战时期，这只能另文讨论。

·教育史研究·

救济与集权：全面抗战爆发前后国民政府战区中等学校安置述论*

张　晶

内容提要　九一八事变后，随着战事逐步扩大，战区中等学校师生纷纷向后方撤退。受战争环境影响，国民政府改变了以往主要由地方教育行政机关办理中等教育的惯例，逐步介入到流亡师生的安置工作中。全面抗日战争爆发前后，国民政府对中等学校流亡师生的安置政策呈现出由局部救助到临时登记收容，再从设立临时中学到办理国立中学和战区中小学教师服务团进行专门救助的发展轨迹。战争带来了中等教育制度的重大变革，中央权力介入中等教育也由全面抗战初期的临时措施过渡为战时的制度常态。

关键词　抗日战争　中等教育　教育救济　国民政府教育部

在近代中国，中等教育作为介于高等和初等教育之间的阶段，在提供升学预备的同时，也培养了一批具有中等知识水平的人才。南京国民政府成立后，中等教育事业稳步发展。抗日战争的爆发使战区省份的中等教育遭受摧残，广大师生流离失所。如何安置和救济大批战区青年，是国民政府面临的严峻考验。

以往研究关注国家在战时的教育应对举措，尤其是高校的内迁，[①] 相比之下对规模更为庞大且牵涉更广的中等学校安置关注较少。学界有关中等

* 本文为国家社科基金项目“战时教育部与高校关系研究（1937—1945）”（项目号：19BZS1150）阶段性成果。

① 相关研究成果主要有徐国利《关于“抗战时期高校内迁”的几个问题》，《抗日战争研究》1998 年第 2 期；金以林：《战时大学教育的恢复和发展》，《抗日战争研究》1998 年第 2 期；余子侠：《民族危机下的教育应对》，华中师范大学出版社，2001；张宪文、张玉法主编《中华民国专题史》第 10 卷《教育的变革与发展》，南京大学出版社，2015，第 212—269 页。

教育救济的研究关注具体的组织机构、救济方式、内容及意义，[①] 对于国民政府救济中等学校员生的政策变化、政治考量和具体实施仍有进一步研究的空间。从九一八事变发生到全面抗战初期正是国民政府策略调整和教育政策变化的关键时期。本文在利用档案及其他公私文献的基础上，全面考察这一时期国民政府开展战区中等学校安置的政策变化和走向，进而探究国民政府是如何深入到中等教育领域并发挥作用的，以期呈现战时教育的复杂面相。

一　九一八事变后中等教育救济的规划与措置

从近代学制建立以来，中等教育被纳入中国的教育体制，进而形成初等、中等和高等教育的三级递进。根据 1912 年 9 月颁布的《中学校令》，"中学校以完足普通教育，造成健全国民为宗旨"。中学校主要由各省、县政府拨款和管理。[②] 此后中等学校在制度上由地方政府（省、市、县）负责办理，作为中央教育行政主管机关的教育部并不直接介入中等学校事务。省教育厅"主管一省之中等教育"，但"其管辖的最高原则，仍为中央所公布"。[③] 随着 1932 年以来各项中等学校法规的出台，普通中学、师范和职业学校"各以独立设置为原则"，三类学校共同构成中等教育的学校体系。[④]

---

① 从宏观层面涉及抗战时期中等学校内迁和救济的成果有冉春《抗战时期中学西迁及西部教育的发展》，《河北师范大学学报》2005 年第 4 期；王哲《民族危机与中学应变——试析冀察绥平津中等学校通讯处》，《唐山师范学院学报》2021 年第 2 期；黄伟《全面抗战时期国民政府对战区流亡中小学教师救济研究》，《重庆师范大学学报》2022 年第 2 期；等等。有关国立中学的研究成果有余子侠《抗战时期国立中学的创办及其意义》，《近代史研究》2003 年第 3 期；许咏怡《抗战时期的国立中学研究（1937—1945）》，硕士学位论文，台北政治大学，2019 年；王哲《国立第六中学研究》，博士学位论文，山东大学，2020 年；李力：《私人记忆与历史重建：抗战时期国立第六中学大后方办学研究》，《教育与教学研究》2022 年第 7 期；等等。有关战区中小学教师服务团的研究如胡国台《救济与策反：抗战时期中小学教师服务团与战区教育工作队》，《辛亥革命九十周年国际学术讨论会论文集》，台北，中正文教基金会，2002；申红利、侯爱萍《自救与救国：抗战期间战区中小学教师服务团办学困境及应对举措》，《历史教学问题》2019 年第 6 期；等等。
② 中央教育科学研究所教育史研究室编《中华民国教育法规选编（1912—1949）》，江苏教育出版社，1990，第 338—339 页。
③ 袁伯樵：《中等教育》，商务印书馆，1949，第 388 页。
④ 李景文、马小泉主编《民国教育史料丛刊》第 365 辑，大象出版社，2015，第 424 页。有关中等教育的模式变革参见刘超、梁程宏《普通中学还是综合中学？——20 世纪初中国中学教育的发展道路之争》，《近代史研究》2022 年第 5 期。

中等教育在近代中国的教育体系中居于枢纽地位。1931 年，国联教育考察团在考察中国的教育情况后，特别提到"中等教育居学校教育之中心，所以为初级教育之基本学科与高等教育之专门学科间之连锁也"。[①] 根据教育部的统计，九一八事变发生前全国共有中等学校 2992 校，学生 514609 人。各省市办校情况悬殊，"有达三百校，有只一二校，有达六万余人，有只五十余人"。[②] 在此次统计的 34 个省市中，东部各省市中等学校约 1391 所，占全国学校总数的 46.49%。中西部地区中等教育水平存在差距，且总体较为落后。在东北各省中，辽宁省有中等学校 274 所，吉林 46 所，黑龙江 17 所，热河 15 所。[③] 由于辽宁省教育水平较优，东北青年在该省就读者众多。

九一八事变后，东北各级学校多数被迫关停，东北青年纷纷入关。根据北平市的调查，黑龙江、吉林、辽宁、热河各省的中学生流散在北平的就有 2766 人。[④] 时人呼吁"应以同情之心理，予以特别之拯救"。平津不少学校刊登广告招收东北学生，天津市社会局与南开中学校长张伯苓洽商开办夜校，以供收容。[⑤] 还有东北籍人士如王化一在北平筹办东北学院（后改为东北中学）[⑥]，辽宁第一师范校长筹设知行中学。[⑦] 然而多数学生的就学压力并未解决，一位名叫张廉的东北学生登报呼喊，虽有学生获得救助，"然而事实上被拯救的，却是少数的大学生而已，至于这大多数失学的中学生呢，从没听见有人来问过！""要读书"是东北学生的口号。[⑧]

1932 年 11 月，教育部令各省市落实东北中学生转学优待办法，东北学生在公立中学就学可免缴学费，在私立学校的可酌情减免。[⑨] 1933 年底，东北籍人士齐世英、周天放、高惜冰等至南京向中央请求进一步救助东北学生，张莘夫、董文琦、董其政、李锡恩等人在北平联络活动。据齐世英回

---

① 国际联盟教育考察团编《国际联盟教育考察团报告书》，沈云龙主编《近代中国史料丛刊三编》第 11 辑，台北，文海出版社，1986，第 101 页。
② 教育部普通教育司编《二十年度全国中等教育统计》，大陆印书馆，1935，第 3 页、第 47 页。
③ 《二十年度全国中等教育统计》，第 67 页。
④ 王世杰：《东北青年失学情形及其救济办法》，中国第二历史档案馆藏教育部档案，五（2）－1079。
⑤ 《东北避难来津学生就学问题解决》，《益世报》1931 年 10 月 21 日，第 2 张第 7 版。
⑥ 《前东北教育会长王化一谈东北教育》，《申报》1934 年 2 月 7 日，第 4 张第 15 版。
⑦ 庚：《知行中学概述》，《行健旬刊》第 25 期，1933 年 10 月。
⑧ 《东北中学生的呼吁》，《大公报》1932 年 4 月 12 日，第 2 张第 8 版。
⑨ 《东北中学生转学教部规定优待办法》，《时事新报》1932 年 11 月 10 日，第 2 张第 4 版。

忆，时任行政院院长的汪精卫在政治上与东北并无渊源，而行政院政务处处长是彭学沛，与高惜冰、臧启芳有旧，于是就通过彭学沛活动，又请陈果夫、陈立夫从旁推挽。经过两个多月的努力，行政院同意拨款救助东北流亡青年，由教育部具体负责。①

1934 年 1 月，国民政府出台《东北勤苦学生暂行救济办法》。按照规定教育部在南京设立东北青年教育救济处。此外"为使东北学生集中训练，并适应需要起见，在华北适当地方设立专收东北学生之中等学校"。② 国民政府的设想是由东北青年教育救济处设立国立东北职业中学。与普通中学不同，该中学专收东北青年加以特种训练，使学生能够从事救国和生产工作，从而将"中学教育、生产教育及补习教育一炉而治"。学校免收学费，供给学生膳宿，并设奖学金。③ 到 1934 年 2 月学校成立时，确立校名为国立东北中山中学，校址在北平。学界一般将国立东北中山中学视为国民政府创办国立中学的先河。④ 该校校长由东北青年教育救济处副主任李锡恩兼任，学校设初级中学和高级中学，并附设职业学校及补习班。学校开设特种科目，重点培养致力于收复东北事业的各类人才。在训育方面"努力培植学生雪耻救亡之精神，养成其团结奋斗之习惯"。⑤ 国立东北中山中学具有鲜明的战时色彩，李锡恩称该校是一所"国难学校"。⑥

鉴于华北情势日益严重，蒋介石令军事委员会办公厅主任朱培德制定战时全国各级学校的动员准备方案。1936 年 11 月初，军事委员会办公厅拟定《军事时期全国学校动员准备概要草案》。行政院对所辖各部主管业务的动员事宜也颇为关注，由教育部拟定《教育部关于动员计划草案》。这两份草案均涉及中等学校的安置举措，基本主张战区学校可由主管教育行政机关暂时关闭或迁移，非战区各级学校需做好战区教职员生的收容和借读工作。只是军事委员会关注师生服务和训练，教育部则注重具体的规划实施

① 国立东北中山中学旅台校友会编《国立东北中山中学金禧纪念集》，1984，第 1—5 页。
② 《东北勤苦学生暂行救济办法》（1934 年 1 月），中国第二历史档案馆藏教育部档案，五（2）-1079。
③ 《国立东北中山中学计划大纲草案》，中国第二历史档案馆藏教育部档案，五-15293（1）。
④ 余子侠：《抗战时期国立中学的创办及其意义》，《近代史研究》2003 年第 3 期。
⑤ 《国立东北中山中学设立计划大纲》（1934 年 2 月 12 日），中国第二历史档案馆藏教育部档案，五（2）-1079。
⑥ 《本校成立三周年纪念日纪实》，《国立东北中山中学校刊》第 2 期，1937 年 4 月 10 日。

和军事教育。①

　　教育部作为中央主管教育工作的行政部门，在全面抗战爆发前对易受敌人攻击地区的教育事业拟定预案。对于比较安全的省份，应制定战事发生后收容战区学生的计划，尽量安置由他地迁来的中等学校学生。具体借读学生人数由教育部饬令各省市教育厅局核定后登报公示。教育部要求地方教育机关在比较安全的地区设立临时校舍，"于战事发生或逼近时量为迁移，或暂行归并或暂行附设于他校"。被迫关停的学校应发给学生借读证，以便学生自由择校。校方需将办理情形呈报各省市主管教育行政机关。此外，为解决中小学在非常时期的教课用书问题，教育部令商务印书馆、中华书局、正中书局及世界书局等出版方在长沙、南昌、广州等处开设分厂，"以便各科教科用书于战时仍得源源出版，借资应用。"所需纸张由教育部向行政院会议提案令各大印刷出版商订购，"转知中央信托局批准各书局将是项纸张抵押现款，俾资周转"。交通部、铁道部令所属机关在运输纸张及教课用书时提供便利，以保障教学工作的正常进行。②

　　在战前，中国的中等学校主要集中在东部地区，中等教育呈现出东西发展不平衡的特征。九一八事变发生后，大批东北青年学生纷纷入关进而带来局部地区的师生流动。为救济东北流亡学生，国民政府创设国立东北中山中学，尝试办理国立中学。全面抗战爆发前教育部已经开始统筹制定各种教育预案，中等教育方面主要仍由各省市主管教育行政机关负责执行。

二　七七事变后中等学校员生救济的政策演变

　　自七七事变爆发，平津地区相继沦陷，黄河以北战局迅速扩大，沿海各省市亦受侵扰。1937 年 7 月 31 日，教育部为维持战区内学校安全制定《战区内学校处置办法》。③ 文件涉及战区各省市教育厅局有关学校的设备移动、学生借读和教职员迁调等内容。战区教育以辖区为限，唯有当"战区教育行政机关因事实障碍，不得执行职务时"，才能借助或委托邻近教育行

---

① 《抄朱主任原函》（1936 年 11 月）、《教育部关于动员工作草案》，中国第二历史档案馆藏教育部档案，五（2）-53。
② 《战事发生前后教育部对于各级学校之措置总说明》（1937 年 9 月 28 日），中国第二历史档案馆藏教育部档案，五（2）-54。
③ 林美莉编校《王世杰日记》上册，1937 年 7 月 31 日，台北，中研院近代史研究所，2012，第 27 页。

政机关办理。^① 教育部长王世杰认为"教育工作应依据若何方针方可减少战事对于教育工作之打击，为一亟待切实决定之问题"。^② 8 月 2 日，王世杰将《总动员时督导教育工作办法纲领》呈请蒋介石核定。其中规定"战事发生时全国各地各级学校暨其文化机关务力持镇静，以就地维持课务为原则"，该纲领也成为战事发生后教育部督导教育的根本原则。^③

9 月 8 日，教育部令四川、河南、陕西、云南等 12 个省市教育厅局规划中学生临时借读事宜。^④ 从各省回复看，四川省教育厅令成都、万县及沿江重要城市的中等学校收容战区师生。^⑤ 湖南省教厅指定省立、联立及受省款补助的私立学校共 40 余所设法收容，计可收容学生 1000 余人。^⑥ 安徽省公私立中等学校共计 88 所，可容纳借读学生 5150 人。^⑦ 可见各省教育行政机关负责具体收容工作，教育部则集中精力办理高校内迁事宜。到 9 月中旬，国立长沙临时大学和国立西安临时大学筹委会均已成立，^⑧ 教育部拟将中央大学迁往重庆，上海大夏、光华、复旦、大同四校受战事影响，拟联合向江西或贵州迁移。^⑨ 教育部积极采取措施设立临时大学、筹划高校内迁，对于中等教育仍旧在政策层面，给予规划和督导。^⑩ 但这一做法使教育

---

① 《战区内学校处置办法》，台北"国史馆"藏行政院档案，014-050000-0073。《战区内学校处置方法》将以下地区列为战区：上海、南京、北平、天津、青岛；江苏沿京沪、津浦两线各地，沿海地带；山东沿津浦、胶济两线各地，沿海地带；河北沿平汉、平津两线各地；福建沿海地带；广东汕头附近；绥远、察哈尔；江浙沪杭铁路及沿海地带。本文有关"战区"一词的使用，亦借鉴于此文件。
② 《战事发生前后教育部对于各级学校之措置总说明》（1937 年 9 月 28 日），中国第二历史档案馆藏教育部档案，五（2）-54。
③ 《王世杰呈行政院》（1937 年 8 月 2 日），中国第二历史档案馆藏教育部档案，五（2）-48。
④ 《教育部训令普零二第 16607 号》（1937 年 9 月 8 日），中国第二历史档案馆藏教育部档案，五-13475（1）。
⑤ 《四川省教育厅呈复办理借读生情形》（1937 年 9 月 29 日），中国第二历史档案馆藏教育部档案，五-13475（1）。
⑥ 《湖南省教育厅呈复各级学校校务情形》（1937 年 9 月 20 日），中国第二历史档案馆藏教育部档案，五-13475（1）。
⑦ 《安徽省教育厅呈报办理借读情形》（1937 年 9 月 22 日），中国第二历史档案馆藏教育部档案，五-13475（1）。
⑧ 林美莉编校《王世杰日记》上册，1937 年 9 月 8 日，第 40 页。
⑨ 林美莉编校《王世杰日记》上册，1937 年 9 月 15 日，第 43 页。
⑩ 到 1937 年 9 月，教育部制定有关中等教育工作的文件有《总动员时督导教育工作办法纲领》《各级学校处理校务临时办法》《高中以上学生志愿参加战时服务办法大纲》《高中以上学校学生战时后方服务组织与训练办法大纲》《中国童子军战时后方服务训练办法大纲》《平津留京高初中学生安插办法》等。

部备受压力。

10 月 7 日，上海市各界抗敌后援会主席团杜月笙、张寿镛、潘公展、黄炎培等人呈请教育部依照临时大学办法，设立临时中学救济失学学生。主席团认为中等教育虽由各省市主持办理，但战区省市"若一一在其他较安全省市设立临时中学，训练失学青年，名义上事实上均感困难"。主席团主张教育部在武昌、岳州、长沙、衡阳等地设立临时中学。教育部代表、临时中学所在地教育厅代表，及部聘请富有经验者共同组成临时中学筹备委员会，负责学校的建校事宜。至于学校经费由中央及战区省市分担。① 但教育部并未采纳这一建议，10 月 14 日教育部秘书处复函称，教育部设临时中学一案，"一时尚难实现"，拟留存以供参考。②

事实上，正如上海市各界抗敌后援会所言，地方各省市在办理过程中存在诸多困难。以河北省为例，日军攻占保定等地后，河北省教育厅几乎处于瘫痪状态，大批中等学校师生退至河南。受形势所迫，河北籍人士姚子和、张陈卿、杨玉如等人前往教育部请愿，经多次沟通，教育部乃令河南省教育厅设法收容战区流亡到豫的师生。教育厅厅长鲁荡平设立"冀察平津流亡中等学校学生和中小学教师登记处"，姚、张、杨三人亦参与工作。③ 然而，省级教育行政机构难以救济数量庞大的流亡师生群体，其仍寄希望于依靠中央力量以解救济之急。

1937 年 10 月底，华北教育界人士集议在流亡学生聚集省份设立临时中学。河北籍国民党人士张继、张厉生、王秉钧、李嗣聪及党内元老于右任提议拨用中央每年补助河北省教育经费救济流亡师生，并制定《战时河北青年之救济与训练办法》。主张由中央委员、教育部及地方党政人士中指定若干人组成"战时河北教育工作委员会"，下设青年救济处与青年训练处，以河北中等以上学校原任校长为设计员，形成由中央及地方共同办理战区师生救济的局面。这一提案经中央常务委员会第 57 次会议决议通过，察、

① 《上海各界抗敌后援会报告》（1937 年 9 月 25 日），中国第二历史档案馆藏教育部档案，五 - 13475（1）。
② 《教育部函普零 2 字第 17847 号》（1937 年 10 月 14 日），中国第二历史档案馆藏教育部档案，五 - 13475（1）。
③ 姚子和：《国立中学和中小学教师服务团的成立》，全国政协文史资料委员会编《文史资料存稿选编》第 24 辑，中国文史出版社，2002，第 657—659 页。

绥、平、津四省亦应依此办理，并交送行政院实施。①

行政院将议案交内政、教育、财政三部审查，最终形成《平津冀察绥教育救济办法》八项，11月9日经行政院会议通过。行政院组织委员会主持救济事宜，其人选由中央党部、行政院各机关及各省教职员组成。经费部分，教育部补助河北、察哈尔、绥远、平津各省市的义务教育经费，"应将实发全数用于办理各该省市之教育救济事业"。财政部协助河北、平、津省市教育经费，"于可能范围内折扣发给，充作各该省市及察绥之教育救济事业"。此外，在豫、陕或其他适当省区设立中等学校。正式学校的筹备应由教育部负责，对于不能继续升学和就业的师生则由军事委员会组织训练班。②

教育部遵照上述办法派督学顾兆麐赴河南筹建临时中学，并会同省教育厅办理安置工作。11月18日，顾兆麐到达开封，与之前在河南督导教育的专员查良钊商议战区师生救济及筹设联合中学的办法。在查良钊致王世杰的函电中提到，河南省政府已暂垫5000元开始救济工作。顾、查二人对筹设联合中学基本达成共识，但有关临时收容一事，顾兆麐坚持中央旨意，存"不加过问之见"，主张继续由河南省教育厅办理。查良钊则认为"救济流亡须重积极，无论将来设校或开训练班，皆须首从有规律之收容着手，方克奏效"。③查、顾二人的态度实则反映出教育部内部对于中央是否应介入中等教育救济仍有分歧。在回信中王世杰指出"原定救济办法之实施或尚需时日"，冬季骤寒，允予"先行酌量收容"。④可见教育部一定程度听取了查良钊的建议，除办理联合中学外，进一步参与原先由河南省办理的收容救济工作。教育部借河南省教厅旧址成立冀察绥平津教育通讯处（后改名为冀察绥平津中等学校通讯处），派顾兆麐、王静山、郁汉良担任委员，负责救济及设校事宜。⑤

12月8日，顾兆麐上报办理情形，提议在流亡中等学校校长中选择资

①《国民党中央执行委员会秘书处公函孝字第13458号》（1937年11月），台北"国史馆"藏行政院档案，014－050000－0103。
②《行政院会议通过平津冀察绥教育救济办法》（1937年11月11日），台北"国史馆"藏行政院档案，014－050000－0103。
③《查良钊请饬顾督学对收容设校一并督导》（1937年11月29日），中国第二历史档案馆藏教育部档案，五－13907。
④《教育部高壹字第18883号》（1937年12月1日），中国第二历史档案馆藏教育部档案，五－13907。
⑤《顾兆麐等呈》，中国第二历史档案馆藏教育部档案，五－13475（2）。

望较高、办事练达者为通讯员，负责联络工作。在顾兆麐拟定的通讯员名单中河北籍人士有 7 人，察哈尔籍 2 人，另有 2 人籍隶北平。[①] 教育部基本采纳了顾兆麐的建议，最终选聘王国光、姚子和、杨玉如等 9 人为通讯员。[②] 到 12 月底，通讯处办理登记事宜基本结束。由于绥远及察哈尔等省撤退至陕西的战区青年亦众，教育部遂在西安设点办理登记。

自国民政府发表迁渝令后，东南地区中等学校大多停课，大批师生纷集武汉。其中一部分教育人士颇感"颠沛失所，歧路徬徨，纷乱困苦，达于极点"。马客谈、李清悚等请求中央设法收容，"以增厚抗战力量，而免流离"。教育部遂在汉口设立战区员生登记处，此后又在宜昌、长沙、南昌、重庆等地举行战区员生登记，并派督学许逢熙、周邦道与周厚枢、李清悚、马客谈、王万钟等人办理京、苏、浙、皖等战区师生的登记工作。[③] 到 3 月下旬，在汉、宜、湘、渝登记中等学校学生约 2920 人。[④]

综上所述，截止到 1937 年 10 月，教育部仍通过制定临时法规督导和统筹战区师生的救济工作。这种管理模式在平时似有其合理性，但在战争环境下则显得不甚妥当。战争破坏了沦陷省市原有的教育行政体系，地方教育行政机关虽有维持原有学校运作和救济辖区内师生的责任，但因战事影响，战区省份职能受限，以致权能不统一。至于非战区省份，"甲省员生责令由乙省负教养职责"，在实际办理中困难颇多。[⑤] 从战区到后方跨省区的迁移和办学，需要中央层面的协调，在这种情况下旧体制已不能适应新的形势变化。《平津冀察绥教育救济办法》出台后，教育部开始筹设临时的联合中学，成立冀察绥平津中等学校通讯处，在流亡青年聚集处开展安置工作。此后教育部在进行登记审查和设立临时中学的基础上，开始关注如何使这群"知识难民"维持学习与工作，进而延续中等教育的问题。

---

① 《顾兆麐函》（1937 年 12 月 8 日），中国第二历史档案馆藏教育部档案，五 - 13475（1）。

② 《教育部函复顾兆麐》（1937 年 12 月），中国第二历史档案馆藏教育部档案，五 - 13475（1）。

③ 《国立四川中学呈报开学经过》（1938 年 6 月 18 日），中国第二历史档案馆藏教育部档案，五 - 7240；《国立贵州中学办理登记情形及运输员生经过》（1938 年 7 月 3 日），中国第二历史档案馆藏教育部档案，五 - 7288。

④ 《报告在渝登记人数并请救济》（1938 年 3 月 25 日），中国第二历史档案馆藏教育部档案，五 - 12441。

⑤ 朱家骅：《教育复员工作检讨》，《教育部公报》第 19 卷第 1 期，1947 年 1 月 31 日。

三　国立中学和战区中小学教师服务团的设立

教育部开展对流亡师生的登记和审查工作，随之而来的是大批师生的安置问题。1937年12月，教育部在河南淅川设立国立河南临时中学，收容冀察绥平津中等学校通讯处登记合格的员生。其后教育部筹设国立四川临时中学和国立贵州临时中学，安置汉口、宜昌、长沙等处登记员生。[①]　到1938年1月，三所临时中学相继成立。从"临时"二字可以看出三所学校虽冠以"国立"之名，但仍属于临时设置。

1938年1月，陈立夫接任教育部长后，着力推行战时教育政策。[②]　2月25日，教育部颁发《教育部处理由战区退出之各级学校教职员及社会教育机关工作人员办法大纲》及《教育部处理由战区退出之各级学校学生办法大纲》，规定国立中学和中小学教师服务团成为安置战区中等学校师生的主要组织。[③]　鉴于国立临时中学已经成立，教育部内部也在商讨有关学校的定位和管理问题。教育部草拟《国立中学暂行简章》和《国立中学校务委员会暂行简则》，[④]　经修订后于2月27日颁布《国立中学暂行规程》。文件指出国立中学是为救济战区各省市立中等学校教职员和公私立中等学校学生而设，以"继续发挥教育功能，充厚民族力量"。除上述三所学校外教育部在陕、甘、鄂等省筹设国立中学。另外国立中学可附设中小学教师服务团。[⑤]　3月13日，教育部颁布《战区中小学教师服务团简章》和《战区中小学教师服务团工作大纲》。服务团的设立不仅为救济战区教职员，其更深层目的在于借助师资推广义务教育及社会教育。[⑥]

国立中学可设立中学、职业和师范三部收容战区中等学校学生，各处收容登记的省市立中小学教师，除一部分进入国立中学服务外，其余编入

---

① 《教育部1937年12月份工作报告》（1937年12月），中国第二历史档案馆藏教育部档案，五（2）-99。
② 全面抗战初期国民政府教育部的教育政策变化参见张欢《1938年国民政府教育部人事变动与政策转向》，《民国档案》2022年第4期。
③ 教育部编印《教育法令特辑》，1938，第28—30、第33—36页。
④ 《呈送国立中学暂行简章及国立中学校务委员会暂行简则》（1938年2月11日），五（2）-745。
⑤ 教育部编印《教育法令特辑》，第77—80页。
⑥ 教育部编印《教育法令特辑》，第63—66页。

中小学教师服务团。① 服务团还设有学生营，收容因国立中学名额不足而剩余的学生。② 根据规定，国立中学收容学生 1000—1200 人，教职员 100—150 人。教师服务团以 150 人为原则，至多不可超过 400 人。③ 实际上登记人数往往超过可承载数。以四川省为例，作为西南地区的重要省份，战区师生登记入川的人数过多。教育部要求尽量先收容汉口、宜昌两地登记合格的师生，对重庆登记学生举行个别谈话，若家境确实清寒，准入四川中学为公费生。④ 国立四川中学除收容公费生 1200 人外，另收容免费生 500人，共计 1700 人。教职人员除由国立四川中学收容 150 人外，准再收容 50人。四川服务团"以小学教员尽先指派，中学教员次之，中小学职员又次之"，收容中学教职员 100 人及小学教职员 300 人。其余师生由四川省教育厅负责分发。⑤

到 1938 年底，教育部设立国立中学 12 所（包括收容东北员生的学校 2所），并成立 8 个中小学教师服务团。国立中学大致收容学生 17050 人，教职员 1535 人。教师服务团收容中小学教职员约 2754 人。此外湘、鄂、川、黔等省陆续登记分发学生 86255 人，中学教职员 2418 人。⑥ 校、团经费由中央拨发战区各省市原有义务教育、生产教育等各项经费内统筹支配。⑦

表 1　国立中学及战区中小学教师服务团一览（截至 1938 年 12 月）

机构	主要收容对象	校、团地址分布
国立东北中山中学、国立东北中学	东北流亡员生	湖南、四川
国立河南中学、国立陕西中学、国立甘肃中学 河南服务团、陕西服务团、甘肃服务团	冀、察、绥、平、津、晋流亡员生	河南、陕西、甘肃

---

① 《组织中小学教师服务团》，《教育通讯》创刊号，1938 年 3 月 26 日。
② 《成立学生营》，《教育通讯》第 2 期，1938 年 4 月 2 日。
③ 教育部编印《教育法令特辑》，第 94—97 页。
④ 《汉宜渝登记合格员生分配办法》（1938 年 4 月 1 日），中国第二历史档案馆藏教育部档案，五 - 7244（1）。
⑤ 《调整在川战区员生登记办法》（1938 年 3 月 28 日），《在渝登记中小学职员分发办法》，中国第二历史档案馆藏教育部档案，五 - 7244（1）。
⑥ 《教育部关于中等教育概况报告》（1939 年 2 月），中国第二历史档案馆藏教育部档案，五（2）- 195（2）。
⑦ 《教育部 1937 年 12 月份工作报告》（1937 年 12 月），中国第二历史档案馆藏教育部档案，五（2）- 99。

机构	主要收容对象	校、团地址分布
国立四川中学、国立贵州中学	京、苏、沪、浙流亡员生	四川、贵州
四川服务团、贵州服务团		
国立湖北中学	山东退至湖北员生	湖北
湖北服务团		
国立山西中学	山西退陕员生	陕西
山西服务团		
国立安徽中学、国立安徽第二中学	安徽流亡员生	湖南、四川
安徽服务团		
国立甘肃第二中学	河南退至甘肃员生	甘肃

资料来源：教育部教育年鉴编纂委员会编《第二次中国教育年鉴》，商务印书馆，1948，第375—386、1378—1379页。

由表1可知，国立中学及服务团在收容对象和建址选择上均具有特色。各校、团虽不限于收容某一战区的师生，但从实际情况看，教育部基本根据战争沦陷先后对东北、华北、华东等地区的流亡师生实施针对性救济。教育部综合考察师生人数多寡、撤退后聚集地、交通运送等因素，为沦陷省份配套设置国立中学及服务团。各校、团主要以所在地省份命名，也有少数以主要收容员生的省籍命名。收容对象相同的校、团之间往往在人事和经费上联系紧密，如国立河南中学和河南服务团均为顾兆麐负责筹办。查良钊在筹设国立甘肃中学时，甘肃服务团尚未成立，其后服务团人员多是国立甘肃中学登记未分发的教职员，校、团经费在初期亦相混在一起。[①]在选址问题上，一部分国立中学和服务团就近设立在各沦陷省份流亡员生聚集处。

1938年4月，国民党临时全国代表大会通过《战时各级教育实施方案纲要》，其中规定"对于全国各地各级学校之迁移与设置，应有通盘计划，务与政治经济实施方针相呼应"。[②]国民政府出于发展西部教育和平衡各省份中等教育水平的目的，在受战事侵扰较少的西南和西北大后方，分区域

[①]《前甘肃中学呈1938年度经费计算书》（1940年12月），中国第二历史档案馆藏教育部档案，五-7378。

[②]《战时各级教育实施方案纲要》，中国第二历史档案馆藏教育部档案，五（2）-291。

设置校、团。① 但具体仍需视实际需要而定，如 1938 年 8 月广西省政府电请援照川、黔情况在广西设立国立中学。教育部"按战区学生现时退往广西省者，远不及川湘黔之众"，② 未批准设校。绥远省教育厅长阎伟以绥远僻处西北，流亡师生多集中在榆林，希望中央能在此设校收容。教育部函复称战区学生救济，"势必就集结较大区域集中办理"，现已在安康设立国立中学，榆林则无须再设。③

《国立中学暂行规程》虽规定国立中学以收容战区学生为主，然而为联络地方、发展地方教育，非战区生也逐渐纳入招收范围。在国立甘肃中学筹备之初，陇南士绅称当地无高级中学，请准许在战区肄业的陇籍学生入学。到达天水后，又有当地贫寒学生申请入学。校长查良钊准许天水学生登记、试读或旁听，并邀请天水师范学校校长王其昌及天水中学校长范沁参加审核。④ 在国立四川中学建校时，民生实业公司"或便宜介绍，或为优待售予船票"，校舍修葺时，亦就近协助。为此，学校向教育部请求准予民生公司子弟卢国懿、李必敬、蒋郁清、蒋郁芝、蒋起凤作为自费生进入该校肄业。⑤ 1938 年 8 月，教育部规定自本年度起国立中学除收容教育部分发的战区学生外，"各该校得斟酌实际情形自行招收非战区学生合新生总额百分之五至百分之十"，使"各地学生多一求学之机，而免向隅"。⑥ 国立中学在后方扎根需要借助地方社会的力量，招收当地学生是实现资源互换的重要方式。

国立中学和中小学教师服务团是战争催生的中等教育机构，全面抗战爆发后的一年时间是国民政府设立国立中学和中小学教师服务团数量最多的一年。武汉会战后，日军已无力继续大规模攻势，抗战进入相持阶段。⑦ 由于战区相对稳定，到 1939 年教育部已意识到对战区员生的救济已形成规

---

① 《转送甘谷县改进国立甘中意见》，中国第二历史档案馆藏教育部档案，五 - 7370。

② 《顾树森签呈桂暂缓设国立中学》（1938 年 8 月 26 日），中国第二历史档案馆藏教育部档案，五 - 13471。

③ 《教育部代电阎伟》（1937 年 12 月 21 日），中国第二历史档案馆藏教育部档案，五 - 13475（2）。

④ 《查良钊呈》（1938 年 7 月 23 日），中国第二历史档案馆藏教育部档案，五 - 7373。

⑤ 《卢国懿等准自费入学》（1938 年 4 月 1 日），中国第二历史档案馆藏教育部档案，五 - 7251（2）。

⑥ 《教育部训令第 4264 号》（1938 年 8 月 9 日），《教育部公报》第 10 卷第 8 期，1938 年 8 月 31 日。

⑦ 武汉会战前后战局变化及国民政府战略决策参见罗敏《武汉会战前后蒋介石的战略决策——兼论国共两党持久战战略之发展》，《近代史研究》2021 年第 2 期。

模，教育部并非毫无限制地扩大校、团建制，中小学教师服务团最多时建有 10 个，至于国立中学"断难无限赶办"。① 此后，教育部收缩专为收容国内战区学生而设的国立中学，关注对保育生、归国侨生等其他学生的救济，国立中学设立的目的更为多元，"国立"的内涵也更加丰富。

结　语

抗日战争的爆发使常态下的教育事业转而进入战时状态。九一八事变后国立东北中山中学的创办是国民政府救济东北流亡学生、办理国立中学的首次尝试。由于华北局势日益严峻，国民政府相继出台各项法令以期减少战争对教育事业的损害。全面抗日战争爆发后，大批战区师生纷纷内迁。各界展开一场关于"平时教育与战时教育"的辩论，甚至有废除学校教育的论断。② 然而国民政府非但没有废除学校制度，还在维持中等学校办学的同时救济战区流亡师生。从依靠地方办理员生收容，到教育部临时登记和安置，再到国立中学和战区中小学教师服务团的设立，中央逐步深入到中等教育的办学和救济进程中，改变了以往主要由地方教育行政机关办理中等教育的传统。

国民政府对中等教育救济的举措晚于高等教育，其政策规划往往是迫于局势做出调整，带有明显的滞后性。国民政府虽着力推行战时机制，但中央权力对介入原本由地方主管的中等教育怀有疑虑，相关政策转变的滞后性在某种程度上正是这种疑虑的反映。国立中学和中小学教师服务团的设立，符合陈立夫执掌教育部以来转变自由主义教育、推行教育统制的政策倾向。这种国家主导的教育救济体系也显示出战争环境下国民政府具有办理中等教育、加强集权的客观需要。然而教育部缺乏直接办理中等教育的人才与经验，可调用的资源亦属有限，不得不对原先地方办理中等教育模式产生"路径依赖"，并对地方性资源有所借助。教育部对于战区中等员生的救济也呈现出一定的省籍特色和分区安置的特征。

[作者单位：华中师范大学中国近代史研究所]

---

① 《教育部发文字第 25880 号》（1939 年 10 月 22 日），中国第二历史档案馆藏教育部档案，五－6847。
② 金以林：《战时大学教育的恢复和发展》，《抗日战争研究》1998 年第 2 期。

1947 年国立英士大学的迁校风潮*

王瑞瑞

内容摘要 英士大学作为"战时新生"高校，复员时期在校址"变动"的博弈中无奈迁址金华。现实困境使师生一度掀起"迁校风潮"，两次晋京抗争。其间教育部、浙江省政府多次进行调处，最后以教育部解决校长问题而勉强化解，学潮黯然落幕，校址却无果而终。与以往颇受关注的由中共主导的政治性学潮有所不同，此次学潮自始至终都围绕校址问题展开，体现了战后国民党在教育资源配置上的"失策"及由此引发的学界矛盾与纠葛，折射了学潮与民国政治的多面及复杂性。

关键词 国立英士大学 迁校风潮 高校复员

全面抗战以后，"为作育专门人才和应对抗战建国之需要"，[①] 浙江省政府于 1938 年开始筹备浙江省立战时大学。1939 年 5 月，遵教育部指示为纪念革命先烈陈英士[②]，以符蒋介石"拟设立英大之意旨"，[③] 更名为浙江省立英士大学。学校 1943 年由省立改为国立，即国立英士大学（下文简称英大），战时在浙江省内几经辗转，曾一度成为"浙江省最高学府"乃至"东

---

* 本文是安徽省高等学校人文社会科学研究重点项目"抗战新生的高校——英士大学研究"（项目号：SK2019A0186）阶段性成果。

① 许绍棣：《二十九年元旦献词》，《英大周刊》1940 年第 2 期，第 9 页。
② 陈其美（1878—1916），字英士，号无为，吴兴县人，陈果夫、陈立夫二叔。1906 年留学日本，同年加入同盟会。回国后先后参加过广州起义、武昌起义、讨伐袁世凯等一系列革命活动，曾担任中华革命党总务长、中华革命党浙江地区主盟人、中华革命军江浙皖赣四省总司令、江苏司令官等职务，后期主要从事讨袁斗争。1916 年 5 月 18 日，不幸被袁世凯指使的凶手杀害。见林吕建主编《浙江民国人物大辞典》，浙江大学出版社，2013，第 327—328 页。
③ 许绍棣：《英士大学之使命》，《英大周刊》1940 年创刊号，第 4—5 页。

南最高学府"。① 然而，抗战胜利以后，英大却因校址问题在复员时遭遇困境，并引发一场"迁校风潮"。以往学界关于战后复员风潮的研究，多关注名校或著名政治事件而起的风潮，对战后一般院校因校址、经费、人事等因素而起的风潮，关注较少，② 本文拟利用有关档案资料③对此次学潮进行考察，充分展现战后高校复员时的现实困境及其背后政治利益考量，以期揭示战后政学关系的复杂与多变。

一 校址"变动"中的各方因应
及"变动"后的现实困境

英大在战时从无到有，并在 1943 年由省立改为国立，一度颇受重视，而这一时期恰恰是陈立夫任教育部长。④ 英大无论是在经费，还是战后校址方面，都受到了一定的"关照"。浙大校长竺可桢曾提到，与英大同一时期在浙江创办的浙东分校，"经常费五万元，临时费二万元，均极紧缩"，而英大"临时费五万元，经常费卅万元，二者相较所差甚大"。⑤ 就校址而言，

① 《许绍棣致朱家骅》（1939 年 11 月 3 日），台北，中研院近代史所档案馆藏朱家骅档案，301 - 01 - 09 - 152/14。

② 代表性研究有廖风德《学潮与战后中国政治（1945—1949）》，台北，东大图书公司，1994；杨奎松：《国民党人在处置昆明学潮问题上的分歧》，《近代史研究》2004 年第 5 期；王晴佳：《学潮与教授：抗战前后政治与学术互动的一个考察》，《历史研究》2005 年第 4 期；严海建：《1946—1948 年北平学潮：国民政府中央与地方处置的歧异》，《民国档案》2008 年第 1 期；贺江枫：《从学潮走向政潮——1948 年北平"七五"惨案研究》，《南京大学学报》2012 年第 1 期。孙帮华：《抗战胜利后北平师范大学复员运动述论》，《北京社会科学》2014 年第 6 期；田正平、罗佳玉：《抗战胜利后高等教育复员的困境与突破——以国立浙江大学为个案的考察》，《高等教育研究》2021 年第 10 期；钟健：《被遮蔽的另面：1947 年中正大学学潮及其调处研究》，《史林》2014 年第 6 期。钟健一文从非"政治化"的角度探讨了 1947 年中正大学学潮，为本文提供了一定的借鉴。该文提及 1947 年英大"迁校运动"，将此次学潮归为"非政治化"学潮，但经笔者研究发现，英大"迁校风潮"期间，学生晋京之后参加了五二〇运动，学潮已经注入"反内战、反饥饿、反迫害"等新的内容，有很强的"政治性"因素，简单归为"非政治化学潮"并不准确，而是大致经历了由"非政治化"到"政治化"的阶段。

③ 具体为：中国第二历史档案馆、浙江省档案馆、杭州市档案馆、浙江省图书馆所藏资料及台北"国史馆"、中研院近代史研究所档案馆资料。

④ 陈立夫自 1938 年 1 月担任教育部长至 1944 年 12 月去职。陈立夫：《成败之鉴》，台北，正中书局，1994，第 235 页。

⑤ 《竺可桢日记》（1939 年 6 月 8 日），樊洪业主编《竺可桢全集》第 7 卷，上海科技教育出版社，2005，第 102 页。

早在 1943 年学校改国立时，教育部就明确英大"永久校址设在上海，战事未结束前，暂设浙江泰顺"。① 到 1944 年 6 月 2 日，教育部 26247 号训令指定英大永久校址在上海或吴兴，并经过第 606 次行政院会议通过。② 诚然，校址的重要性对学校的发展来说不言而喻。因而，校址问题也受到了英大校方的密切关注。1945 年 8 月 14 日，在英大第一次校务会议及第六次行政谈话会留校委员联席会议上，便通过了"永久校址由校电部提供意见以在上海为宜"的决议。③

然而，随着复员时期的到来，英大校址却发生了重大"变动"，1945 年 9 月，教育部长朱家骅在全国教育善后复员会议中明确指出："教育上的复员并非就是还原，站在国家民族教育文化均衡发展的立场上，我们对所有学校及文化机关应当注意到地域上相当合理的平均分布，以改变过去的畸形状态。"④ 根据会议决议，英大将迁设金华。⑤ 朱家骅认为，"金华地处冲要，适当水陆交通之孔道，故决定将英士大学移设金华，俾易召集东南诸省，尤其赣东、皖南、闽北一带之英才"。⑥ 教育部这一举措，引起了英大内外的极大反响。

对于英大校址变动一事，校方极为重视。先后在 12 月 29 日第二次校务会议、1946 年 1 月 23 日第二次临时校务会议、1 月 27 日第三次临时校务会议上通过决议，"由校方请部维持行政院决议"。⑦ 就在第二次临时校务会议当天，校务会议全体委员还专门致电教育部，并指出"吴兴，庶具有纪念英士先生之历史意义与价值，且就种种条件而言，设校吴兴似均比设校金华较为优越"。⑧ 可见，无论是上海还是吴兴，都在英大校方期望范围内，

---

① 《行政院关于改重庆、英士、山西等大学为国立并恢复北洋工学院与国民政府批及有关文件》(1943 年 3 月 23 日)，中国第二历史档案馆编《中华民国档案资料汇编》第 5 辑第 2 编"教育"(1)，江苏古籍出版社，1997，第 855 页。

② 《英大学潮的分析》，《东南日报》上海 1947 年 5 月 8 日，第 8 版。

③ 《英士大学有关学生闹事等问题的来往文书》，浙江省档案馆藏英士大学档案，L054 - 001 - 0068/37。

④ 全国教育善后复员会议筹备委员会：《全国教育善后复员会议报告》，全国教育善后复员会议筹备委员会编印，1945，第 24 页。

⑤ 《关于英大交大学潮教部发表处理意见》，《大公报》(上海) 1947 年 5 月 11 日，第 5 版。

⑥ 《朱家骅呈蒋中正前奉核定英士大学设置金华两浙人士不同观点》(1946 年 4 月 16 日)，台北"国史馆"藏国民政府档案，002 - 020400 - 00036 - 028/129。

⑦ 《关于永久校址问题》，中国第二历史档案馆藏教育部档案，五 (2) - 1645/126。

⑧ 《国立英士大学致教育部代电》(1946 年 1 月 23 日)，中国第二历史档案馆藏教育部档案，五 - 2346/88。

但金华实非校方所愿。为此,校长杜佐周曾代表学生两度晋谒朱家骅,"请求维持政院旧议,以利英大将来发展"。① 除了校方之外,当英大学生得知学校将设金华的消息后,立即急电蒋介石,称"本校为纪念先烈英士先生而创立,并经行政院议定上海或吴兴为永久校址,兹闻教部将改设金华,似与原议不符,且于发展有碍,伏乞赐予维持原案"。② 与此同时,来自校外的力量也在行动,吴兴县临时参议会、湖属旅浙同学会、湖州旅沪同乡会、南浔镇商会等纷纷致电教育部,称:"英士大学原为纪念英士先生革命伟迹而设,似以在英士故里吴兴设置较金华为合宜。"③ 此外,陈英士之兄陈勤士④也曾提出,"把英士大学迁至湖州"。⑤ 概而言之,当得知教育部在复员之际即将变更英大校址时,英大师生及吴兴有关方面都在积极争取维持行政院旧议,不希望学校校址发生变动。

与之相反,金华、东阳等县士绅,则以"浙西已有大学两所,浙东不应歧视"为由,支持教育部决定。⑥ 1945 年 12 月 15 日,金华市东阳县参议会第二次大会第六次会议时,参议员赵昭泰、卢寿祺、程品文、陈大训、申屠晋、周显行、业光球、卢绥青等八人提出临时动议,"拟请教部勿再变更"英大迁设金华的决定,并于 1946 年 1 月 12 日致电教育部。⑦ 此外,浙江省参议会及龙游、兰溪、金华等十县参议会,都主张"浙东,闽北,赣东,皖南一区域之内,无一完整大学,电呈政院教部,请将英士大学永久设在金华"。⑧ 可见,对于教育部的决定,除了校方与教育部之间,浙东、

---

① 黄蓝:《国立英士大学掠影(下)》,《申报》1946 年 3 月 6 日,第 5 版。

② 《英士大学全体学生电国民政府主席蒋中正为请照原校址设立英士大学》(1945 年 12 月 2 日),台北"国史馆"藏国民政府档案,001 - 090071 - 00002 - 008。

③ 《朱家骅呈蒋介石》(1946 年 3 月 30 日),中国第二历史档案馆藏教育部档案,五 - 2346/97。

④ 陈其业(1871—1961),字勤士,号乐群,吴兴县人,陈果夫、陈立夫之生父,陈英士之兄。曾担任吴兴县商会理事长、吴兴县教育局委员会主任委员、吴兴电器股份有限公司董事长、浙江省商会联合会主席等职务。见林吕建主编《近代浙江人物大辞典》,第 327—328 页。

⑤ 老凯:《英士大学迁湖州》,《七日谈》1946 年第 22 期,第 11 页。这里所说的湖州即吴兴,1912 年之后撤道、废府后即称吴兴县。见湖州市地方志编撰委员会编《湖州市志》(上),昆仑出版社,1999,第 95 页。

⑥ 《朱家骅呈蒋中正前奉核定英士大学设置金华两浙人士不同观点》(1946 年 4 月 16 日),台北"国史馆"藏国民政府档案,002 - 020400 - 00036 - 028/129。

⑦ 《东阳县参议会致教育部代电》(1946 年 1 月 13 日),中国第二历史档案馆藏教育部档案,五 - 2346/95。

⑧ 《英大永久设金华》,《申报》1947 年 10 月 30 日,第 6 版。

浙西地域之间也出现了分歧。在校方看来，校址即便设在吴兴，也比"金华较为优越"。而尚无一所大学的浙东自然积极支持教育部的决定。

诚然，战后教育复员会议关于英大校址的决议，与战时行政院决议可谓大相径庭。为校址一事，陈立夫曾叫杜佐周派人至吴兴勘察校址，但派去的人还未到达吴兴和上海（当时交通不便），教育复员会议已通过设址金华的决议。① 此外，陈立夫也曾多次致信朱家骅，"力主把英士大学迁到杭州"，他认为英大作为国立大学应该设在大城市，金华地处偏僻、地方小，设备等多方面受限。而朱家骅则持反对意见，称"高等学校分布不平衡，不符合教育方针，杭州已设有浙江大学，且接近上海，大、专学校已多。独浙东没有一所大学。金华在浙东地处中心，水陆交通均便，且利于金华附近子弟就近升学。② 值得玩味的是，朱家骅在呈文蒋介石时却称，"吴兴为太湖南岸之大城，若就人文、物产、地理等条件而言，亦可谓有相当基础，设置大学与其间，故亦不能视为不宜"，并表示自己"毫无成见"。③ 实际上，教育部自始至终都坚持英大设址金华，而非吴兴，态度坚决，没有成见的说法恐难自圆其说。且"当中大北大等领到七八十亿复员费的时候"，英大只有五亿。④ 显然，英大在复员时期的境地与之前相比可谓天壤之别。

1946 年 3 月 20 日，金华市东阳县参议会收到教育部回电，明确英大迁设金华。⑤ 4 月 5 日，朱家骅同时致电蒋介石、英大、东阳县临参会，称"英大校址未便遽予变更"。⑥ 与此同时，英大也定在暑假之后开始搬迁。⑦ 英大校址一事，虽然陈立夫、英大及吴兴等有关方面无形之中合力与教育部之间展开了一场博弈，但都未能改变教育部的决定，英大无奈迁址金华，这也为英大校内政治埋下了隐患。

---

① 凡影：《英大学潮与派系斗争》，《时与文》1947 年 18 期，第 17 页。
② 辜異平：《英士大学迁校运动始末》，全国政协文史资料委员会编《文史资料存稿选编·教育》，中国文史出版社，2002，第 160 页。
③ 《朱家骅呈蒋中正前奉核定英士大学设置金华两浙人士不同观点》（1946 年 4 月 16 日），台北"国史馆"藏国民政府档案，002 - 020400 - 00036 - 028/130。
④ 凡影：《英大学潮与派系斗争》，《时与文》1947 年 18 期，第 18 页。
⑤ 《教育部致东阳县参议会代电》（1946 年 3 月 20 日），中国第二历史档案馆藏教育部档案，五 - 2346/94。
⑥ 《教育部致主席蒋英士大学东阳县参议会代电》（1946 年 3 月 20 日），中国第二历史档案馆藏教育部档案，五 - 2346/80 - 81。
⑦ 《英士大学风潮不日即可平息》，《申报》1946 年 4 月 9 日，第 4 版。

英大复员迁设金华后，可谓困境重重。"在金又无一所校舍，故校舍问题，最感困难。"至 1947 年底，除文理学院在建临时校舍一所之外，"其余各院校舍，及总办公处，均系临时租借修理应用，为期甚短"。① 即便是临时校舍也面临到期的窘境，"工学院住监狱，一年的租期快满了，法院方面已催过了要如期收回自用；农学院住寺庙，大部份是金华中学的，他们也急于交涉要收回自用"。② 1947 年第一学期，学校添设了文理学院，"但因校舍及经费的困难只招了'物理'一系，金华房子缺乏，院舍无着"，甚至出现"文理学院勉强与工学院合并上课"的状况。③ 校舍困境的根源还在于经费捉襟见肘。为此，校方也曾求助教育部，试图改变现状。1947 年 2 月间，英大"将校舍重要部分，拟就校舍图十九幅，附核算表，约需建筑费法币五百亿元，呈部请款"，但得到的答复却是"所需经费过巨，非目前财力所能负担，应由该校先行勘察校址，尽急需之校室，详细拟具，分期建筑"。④ 至此，教育部既未能及时解决校舍问题，更未能解决经费窘境。因而，在 2 月初英大全校师生联合举行迁校问题民意总测验中，"主张迁者达百分之九十七"。⑤ 除校址问题，此时英大的校内状况也不尽如人意，一度出现"校长因事晋京，教务长请假，训导长因校车事与教授闹翻，出走沪上，各院院长亦多缺席者"的状况，以致同学均有"群龙无首之感"，且即便开学数天之后，还出现"教授同学上课，仍多姗姗来迟者"的情况。⑥ 诚然，松懈而混乱的人事及教学管理，加速了风潮的爆发。

二 "风潮"爆发及各方调处

英大正式提出迁校问题是在 4 月份学生自治会成立大会上，⑦ 之后"迁校风潮"一触即发。是月 25 日，文理、法、农、工四院学生自治会联合成立迁校运动委员会，"全体教授作正面支持，致电教部，要求鉴谅英大目前

① 《国立英士大学　胜利后教育复员情形》，《国立英士大学校刊》第 14 期，1947 年 12 月 12 日，第 3 版。
② 《英大学潮的分析》，《东南日报》（上海）1947 年 5 月 8 日，第 8 版。
③ 《英士大学议迁校　众意纷纷主南京》，《求是周报》1947 年 4 月 12 日，第 2 版。
④ 《国立英士大学　胜利后教育复员情形》，《国立英士大学校刊》第 14 期，1947 年 12 月 12 日，第 3 版。
⑤ 《英大迁校运动》，《申报》1947 年 5 月 2 日，第 5 版。
⑥ 《英士大学议迁校　众意纷纷主南京》，《求是周报》1947 年 4 月 12 日，第 2 版。
⑦ 辜巽平：《英士大学迁校运动始末》，《文史资料存稿选编·教育》，第 161 页。

处境，迁离金华"。① 迁校运动委员会有 20 人，其中教授 2 人，法学院学生 5 人、农学院学生 7 人、工学院 3 人、文理学院 3 人，② 这一组织的成立为师生进一步展开行动奠定了基础。5 月 2 日下午，在工学院大礼堂开全校会员大会，并通过了从 3 日开始罢课、7 日晋京请愿的提案。教授方面，"拥护派主张即刻请愿，缓和派主张先勘察校址，对终极目标却一致赞同"。除了迁校之外，同学们也要求教育部"派一个学术界素有声望的人士来主张校务"。③ 可见，在"迁校"成为英大师生的共同心声的同时，也热切希望学校在人事方面能重新调整。

英大师生的行动很快惊动了教育部，教育部随即派督学郭让伯、参事相菊潭于 6 日晚 11 时赶抵金华，并召集学生代表团劝止学生赴京，"惟学生方面已整装待发，劝止无效"。④ 可见，教育部虽行动迅速，但没有解决校址问题的方案，"劝止"注定以失败告终。7 日，学生 500 人组织请愿团"拟由杭乘车赴京请愿"。⑤ 见此情形，教育部一方面"急电省府号令学生回校，以免扰乱秩序。至迁校等问题，准推代表数人赴部陈述"，另一方面联合交通部，"自八日起赴沪各列车在请愿学生未离站前，暂停通车"。⑥ 因而，当学生 8 日晨"拟搭两路早班车赴沪转京"时，杭州站铁路局"以奉交通部急电停止开车"，学生被阻于杭州站。鉴于此，浙江省秘书长雷法章、杭州市市长周象贤在 11 时许先后到站慰问，午后教育部高等教育司司长周鸿经与浙江省主席沈鸿烈同时自上海到杭州参与调处。至此，上自教育部，下自地方政府纷纷介入。下午 4 时，学生代表由杭州市教育局局长钟伯铺陪同晋见沈鸿烈，相较于教育部的强硬态度，沈鸿烈的态度则略显温和，他除了"代达教部意见之余、并婉词劝慰，同时允由省府代办学生膳食"，并表示"学生如有意见亦当为转达教部"，但学生代表认为其"所答各点与目的相去甚远"，因而决定当朱家骅来杭"当众答复后，再定行止"。⑦ 当晚，沈鸿烈派员赴杭州站，给学生送了 1000 个鸭蛋、1000 斤豆腐

---

① 《英大迁校运动》，《申报》，1947 年 5 月 2 日，第 5 版。
② 《金华英士大学学潮》（1948 年 6 月 1 日），杭州市档案馆藏，5-7172。
③ 叶匀：《英大学潮的分析》，《东南日报》（上海）1947 年 5 月 8 日，第 8 版。
④ 《英大五百学生抵杭　今赴京向教部请愿》，《东南日报》（杭州）1947 年 5 月 8 日，第 4 版。
⑤ 《英大学生请愿迁校　沪杭线交通昨受阻》，《温州日报》1947 年 5 月 10 日，第 2 版。
⑥ 《杭立武专机抵杭　今向学生劝导》，《东南日报》（杭州）1947 年 5 月 10 日，第 4 版。
⑦ 《沪杭交通昨中断》，《民报》1947 年 5 月 9 日。

干、550 个面包，9 日晨学生就将上述食物全部退还省府。① 地方政府无权置喙英士大学，治标不治本的安抚措施收效甚微，根本无法阻止"风潮"的继续。

此外，前英大校长杨公达也表态，"希望英大同学、洞悉本校努力所在、顾全学业体念教育部爱护之至意攻读如常"。② 这番言论却引起了学生的不满，他们认为"杨公达任英大校长凡八月，留金华未及两月，在校时一贯主张迁校，此次在京发表谈话所称金华校址设备、图书、教授等问题，显然均系虚伪之说明"。③ 可见，学生对其失去信任，他的劝慰适得其反。

英大学生于 9 号拂晓"自推铁甲车厢二辆、将行李装载车中、全体沿沪杭路徒步上行，决心长征南京"。④ 为再次阻止学生前进，铁路局自行拆移笕桥与临平之间的路轨，当学生抵达笕桥后便无法继续前进，滞留笕桥。⑤ 其间，周鸿经、浙江省政府、教育厅、警察局亦均派员前往劝阻 ⑥，但学生态度坚决。

诚然，学生也并非孤军奋战，浙大学生得知消息后即集体前往慰问，当日下午 1 时，三百余学生分乘浙大校车四辆驶往笕桥。⑦ 与此同时，交通局中断交通、破坏交通的极端做法也引起诸多不满。首先是旅客，"杭州站旅客除一部分已退票外，留站等候者莫不怨声载道"。⑧ 此外，杭州专科以上学校的学生对此也颇为愤怒，于晚 6 时在浙大召开联席会议。其中到会代表分别为浙大 3 人，之江、艺专、英大各 2 人，医专、英大医学院各 1 人，代表们对英大为校址、校长及医学院问题晋京请愿一事"深表同情"，对断绝沪杭交通"深感不满"。会议当即决议定"十日散发宣言，抗议交通当局破坏交通，并呼吁立即恢复"，他们认为，"英大请愿为英大当方面之事，交通受阻，则影响及于整个东南，如不即修复，交通当局应负其咎"。可见，浙大、之江等学校对英大的"深表同情"与对交通当局断绝交通的"深表不满"形成了强烈的对比。对两者的不同态度，既表明了杭州专科以

---

① 《大专各校学生　要求恢复交通》，《东南日报》（杭州）1947 年 5 月 10 日，第 4 版。
② 《前英大杨校长在京谈　盼同学顾全学业》，《民报》1947 年 5 月 9 日。
③ 《英大学生经劝导后　决派代表晋京》，《东南日报》（杭州）1947 年 5 月 11 日，第 4 版。
④ 《英大学生请愿事今可望圆满解决》，《民报》1947 年 5 月 10 日。
⑤ 《英大学生请愿问题　昨日仍未解决》，《东南日报》（杭州）1947 年 5 月 10 日，第 4 版。
⑥ 《英大学生请愿事今可望圆满解决》，《民报》1947 年 5 月 10 日。
⑦ 《杭立武专机抵杭　今向学生劝导》，《东南日报》（杭州）1947 年 5 月 10 日，第 4 版。
⑧ 《英大学生请愿问题　昨日仍未解决》，《东南日报》（杭州）1947 年 5 月 10 日，第 4 版。

上学校学生站在了英大一边，也体现出教育部处置英大问题的措施失当：借交通部来阻断学生的交通，而不是针对性地解决英大学生的诉求。为进一步争取舆论支持，英大学生代表于晚 9 时在湖滨青年馆招待各报记者，称"此次请愿目的，非常单纯，要求确定校址；任命学术上有声望之校长；恢复医学院三问题"，希望"路局能顾全大局，早日恢复交通"。①

诚然，为早日解决风潮，教育部一直积极调处。教育部派次长杭立武于 9 日下午由南京飞抵杭州，10 日晨 8 时即召见英大学生代表。杭立武当场说明了来杭任务是执行教育部命令，并强调"如英大学生不顾克日返金，教部立即宣布解散之令"。对此，英大学生代表则认为杭立武的意见与请愿宗旨"适为南辕北辙，故不能立即接受"，当即要求其"亲往笕桥向全体学生说明后，由全体大会公决行止"。然而，杭立武"当即表示不愿再多说话，立即离去"，双方陷入僵局。鉴于此，沈鸿烈及浙江省党部主任委员张强等积极从中进行调和，他们认为"英大请愿问题单纯，并非绝对无解决可能"，因而当即在浙江省府与学生代表等谈约三四个小时，并劝嘱学生代表转告笕桥英大学生先返回杭州，然后再由浙江省当局随同英大学生代表"晋京协助解决"。至 12 时，浙江省府派出两辆专车送英大代表等赴笕桥向全体英大学生说明沈鸿烈等的折中意见。然而，学生代表转达意见后，学生方面却表示"不愿放弃全体晋京之决议，坚决表示只进不退"。鉴于此，浙江省府代表、英大在杭校友暨浙大学生一行，于下午 4 时许前往笕桥，"力劝英大学生返杭市，俾交通当局恢复交通，免得加罪英大学生"。5 时许，雷法章接到俞济时来电，"谓蒋主席谕，英大学生可派代表一人前往南京商洽"。对此，英大学生准备让大部分同学留杭，"推派代表多名晋京继续请愿"，沈鸿烈提出由教育厅厅长李超英一同前往，英大学生表示接受。5 时半，"英大学生为同情一般旅客计，决定全体离开铁路桥，回返杭市"。② 至此，僵局暂时得以打破，英大"迁校风潮"暂时告一段落，沪杭交通于 11 日起恢复。

作为浙江省政府首脑，沈鸿烈立即于 10 日晚分别向蒋介石、张群、朱家骅发出密电，称"英士大学生坚持全体赴京请愿，浙大及英大经杭专科学生从旁纵容，酝酿游行，形势颇为紧张"，并表示在教育部和地方政

---

① 《大专各校学生要求恢复交通》，《东南日报》（杭州）1947 年 5 月 10 日，第 4 版。
② 《英大学生经劝导后 决派代表晋京》，《东南日报》（杭州）1947 年 5 月 11 日，第 4 版。

府的共同努力之下已获初步解决。① 可见，作为地方政府首脑，身处风潮一线，对于风潮的严峻形势，有着更为深刻的感受。然而，作为地方政府，除了劝导学生，尽力调处之外，也别无"良方"。对英大"迁校"一事，蒋介石在 10 日的日记中曾写道："英士大学学生无理要求迁校，罢课、请愿。"② 可见，蒋介石虽同意英大派代表晋京，但对英大迁校一事持反对态度。

学生的行动实际上并未停止。11 日下午 3 时，英大晋京请愿团派代表潘耀生等三人向浙江省记者公会代表大会请愿，"要求新闻界一致声援"，大会对英大学生请愿运动"颇表同情，愿予声援"。③ 而就在同一天，杭立武在浙江省府招待杭州市记者时发表谈话，称"奉中央电令，如在杭学生不即返校，则不能再事宽容……倘十二日仍不返校，决执行中央命令"，并"特别声明，校址问题系中央既定政策，决不予考虑"。④ 至此，杭立武已明确表示校址决不予考虑，对于学生来说校址问题只能寄希望于晋京请愿。

三 风潮"再起"及未解的"难局"

英大请愿团代表十人于 12 日"午后二时搭快车赴京"，其余学生留杭。⑤ 此外，留杭学生也于 14 日起分批赴京。对此，杭立武表示"中央对此种不守轨范之举动，决不不予任何同情"。⑥ 至此，教育部及地方政府都未能解决问题，学生表面同意派代表入京，却分批晋京，调处以失败告终。请愿团代表晋京之后住在中央大学，那里同时住着同济、复旦、交大等从上海来南京请愿的学生代表。"由于受京、沪学生运动的影响和迁校运动以来亲身体会，英大同学接受了'反饥饿、反压迫，反内战'的口号"，这样一来，英大单纯因校址危机而起的风潮上在晋京之后就"注入了反帝、反蒋的革命内容。"⑦ 按照既定计划，英大晋京请愿团代表宋无畏等 10 人抵京

---

① 《沈鸿烈关于英士大学学生要求迁校罢课请愿经过密电》（1947 年 5 月 10 日），中国第二历史档案馆编《中华民国档案资料汇编》第 5 辑第 3 编"政治"（4），江苏古籍出版社，1999，第 586 页。

② 《蒋介石日记》（手稿本），1947 年 5 月 10 日，美国斯坦福大学胡佛研究院档案馆藏。

③ 《英大学生代表昨向省记者大会请愿》，《民报》1947 年 5 月 12 日。

④ 《对英大学潮之处理杭立武表示不宽容》，《温州日报》1947 年 5 月 12 日，第 3 版。

⑤ 《英大学生仍留杭 十代表昨赴京》，《东南日报》（杭州）1947 年 5 月 13 日，第 4 版。

⑥ 《英大学生化整为零昨分批赴京请愿》，《民报》1947 年 5 月 15 日。

⑦ 辜巽平：《英士大学迁校运动始末》，《文史资料存稿选编·教育》，第 162 页。

后于 16 日分别至国府与政院请愿，并提出三项请愿要求："一、迁至上海或南京，二、慎重选派校长，三、恢复医学院。"基于此，行政院做出回应："各项问题正与教部朱部长研究中。"① 学生除了等待答复外，未有实质性的进展。对于校长人选，英大早期主持和筹办人许绍棣也认为"校长人选，必须早定，自为第一义。学生希望有一在学术界素有声望之人，自是合理要求"。对此次风潮，他既希望英大同学能早日回归正常学习生活，更希望教育部妥善处理此事。②

由于迟迟等不到教育部的解决方案，英大学生代表及秘密进京学生200 余人于 19 日晨 9 时半赴教育部请愿。具有讽刺意味的是，国民党当局前一天才公布《国府颁布维持社会秩序临时办法》，其中明确规定"学校学生请愿时，应派代表向主管机关陈述意见，其代表人数以十人为限，不得聚众胁迫"。③ 对于英大学生的行动，教育部"事先闻悉，即预将大门铁栅拉闭"，与此同时，首都卫戍司令部听闻之后，即派城区宪兵 300余人赶到维持秩序。"学生要求开门入内，部方则要其遵照中央命令推派代表十人入内"，双方僵持不下。至 12 时许，"请愿学生乃攀登大门越墙而入，自动将门打开，时已下办公，学生乃于二门内席地坐候"。鉴于此，前英大校长杨公达首先出面调处。他向学生发表谈话，希望学生"遵照中央请愿办法，推派代表入见，其余退出大门"，对此，学生表示"可以退出二门，乃派代表十人入二楼会议室"，随后杭立武到场，他表示"英大校址问题，应候于即将召开之全国教育会议时提出讨论决定，恢复医学院，部方考虑于人材与设备可能解决时，予以恢复，至于校长人选，正在审慎物色中"，相比较之前在杭时处理风潮的态度此时则略显缓和，学生提出的请愿要求有了初步的解决方案。鉴于此，全体学生于 6 时半左右整队离开。④

继英大学生向教育部请愿之后，英大教授代表团一行 7 人 21 日由程其保陪同自金华抵杭，准备 22 日赴京，目的在于向教育部陈述全体教授意见，劝导留京学生返校上课。⑤ 23 日抵京后，英大教授代表许德瑗、李慕白、程

---

① 《英大学生抵京请愿》，《温州日报》1947 年 5 月 17 日，第 3 版。
② 《许绍棣谈英大学潮》，《东南日报》（杭州）1947 年 5 月 19 日，第 2 版。
③ 《国民政府公布施行维持社会秩序办法》，《中央日报》1947 年 5 月 19 日，第 2 版。
④ 《英大学生请愿》，《东南日报》（上海）1947 年 5 月 20 日，第 8 版。
⑤ 《英大教授代表团 今日晋京陈述意见》，《东南日报》（上海）1947 年 5 月 22 日，第 8 版。

滋、王珪荪、金国粹、许植方、闻诗等七人即由程其保陪同赴教育部与朱家骅进行详谈。据英大教授代表李慕白语记者："校址问题，教部无成见，改在七月举行之全国教育会议中提出谈论，届时英大可推代表参加。"关于校长问题，朱家骅谓："正在特别慎重考虑人选，医学院问题，亦允在全国教育会议中提出讨论。"[①] 至此，朱家骅与杭立武对英大学生的请愿要求都有了明确的回应。除了面谒朱家骅陈述全体教授意见外，英大教授会还致电留京学生，"劝彼等如仅为单纯的校长及校址问题，即应从速返校"。[②] 不久，来京学生基本上于 23 日返金华本校。[③] 至此，英大学生离京，迁校风潮暂时告一段落。

风潮平息，但蒋介石"对英大印象特坏"，尤其"听到学生攀越教育部大墙那段消息之后，曾大发雷霆骂过朱家骅"。此外，5 月份全国性学潮"英大实开其端"，且学生先后参加了反内战大游行，6 月 2 日又在金华发动了一个反内战示威运动，[④] 鉴于此，"当局特别感到不乐，因之有批示到教育部云：英大校址着维持原议，不得更改"。[⑤]

学生方面得知这一消息之后，再度罢课，并"要求由学生代表会推选颇孚众望之教授三人赴京，促请教部速发表校长，并陪同新校长来金华莅任。[⑥] 不久，学生代表朱正宪、胡谱承与教授代表夏之时、李慕白、漆竹生二次晋京。6 月 12 日，"迁校委员会主持召开全校师生大会，选举夏之时、李慕白、漆竹生三教授和法学院学生朱正宪、胡谱承五人为代表，去南京催促落实，并再度宣告罢课抗议"。[⑦] 相教于校址问题，校长问题则更为紧迫。17 日，朱家骅向政院提请任命教育部国际文化处处长汤吉禾为英士大学校长。[⑧] 至此，英大校长问题终于得以解决。

---

① 《英大教授昨进谒朱部长》，《浙瓯日报》1947 年 5 月 24 日，第 2 版。

② 《英大教授团任务完毕　定明日离京返校》，《东南日报》（上海）1947 年 5 月 25 日，第 8 版。

③ 《英大教授代表劝令学生返校》，《东南日报》（上海）1947 年 5 月 24 日，第 8 版。

④ 《原国立英士大学学生运动大事记》（征求意见稿），《浙江青运史研究资料》1986 年第 1 期，第 4 页。

⑤ 凡影：《英大学潮与派系斗争》，《时与文》1947 年 18 期，第 18 页。

⑥ 《经教授劝导后英士大学即可复课》，《东南日报》（杭州）1947 年 6 月 5 日，第 4 版。

⑦ 《原国立英士大学学生运动大事记》（征求意见稿），《浙江青运史研究资料》1986 年第 1 期，第 4 页。

⑧ 《汤吉禾继长英大》，《申报》1947 年 6 月 18 日，第 5 版。

此外，李慕白等三人抵京后，"在首都遍访蒋夫人、及邵力子、吴鼎昌、俞济时诸氏，得悉政府对英大校址，绝无成见"。① 随后，由邵力子、雷震等人从中协助，21 日，蒋介石接见了教授代表李慕白，"问了一些关于英大的情形"，并表示"对此次学潮表示十分不满"。他明确指出对英大"无成见，一切可问教育部"。当晚即召见钱新之、雷震、邵力子、陈立夫等人，对校址问题有了初步决定，"允许迁离金华，新址另定"。鉴于此，朱家骅"三度请辞"，蒋介石又大感"两面为难"，因此，24 日，蒋介石命吴鼎昌、俞济时答复英大请愿代表，称"迁校事原则决定，但不能宣布其日期及地点。尔等可先回去"。② 至此，师生代表也即返回，英大师生代表为校址问题二次晋京，但校址仍未能最终确定下来。

不久，新任校长汤吉禾到校。随即就师生关心的校址和医学院问题做出指示，"迁离金华今后尚无问题。恢复医学院原则确定"。③ 为此，在任职期间曾进京请示，但并无结果。④ 因而，校方于 10 月份筹建新校舍，并组织校舍勘察设计委员会，委员 7 人，由汤吉禾聘定徐东藩、周汝元、王珪孙、葛定华、倪锡光、周尚、王祖蕴等教授组成，地点"以金华城区附近相当广大地区为原则，占地约八百亩"。⑤ 至此，英大迁校运动自始至终未完成"校址变更"的任务，并在金华建立了英大校舍。⑥ 此外，风潮过后，部分请愿学生难逃被开除命运。汤吉禾主持校政后不久，便勒令学生宋无畏、蒋本仁、朱正宪、胡谱承、郑祖绶、王颐荪、王工、黄垂庆、叶绍书等退学，"其余附和盲从者从宽处理"。⑦ 可见，风潮过后，校址未变，医学院未恢复，教育部仅解决校长问题，与此同时，部分学生还因此被开除。概而言之，两次晋京，第一次请愿时英大学生参加了"五二〇运动"，二次请愿前夕英大师生在金华参加了一个反内战示威运动，这样一来英大学生的行动就自然而然地融入了新的内容，由最初对校内问题的关注到国家时局与政局层面。

---

① 《校长人选决定　英大休止罢课》，《申报》1947 年 6 月 22 日，第 5 版。
② 凡影：《英大学潮与派系斗争》，《时与文》1947 年 18 期，第 17—18 页。
③ 《英大新校长》，《申报》1947 年 7 月 4 日，第 5 版。
④ 《英大永久校址问题》，《申报》1947 年 7 月 16 日，第 5 版。
⑤ 《英大筹建新校舍　组勘察设计委员会》，《申报》1947 年 10 月 23 日，第 6 版。
⑥ 《英大永久设金华》，《申报》1947 年 10 月 30 日，第 6 版。
⑦ 《英大开除学生九人　校长来函说明经过》，《大公报》（上海）1947 年 9 月 19 日，第 5 版。

结　语

蒋介石曾提出"抗战时期，军事第一，建国时期，教育第一"。[1] 随着国共内战的进行，这一主张并未落实。教育复员时期正值国共内战，国民政府对教育复员的投入大打折扣。动荡的政局与紧缩的财政严重影响了高校复员工作的顺利进行，英大学潮的发生与这一客观环境休戚相关。涉及战后复员，教育部在完善全国高等教育布局过程中理应唯全局是赖，其中却掺杂了人的因素，例如在英大校址问题上朱家骅和陈立夫的分歧。英大风潮过后，国民党元老李石曾则直接指出"教部措施失当"，如令"英士大学移金华"。[2] 蒋经国也曾表示英大校址"当以杭州为最适宜"。[3] 诚然，教育部与地方政府调处风潮的过程中，虽态度不同，但也没有明显冲突，而是共同化解风潮。风潮中，中央与地方、师生与政府之间的互动呈现了政学关系的复杂面向。

英大学潮的特殊性在于"浙省学潮自英大首先发动浙大之大继之"。[4] 且此次学潮带动了"五月学潮"[5]，进而出现了第二条战线。[6] 从此，"国民党当局无论在前方还是后方，同时陷入无法摆脱的困境"。[7] 有论者指出英大此次风潮为了"改善学校现状而发生"，是非政治化学潮。[8] 然而，笔者经研究发现这一说法并不准确，英大师生首次晋京正值"五二〇运动"发生之时，师生亦加入，至此学潮已非单纯解决校内问题，而注入"反内战、反饥饿、反迫害"等新的内容，有很强的"政治性"因素，且带动了"五月学潮"的发生。风潮过后，"有一些同学毅然投奔解放区，有一些参加了

---

[1] 《建国时期教育第一——主席召宴全国教育善后复员会议会员席上训词》，《教育部公报》17 卷 9 期，1945 年，第 2 页。

[2] 中研院近代史研究所编《徐永昌日记》第 8 册，1947 年 7 月 1 日，台北，中研院近代史研究所，1991，第 445 页。

[3] 《英大迁校问题蒋经国表同情》，《前线日报》1947 年 10 月 14 日，第 6 版。

[4] 《沈鸿烈电俞济时蒋中正浙省学潮自英士大学首先发动浙大继之最为嚣张且派代表煽动各中学惟经多方策动其晋京请愿示威游行之议业经否决但仍决定作扩大宣传等》（1947 年 6 月 1 日），台北"国史馆"藏《蒋中正总统文物》，002 - 090300 - 00012 - 174/296。

[5] 廖风德：《学潮与战后中国政治（1945—1949）》，第 273 页。

[6] 《毛泽东选集》第 4 卷，人民出版社，1991，第 1224—1225 页。

[7] 金冲及：《转折年代——中国的 1947 年》，生活·读书·新知三联书店，2009，第 172 页。

[8] 钟健：《被遮蔽的另面：1947 年中正大学学潮及其调处研究》，《史林》2014 年第 6 期。

地下党和游击队，有一些参加了新青社（解放后在部队转为共青团员），还有几百个同学在金华解放时参加了中国人民解放军，直接走上了党指引的革命道路"。① 因此，国民党教育复员的失败，除了导致学界风潮的爆发外，客观上还将广大师生推向了共产党一方。

［作者单位：华中师范大学中国近代史研究所；

蚌埠医学院马克思主义学院］

---

① 《解放战争时期浙江学生运动大事记》，《浙江青运史研究资料》1985 年 1 期，第 20 页。

政学同构：1950 年武汉大学
"米丘林科学"学习析论[*]

江明明　毛金晓

内容提要　1950 年，武汉大学为了促进师生对新政权的认同和按照苏联经验改造旧教育，以集体教学的新模式开设"米丘林科学"课程。由于米丘林学说与新政权的意识形态高度同构，武大师生对二者态度的转变高度同步。但同步之间亦有疏离，师生更多是因为政治认同而努力接受米丘林学说，且接受亦非完全，为后来的形势演变埋下伏笔。

关键词　武汉大学　米丘林学说　政治认同　学科改造

学界关于 1949 年前后的大学研究，多侧重院系调整时期，[①] 也有一些研究关注到了中华人民共和国成立前后对旧有大学的接管与改造，对其中的思想政治教育有所涉猎。[②] 值得注意的是，新中国成立伊始为了增强大学师生对新政权、中国共产党和社会主义的认同，在显性的思想政治教育外，还有很多隐性的思想政治教育寓于当时学科改造和课程改革之中，最为突出的就是当时对米丘林学说[③]的学习。而学界对"米丘林学说在中国"的研

---

[*]　本文系教育部 2017 年人文社会科学重点研究基地重大项目"中国近代大学的兴起与演进"（项目号：17JJD770005）阶段性成果。

[①]　王红岩：《20 世纪 50 年代中国高等学校院系调整的历史考察》，高等教育出版社，2004；胡建华：《现代中国大学制度的原点：50 年代初期的大学改革》，南京师范大学出版社，2001；〔日〕大塚丰：《现代中国高等教育的形成》，黄福涛译，北京师范大学出版社，1998。

[②]　刘颖：《除旧布新：新中国成立初期中共对高等教育的接管与改造》，人民出版社，2010；李靖：《建国初期私立大学变迁——以上海大同大学为个案的考察（1949—1952）》，硕士学位论文，复旦大学，2010 年；陈红：《1949—1952 年高校教学改革研究——以上海私立大同大学研究为例》，硕士学位论文，华东师范大学，2011 年。

[③]　此时的"米丘林学说"，指的是苏联生物学家李森科以米丘林之名建立的生物学理论，更多的是李森科等人的观点。米丘林学说的具体形成过程，可参见张淑华《米丘林学说在中国的传播（1933—1964）》，博士学位论文，中国科学技术大学，2012 年，第 13—44 页。

究，关注点则在"科学与政治"的关系或外来知识的传播，[①] 对其在政治认同中的作用研究较少。武汉大学是新中国成立之初米丘林学说的中心之一，[②] 在设置米丘林学说课程并以此进行隐性思想政治教育方面，较为典型。本文拟据相关档案，考察武汉大学 1950 年"米丘林科学"课程的具体情况，探讨在当时大学改造较为温和的背景下，学科改造与政治认同同构的成效如何，以期有所突破。

一 "团结中求进步"：武汉大学的接管改造

随着解放战争的逐步推进，武汉于 1949 年 5 月宣告解放并成立军事管制委员会。其下设有文教接管部，专门负责接管武汉地区的文教机构，武汉大学因地位重要而于 6 月 10 日首先被接管。1949 年 8 月 24 日，武汉大学在中共接管干部的组织下成立最高领导机构——校务委员会，实际负责人为时任党组书记、校务委员会秘书长的徐懋庸。[③] 徐遵照中共指示，以"暂维现状，逐步改进"八字方针在武大展开工作。在其看来，"改进"是八字方针的关键，亦即要对师生进行思想改造，对教学体制展开改革。[④]

此时中华人民共和国尚未宣告成立，为使新旧政权平稳过渡，在新解放区采取的教育方针是"坚决维持原有学校，逐步作可能与必要的改善"。[⑤] 8 月 1 日，周恩来批示对武汉大学拟采取"坚决改造、稳步前进的方针"，并指示应先从"内部培养其本身进步力量"，中共"从旁扶植"，[⑥] 注重原武大师生自身的转变。根据中央精神，湖北省政府在武大校务委员会成立的同日发布《关于恢复整顿学校教育的指示》，提出要"积极恢复、初步整顿、初步改革"。所谓恢复，"是积极的尽最大的可能恢复原有的学校，不

---

① 谈家桢、赵功民：《中国遗传学史》，上海科技教育出版社，2002；张淑华：《米丘林学说在中国的传播（1933—1964）》；王海迪：《国家权力如何介入学术——米丘林遗传学在新中国的兴起（1949—1952）》，《教育学术月刊》2015 年第 7 期。

② 《余先觉先生访谈录》，任元彪等编《遗传学与百家争鸣——1956 年青岛遗传学座谈会追踪调研》，北京大学出版社，1996，第 157 页。

③ 吴贻谷主编《武汉大学校史（1893—1993）》，武汉大学出版社，1993，第 219、230 页。

④ 王韦：《徐懋庸在武汉大学》，《传记文学》1990 年第 6 期。

⑤ 中央教育科学研究所编《中华人民共和国教育大事记（1949—1982）》，教育科学出版社，1983，第 8 页。

⑥ 周恩来：《关于武汉大学改造方针问题的批语和信》（1949 年 8 月 1 日），中共中央文献研究室、中央档案馆编《建国以来周恩来文稿》第 1 册，中央文献出版社，2008，第 211 页。

能任意停办或合并学校"；整顿与改革，"则只能是从最低的要求而不是从最高的或较高的要求出发"。这样做是基于现实考虑，害怕因操之过急而"造成社会秩序的不安，予社会人士以不良影响，使社会人士以为我们只会破坏不会建设"。① 由此可见，新中国成立前后，中共从稳定秩序、安定人心以实现政权的平稳过渡和进行国家建设出发，积极争取和团结大学师生，对学校改造也是抱以宁缓勿急的态度，政治氛围总体较为宽松温和。

正是在这种温和宽松的氛围中，徐懋庸拉开了武汉大学改造的序幕。徐认为，"人的思想改造，是首要的事"，而改造思想，"则要靠政治思想教育"。政治思想教育的主要方式是进行政治学习。首先是在全校范围内以大报告的方式把师生员工和教职员家属"集于一堂共同听课"，随后则把"社会发展史"、"新民主主义论"和"政治经济学"等定为正规的课程进行学习。② 但学习效果并不理想：一方面，为不使知识分子反感，此时的政治学习采取的是自愿参加的原则，因此很多抱有远离政治心态的教师并不参加，形成了政治思想教育的"死角"；③ 另一方面，"缺乏比较能系统掌握马列主义、能够独立地领导学习的政治教员"，使得政治学习多流于简单灌输。很多分班教学的政治课甚至因此"不得不在学期中间暂时停止"，④ 未停止的如"辩证唯物论与历史唯物论"等较为高深的理论课程，也难以收效。⑤ 再加上以徐懋庸为代表的校方领导在工作作风上存在过"左"和专横的问题，"不仅粗暴而且粗野"，"对教师感情伤害得很深"，⑥ 更令思想改造难以达到预期。面对这种情况，徐懋庸决定在显性的政治学习之外，"用突破一点的方法试行教育内容和教学方法的改革"，以便更好地进行政治思想教育。而他选定的这一突破点，正是开设米丘林学说的新课程。⑦

---

① 《关于恢复整顿学校教育的指示》（1949 年 8 月 24 日），湖北省档案馆藏，SZ034 - 0021 - 0004。

② 《武汉大学解放后两年来的政治思想教育》（1951 年 12 月），湖北省档案馆藏，SZL - 446，第 2 页。

③ 《武汉大学解放后两年来的政治思想教育》（1951 年 12 月），湖北省档案馆藏，SZL - 446，第 8—9 页。

④ 《武汉各大专教职员暑期学习第二阶段总结》（1949 年 9 月），湖北省档案馆藏，GM7 - 1 - 26。

⑤ 《团结全校师生开展政治教育　武汉大学气象一新》，《人民日报》1950 年 7 月 7 日，第 3 版。

⑥ 刘绪贻口述，赵晓悦整理《来何汹涌须挥剑　去尚缠绵可付笫——第一次执教于武汉大学》，《社会科学论坛》2013 年第 9 期；王先需：《在学习陶军精神座谈会上的发言》，《文学教育》2018 年第 17 期。

⑦ 王韦：《徐懋庸在武汉大学》，《传记文学》1990 年第 6 期。

当时的高校教学改革，主要是添设政治课程和伴着新政治课的开设而对业务课进行改革，使所有课程均"泛政治化"。人文社会学科主要是着力附和新意识形态并向政治靠拢；自然科学则在批判"纯技术""超政治"等思想外，重视其实用性，强调为人民和生产建设服务。[①] 米丘林学说在学科改造中却别具一格，它虽属自然科学，却含有浓厚的意识形态色彩和政治因素，被认为是"苏维埃科学"和"社会主义农业生物学"。[②] 它是来自苏联的既"正确"又"先进"的科学，和源自美国，并在我国学界盛行的"摩尔根学说"针锋相对。故此，开设米丘林学说课程，既能传播社会主义先进科学，还可打击资本主义学术以抑制崇美思想，进行思想政治教育。徐懋庸以米丘林学说作为思想改造和教学改革的突破口，也就势所必然。

二 政学同构：武汉大学"米丘林科学"
课程的开设与学习

1948 年乐天宇等人即创设米丘林学会，宣扬米丘林学说是农业科学的正确方向。新中国成立后随着外交上向苏联"一边倒"，国内兴起"全盘学苏"的热潮，教育界也概莫能外。1949 年 10 月，苏联代表团访华，向中方赠送宣传米丘林的影片和苏联高等学校教科书，建议中国参照苏联教科书对教学内容进行调整。12 月召开的第一次全国教育工作会议更明确提出"学习苏联经验"是建设"新教育"的重要内容。[③] 1950 年 1 月，教育部成立了课程改革委员会，委员会下属的课程改革小组起草了高等院校各学院的课程草案以供各高校作为课程改革的参考，其中规定理学院生物系应开设以米丘林学说为主要内容的"进化与遗传"课程。以此为契机，乐天宇、徐懋庸、陈凤桐等中共接管干部，在其负责的各高校和科研院所强力推动遗传学学科的课程改革。[④]

乐天宇、徐懋庸等中共接管干部积极推行米丘林学说，不仅是仿照苏联模式推行教学改革，更因为因为米丘林学说既有思想政治性，又有学科

① 陈红：《1949—1952 年高校教学改革研究——以上海私立大同大学研究为例》，第 90—91 页。
② 张淑华：《米丘林学说在中国的传播（1933—1964）》，第 44 页。
③ 张淑华：《米丘林学说在中国的传播（1933—1964）》，第 80—81 页。
④ 王海迪：《国家权力如何介入学术——米丘林遗传学在新中国的兴起（1949—1952）》，《教育学术月刊》2015 年第 7 期。

专业性，对学科改造和促进师生政治认同，可起一举两得、事半功倍之效。据乐天宇阐释，唯物论和辩证法是米丘林学说的哲学基础，米丘林学说从事实出发，"它能说明和改造世界，因此它是唯物论"；辩证法是米丘林生物科学的方法，米丘林生物科学研究问题的方法是全面的，用发展的宇宙观在变化中看问题，是在矛盾统一中进行的，正是辩证法哲学帮助了米丘林学说的发展。再者，"米丘林遗传学是大众化的科学，而不是少数的 '专门家' 的 '高深科学'"，"它能普遍地为广大的农民所掌握，而有广大丰富的成就"。总之，米丘林学说既是唯物主义的，又是理论与生产实践紧密结合的，更是能被无产阶级掌握并为无产阶级造福的。① 知识分子如能学习掌握这一 "先进学说"，自然能认识到社会主义在各方面的先进性，从而更容易产生政治认同。并且，米丘林学说来自苏联，与西方的摩尔根学说截然对立，学习它还有利于祛除 "科学上的崇美思想"。②

徐懋庸在武汉大学推行米丘林学说起初并不顺利，受到武大生物系教师，甚至党员助教的一致反对。③ 当时的武大生物系，系主任为高尚荫，著名学者有何定杰、公立华、孙祥钟、石声汉、余先觉等。④ 其中高尚荫、公立华、余先觉留学美国，石声汉、孙祥钟留学英国，他们在学术谱系中均为 "摩尔根派的学者"。⑤ 其中余先觉曾留学于加州理工学院的摩尔根实验室，并在武大开有摩尔根遗传学课程。⑥ 当学生约请石声汉参加 "新民主主义与生物科学" 座谈会时，石氏曾声称新民主主义与生物学本无关系，如强行拉拢，"既侮辱了新民主主义，也侮辱了生物学"，拒不参加。⑦ 由此，也就不难理解武大生物系教师为何反对开设米丘林学说课程。况且真要开课，也难以找到精通米丘林学说的授课教师。

---

① 乐天宇：《米丘林生物科学的哲学基础》（1950 年 8 月 2 日），《新遗传学讲义（节选）》（1949 年 11 月 8 日），胡化凯编著《20 世纪 50—70 年代中国科学批判资料选》（上），山东教育出版社，2009，第 139—144、134 页。

② 《武汉大学解放后两年来的政治思想教育》（1951 年 12 月），湖北省档案馆藏，SZL－446，第 3—4 页。

③ 王韦：《徐懋庸在武汉大学》，《传记文学》1990 年第 6 期。

④ 刘怀俊：《期颐长者公立华》，武汉大学校友总会编《武大校友通讯》2012 年第 2 辑，武汉大学出版社，2013，第 123—133 页；石定扶：《用生命去创造——记我的父亲植物生理学家和农业历史学家石声汉》，西北农林科技大学出版社，2005，第 51—58 页。

⑤ 王韦：《徐懋庸在武汉大学》，《传记文学》1990 年第 6 期。

⑥ 谈家桢、赵功民：《中国遗传学史》，第 903 页；《余先觉先生访谈录》，任元彪等编《遗传学与百家争鸣——1956 年青岛遗传学座谈会追踪调研》，第 157 页。

⑦ 石定扶：《用生命去创造——记我的父亲植物生理学家和农业历史学家石声汉》，第 119 页。

何定杰却是武大生物系教师中的例外。何氏早年留学法国，结识了中共领导人陈潭秋，1928 年回国后一直在武大生物系任教。1936 年他曾去苏联考察，倾心于苏联的哲学思想，暗中学习俄文并阅读马列主义经典著作，于 1943 年印行《生物进化论》，用唯物辩证法的观点讲授和研究生物学。[①]徐懋庸得知后，认为何氏对于米丘林学说"是有根底的"，[②] 遂以其为推行米丘林学说的突破口。并且，何定杰此时担任武汉大学校务委员兼教务长，在教学事务上具有主导权。[③] 据当时的武大教师回忆，徐懋庸与何定杰"来往日益密切"，何氏得任教务长，亦与此有关。[④] 于是，在徐懋庸的支持下，"何定杰和几个青年助教组成米丘林主义研究组，开设米丘林学说讲座。这门课终于开成了"。[⑤] 依据史料，该课程名为"米丘林科学"，由生物学系与农学院联合开设。[⑥]

武汉大学 1950 年初首次开设"米丘林科学"课程，持续半年，至 1950 年 7 月结束。该课程采用了当时普遍推行的集体教学模式和讲座模式，教师们共同制定教学大纲，每次上课由一位老师主讲，做专题报告。每次讲课分成启发报告、小组讨论、总结报告三个环节，其中总结报告因为时间关系被削减。每次上课，除学生外，其他老师也要去听讲并参与讨论，"互听互评"。故此，为了做好主讲和参与讨论，教师们都必须去深入了解米丘林学说。[⑦]

教师们起初对米丘林学说多持怀疑和轻视态度。他们有的怀疑苏联的番茄接枝实验是假的，认为要求学习"米丘林科学"是"政治势力伸张到科学里去"，"是科学的厄运！"有的认为米丘林学说是苏联从英美抛弃的旧纸堆里找出来的，"不过是拉马克学说的再版而已"。米丘林学说的代表作

---

① 吴熙载：《遗传学家何定杰》，政协武汉市委员会文史学习委员会编《武汉文史资料文库》第 8 卷，武汉出版社，1999，第 291—292 页。

② 王韦：《徐懋庸在武汉大学》，《传记文学》1990 年第 6 期。

③ 吴贻谷主编《武汉大学校史（1893—1993）》，第 219 页。

④ 刘绪贻口述，赵晓悦整理《来何汹涌须挥剑　去尚缠绵可付箫——第一次执教于武汉大学》，《社会科学论坛》2013 年第 9 期。

⑤ 王韦：《徐懋庸在武汉大学》，《传记文学》1990 年第 6 期。

⑥ 《武汉大学"米丘林科学"学习总结》（1950 年 7 月），湖北省档案馆藏，ZNM - 641，封面页；《武汉大学解放后两年来的政治思想教育》（1951 年 12 月），湖北省档案馆藏，SZL - 446，第 6 页。

⑦ 《武汉大学"米丘林科学"学习总结》（1950 年 7 月），湖北省档案馆藏，ZNM - 641，第 7、4 页。

《遗传及其变异》（李森科著）更只是一本小册子，"不过是同语反复"。并由此认定"工人政党的国家，如苏联，不会有很好的科学，很高的理论"，由科学而论及国家，对苏联、无产阶级国家整体产生怀疑。

但由于集体教学要做专题报告或主讲，师生还要共同讨论，这就迫使教师们都要"细细读"李森科的《遗传及其变异》。教师们发现李森科的书不但不肤浅，而且"道理很深"，"多读一次，便多了解一些东西"。"向来便用辩证唯物论研究生物学"的何定杰由此发现自己以前所写的东西，"里面有许多唯心论的毒素"。而以前并不了解唯物论和米丘林学说的教师，则认识到要彻底了解米丘林学说，"得先了解马列主义"，否则"作报告时不能明确地传达出米丘林科学的精神"，由此开始主动去学习研究马列主义，"多少学了一点辩证唯物论"，"我们已经多少认识了辩证唯物论的妙处"。[①]

教师们一方面因为米丘林学说而研读和接受马列主义，另一方面也因学习政治和马列主义而努力接受米丘林学说。政治学习使他们消除了对苏联和苏联科学的怀疑，"我们才肯读他们的书，细细读"；通过由政治学习，教师们明白"为人民服务是好的，而且是必要的"，不能再"为科学而科学"，要"努力寻找为人民服务的道路"。米丘林学说通过培育新种果树、扩大生产，使水果变成了劳动人民"每日饭后必需品"，"指示了为人民服务的路径"。通过政治学习，原本不认可为米丘林学说是科学的教师们有了为人民服务的念头，所以"肯去学习"，并最终"接受米丘林科学"。[②]

米丘林学说与意识形态的同构，使得武大生物系教师们发现，他们对中共新政权的态度转变与他们对米丘林学说的态度转变惊人地一致。在对米丘林学说由怀疑、轻视以至虚心接受的同时，对于中共也由恐惧、怀疑而"逐渐转为信任、欣赏、尊重，以至信仰"。[③]正如在"米丘林学科"课程结束后教师们所言：

我们学习政治，有了相当基础，才使我们在半年之间，初步认识

---

① 以上内容均出自《武汉大学"米丘林科学"学习总结》（1950 年 7 月），湖北省档案馆藏，ZNM－641，第 1—2 页。

② 《武汉大学"米丘林科学"学习总结》（1950 年 7 月），湖北省档案馆藏，ZNM－641，第 3 页。

③ 徐懋庸：《武汉大学半年来政治教育的收获与经验》，湖北省档案馆藏，ZNM－254。

了米丘林科学。又因为我们初步认识了米丘林科学，于是转而加深了我们对于政治的认识。辩证唯物这武器，在米丘林学习过程中，得到了我们很大多数人进一步的珍视。[①]

三 同构亦疏离：“米丘林科学”的学习成效再分析

虽然在学习总结中武大师生宣称米丘林学说与政治学习互相促进，但深入分析则可发现，师生们对政治理念和米丘林学说还是疏离的。政治态度的认同与科学知识的接受尽管可以在哲学基础上同构，但本质依然不同。政治认同更多属于主观态度，而科学知识的接受则受到旧有知识结构的制约。师生们对新政权的认同，除了政治学习，还有赖于“革命胜利的形势，共产党、人民政府的设施，老老实实，为人民服务”。[②] 新中国成立以后中共的执政实践，促进了师生对新政权及其意识形态的认同，从而产生为人民服务、理论与实践相结合的意愿，由此去学习和接受符合这一标准的米丘林学说。米丘林学说的接受，则更依赖政治的权威。接管干部将学习米丘林学说视为政治学习的一部分，徐懋庸在武大强力推行米丘林学说时，直接将教师对米丘林学说的学习情况与其薪资职称挂钩，以行政权力迫使教师学习和接受米丘林学说。[③]

集体教学这一新型教学形式也对武大师生接受米丘林学说起了相当大的作用。集体教学将所有教师和学生聚在一起，先由主讲教师做启发式的专题报告，然后所有人进行小组讨论和批评，起到了教学相长的作用。例如，以前各位老师因为怕互相闹学派意见或露怯，“越是同行的越不肯谈学问”。现在则不然，一个老师主讲，其他老师都要去听和评，由此树立了互相批评的风气。主讲者和听讲者都得好好准备，不能再像过去“随便混钟点”。他们不仅要研读李森科的著作，还要检视自己的旧知识：符合米丘林

① 《武汉大学“米丘林科学”学习总结》（1950 年 7 月），湖北省档案馆藏，ZNM - 641，第 3 页。

② 《武汉大学“米丘林科学”学习总结》（1950 年 7 月），湖北省档案馆藏，ZNM - 641，第 3 页。

③ 《余先觉先生访谈录》，任元彪等编《遗传学与百家争鸣——1956 年青岛遗传学座谈会追踪调研》，第 157 页。

学说的，可以拿来佐证；"有些坏的东西，也在这时着实批评了一番"。"一方面，多少认清了包袱里确实有些有害的东西，于是不再像先前那样，'敝帚自珍'，自高自大；另一方面，大有化包袱为宝贝的勇气，因而增进了先生们的自信心。"这就有利于他们打破和转化旧有的知识，从而更好地吸纳接受米丘林学说。并且，老师们集体教学，互听互评，不仅双方水准接近而能切中肯綮，而且彼此交换知识更生触类旁通之效，比起各位老师的"闭门自修，进步要快得多"。①

尽管如此，由于当时总体氛围尚属宽松，对大学教师的思想改造尚未激烈开展，② 更没有将米丘林学说确定为唯一正确的遗传学理论，以其"彻底改造生物科学的各部门"，③ 因此很多老师并未意识到接受米丘林学说的"政治必要性"。再加上讲课者的水平亦有问题，④ 所以在课程结束后，有的教师依然不接受米丘林学说。如石声汉，在学习期间被徐懋庸视为"落后分子"而饱受批评，并因此最终远走西北农林大学，但他从未真正接受米丘林学说。他认为李森科的书没有价值，不是科学和真理，家里书架上从不摆放其书，并在这段时间私下翻译英国学者的著作。⑤ 有的教师仅是表面接受，如武大几位未做报告的教师，虽然宣称自己相信在摩尔根与米丘林两学派之争中"真理必属于米丘林"，但其实并未细读李森科的书，只是迫于政治压力表面接受。⑥ 还有教师认为米丘林和摩尔根可以并行不悖。如余先觉，当时一边努力学习并运用米丘林学说进行研究，另一边依然在购买外文书籍学习摩尔根理论，认为不能非此即彼。

此外，教师们接受米丘林学说，更多的乃是出于政治认同。余先觉作为摩尔根学派的直系传人，"总想为米丘林讲几句话"，"因为它涉及到政治

---

① 《武汉大学"米丘林科学"学习总结》（1950年7月），湖北省档案馆藏，ZNM-641，第4—5页。

② 1951年9月，以北京大学校长马寅初等12位教授发起北大教员政治学习运动为标志，全国高校思想改造运动正式开始。见方晓东等著《中华人民共和国教育史纲》，海南出版社，2002，第61—62页。

③ 1952年6月29日《人民日报》发表《为坚持生物科学的米丘林方向而斗争》一文，正式确立米丘林学说的"独霸"地位。见谈家桢、赵功民《中国遗传学史》，第424—427页。

④ 何定杰教授当时讲的课被认为是"在说梦话，让人根本听不懂"。见《高尚荫先生访谈录》，任元彪等编《遗传学与百家争鸣——1956年青岛遗传学座谈会追踪调研》，第169页。

⑤ 石定扶：《用生命去创造——记我的父亲植物生理学家和农业历史学家石声汉》，第129—130、122页。

⑥ 《武汉大学"米丘林科学"学习总结》（1950年7月），湖北省档案馆藏，ZNM-641，第3页。

立场问题"。① 换言之，因为米丘林学说在当时被认定符合新政权的意识形态，而大家认同新政权，所以会努力认同米丘林学说。因此，年轻的学生往往更容易接受米丘林学说。如 1946 年进入武大生物学系求学的汪向明，对米丘林和摩尔根的遗传学理论均有涉猎，但因为政治认同，很容易就"偏向于米丘林的遗传学观点"，后成为国内少数的始终坚持研究米丘林学说的学者。② 学生们不但愿意接收米丘林学说，还经常主动要求老师上课先讲摩尔根学说，以便在全面理解的基础上学习米丘林学说。③

正因米丘林学说与政治思想教育之间的同构且疏离的关系，在对二者进行总体评判时，武大领导也认识到，尽管学习米丘林学说已有成效，但"政治思想教育的收获贯澈到课程改革中去还做得不够"，"还未能做到以正确的科学观点与辩证的方法从本质上将教学内容作系统的改革"。科学上的崇美思想虽然"大大减轻了，但或多或少地还有些残余"。④ 直到 1951 年 10 月，中南军政委员会依然认为本区农业科学水平较低，"新的理论更感贫乏"，"至今尚未设有新遗传学一门课程"，并因此邀请乐天宇前去讲授米丘林学说。⑤ 并且不仅对米丘林学说的接受未达预期，政治思想教育亦未能深入，"有一小部分人以自由主义与无政府主义的思想进行抗拒。"⑥

由此可见，相比学科改造（接受米丘林学说），政治认同对促成大学师生观念转变的作用更为明显，师生们因认同新政权而愿意进行政治学习。米丘林学说则更多的是挟"政治正确"进入高校课堂，并因为和政治的同构而促进了大学师生对其接受。但受讲课者水平、旧有知识结构的制约，大学师生对米丘林学说的接受并不完全，且师生之间亦有区别。政治思想教育亦在深入时遭到部分师生的抗拒。同构的二者都未能完全符合预期，

---

① 《余先觉先生访谈录》，任元彪等编《遗传学与百家争鸣——1956 年青岛遗传学座谈会追踪调研》，第 158 页。
② 《汪向明先生访谈录》《米景九先生访谈录》，任元彪等编《遗传学与百家争鸣——1956 年青岛遗传学座谈会追踪调研》，第 161—162 页、第 53 页。
③ 《武汉大学"米丘林科学"学习总结》（1950 年 7 月），湖北省档案馆藏，ZNM－641，第 7 页。
④ 《武汉大学解放后两年来的政治思想教育》（1951 年 12 月），湖北省档案馆藏，SZL－446，第 3—4、6、8 页。
⑤ 《关于同意乐天宇同志来中南讲授米邱林学术的函及举行米邱林学术讲习会准备派人员参加的通知》（1951 年 10 月 8 日），湖北省档案馆藏，SZ128－001－0011－0001。
⑥ 《武汉大学解放后两年来的政治思想教育》（1951 年 12 月），湖北省档案馆藏，SZL－446，第 8 页。

也为此后思想改造运动的不断升温和米丘林学说逐渐 "独霸" 埋下伏笔。

结　语

综上，新中国成立之初为平稳过渡和恢复生产，在高校采取 "维持原校，逐步改革" 的温和政策，对师生注重 "以团结求进步"。在这种宽松氛围下，为塑造 "新人" "新教育"，在政治学习之外，新政权还希望通过与政治意识形态高度同构的米丘林学说进行 "隐性思政"，以便政治认同与学科改造这双重目标能互相促进、共同实现。由此，1950 年武汉大学在徐懋庸的主导下开设 "米丘林科学" 课程。在这门课程的学习中，武大师生确实发现了米丘林学说与新政权意识形态之间的同构关系，因此，他们对米丘林学说与对中共新政权的态度转变上较为同步。但塑造政治认同与进行学科改造依然存在本质差异。对新学科知识接受与否，更多受学术标准和旧有知识框架的制约。政治认同有时虽会使学者努力去接受与意识形态同构的学术理论，但这一学术理论（如米丘林学说）并不一定符合科学标准和学者原有的知识体系。今天，米丘林学说几乎已被生物学界遗弃，深入发掘这段历史，仍可昭示构建合理政学关系的重要意义与复杂过程。

［作者单位：安徽大学历史学院；郑州经济技术开发区外国语学校］

Contents

Abstract: In his early years, KangYouwei embraced the ideal of saving mankind and advocated for Chinese utopian socialism. He attempted to use traditional Confucianism to restructure contemporary society and his disciple, Liang Qichao, was deeply influenced by his ideology. After the failure of the 1898 Reform in China, Kang and Liang went into exile overseas and traveled around the world, continuing to explore the model of Western utopian socialism and the harmonious society. In 1903 and 1905, the master and the apprentice distinctly came to the United States to inspect the"Utopia"they had longed for many years in their intellectual fantasies.

The"Utopia"was founded in Zion, Illinois, the United States by Australian Catholic priest JohnAlexander Dowie(1847 −1907). Believing in the Christian fundamentalism preached in the "Old Testament, "Dowie implemented the socialist economic system of equality and mutual benefit in Zion City. He advocated for public ownership of property, natural human rights, equality between genders, and opposed racial discrimination. In addition to asceticism, the community strictly prohibited drinking, smoking, prostituting, and gambling. This ideal lifestyle quickly drew many European immigrants to Zion and brought fame to Dowie, who Liang Qichao called the "Napoleon of Religion"in the United States.

For a long time, historians in China and abroad have largely overlooked Kang and Liang's practical activities of investigating utopian society during their overseas exile, focusing instead on their written propaganda and ideological construction only. This lack of attention is due to the scarcity of historical data. However, recently discovered English archives in Zion provides us with new insight into Kang and Liang's little-known activities, especially their visits to"Heavenly Kingdom"of Christianity in the early 20th century. These archives and documents scattered overseas have never been used by historians, thereby offering valuable references for not only exploring the transformation of Kang and Liang's utopian ideologies after the 1898 Reform, but also revealing a precious account that has been buried in history for many years.

Contents

Keywords: KangYouwei; Liang Qichao; Priest John Alexander Dowie; "Book of Great Harmony"; Zion City; the "Kingdom of Heaven" in the United States

The Invalidation and Recover of the "Safety Valve": The Relationship Between Officials and Gentry in the Riot of Lei-yang   *Xu Fei*

Abstract: The Riot of Lei-yang, which taken placed in the 24th year during the reign of Daoguang Emperor, can be reviewed as a out of order in the rural grass-roots for the moment. Duan Bacui's capital appeal was an inducing factor for the Riot of Lei-yang, what happened next like the boycott of county examinations, broken into a jail worsened the conflicts between county clerks and peasants actually. Yang Dapeng aroused more than 1000 armed men to attack the country town was a mirror of a fierce struggle in resisting the grain levy. The Riot of Lei-yang, showed us a tragedy without winners. By studying the Riot of Lei-yang, we can not only observe the age-old malpractice in the governing tribute rice collection, but also grasp the essence of various roles palyed by gentries before and after the event. Besides, we may have a better understanding on the complex relationship between gentry and local society.

Keywords: the Riot of Lei-yang; Yang Dapeng; Duan Bacui; Gentry; The Governing Tribute Rice Collection

The Political Dispute and Competition of the Nanjing National Government in the Preparation of the National History Museum   *Zhou Xiaobo*

Abstract: After the confluence of Nanjing and Wuhan, Parties of Nanjing National Government, based on different political interests, requested the central government to set up the national history museum. In response to the voices of all parties, the Kuomintang Central Committee shaped the political concept of "Party history is National history", and established the Party History Compilation Committee as the official historical organization. With the development of the current situation, the separation of "Party history" and "National history" has gradually attracted the attention of all parties, and the call for the establishment of the national history museum has revived. However, until the outbreak of the full-scale War of Resistance against Japan, the National History Museum was not established. From 1927 to 1937, the political disputes and competition in the preparation of the National History Museum showed that the political concept of "Party history is National history" within the Kuomintang has always occupied a leading position, and at the same time showed the difficulties and twists of integrating traditional institutions into the modern political system.

Keywords: National History Museum; National History; Shao Yuanchong

The Old's Auxiliary Administration and Intergenerational Alternate after
Huanggutun Incident: Yang Yuting and Zhang Xueliang as the Center

Wang Chunlin

Absrtact: After the Huanggutun Incident, the venerable generation appeared to The old's auxiliary administration, and Zhang Xueliang became a weak leader. In the meantime, Yang Yuting was instrumental in sorting out the military and political affairs and in the negotiations on the change of regime. But Yang Yuting's "Courage to do things" made Zhang Xueliang more and more suspicious, and after persuasion failed, Zhang Xueliang launched the Yang Chang Affair. In the aftermath of the incident, Zhang Xueliang tried to build "Legitimacy", but internal and international public did not agree. After the incident of Yang Chang, the Elders' auxiliary government disintegrated, and Zhang Xueliang established his authority in the upper echelons of the northeast, which deeply affected the trend of the political situation in the northeast.

Keywords: Huanggutun Incident; Fengxi; Yang Yuting; Zhang Xueliang; Yang Chang Incident

Chen Zemin and the Re-election of the Shanghai Bar Association in the
Early Republic of China

Yin Pin

Abstract: The Shanghai Bar Association was established on the basis of three lawyers groups in Jiangsu province. Chen Zemin, a founding member, used his personal connections to gradually control the association. During his second term as president, Chen Zemin violated the law under the privilege of his brother Chen Fumin, which intensified the internal contradictions of the Jiangsu procuratorate and caused the Ministry of Justice to rectify the lawyer profession. Based on the lawyer recusal regulations, Chen Zemin was reassigned to practice in Jiangning, and his friend Yang Jingbin was hurriedly promoted to be the successor. At the end of 1917, after returning to Shanghai, Chen Zemin tried to regain the leadership of the association, but was resisted by Cai Nipei, the new president who wanted to be re-elected. The power struggle between Chen and Cai caused the association to be disorganized. In the following years, the association often had stray meetings due to issues such as "voting rights" and "number of participants". Facing the association's disorganization, the judicial administrative organ responsible for supervision did not take the initiative to mediate. In the end, Zhang Yipeng, the outgoing Deputy Minister of Justice, became an acceptable candidate for the president of all parties, and the disputes were temporarily suspended. However, it did not fundamentally solve the centrifugal tendency, which had an important impact on the Shanghai Bar Association from the president system to the committee system.

Contents

A New Account of the Reasons for the First National Congress of the
Socialist Youth League Being Held in Canton—An Examination from the
"Historical Base" Perspective *Wang Zhiwei*

Abstract: The reasons why the First National Congress of the Socialist Youth League was
held in Canton are diverse, which shall be reinterpreted from the perspective of historical
base. The special political situation in Guangdong, where Sun Yat-sen and the Cantonese dignita-
ries intended to unite with the early communists, combined with the confrontation between the
North and the South, contributed to the convening of the "First Congress of the League" in Can-
ton. The local social situation mixing formal modernity with actual old-fashion, where the cultural
enlightenment was backward and the desire for a new culture was intense, and locals were illiter-
ate about the Red Revolution, and the Red Revolution Adverse Ideas had not yet taken shape,
necessarily supported the convening of the "First Congress of the League" in Canton. And the
trend of young workers uniting with students promoted the holding of the "First Congress of the
League".

From "Co-governance" to "Collusion": Research on the Local Governance
of the National Government during the War of Resistance Against
Japanese Aggression—Take Sichuan Province as an Example *Huang Xueyin*

Abstract: During the War of Resistance against Japan, the Nanjing National Government,
on the one hand, strengthened the grass-roots administrative network and increased its control o-
ver the grass-roots society; On the other hand, the local autonomous system and public opinion
organs at all levels should be constructed, which together constitute the local governance sys-
tem. As the rear area of the War of Resistance against Japan, the local governance situation in Si-
chuan Province shows that the complexity of the administrative agencies, the uneven quality of
the administrative staff, the limited expression of public opinion and the erosion and distortion of
the Brotherhood have seriously undermined the effectiveness and legitimacy of local govern-
ance. In the actual operation of this governance system, there is a situation of "collusion" among
government-led, local assistance, and the penetration of the Brotherhood. The local governance
model of the Nanjing National Government, to a certain extent, conforms to the guidance of
modern state construction, but its governance effectiveness deviates from the mainstream political

pursuit of "democratic country".

Keywords: the Nanjing National Government; The Local Governance; Autonomy and Governance

Formation and Development of Local Autonomy Tax from the Perspective of Region—Take Jiangsu in the late Republic of China as an Example   *Cao Ruidong*

Abstract: Local autonomy taxes include housing tax, slaughter tax, banquet and entertainment tax, use license tax and business license tax. In November 1941, the national government officially determined it as the main tax source of county and city finance. By the victory of the War of Resistance against Japan, autonomous taxes could be levied in all or part of Jiangsu counties and cities. Local governments take tax measures according to local conditions, resulting in a wide range of tax items, uneven tax rates and arbitrary collection, which intensifies the development gap between regions and the contradiction between the government and taxpayers. Taxpayers resist taxation in different places on the grounds of repeated taxation, and express their demands for tax reduction and exemption on the basis of tax burden differences between regions. In the face of the collection dispute, the national government emphasized maintaining the authority of the tax law, unifying the collection system, banning harsh apportionment, urging the Jiangsu provincial government to strengthen the supervision of the county and municipal tax administration, and requiring the county and municipal governments to maintain the unity of policies in tax communication. Looking at the formation and development process of autonomous tax, we can see that the unification of tax system is the development trend of modern tax, and regional balanced development is an important connotation of modern local autonomy.

Keywords: Autonomous taxation; Late Republic of China; Jiangsu; Unification of tax system

The National Government's Receipt and Disposal of Japanese Shipping Assets in China after the Victory of the War of Resistance Against Japan—Hankou Branch of East Asia Shipping Co. , Ltd. Used as an Example   *Fang Wei*

Abstract: East Asia Shipping Co. , Ltd. was the largest shipping group that monopolized China's river and sea shipping during Japan's all-out war of aggression against China. After the war, the Nationalist Government took over and disposed of the ships, equipment manufacturing plants, houses and other assets of its Hankou branch. The Ministry of Communications, the Yangtze River Navigation Administration Bureau, and the Central Trust Bureau played a leading role in promoting the process of receiving and disposing of assets in the shipping industry. Among them, the key and difficult point is the disposal of ownership of various assets. On the whole, the Nationalist Government's acceptance and disposal of Japanese shipping assets in China, including the Hankou branch of East Asia Shipping Co. , Ltd. , promoted the post-war Chinese shipping industry and social and economic revival and development.

Keywords: East Asia Shipping Co. , Ltd. ; Hubei Shipping Industry; Receiving; Disposal

Culture Collision and Adaptation: School Sunday in the Late Qing Dynasty and Early Republic of China *Wang Kang*

Abstract: The introduction of Sunday rest to domestic schools in the late Qing Dynasty and early Republican period was not a mere modernization process, but also implied a collision and interaction between Chinese and Western cultures. Educators at that time were sensitive to the fact that behind this holiday lay a strong conflict between Western religious culture and traditional Confucian culture. The question of the cultural legitimacy of Sunday became a major concern of the time. Moreover, when Sunday rest was institutionalized, anxiety arose among domestic educators. In order to save students from the risks of idleness, this holiday urgently needed to be transformed on a large scale. The Confucian cultural concept became an important source of meaning in the choice of holiday lifestyles for school teachers and students. This reflects that there is also a mutual adjustment between the traditional Confucian culture and the holiday system with modernity.

Keywords: Sunday; School Holiday; Confucian Culture; Keep Learning During Breaks

Construction of Political Meaning and Cultural Consumption: A Study of Zhong Naicheng's Suicide in 1923 *Liu Changlin   Tan Qun*

Abstract: On October 8, 1923, Hunan scholar Zhong Naicheng and his newly married wife Chen Miaozhen committed suicide across the river in Hangzhou, which aroused widespread concern in the society. Zhong's suicide note was first made public, and the cause of suicide was directly attributed to Cao Kun's bribery of votes, which endowed the suicide with a strong political symbolic meaning. The media follow and report, on the one hand, shape the positive image of Zhong's patriotism for the people, on the other hand, guide the public to pay attention to and criticize the election bribery incident in a planned way, and complete the construction of the social significance of the Zhong case. The literary and art circles pushed the incident into the consumption link, taking Zhong Chen and Chen as the prototype, compiling plays, novels and other cultural products, which stimulated the public mood and produced a sensational effect. Various revolutionary groups, relatives and friends held memorial activities for Zhong and his wife, so that their image of dying for national affairs was affirmed by the ceremony. On the other hand, intellectuals debated whether suicide had social value, which provided an opportunity for us to understand the society and thought at the beginning of the Republic of China.

Keywords: Zhong Naicheng; Chen Miaozhen; Suicide; Cultural Consumption

Between Modern and Tradition: Wei Xiqin's Ups and Downs in the Thought Circle in the Early Years of the Republican China   *Qiu Nianhong*

Abstract: In 1914, because of the publication of "Zhongguo Jiaoyu Yi", German Wei Xiqin, with the help of the translator Yan Fu's reputation, attracted the attention of the Chinese ideological circle for a time. His concept of "new education"not only contains the latest achievements in pedagogy and psychology in Europe, but also contains various views on Confucius. Over the years, Wei Xiqin has been invited to give speeches everywhere, and has received continuous attention from the ideological circle. In fact, Wei Xiqin's "new education" is a school of its own, which can not respond to the ideal of"saving the country through education"that people are keen on at that time. His speech of respecting Confucius is also inconsistent with Confucianism understood by traditional Chinese intellectuals. With the rise of the new culture, Wei Xiqin's speech of respecting Confucius was criticized by the new school as an old guard. In the early Republic of China, no matter those who advocated restoring tradition to save people's hearts or those who advocated learning from the West to carry out educational reform, they could find useful content in Wei Xiqin's remarks. The reason is that people at that time did not have a clear standard for what is a new culture and what is an old culture. Sometimes the so-called new old debate does not depend on different views, but depends on different positions.

Keywords: Wei Xiqin; New Education; Yan Fu; Respect Confucius; New Old Debate

Relief and Centralization: The National Government Placement of War Zone Secondary School before and after the Outbreak of the Total War of Resistance Against Japan   *Zhang Jing*

Abstract: After the September 18th Incident, as the war gradually expanded from the northeast to north and east China, teachers and students of secondary schools in the war zone retreated to the rear. Affected by the war environment, the National Government broke the previous practice that secondary education was mainly handled by local competent educational administrative organs, and gradually involved in the placement of exiled teachers and students. The policy of the national government for the resettlement of teachers and students in secondary schools showed a development track from local assistance to temporary registration and reception, and then from the establishment of temporary secondary schools to the establishment of national secondary schools and the service corps of primary and secondary school teachers in the war zone to provide special assistance. The war brought about a major change in the secondary education system, and the intervention of state power in secondary education gradually transited from the temporary measures in the early days of the War of Resistance Against Japan to the normal system in wartime.

Keywords: The War of Resistance Against Japan; Secondary Education; Educational Relief; The Ministry of Education of the National Government

A Study on National Yingshi University Of the Wave of School Relocations in 1947 *Wang Ruirui*

Abstract: As a college for "wartime freshmen", National Yingshi University had no choice but to relocate to Jinhua during the period of demobilization. The realistic predicament caused the teachers and students once to set off "the movement of school relocation ", and two times to Nanjing fiht against . During the Ministry of Education, the government of Zhejing province for many mediation, and finally to solve the problem of the principal reluctantly resolved, the end of the school tide, school site but no fruit . Unlike the precious high-profile student wave led by the Communist Party of China, this one started because of the school site issue and has been centered on this issue from beginning to end, it refracets the multi-faceted of the study tide and politics and the complexity of the relationship between politics and politics aggravated by the improper demobilization of the Kuomintang.

Keywords: National Yingshi University; Relocation Trend ; Demobilization; School Site

The Same Structure of Politics and Academia: Study and Analysis of "Michulin Science" at Wuhan University in 1950 *Jiang Mingming Mao Jinxiao*

Abstract: In 1950, in order to promote teachers and students' recognition of the new regime and transform the old-style education according to the experience of the Soviet Union, Wuhan University set up a course called "Michulin Science" with a new mode of collective teaching. Because Michulin's theory and the ideology of the new regime are highly identical in structure, the attitude changes of teachers and students of Wuhan University towards these two ideas are highly synchronized. However, there are differences between the synchronization of their thinking. Teachers and students will try to accept Michulin's theory because of their political identity, but they do not accept it completely, which also lays the groundwork for the later situation evolution.

Keywords: Wuhan University; Michulin Theory; Political Identity; Discipline Transformation

稿　约

　　《近代史学刊》为近代史学界交流学术成果之公开园地，原由华中师范大学出版社出版，至第 11 辑始，由社会科学文献出版社出版。由于学界的支持与厚爱，本刊在近代史学界获得了比较好的评价，并成为 CSSCI 收录集刊，中国知网也已经收录本刊全部论文。2014 年起本刊改由社会科学文献出版社出版，并每年增加为两辑。为了进一步提升学刊水准，非常希望得到您的支持和赐稿。

　　本刊倡导"走出中国近代史研究中国近代史"，因此，研究对象可以是 1840—1949 年的"近代中国"历史，也可以是 1840 年以前及 1949 年以后与近代中国历史源流有关的内容，以求融会贯通地理解近代中国的"古今之变"。本刊奉行英雄不问出处、佳作不拘形制的开放性编辑方针，专题论文、问题争鸣、学术综述、书介书评、读史札记均所欢迎，字数长可 3 万，短可数百，选取稿件唯在学术建树，实行匿名审稿，不收取任何费用。

　　本刊注释一律采取脚注形式，每页单独排序，标为①②③……具体规范请登录社会科学文献出版社网站（www. ssap. com. cn），从作者服务模块下载。

　　来稿邮箱：jindaishixuekan@126.com。一经刊用，将寄赠样刊并略致薄酬。

《近代史学刊》编辑部

图书在版编目（CIP）数据

近代史学刊. 第 29 辑 / 马敏主编. -- 北京 ：社会
科学文献出版社，2023.7
ISBN 978 - 7 - 5228 - 2326 - 3

Ⅰ. ①近… Ⅱ. ①马… Ⅲ. ①中国历史 - 近代史 - 研
究 - 丛刊 Ⅳ. ①K250.7 - 55

中国国家版本馆 CIP 数据核字（2023）第 152852 号

近代史学刊（第 29 辑）

主　　编 / 马　敏

出 版 人 / 冀祥德
责任编辑 / 石　岩
责任印制 / 王京美

出　　版 / 社会科学文献出版社·历史学分社（010）59367256
　　　　　　地址：北京市北三环中路甲 29 号院华龙大厦　邮编：100029
　　　　　　网址：www. ssap. com. cn
发　　行 / 社会科学文献出版社（010）59367028
印　　装 / 唐山玺诚印务有限公司

规　　格 / 开　本：787mm × 1092mm　1/16
　　　　　　印　张：20　字　数：336 千字
版　　次 / 2023 年 7 月第 1 版　2023 年 7 月第 1 次印刷
书　　号 / ISBN 978 - 7 - 5228 - 2326 - 3
定　　价 / 98.00 元

读者服务电话：4008918866